天上再見　Au revoir là-haut　　皮耶・勒梅特　Pierre Lemaitre　繆詠華 譯

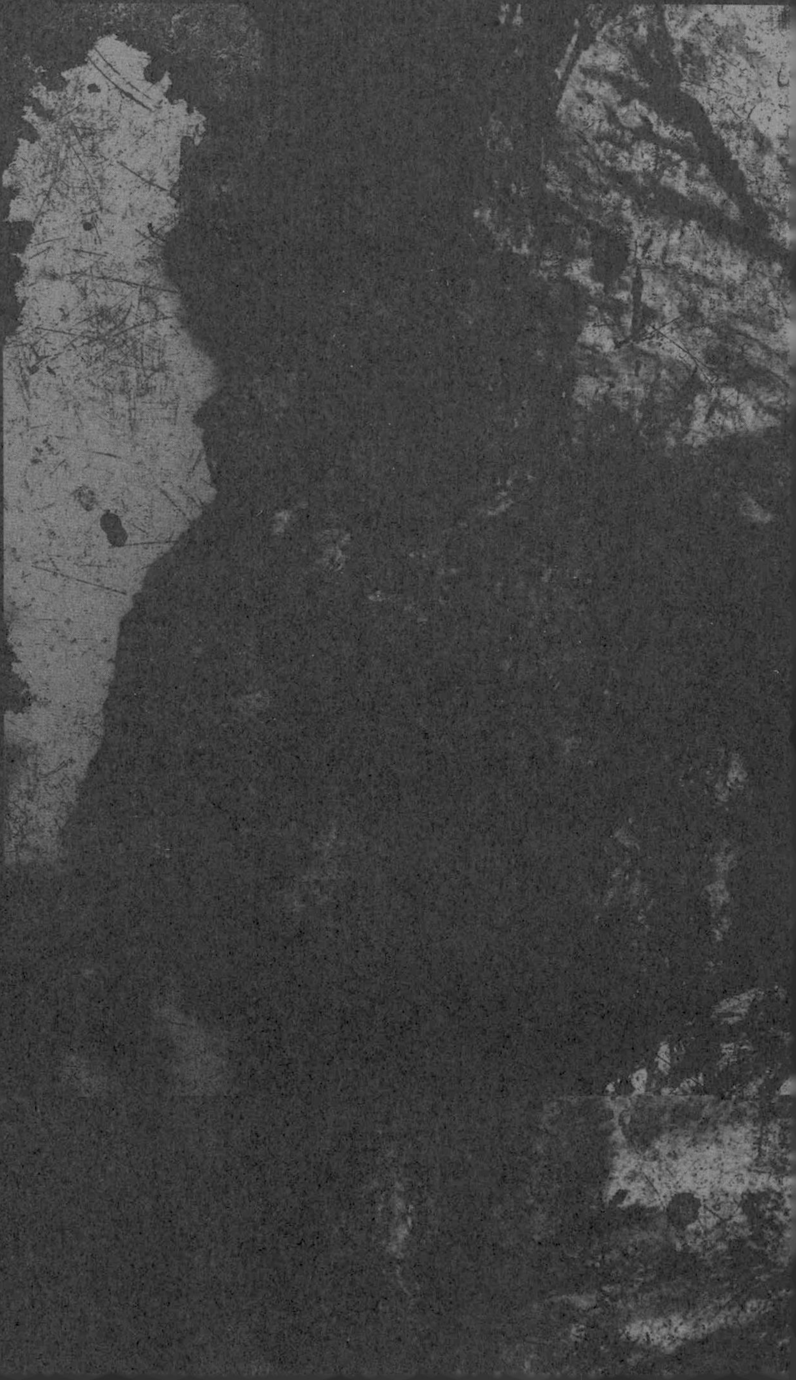

目次

充滿詩意的鬥爭

易智言

接到《天上再見》的書稿正值歲末，歲末歷來是工作旺季，行程緊張原本無暇擠入這厚達四百多頁的閒書。但翻開書，當下就讀完三分之一，而讀至尾聲，心中更有依依不捨的離愁。

《天上再見》是法國作家皮耶．勒梅特二〇一三年龔古爾得獎作品。得獎往往暗示悶藝，不必然是選書標準，但這次卻出乎意料。全書以第一次世界大戰爲背景，藉數樁互相牽連的犯罪過程爲敘事結構，描寫兩位二等兵與中尉軍官與法國政商名流間的恩怨情仇。戰爭犯罪恩怨情仇都具有飽滿的衝突性，《天上再見》應該繼承了部分法國浪漫主義文豪雨果的傳統，提供讀者唾手可得的戲劇性以資追隨投入。

戲劇性之下，《天上再見》似乎又秉承了法國現實主義大師巴爾札克對於階級人物與社會風俗近乎白描的深刻刻畫。也就是這種充滿細節的深刻刻畫，讓讀者在追隨宏觀的戲劇性之外，更屢屢領受微觀產生的頓知與驚喜。例如，戰後奸商偷工減料的棺材，除了想當然耳地用低等木料混充，居然只作了一百三十公分的長度，於是士兵大體必須砸碎入殮，於是偏鄉墓園噬骨的野狗群聚。

宏觀的戲劇性，微觀的人性充沛，讀至終篇更隱然覺得《天上再見》是不折不扣的現代希臘悲劇。作者自己的文字，「這個事實，絲毫不帶偶然成分，因爲這是一個悲劇。……這個悲慘的結局，從很久以前便早已寫下。」這是描述剛愎自用的富商父親和詐死二等兵兒子車禍的段落，看似通俗劇專擅濫用的巧合，其實仔細推敲就是代表人物個性的「命」與時空的「運」交互作用的必然發生。這個悲劇，來自外在無法掌控的戰爭，更來自內在理應可以支配的自己。

必須承認，閱讀《天上再見》的過程，另有部分私密的樂趣來自於作者的文字（這也是翻譯的功勞）。作者的文字時而敦厚，時而尖酸刻薄，時而如哲學家般的發聾振聵，時而像詩人般蘊含詩意，但自始至終不拖泥帶水地準確。「愛德華端詳自己，他的悲傷都一直完整如初。」「分開他和他的鴻溝，不是意見紛歧，而是一種文化。」「每個故事都得找到結局，這是生命秩序。」邊閱讀邊感嘆，準確的書寫都在別人的文字中發生，自己只剩下滿嘴讚嘆的虛字。

最後再提瑣事一樁，《天上再見》讀了大半，金馬獎評審工作開始，必須在兩星期內專注看完六七十部參賽電影，閱讀和閱讀互相衝突，不得不把書放下。過去讀書的經驗，一旦把某本書放下長達兩星期之久，再翻開時總有障礙，不是忘記前段，就是無感於後段，但這次續讀《天上再見》完全是無縫接軌。正如之前所言，終卷時甚至頗有離愁。

獻給巴絲卡琳娜
為我摯愛的兒子維克多而寫

「我跟妳約天上見，
但願上帝會讓我倆再聚首。
我親愛的妻子，天上再見……」

尚・布朗夏遺言

一九一四年十二月四日

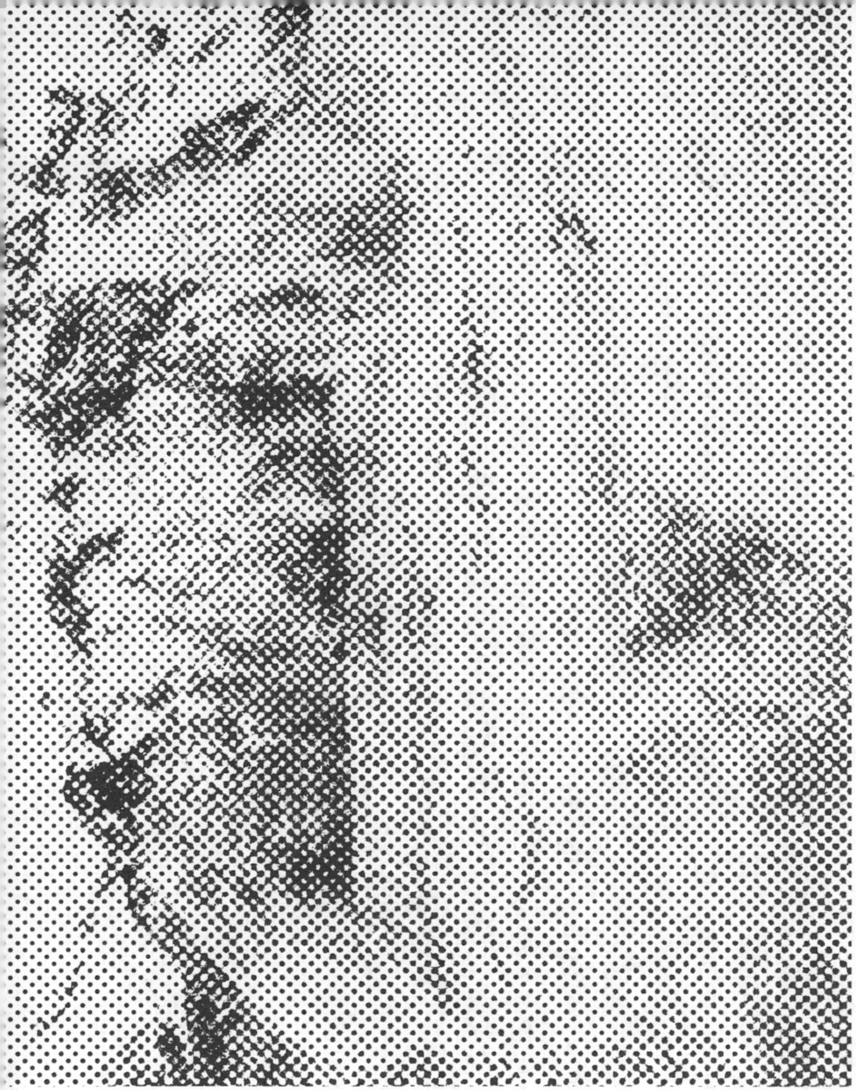

一九一八年——十一月

Chapter 1

凡是認爲這場戰爭很快就會結束的人早就都死光了——他們正是死於戰爭。此外，當阿爾伯特在十月的時候聽到停戰謠言，他就抱持著懷疑態度。對他來說，停戰的說法，就好比剛開打時，軍方宣稱德國佬的子彈，跟熟得發爛的梨子一樣軟趴趴，打到軍服上會自己爛掉一樣，兩種說法阿爾伯特都不信。四年來，阿爾伯特見過一堆嘲笑德軍毫不嘴軟的傢伙，吃了德國佬的槍子兒。

他意識到自己拒絕相信停戰將至的說法，也相當迷信：人民越希冀和平，政府就越不證實消息的可信度，避免說破了就不靈。只不過，日復一日，消息排山倒海般席捲而來，越來越密集，來自四面八方，乃至於大家開始一再相傳戰爭眞的就要結束了。甚至還有人看到相關說法，指稱在前線熬了好多年的資深戰士有復員還鄉的必要，不過這不足以採信。當停戰終於成了合理前景，那些最悲觀的人，開始祈求自己能從戰火餘生，因爲希望而飽受折磨，致使再也沒人對打德國佬一頭熱了，但，這是一個說不得的問題。有人說，么么三步兵師試圖搶進默茲河另一邊，有的人還在講要跟敵人拚個你死我活，但總體而言，在基層眼裡，阿爾伯特和同袍兄弟，打從盟軍在法蘭德斯一帶打了勝仗，解放了里爾，把奧地利打得潰不成軍，逼土耳其人棄械投降之後，如今阿兵哥打起仗來，已經遠不如眾軍官那般帶勁。義大利成功抵擋德軍進攻，英軍拿下圖爾奈，美國人進占夏特林……我方居於優勢。部隊掌權人士開始倒數計時，軍中兄弟也分成兩派，涇渭分明，一邊是如同阿爾伯特之流，樂意靜待戰爭結束，打包好，淡定地坐等，抽根菸，寫寫信；另一邊則是全心把握最後幾天，打算好好跟德國佬拚個你死我活的鷹派人士。這條分界線完全符合把軍官與士兵兄弟一分為二的那條軍階線。這沒啥新鮮，阿爾伯特心想。長官想能拿回多少失地算多少，這攸關上談判桌時是否可以居於強勢地位，但唯有極少數的人支持這種說法，多挺進個三十米真的可以改變衝突結果嗎？今日為國捐軀會比之前戰死沙場來得更有用嗎？

德．奧內－博戴勒中尉就屬於這一類。每個人提到他的時候都刻意將他的「德．奧內」略去——這個代表貴族稱號的前置詞——而光稱他「博戴勒」，大家知道他絕對會暴跳如雷。大夥兒可是走在鋼索上，因為他極其看重這個前置詞，向來都不會漏了它。好個階級反應。阿爾伯特不喜歡他。或許是因為他很帥。頎長、精瘦、高雅，深褐色捲髮茂盛濃密，鼻樑挺直，薄薄的雙唇線條如此精緻，還有著一雙深藍色的眼睛。反觀阿爾伯特，一張如假包換的醜臉，一臉永遠都很不爽的德性，標準的不耐煩型。博戴勒沒有巡航速度，不是加速就是制動；兩者之間，空空如也。走路時單肩前傾，好似在推開擋路的傢俱，全速來到你面前，就硬生生地坐下來，是他一貫的節奏。這個混合物甚至相當令人好奇：他的貴族氣度，令他顯得既文明得可怕，又粗魯得徹底，跟這場戰爭的形象有點雷同。搞不好這就是他在戰場上如魚得水的緣故。

他的毛，阿爾伯特也不喜歡。黑色的毛，無所不在，就連指骨也有，一叢一叢還從脖子竄出來，正好在喉結下方。承平時期，他肯定每天都得刮好幾回鬍子以免一臉邪門。雄赳赳氣昂昂、陽剛、略帶西班牙風，加上毛髮茂盛八成會對許多女性起作用。比如說賽西兒好了……就算不提賽西兒，阿爾伯特也對這個博戴勒中尉沒啥好感。最重要的是，阿爾伯特對他疑懼有加。因為他愛衝鋒陷陣；他真的以奇襲、攻擊、征服為樂。

說得也是，他不像平常那般飛揚跋扈，已經有好一陣子了。可預期的停戰顯然害他心情跌至低谷，大大削弱了他的愛國熱情。光想到戰爭終了，簡直要了博戴勒中尉的命。

看得出他焦躁不安，部隊缺乏作戰熱情令他深感困擾。他準備好一套慷慨激昂的說詞，穿梭於羊腸戰壕，向兄弟們喊話，原本深信自己有本事激起袍澤的同仇敵愾之情，給予敵人最後致命一擊，卻只聽到一丁點牢騷埋怨，兄弟們對表態十分謹愼，邊頻頻點頭，邊衝著軍鞋打瞌睡。這不僅是基於對死亡的恐懼，而是仗都快打完了才死的這種想法。最後一個死，阿爾伯特心想，就跟第一個死一樣，再也沒有什麼比這更蠢的了。

殊不知這正是即將發生的事。

到目前爲止，等待停戰的大夥兒過著相對平靜的日子，孰料，驟然間一切都變了。一道命令從天而降，指示兄弟們就近嚴密監控德國佬。

這根本沒必要，因爲他們跟法國人一樣，都在等戰爭終了。話是這麼說沒錯，但咱們還是得去瞧瞧。打從這一刻起，就再也沒有人能夠確定這些事情發生的先後順序了。

博戴勒中尉挑了路易．戴瑞厄和加斯頓．格里索尼來完成這次的偵察任務，很難說出他爲什麼選上這一老一小，或許是經驗與實力的結合吧。總歸一句，這些優點壓根兒就沒派上用場，因爲奉命前往的這兩個人活不過半個鐘點。通常，他們無須前進到很遠的地方，僅需沿著東北線往前，在大約兩百米處用大剪刀剪上幾刀，隨後匍匐前進，一直爬到第二排蒺藜鐵絲網處，瞄上幾眼，回來報告一切安好即可，因爲大家都確信根本就沒啥好偵察的。所以說這兩個阿兵哥才沒因爲要接近敵方陣營而擔心自身安危。有鑑於最近幾天的狀況，就算被德國佬發現，德國佬還是會讓他們瞧上幾眼，便放他們安然歸營，就跟放封似的。只不過當這兩名偵察敵情的哨兵盡可能彎低身子匍匐前進之際，兩人卻跟兔子那般，雙雙中槍。子彈聲響起，三聲，隨後便是一片死寂；對敵方而言此案已了。我方旋即力圖前往探視，但由於兩人前進到北側，我方無法辨別出兩名弟兄倒下的確切位置。

阿爾伯特身邊每個人都愣住了。緊接著就是大聲咒罵。王八羔子。德國佬狗改不了吃屎，下三濫！野蠻人……等等。何況，還是一老一小！一老一小又如何？這什麼也沒改變，但在所有人心中，令德國佬心滿意足的，並非因爲殺了兩個法國阿兵哥，而是因爲他們撂倒了老少兩大象徵哪。總歸一句，群情激憤。

接下來幾分鐘，炮兵動作之迅速，連眾兄弟都不知道他們怎能如此敏捷，只見炮兵從後方衝著德軍防線猛轟七五毫米迫擊炮，兄弟們心中兀自納悶，炮兵怎麼會早就知道幾分鐘後要開炮呢？

隨後一連串錯綜複雜的事件便發生了。

德國人回擊。法國這邊，沒多久時間便集結完畢，全員到齊。我們要他們付出代價，這群殺千刀的。時間是在一九一八年十一月二日。當時大家不知道自己離戰爭結束不到十天。

何況攻擊當天還是清明節[1]。但是大家壓根兒就沒把這巧合放在心上。

這一刻咱們再度披掛上陣，我還停戰展望呢，阿爾伯特心想，準備爬上腳手架（他們都這麼稱呼用來爬出戰壕的梯子），朝敵軍防線急衝而去。所有人，一個接一個，跟滿弓一般緊繃，連口唾沫都嚥

1 Le jour des Morts，在法國，每年十一月一日為諸聖節（La Toussaint），為了紀念天主教中所逝去的聖賢。諸聖節的隔一天便是先人節（la Fête des morts），法國人在這天慎終追遠，紀念先人，意義上等同於華人的清明節。

不太下去。阿爾伯特排在第三個，就在貝瑞和小夥子佩瑞庫爾後面，佩瑞庫爾回過頭來，檢查看看是不是每個人都在。兩人四目交會，佩瑞庫爾朝他笑了笑，打算大鬧一場的小搗蛋式微笑。輪到阿爾伯特，他也想笑回去，可他笑不出來。佩瑞庫爾已經又轉過頭去，恢復原來姿勢。大夥兒等著進攻命令，一個個莫不義憤填膺，一觸即發。德國佬的行徑激怒了法國阿兵哥，此刻內心唯有悲憤交加。在他們上方，炮彈來回，把個天空畫出了好幾道，大地為之撼動，連在戰壕中也感覺得到。

阿爾伯特從貝瑞肩膀上方探頭望去，看到博戴勒中尉登上崗哨，拿著雙筒望遠鏡窺伺敵人防線。阿爾伯特回到隊伍中排好。要不是有這麼多噪音，他就可以好好想想令他煩心的瑣事，可是此起彼落的刺耳呼嘯聲，致使思緒被害你從頭毛到腳的爆炸聲打斷。我說阿爾伯特，你在這種狀況下可得專心一點哪。

這會兒小夥子們都在等待進攻命令。這倒是個挺不賴的時機，可以好好觀察一下阿爾伯特。

阿爾伯特．梅亞爾，一個瘦長的小夥子，性格略嫌萎靡不振，謹慎低調，話不多，喜與數字為伍。戰前在巴黎聯合銀行某分行做出納員。他不太喜歡這份工作，因為母親堅持，所以還是留了下來。梅亞爾太太就這麼一個兒子，而且她是標準的「寧為雞首，不為牛後」派人士。所以，阿爾伯特想當然耳就是銀行的經理囉……根本差得遠呢。話說阿爾伯特一進了銀行，她立刻就興奮莫名，堅信「就憑阿爾伯特的聰明才智」，用不了多久便可榮登銀行最高層。激化她這種追逐權勢的品味來自於她的父親，這位郵政部部長辦公室副主任助理，將他在行政部門的管理階層制度視為這個世界的隱喻。梅亞爾太太喜歡所有的頭頭，無一例外，她對他們的能力或來歷並不計較。克里蒙梭、莫拉斯、龐加萊、饒勒斯、霞飛、白理安……等頭頭的照片，她應有盡有。打從她失去了她那在羅浮宮指揮一小班穿警衛制服的丈夫，偉大的人物就令她感受到前所未有的悸動。其實阿爾伯特對銀行並不熱衷，他隨母親說去，並未加以反駁，在她眼裡，銀行還是最靠得住的。他甚至還開始籌備計劃，他想走，他想去東京[2]，這個想望隱隱約約，卻眞眞切切。反正辭掉銀行這份管理出納財務的工作，做別的事情就對了，但是一切都需要時間，偏偏阿爾伯特的動作並不快。何況賽西兒很快就出現了，他對她一見鍾情，賽西兒的雙眸、賽西兒的小嘴、賽西兒的微笑，然後不可避免地，又多了賽西兒的乳房、賽西兒的屁股，哪有可能再去想別的東西呢？

就今日的眼光來看，阿爾伯特．梅亞爾似乎不怎麼高，一米七三，可是在他那個年代，這種身高還算稱頭，這在當年，會有女孩子看上他的。尤其是賽西兒，好不容易才終於看上他。阿爾伯特注意賽西兒好久了，經過一段時間，由於他老是目不轉睛地盯著她瞧，幾乎無時無刻不在看，她當然也就注意到他的存在，而且輪到她看回去。阿爾伯特的這張臉令人動容。索姆河戰役期間，一顆子彈擦過他右邊太陽穴。他怕得要命，雖免於一死，卻付出了一道傷疤作爲代價，這道呈圓括弧狀的傷疤把他的眼睛微微拉向一邊，爲他增添了某種風格。在他允許之下，愛做夢、受蠱惑的賽西兒曾以指尖輕輕拂過這道傷疤，但這不足以撫慰他的心靈。還是個孩子時的阿爾伯特有張蒼白的臉，一張圓臉，沉重下垂的眼皮，賦予他一副小丑皮埃羅的哀傷神態。梅亞爾太太堅信阿爾伯特如此蒼白乃是因爲缺血，於是省下自己的紅肉給兒子進補。阿爾伯特試圖跟她解釋過一千遍，缺血跟他臉色蒼白沒有任何關係，然而他母親完全不是一個聽他解釋就會改變主意的人，她總能找到例子、理由來予以反駁，她最討厭自己錯了，即便在她信

2 Tonkin，指越南北部大部分地區。越南人稱之為北圻，意為「北部地區」。「東京」在越南語中寫作 Đông Kinh，是越南城市河內的舊名。法國人控制越南北方以後，便用這個名字稱呼整個越南北方地區。

中，都能翻出八百年前的舊帳，眞令人大傷腦筋。阿爾伯特不禁自問，莫非正是因爲如此，他才會在戰爭一爆發之際便投身軍旅？梅亞爾太太得知阿爾伯特要入伍的消息時，連聲尖叫，但由於她是一位模範女性，不可能毫無節制地放任驚恐或戲劇性的舉措。她的確吼了幾聲，扯下了幾根頭髮，但旋即恢復鎮定。由於她對戰爭抱持著相當傳統的概念，她很快就深信「單憑阿爾伯特的聰明才智」，想必很快就會戰功彪炳，扶搖直上，她彷彿已然看到一幅畫面：兒子衝鋒陷陣，位居第一線，身先士卒。在她心目中，這是英勇的行爲，很快便會升等成爲軍官、上尉、少校，甚至更上一層樓，將軍，這些都是我們在戰爭中可以看到的事兒。阿爾伯特邊整理行囊，邊任由他母親在一旁嘀嘀咕咕。

賽西兒，則大不相同。這場戰爭並沒有嚇倒她。首先，她認爲參軍是克盡「愛國義務」（阿爾伯特十分驚訝，他從沒聽她說過這些字眼），接著，其實沒有眞正值得害怕的理由，因爲入伍當兵充其量只是形式罷了；大家都這麼說。至於阿爾伯特，他有一個小小疑問：怎麼著？搞了半天賽西兒原來跟梅亞爾太太有點像，都很固執己見。聽她的說法，這場仗根本打不起來，阿爾伯特幾乎都快相信她了。不論她說什麼，賽西兒，用她的這雙手、這張嘴兒、這一切，對著阿爾伯特，跟他說什麼都行，說什麼他都信。你要是沒看過她，就沒辦法理解，阿爾伯特這麼想。對我們來說，這個賽西兒，稱得上是個漂亮的妞兒，如此而已；對他而言，則又是另一回事。賽西兒皮膚上的每個毛細孔，都是由特殊分子所構成的，她的呼息散發出一股特殊香氣。話說她那雙藍色的明眸，好，你不覺得怎麼樣，但在阿爾伯特眼中，那雙媚眼，可是一個漩渦、一泓深淵哪。喏，親她的嘴兒，把你當成他，當成咱們的阿爾伯特一下子。這張嘴兒，傳達出滿腔熱情又溫柔似水的吻，害他的下腹部輾轉翻騰，幾近爆炸，他感覺到她的瓊漿玉液在他口中流淌，他如此飢渴地啜飲著，賽西兒的唾沫就是有能耐創造出如此這般的奇妙效果，乃至於賽西兒已經不只是賽西兒了。簡直就是……結果，沒想到她竟然支持這場戰爭，覺得打勝仗唾手可得，殊不知阿爾伯特曾經那麼想讓賽西兒的唾沫給好好地蹂躪一番啊！

如今，他的看法已截然不同。戰爭無非是一張碩大無朋的彩票，開獎的彩球卻是眞槍實彈，能在個中倖存四年，基本上就是個奇蹟。

在離戰爭終點幾鏈[3]的地方慘遭活埋，說實在的，絕對算奇蹟中的奇蹟。

然而，這正是會發生在他身上的事。活埋，小阿爾伯特。

都怪他「運氣不好」，他母親會這麼說。

博戴勒中尉轉過身來對著他麾下兩邊的兄弟，目光直視最前排的那一位，這位兄弟猛盯著他瞧，彷彿看到彌賽亞。博戴勒點點頭，深深吸了一口氣。

幾分鐘後，阿爾伯特微微佝僂著腰，在世界末日的背景中奔跑，呼嘯而過的炮彈和子彈將他淹沒，他使盡全身氣力死抓著武器不放，步履沉重，頭縮進肩膀。這幾天下了很多雨，軍靴底下的土地十分濃稠。身邊的兄弟們瘋了似地大聲嚎叫，自我麻醉，自我振奮。然而，有些人則相反，他們全神貫注，胃部打結，喉頭乾燥，跟阿爾伯特一起衝鋒陷陣。全體衝向敵人，憤恚難當，復仇的慾望就是他們的最佳裝備。事實上，這有可能是停戰徵兆的不良影響。大兵們忍了又忍，竟然看到戰爭即將這麼結束，這麼多的兄弟犧牲性命，這麼多敵人活得好好的，不禁想乾脆大開殺戒，給他們個痛快，結束這一切。不管是誰，格殺勿論。

3 encablure，舊時計量距離的單位，一鏈約合兩百米。

就連一想到死就嚇得要命的阿爾伯特也見人就砍。然而，砍歸砍，卻撞上不少障礙；他邊跑邊往右側偏去。起初，他緊緊沿著中尉規定的路線前進，但隨著呼嘯而過的子彈、炮彈，勢必跑得歪歪扭扭。加上他前面的佩瑞庫爾剛剛被子彈掃到，雙腿一軟，不支倒地，阿爾伯特完全來不及反應，只來得及跳過去，他失去平衡，拚命往前猛衝了幾米，就跌落在老格里索尼的屍首旁。死神這個不速之客，下達了終極大屠殺的指令！

儘管子彈在身邊咻過來咻過去，阿爾伯特看到格里索尼躺在那兒，硬是當場停下腳步。他認出他的軍大衣，因為他老是穿著這件有紅扣眼的玩意兒，我的「恐怖軍團勳章[4]」，他都這麼說。格里索尼，不是個心思細膩的人，是個老粗，卻是條正直的漢子，大夥兒都挺喜歡他。是他，毫無疑問。他的大腦袋嵌進爛泥巴裡，身體其餘部分也摔了個稀巴爛。就在他旁邊，阿爾伯特認出了最年輕的那個，路易．戴瑞厄。他也一樣，一部分被泥巴覆蓋，整個人縮成一團，呈現胚胎姿勢。他還這麼年輕，以這麼一種方式就死了，真令人不捨。

阿爾伯特不知道自己哪根筋不對，直覺吧，他抓住老格里索尼的肩膀，推他。死者沉甸甸地搖了幾下，旋即又腹部朝下趴回地上。阿爾伯特花了好幾秒鐘才想清楚，真相躍入眼前：朝敵人的方向衝鋒，不可能背部中彈身亡。

阿爾伯特跨過屍體，走了幾步，身子保持放低，不知道為什麼，不管你站著、彎著，就是會被子彈打到，不過儘量別讓自己被打到，這是一種反射動作，彷彿人類天生害怕上天堂，所以才征戰不休。他現在來到小路易屍體前面，只見他雙拳緊握，靠在嘴邊，就這樣。慘哪，他還一臉稚氣，他才二十二歲啊。阿爾伯特並沒查看他那張沾滿泥濘的臉；他只看他的背。

一顆。加上老格里索尼中的那兩顆子彈，總共三顆。帳算好了。

阿爾伯特站起來，因爲這個發現而還沒回過神來。這是什麼意思？停戰前幾天，兄弟們不再急著挑釁德國佬，唯一能逼他們進攻的辦法，就是他媽的賞他們槍子兒？這兩個傢伙被人從背後放冷槍，博戴勒他人咧？

天哪……

阿爾伯特被自己的發現嚇得目瞪口呆，他轉過身去，看到博戴勒中尉就在幾米外，朝他這邊猛衝而來，即便他全副武裝，依然跑得飛快。

博戴勒昂首闊步，動作果決，毫不拖泥帶水。阿爾伯特看到的，尤其是中尉的目光，清澈又直接，百分百堅定不移。霎時，整起事件，昭然若揭。

正是這個當下，阿爾伯特懂了：他快死了。

他想走上幾步，但怎樣也行不通了，他的腦袋動不了，腿也動不了，什麼都不行。一切都發生得太快了。我告訴過你，阿爾伯特是個慢郎中。博戴勒跨了三大步，就撲到他身上。就在阿爾伯特身邊，有一個炮彈炸出來的大坑。中尉用肩膀猛頂了阿爾伯特胸口一下，他沒辦法呼吸。腳一滑，他想站穩，卻往後方倒去，落入坑裡，雙臂交叉呈十字狀。

當他好似以慢動作陷入泥沼的時候，他看到博戴勒的臉逐漸淡出，阿爾伯特到了現在才瞭解，他那帶著蔑視、堅定與挑釁的眼神所寓含的意義。

---

4 légion d'horreur，法國政府頒發給戰功彪炳軍人的「榮譽軍團」（légion d'honneur）的諧音反諷。

到了坑底，阿爾伯特不由自主地打了好幾個滾，勉強因爲他那一身裝備而剎了車。他的腿被槍卡住，好不容易才爬了起來，立刻就緊貼陡峭坑壁，彷彿因爲他怕遭到偷聽或受到驚嚇，而匆匆將背靠在門上那般。費了好大的勁兒才站定（腳下的泥土黏滑得像肥皂），這才勉強喘了口氣。他的思緒，斷斷續續又極其紛亂，不斷回到博戴勒中尉那冰冷的目光。在他上方，戰事似乎益發激烈，滿天火光四濺，有如星羅棋布，或藍或橙的光暈把乳白穹蒼照得璀璨明亮。炮彈自德法雙方射來，轟隆聲源源不斷，連綿不絕，就跟在格拉夫洛特[5]一役那般落了下來，劇烈的呼嘯與爆炸聲宛若電閃雷鳴。阿爾伯特抬頭一望，看到博戴勒中尉的高大身影就杵在那兒，好似死神高懸坑洞邊上。

阿爾伯特覺得自己往下掉了好久好久，落到好深好深的坑底。事實上，在他與中尉之間至多不超過兩米。毫無疑問，不到兩米，然而卻差之千里。博戴勒中尉高高在上，雙腿劈開，雙手牢牢扣在皮帶上。在他身後，戰火間歇閃著光芒。他好整以暇地看了看坑底。文風不動。他盯著阿爾伯特，脣邊依稀泛起一抹微笑，他完全沒有一絲一毫要救他出坑底的舉動。阿爾伯特激動得說不出話來，驚慌失措，他想抓槍，槍滑了過去，他適時抓住，架到肩上，當他終於好不容易把槍給弄得朝向坑口……空無一人。博戴勒消失了蹤影。

只剩下阿爾伯特孤單一人。

他鬆開槍，試圖吸上第二口氣。他不能等，他得立刻順著彈坑斜坡爬上去，去追博戴勒，朝他背部開槍，撲向他的喉嚨。或者去找別人，跟他們說，大聲嚷嚷，做點什麼，其實他不太知道該做些什麼。而且他覺得好累，氣力耗盡。因爲這一切都如此荒謬。他明明已經放下行李箱，明明已經到了終點。他想回到上面，卻辦不到。明明就差兩步路，他就可以抵達戰爭終點，這會兒卻深陷坑底。渾身癱軟，頹坐在地，雙手抱頭。他力圖正確無誤地分析形勢，但鬥志才一下子便消融殆盡；跟冰棒似的。冰棒是賽西兒的最愛之一，檸檬口味，害她牙齒打顫，她邊吸吮著邊露出一副小貓咪般的神情，惹得阿爾伯特想把她緊緊攬入懷中。說到賽西兒，她最後一封信得追溯到什麼時候？這也是讓他心力交疲的原因之一。他從沒跟任何人說過：賽西兒的信越來越簡短。因為戰爭即將結束的緣故？她寫給他的信彷彿戰爭已經徹底結束，不值得再好好寫封信。對於某些擁有一整個家族作後盾的阿兵哥來說，這當然另當別論，他們總會收到某位親屬寫來的信，對他則不然，他只有賽西兒一個人哪！當然還有他母親，可是她比任何東西更累人。信如其人，她一心只想幫他決定一切……這一切都讓阿爾伯特耗盡精力、飽受折磨，再加上身邊血染黃沙的哥兒們，他不太願意常想到他們。令人洩氣的時刻，他經歷過，可是現在來上這麼一下子，未免也太不湊巧。正在他最需要全副精力的時刻。他不知道怎麼說，但他身上就是有樣東西倏忽鬆了，就在他的肚子裡面，他感覺得出來。類似一種無以復加的疲勞，猶如巨石般沉重。這個永遠如此被動卻如此從容的東西，正在頑強抵抗，宛如某個東西的終點。他入伍從軍之時，跟許多人一樣，也想像過戰爭究竟會怎麼樣？他偷偷打好主意，萬一真的遇到急難狀況，大不了裝死嘛。他可以假裝癱軟倒地，為了怕不夠逼真，甚至還可以慘聲哀嚎，裝出一副心臟中槍的模樣。接下來他只要躺著不動，靜待戰況平息。等到夜幕低垂，再爬到同袍身上，摸走證件，到手之後，重拾爬行動物的步伐，匍匐前進好幾個鐘頭又好幾個鐘頭，萬一夜裡聽到什麼動靜，就停下來，屏住呼吸。帶著萬千謹慎，他就這麼一路推進，直到最後終於發現一條路，順著這條路一路往北或者往南。他邊走，邊將新身分的所有資料牢

5 Gravelotte，一八七〇年普法戰爭，普魯士軍隊在格拉夫洛特大敗法國軍隊。

記在心。然後，他就會巧遇失落的小隊，領頭的下士是個高大的傢伙，他有著……簡而言之，就跟我們剛剛看到的一樣，對一個銀行出納員而言，阿爾伯特算相當具有浪漫精神。毫無疑問是梅亞爾太太的奇思異想在他身上發揮了作用。戰爭初期，他跟好多人都分享過他這些感性的怪念頭。他看到身穿美麗紅藍兩色制服的部隊排著整齊的隊伍，朝驚慌失措的敵軍前進。阿兵哥閃閃發光的刺刀指向前方，三兩炮彈的凌亂煙霧證明敵方潰不成軍。基本上，阿爾伯特投入的戰爭是斯湯達爾式的，他發現自己深陷一場平淡無奇又野蠻無比的大屠殺中，大屠殺歷時四年又兩個月，每天造成千人送命。只需稍微站高一點，看看坑洞周遭的背景，就可以對自己的處境有點想法：地面寸草不生，完全不見植被蹤跡，唯有滿布被炮彈打出來的百孔千瘡，點綴著數以百計的腐屍，一整天惡臭都會直衝你心窩。一旦戰事平靜下來，野兔般肥大的老鼠肆無忌憚地在屍體上追逐競跑，跑過一具又一具，就爲了跟蒼蠅搶奪瓜分已遭蛆蟲蠶食的殘骸。這些他全知道，阿爾伯特，因爲他曾在埃納省負責抬擔架，一旦再也聽不見傷兵呻吟或哀嚎的時候，他就開始去收集各式各樣、處於各種腐敗階段的屍首。這方面的事，他很在行，但這個活兒吃力不討好，老害他撕心裂肺。

更糟糕的是，屋漏偏逢連夜雨，對一個隨時都會被活埋的人來說，他偏偏還稍微有點幽閉恐懼症。他還是個孩子的時候，一想到母親走出房間會把房門帶上，沮喪之情便會油然升起。他什麼也沒說，還是躺得好好的，他不想害母親窮緊張，因爲她老是說，她已經夠倒楣了。但到了夜裡，黑暗，令他無法忘懷。甚至到後來，其實並沒有多久以後，他跟賽西兒一起在被單下面玩摸摸樂的時候也一樣。一旦他發現自己整個人都被蓋住，他就沒法呼吸，恐慌蔓延全身。尤其是有時候賽西兒會把他夾在她兩腿之間，想纏住他。「看看你會怎麼樣。」她笑著說。總之，窒息而死是他最害怕的死法。還好，他不去想這個，否則，成爲被賽西兒柔滑大腿挾持的犯人，風流韻事當前，即便頭埋在床單下，畢竟還是快樂似神仙。要是他只想到自己有幽閉恐懼症這點，阿爾伯特就會想還不如死了算了。

何況接下來發生的事，他還是別想到自己有幽閉恐懼症比較好。但不是馬上，要等一下才會發生，決定性的炮彈在離他避難所幾米處爆炸，高高掀起一陣陣沙石塵土，像一堵牆似地坍塌，將他整個壓在下面，他活不了多久了，但這足以讓他瞭解究竟在自己身上發生了什麼事。阿爾伯特會激起一股野性的求生慾望，當我們抓住實驗室老鼠後腿的時候，牠們八成就會有這種感覺，要不就是有待割喉的豬隻、待宰的母牛，這是種原始抵抗。可是還得等一等，他才會死。等到他的肺部因想吸氣而發白，他的身體拚命掙脫卻徒勞無功，他的腦袋有爆炸的危險，他的精神爲瘋狂所占據……總之就是：沒指望了。

阿爾伯特轉過去，往上再瞧了最後一眼，其實洞口並沒有那麼遠，只不過對他來說太遠了。他設法集中力量，專心致志，往上爬，爬出這個洞。他又扛起裝備，緊握著槍，即便疲累不堪，還是開始攀爬斜坡。不容易。他的腳好滑，爛泥巴害他腳滑，找不到著力點，只能將手指死命插入土裡，使盡全身力氣踮起腳尖，看看能否找到支撐，完全沒用，他又掉了下去。於是他把槍、包包都給卸了下來，此時此刻，即便要他脫個精光，他也會毫不猶豫。他伸展四肢，貼著洞壁，腹部朝下，重新開始爬，姿勢就跟在籠子裡的松鼠一樣，爪子在空中亂抓亂扒，每次總又掉回同樣的地方。他用力地嘿喲嘿喲，唉聲嘆氣，隨後破口大罵。整個人都慌了，六神無主。淚水蒙上眼簾，他衝著這堵黏土牆揮了好幾拳。洞口其實並不遠，什麼狗屁，他伸直胳膊幾乎就可以碰到，可是鞋底偏偏滑不唧溜，每攻陷一公分，立刻又失守。我得爬出這個他媽的洞！他大喊。而且他就快搆到了。死，可以，但不是現在，不行，這種死法太荒謬了。他要逃出這個洞，去找博戴勒中尉算帳，就算要上德國佬那兒去找他，他也會去，他會找到他，殺了他。想到要宰了這個王八蛋，他就有了勇氣。他稍停了片刻，面對這個可悲的事實：四年多來德國佬一心想送他回老家，都沒成功，結果搞定他的卻是一個法國軍官。

幹！

阿爾伯特跪下，打開包包，把所有東西都掏出來。象限儀擺在雙腿間，軍大衣鋪在黏滑的洞壁，他要把手邊所有東西都插在土裡來幫他往上爬。他轉過身去，正是在這個時候，他聽到上方十幾米外炮聲響起。阿爾伯特突然感到大事不妙，抬起頭來。四年來，他已經學會了分辨從七五到九五、一〇五到一二〇各門野炮的聲音……可是這顆炮，他猶豫了。應該是因爲洞的深度或是距離的關係，所以才聽不太出來，這顆炮所發出的怪聲，前所未聞，聲音聽起來比起別顆，較爲低沉又悶悶的，緩和的隆隆聲，並以超強的咻咻盤旋聲終結。阿爾伯特的大腦剛好有時間想到這點。爆炸聲大到無法想像。雷轟電掣，撼動大地，大地低沉嗥叫一聲，厚重而陰鬱，隨後就翻騰跳躍。一座火山。阿爾伯特因爲震動失去平衡，也因爲驚駭，他往上看了看，驟然一片晦暗。然後，就是這個當下，在他面前出現了十來米高的龐然大物，取代了天空，他看著這一切幾乎以慢動作發生，一波褐土滔天巨浪，浪尖游移不定又蜿蜒曲折，慢慢朝他的方向直撲而來，鋪天蓋地，要將他緊緊纏住。一場粒粒皆分明的雨，懶洋洋地，石子、土塊，各種亂七八糟的碎屑，宣告著這場雨強行逼近。阿爾伯特縮成一團，屏住呼吸。正相反，這剛好正是他不該做的事，他應該儘量伸展，所有因活埋而翹辮子的人都會這麼告訴你。隨後有兩三秒的空檔，阿爾伯特趁機看了看在空中飄蕩的泥土帷幕，它似乎猶豫著該在何時、何地墜落。

轉瞬間，這一大片就會壓在他身上，將他覆蓋。

爲了讓你對阿爾伯特的外表有個底，正常情況下，他看起來跟丁托列托[6]肖像畫頗爲神似：老是一副苦瓜臉，嘴巴輪廓十分明顯，戽斗，大大的黑眼圈，益發突顯出兩道黝黑的彎眉毛。但在這個當下，由於他兩眼朝天，眼看著死神逼近，阿爾伯特看起來反而比較像一幅聖徒塞巴斯蒂安[7]。輪廓線條硬是遭到拉扯，整張臉因爲痛苦、恐懼而皺成一團，叫天天不應，叫地地不靈，阿爾伯特還活蹦亂跳的時候，這輩子從來就沒有過任何信仰，他當然不會選在這個時候，一堆勞什子蓋在身上，變得開始會相信些什麼。就算有時間他也不會。

在可怕的劈里啪啦聲中，那一大片猛撲在他身上。你還以爲他當下會直接被嚇死，阿爾伯特就此一命嗚呼，一切就這麼結束？殊不知實際發生的事比這還更糟。大石塊、小石子齊飛，跟冰雹似地不停打在他身上，緊接著泥土也來了，先是把他蓋住，隨後就越來越重，重到把阿爾伯特的身體壓得緊貼在地上。

漸漸，隨著堆在身上的土越積越多，他動彈不得，被擠得緊緊的、壓得扁扁的。光，熄了。一切都停了。

世界置入新秩序，一個不再有賽西兒的世界。

就在他感到恐慌之前，第一件讓他震驚的事是雙方交戰的聲音停了。彷彿上帝吹了比賽結束的哨音，一切戛然終止，無聲無息。當然，要是他稍微注意一點，他就會明白其實什麼都沒停，只不過他聽到的是滲透進來的聲音，聲音透過包圍著和覆蓋著他的大量土壤而減弱了，弱到幾乎聽不見。可是目

6 Tintoretto（1518－1594），真名Jacopo Comin，義大利文藝復興晚期最後一位偉大的畫家，和提香、委羅內塞並稱為威尼斯畫派「三傑」。

7 Saint Sébastien（256－288），天主教聖徒。古羅馬禁衛軍隊長，在教難時期被羅馬帝國皇帝戴克里先下令亂箭射死，卻奇蹟般地逃過一死。

前，除了傾聽聲音來瞭解戰爭是否繼續，阿爾伯特還有別的煩惱，因爲對他來說，最要緊的是，這場交戰就快結束。喧鬧一旦平緩，阿爾伯特理解到：我被埋在土下面，他這麼告訴自己；然而這只是個相當抽象的概念。當他想到自己被活埋了的時候，活埋這件事才顯出具體得可怕。

當他測出災難程度有多可怕，等著他的死亡又是哪種類型，並且當他瞭解到自己就快被悶死、窒息而死的時候，阿爾伯特瘋了，一瞬間，徹徹底底地瘋了。他腦中的一切都變得模糊，他大聲嘶吼，在這徒勞無功的叫喊聲中，他把自己所剩無幾的氧氣也浪費掉。我被活埋了，他再三重複這句話，而他的心思被這個恐怖的事實所淹沒，乃至於甚至沒想到要再睜開眼睛。他所做的一切就是儘量往各個方向挪動。他殘餘的幾絲氣力，所有造成他恐慌的這一切，都轉變成肌肉的力量。他死命掙扎，耗費了令人不可思議的精力。一切都惘然。

突然，他停了。因爲他剛剛瞭解到，他的雙手能活動的範圍極其有限，但是他的手還是一直亂抓亂刨。他屏住呼吸。黏土和一汪汪的水掉落下來，在他的手臂、肩膀、脖子等部位，混合形成一層殼狀物。他處在一個宛如石化般了的世界，唯有幾個很小的地方留給他區區幾公分的空間。其實壓在他上面的土並不會太多。阿爾伯特知道。可能只有四十公分吧。可是他躺在下面，一層不算厚的土卻足以害他動彈不得，寸步難移，把他給堵死。

他周圍的土石在顫抖。上方，遠處，戰事繼續，炮彈不斷震動大地，撼動大地。阿爾伯特先是怯生生地睜開眼睛。就跟在夜間似的，並沒有眞正完全漆黑一片。小到不行的絲絲日光，微白，顫巍巍地滲了進來。極其蒼白的微光，不帶一線生機。

阿爾伯特不得不呼吸得很短很淺。手肘張開幾公分，雙腳也成功地施展開來一丁點，把土擠壓到另一邊。萬分小心，不斷與統馭他的恐慌抗衡，他得想辦法把臉露出來才能呼吸。沒想到，一大片泥土立刻崩落，好像破掉的泡泡。他瞬間反應，全身上下肌肉緊繃，身體縮成一團。多少時間？他想像著自己會怎麼個死法？吸不到氧氣會怎麼樣？同時理解到，血管會像羊腸吹出的薄膜氣球那般一個個爆開，雙眼圓睜，瞪到不能再大，因爲它們死命想找到最缺乏的空氣？一公釐一公釐，他掙扎著儘量少呼吸，並且不去想，不去正視自己現在是什麼樣子，他伸出手，摸了摸前面，感覺到指間有東西，泛白的微光稍稍密集了點，但依然無法讓他辨識出周遭的一切。他的手指觸碰到一個軟軟的東西，既不是泥土，也不是黏土，幾乎稱得上柔滑，上面還有顆粒。

他花了點時間才弄懂這是個什麼玩意兒。

等到他適應了，就看出面前的東西：向下耷拉著的兩片大唇，裡面還有黏液流動，奇大無比的黃色大牙，正在分解的一雙藍色大眼睛……

馬頭！龐然大物，面目猙獰，令人作嘔。

阿爾伯特克制不住，猛地往後退。腦袋瓜撞上一層麩狀物，土石再度崩落，害他連脖子都陷了進去，他抬高肩膀想保護自己，不敢再亂動，呼氣。還是先等這陣崩塌過了再說。

不計其數的死馬，在戰場上腐爛敗壞，其中一匹才剛從被炮彈炸得翻開了的土裡探出頭來，奉送給阿爾伯特。一個小夥子和一匹死馬，一人一馬就這麼面對面，近得都快嘴對嘴。土石塌陷讓阿爾伯特的手騰出了點活動空間，可是土很重，非常重，緊緊壓著他的肋骨。他開始輕輕地小口小口急促呼吸，他的肺已經快不行了。淚水蒙上眼簾，他忍著別哭出來。他告訴自己，哭，就代表願意受死。

現在只能聽天由命，反正也不會太久了。

一個人瀕死之際，這輩子會如電光石火般從眼前飛過，這才不是眞的。不過，的確會看到某些影像。而且還是些好久以前的影像。他的父親，父親的臉是那般清晰，那麼明確，他發誓父親就在這兒，跟他一起在地底。可能是因爲他們即將在此相會吧。他看到父親還很年輕，跟他差不多年齡，三十歲。他還看到塵土，當然這最重要的就是指塵歸塵土歸土的意思。父親穿著他的博物館制服，鬍髭還上了蠟以保持光滑，他沒笑，跟放在碗櫃上的那張照片一樣。阿爾伯特空氣不足，肺部讓他覺得好痛，開始出現抽搐動作。他想思考。完全沒辦法，思緒混亂，打從骨子裡就產生面對死亡的萬分恐懼。眼淚不自覺流了下來。梅亞爾太太帶著責備的眼光盯著他瞧，這是千眞萬確的，阿爾伯特永遠回不去了，他掉到洞裡面，容我稍微請教各位一下，就在戰爭終了前死去還勉強說得過去，是很愚蠢沒錯，好歹我們還能理解，可是活埋就另當別論了，還不如說他現在的樣子，根本就是一個人死了才會有的姿勢！這就是他，阿爾伯特，向來都跟別人不一樣，總是比別人差了點兒。反正，就算他沒死於戰爭，這個小子，他又會變成什麼樣呢？梅亞爾太太終於對他笑了笑。一旦阿爾伯特馬革裹屍，好歹家中也算出了個英雄，這還不算太糟。

阿爾伯特臉色發青，太陽穴搏動的節奏快到令人難以想像，靜脈即將一一爆裂。他呼喚賽西兒，他希望自己在她的兩腿之間，緊到不能再緊，可是他再也看不清賽西兒的臉部輪廓，彷彿她太過遙遠，回不到他身邊，這才是讓他最痛的一點，這個時刻看不到她，她沒陪在他身旁。唯有她的名字，賽西兒，因爲他陷入了一個再也沒有軟玉溫香，只剩下他一人在自言自語的世界。他想求她跟他一起走，他怕死怕得要命。然而這是沒用的，他會一個人死去，沒有她的陪伴。

那麼，再會吧，我的賽西兒，很久很久以後，且讓妳我，天上再見。

然後輪到賽西兒的名字遭到刪除，讓位給了博戴勒中尉的臉，還有他那抹令人難以忍受的微笑。阿爾伯特朝著四面八方亂比亂揮，肺部空氣越來越不足，他一用力，就發出嘶嘶的聲音。他開始咳嗽，腹部緊縮。沒空氣。

他揪住馬頭，抓到了肥大的馬唇，唇肉從他的手指間突了出來，他抓住大黃牙，以異乎尋常的力氣，扳開馬嘴，馬嘴吐出一陣腐爛臭氣，阿爾伯特深深吸了一大口。他因此得以多苟延殘喘幾秒鐘，胃部翻攪，他吐了，全身上下再度因顫抖而劇烈搖晃，他想轉身去找出一絲絲氧氣，完全無望。

土方如此沉重，光線不再滲入，唯有被炮彈打得坑坑窪窪的大地在驚跳顫簸，上方槍林彈雨依舊，之後他再也聽不到任何動靜。什麼都沒。唯有一聲嘆息。

隨後他感到極其平靜。他閉上眼睛。

難受至極，心臟爆裂，神志渙散，他不行了。

二等兵阿爾伯特·梅亞爾剛剛死了。

德．奧內–博戴勒中尉，果決、野性又原始的男子漢，以公牛的決心在戰場上奔赴敵人防線。這種天不怕地不怕的氣勢，令人歎爲觀止。事實上，他在戰場殺進殺出跟勇氣的關係，比我們所想像的少，並非他英勇過人，而是他信心滿滿，深信自己不會葬身於此，他十分肯定，這場戰爭注定不會害他送命，反而會爲他送上機會。

在么么三高地這場奇襲中，他會如此橫了心、狠勁十足，固然是基於對德國人永無止境的恨，但也因爲戰爭逐步邁向終點，他剩下沒有多少時間可以痛快地享受像這次武裝衝突，所帶給他這樣一個人的機會，典型的大好機會。

阿爾伯特和其他士兵早就這麼覺得了：這傢伙擁有鷹隼類的所有特點：快狠準。前三代的時候，他們家族歷經一連串投資股票慘賠，無力清償債務，德．奧內–博戴勒家族曾經被搞到家產全數敗光，毫不誇張，眞的就是全數歸零，一文不名。祖先昔日的榮光，如今只保住薩勒維爾這塊破落敗壞的祖產、顯赫的姓氏、一兩個八竿子打不著的遠房尊長、幾個靠不住的關係，以及在這個你爭我奪的瘋狂世界中找回他位子的貪婪渴望。他所經歷岌岌可危的處境，不符合公平正義，恢復貴族階級，是他根深柢固的野心，如假包換的痴迷，哪怕犧牲一切也在所不惜。他父親敗光所有家產後，在鄉下旅館朝自己的心臟開了一槍便嗚呼哀哉。毫無根據的傳言指稱，他那悲痛逾恆的母親於一年後隨之而去。既無兄弟亦無姐妹，中尉成了博戴勒氏最後一個傳人，而這種「家族斷根絕種」的景況，使得他有強烈危機感，深覺恢復家族榮光刻不容緩。然而他身後毫無奧援。父親又失勢如山倒，使得他在很小的時候就相信振興家族得靠他自己一肩扛下，他也確定自己擁有達到這個目的所必需的意志力與才幹。

何況他還夠俊帥，當然，這未免會有以貌取人之嫌，不過，女人終究慾想他，男人畢竟嫉妒他，這些跡象騙不了人。任何人都會告訴你，這麼樣一副體格、這麼樣一個姓氏，他唯一缺的……就是錢。這正是他的意見，甚至是他唯一的計劃。

我們現在比較明白，為什麼他累得跟狗似的，安排了這場奇襲，正是為了符合莫瑞厄將軍的殷殷期盼。對參謀總部來說，這個么么三高地簡直就是個累贅，地圖上的這一小點，日復一日，嘲弄著你，就是你看了就礙眼的那種長物，你就是忍不住想除之而後快。

死賴在地圖上的這個累贅，並不會令博戴勒中尉看了難受，不過么么三高地這一役，他勢在必得，因為身為最低階指揮官的他，眼見仗就快打完了，幾個禮拜後，再想要出人頭地就太遲了。他三年時間就爬到中尉的位子，已經很不錯了，要是此役再立下大功，必然會頒布他得以上尉軍階復員的命令。

博戴勒相當得意。為了激勵他的人勇敢衝鋒陷陣攻下么么三高地，他說服他們，德國佬剛才冷血地屠殺了兩個戰友，這絕對會激起手下阿兵哥們熊熊的復仇怒火。眞是如假包換的神來一筆。

一發動襲擊，他就委託一名軍士負責指揮衝鋒任務。自己則稍微退到後面一點，他得先解決幾件小事再跟大家會合。然後，他就可以再次朝敵軍防線進攻，越過這一大群中看不中用的體育健將，加入最前面的敢死隊，把德國佬殺個落花流水，這可是他祈求上帝賜給他的大好機會哪。

從他第一聲哨聲吹起，兄弟們開始進攻，他就到離右線有一段距離的地方占了個好位子，以防止士兵往錯誤方向偏移。當他看到這傢伙的時候，只稍稍震驚了一下，他叫什麼名字來著？一個老是哭喪著臉的小夥子，他那雙眼睛看起來隨時都淚汪汪的，梅亞爾，沒錯，杵在那兒，就在右翼，正兀自納悶，呆頭呆腦，這個蠢蛋，竟然能在戰火下苟延殘喘到現在。

博戴勒看到他停下來不動，又走了幾步，跪下，滿臉狐疑，還推了推老格里索尼的屍體。

可是這具屍體，博戴勒從一開始進攻就特別留意，因爲他絕對得好生照顧，讓它徹底消失不見，越快越好，甚至就是爲了這個原因，他才刻意跑到右翼壓陣，爲了能神不知鬼不覺地辦妥這件事。

這下可好，這個蠢驢阿兵哥衝到半路，停了下來，看到這兩具屍體，一老一小。

博戴勒立即加速衝刺，宛如一頭公牛，我告訴過你。此時阿爾伯特·梅亞爾已經又站了起來，似乎因爲自己的發現而心生動搖。當他看到博戴勒撲向他，他明白了自己會發生什麼事，還想逃跑，只可惜他的恐懼比不上中尉的怒氣那麼有效率。還來不及搞清楚狀況，博戴勒已經撲在他身上，一肩膀撞了他的胸口，這個二等兵就掉進炮坑，一路滾到坑底。嗯，即便頂多只有兩米深，想出來，也沒那麼容易，得有過人的體力才行，而在此之前，博戴勒就會把他給解決掉。

然後就沒啥好說的了，因爲不會再有任何問題。

博戴勒留在炮坑邊上，看著坑底的二等兵，他遲疑著，不確定該採取哪種解決方案，自己才會比較放心。他知道這得花點時間，於是便想等等再回來搞定。他轉過身去，往後退了幾米。

老格里索尼躺在那邊，一臉頑固。梅亞爾已經把格里索尼轉過去，背朝上，這個新形勢倒有個好處，使得老格里索尼和年輕的路易·戴瑞厄的屍體更爲接近，省了他不少功夫。博戴勒環顧四周，確保沒被任何人看到，順便也確認了一個事實：哀鴻遍野！就在這個當下，大家才意識到，原來這次進攻還是會付出昂貴的兵力作爲代價。不過，這就是戰爭，他可不是上戰場來探討人生哲理的。博戴勒中尉拔去進攻用的手榴彈銷釘，沉著地把手榴彈放在兩具屍體中間。時間夠他跑到三十多米外找到遮蔽保護，他雙手摀著耳朵，親眼看著兩個二等兵的屍體被手榴彈爆成碎片。

於是，這場大戰中就此少了兩個陣亡的二等兵，多了兩名失蹤人口。

現在該回去處理那個好事的傻瓜了，就在那裡，在坑裡。博戴勒拿出第二枚手榴彈。他很知道怎麼使用手榴彈，兩個月前，他把剛剛投降的十四、五個德國佬湊在一塊兒，讓他們排成圈圈，德軍戰俘面面相覷，沒人知道他葫蘆裡賣的什麼藥。博戴勒用手那麼一拋，手榴彈扔到圈圈中間，兩秒鐘後就爆炸了。這活兒幹得有職業水準。四年罰球線投籃的經驗，具體詳情，姑且略去。這十幾個傢伙還來不及搞明白自己腳下是什麼狀況，就直接上瓦爾哈拉[8]去也。王八蛋，去找瓦爾基麗[9]玩個爽吧。

這是他最後一枚手榴彈。之後，他就沒東西可以往德軍戰壕裡扔了。很可惜，不過沒關係。

就在這個時候，炮彈爆炸，掀起好大一陣塵土飛揚，隨後又整片暴跌落地。博戴勒站起來好看個清楚。整個坑完全都封得死死的！

乾淨俐落，恰到好處。那傢伙被埋在底下。傻啊！

博戴勒撈到的好處是省了一枚手榴彈。

他又感覺心浮氣躁，轉而往最前線衝去。來吧，他急著去陪德國佬好好玩玩。咱們這就送他們一份好禮道永別。

8 Walhalla，北歐神話中的天堂，亦意譯作英靈神殿；掌管戰爭、藝術與死者的主神奧丁命令女武神「瓦爾基麗」將陣亡的英靈戰士帶來此處服侍，享受永恆的幸福。
9 Walkyries，原指北歐神話中的戰爭女神，後轉意為豐滿強壯的女人。

Chapter

3

佩瑞庫爾全速衝刺，跑到半路被子彈掃到，子彈打碎了他的腿。一頭狂哮狂吼的野獸，應聲倒在爛泥巴裡，痛得撕心裂肺。他邊慘叫，全身痛苦地扭來扭去，亂滾亂翻，他看不到自己的小腿，只好將雙手緊緊箍在大腿部位，他懷疑自己是不是被大炮給炸得碎屍萬段。他無望地掙扎，想站直一點，儘管陣陣劇痛，他還是站了起來，這才鬆了一口氣：他的腿還在，一整條。他看到自己的腳趾，原來膝蓋以下全都血肉模糊。鮮血噴濺而出；他動了動腳趾，痛徹心腑，不過好歹還可以動。儘管喧囂，彈片四射，子彈呼嘯而過，他想到「我的腿還在」，鬆了一口氣，他可不想變成金雞獨立的瘸子。

有時候大家叫他「小佩瑞庫爾」，故意說反話，因爲對於一個出生於一八九五年的男孩來說，他高得不得了，一米八三，你想想看，這可不是說著玩的。尤其是這樣的身高，看起來特別顯瘦。他十五歲的時候就長這麼高了。

軍中袍澤都叫他「巨人」，然而個子高不見得就會受歡迎，大家並不怎麼喜歡他。

愛德華．佩瑞庫爾，富家子。從小到大，學校裡每個同學都跟他一樣啣金湯匙出生，絕不可能沾到一丁點衰事，他們過著錦衣玉食、自信滿滿的生活，這是富裕的尊長先輩世世代代累積下來的。在愛德華身上，這點不像其他同儕那麼明顯，因爲除了富裕之外，他還是個幸運兒。一個人很有錢、很有才華，那就罷了，但是又外加好運，不行，這點恕我們無法原諒，太不公平了。

事實上，最重要的是，他眞的很好運，具備自我保護的偉大意識。每逢危險過於嚴重，事件發展變得具有威脅性，他身上彷彿裝著天線，可以預先接收到警報，於是他就會採取必要的自我保護措施，以免有所損傷。誠然，一九一八年十一月二日，愛德華．佩瑞庫爾拖著一隻血肉模糊的爛腿趴在爛泥巴裡，我們有理由懷疑幸運之神是不是扭過頭去，轉錯方向。事實上，並沒有，不見得，因爲他保住了那條腿。他這輩子都會一拐一瘸，可是畢竟還有兩條腿哪。

他迅速解下皮帶作爲止血帶，緊緊綁住傷口，不讓血流出來。體力卻因爲這麼用力而消耗殆盡，他撐不下去，躺平。疼痛消退了一點。他不得不在這邊待一會兒，他不喜歡這個位置，隨時都有被炮打到而化爲粉塵的危險，或者更糟的是……在當時那個年代，這種想法經常出現：夜裡德國鬼子會爬出戰壕，白刀子進紅刀子出，把受傷的殘兵給當場解決掉。

愛德華把脖子探進泥巴裡，讓肌肉放鬆。他覺得涼涼的。現在，他看到身後的一切都是顚倒的。就和他在鄉下躺在樹下一樣。就和跟女孩在一起一樣。跟女孩子一起，這是他從來都沒體驗過的事。與他萍水相逢的那幾位，大多是美術學校旁邊窯子裡的姑娘。

他沒來得及回溯到更遠的回憶，因爲他突然發現博戴勒中尉形跡怪異。幾分鐘前，他從空中落地，在地上痛得打滾，做止血帶的時候，其他兄弟已經超越他，衝向德軍防線，這會兒博戴勒中尉卻在他身後十米處，站著，不動如山，彷彿仗已經打完了。

愛德華遠遠看到他，看到他倒著的側影。博戴勒雙手叉在腰帶上，正在看自己的腳，彷彿側身低頭觀察蟻丘的昆蟲學家。在一片喧囂中如此淡定。神聖不可侵犯。然後，彷彿已然了卻某件大事，或者某件事與他不再相關，也或許他已經觀察完了什麼東西，一溜煙就不見人影。打仗打得正火熱，一名軍官卻停下來看自己的腳，實在太詭異了，乃至於愛德華有一刻不再感到疼痛。有什麼地方不對勁。愛德華一條腿已經廢了，這就夠令人驚訝的了；這場仗打到現在，他全身而退，這會兒卻因為一條絞肉似的爛腿被迫釘在地上動彈不得，這就已經夠不對勁了，可是，最起碼，在某種程度上，他是個軍人，我們正處於會害人送命、讓人受傷的軍事衝突中，一條腿受傷還算照規矩來。然而，冒著炸彈襲擊的危險，一名軍官卻停下來看自己的腳……

佩瑞庫爾放鬆肌肉，又躺了下來，他設法喘口氣，雙手緊抱膝蓋，膝蓋下面一點點就是簡易止血帶。幾分鐘後，他按捺不住，拱起身子，又看了看幾分鐘前博戴勒中尉站的地方。什麼都沒有。軍官不見蹤影。進攻陣仗往前推進，爆炸聲離他又遠了十幾米。愛德華可以待在這邊，把心思放在傷勢上。比方說，他可以好好想想究竟等待救援比較好，還是自己試著往後爬回去比較好，而不是拱著身體，跟鯉魚蹦出水似的，腰彎得都快斷了地，死盯著這個地方。

他終於決定了。這可不容易。他撐著手肘往後爬。右腿不聽使喚，左腿只能勉強支撐一下，完全得靠前臂的力量，廢了的右腿拖曳在爛泥巴裡，每爬一米路都得使盡吃奶的勁兒。他不知道自己為什麼這麼做。他說不上來。除非是因為博戴勒這個人真的很讓人不放心，沒人能保證他會做出什麼事來。博戴勒證實了那句格言：從軍真正的危險，不在於敵人，而在於上級。就算愛德華沒有充分被政治化，不認為軍中體系果真如此，他還是免不了會往這方面想。

他爬得正快的時候，突然停了下來。他剛爬了七、八米，就這樣而已，大爆炸，驚天動地，不知道口徑多少的炮彈，把他釘在地上不敢輕舉妄動。或許因為他趴在地上的緣故，益發放大了爆炸效應。他愣住了，像根桿子似的直挺挺，整個僵硬，跟他右腿一樣動彈不得。簡直就像發羊癲瘋，陷入恍惚。一大片塵土，宛若高掀而起的驚濤駭浪，直衝雲霄，他死盯著幾分鐘前博戴勒站的那個地方。愛德華覺得他會被這波土浪給淹沒，這波浪如此接近、鋪天蓋地，帶著可怕的聲響又落了下去，食人魔在低沉嘆息。爆炸聲四起，子彈呼嘯而過，亮晃晃的火光噴射而上，在空中綻放，他身邊這堵土牆搖搖欲墜，土牆另一邊，一切幾乎全遭弭平，空無一物。他渾身發抖，閉上雙眼，感受到身體下方大地震動的威力。他彎腰駝背，停止呼吸。當他恢復神智，發現自己還活著，覺得眞是上帝保佑，竟然大難不死。

整片地都被翻了過來。立即，好像一隻大溝鼠，帶著一股他無法解釋的精力，他又開始匍匐往前，換成背部朝下，一路蹭到他的心召喚他去的地方，隨後他瞭解到：他到了那波土浪落下來的地方，就在這個地方，一小點鋼尖刺穿了幾乎呈粉塵狀的地面。刺刀的尖端才露出幾公分而已，但訊息十分明確：有阿兵哥被埋在下面。

活埋這回事在戰時司空見慣，是他聽說過最經典的一種陣亡類型，但他個人從沒碰過。在他服役的部隊中，經常都有工兵拿著鏟子和十字鎬想把那些錯遭活埋的人挖出來。然而，每次到的時候都太遲了，挖出來的兄弟都臉泛青紫，雙眼爆裂。博戴勒的影子又浮上了愛德華心頭片刻，他不想這次就這麼算了。

採取行動，快。

他翻過來，肚子朝地，腿上的傷口立刻讓他痛得哇哇大叫，傷口現在緊壓地面，又爆裂開來，冒出血泡。聲嘶力竭的吶喊還沒叫完，他就瘋狂刨地，手指彎曲呈爪狀，效率奇低，萬一被埋在下面的那傢伙已經開始缺氧……沒過多久，愛德華就想到，那個人被埋在多深的地方呢？要是他有可以挖土的東西就好了。他轉向右邊。目光落在四散的死屍上，除此之外，沒有任何一物殘留，沒有工具，什麼都沒有。

唯一的解決方法是把插在地上的刺刀抽出來，用它來挖，可是這得花好幾個鐘頭。他好像聽到這傢伙在呼喚。當然，就算他埋得不怎麼深，戰場如此喧鬧，愛德華根本也沒有任何機會聽到他嚎叫的聲音，這純粹只是他的想像力在發揮作用，他的大腦在翻騰，當下的狀況有多緊急，他心裡有數。一有人被活埋，就得立刻把他救出來，否則就算救出來也回天乏術。他邊用指甲在露出來的刺刀周圍邊上亂挖，一邊想著，不知道自己認不認識他；隊上兄弟的名字、臉孔從他腦中一一閃過。他要救這個戰友，但願是某個跟他說過話、某個他喜歡的人——在這種情況下這麼想是很不恰當的，但這種想法，卻有助於他加快挖掘速度。他不斷左轉右轉，眼觀四方找著任何可能的援助，但什麼都沒有，手指痛得要命。好不容易，總算清掉了刺刀每邊約十來公分的泥土，他搖搖看，刺刀跟健康的牙齒一樣牢固，一公釐也搖不動，眞令人喪氣。愛德華瘋也似地挖了多久？兩分鐘？三分鐘？底下的那個傢伙搞不好已經死了。因爲姿勢的關係，愛德華開始覺得肩膀好痛。這樣下去，他撐不了多久，他不禁懷疑，筋疲力盡，手勢慢了，呼吸也不順暢，二頭肌變硬，他抽筋了，他用拳頭輕輕拍著地面。突然，他確定：刺刀動了！他的眼淚立刻流了下來，眞的哭，他用雙手抓著刺刀尖端，使勁推，用盡全身力氣，不停往外拉，他用手背抹了抹滿臉氾濫的淚水，突然很容易就可以搖動刺刀，他不搖了，又開始挖，手伸到土裡試著把刺刀抽出來。刺刀終於屈服時，他發出勝利的歡呼。他抽出刺刀，盯著它瞧了一下，不可置信，彷彿他從沒看過刺刀，可是他十分激動，使勁一揮，又把刀子插進土裡，他發出怒吼，大聲咆哮，拿刺刀猛挖地面。他用鈍的那邊畫出一個大圈，把刀平擺置於土下，好把土掀開，隨後再用手把土撥開。這花了他多少時間？腿部疼痛更加劇烈。終於，有了，他看到了什麼東西，他試探著摸了摸，是布，鈕扣，他跟瘋子一般死命刨，好一條如假包換的獵犬，他又摸了摸，是一件制服上裝，他雙手雙臂並用，土陷下去，凹出一個洞，他感覺到有東西，但不知道是什麼。然後，他挖到光滑的頭盔，他用指尖順著頭盔的輪廓摸去，一個小夥子。「嘿！」愛德華還在哭，邊哭邊大叫，他的兩個胳膊，不受控制，自行驅動，戮力幹活，猛地把土掃開。阿兵哥的腦袋終於露了出來，不到三十公分的地方，他彷彿睡著了；愛德華認得他，他叫什麼名字來著？他死了。死了，想到這點，令人如此悲痛，愛德華停下來，看著戰友，就在他下面，剎那之間，他覺得自己跟他一樣，也死了，愛德華凝視著他的時候其實凝視的是死去的自己，這讓他感到心好痛，好痛好痛……

他邊哭，邊繼續把戰友身體其他部位挖出來，很快，肩膀，上身，直到腰帶。在這個士兵面前還有一個死馬頭！奇怪的是，這一馬一人被發現時，竟然像這樣被埋在一起，面對面，愛德華心想。淚水蒙上眼簾，他透過淚水，看到這一人一馬形成的這幅景象，他就是忍不住。要是他能站的話，用別的姿勢挖，還可以更快，但即便如此，愛德華還是把他挖出來了，他拉大嗓門，說了好幾句傻話，邊哭得跟頭小牛犢似的，他說「別怕」，好像對方還聽得到似的，他想緊緊把他攬入懷中，他說出一些要是別人聽到、他會覺得很難爲情的話，因爲在他內心深處，其實他是爲他自己的死哭泣。回顧前塵，他因爲自己的恐懼而哭，他現在可以承認，都兩年了，他根本就怕得要命，極有可能這個死了的阿兵哥是他，而眼前這個阿兵哥只有受傷而已。戰爭即將結束，他灑在戰友身上的這些淚水，來自於他的青春、來自於他的生命。他很幸運只有殘廢而已，這輩子都得拖著一條瘸腿。這門生意很划算。他還活著。他大動作地把整具屍體挖了出來。

他想到他姓什麼了：梅亞爾。至於他的名字，他從來都不知道，大家都叫他梅亞爾。

但是他有一絲懷疑。他把臉貼近梅亞爾的臉，但願身邊爆炸聲四起的全世界都閉嘴，這樣才能聽個仔細，因爲愛德華自忖，他到底死了沒？雖然梅亞爾躺在他身邊，這種姿勢一點都不方便，他還是使盡力氣摑他巴掌，隨著吃巴掌的動作，梅亞爾的頭卻逆來順受、毫無反應；根本就毫無意義，而且愛德華這種想法糟透了，他竟然還抱著一絲希望，以爲這個阿兵哥可能還沒死透，這種想法只會讓他更難過，可是正因爲這樣，既然他懷疑、他有疑問，他就非搞清楚不可，但對我們而言，目睹這一切很可怕。我們很想對他喊道，算了，你已經盡力了，我們很想輕輕拉起他的手，使勁握在我們手中，要他別再像這樣亂扭、躁動，我們很想對他說那些面對鬧彆扭的小孩子才會說的話，並緊緊攬他入懷，直到他的眼淚乾涸爲止。總之就是：撫慰他。問題是，愛德華身邊沒有人，你不在，我也不在，沒人可以幫他指點迷津，梅亞爾或許還沒有死的這種想法，隱隱約約浮上愛德華心頭。愛德華經歷過這種事一次，要不就是有人跟他說過，一個前線的傳奇故事，其中一個從來都沒人親眼看過的謠傳，有個阿兵哥，大家都以爲他死了，沒想到他又活了，因爲他的心臟，又重新開始跳動。

來不及多想，儘管非常痛，痛到骨子裡，愛德華還是靠著他那條好腿爬了起來。他站起來的時候，看到自己的右腿拖在身後，他只感覺到這條腿陷在霧中，霧裡摻雜著恐懼、疲憊、痛苦、絕望。

他使勁一跳，非常短的時間。

他像蒼鷺般單腳站了一秒鐘的時間，不靠任何東西取得平衡，他往下瞄了一眼，迅速但深深大吸一口氣，使勁往梅亞爾胸膛一摔，整個人壓在上面。

「喀」的一聲，眞是不幸，肋骨斷了、碎了。愛德華聽到一聲嘶啞的喘氣聲。就在他下面，土翻了過來，他往下面滑去，好像從椅子上掉到地上那樣，原來不是土高了起來，而是梅亞爾轉了過來，他大吐特吐，連腸子都快吐出來了，然後就一直咳嗽個沒完。愛德華簡直不敢相信自己的眼睛，眼淚又冒了出來，你不得不承認，這個愛德華，他真的很好運。梅亞爾還在吐，愛德華興高采烈地拍他的背，一邊又哭又笑。他這會兒坐在這邊，在哀鴻遍野的戰場上，坐在死馬頭旁，一腿反折，蹺在屁股後面，血流不止，氣力散盡，跟這個從鬼門關回來正在大嘔特嘔的傢伙在一起……

對一場即將要結束的戰爭來說，這的確很了不得。這畫面好美。但不是最後一幅畫面。雖然阿爾伯特·梅亞爾依稀恢復意識，聲嘶力竭地滾到一邊，愛德華彷彿吃了炸藥，直挺挺的，一柱擎天，好似在羞辱老天爺。

就在這個時候，輪到他撞上炮彈開花，稠得像碗濃湯。相當厚重，速度令人暈眩。

天神的回應，大概是。

4

兩人慢慢恢復意識，但回到現實的方式大不相同。

阿爾伯特從鬼門關死裡逃生，大吐特吐，在慘遭炮彈彈道撕裂的天空下隱約恢復知覺，這是他眞正回到現實世界的徵兆。他可能還沒有意識到，但是博戴勒中尉發動和領導的突擊已經接近尾聲。其實這個么么三高地相當容易就拿了下來，抵抗雖激烈卻短暫，敵軍棄械投降，我軍虜獲戰俘。從開始到結束，全部就只有象徵性地三十八人壯烈犧牲，二十七人受傷，兩人失蹤（德國佬不列入計算），換句話說，合計下來相當划算。

當擔架兵從戰場上救回阿爾伯特的時候，愛德華·佩瑞庫爾的頭靠在他大腿上，他撐著愛德華的頭，哼著、晃著，處於一種被救援人員列入「譫妄」的狀態。他所有肋骨都裂了、錯位或骨折，但肺部完好無損。他差點就爲國捐軀，但他畢竟還活著，算是個好兆頭。然而就算他希望這眞是個好兆頭，也不見得就能如願，因爲之後他還得被迫面對質疑他當時處境的問題提出檢討。

例如，基於何種奇蹟、多虧哪種超乎凡人的意志、經由什麼不可思議的偶然，在二等兵佩瑞庫爾對他採行純個人美技的再生復活術前，他的心臟明明就已經停止跳動了好幾秒鐘，結果，事實證明，機器重新啟動，雖然不無抽搐、痙攣與掙扎，但是重要的部分狀態良好。

經過悉心包紮後，醫生宣布盡了醫學上最大的努力，隨後就將他轉到一間大公共病房，輕病重症的阿兵哥混居其間，有的奄奄一息、有的身受重傷，各式肢體傷殘，儘管他們有夾板固定，最有效的治療方式還是包著綳帶玩牌。

多虧攻占么么三高地一役，幾個禮拜以來，因期盼停戰而稍微打起瞌睡的戰地醫院，又開始忙活，可是，由於這次奇襲不太具毀滅性，所以醫院僅採行正常步調，這是將近四年來眾將士不曾看過的情形。現在，修女護士只要顧著伺候口渴得要命的傷患；醫生不用被迫放棄照顧那些還要拖很久才會兩腿一蹬的二等兵；至於從七十二小時前就沒闔過眼的外科醫生，再也不用明明手都抽筋了，還得硬撐著去鋸開股骨、脛骨和肱骨。

打從愛德華被送到這邊，就臨時動過兩次大刀。他的右腿有好幾處骨折，韌帶、肌腱都完蛋了，得瘸腿度過餘生。最重大的手術則在於臉上的傷口，得先研究過才能除去異物（在戰地醫院設備能辦得到的範圍內）。醫生幫他預防接種，儘量幫他重建氣管，控制住氣性壞疽迅速孳生的危險，切開傷口以防止感染；剩下的，也就是說，最重要的部分，如果傷者沒死的話，隨後就會將他轉到專門的醫療機構，交給設備比較完善的後方醫院去處理。

上級下達命令，緊急將愛德華轉院，值此期間，特准阿爾伯特留在戰友床邊隨侍照顧，他倆奇蹟獲救的事跡經過無數次轉述後早就走了樣，很快就傳遍整個醫院。還好院方把愛德華送進單人房，位於軍營最南邊的醫護大樓特區，在這邊，不會一直聽到垂死的阿兵哥在哀哀叫。

阿爾伯特一步步地參與了愛德華的復原階段，復原工作很累人，錯綜複雜，他搞不太清楚怎麼回事，他覺得自己一點都派不上用場。話說愛德華的表情、手勢經常都一閃而過，快到阿爾伯特還來不及反應，便消失不見，但他竟然還能正確解讀，有時候連他自己都好驚訝。我已經說過了，阿爾伯特向來反應都不快，他自己才剛剛經歷了一場小意外，對改善慢郎中症狀這點更是毫無幫助。

愛德華爲他的傷吃足苦頭，大聲嘶吼，激動到醫護人員不得不把他綁在床上。阿爾伯特這才發覺醫護大樓最邊上的這間病房，並不是爲了傷患舒適著想，而是爲了避免別人得忍受他整天哼哼唧唧亂叫。打了四年的仗，阿爾伯特竟然還沒學會軍中行事的竅門，他實在天眞得無底限。

阿爾伯特絞著雙手絞了好幾個鐘頭，不知如何是好，聽到戰友的哭喊聲、哽咽的哀嚎或嘶啞的怒吼。一個人持續處於痛苦和瘋狂極限時，短短幾個鐘頭內，就能透過叫聲傳達出一個人所能表達的一切。

雖然阿爾伯特在銀行部門副主管面前，沒膽捍衛自己的權益，這會兒卻蛻變成了慷慨陳詞的律師，以爲愛德華辯護，爭取權益，他的戰友被炮彈碎片炸到，這可是跟灰塵跑進眼睛完全無法相提並論的。以他的程度，他表現得已經很好了，他覺得自己很有效率。事實上，別人只覺得他這麼做很感人而已，不過這就夠了。由於將愛德華轉院一事，軍方大致都在盡全力進行了，年輕的外科醫生同意給愛德華施打嗎啡以減輕痛苦，但不及他堅持施打的最小劑量，而且逐步減少。愛德華絕不能再留在這兒，他的狀況需要專門照顧，而且得快。轉院是最迫切的事。

還好有嗎啡，愛德華復原雖慢卻比較沒鬧事。剛入院時，他的知覺還相當混亂，冷、熱都分不清楚，他沒辦法分辨某些反應，是誰在說話的聲音也聽不出來，最難以忍受的還是陣陣劇痛，從胸膛開始蔓延到整個上半身，心臟一跳，整個上半身就跟著痛，一波又一波，連綿不斷，受苦受難，都是因爲減少嗎啡劑量的後果。他的頭成了個傳聲筒，每一波都是一聲低沉碰撞，宛若船隻入港時，船上浮標撞上堤岸發出的聲響。

他也感覺得到自己的那條腿。右腿，被一顆可惡的子彈打爛，爲了過去援救阿爾伯特·梅亞爾，害腿傷更加惡化，但這種疼痛在藥物的作用下也變得似痛非痛。他隱隱約約看到自己的腿還在，這點倒是千眞萬確。情況糟透了，沒錯，不過這條腿畢竟還是從第一次世界大戰戰場歸來，一般人期待一條腿所能提供的服務，好歹它還能勝任（至少部分還行）。影像淹沒了他的知覺，他對事物的認知滯留於模糊不清的階段，持續了好長一段時間。愛德華活在混沌不明且連續不斷的夢裡，既不按照順序，也沒先來後到，他以前看過、經歷過、聽過、感受過的一切的縮影，接連出現在夢中。

他的大腦混合著現實與繪畫，一幅幅畫作，彷彿在他想像出來的這座博物館裡，生命只不過是一件額外與多樣的作品。波提切利稍縱即逝的美，卡拉瓦喬的那個男孩，被蜥蜴咬傷，臉上乍現驚恐，隨後又出現了殉道者街上那個推車賣水果女攤販的那張臉，她一本正經到一直都令他相當困惑，誰知道爲什麼，還有父親的假領，就是略泛粉紅的那個。

在這幅日常生活瑣事的單彩畫正中央，德國佬、裸男和勇猛戰士等諸多人物，以再現〈世界的起源〉[10]的方式成群蜂擁闖入。不過他只看過這幅畫一次，偷看，在某個世交家。我現在跟你說的這件事，那是在大戰開打好久好久以前，當時愛德華應該才十一、二歲吧，他還在聖-克洛蒂爾德[11]教會學校學畫。

10 "L'Origine du monde"，法國畫家古斯塔夫·庫爾貝（Gustave Courbet）於一八六六年創作的一幅寫實主義畫作。該畫作因描繪女性下體的特寫而引發激烈爭議。

聖-克洛蒂爾德，是希爾佩里克和卡瑞特娜的女兒，這個煙視媚行的小賤人，愛德華畫過她的所有姿勢。她曾慘遭叔叔高德吉希勒魔爪侵犯，被克洛維視爲禁臠，大約四九三年的時候，她邊吸勃艮第國王[12]的老二，蘭斯大主教雷米還邊在後面搞她。就是這幅畫害他第三度被退學，也是最後一次。大家一致公認他怎麼會這麼瞭解這段複雜的宮闈祕辛？甚至不禁納悶，以他的年齡，打哪兒找來這些範本，畫得如此鉅細靡遺？而他那視藝術不啻爲跟染上梅毒一般墮落的父親，則緊咬嘴唇，氣得不發一語。事實上，在聖-克洛蒂爾德事件之前，愛德華就已經是一號麻煩人物，尤其他跟父親關係欠佳。愛德華老是藉著畫畫來表達自己的想法。他念過的所有學校、教過他的所有教師，遲早有一天，都有權利享有在黑板上看到自己高一米多的諷刺肖像。乾脆說白一點，簡直就是宣告愛德華已經沒救了。多年來，他父親透過關係，設法讓他進入名校就讀，他的創作靈感也就專注於學校裡的體制生活，現在他逐漸轉往新主題發展，姑且稱之爲愛德華的「神聖宗教期」吧，其中又以下列這幕攀上巔峰——那就是化身爲友第德[13]的音樂老師朱斯小姐，貪婪地揮舞著赫羅弗尼斯的頭顱，而這顆頭顱又會讓人聯想起數學教師拉普爾斯先生的那顆。大家都知道這兩位教師有著「堅」固的友「情」。在把他們逮個正著，交給校長發落之前，多虧愛德華在黑板上、牆上、紙上持續刊登情節聳動的專欄，教師們得享溫故知新、隨時跟上兩人「關係」進展之樂趣，一直到象徵他們分手，令人嘆爲觀止的斬首片段爲止。只要是在校園看到無聊無趣的數學老師，全體師生都會立即把他投射成天賦異稟、令人瞠目結舌的登徒子沙提[14]。愛德華當時八歲。該系列《聖經》場景畫作讓他贏得蒙高層召見的榮寵。然而談話對他造成的紛擾並無幫助。當校長高舉手臂，揮舞著那幅畫，以震驚語氣提到友第德，愛德華表示雖然這個年輕女人拎著斷頭的頭髮，但是，由於這顆頭是放在盤子裡的關係，所以我們看到的應該是莎樂美[15]，而非友第德，這樣比較合理，也就是說我們看到的那顆頭應該是施洗約翰，而非赫羅弗尼斯。殊不知，愛德華也有賣弄學問的一面，跟訓練有素的狗狗一般反應奇快，足夠讓人火冒三丈。

有一點我們無法置喙：他那靈感泉湧的偉大時期，我們可以將其列爲「極盛」期。話說在這段期間，想像力與創意氾濫潰堤，主題五花八門、層出不窮，也正式開啟了他的手淫時代。於是在他的大幅畫作中，全體員工粉墨登場——就連家僕也不例外，因爲他們對機構高官的尊嚴來說極具殺傷力——在這些龐大的構圖中，人物眾多，多到可讓愛德華盡情發揮，恣意安排最別出心裁的種種性配置。大家都很樂，不過在發掘他性幻想的同時，也不免對愛德華的私生活有所質疑，這是當然的，其中有幾位觀察力最入微的人士，從中辨識出愛德華有著不足爲外人道的偏好傾向，大家還在研究到底該怎麼形容這種啟人疑

---

11 Sainte-Clotilde（474-545），勃艮第公主，國王希爾佩里克和王后卡瑞特娜之女，後來嫁給克洛維而成為法蘭克王國的女王，克洛維在她影響下，放棄了日耳曼人所信奉的亞流教派，轉而皈依羅馬公教，成為基督徒。

12 作者此處所指的勃艮第國王應是克洛蒂爾德的另一個叔叔康德伯（Gondebaud）。她與克洛維成親（四九三年）後，與叔叔展開一段叔叔與姪女之間的亂倫婚外情，同時又與蘭斯大主教雷米有所牽連。

13 Judith（新教譯做：猶滴）是《聖經》中《友第德記／猶滴傳》中的主要人物。文章中講亞述大軍侵入巴勒斯坦時，所向無敵，搗毀各地的神廟，直抵猶太的伯夙利亞城。這時城中以為年輕貌美的寡婦友第德主動帶領女奴出城，用美色誘惑亞述軍主帥，夜裡將其主帥赫羅弗尼斯（Holofernes）的頭割下逃回城中。猶太軍隊乘勢進攻，敵方因主帥死亡，無人指揮，大敗而逃。

14 Satyre，生著羊角及羊蹄的半人半獸神。

15 Salomé，《聖經》中的人物。某天莎樂美在希律王面前跳舞，希律很歡喜。希律就起誓，應許隨她所求的給她，豈料，她竟說：「請把施洗約翰（saint Jean-Baptiste）的頭放在盤子裡，拿來給我。」王便憂愁，但因他所起的誓，又因同席的人，就吩咐給她。於是打發人去，在監獄裡斬了約翰，把頭放在盤子裡，拿來給了莎樂美。

賓的關係。

愛德華老是畫個不停。大家說他很邪惡，因爲他以驚世駭俗爲樂，不放過任何機會，可是蘭斯主教雞姦聖┴克洛蒂爾德那批畫真的惹毛了學校。他的父親更是盛怒不已。一如往常，他父親花了該花的錢，想大事化小、小事化無。但教會學校不會向任何勢力低頭。雞姦這方面，學校堅決不讓步。所有人都對愛德華大肆撻伐，除了幾個朋友，包括被他畫的圖搞得很興奮的那些，還有他姐，瑪德蓮。她啊，這些畫讓她覺得很好笑，雖然主教雞姦克洛蒂爾德讓她比較笑不出來，不過這還不是一樣嘛，愛德華好久以前就這樣了呀，可是只要一想到校長宇博神父的那張臉，嗯，事態的確很嚴重。她也一樣，她也在那邊念過書，在聖┴克洛蒂爾德女生部，對於這點，她心知肚明。愛德華如此膽大妄爲，不知天高地厚，讓瑪德蓮覺得很好笑，她也喜歡撥亂他的頭髮；可是他得調整好姿勢才行，因爲他雖然比瑪德蓮小，塊頭卻很大。他會歪下身子，瑪德蓮把手伸進他濃密的頭髮裡面，她擦頭皮的力氣好大，他終於忍不住笑著求她饒命。千萬不能讓父親看到姐弟間的這一幕啊。

話說愛德華，已經沒救了，父母雖然家財萬貫，但他在接受教育方面，完全不如父母所願。戰前佩瑞庫爾先生就已經賺進第一桶金，他就是那種危機入市的投機分子，國難財好像就是專門爲這些人設的。他媽媽，從來沒人提過她有多少財產，這種事毫無意義，還不如問大海是從什麼時候開始有鹽的。由於媽媽很年輕便因心臟方面的毛病香消玉殞，留下爸爸一人獨自管理偌大家產。他忙於錢滾錢，將子女教育委託給教育機構、老師、家教，換句話說，其他所有的人。愛德華擁有的聰明才智，所有人公認高於平均水準，令人難以置信的繪畫天賦，連美術學校的教師都爲之驚豔，目瞪口呆，天生的幸運兒。他還有什麼好奢望的嗎？或許正是由於這種種原因，他一直都是個闖禍精。因爲他知道自己有恃無恐，反正他闖的禍遲早都會有人擺平，於是，他更加肆無忌憚，無法無天。隨別人愛怎麼說就怎麼說。此外，還有一點讓他可以大放一百二十個心：一個人越處於險境，就越會注意保護自己。事實上，每次兒子闖禍，佩瑞庫爾先生都會出手相救，他這麼做其實是爲了他自己，他不願意讓自己的姓氏遭到玷污。但這何其困難，幫兒子收拾殘局成了經常性挑戰，愛德華不斷闖禍，專愛惹事生非。搞到最後，他父親終於不再關心他的命運與未來，愛德華則趁機進了美術學校。一個充滿愛心和對他保護有加的姐姐，一個保守得夠嗆的父親，每一分鐘都否認他，愛德華身懷毋庸置疑的天賦，幾乎擁有所有足以成功的一切。好，我們懂，他不見得就能藉此成功，這可是在戰爭正要結束的時候，情況當然無法同日而語。然而他還是稱得上成功，除了他的腿以外；血肉模糊，醜得要命。

當然，阿爾伯特守著他、幫他換衣服的時候，所有這一切，他都一無所知。他唯一可以確定的東西就是：不管之前愛德華．佩瑞庫爾運行在哪條軌道上，一九一八年十一月二日，航線都突然改道。還有就是：他的右腿很快就會變成比較不值得他擔心的事。

阿爾伯特把所有時間都花在陪他戰友，擔任義工輔助護士照顧他。護士只有負責避免愛德華感染風險方面的照顧、鼻胃管餵食（院方幫愛德華調配了一種摻了牛奶、雞蛋或肉汁的混合飲品），其他都歸阿爾伯特管。他用濕布幫他擦拭前額，帶著珠寶商般的謹愼餵他喝東西，沒做這些事的時候，他就幫他換護墊。此時他會緊閉雙唇，轉過頭去，捏著鼻子，眼望他方，邊說服自己：他戰友的未來搞不好就取決於他做這份苦差事的細膩程度。

他的注意力完全被兩大任務給吸收殆盡：首先，找出一種不用抬起他側身便可讓他呼吸的方式，但徒勞無功；其二則是陪伴戰友等候救護車到來。

他邊巴望著救護車早日開到，邊不斷看到愛德華．佩瑞庫爾半躺在他身上，自己從鬼門關前死裡逃生的那一刻。但是在背景中陰魂不散的，卻是博戴勒中尉，這個爛胚的影像。他花了數不清多少個鐘頭想像，萬一博戴勒中尉在路上遇到他，會對他怎麼樣。他依稀又看到博戴勒在戰場上朝他猛撲而來，生理幾乎又產生與他落入炮坑裡時一樣的感覺，可以說是被洞給吸了進去。然而，其實他很難長時間集中精神思考，他的頭腦還沒有辦法恢復原本的運算速度。儘管如此，阿爾伯特回歸正常生活後不久，有些話就在他耳邊迴盪：有人曾企圖想殺死他。

這種說法聽起來很怪異，但是不會不合理；畢竟，一場世界大戰，向來都只不過是一個想謀殺一整個大陸的企圖；只不過這次的企圖，是衝著他來的罷了。阿爾伯特看著愛德華．佩瑞庫爾，空氣變得稀薄的那一刻不時重新浮現眼前，引得他怒火中燒。兩天後，他準備好了，他隨時都可以變成殺人犯。經過四年戰爭的洗禮，是時候了。

只有他獨自一人時，他就會想到賽西兒。朝思暮想都是她，她卻似乎越來越遠。接連發生一連串的事件把阿爾伯特推向另一種生活，但是生活裡如果沒有賽西兒，何以能奢言過生活呢？他靠回憶自我安慰，看著她的照片，細數她有多麼天生麗質，眉毛、鼻子、嘴唇，直到下巴，賽西兒的這張小嘴兒，這種令人難以置信的小東西，怎麼可能存在呢？有人就快要把這張小嘴兒從他身邊偷走了。某天，會有人把它從他身邊奪走。要不就是她會離他而去。意識到這個事實，說穿了，阿爾伯特本來以爲沒啥大不了，然而她，她的肩膀，就光是她的香肩……光想到這點就還不如殺了他算了，每個鐘頭都極其難熬，他好傷心。難道他受的這些罪、這一切就爲了失去她？他心想。於是他拿出一張紙，想給她寫封信。他該不該一五一十全都告訴她，告訴這麼個一心只等一件事的她……說起這件事，正好就是這件事，他們已經不再提了，難道說，他們之間，終於因爲戰爭邁向終點，也跟著畫下了句點？

當他想不出該寫什麼給賽西兒，或者給他母親的時候（優先寫給賽西兒，其次才是他母親，如果他有時間的話），當他沒扮演護士角色的時候，阿爾伯特就是在反覆思量這些。

例如，那個馬頭，他發現埋在他旁邊的那個馬頭就經常浮現腦海。奇怪的是，隨著時間過去，馬頭已經失去了可怕的一面，就連它散發出來、他試著吸入以求生存的腐爛臭氣，他都不再覺得那麼令人作嘔與噁心難忍。相反的，站在炮坑邊緣的博戴勒影像，卻以媲美照片的清晰度精準地出現在他眼前，然而他原本還想保留某些細節的馬頭卻逐漸消散，顏色、輪廓都看不清了。儘管他努力集中精神，這個影像還是消失了，造成阿爾伯特某種失落感，難以理解，可就是會害他不安。戰爭即將結束。現在還不到算總帳的時候，然而我們卻在當下這個可怕的時刻就看到損害程度有多嚴重。如同眼前的這些男人，四年來，他們在戰火下都保持著彎腰駝背，還眞的是卑躬屈膝，從此再也抬不起頭來，就這麼背負著壓在他們肩頭的這副無形重擔走完一生，阿爾伯特感覺到有某樣東西，他確信有，永遠不會再回來了，那就是：心靈的平靜。幾個月來，從在索姆河那邊首度受傷開始，從那些無盡的夜，滿懷被流彈掃到的恐懼，身爲擔架兵的他到戰場上去找受傷的同袍，尤有甚者，自從他死裡逃生，他體驗到一種說不清的恐懼，極其敏感，幾乎觸碰得到，已經一點一滴進駐在他身上。這些在在加劇了活埋對他造成的毀滅性影響。他的某樣東西還在地底，他的身體被帶上了表面，可是他的部分大腦，受困被俘，感到驚恐的那個部分，一直都留在地底，遭到禁錮。這種經驗深深烙印在他的血肉裡，在他的舉止裡，在他的眼裡。他一離開房間就會焦慮，任何腳步聲，都會引得他全神戒備，大咧咧地打開門之前，他都會小心翼翼地先探頭進去東看西看，走路時緊貼著牆壁、躡手躡腳，老是幻想遭人跟蹤，不管誰跟他說話，他都會仔細端詳此人的一舉一動，而且老是待在跨一步就可以到出口的地方，以防萬一。不論任何情況，他都眼觀四方，保持警覺，來回張望。在愛德華床邊，他也需要看看窗外，因爲病房的氣氛令他窒息。他得好生警惕著，所有東西他都不信任。這些他全知道，這輩子已經回不去了。他現在只得帶著這種動物般的神經質過一輩子，如同一個因爲自己竟然是個醋罈子而被嚇到的男人，他瞭解到，往後自己得跟這個新毛病妥協。這個發現令他無比悲傷。

雖然劑量逐漸減少，嗎啡還是發揮了效用，目前，愛德華暫時有權每隔五、六個鐘頭就打上一安瓿，他不再因爲疼痛而躁動，病房也不再持續響起聽了就煩的哼哼唧唧，間歇夾雜強調著令人毛骨悚然的慘叫聲了。他只要沒陷入昏睡就很煩躁，醫護人員只得繼續把他綁在床上，以免他亂抓自己的開放性傷口。

他們還活蹦亂跳的時候，阿爾伯特和愛德華向來都沒私交，他們曾經碰過面，擦肩而過，打個招呼，或許大老遠地笑了笑，在此地或在彼方，僅此而已。愛德華．佩瑞庫爾，像許多其他戰友一樣，如此親近，卻又陌生得可怕。直到今日，對阿爾伯特而言，他依然是個謎，神祕莫測。

愛德華轉到單人病房的下一天，阿爾伯特就發現他的東西已經放在木頭衣櫥腳下，衣櫥有扇門關不起來，稍微吹點過道風，這扇門就嘎嘎作響。不論誰都可以進來，偷東西——誰知道呢？阿爾伯特決定把愛德華的東西藏在安全的地方。他拎著這個帆布袋，裡面八成放著愛德華的個人財物，阿爾伯特摸著良心承認，他先前之所以不想把愛德華的帆布袋收好，那是因爲他怕自己會抗拒不了偷翻的誘惑。而他之所以沒有偷翻，則是因爲出於對愛德華的尊重，這是一個原因，但是，還有另外一個原因。因爲偷翻會讓他想起他的母親；梅亞爾太太就是那種會偷翻小孩東西的母親。整個童年，阿爾伯特都將自己最了不得的寶貝開誠布公，爲的就是能把一些雞毛蒜皮的祕密藏起來，不讓母親發現，可是梅亞爾太太最終都會發現，並且還大咧咧地揮著舞著，一邊還如洪水洩堤般指責他個沒完沒了。無論是他從《畫報》上剪下來的自行車手照片，還是他從某本文集上抄下來的三行詩句，或是他下課時從同學蘇比斯那邊贏來的四顆小彈子和一顆大彈珠，梅亞爾太太認爲只要是祕密就是背叛。某天她福至心靈，還邊揮舞著一張東京那邊的樹岩明信片，那是某個鄰居送阿爾伯特的，邊自顧自地展開一場慷慨激昂的獨白，一個個數落爲人子女者有多麼忘恩負義，尤其是她自己的這個不肖子，可有多自私，她熱切盼望早點去地下跟她那可憐的丈夫相會，才終於能一了百了……接下來的臺詞你自己就猜得到。

阿爾伯特打開愛德華的帆布袋，目光落在一本用橡皮筋箍著的硬殼筆記本上，上述那些痛苦的回憶消失了。看得出來這本本子歷盡風霜，而且裡面只有藍色鉛筆畫的草圖。阿爾伯特愣坐在那兒，盤著腿，面對吱吱響的衣櫥，立刻被本子上的這些場景給催眠了，有的是用鉛筆草草畫了兩筆，有的比較講究，上面用了一場苦雨般的密密暈線描繪出深深的陰影。所有這些素描，約有一百來張，都是在這邊畫的，在前線，在戰壕裡，表現出軍旅日常生活的各個時刻，阿兵哥在寫信、點菸斗、被玩笑逗得哈哈大笑、準備衝鋒陷陣、吃東西、喝東西，諸如此類的。匆匆一筆就成了年輕士兵筋疲力竭的側影，隨意的三兩筆，就勾勒出一張有著憔悴雙眼的疲憊的臉，看了讓你捶心肝。幾乎什麼都沒，一氣呵成，好像漫不經心，稍微幾筆便抓住要領，恐懼和痛苦、等待、沮喪、疲憊，這本素描小冊子，簡直就是一份宿命宣言錄。

阿爾伯特邊翻頁，心邊揪了起來。因爲，在這些圖裡面，都沒有半個死人。從來都沒看到半個人受傷，沒有半具屍體，只有活人。殊不知，這樣反而更可怕，因爲所有這些畫面都嗥叫著同一件事：這些人……快死了。

他把愛德華的東西收好，心情相當激動。

關於靠嗎啡止痛方面，年輕醫生依然毫不動搖，「我們不能繼續這樣，一旦習慣了，這種藥會造成損害，不能一直用，知道嗎？不行就是不行，他不能一直用下去。」手術隔天，他立刻就減少了劑量。

愛德華慢慢回歸現實，再度有了知覺，再度開始忍受折磨，阿爾伯特則擔心為什麼還沒將他轉到巴黎呢？

年輕醫生被他問得雙手一攤，表示無可奈何，隨後便壓低聲音：

「他在這邊都待了一天半了……他早就該被轉走，我真的搞不懂。不過等著轉到後方的傷患太多，大排長龍，老堵在那兒，這倒是真的。可是他留在這邊真的很不好，這個你是知道的。」

他一臉擔心，非常擔心。從那一刻起，阿爾伯特，惶惶不可終日，全副精神都擺在唯一一個目標上：儘快把戰友轉走。

他努力不懈，去向姐妹們詢問消息，雖然醫院現在比較平靜，但姐妹們還是繼續在走廊裡跑來跑去，跟閣樓的老鼠一樣。然而這些努力盡皆付諸流水，這是一間軍醫院，換句話說，一個我們幾乎不可能打聽到什麼消息的地方，首當其衝的就是：真正發號施令的人的身分。

他每個鐘點都會回到愛德華床邊，直到戰友再度進入夢鄉。其餘時間，他都來回穿梭於各個辦公室，在連接各棟主要建物的走道上奔走。他甚至還去過市政廳。

某次從這些地方中的其中一處回到愛德華病房的時候，兩名士兵站在走廊上，制服相當乾淨，還刮了鬍子，渾身上下散發出自信的光芒，在在顯示出他們是駐紮總部的傳令兵。第一個二等兵交給他一份密封文件，第二個，或許是爲了掩飾不安，手一直放在手槍上。阿爾伯特覺得他自己疑神疑鬼的反應，看起來並不算毫無根據。

「我們剛剛進去過。」第一個二等兵說，面帶遺憾，用大拇指朝病房裡比了比。

不過一進去後，他們就寧願還是待在外面等。那股味兒……阿爾伯特走進病房，一放下那封他已經打開了的信，便立即衝向愛德華。打從愛德華被送到這邊來，這個年輕人的眼睛還是首度睜著的，他背後墊了兩個枕頭，無疑是某個經過他病床的姐妹幫他放的，床單遮住了他被綁著的雙手，他點了點頭，發出幾聲嘶啞的咕嚕咕嚕，又咕嘟咕嘟地結束。瞧，我都這麼形容他了，就甭提他的病情會有什麼顯著的正面進展，不過到目前爲止，阿爾伯特面對的一直都是一個只會慘叫和嚴重痙攣的軀體，要不就是處於跟陷入昏迷差不了多少的昏昏欲睡狀態。現在他眼前的愛德華已經好多了。

這些天以來，阿爾伯特都一直睡在椅子上，很難知道究竟是哪股神祕力量在這兩個男人之間運行，不過阿爾伯特才剛把他的手放在床邊，愛德華就猛地扯起綁帶，憑藉著一股該死的蠻力，終於抓到阿爾伯特的手腕。這個動作蘊含的意義，沒人說得上來，它凝聚了一個在戰爭中受傷的二十三歲男子所有的恐懼，所有的放鬆，所有的要求，所有的疑問，對自己的病情毫不確定，忍受如此錐心的痛苦，痛到找不出痛苦的確切位置。

「嗯，你醒了，我的大高個兒。」阿爾伯特說，試圖讓自己說出的話儘量熱情點。

身後響起一個聲音，害他嚇得跳了起來：

「我們該過去了。」阿爾伯特轉過身去。

那名送信給他的士兵從地上拾起那封信遞給他。

莫瑞厄將軍竟然會傳喚像他這麼一個卑微的二等兵。他坐在椅子上傻等了將近四個鐘頭，時間長到足以讓他把將軍傳喚他的理由全都想過一遍：從為了頒給他榮譽勳章，到為了瞭解愛德華傷勢如何，所有可能性，他能想的都想到了。

這幾個鐘頭的美好幻想在一秒鐘內便宣告瓦解，他看到博戴勒中尉頎長的身影出現在大廳。軍官直盯著他的眼睛，朝他走來，一派瀟灑。阿爾伯特感到有東西從他的咽喉一路掉到胃部，一陣噁心升起，費了好大的勁兒才忍住沒當場吐出來。博戴勒中尉幾乎以相同的速度，跟他衝向炮坑同樣的動作，一旦來到他身邊，便不再看他，博戴勒轉過身去，整體動作協調一致，為的就是敲將軍指揮總部辦公室的門，隨後旋即消失在門後。

阿爾伯特得花上一段時間才能消化這些，但是他沒有時間。門又開了，有人大聲叫喚他的名字，他搖搖晃晃地走進聖地中的聖地，白蘭地和雪茄味兒撲面而來，他們可能正在慶祝將至的勝利吧。

莫瑞厄將軍看起來垂垂老矣，跟把整個兒子輩、孫子輩都派到前線去送死的任何一個老頭沒兩樣。你把霞飛和貝當，還有尼韋勒、嘉列尼和魯登道夫等諸位大將的肖像融合在一起，就會看到這位莫瑞厄，帶著眼屎的雙眼為泛紅的臉色所淹沒，眼睛下方還有兩撇海豹般的濃密鬍鬚，臉上宛若風乾福橘皮，天生威風凜凜。

阿爾伯特全身癱軟。他看不太出來，將軍的注意力是否集中？還是成了瞌睡蟲的獵物？只見將軍展現出庫圖佐夫[16]剛毅積極的一面，坐在辦公桌後，埋首於公文。博戴勒中尉背對著將軍，跟阿爾伯特面對面，文風不動，目光銳利，在阿爾伯特身上從頭到腳慢慢掃過一遍。雙腿分開，雙手負在身後，擺出一副正在視察的姿態。他似乎稍微動了動。阿爾伯特理解這個訊息的含義，立馬糾正了自己的站姿。他直挺挺地站著，他彎腰駝背，他腰酸背痛。寂靜有如鉛錘般沉重。海豹終於抬起頭來。阿爾伯特覺得自己的腰更彎了。再這樣下去，他會像馬戲團裡的雜耍演員那樣彎成麻花。通常情況下，將軍應該會叫他們稍息，以紓解不舒服的立正姿勢才對，但是，並沒有，他盯著阿爾伯特，清了清嗓子，垂下雙眼，看著文件。

「梅亞爾二等兵。」他一個字一個字地說道。

阿爾伯特原本應該回道「報告將軍大人，聽您差遣，」或諸如此類的東西，可是即使將軍已經夠慢了，對阿爾伯特來說，將軍的動作還是比他快。將軍看看他。

「我這裡有一份報告，」將軍又說道：「十一月二日，你們小隊在進攻敵軍的時候，你刻意試圖逃避義務。」

阿爾伯特沒料到有這招。他想像過千百種情形，就是漏了這種。將軍念著：

「『你躲在被炮彈炸出來的坑洞裡面，規避職責……』你有三十八名英勇的袍澤在這次襲擊中獻出寶貴生命。為國捐軀。你真可悲，梅亞爾二等兵。而且我甚至可以告訴你，我心裡真正是怎麼想的：你簡直就是個混帳的孬種！」

阿爾伯特的心情如此沉重，真該大哭一場。他左盼右望了好幾個禮拜又好幾個禮拜，盼望著不再跟這場戰爭有任何瓜葛，原來竟然會這麼結束……

莫瑞厄將軍的眼光還是沒放過他。他覺得這種懦弱的行爲非常可恥，眞的。這個癟三就是屈辱的化身，將軍痛心之餘，作出如下結論：

「臨陣脫逃不在我的管轄範圍之內。我啊，我負責發動戰爭，你懂嗎？我看你就上軍事法庭，跟軍事委員會說去吧，梅亞爾二等兵。」

阿爾伯特稍息。雙手順著長褲開始顫抖。穩死無疑。臨陣脫逃或者靠自殘來規避上前線這些事，其實每個阿兵哥都會這麼想，一點都不是新聞。軍事委員會的大名，如雷貫耳，尤其是一九一七年，貝當將軍再度掌權後，就把亂七八糟的軍中紀律大肆整頓了一番。軍方不知道處理過多少件這種逃兵的案子；對付臨陣脫逃的士兵，軍事法庭從不手軟。其實並沒有眞正執行過幾次槍決，可是被拖上法場的阿兵哥無一倖免，全都死了，眞的死了。而且非常快，處決速度之快本身就隸屬於處決的一部分。阿爾伯特，還有三天好活。頂多三天。

他非解釋不可，這是誤會。可是博戴勒那張臉，死盯著他，不留給他任何有可能是誤會的餘地。

這是他第二次去送死。一個人可能因爲運氣特別好而從活埋中活著回來，可是軍事委員會……

汗水從他肩胛骨間淌了下來，額頭冒汗，汗水模糊了他的視線。他抖得越來越嚴重，當場尿了出來，站著，尿得非常非常慢。將軍和中尉看著他褲襠部位的污斑逐漸擴大，一路往下蔓延，範圍逐漸擴大到足部。

---

16 Koutouzov，俄國元帥，著名軍事將領，一八一二年曾率領俄國軍隊擊退拿破崙大軍，取得俄法戰爭勝利。

你倒是說點什麼啊。阿爾伯特找著話說，腦袋一片空白。將軍再度採取攻勢，身爲將軍的他，進攻這套戰術，他懂得很。

「德·奧內-博戴勒中尉十分確定，他清楚看到你跳進爛泥巴坑裡。是不是這樣，博戴勒？」

「報告將軍，看得一清二楚。完全正確。」

「你還有什麼話說？梅亞爾二等兵？」

阿爾伯特並不是想不到該說些什麼，而是根本就沒辦法清楚說出半個字。他喃喃自語：

「才不是這樣……」

將軍皺起眉頭。

「怎麼？不是這樣？難道你從頭到尾都有參加進攻嗎？」

「呃，沒……」

他應該說「報告將軍大人，沒有」，可是在這種非常時期，實在很難面面俱到。

「你沒參與進攻，」將軍怒吼一聲，一拳打在桌上，「因爲你躲到炮坑！是還不是？」

接下來就很難好好說清楚講明白了。尤其是因爲將軍又再度往桌上補了一拳。

「是或不是，梅亞爾二等兵？」

燈、墨水、紙鎮，全都一起跳了起來。博戴勒的目光仍然直勾勾地盯在阿爾伯特的腳上，尿液在辦公室破舊地毯上蔓延開來。

「是，但是……」

「當然是！博戴勒中尉看到你，看得清清楚楚，是不是，博戴勒？」

「報告將軍，看得一清二楚，是的。」

「你竟然還沒因爲自己的膽小懦弱而付出代價，梅亞爾二等兵！」

將軍伸出食指，惡狠狠地指著他。

「你甚至會有被處死的危險，就因爲你懦弱！好戲還在後頭，你等著瞧吧！」

在生命中，總會有眞相大白的某些時刻。很少，是沒錯。但在二等兵阿爾伯特．梅亞爾的生命中，剛剛就度過了眞相大白的一刻。這個眞相使得他全部的信仰濃縮成三個字：

「不公平！」

好個偉大的句子，企圖解釋的嘗試，莫瑞厄將軍會惱羞成怒，反手甩他一巴掌，可是將軍他卻……他卻低下了頭。狀似思考。博戴勒現在看著那顆在阿爾伯特鼻尖上、他卻無法擦拭的淚珠，因爲他的姿勢凝結，呆住不動。那滴淚珠可憐兮兮地懸在那兒，晃著，變長了，無法決定要不要掉下去。阿爾伯特大聲擤了擤鼻涕。那滴淚珠打了個寒顫，但並沒有屈服。擤鼻涕的聲音倒恰好把將軍從昏聵中喚醒。

「可是，你在軍中的表現還算不錯啊。我不懂！」他聳聳肩表示無奈，一邊下了結論。

剛剛發生了某件事，似乎有所轉機，可是，是什麼事呢？

「馬伊營區，」將軍念著，「馬恩河……對噢。」

他俯在文件上方，阿爾伯特只看得到他斑白的頭髮，稀疏，不難猜出他的腦袋瓜是粉紅色的。

「在索姆河受傷，是啊。喲，還有埃納省呢！擔架兵，沒錯，噫？」

他像一隻濕鸚鵡般搖了搖頭。

阿爾伯特鼻子上的那滴淚終於決定掉下去，砸在地上，他這才福至心靈，突然想到：將軍只是在做做樣子。

其實他根本就在故意耍威風，嚇唬他。

阿爾伯特的神經元當場在決戰陣地神遊了一圈：來龍去脈，目前發展，當下情勢。當將軍抬起眼看著他，他懂了，他瞭了，制式的官方回應也就沒什麼好驚訝的了：

「我會把你在軍中的表現列入考慮，梅亞爾。」

阿爾伯特吸了吸鼻子。博戴勒等著撿現成的。誰知道他有沒有在將軍跟前進讒言呢？倘若果眞奏效，他就可以擺脫阿爾伯特這個礙眼的人證。只可惜他犯了技術上的錯誤，在這個停戰在即的節骨眼上，沒有人會槍決逃兵。博戴勒，他是個有風度的玩家，只管低著頭，強抑怒火。

「一九一七年，小子，你表現得很好！」將軍又說道：「可是這回……」

他聳了聳肩，百般惋惜，可以感覺得出來，將軍心知肚明，一切都時不我與。對於一個軍人來說，戰爭結束，比什麼都糟糕。莫瑞厄將軍，他八成絞盡腦汁、勉力尋求，可是他得提出眞憑實據，儘管在終戰前幾天，出現這個千載難逢的逃兵事件，卻沒辦法冠冕堂皇地把逃兵送往執行槍決的行刑隊。更確切的說，沒有人會允許他這麼做，搞不好還會適得其反。

阿爾伯特這條小命就懸在這麼一丁點的東西上：他不會被執行槍決，因爲這個月剛好不流行這個。

「謝謝您，將軍大人。」他逐字說出。

莫瑞厄樂見這些宿命論者任憑處置的言辭。謝謝一位將軍，在其他場合，不啻爲一種侮辱，如今當然另當別論。

這個案子就這麼了結了。莫瑞厄伸出一隻手，懶洋洋，百無聊賴地在空中揮了揮，一敗塗地！「你可以下去了。」

至於阿爾伯特，他以爲他是誰啊？誰知道他怎麼回事？話說他剛剛還才距離行刑隊兩步之遙，看上去他似乎還沒學乖，他竟然膽敢對將軍……

「報告將軍大人，我想提出一個請求。」他說。

「哦，是嗎？什麼？什麼啊？」

奇怪的是，將軍竟然喜歡這計回馬槍。有人求他，就代表他還有點用處。他揚起一道眉毛，詫異卻帶有鼓勵性質。他等著。在阿爾伯特旁邊的博戴勒，則變得緊繃、僵硬，組成他的合金成分似乎有所改變。

「報告將軍大人，我想提出請求調查一件事。」阿爾伯特又說了一遍。

「是啊，調查！到底要調查什麼個鳥？」

將軍喜歡別人求他，卻又偏偏最討厭調查。他是個軍人。

「報告將軍大人，與兩名二等兵有關。」

「這兩個阿兵哥怎麼啦？」

「報告將軍大人，他們都死了。查一下他們的死因比較好。」

莫瑞厄皺起眉頭。他不喜歡啟人疑竇的死亡事件。在戰爭中，軍人都希望死得明明白白，轟轟烈烈，死就死個透，正是因爲這個原因，軍中雖然可以忍受傷兵，卻不喜歡他們。

「等等，等等。」莫瑞厄發出顫音。「先說一下，這兩個傢伙是誰？」

「報告將軍大人，二等兵加斯頓・格里索尼和路易・戴瑞厄。兄弟們想知道他們是怎麼死的。」

「兄弟們」三個字眞是膽大包天，自然而然地就從他嘴裡溜了出來。他終於也有人撐腰，「兄弟們」就是他的後盾。

莫瑞厄以目光詢問博戴勒。

「報告將軍，那是兩個在么么三高地失蹤的二等兵。」中尉答道。

阿爾伯特當場愣住。

他親眼看到他們在戰場上，死了，千眞萬確，而且還是全屍，他甚至還推了推那個老的，至今他背上的那兩顆子彈還歷歷在目。

怎麼會這樣？

「天哪，別人跟你報告說他們失蹤，你就說他們失蹤?!嗯，博戴勒？」

「報告將軍，失蹤。絕對沒錯。」

「還有就是，」老將軍大聲威嚇，「你該不會打算拿失蹤的阿兵哥來煩我們吧？」

這已經不是問題，而是命令。他火冒三丈。

「失蹤個屁?!」他嘟囔著，自言自語。

可是他需要有人幫腔。

「你說是不是啊？博戴勒？」他突然問道，要他背書。

「報告將軍，您說得完全正確。完全無須在失蹤士兵上大傷腦筋。」

「啊！」將軍喊了一聲，邊看著阿爾伯特。

博戴勒也看著阿爾伯特。我們在這個混帳東西的臉上識別出的東西，莫非是一抹微笑？

阿爾伯特放棄了。他現在一心只想戰爭結束，儘快返回巴黎。毫髮無傷地回去，如果可能的話。想到這兒，他就想到愛德華。他向老頑固致了意（他甚至沒把腳後跟弄得「喀」的一聲，雙腿併攏告退，而僅僅是漫不經心用食指頂著太陽穴，就跟剛做完苦工、回到家中的工人一樣），同時還得迴避中尉的目光，只不過剛做完這些事，他就已經飛也似地在走廊上奔跑，因爲他有所感應，覺得大事不妙，唯有父母之於小孩才會有的直覺。他氣喘吁吁，一把打開了病房的門。

愛德華連姿勢都沒變，但他一聽到阿爾伯特靠近的聲音就醒了過來。他指了指床邊的窗戶。眞的，這個房間眞的好臭。阿爾伯特稍微把窗戶打開一點。愛德華的眼睛跟著他轉。年輕的傷患堅持，再開大一點，他以手指比劃來比劃去，做出指示，不，還不夠大，再大一點，阿爾伯特照辦，把窗葉開得更大了些，等到他搞懂，一切都太遲了。愛德華拚命想說話，但只聽到咕咕噥噥的聲音，他想搞清楚怎麼會這樣……他現在看到了窗玻璃上的自己。

炮彈炸掉了他整個下頜骨；鼻子以下全都沒了，我們可以看到他的喉嚨、下頜，牙齒則只剩下上排齒列，至於上排牙齒下方，只看得到黏糊糊的腥紅色肉團曝露在外，後面還有些什麼東西，應該是聲門吧，加上舌頭，食道則成了一個濕漉漉的紅洞……

愛德華·佩瑞庫爾，二十三歲。他昏了過去。

Chapter

6

第二天，凌晨四點左右，阿爾伯特剛把愛德華鬆綁，準備換護墊，愛德華就想從窗戶一躍而下。可是因爲右腿不聽使喚，下床時失去平衡，跌倒在地。幸虧無與倫比的意志力，他爬了起來，活像個幽靈。他步履沉重，一瘸一拐地走到窗前，雙眼突出，伸出手，悲愴又痛苦地大聲嘶吼，阿爾伯特緊緊抱住他，自己也放聲大哭，邊輕輕摸著愛德華的頸項。面對愛德華，阿爾伯特覺得自己溫柔得像個媽。在等待轉往後方前大部分的時間，他都在跟愛德華說話。

「莫瑞厄將軍，」他對愛德華說：「簡直就是笨蛋加三級，你知道嗎？反正就是個標準的將軍之類的。竟然還打算把我送到軍事委員會！至於那個博戴勒，沒天良的王八羔子……」

阿爾伯特說啊說啊，愛德華的眼神卻是如此黯淡，乃至於他根本就不知道，愛德華究竟聽不聽得懂別人說的話。嗎啡劑量減低讓愛德華清醒的時間變得非常長，從而剝奪了阿爾伯特去打聽消息的機會，探聽爲什麼這該死的轉院遲遲沒有進行。愛德華只要一開始哼哼唧唧，就停不下來，只會哀得越來越大聲，直到護士來幫他再打上一針爲止。

隔天中午剛過不久，希望再度落空——不可能知道轉院到底有沒有在進行——愛德華死命慘叫，痛苦得就快斷氣，大開著的喉嚨一片鮮紅，好幾個地方還出現化膿現象，臭氣熏天，越來越噁。

阿爾伯特立刻離開病房，跑到護理站去找修女護士。沒人。他在走廊上哭著大喊：「有人嗎？」沒人。他已經又跑掉了，但是跑到一半突然停下腳步，折回。不會吧？他不敢！他眞的敢?!他掃視走廊，右邊、左邊，他戰友的嚎叫聲不絕於耳，無疑幫了他，給了他勇氣，他進到護理站，都這麼久了，他知道那玩意兒擺在哪兒。他拿了放在右邊抽屜裡的鑰匙，打開玻璃櫃。針筒、酒精、嗎啡安瓿。萬一他被逮到，鐵定會被生吞活剝，偷竊軍事用品，莫瑞厄將軍那張又紅又大的胖臉浮現眼前，緊接著就是博戴勒中尉邪惡的身影。到時候誰來照顧愛德華呢？他自問，憂心忡忡。可是沒人跟著他，阿爾伯特溜出護理站，戰利品緊貼著腹部。他不知道自己這麼做對不對？不過愛德華痛成這樣，他於心不忍。

打第一針簡直要他的命。他經常幫姐妹們忙，可是輪到自己上場，就不是那回事了。保護墊、惡臭，加上現在還要打針……防止某人跳窗，已經不怎麼容易，他邊準備安瓿邊胡思亂想；拿酒精棉花擦拭，深深吸了一口氣，把針打下去，他到底在把自己往哪個坑推呢？

他拉了把椅子擋在門把下，以防止不速之客突然闖入。一切進行得還不賴。阿爾伯特劑量估計正確；這總該可以讓愛德華撐到下次修女來幫他注射嗎啡了吧？

啊！老弟，等著瞧唄，你會覺得舒服多了。還眞的咧，有效喲。愛德華放鬆，睡著了。即使他睡著了，阿爾伯特也繼續跟他說話，同時思考一下這見鬼的轉院究竟出了什麼問題。他得出的結論是得上溯到源頭：去找人事處。

「你乖乖的時候，」他解釋給愛德華聽，「我實在不想把你綁起來，你知道嗎？可是我不知道你會不會做出什麼傻事……」

他心不甘情不願地把愛德華綁在床上，走了出去。

他一離開病房，就特別注意身後，躡手躡腳，不過他是用跑的，不在愛德華身邊的時間得縮得越短越好。

「這可真是今年最邪門的事！」有個傢伙說。

說這話的人叫格羅尚。人事處辦公室是一個窗口超小的小房間，擱架上塞滿了用帶子綁著的檔案。辦公室靠後面的地方有兩張桌子，其中一張桌上案牘堆積如山，滿滿的都是文件、清單、報告，格羅尚下士一臉不堪重負。

他打開一大本登記簿，被尼古丁燻得發黃的食指一行一行地找著，邊找邊嘀咕：

「全都是傷兵的資料，多到你想像不到。」

「想像得到。」

「想像得到什麼？」

「我想像得到。」

格羅尚從登記簿上抬起頭，瞪著他瞧。

阿爾伯特估計自己犯的錯誤有多嚴重，該怎麼彌補？可是格羅尚又低下頭去，全神貫注繼續找了。

「可惡，我明明聽過這個名字。」

「當然聽過。」阿爾伯特說。

「嗯，對啦，當然聽過，可是跑哪兒去了呢？可惡的傢……？」

他突然大叫：

「在這邊！」

一眼就看得出來，他順利找到登錄的名字。

「愛德華・佩瑞庫爾！我就知道！在這邊！啊，我就知道！」他把登記簿倒過去給阿爾伯特看，肥大的食指指著某一頁靠下面的地方，證明自己說得沒錯。

「然後呢？」阿爾伯特問。

「這個嘛……你朋友，他有被登錄啊。」

他特別強調「登錄」這兩個字。他說了就算。

「就像我跟你說的一樣！我明明就記得有，媽的，我還不至於是個老糊塗吧！」

「然後呢？」

這傢伙心滿意足地閉上了眼睛。又重新睜開。

「只要他有被登錄在上面（食指邊輕輕拍著登記簿），我們就會塡寫轉院單。」

「那轉院單會被送到哪兒？」

「送到後勤單位。他們負責派車。」

阿爾伯特不得不又去了趟後勤辦公室。他都來過兩次了，結果後勤根本沒收到通知，沒看到單子，沒半份文件上面有愛德華的名字，簡直在瞎胡鬧。他看了看時間。後續動作等等再說，他得先回去看看愛德華，餵他喝水，「他得喝很多水」，軍醫這麼建議過。他轉過身，改變了主意。可惡，他心想。萬一……

「負責送轉院單到後勤單位的人就是你？」

「對，」格羅倘確認就是他沒錯，「要不就是有人會來拿，看情形。」

「上面有佩瑞庫爾名字的單子，你記得是誰拿走的嗎？」
不過他已經知道答案了。
「當然記得。一個中尉，不過我不知道他姓啥叫誰。」
「一個高高的傢伙，瘦瘦的。」
「完全正確。」
「藍眼睛？」
「就是他！」
這個雜碎！
「我不能告訴你是誰。」
「再開一張單子會花很久的時間嗎？」
「『副本』，我們都說副本。」
「好吧，副本就副本，再開一張副本會很久嗎？」
格羅尚在這方面果眞駕輕就熟，拉過墨水瓶，抓起鵝毛筆，朝天上比了比。
「輕而易舉。」
病房充斥著腐肉的臭氣。愛德華原本很快就會被轉院。博戴勒的戰略逐步奏效，他將所有障礙一掃而光。對阿爾伯特來說，他才剛逃過被送到軍事委員會那關，但對愛德華，他被送進墓園的危險卻逐步逼近。再過幾個鐘頭，他就會大難臨頭。博戴勒中尉不希望自己的英勇行徑有太多見證人。

阿爾伯特親自把轉院副本送到後勤部。最快也得等到明天，他們告訴他。耽擱來耽擱去，簡直沒完沒了。

原先那位年輕的醫生才剛離開醫院，目前還不太清楚誰會接他的職位。當然有別的外科醫生，其他阿爾伯特不認識的醫生，其中一名醫生走進病房，只待了很短的時間，一副待了也是白搭的樣子。

「他什麼時候才會被轉走？」醫生問。

「正在進行，因爲轉院單耽擱了一點時間。事實上，登記簿上明明就有他的名字，可是……」

醫生立刻就打斷他：

「什麼時候才會轉？現在做什麼都跟開火車似的，慢吞吞。」

「後勤跟我說明天。」

醫生抬起眼睛，望著天花板，一臉懷疑。他是那種見多識廣的醫生。他搖搖頭，懂了。好，還沒完呢，他轉過身來，拍了拍阿爾伯特的肩膀。

「讓病房通通風，這邊快臭死了！」邊說邊走了出去。

翌日，天剛亮，阿爾伯特就直奔後勤辦公室總部。他最擔心的就是：在路上碰到博戴勒中尉，他成功地阻止了愛德華轉院，這個下三濫什麼事都做得出來。不動聲色，這是阿爾伯特覺得當下唯一一件最要緊的事。還有就是，讓愛德華越快離開這邊越好。

「今天就會轉嗎？」他問。

後勤辦公室的人覺得他人很好，竟然有人這麼照顧戰友，實在太偉大了。太多人根本就對兄弟漠不關心，只想到自己。什麼？沒辦法，今天不行，他感到很抱歉。明天才會。

「你知道明天幾點嗎？」

這傢伙查了好幾份不同的資料，查了好久。

「我啊，」他回道，頭都沒抬，「我說這得看我們得去多少地方『撿人』——抱歉，老兄，我們後勤這邊都是這麼說的——救護車應該下午才會到。」

「你確定加肯定？」

阿爾伯特原本還想死纏爛打，算了，明天就明天，可是他還是免不了因爲後勤沒能早點安排而碎碎念了幾句。拖了這麼久。如果是別的沒這麼笨的弟兄處理這件事的話，愛德華早就轉走了。

明天。

愛德華再也睡不著覺。坐在床上，靠在阿爾伯特從別的病房幫他收集來的好幾個枕頭上，發出像被針扎到似的呻吟聲，他一哀哀叫就可以哀上好幾個鐘頭。

「很痛，對不對？」阿爾伯特問。

可是愛德華向來都沒回答。想也知道。

窗戶一直都維持半開。阿爾伯特還是睡在床前的椅子上，另一把椅子放腳。他抽菸抽得挺凶，爲了保持清醒、可以照顧愛德華，也掩蓋氣味。

「你已經沒嗅覺了，小子，算你好運。」

可惡，萬一他想笑怎麼辦？沒下巴的人應該笑不太出來，可是，這個問題始終困擾著阿爾伯特。

「醫生說……」他大著膽子試探著說。

現在是凌晨兩三點。天亮後，下午才會轉院。

「醫生說，那邊有人會幫你裝義肢。」

他想像不太出來假下巴會是什麼樣子，也不確定現在提這件事合不合適。

不過這個建議似乎喚醒了愛德華。他點點頭，咕嘟咕嘟了幾聲，有點像泡泡的聲音。他打個手勢，阿爾伯特從沒注意到他是左撇子，他想到素描小冊子，天眞地自問愛德華怎麼用左手畫出這些圖呢？早就該跟愛德華建議，要他重拾畫筆。

「你要素描小冊子？」

愛德華看了看他，對，他要這本素描小冊子，但不是爲了畫畫。

大半夜的，這一幕很怪異。在愛德華這張被刨去一半、浮腫、暴戾、癲狂的臉上，雙眼卻如此炯炯有神，活靈活現。令人望而生畏。阿爾伯特深受震撼。

捧著素描小冊子在床上放好，愛德華笨手笨腳地寫出大大的字，他是如此虛弱，看起來好像不會寫字了，鉛筆彷彿在自我意志使喚下移動。阿爾伯特看著這些字母，字母兩端都超出頁面。他快打起瞌睡，愛德華寫了好久。愛德華花了不知道多少力氣才寫好一兩個字母，阿爾伯特試著猜出是什麼字，窮盡自己所有精力，愛德華寫了一個字母，然後又一個，出現了一個字以後，離看出他想說的話還遠得很，得推斷出意思才行，花了八百年的時間，愛德華很快就筋疲力盡，頹倒在床。但不到一個鐘頭後，他又坐起來，拿起素描小冊子，好像他被逼著非緊急寫出來不可。阿爾伯特哼了一聲，立刻從椅子上跳起來，點了根菸，讓自己清醒一下，然後又開始玩猜謎遊戲。一個字接一個字，一個詞又一個詞。

四點鐘左右，阿爾伯特已經猜出這些：

「所以說，你不想回巴黎？那你要去哪兒？」

於是兩人又開始玩起你寫我猜的遊戲。愛德華變得很躁動，把脾氣發在素描小冊子上。筆畫在紙上龍飛鳳舞，大到根本就認不出來。

「冷靜一點，」阿爾伯特說，「別擔心，我們可以辦得到。」

但其實他一點都不確定，因為看起來複雜得要命。他堅持不放棄。黎明第一道曙光出現之際，他證實了愛德華再也不想回家。「是不是這樣？」愛德華在素描小冊子上寫「對」。

「其實這很正常啦！」阿爾伯特說。「剛開頭我們都不希望自己這種衰樣被別人看到，都會覺得有點丟臉，每次都這樣。就光說我好了，我啊，我就甭提了，話說我在索姆河中彈，曾經有一度想到我的賽西兒會就此棄我而去，我發誓！可是你父母愛你，他們不會因為你打仗受了傷就不愛你的，你不用擔心！」

這一小番話非但沒讓愛德華安靜下來，反而惹惱了他，喉嚨發出瀑布流泉般的汩汩聲，激動到阿爾伯特威脅著要把他綁起來。愛德華忍住不發作，但還是很激動，甚至憤怒。他從阿爾伯特手中使勁把素描小冊子搶過去，好像我們吵架時會掀桌布那般蠻橫。又繼續努力書寫，阿爾伯特又點了一根菸，邊等邊抽，邊考慮著愛德華的請求。

愛德華不希望親朋好友看到他現在這個樣子，八成是因為有某個賽西兒摻在裡面的關係。他想放棄，卻又無法割捨，這一點，阿爾伯特很能理解。他小心翼翼地提出這個推論。

愛德華全神貫注於紙張之上，搖了搖頭。並沒有賽西兒。

但是有他姐。阿爾伯特花了好長的時間才搞懂他姐的事。她的名字完全看不出來。算了，反正這又不重要。

但也不是姐姐的問題。

此外，這都不重要，不管愛德華的動機是什麼，都得讓他別這麼意氣用事。

「我懂你怎麼想，」阿爾伯特又說，「但是你知道嗎，裝了義肢，就會非常不一樣。」

愛德華火了，臉上又出現痛苦的神情，他放棄，不溝通了，又開始跟個瘋子似的大吼大叫。阿爾伯特能忍多久算多久，可是他自己也快撐不下去。他終於讓步，又幫他打了一針嗎啡。愛德華昏昏欲睡，這幾天他打的嗎啡夠多了。他八成是鐵打的，才能撐得過來。

一大早正要幫愛德華換衣服和餵食的時候（有人教過他，他先把橡膠小管子插進食道，再用小漏斗慢慢倒進去，才不會反胃），愛德華又發了頓脾氣，因爲他想站起來，自己又站不住，阿爾伯特不知該拿他如何是好。小夥子接過素描小冊子，又鬼畫符了幾個字，跟前一天一樣看不出來，然後就用鉛筆輕輕拍拍頁面。阿爾伯特試圖破譯，辦不到。他皺了皺眉，這是什麼意思，一個「E」？一個「B」？突然，他受不了，爆發了：

「你給我聽好，我幫不上忙，我的大高個兒！你不想回家，我不明白爲什麼，但不管怎麼樣，都不關我的事。我眞的很抱歉，我也無能爲力，就這樣！」

話一說完，愛德華就抓住他的胳膊，使勁猛摁，力氣大到令人無法想像。

「你幹嘛啊！痛死我了！」阿爾伯特大叫。

愛德華連指甲都掐了進去。痛得要命。可是壓力遭到釋放，愛德華的兩隻手很快地圈住阿爾伯特的肩膀，緊緊靠著他，放聲嚎啕大哭，一邊還慘叫連連。這種哭喊聲，阿爾伯特曾經聽過。有一天，馬戲團裡面穿著水手服的小猴子在騎自行車，聽到牠們的呻吟聲，你的眼淚就會撲簌簌掉下來。痛徹心腑。發生在愛德華身上的事如此明確，不管有沒有裝義肢，都是如此不可逆，都已經沒救了。

阿爾伯特簡單說了幾句：「哭吧，我的大個兒。你也只能哭，只能說說傻話了。」愛德華悲傷到不能自已，一發不可收拾。

「你不想回家，我懂。」阿爾伯特說。

他覺得靠在他脖子邊上的愛德華的頭一直在搖，不，他不要回去。他重複著，不，不，他不要。

阿爾伯特讓愛德華就這麼靠著他，心想：在整個戰爭期間，愛德華和其他人一樣一心只想求生，如今戰爭結束，他還活著，現在倒只想消失。連從戰火餘生、大難不死的人都變成一心求死，這是個什麼世界？

事實上，阿爾伯特現在懂了：愛德華再也沒自殺的勇氣了。已經結束了。要是他第一天就從窗戶跳下去，一切就都解決，悲傷和眼淚、時間、未來永無止盡的漫漫歲月，一切都會在那一刻結束，就在軍醫院的院子裡徹底解決，可是那個時機過去了，他再也沒有那股勇氣；他注定一輩子得活受罪。

而這都怪阿爾伯特，全都是他的錯，從一開始就是。全部。他也感到不堪重負，也有那麼一點，他也開始痛哭失聲。多麼孤獨。在愛德華的生命中，現在阿爾伯特占據了所有位置。他是唯一一個愛德華可以求助的對象。這個年輕小夥子已經把他自己的存在託付給了他，交給了他，因爲愛德華既無法獨自承擔，卻又擺脫不了。阿爾伯特呆若木雞，心中五味雜陳。

「好，」他嘟囔著，「我再看看……」

他沒多想，順口說了出來，可是愛德華立刻抬起了頭，好像充了電似的。這是一張幾乎空無一物的臉，沒有鼻子，沒有嘴巴，沒有臉頰，唯有足以刺穿你全身各個部位的狂熱眼神，深深虜獲了阿爾伯特。

「我再看看，」他傻傻地重複著，「我會想辦法。」愛德華緊緊握住他的手，閉上眼睛。然後，就慢慢把自己的脖子放回枕頭上，安靜了下來，但依然痛苦，他還在呻吟，氣管上方依然冒出許多大血泡。

「我會想辦法。」

「話太多」是阿爾伯特生活中不變的定律。不知道有多少次，他都被自己的熱情沖昏了頭，一頭栽進多災多難的行動裡面。會導致這種後果並不難理解：沒有三思而後行，不知道讓他後悔過多少次。通常情況下，阿爾伯特都因爲自己寬宏大量、一時興起而自討苦吃，而且他自不量力的承諾向來都只跟雞毛蒜皮的瑣事有關。今天，則另當別論，這可是涉及一個人的一輩子啊。

阿爾伯特摸著愛德華的手，看著他，安撫他。

眞可怕，他就是記不起來這張臉，這個他只會以他姓氏佩瑞庫爾稱呼他的人的這張臉，這個總是愛開玩笑、總是笑嘻嘻的男孩，這個無時無刻不在畫畫的男孩；他只會再三看到他的側面和背部，就在進攻么么三高地之前，可是他的臉，完全沒印象。然而佩瑞庫爾曾經在那個時刻把臉轉過來對著他過，他卻還是想不起來，回憶完全被今日所看到的影像給吞噬殆盡，這個臭氣熏天、血淋淋的大洞，令他心灰意冷。

此時他的目光落回床單，素描小冊子就躺在那兒。他剛剛看不出來的字，現在他完全看懂了。

「父親。」

這個詞令他墜入深淵。他自己的父親早就已經成了碗櫃上的一張泛黃肖像，不過他唯一怨恨父親的地方就是他過世得太早，他猜跟依然健在的父親相處一定會複雜許多。他想知道、想瞭解，爲時已晚：他答應愛德華他會「想辦法」。阿爾伯特不知道自己這麼說是什麼意思。他看著戰友開始入睡，陷入沉思。

愛德華想消失不見隱姓埋名，可是怎麼樣才能把一個活生生的阿兵哥變不見呢？阿爾伯特又不是中尉，他什麼都不懂。這件事該怎麼辦？他一點主意也沒有。是不是該幫他搞個新身分呢？

阿爾伯特反應不快，可是他當過會計，他很合乎邏輯。愛德華想消失，他想，就得把某個過世二等兵的身分換給他。得偷換身分。

只有一個解決辦法。

人事處。格羅尚下士的辦公室。阿爾伯特試圖想像這種行爲的後果，他好不容易才逃過軍事法庭，這會兒又得準備好隨時過去報到。

「萬一眞的被送到那邊……」

「僞造文書；讓生者死亡，亡者死而復活。」

這次準會被送到行刑大隊執行槍決，想都不用想就知道。

愛德華，鬧了這麼一陣子也累了，剛剛才終於睡著。阿爾伯特瞥了一眼牆上的掛鐘，站起來，打開衣櫃的門。

他把手伸進愛德華的袋子裡面，抽出了他的軍人證。

快中午了，還差四分鐘，三，二……阿爾伯特開始行動，躡手躡腳，來到走廊，敲了敲辦公室的門，沒等回應就立即把門打開。格羅尚趴在滿是文件的桌上：差一分鐘就到中午。

「你好啊。」阿爾伯特說。

他儘量裝得一副很熱絡的樣子。可是，已近中午，面對一個飢腸轆轆的胃，這種俏皮策略成功的機會不大。格羅尚低聲抱怨。這小子這回又想怎麼樣？何況還還在這個時候？「我來跟你說聲謝謝。」他請阿爾伯特坐下，這個格羅尚，他的屁股從椅子往上提了提，準備闔上登記簿，不過「謝謝」這兩個字，從開始打仗以來，他還眞的從來都沒聽過呢，害他一時之間不知道該怎麼反應。

「這，沒什麼啦。」

阿爾伯特趁勢打蛇隨棍上，邊巴結：

「你想到開一份副本，眞的，太感謝你了，我的小老弟今天下午就要被轉到後方。」

格羅尚心情又好了，站起來，雙手在他沾了墨水的褲子上擦了擦。這些感謝的話讓他受寵若驚，可是畢竟還是中午了。阿爾伯特繼續死纏爛打：

「我還打算找另外兩個朋友……」

「啊！」

格羅尚穿上外套。

「我不知道他們變成什麼樣。一下有人告訴我說他們被提報失蹤，一下又有人告訴我說他們受了傷，被轉到別的醫院。」

「我啊，我知道的不比你多！」

格羅尙越過阿爾伯特身邊往門口走去。

「在登記簿裡面……」阿爾伯特畏畏縮縮地提出建議。格羅尙把門開得好大。

「用完餐再過來，」他說，「我們再一起看一下。」

阿爾伯特瞪大眼睛，一副剛剛得知一個天殺的大好主意的模樣。

「你要願意的話，你去用餐，我可以自己先找找看！」

「哦，不行，上頭有規定！」

他推了推阿爾伯特，關上門，隨後就站著不動，阿爾伯特顯然是多餘的。他只好說聲謝謝，回頭見，往走廊走去。一兩個鐘頭以內，愛德華就要被轉走了，阿爾伯特搓著雙手，可惡，可惡，可惡，他不斷重複，無能爲力害他十分頹喪。

他走了幾米路，覺得好可惜，轉過頭去，格羅尙還在走廊上，看著他離開。

阿爾伯特往院子走去，有個點子開始萌發。他看到格羅尙還在他辦公室前面，他在等……等什麼呢？還沒時間找出答案，阿爾伯特才剛走到院子，就已經向後轉，又走了回來，邁著他希望看起來很光明正大的步伐……他動作必須很快。他來到人事處辦公室門口，格羅尙終於用餐去了，可是卻有個軍人在那邊，阿爾伯特嚇得全身癱軟，原來是博戴勒中尉，幸好他沒轉過頭來就走了過去，隨後又消失了。阿爾伯特重新打起精神，聽到其他腳步聲，好多好多，笑聲、叫聲，好多聲音朝食堂方向而去。阿爾伯特停在格羅尙辦公室前，手放上門框，找到鑰匙，拿好，塞到鎖孔，就那麼一轉，開了，進去，立刻把門關上。登記簿就在他面前。堆積如山；從地板到天花板。

他在銀行就經常跟這種檔案打交道，上面有小貼紙和用藍墨水手寫的紀錄，筆跡隨著時間而淡化。但他畢竟得在二十五分鐘內找到他需要的登記簿。他好擔心，忍不住頻頻對著辦公室的門張望，彷彿隨時都會有人把門打開。那他可就百口莫辯了。

當他設法又找出了三本額外登記簿的時候，都已經十二點半了。每本簿子上都有一筆接一筆的記載，全都不同，全都是行政方面的，這些記載都時日久遠，好多家族姓氏竟然這麼快就消失不見，眞可怕。還剩差不多二十分鐘的時間，一定得找到！然而，這會兒，就他的個性，他又開始猶豫不決，不知該如何取捨。不行，我得當機立斷，選什麼姓氏都不重要，看到第一個就選就對了，他心想。他看了看時鐘和辦公室的門，覺得它們兩個的尺寸好像都變大了，占滿了整間辦公室。他又想到愛德華獨自一人，被五花大綁在床上……

十二點四十二分。

他眼皮底下有一本登記簿，專門登記一些在醫院過世，但尚未通知家屬的士兵。名單上最後一筆載入日期爲十月三十日。

維克多·布利維，生於一八九一年二月十二日。聯絡人：父母，第戎。

在這一刻，湧進他腦海的不是顧忌遲疑，而是他得未雨綢繆。阿爾伯特理解到，他現在得負起照顧他戰友的重責大任，不能像他對自己那樣馬虎隨便。他必須做得有條不紊又乾淨俐落。然而，如果他把死去士兵的身分換給愛德華，這個士兵就等於死而復生，也就是說，他的父母當然會等他返家，會打探他的消息，於是就會引起調查，順藤摸瓜摸到他這邊並不難。阿爾伯特邊想像後果邊搖了搖頭，好像他和愛德華已經因爲被逮到僞造文書和冒名頂替（而且絕對還會把其他一堆莫須有的罪名都栽到他們頭上）而身陷囹圄。

阿爾伯特開始發抖。戰前，只要一害怕，他就已經很容易會出現這種反應，跟打擺子似的，渾身抖個不停。他看了看時間，時間過得真快，雙手在登記簿上方搓來搓去。他翻了一頁又一頁。

阿爾弗雷德·杜波依斯。生於一八九〇年九月二十四日，卒於一九一八年十月二十五日，已婚，育有兩子，家人住在聖普爾桑。

天哪，怎麼辦？其實，他根本就沒有承諾愛德華任何事，他只說「我再看看」，這又不算打包票的承諾。可是……阿爾伯特還是翻頁繼續找

路易·埃弗拉爾，生於一八九二年六月十三日，卒於一九一八年十月三十日，聯絡人：父母，圖盧茲。

沒錯，他太莽撞，沒料到換身分這件事這麼複雜，自己就跟瘋子似地一頭栽了進去，完全出自於一片好意，結果……他母親是對的……

康斯丁·古儒。生於一八九一年一月十一日，卒於一九一八年十月二十六日，已婚。住家：莫爾能。

阿爾伯特抬起頭來。就連時鐘也跟他作對，它加快了步調，不可能辦到，已經一點了，兩大顆汗珠滴落在登記簿上，他找著吸墨紙，又朝門口看了看，找不到，他翻了一頁。萬一門打開，他要說什麼？

突然，找到了！

尤金·拉里維耶爾。生於一八九三年十一月一日，卒於一九一八年十月三十日，死於生日前夕。尤金二十五歲，差一天就二十五歲。聯絡人：公共救助單位。

對阿爾伯特而言，這眞是一大奇蹟。沒有父母可聯絡，只有行政單位，也就是說沒有聯絡人。

放軍人證的盒子，阿爾伯特剛剛就看到了，他得花幾分鐘的時間才能找到拉里維耶爾的紀錄，還好這些檔案歸檔歸得還不差。現在是午後一點零五分。格羅尙高大肥壯，外加有個大肚腩，一看食量就很大，八成會吃很久。別慌，一點半以前他是不會離開食堂的。反正你就快點吧。

他全副精神擺在軍人證上，找到拉里維耶爾那半張軍人身分證名牌，另一半則隨著他下葬；要不然就是釘在十字架上。這不重要。從尤金．拉里維耶爾的照片看來，他是一個很普通的年輕人，完全就是那種如果他下巴沒了，你絕對會認不出他來的那種臉。阿爾伯特把軍人證塞進口袋。順手隨便抓了另外兩本軍人證，放進另一個口袋。掉了一本軍人證，有可能是意外，一下子掉了好幾本，事情就大條了，何況在軍中，還會更嚴重。他剛打開了第二本登記簿，墨水瓶，拿起筆管，深深吸了一大口氣，讓自己別抖得那麼厲害，隨後寫下「愛德華．佩瑞庫爾」（他看著他的出生日期，同時也把他的兵籍號碼加了上去），然後又寫「一九一八年十一月二日爲國捐軀」。隨後就把愛德華的軍人證放進陣亡戰士的盒子裡面，放在最上面。同時把載明他身分和兵籍號碼的半塊身分證名牌也放了進去。軍方在一兩個禮拜內，就會通知他家人，他們有個兒子、有個兄弟，光榮戰死沙場。通知噩耗的制式文書都是現成印好的，只需要塡上死者姓名，這很容易、很方便，即便是在缺乏組織的戰爭期間，行政部門始終都跟得上戰事發展的腳步，遲早都會。

午後一點十五分。

剩下的部分會比較快。他看過格羅尙辦事，知道存根簿放在哪兒。阿爾伯特檢查了一下：他手邊這本簿子，有關愛德華轉院的副本是最後一筆被寫上去的。阿爾伯特從那一落文件最下面抽出一本空白登記簿。沒人會檢查號碼。在有人發現最下面的簿子裡面少了一張轉院單之前，仗早就打完了，就算再在第二份上動手腳，時間都綽綽有餘。他一下子就開好了上有尤金·拉里維耶爾名字的轉院單副本。等到他最後蓋上章的時候，這才意識到自己大汗淋漓。

他三兩下把所有登記簿收好，對整間辦公室掃上一眼，看看有沒有留下任何蛛絲馬跡，隨後把耳朵貼在門上，除了很遠的地方傳來些許聲音外，四下靜悄悄一片。他走了出去，把鑰匙放回門框上面，躡手躡腳，偷偷摸摸地溜了。

愛德華·佩瑞庫爾剛剛爲法蘭西英勇捐軀。

尤金·拉里維耶爾，死而復活，從此以後他有好長的一輩子可茲記憶。

愛德華呼吸不順，翻過來翻過去，要不是腳踝和手腕被綁住，他早就滾到床的另一邊去了。阿爾伯特抓住他的肩膀、他的手，不停地跟他說話。阿爾伯特告訴他：你的名字叫尤金，我希望你會喜歡，因爲這是「店裡唯一的現貨」。他故意逗他開心，可是想讓愛德華開心可沒那麼容易。阿爾伯特還是很好奇，不知道往後要是愛德華想笑的話怎麼辦。

救護車，終於到了。

阿爾伯特看到噴出一堆黑煙的麵包車停在院子裡，立刻就明白。沒時間把愛德華綁起來，阿爾伯特就往門口衝，四級臺階四級臺階，大步往下跨，叫住護士，護士手上拿著一張紙，正在東張西望，不知道該找誰。

「你們來接轉院的病人？」阿爾伯特問。

那傢伙似乎鬆了一口氣。司機同事停好車，也加入他們。他們抬著擔架，擔架的木框都用布纏住以免碰撞，跟著阿爾伯特爬上樓梯，來到走廊。

「我先警告兩位，」阿爾伯特說，「裡面很臭。」

擔架兵，那個胖子，聳聳肩，「我們習慣了啦。」

他打開門。

「眞的很臭。」他說。

的確很臭，即使是阿爾伯特，他只要一走開，再回來的時候，腐爛的氣味還是會令他作嘔。

他們把擔架放在地上。那個負責指揮的胖子，把轉院單放在床頭櫃上，把床轉過去。兩人把握時間，一秒鐘也不浪費，一人抓住愛德華的腳，另一人抱頭，然後「數到三」……

「一」，使勁用力。

「二」，愛德華被抬了起來。

「三」，兩名護士抬起傷患，讓他在擔架上躺好，阿爾伯特抓起放在床頭櫃上的副本，偷偷換成拉里維耶爾那份。

「你們有嗎啡可以幫他注射嗎？」

「我們那兒應有盡有，放心吧。」矮個子說。

「喏，」阿爾伯特加上這句，「他的軍人證。我特別另外給你的喲，看到沒，以防萬一他的東西搞丟了，可就麻煩了，這你懂的。」

「你放心好了。」另外那名護士手上拿著那本軍人證邊說。

他們下了樓，到了院子。愛德華搖搖頭，眼神空洞。阿爾伯特坐進麵包車，俯身靠近他。

「加油，尤金，勇敢一點，一切都會很順利的，你等著看吧。」

阿爾伯特想哭。在他身後的擔架兵說：

「我們該走了，老兄！」

「好，好。」阿爾伯特應著。

他抓住愛德華的手。令他永誌不忘的就是這個，這一刻愛德華的眼睛，濕濕的，一動也不動地看著他，看著阿爾伯特。

阿爾伯特親了親他的額頭。

「我們很快就會再見，嗯？」

他下了麵包車，車門關上之前，他扔下一句：

「我會去看你！」

阿爾伯特找著手帕，抬起頭來。二樓一個開著的窗口，博戴勒中尉杵在窗櫺中，正注視著這一幕，一邊好整以暇地打開菸盒。

此時，麵包車發動。

救護車一駛離醫院院子，就放出一團黑煙，黑煙像工廠廢氣那般滯留空中，麵包車車尾消失在這團黑煙裡。阿爾伯特轉向醫護大樓。博戴勒已經不見蹤影。二樓的窗戶也又被關上。

一陣風吹過，把黑煙吹散了。院子裡是空的。阿爾伯特感到很空虛，也感到很絕望。他吸了吸鼻子，在口袋裡摸了摸，掏出手帕。

「媽的。」他說。

他忘了把素描小冊子還給愛德華。

接下來幾天，阿爾伯特又有了新煩惱，害他不得安寧。如果他死了，他會希望賽西兒收到一封公函嗎？或者乾脆直說就是一種制式的通知書之類的，就這樣，直接了當，宣布他已經死了，這樣就解決了嗎？至於他的母親，我們就甭提了。不管是什麼樣的文件，萬一他為國捐軀，在這種情況下，她絕對會先把它高掛客廳，然後放任它被豐盈的淚水浸濕。

到底要不要通知家屬呢？打從他在袋子深處，又摸到他去幫愛德華換新身分時順手牽羊的另一本軍人證開始，這個問題就一直糾纏著他。

那是一本上面有路易．埃弗拉爾這個名字的小冊子。他於一八九二年六月十三日出生。阿爾伯特不記得這個二等兵是哪天死的，絕對是打到最後幾天才死的，但，是什麼時候呢？但他記得他的聯絡人是住在圖盧茲的父母。這個傢伙，說起話來八成有南部腔吧？在幾個禮拜或幾個月以內，由於沒人發現他的蹤跡，而且軍人證又不見了，就會將他列為失蹤人口，這個路易．埃弗拉爾就這麼不見了，彷彿他從來都沒存在過。哪天他父母也過世了，往後這個世界上，還會有誰記得路易．埃弗拉爾些什麼呢？所有這些死者、失蹤人口，人數已經夠多了，阿爾伯特何必再多製造幾個新的呢？所有這些可憐的父母，命中註定得在虛空中哭泣……

於是，一邊有尤金．拉里維耶爾，另一邊又有路易．埃弗拉爾，中間還夾了個愛德華．佩瑞庫爾，把一切全都扔給阿爾伯特．梅亞爾這樣一個阿兵哥，簡直要他深陷哀戚，無法自拔。

他對愛德華．佩瑞庫爾的家庭一無所知，資料上的地址，位於高級的富人區，僅此而已。但面對兒子的死訊，不管高不高級，都不會改變什麼。家人之所以會知道子弟死訊，往往首先來自軍中袍澤的來信，因爲行政單位，派子弟前去送死時都十萬火急，宣告死訊時可就沒這麼有效率……

阿爾伯特會寫這封信，他覺得自己應該知道該怎麼寫，不過他可從來都沒忘記：這是一個謊言。告訴親屬他們的子弟死了，他們會有多痛苦？殊不知他根本就活著。怎麼辦？一邊是謊言，一邊是悔恨。這種進退兩難的困境讓他好幾天都不得安寧。

他是在翻閱素描小冊子時才終於決定要寫。他把素描小冊子放在床邊，經常翻看。這些圖已經成了他生活的一部分，可是這本素描小冊子並不屬於他。他得還給愛德華的家人。他盡可能小心地撕去了最後幾頁，因爲就在幾天前，那幾頁曾經作爲兩個男人交談之用。

他明知自己不是寫這種信的料，然而，某天早上，他還是鼓起勇氣，動筆寫了。

女士、先生：

我是阿爾伯特．梅亞爾，貴子弟愛德華的軍中同袍，敝人十分沉痛地特此告知，愛德華已於十一月二日捐軀疆場。軍方會正式通知二位，不過我可以告訴二位，愛德華極其英勇，他是為了保家衛民、抵禦敵人而壯烈犧牲。

愛德華留給我一本素描小冊子，他交代我萬一他發生什麼事就轉交給二位。隨函附上。尚請節哀順變，他與其他袍澤長眠於一座小墓園裡，我向二位保證，園方會竭盡所能，好好照護他，讓他得以長眠安息。

敝人茲……

Chapter

7

尤金，我親愛的戰友……

不知道還有沒有審查制度？信件還會不會被打開、偷看、監視？因爲有所懷疑，所以阿爾伯特採取了預防措施，稱呼愛德華他的新名字。此外，也爲了讓愛德華習慣。怪的是，歷史重演，令人納悶；越不太希望想到某些事情，這些回憶越會兀自浮上心頭。

愛德華認識兩個叫尤金的男孩子。第一個是在念小學的時候，一個臉上有雀斑的瘦皮猴，非常安靜，從來都不會聽到他的聲音，但重要的並不是這個尤金，眞正重要的是另外一個。他們是在學畫畫的時候認識的，那時愛德華都會瞞著父親偷偷去看他，經常跟他待在一起。反正，愛德華做任何事都得偷偷摸摸。幸好有他姐瑪德蓮，她總能擺平一切，至少能擺平她能擺平的。尤金和愛德華，他們是一對戀人，他們一起爲了進美術學校做準備。可是尤金因爲天分不夠，沒被錄取，隨後他們就斷了音訊，愛德華在一九一六年的時候得知尤金去世的消息。

尤金，我親愛的戰友：

請務必相信，你讓我知道你的近況，我非常高興，可是你看，四個月以來，每次都是圖，連一個字都沒有，一句話都沒有。可能因為你不喜歡寫字，我可以理解。可是……

畫畫比較簡單，因爲他不曉得要寫什麼。要是這只牽扯到他一個人，他根本連畫都不會畫，可是阿爾伯特這個人，心地那麼善良，他已經盡力了。愛德華沒什麼好責怪他的……雖然……畢竟還是有一點。總而言之，他畢竟是在救阿爾伯特的時候，才害自己變成現在這個樣子。他完全出於自願，可是這該怎麼說呢？他沒辦法表達自己的感覺，太不公平了。這不是某個人的錯，而是每個人都錯了。但是，冤有頭債有主，如果當年梅亞爾二等兵沒被活埋，他現在就會在家裡，完完整整。每當自己被這個想法占據，他就會痛哭失聲，無法自抑，反正這邊哭的人還不少，所以也無所謂。這家醫院是淚水相約的最佳場所。

當疼痛、憂慮、悲傷平息片刻之際，反覆思考就取而代之，其中阿爾伯特．梅亞爾的身影會在博戴勒中尉之前遭到刪除。愛德華完全都沒搞懂將軍召見阿爾伯特，他僥倖逃過軍事委員會審判的事。這一幕可以追溯到轉院前夕，那時他飽受止痛藥摧殘，一切都渾渾噩噩，渾身上下都是針孔。相反的，有一點他倒是很清楚，那就是博戴勒中尉的側影，在槍林彈雨中一動也不動，看著自己的腳，隨後就是那堵土牆倒塌。即使他不懂爲什麼，愛德華也毫不懷疑發生在他身上的事情與博戴勒有關。不論是誰都會瞬間爆發，惱火至極。然而即便他曾在戰場上有勇氣拯救同袍，目前，他所有的精力卻早已化爲烏有。他的思緒宛若乏味而遙遠的影像，與他沒有直接關聯，既沒有憤怒的餘地，也沒有容納希望的地方。

愛德華萬念俱灰。

而且我向你保證，我想搞懂你現在過得怎麼樣並不容易。我不知道，你有沒有餓著肚子，醫生有沒有稍微跟你聊上兩句，我是這麼希望，還有就是，現在終於該想到移植的問題，有人是這麼告訴我的，何況，我也跟你提過……

移植……早就已經沒人提了。阿爾伯特的訊息落後一大截，他跟上現狀的做法是純理論的。愛德華在後方醫院待了這麼多個禮拜，只有對抑制感染和展開「修修補補」方面有點幫助，套句外科醫生莫德瑞教授的話。莫德瑞醫生是位於特魯德恩大道侯蘭醫院的外科主任，朝氣蓬勃的大高個，精力充沛得驚人，他幫愛德華動過六次手術。

「你和我，我們倆簡直是知己！」

他每次都會鉅細靡遺解釋醫療細節、手術治療的原因、手術的極限，並將這些都列入「整體戰略」之中。他當上軍醫絕非僥倖，他是條鐵錚錚的漢子，堅定信念來自於數百起截肢和切除案例的成果，日以繼夜，有時甚至在戰壕裡開刀，才把他送上急救站的職位。

不久前，醫護人員才終於肯讓愛德華照鏡子。臉部只是個血肉模糊的巨大傷口，只剩下小舌和氣管入口，以及竟然奇蹟般安然無恙的前排牙齒，所有這些，就是現在愛德華所能提供的景象，然而，對於讓這名傷患恢復健康的護士和醫生來說，已經夠令他們欣慰的了。他們總是抱持著極其樂觀的看法，不過當這些阿兵哥第一次面對自己變成什麼樣子的時候，醫護人員的滿意度就會被這些人永無止境的絕望給一掃而光。

所以才會有這些針對未來的發言，對於鼓舞受害者的士氣必不可少。把愛德華放到鏡子前面的好幾個禮拜前，莫德瑞就已經開始幫他洗腦了……

「你就告訴你自己：你今天怎麼樣跟你明天會怎麼樣一點關係都沒有。」

他特別強調「一點關係都沒有」，還眞的是「一點」都沒有。

他花了那麼多精力，可是他覺得自己說的話對愛德華沒多大作用。當然，戰爭造成的致命損害超乎想像，但如果我們正面思考的話，戰爭也讓頜面外科方面的技術有極其重大的進展。

「甚至可說是無與倫比的空前進步！」

有人把機械式活動矯正器、裝了鋼釘的石膏印模，骨科醫學上剛出爐、外觀倒不失古早味的五花八門裝置展示給愛德華看。實際上，這些全是誘餌，因爲莫德瑞是個精於戰術的專家，他先讓愛德華周遭充滿矯正氛圍，這樣才能順理成章地將他導向整型外科治療建議的最高潮。

「迪富芒泰爾移植法[17]！」

「我們會取下你的頭皮，然後再一片片束緊到下臉部。」

莫德瑞給他看了幾張傷患修復後的照片。這下可好了，愛德華心想，一個臉部被其他軍人給搞得稀巴爛的傢伙，你把他送給軍醫，軍醫就把他重建成爲一個人模人樣的怪物。

愛德華的反應非常負面。

他光在他的談話本上寫了個大大的「不」字。

於是，莫德瑞只好在愛德華抗拒之下——很奇怪，他不太喜歡莫德瑞談到移植或義肢這方面的事——提出裝人工下巴的事。硬橡皮、輕金屬、鋁合金，醫院會把所有需要的東西都拿來幫他重建新下頜。至於臉頰……愛德華沒等莫德瑞說完，就抓起他的大談話本，再次寫下：

「不要。」

「什麼，不要？」外科醫生問。「不要什麼？」

「什麼都不要。我就維持現在這樣。」

莫德瑞看似瞭了，閉上眼睛，表示理解；起初幾個月，醫護人員經常會遇到這種不合作的拒絕態度，創傷後造成的憂鬱反應。隨著時光流逝，這種行爲會慢慢改變。就算是毀容，遲早，他還是得重新恢復理性，這就是人生。

但四個月後，經過千百次懇求，一逮到機會便加以勸說，毫無例外，好說歹說，要二等兵拉里維耶爾同意接受外科醫生的建議，將損害降到最低，豈料這個阿兵哥依然故我，打死不退，抗拒到底：「我就維持現在這樣。」

說出這句話的時候，他那雙眼睛直勾勾地瞪著前方，目光呆滯，冥頑不靈。

於是有人找來精神科醫生。

好，同時，你畫的圖，我覺得該懂的我還是看懂了。你現在住的這間病房，在我看來好像比之前的那間大，比較寬敞，對不對？你畫的這些是你們在院子裡面可以看到的樹嗎？當然，我不會假裝你在那邊很開心，可是，你知道嗎？就我目前的處境，我不知道該拿你怎麼辦。我覺得自己好沒用。

17 La greffe Dufourmentel，是外科醫生雷翁．迪富芒泰爾（Léon Dufourmentel）於一九一八年發明的療法，專門用於顏面傷殘的患者，故而將其命名為「迪富芒泰爾移植法」，或稱為「改良菱形皮瓣移植法」。

謝謝你讓我看小修女瑪麗—卡蜜兒的素描。
到目前為止，你都只讓我看她的背影，要不就是側面，你怕我把她搶走，因為她很可愛，
我懂，你這個小壞蛋。我就向你老實交代吧，要不是因為我已經有了我的賽西兒，我八成會……

事實上，這個醫療機構裡面根本就沒有修女姐妹，只有民間婦女、心腸非常好的女性，愛心十足。但他不得不找點事情告訴阿爾伯特，因爲阿爾伯特甚至每個禮拜都會寫兩次信給他。愛德華剛開始畫畫時非常笨手笨腳，手抖得厲害，眼睛又看不太到。更別提他歷經一個手術接一個手術折騰，吃了不少苦頭。豈料，衝著一個他勉強畫了兩三筆的側影，阿爾伯特竟然會自以爲看出了一個「姐妹」的影子。姐妹就姐妹吧，愛德華心想，這又有什麼重要呢？於是他便稱她爲瑪麗—卡蜜兒。從阿爾伯特的信中，愛德華逐漸對阿爾伯特是哪種人有了點概念，他試圖賦予「姐妹」這張臉一種他想像出來的宗教形象，阿爾伯特這種人應該會喜歡。

雖然他們被同一樁事給綁住，共生共存，兩個人在個中各自賭上了性命，但是其實這兩個男人並不熟，他們的關係因爲一樁摻雜了壞心腸、同仇敵愾、憤恨怨懟、分隔兩地與兄弟情誼的暗黑混合物而變得錯綜複雜。面對阿爾伯特，愛德華隱約帶有幾分怨恨，直到這名戰友幫他換了個新身分，使得他逃過回家一途而大大改觀。從此以後，他不再是愛德華．佩瑞庫爾，他毫無概念自己會變得怎麼樣，但他寧願過任何生活，都不要在這種狀態下去面對他必須面對的——他父親的注視。

至於賽西兒，她寫了一封信給我。她也覺得終戰拖得太長。原本我倆許下承諾，我回去就

會有好日子過，但從她信中的語氣看來，我覺得她應該是累了。起初，她比現在常去看我母親。我不太能責怪她比較少去探望她老人家，我跟你提過我母親，這個女人的心思才真的是海底針，沒人摸得清。

非常感謝你幫我畫那個馬頭。我真的太麻煩你了。我覺得這個馬頭，你畫得真的好棒，非常生動，眼睛真的就是像你畫的那樣突突的，嘴巴半開半張的。你知道嗎？你會覺得我很無聊，可是我經常都在納悶，該怎麼稱呼這頭畜生才好呢？我好像得幫牠取個名字。

他畫了多少張馬頭給阿爾伯特？他一下嫌太窄，一下又說頭應該往這邊轉才對，不對，應該往另一邊才對，眼睛再……該怎麼說呢？他一直都沒辦法畫得很像。換作別人，愛德華早就叫他哪邊涼快哪邊去，可是他覺得這個馬頭對他的戰友來說極其重要，阿爾伯特必須找回這個畜生的頭，好好保留，因為搞不好救了他一命的正是這個馬頭啊。阿爾伯特要他畫馬頭，其實這個請求背後暗藏著另一個啟人疑竇且饒有深意的關鍵，跟愛德華有關，阿爾伯特沒辦法將他的一番苦心訴諸筆墨。阿爾伯特帶著抱歉與感激，寄給他一封又一封信，要他畫東畫西，愛德華認真看待這份差事，根據阿爾伯特笨拙的指示，畫了十幾張素描。他正打算放棄，突然想起一幅達文西畫的馬頭草圖，血淋淋的一顆頭顱，他相信自己記得沒錯，達文西用來作為某尊騎士雕像的模型。阿爾伯特收到這幅畫時，高興得跳了起來。

愛德華看到這些文字的時候，終於明白阿爾伯特在耍什麼把戲，他故意嫌東嫌西，就是為了要他繼續畫下去。

現在他已經幫戰友畫好了他的馬頭，他放下鉛筆，決定再也不拿起。

他再也不畫了。

我們在這邊時間過得真慢，永遠沒完沒了。明明去年十一月就簽訂了停戰協議，現在都到了二月，卻還是不能復員？從好幾個禮拜以來，我們這些阿兵哥就完全派不上用場。軍方跟我們說了各式各樣的版本來解釋這種情況，但誰知道什麼是真的？什麼又是假的呢？這裡就跟前線一樣，謠言比新聞傳得還快。看來巴黎人似乎很快就會跟著《小新聞報》[18]去蘭姆斯那邊的戰場觀光遊覽囉。儘管如此，我們還是過著水深火熱的生活，情勢發展每下愈況。我發誓，有時候我們真的會想：搞不好在槍林彈雨下還比較好，最起碼，我們還覺得自己有點用處，打贏了這場仗。對著你抱怨我這些小病小痛，我很慚愧，我可憐的尤金，你應該會想，這傢伙身在福中不知福，竟然還在那邊自怨自艾。你非常有道理，人，畢竟還是自私的。

你瞧瞧我寫的信，歪七扭八（我向來都寫不整齊，在學校裡就這樣），我在想搞不好我去學畫畫還比較好呢！

愛德華寫信給莫德瑞醫生，他拒絕任何等級的整型手術，並且要求儘快回歸平民生活。

「你就帶著這張臉？」醫生，氣急敗壞。右手拿著愛德華的信，左手使勁抓住他的肩膀，把他扭過去面對鏡子。

愛德華看著他自己的這一團浮腫大雜燴，看了很久，一整個毀壞，好像蒙上了紗，他所熟悉的面部特徵都遺失了。肉，癒合後，結痂成了乳白色的一大團一大團。在臉正中央有一個洞，部分的臉被組織的拉伸與翻轉作用給吸收掉，成了一個比之前更爲模糊的火山口，可是依然帶著紅色。就像馬戲團裡做柔軟體操的雜技演員，他能夠吞下自己的整個臉頰和下顎，卻無法把它們吐回來。

「對，」愛德華確認，「我就帶著這張臉。」

18 "Le Petit Journal"，《小新聞報》係一八六三年由米勞德（Polydore Millaud）創辦，內容偏重社會新聞、八卦等。該報於十九世紀末葉銷量就達到一百萬份，為當時法國最暢銷的報紙。

8

一直這麼鬧哄哄的。成千上萬名阿兵哥來了又走、走了又來，紮營停留，成群結隊地來到，亂到無法形容。復員中心滿得跟雞蛋似的，得經過好幾百波運送，才能讓這些軍人退伍還鄉，但沒人知道該如何操作，朝令夕改，編制一直改來改去。阿兵哥們滿心不快，疲憊不堪，任何消息都不放過，一有風吹草動，立刻就會掀起一波長浪，喧嘩四起，幾近威脅。一位低階軍官，控制不了場面，大步穿過擁擠的人群，語帶惱怒，回應眾人「我知道的不比你們多，我又能跟你們說什麼！」就在這時，響起一陣噓聲，人人轉過頭去，眾矢之的隨之轉移，原來有個傢伙在破口大罵，就在那邊，最裡面那邊，大家只聽到「證件？媽的，什麼狗屁證件？」還有另外一個聲音「嗯？什麼？軍人證？」出於本能，每個人都會拍拍胸前或褲子後面的口袋，面面相覷，「咱們在這裡都已經四個鐘頭了，簡直就是你他奶奶的！」「你少埋怨了，我都等了三天！」另外有人問：「你剛剛跟我說半統靴要上哪兒領？」可是好像已經只剩下大號的了。「那我們現在到底要幹嘛？」一個傢伙火氣上來。然而，不過是個一等兵，對上尉軍官膽敢如此不敬，簡直把上尉當成他請來的伙計。那個一等兵暴跳如雷，重複說道：「嗯？我們現在到底要幹嘛啊？」軍官全副精神都擺在名單上，一一在名字上面做記號。一等兵氣呼呼地甩頭就走，口中邊不知道在嘟囔些什麼，只聽得清楚「混蛋」兩字。上尉充耳不聞，滿臉通紅，手在發抖，但是這邊的人實在多到不行，就連剛剛那個傢伙都被捲入人潮，如同泡沫般消失不見，但這會兒又有兩個傢伙，邊吵架邊老拳相向，落在對方肩頭。「這是我的制服上裝，我告訴你」，第一個大吼著：「去你媽的」，另一個回嗆：「老子會稀罕這玩意兒?!」可是他立刻就鬆手，走人，他想偷東西，他試過，他還會再試；小偷小摸的確不少，每天都有，中心還特別依照投訴類別而設立專門辦公室來處理偷竊問題，這種事竟然會發生？你能想像嗎？那些排隊等著喝湯的人也這麼說。不冷不熱。大家眞的搞不懂，咖啡是熱的，湯爲什麼就是冷的呢？從一開始就是。只要大家沒在排隊，其他時間都花在打聽消息（「可是開往馬孔的火車，明明就寫得清清楚楚！」有個人說。「是啊，的確有寫，可是還沒開到，我又能跟你說什麼！」）。

昨天，終於有火車開往巴黎，四十七節車廂，只能運載一千五百人，結果塞進了兩千多，你眞得瞧瞧，擠得像沙丁魚，不過再擠也開心。有人把窗戶打破，低階軍官前來處理，稱其「毀損公物」，鬧事者被請下火車，害原本就已經遲到十個鐘頭的火車，又耽擱了一個鐘頭，好不容易，終於開動，咒罵聲四起，離去的人、留下的人，無不破口大罵。一旦一望無際的鄉間景致只剩下一縷煙跡，大夥兒就會魚貫前進，四下張望，看看會不會找到認識的人，好打聽最新情況，一再提出同樣的問題：哪個小隊已經復員啦？復員到底是照什麼順序排的？天哪，到底有沒有人在指揮這一切？有，可是究竟指揮了些什麼？沒半個人明白。大夥兒只能乾等。半數阿兵哥都裹著軍大衣睡在地上，總強過睡在戰壕裡，沒錯，兩者是沒得比的。話說回來，復員中心這邊就算沒有老鼠，但還是有蝨子，因爲蝨子是阿兵哥自己隨身帶著到處跑的。「甚至不能寫信告知家人說我們什麼時候會到」，一個老兵發著牢騷，滿臉歷盡風霜，眼神黯淡無光，從他的抱怨中就聽得出來他語帶無奈，只能聽天由命。大家以爲加開的火車就快到了，的確到了，可是，加班車非但沒把正在等待的三百二十人載走，反而又載來了兩百個，根本騰不出地方安置這些新來的士兵。

有位教士試圖穿過一列列長長的士兵隊伍，摩肩擦踵，穿過來鑽過去，手上端著的咖啡一半都灑在地上，有個小矮子瞄了瞄他，開著玩笑：「喲，我說上帝可沒保佑您哪！」教士咬緊牙關，想在板凳上找個位子，中心的人答應會搬來別的板凳，可是什麼時候才會搬來呢？不得而知。在等待的當兒，在場士兵隨時戒備，呈進攻狀態。教士終於找了個地方坐下，因為大家擠了擠、讓了讓，如果是個軍官，才不會對他這麼客氣，教士則另當別論。

人山人海，對阿爾伯特的焦慮可沒好處，二十四小時無時不刻神經不繃得很緊。復員中心擠到連想走動幾步，都勢必會你撞我、我撞你。質問聲、叫罵聲，在在都令他驚惶失措，直刺腦門，他老是會被嚇得驚跳起來，半數時間都花在原地打轉。有時，彷彿艙口關閉，周遭人群發出的噪音戛然而止，取而代之的則是昏聵、沉悶的回音，好像在地底聽到炮彈爆炸的聲響。

自從他在靠近裡面的大廳看到博戴勒上尉，他就常常看到他。上尉擺著他最愛的姿勢，雙腿分開，傲然挺立，雙手背在身後，好一條嚴厲的漢子，冷眼旁觀眼前可悲的景象，凡夫俗子會讓他覺得可憐，但不會同情。阿爾伯特一邊又想到他，一邊抬起雙眼，看到自己被士兵重重包圍，又覺得焦慮了。他並不想跟愛德華說他看到博戴勒上尉的事，但他覺得他無所不在，陰魂不散，總是就近在某處徘徊，伺機朝他撲來。

你說得沒錯，人不自私天誅地滅。你看看我這封信寫得多沒條理……

「阿爾伯特！」

因為，你知道嗎？我們的腦袋全都糊塗了。我們經歷過……

「阿爾伯特！」

「媽的，鬼叫個什麼勁兒！」

上兵伍長，氣急敗壞，揪住他的肩膀，死命地搖，邊指著布告牌。阿爾伯特急忙把散亂的信紙折好，跑過去收拾行李，隨便亂塞一通，信紙緊緊揣在懷裡，穿過大排長龍的阿兵哥。

「你跟照片不太像。」

這名憲兵至多四十歲（肚子圓滾滾，可說是腦滿腸肥，這四年他怎麼還能吃得這麼好？令人不解），一臉狐疑。一看就是那種非常有責任感的男人；只不過，責任感是個季節性的東西。例如，從停戰起，責任感這個商品就遠比之前更受歡迎。何況，不愛逞強爭辯，歸心似箭，只想好好睡一覺的阿爾伯特，正是一個可茲他著實發揮責任感的大好獵物。

「阿爾伯特．梅亞爾。」憲兵又開口，仔細翻閱軍人證。

他只對很少人視而不見，放他們過關。很顯然，他對阿爾伯特有所懷疑，邊端詳他的臉，邊確認自己診斷無誤：「跟照片不像」。再加上照片是四年前拍的，都褪色、磨損了……正相反，阿爾伯特心想，像我這麼一個褪色了和磨損了的人，應該跟照片挺像的才對。但負責審查的這名憲兵，可不是用這種眼光看他。現在這個世道有太多招搖撞騙、混水摸魚和偷雞摸狗的騙子。他搖著頭，一下看看文件，一下又看看阿爾伯特。

「這張照片是以前拍的。」阿爾伯特大著膽子回道。

憲兵臉上原本出現了專屬公務人員的疑竇有多深，「以前」這兩個字就讓他的概念變得有多清晰。每個人都覺得「以前」絕對是種萬無一失的說法，不過總有例外。

「是啊，」他繼續說：「阿爾伯特．梅亞爾，我啊，我是不介意啦，可是我已經看到兩個姓梅亞爾的人了。」

「你看到兩個叫『阿爾伯特』．梅亞爾的嗎？」

「沒。我看到兩個叫『阿什麼．梅亞爾』的，『阿什麼』，有可能是『阿』爾伯特。」

憲兵對自己這番推論甚感自豪，特別強調「阿」何其精妙。

「是沒錯，」阿爾伯特說，「可是阿爾弗雷德也是『阿』什麼。阿德烈、阿爾西德都是。」

憲兵從下往上瞄了他一眼，像隻大貓般瞇起眼睛。

「那爲什麼不是阿爾伯特呢？」很明顯。面對如此堅不可摧的假設，阿爾伯特毫無招架能力。

「那另外一個梅亞爾，他人呢？」他問。

「嗯，問題就出在這兒；他前天才剛剛離開。」

「你不知道他叫『阿』什麼，就放他走？」

憲兵閉上眼睛，這麼簡單的東西也要解釋，眞的很煩。

「我們當然知道他叫什麼名字，我們知道的還更多，可是文件昨天送到巴黎去了。所以有關那些已經離開的復員士兵，我手邊只有這本登記簿（他指著姓氏欄），上面只有記載『阿』什麼．梅亞爾。」

「要是你找不到證明文件，我就自己一個人繼續留在這邊孤軍奮戰？」

「如果只牽涉到我一個人，」憲兵說，「我會放你走。可是我會吃排頭，這個你是知道的，萬一我登記錯人，誰會倒大楣？還不是我？！你沒辦法想像我們看到多少趁機揩油的人！這一陣子，僞造文書、冒名頂替的情形多到簡直就瘋了！要是我們把那些假裝搞丟退伍令，就爲了領雙倍津貼的人都算進去……」

「想領雙倍津貼算很嚴重嗎？」阿爾伯特問。

憲兵皺了皺眉頭，他突然明白了，在他眼前跟他周旋的是一名布爾什維克黨徒。

「拍了這張照片後，我在索姆河受了傷，」阿爾伯特緩頰說道，「有可能是因爲這樣，所以照片才……」

憲兵對於能展現自己有多睿智感到很高興，仔細端詳，將照片和阿爾伯特這張臉一一比對，從此到彼，從彼到此，越來越快，最後終於宣布「的確有可能」。然而可以感覺得出來這件事還沒了結。排在後面的其他士兵開始不耐煩。剛開始，陣陣抱怨還很小聲，但很快開始鼓譟起來。

「有問題嗎？」

當這個聲音以消極波的聲浪傳送出來時，不啻爲噴出了一口毒液，阿爾伯特當下就被釘死在現場。觸目所及，他首先就認出了他的皮帶。他感覺得到自己開始發抖。你可別尿褲子啊。

「嗯，這……」憲兵邊拿著軍人證邊說。

阿爾伯特終於抬起頭來，接觸到德．奧內－博戴勒上尉一雙宛若匕首，亮晃晃又尖刻銳利的眼神。

膚色依然如此黝黑，毛髮依然如此濃密，一出場就震懾人心。博戴勒拿起阿爾伯特的軍人證，眼睛盯著阿爾伯特，毫不放鬆。

「我經手到兩個『阿什麼．梅亞爾』，」憲兵繼續說道：「而且我……這張照片讓我有點猶豫……」

博戴勒還是沒看文件。阿爾伯特雙眼低垂盯著鞋子。他就是沒辦法，他就是抵擋不住面前的這個眼神。再過五分鐘，汗珠就會從他鼻尖滴下。

「這個人我認識，」博戴勒終於開了口，「我跟他熟得很。」

「哦，是嗎？」憲兵說。

「他是阿爾伯特．梅亞爾沒錯。」

博戴勒說話的速度慢得可怕，彷彿他把所有重量壓在每個音節上。

「這方面絕對沒問題。」

上尉到來，眾怒瞬間平息。阿兵哥們好像被日蝕嚇到，全都閉上了嘴。這個博戴勒，就是會流露出一種令人望而生畏，諸如賈維[19]之類的東西。看管地獄的守衛八成就長得這副嘴臉。

我原本還猶豫要不要告訴你，不過我決定還是告訴你吧：我聽到好多有關「奧—博」的消息，他被晉升為上尉！這簡直等於告訴我們，戰爭期間，當惡棍比當軍人好。而且他就在這邊負責指揮復員中心。又碰到他，對我造成多大影響……你沒辦法想像，自從我又遇見他以後，我都做了些什麼夢。

「阿爾伯特．梅亞爾，我們認識，對不對？」

阿爾伯特終於抬起眼睛。

「對，報告中……上尉。我們認識……」

憲兵就沒再說些什麼了，一副戒慎恐懼狀，看了看印章和登記簿。互動不良使得現場氛圍一片詭異。

「阿爾伯特．梅亞爾二等兵，我尤其見識過你有多愛逞英雄。」博戴勒一臉不屑，似笑非笑地一個字一個字蹦了出來。

他從腳到頭把阿爾伯特著實打量了一番，最後看回他的臉。好整以暇。阿爾伯特覺得腳底的地面慢慢陷落，他好似站在流沙中，讓他回到現實的正是這個慌亂之下做出的反應：

「這就是戰爭的……好處。」他結結巴巴地說。

周遭一片死寂。博戴勒歪了歪頭，表示不解。

「戰爭讓每個人都……原形畢露。」阿爾伯特好不容易才說完這句。

博戴勒雙唇微微一動，似笑非笑。在某些情況下，這兩片唇僅僅是一條橫向延伸的線，純粹是機械式拉長。阿爾伯特明白博戴勒上尉很不爽，但他的眼睛連眨都沒眨一下，永遠都不會，反而以鋒利的雙目逼視著他。這種畜生是沒有眼淚的，阿爾伯特想，嚥下口水，垂下雙眼。

我有時候會在夢裡殺了他，用刺刀捅他。有時候我們兩個一起，你和我，費了我們整整一

19 Javert，維克多．雨果名著《悲慘世界》裡面的人物，該名警方督察天性嚴厲，嫉惡如仇。

刻鐘的功夫，我求你，這點一定要信我。有時候，我也會夢到自己在軍事委員會前，最後被送上行刑大隊，一般來說，我應該拒絕戴眼罩，以表示自己很勇敢之類的。可是，我反而答應要戴，因為只有一個劊子手，就是他，他衝著我笑了笑，一邊瞄準，一副覺得自己很屌的樣子。我醒來後，還在夢想自己殺了他。但我尤其是因為你才這麼想的，我可憐的戰友，每當這個王八羔子的名字浮現在我腦海，我就恨不得把他碎屍萬段。我不應該告訴你這些事，我知道……

憲兵清了清嗓子。

「報告上尉，那好吧，既然您認識他。」

中心又開始人聲鼎沸，起初還怯生生，不敢造次，隨後就比較大聲。等到阿爾伯特終於抬起雙眼，博戴勒早已消失無蹤，憲兵則斜倚在登記簿上方。

打從一大早，每個人就都爲了復員在大聲嚷嚷，吵鬧不休。復員中心的喊叫聲和咒罵聲不絕於耳，驟然，一天快結束的時候，這個瀕死的巨大身軀就洩了氣。櫃檯關閉，工作人員去用晚餐，士官，筋疲力盡，坐在包包上，習慣性地吹著早已不滾燙的咖啡。有人把行政部門專用的桌子搬走，隔天才會再搬回來。

該到而沒到的火車就不會到了。今天還是不會到。

或許明天吧。

值此同時，等待，這是自從戰爭結束後兄弟們唯一能做的事。搞了半天，中心這邊跟戰壕裡還挺像的：大家都有一個自己永遠也看不到的敵人，敵人則把他一身的重量全都壓在我們身上。大夥兒都得靠他。敵人、戰爭、政府、軍隊，這一切都有點像，這些玩意兒，沒人搞得懂，也沒人知道如何做個了結。

夜，很快就來了。已經吃過的人開始邊做夢邊消化，有的人點起菸。忙了一天，累得跟狗似的，幾乎白忙一場，到了晚上，大家變得既有耐心又慷慨大方；現在一切都平靜了下來，兄弟們一起蓋被子，有多餘的麵包就彼此分著吃。大家把鞋給脫了，或許是因爲光線，每個人的臉看起來都更爲深邃，每個人都老了，倦了，幾個月來的疲累，永遠也跑不完的程序，大家不禁想，我們跟這場戰爭永遠沒完沒了。有的人開始玩牌，把太小又換不到大號的軍鞋拿來當賭注，大夥兒嘻嘻哈哈，開著玩笑。心情卻輕鬆不起來。

……好啦，我親愛的尤金，一場戰爭就是這麼結束的。一間大到不行的大通鋪，收容我們這些身心俱疲的阿兵哥，國家甚至沒辦法好好把我們送回老家。沒人會跟你解釋半個字，連跟你握個手都不會。報紙斷言我們會風風光光地通過凱旋門，結果我們卻擠在大敞二開的大廳，不時還有風會從四面八方灌進來。「充滿感激的法蘭西衷心向諸位致謝」（我在《晨報》看到這句話，我發誓，我一個字一個字照抄的），感激致謝變成經常性找麻煩，連五十二法郎的復員金都跟我們算得一清二楚，連衣服、熱湯和咖啡都是我們求來的，我們還被當成賊看待。

「我家啊，等我到的時候，」其中一個人又點了根菸，「會大大慶祝一番。」

沒人應他。人人心存懷疑。

「你哪兒人？」有人問道。

「聖維基耶德蘇拉治。」

「啊……」

任何人都沒啥感覺，可是聽起來還是很美。

我今天暫時寫到這兒。我十分思念你，我親愛的戰友，等不及想趕快看到你，這是我回到巴黎後第一件要做的事，等我跟我的賽西兒重逢後，這你懂的。好好照顧自己，如果可以的話還是寫給我，否則就用畫的，也沒關係，你寄給我的畫，我全部都保存得好好的，誰知道呢？哪天你成了大畫家，我的意思是說：鼎鼎大名，搞不好這些畫會讓我發大財呢。

我在此跟你握握手，以示我最誠摯的友誼。

你的阿爾伯特

漫漫長夜，就在瑟縮成一團中度過了，早上，大家才會伸展四肢。天還沒大亮，士官們已經開始使勁用鐵錘把名單一張張釘好。大夥兒一窩蜂衝上前去，搶看名單。復員中心證實火車禮拜五會到，再兩天就會有兩列火車開往巴黎。人人都在找自己的名字，找同袍的名字。阿爾伯特耐心等待，肋骨挨了好幾拐子，被大家推著走。他好不容易開出一條通道，手指順著名單找著，第二張，跟螃蟹似地橫著走，第三張，終於找到了，阿爾伯特．梅亞爾，是我，夜車。

禮拜五晚上十點開車。

火車票蓋章，跟所有人一起去車站，得提前一個鐘頭出發。他想寫信給賽西兒，但旋即瞭解根本就是多此一舉。後方親友受夠了這種假新聞。

像許多二等兵一樣，他感到解脫。即使訊息可能是謊言，就算是假的，感覺也很好。

阿爾伯特把行李託給正在寫信的巴黎同鄉保管，好去享受一下暫時的晴朗。夜裡雨已經停了，天氣會不會正在放晴呢？大家這麼想。望著雲海，各有各的預測。如此這般的清晨，儘管有不少需要煩惱的地方，可是每個人都覺得：活著，眞好。沿著被設置用來隔開軍營的柵欄，幾十名二等兵已經一字排開，每天都這樣，他們忙著跟老百姓大套交情，有的是到這邊來看看軍營究竟是怎麼一回事的村民，有的是希望碰碰槍的小毛頭，還有一些不速之客，沒人知道他們是打哪兒冒出來的，也沒人知道他們怎麼來的。反正是老百姓就對了。駐紮在這邊很有意思，透過藩籬、障礙物跟現實世界交談也很有意思。阿爾伯特還有一些菸草，這是他離不開的東西。幸運的是，因爲不少阿兵哥已經累爆了，他們裹著短大衣，得賴上好久，才終於決定要起床，所以一大清早想喝熱飲，會比大白天的更容易。阿爾伯特朝柵欄走去，在那裡待了很久，抽著菸，啜著咖啡。上方，白雲全速飄過。他走到營區門口，四下跟人寒暄幾句。不過他避免打聽消息，決定靜靜等候召喚，他已經不想再到處亂竄亂跑了，不論如何，終究還是會把他送回家的。賽西兒，在她最後一封信中，給了他一個電話號碼，他知道歸鄉日期後，可以在那邊留個信兒。

自從她寄給他這個號碼，他的指頭就老發燙，立馬就想撥這個號碼，跟賽西兒細訴衷腸，告訴她，他思鄉情切，巴望著能早日歸去與她長相廝守，還有好多別的事，但賽西兒只是借這個地方讓他留個口信罷了，其實留口信的地方就是莫爾先生在扁桃樹街角開的五金行。何況，與其先找到電話，還不如一路直接趕回家比較快。

柵欄那邊已經圍了不少人。阿爾伯特點了第二根菸，他隨處逛逛。城裡來的老百姓一大早就到了，正在跟阿兵哥們說話。他們一臉憂傷。婦女來找兒子、找丈夫，拿著照片的手伸得長長的，簡直就是大海撈針。父親，如果也有來的話，都留在母親身後。每次都是女人在東奔西跑、左問右問，持續無聲的掙扎，每天早上起床都抱著一絲有待破滅的殘存希望。至於男人，從很久以來，他們早就不再相信子弟會平安歸來了。受到婦女請託的阿兵哥們含含糊糊地哼著哈著，搖著頭，所有照片看起來都好像。

有人把拳頭擱在他肩上。阿爾伯特轉過身，立刻一陣噁心，心臟處於高度戒備狀態。

「啊！梅亞爾二等兵，我一直在找你！」

博戴勒一隻手跨過他的胳膊，架著他往前走。

「跟我來！」

阿爾伯特再也不需要聽命於博戴勒，但他還是緊緊捂著袋子，匆匆跟著他，聽命於權威聽慣了。

他們沿著柵欄一路往前走。

那名女子比他們年輕。約莫二十七、二十八歲，不算很漂亮，阿爾伯特認爲，可是相當迷人。其實，我們也搞不太清楚。她的外套應該是白鼬毛的吧，阿爾伯特不確定；有一次，賽西兒指著沒人買得起的商店櫥窗裡的白鼬毛大衣給他看，他因爲自己沒辦法進到店裡幫她買一件，覺得很不好受。那名年輕女子戴著成套袖籠和鐘形無邊軟帽，前沿稍微突出來一點；就是刻意簡單又絕對不會流於寒酸的那種。她的臉挺大的，深色的大眼睛，細細的魚尾紋，又黑又長的睫毛，櫻桃小口。不是很漂亮，但很會打扮。還有就是，立刻就看得出來這個女人很有個性。

她很激動。戴著手套的手上拿著一張紙，她把折起來的紙打開，遞給阿爾伯特。

爲了表示風度，他接過來，假裝在看，其實根本就不用看，他非常清楚轉來轉去又轉回他頭上的這張紙是什麼東西。是一紙通知。他的目光掃到幾句：

「爲法蘭西英勇捐軀」、「之後，軍方從戰場上找回許多傷患」、「就近掩埋」。

「這位小姐關心你的一位戰友，他在戰役中英勇捐軀。」上尉冷冷地說道。

這名年輕女子遞給他第二張紙，他差點漏掉，還好及時接住，她發出了一小聲「噢！」是他本人的筆跡。

女士、先生：

我是阿爾伯特·梅亞爾，貴子弟愛德華的軍中同袍，敝人十分沉痛地特此告知，愛德華已於十一月二日捐軀疆場……

他把兩封文書還給那名年輕女子，她伸出手，冰冷、柔軟但堅定。

「我叫瑪德蓮·佩瑞庫爾。我是愛德華的姐姐。」

阿爾伯特點點頭。愛德華跟她長得很像。這雙眼睛。令人無法直視。

「我很遺憾。」阿爾伯特說。

「這位小姐，」博戴勒解釋道，「莫瑞厄將軍建議她來找我……」（他轉向她），「將軍是令尊的好友，不是嗎？」瑪德蓮點了點頭，表示正是如此，可是還是看著阿爾伯特，阿爾伯特則因莫瑞厄這個名字突然胃部一陣糾結；他焦急地自忖這件事會怎麼收場，本能地夾緊屁股，全神貫注於他的膀胱。博戴勒、莫瑞厄……他幹的好事，很快就會東窗事發。

「事實上，」上尉繼續說道，「佩瑞庫爾小姐想去她那可憐弟弟的靈前悼念一番。但她不知道他埋在哪兒……」

德·奧內-博戴勒上尉把他的手重重壓在梅亞爾二等兵的肩上，逼梅亞爾看著他。這種看似哥兒們的舉動，瑪德蓮必定會覺得上尉出奇的有人情味兒。這個下三濫帶著既謹慎又具威脅性的微笑盯著阿爾伯特。阿爾伯特在心中將莫瑞厄和佩瑞庫爾的名字連接在一起，隨後再加上「令尊的朋友」……不難看出，上尉很注意維持「關係」，他對這位女士提供服務，比對她全盤托出他知道得一清二楚的眞相，對他還更有利。他把阿爾伯特鎖死在他捏造的愛德華·佩瑞庫爾已經撒手人寰的謊言裡，光觀察他的行爲，就可以猜出，只要有利可圖，他就會繼續閉緊嘴巴，不洩露半句口風。

佩瑞庫爾小姐，她並沒有在「看」阿爾伯特，而是懷抱著過分希望在「仔細端詳」著他，她皺了皺眉，似乎這樣有助他說話。他則使勁搖了搖頭，一言不發。

「離這裡遠嗎？」她問。

聲音極其悅耳。因爲阿爾伯特沒回答，於是博戴勒上尉便開口：

「這位小姐，」博戴勒上尉耐心地說著，「問你離這裡遠嗎？你埋葬她弟弟愛德華的墓園。」瑪德蓮以眼神詢問軍官：你的二等兵是不是頭腦有問題？他聽得懂我們在跟他說什麼嗎？她稍微把那封信弄皺了點。目光從上尉游移到阿爾伯特，又從阿爾伯特轉回上尉，來回遊走了好幾趟。

「相當遠……」阿爾伯特硬著頭皮說。

看得出來瑪德蓮鬆了一口氣。相當遠的意思是不會非常遠，總歸一句，這代表好歹他記得地方。她放了心。終於有人知道了。想也知道，她八成走了不少冤枉路才終於打探到這個消息。她不會讓自己露出微笑，當然，這種場合不適合，但她很平靜。

「您可以跟我解釋一下怎麼去那裡嗎？」

「這……」阿爾伯特連忙回道，「不容易去。您知道，這邊是鄉下，不容易辨別方位……」

「那可以請您帶我們去嗎？」

「現在？」阿爾伯特焦急地問。「這……」

「哦，不！不是現在就去！」

瑪德蓮．佩瑞庫爾立即回了這句，話一出口，馬上就後悔，咬著嘴唇，向博戴勒上尉討救兵。就在此時，一樁怪異的事發生了，在場三人，當下都立刻就瞭解了她心中的盤算。只可惜話說得太快就完了，結果就會整個翻盤。

而，博戴勒永遠是反應最快的那個：

「佩瑞庫爾小姐想去幫她弟上墳，悼念一番，你看……」

他刻意強調每個音節，彷彿每個音節都包含著某個精確、特定的意義。

悼念。我說啊，爲什麼不立刻就去？

還等什麼等呢？

因爲，爲了達到她想要做的事，阿爾伯特需要一點時間，尤其需要謹慎。

仗已經打完好幾個月了，許多家庭都要求取回埋葬在前線的士兵遺體。把我們的孩子還回來，卻無計可施。因爲埋屍之處比比皆是，國家整個北邊和東邊都點綴著臨時開挖的簡易墳墓，因爲屍首不能等，很快就會腐爛，這還不算老鼠造成的傷害。一停戰，士兵家屬就發出不滿聲浪，國家卻死守陣地，拒絕他們取回子弟遺骸。同時，阿爾伯特曾經想過這個問題，他覺得其實國家這麼做很合乎邏輯，因爲如果政府允許私人開挖士兵遺骸，幾天之內，就會看到成千上萬個家庭，手持鐵鍬和十字鎬在半個國境內轉來轉去，你可以想像這工程有多浩大，何況還得負責運送成千上萬具腐爛的屍體，棺材得在車站中轉，擺上好幾天，再將它們搬到火車上，目前火車光從巴黎開到奧爾良就可以開上一個禮拜，所以說，這根本就是不可能的。因此，國家才會從一開始就不准取回遺體，家屬卻難以接受。戰爭結束後，大家無法理解爲什麼不行，堅持非迎回子弟亡靈歸鄉安葬不可。就政府這方面，它連復員軍人都辦不到，我們實在看不出政府哪有能力再去組織掘屍的事，何況還得運輸這二十萬、三十萬，甚至四十萬具遺骸，不計其數……簡直就是大傷腦筋。

因此，國軍家屬唯有兀自深陷悲傷，跨越全國，千里迢迢，就是爲了到子弟靈前哀悼，到這些被埋在前不巴村後不著店、沒辦法遷離當地的墳頭前盡一點心意。

對於那些最逆來順受的家屬，就是這種情形。

因為還有其他的，不服從的家屬、要求高的家屬、固執的家屬，這些頑固分子不願意被無能的政府隨意擺布。他們自有打算，這，就是愛德華他家的情況。佩瑞庫爾小姐親自來到她弟墳前悼念。

她來找他。

她來把他挖出來，把他帶回去。迎靈回鄉。

這種事我們聽多了。一大堆人都在從事不法勾當，專業人士，大發國難財，只需一輛卡車、鏟子、鋤頭，外加一顆全力以赴的心臟。夜裡，找著地方，很快完事。

「有沒有可能，」博戴勒上尉又說了，「讓小姐到她弟墓前去哀悼一番呢？梅亞爾二等兵？」

「明天，如果您想的話。」阿爾伯特建議她，聲音平平淡淡。

「好，」這位年輕女子回道，「明天，好極了。我會開車過來。您覺得需要多長時間才會到那邊？」

「很難說。一兩個鐘頭……搞不好更久。您想幾點去？」阿爾伯特問。

瑪德蓮略有遲疑。由於上尉和阿爾伯特都沒有反應，她說出：

「我晚上六點去接您，怎麼樣？」

他能怎麼樣？

「您打算在夜裡『悼念』？」他問。

他就是忍不住，嘴太快。真的太卑鄙了，有趁火打劫之嫌。

話一出口，他立刻後悔。瑪德蓮垂下雙眼。她一點都沒有因為阿爾伯特的問題而感到不舒服，沒有，她盤算了一下。她很年輕，但她實事求是，因為她很有錢，這馬上就看得出來，白貂毛、小帽子、齒如編貝，她可以理解這種情形，心中暗忖她該付多少錢才能讓這個阿兵哥跟她合作，摸黑去墓園……

阿爾伯特眞恨自己，讓她誤以爲他是爲了錢才答應她。還沒等到她開口，他就說：

「好吧，那就明天見。」

他轉過身，朝通往營區的小徑走去。

Chapter 9

我向你保證，我很抱歉又回到這件事上，可是畢竟得讓你真的確定才行。有時候我們在憤怒、失望或悲傷的情況下作出決定，有時候我們會意氣用事，反正，你懂我的意思。我不知道我們現在能怎麼辦，但是，我再說一遍，這件事，我們會發現……若是我們能從某個方向做某件事，應該也能從另一個方向再做一次。我不想影響你，但是我拜託你：想想你父母。我相信，他們看到你現在的樣子，即使他們沒有更愛你，也會像從前一樣愛你。你父親想必非常勇敢、十分受人尊敬，想像一下，要是他知道你還活著，他會有多喜出望外。我不想影響你。反正，在我看來，這畢竟是一件得仔細權衡輕重的大事，你自己也明白。你曾把你姐姐瑪德蓮的樣子畫給我看過，她是個討喜的年輕女子，你想想看，她聽到你的死訊會有多傷痛，今天你還活著，對她來說會是多大的奇蹟……

寫這些完全沒用，因爲根本就不知道信什麼時候才會送到，有時候會拖兩個禮拜，甚至四個禮拜。何況木已成舟。阿爾伯特寫這些東西，其實是寫給他自己看。他不後悔幫愛德華改變身分，但要是現在他不幫到底，他無法想像後果會怎麼樣，不過他猜八成會不堪設想。他裹著制服上裝，和衣躺在地上。翻來覆去，輾轉難眠了大半夜，神經緊繃又憂心忡忡。

他夢到有人挖出一具屍體，瑪德蓮·佩瑞庫爾一眼就看出不是她弟，不是因為太高就是太矮，有時候就是有那種你一眼就會認出來的臉，挖出了一張老阿兵哥的臉，有時候甚至挖出了一個有著死馬頭的男人。那名年輕女子拉著他的胳膊，問：

「你把我弟怎麼了？」德·奧內-博戴勒當然會火上加油，他的眼睛藍得如此明亮，宛若火炬般照亮阿爾伯特的臉。他的聲音卻是莫瑞厄將軍的聲音。

「說得也是！」他怒喝道。「你到底把她弟給怎麼了，梅亞爾二等兵？」

黎明初現時分，他就是做著這個噩夢醒來的。

整個營區或幾乎整個營區都還在睡夢中，阿爾伯特在漆黑的大廳裡拚命思考對策，兄弟們沉重的呼吸聲和拍打在屋頂上的雨水，則隨著一分鐘一分鐘流逝變得更黑暗、更令人憂鬱、更具威脅。他對自己到目前為止所做的一切並不後悔，但他沒有力氣走得更遠。那名年輕女子將小手中那封謊話連篇的信揉得皺巴巴時，那眼神不斷浮現在他腦海。他做出這種事，還算是個人嗎？話說回來，事到如今，還有可能把一切取消不算嗎？做這件事與不做這件事的理由一樣充分。畢竟，他想，我總不至於現在跑去挖屍體，來幫我自己圓謊，說我是出自於一片好心……或出於軟弱，這是同一碼事。然而，要是我不去把它挖出來，要是我揭穿整起事件，我就會吃上官司。他不知道自己會被判什麼罪，光想到這件事驚世駭俗的程度，他就知道會非常嚴重。

白日終於到來，他依然一籌莫展，老是一延再延，拖著不解決這個令他左右為難的困境。

有人在他肋骨上踢了一腳，驚醒了他。他當場嚇獃，連忙坐起來。整個大廳已經開始嗡嗡作響，亂哄哄一片，阿爾伯特看了看四周，完全搞不清狀況，無法恢復清醒，此時他突然看到嚴肅又銳利的博戴勒上尉從天而降，並且就杵在距離他的臉只有幾公分的地方。

軍官瞪著他看了相當久，隨後嘆了一口氣，覺得他沒救了，甩了他一巴掌。阿爾伯特下意識地自我防衛。博戴勒笑了。燦爛的笑容，不懷好意。

「所以說梅亞爾二等兵，我們還眞是聽到好多新消息啊！你的戰友愛德華．佩瑞庫爾死了？你知道這有多令人震驚！因爲我最後一次見到他的時候……」

他皺起眉頭，裝出一副想記起遙遠回憶的樣子。

「……他應該是被轉到軍醫院去了。說也奇怪，當時他明明活得好好的。好，反正他的臉不像即將蒙主寵召……說眞的，我是覺得他一臉歪七扭八的，他想用牙齒擋火炮，太不小心了，眞該問問我的意見。不過光因爲這樣就覺得他會死，不，我向你保證，梅亞爾二等兵，我壓根兒就不會這麼想。但是，毫無疑問，他的確是死了，你還私人寫了封信告知他家人，文情並茂，梅亞爾二等兵，簡直可以跟經典文學相媲美哪！」

每次他念出梅亞爾的名字，都會保留這種讓人聽了就令人反感的發音方式，特別強調最後一個音節，使得這個姓氏聽起來微不足道、尤其有令人不屑的感覺，梅亞爾等同於「狗屁不如」或諸如此類的東西。

他硬是按捺沖天怒氣，轉爲輕聲說話，幾近耳語：

「我不知道佩瑞庫爾二等兵發生了什麼事，我也不想知道，但莫瑞厄將軍要我負責幫他家人的忙，那麼，我當然就會想該怎麼解決。」

這句話有點像是在自問自答。到目前為止，阿爾伯特還沒有發言的權利，顯然博戴勒上尉無意讓他有說話的機會。

「只有兩種解決方法，梅亞爾二等兵。要不就實話實說，要不就把事情壓下去。如果說實話，你麻煩可大了：盜用他人身分，我不知道你是怎麼辦到的，不過你絕對會去吃牢飯，我保證最少也得蹲上十五年。另一方面，你可以重新開始對么么三高地展開調查……總之，對你、對我，這都是最糟糕的解決方式。還有一個辦法，有人跟咱們要一個死了的阿兵哥，咱們就交給他們一個死了的阿兵哥，事情就結束了。我在等著聽你怎麼說。」

阿爾伯特還在消化前幾個句子。

「我不知道。」他說。

遇到這種情況，梅亞爾太太就會爆發：

「沒錯，阿爾伯特活脫脫就是這樣！每次要做出決定，證明自己是條漢子的時候，就縮得不見人影！『我不知道』、『我得想想看』、『也許吧』、『我問問看』，我說你倒是快啊，阿爾伯特！你就決定吧！你以為人生可以讓你這樣……」

梅亞爾太太某些地方跟博戴勒上尉挺像的。

可是他比她更果斷：

「我告訴你你該怎麼辦。你就挪挪屁股，今天晚上，交給佩瑞庫爾小姐一具貨眞價實的屍首，上面還印著『愛德華．佩瑞庫爾』幾個大字，懂我意思嗎？你這一天有得好忙了，你就自己悄悄地去。不過你得快點想清楚。要是你比較喜歡坐牢的話，在下絕對奉陪。」

阿爾伯特跟營區兄弟打聽了一下，有人告訴他這附近幾座墓園的位置。於是他就從他知道的這幾個墓園做打算：規模最大的是皮耶瓦勒墓園，距離營區六公里。他在那邊應該會有最多選擇。他走著去。

森林邊上有十來座墳頭。起初，軍方曾經試圖把這些墓排列整齊，但想必是因為隨後戰爭送來許多遺體塞滿了整座墓園，於是軍方便按先來後到的順序，亂七八糟地隨便予以安置。墳墓橫七豎八，朝著東南西北各方都有，有的上面有十字架，有的沒有，要不就是十字架倒了。一下這裡冒出一個名字；一下那裡又蹦出一個用刀子刻在木板上的「二等兵」。此外，還有十來座墓，上面僅僅刻著「一個二等兵」長眠於此，不見任何姓名。有的墓前，可以看到瓶子倒著塞入土中，瓶裡有人塞了張紙條，紙上寫著阿兵哥的名字，以便之後，萬一有人想知道是誰躺在裡面的話，好有個依據。

因為他猶豫不決的老毛病，阿爾伯特在皮耶瓦勒墓園，大有可能耗上幾個鐘頭，在臨時墳墓間走來走去之後，才選得出一個，不過理性終於還是占了上風。「下一個再說吧」，他有可能會這麼想。可是，時候不早了，何況他還得走上一大段路才能回到復員中心，「我得趕緊決定」。他轉過頭，看到一個，墓前十字架上什麼名字都沒標示，他心想：「就這個」。

他從營區柵欄的板子上起下好幾顆釘子，他找著石頭，把那半塊愛德華．佩瑞庫爾的身分牌，看準地方，釘了下去，接著，好像婚禮當天的攝影師那般，退後幾步，看看整體效果。

然後轉身離去，因恐懼內疚而飽受折磨，因為，即使動機良善，說謊也不是他的本性。他想到這位年輕女子、想到愛德華，也想到那個不知名的阿兵哥，偶然大神才剛剛指定他化身為愛德華，而現在，再也沒有任何人找得到他了，一個至今身分不明的二等兵，就此永遠消失了。

他離墓園越來越遠，離中心越來越近，風險迫在眼前，一個接一個，接續不斷，就跟骨牌一樣，只要第一張倒了，其他的也會跟著倒。阿爾伯特心想，如果愛德華他姐只打算悼念，一切就會很順利。姐姐需要她弟的墳墓，我就給她一座墳墓，她弟弟的或其他人的，都不重要，重要的是有沒有這個心。可是萬一她要開挖，事情就會變得比較複雜。深入墓穴去探尋，一旦弄清楚會發現什麼。沒有身分，還勉強可以過關，一個阿兵哥死了，就是一個阿兵哥死了。可是一旦挖出來，會發現什麼東西？某件個人物品？某個顯著的標誌？或者，說得更白一點，身材會不會過高或過矮呢？

問題是他已經選擇好了，他自己說的：「就這個」，本案便就此結案封印。是福不是禍，是禍躲不過。阿爾伯特已經頗長一段時間不再仰仗運氣了。

他回到中心，筋疲力盡。為了趕上開往巴黎的火車，千萬可別沒趕上（如果真有火車會開來的話……），今晚，最遲九點前也得趕回中心。中心這邊逐漸人聲沸騰，好幾百個人跟跳蚤一樣興奮蹦跳，行李從好幾個鐘頭前便收集在一起，這些人大呼小喝，高歌歡唱，叫著嚷著，彼此拍背搭肩，歡天喜地。軍官們兀自擔心，萬一宣布列車不來了，不知道這些傢伙會做出什麼事，殊不知火車每三次就有一次會爽約……

阿爾伯特出了臨時營房。站在門檻上，望了望天。夜，會夠黑嗎？

博戴勒上尉步履矯健輕快。如假包換的雄雞。軍服剛燙過，靴子剛上過蠟，就只差幾塊擦得啵兒亮的勳章。不過邁了幾步，便來到十米之內。阿爾伯特霎時動彈不得。

「噫？老兄，你走不走？」

已經晚上六點了。麵包車後面，從整流器的低吟聲可以聽出，有一臺轎車正在慢速轉向，他們看到黑煙從排氣管噴出，幾乎呈一直線。這款車一個輪胎的價格，就夠阿爾伯特活上一年。他覺得自己既窮酸又可悲。

兩人一走到卡車那邊，上尉立即拔腿飛奔至轎車處，只聽到輕輕關上車門的聲音，並沒有看到那名女子。

大鬍子司機滿身臭汗，端坐在這輛全新卡車的駕駛座上，一輛要價三千法郎的貝利埃CBA重型越野載重車。看樣子他幹這行收益甚豐。一看就知道，這種人對這種場面駕輕就熟，而且只相信自己的判斷。他透過拉下來的玻璃窗，盯著阿爾伯特，從上到下打量了一番，隨後開了車門，從卡車上跳下來，把他拉到一邊。司機使勁揪著他的胳膊，腕力大得可怕。

「你既然來了，就算入了行，明白嗎？」阿爾伯特點了點頭。他轉身向著豪華轎車，排氣管繼續噴發出白而柔和的蒸汽，天哪，歷經這些年的悲慘後，如此精緻的氣息是何其殘酷。

「我說，」司機低聲耳語道，「你啊，你跟他們收多少錢？」

阿爾伯特感覺要是讓這種人知道他幹這事沒有任何利害關係，準會很慘。他快速地計算了一下：

「三百法郎。」

「你這個大傻瓜！」

不過司機言談之間卻流露出滿足，就是那種賭博時贏的錢比別人多的感覺；小心眼兒，見不得別人好，看到別人沒自己賺得多而甚爲自滿。他轉過身去，對著豪華轎車。

「你看不出來嗎？這些人穿金戴銀的！你隨隨便便就可以抬價到四百。甚至，五百！」

可以感覺得到，他隨時想宣布他自己談好的價碼以示炫耀，但所謂小心駛得萬年船，他還是忍住了。司機鬆開阿爾伯特的手臂。

「來，走吧，別拖太久。」

阿爾伯特轉向轎車，女子還是沒出來，我哪知道，出來跟他打個招呼也好，謝謝他也好，完全都沒有，他只是受僱於她，一個下人罷了。

他上了車，於是他們就出發了。豪華轎車也開始發動，離他們一段距離，以免開太快超過卡車，也以免跟丟了，同時，萬一碰到憲兵上車盤問，才可以當場撇清關係，稱說雙方從沒見過，壓根兒就不認識。

夜，徹底降臨了。

卡車的黃色燈光照亮了道路，車內卻暗得連自己的腳都看不到。阿爾伯特雙手放在儀表板上，透過玻璃，仔細盯著。他一路指揮「往右」或「往這邊」，他很怕自己找不到路，而且，越接近墓園，他就越膽戰心驚。於是乎他就做了個決定。萬一出了差錯，當場就從林裡逃跑。司機不會跟在我後面追。隨後他就可以搭火車回到巴黎，到了巴黎就會有很多別的交通工具等著他。

至於博戴勒上尉，憑他的身手，絕對追得到他，這個王八羔子，已經多次展現他絕佳的反應。怎麼辦呢？阿爾伯特自忖，不知該如何是好。他想撒尿，死命忍著別尿出來。

卡車爬上最後一個斜坡。

沿著路邊，簡直就是一片亂葬崗。司機採取了某些措施，讓車子停在斜坡上，待會兒要離開的時候，甚至連動用幾下曲柄都不必，只需要鬆開剎車，就可以在斜坡上發動。

車一停，引擎熄火，造成一陣奇怪的沉默，彷彿有東西從天而降，當場蒙住了你。上尉立即出現在車門邊。待會兒，司機會到墓園入口負責把風。值此同時，趁機開挖，把屍體挖出來，搬出卡車裡的棺材，把屍體抬上去，問題就解決了。

佩瑞庫爾小姐的豪華轎車宛若一頭潛伏於暗處的野獸，伺機猛撲。那名女子打開車門，出現了。好嬌小。阿爾伯特覺得她甚至比前一天更年輕。上尉做出手勢要她留步，他還來不及說半個字，她便毅然往前走去。在這個地方、在這種時刻，她的存在是如此荒謬，三個大男人沉默不語。稍微點了點頭，她發出開始行動的訊號。

於是大夥兒便朝墓園前進。

司機帶了兩把鏟子，阿爾伯特拖著一塊折起來的大油布盛放挖出來的泥土，隨後回填時才比較快。

夜半明半暗，看得出來左右兩邊各有十來個土墩，一行四人彷彿行進於被巨大土撥鼠翻過的田間。上尉大步走著。跟死者打交道，他一直都是個所向披靡的征服者。在他身後，介於阿爾伯特和司機之間，那名女子小步快跑。瑪德蓮。阿爾伯特喜歡這個名字。他祖母就叫這個名字。

「在哪兒?」

一行人走了好久，一條小徑，隨後又一條……剛剛是上尉在發問。他轉過頭來，神情緊張，他說話的聲音很輕，卻略帶怒氣，背叛了故作淡定的他。他想趕緊了結這件事。阿爾伯特抬起手臂，找著，錯了，努力辨別出方位。大家都看得出來他正在想，不，不在這邊。

「在那兒。」阿爾伯特終於說。

「你確定？」司機問道，他開始懷疑。

「對，」阿爾伯特說，「就在這邊。」

大夥兒還是壓低了嗓門說話，彷彿正在進行一場儀典。

「你倒是快一點，老兄！」上尉火了。

終於到了。

十字架上有面小牌子：愛德華．佩瑞庫爾。

三個大男人側身讓開，佩瑞庫爾小姐走上前去，哭了，儘量別引人注意。此時司機已經放下鏟子，回墓園門口把風去了。大半夜的，幾乎看不清楚，唯能隱約看到這名女子的孱弱身影。在她身後，上尉和阿爾伯特恭敬地垂下頭，但上尉環顧四周，他不放心。這不是個讓人舒服的情境。阿爾伯特採取主動。他伸出手，輕輕放在瑪德蓮．佩瑞庫爾的肩上，她轉過身來，看著他，她懂，往後退了幾步。上尉遞了把鏟子給阿爾伯特，自己拿起第二把，女子退到一邊。開挖。

這裡的土質沉重，鏟起來快不了。不過，靠近前線，軍方不可能有太多時間，所以屍體都不會埋得太深，有時候淺到隔天就被老鼠發現了。所以他們應該不用挖太深就能找到一些東西。阿爾伯特，提心吊膽，不時停下來聽聽動靜，他辨別出佩瑞庫爾小姐站的地方，靠近一棵幾乎已經死了的樹，直挺挺的，跟她一樣緊繃僵硬。她神經質地點了根菸。讓阿爾伯特為之震驚，像她這樣的女人竟然會抽菸。這會兒輪到博戴勒，他也朝她瞄了一眼，隨後說道：

「快，老兄，不能在這邊耗太久。趕緊繼續幹活。」

怕就怕，明明就在下面，可是挖了半天都沒挖著屍體，這才是最耗時間的。一鏟一鏟的土已經在油布上堆成一座小山。佩瑞庫爾一家會拿這具屍體怎麼樣？阿爾伯特自問。埋在他們花園裡面？趁著天黑辦事？也跟現在一樣？

他停下鏟子。

「時間抓得剛剛好！」上尉邊側著身子，邊吹了聲口哨。

他說這句話說得非常小聲，他不希望被那名女子聽見。遺骸的某些地方開始露了出來，但猜不太出來具體是什麼部位。最後幾鏟得仔細小心，從下往上翻，避免遺骸有任何損傷。

阿爾伯特繼續剷著挖著。博戴勒開始不耐煩。

「快點，」他低聲說，「現在一切都安全了，快！」

一小片權充壽衣用的軍服上裝掛在鏟子上面，一股臭味旋即沖了上來，很可怕的味道。上尉立刻掉過頭去。

即便整個戰爭期間他都在呼吸這種腐屍的味道，尤其是他曾經當過擔架兵，阿爾伯特也不禁倒退一步。更別提愛德華住院期間！突然又想到了愛德華……阿爾伯特抬起頭，看著這名女子，雖然離得比較遠，但她還是拿著手帕捂著鼻子。她還眞愛她弟弟！阿爾伯特心想。博戴勒狠狠推了他一把，從墓穴這邊走開。

他大步走到那名女子身邊，扶著她的肩膀，將她轉成背對墳頭。阿爾伯特一個人在洞底，處於死屍的氣味中。女子堅持不肯，她搖搖頭，她想靠近。阿爾伯特猶豫著，不知自己該做什麼，動彈不得，此情此景，讓他想起了好多事，博戴勒偉岸的身影高掛在他頭頂。發現自己又在一個坑裡，同樣不怎麼深，儘管涼意漸濃，他還是紮紮實實地流了一身冷汗，因爲，他在洞裡面，上尉則雙腿穩穩地站著，高高在上，那件事再度浮現，升至喉頭，他有自己又會被覆蓋、活埋的感覺，他開始渾身發抖，但他又想到他的戰友，想到他的愛德華，他勉強自己彎下身子，繼續挖。這些東西會害你心臟停止跳動。他仔細刮著鏟尖。土，黏黏的，不利於屍體分解，而這具屍體偏偏又被他的軍服上裝包得好好的，這一切都減緩了腐敗。織物黏在泥團塊上，屍首的側身出現了，稍微發黃的肋骨，沾著略帶黑色的腐爛肉塊，好多蛆在上面竄爬，因爲還有不少好料可吃。

上面傳來一聲啜泣。阿爾伯特抬起頭。那名女子抽抽噎噎，上尉正在安慰她，可是，他從女子的肩膀上方，迅速地朝阿爾伯特打了個手勢以示不快，你還在磨蹭什麼？

阿爾伯特扔下鏟子，爬出墓穴，開始飛奔。他的心臟怦怦狂跳，這一切都讓他心神不寧，這一切，這個躺在這裡的可憐二等兵，這個利用別人的苦痛來大發利市的司機，這個博戴勒，一看就知道，他會隨便把任何一具屍體塞到棺材裡面，就爲了快一點……而眞正的愛德華，整個毀容，跟屍體一般臭，被五花大綁在醫院病房。一想到自己努力奮鬥了半天，就爲了這種結果，著實令人心寒。

司機看到他跑過來，鬆了一口氣。一眨眼的功夫，就掀起卡車篷布，抓起一根鐵拉桿，掛在擺放於卡車最裡面的棺材把手上，使勁朝他那邊拉了過去。司機在前，阿爾伯特在後，兩個人抬著空棺材，往那座墳塋走去。

阿爾伯特沒法呼吸，因爲這傢伙走得相當快，顯而易見，他習慣了，而他，他只能儘量小跑步，好幾次都差點鬆手，把棺材掉到地上。好不容易終於到了。臭氣熏天。

棺材很漂亮，橡木做的，金色手把，棺蓋上還有一個鍛鐵十字架。很奇怪，即便墓園本來就是屬於棺材的地方，但是這口棺材在當前這個背景中卻顯得無比奢華。這口棺材不是我們通常會在戰時看到的那種，它更屬於那些躺在自己床上壽終正寢的布爾喬亞，而不是未經公開儀式，匆匆裹著破草墊就下葬的青年士兵。阿爾伯特沒時間完成他深奧的哲學思考，在他周圍，某人急著把這件事了結。

他們抬開棺蓋，放在一邊。

司機跨了一大步，下到遺骸長眠的墓穴中，彎下身子，徒手抬起短上裝兩端，然後，以目光尋求幫助。目光當然就落在阿爾伯特身上，要不然還會是誰呢？

阿爾伯特向前邁了一步，輪到他下到墓穴，恐慌不安立即再度浮現腦海；看得出來他渾身上下都焦慮萬分，因爲司機問他：

「你還好吧？」

他們兩個一起彎下身子，全身都浸在腐爛的氣味裡，抓住衣角！預備起！一次，兩次，一個動作，遺骸已經在上面了，就在墳墓邊上。好個令人看了於心不忍的絮狀物。他們剛剛抬上來的這個「東西」，它不重。剩下的部分還不到一個小孩的重量。司機立刻往上爬，爬出坑外，阿爾伯特太樂意跟隨他的步伐。兩個人一起又拉起短上裝衣角，連遺骸帶衣服，一整個平放在棺材裡，這會兒這個絮狀物的味道就比較沒那麼重了；才剛放好，司機立刻放上棺蓋。坑裡可能還留有一點骨頭，有可能是在搬運的時候滑落的，不過算了。無論如何，司機和上尉顯然認爲，反正佩瑞庫爾家要將這具屍體重新安葬，搬上來的這些就綽綽有餘。阿爾伯特用眼角餘光找著佩瑞庫爾小姐，她已經回到車上，話說回來，她剛剛所經歷的這些事，親眼看到親弟弟只剩下一坨一坨的蛆，也眞難爲了她，怎麼還能怪她呢？

他們並沒有當場就把棺材釘好，聲音太大，等等到路上再說。目前司機只有把棺材用兩條寬布帶緊緊塞住，防止臭氣蔓延到整個卡車都是。一行人迅速從反方向走出墓園，三個男人抬著棺材，阿爾伯特獨自一人在後，另外兩個人在前。這時候，上尉點了根菸，從容地吞雲吐霧。阿爾伯特累壞了，尤其是腎臟，嚇得尿都快出來了。

為了把棺材搬到卡車後面，司機和上尉在前，阿爾伯特還是在後面，位居人後還眞的就是屬於他的位子，大家一起抬，預備起！再一次，抬上去以後，就把棺材往最裡面推，棺材蹭到白鐵底板，發出嗡嗡的回音，一切都結束了，咱們就別再拖拖拉拉。豪華轎車轟隆轟隆響著，跟在他們後頭。

那名纖細的年輕女子來到阿爾伯特身邊。

「先生，謝謝您。」她說。

阿爾伯特想說些什麼。還沒來得及開口，她抓住他的手臂、手腕、手，她把他的手打開，塞進去幾張大鈔，將阿爾伯特的這隻手緊緊包在她的一雙柔荑之中，這個簡單的動作，就讓阿爾伯特感動萬分。

此刻她已經又往轎車那頭走去。

司機用繩子把棺材綁在擋板上，以防棺材到處亂溜，博戴勒上尉朝阿爾伯特做了個手勢，指了指墓園。得趕緊把土塡好，要是讓坑就這麼露在外面，迎接他的就會是憲兵、調查……如果這就是他想要的話。

阿爾伯特抓起鏟子，跑著竄進小路。但是他有個疑問，又轉了回來。

只剩下他一個人。

三十米外，就在公路邊上，他聽到豪華轎車駛離的引擎聲，隨後又聽到卡車下坡的嘈雜聲。

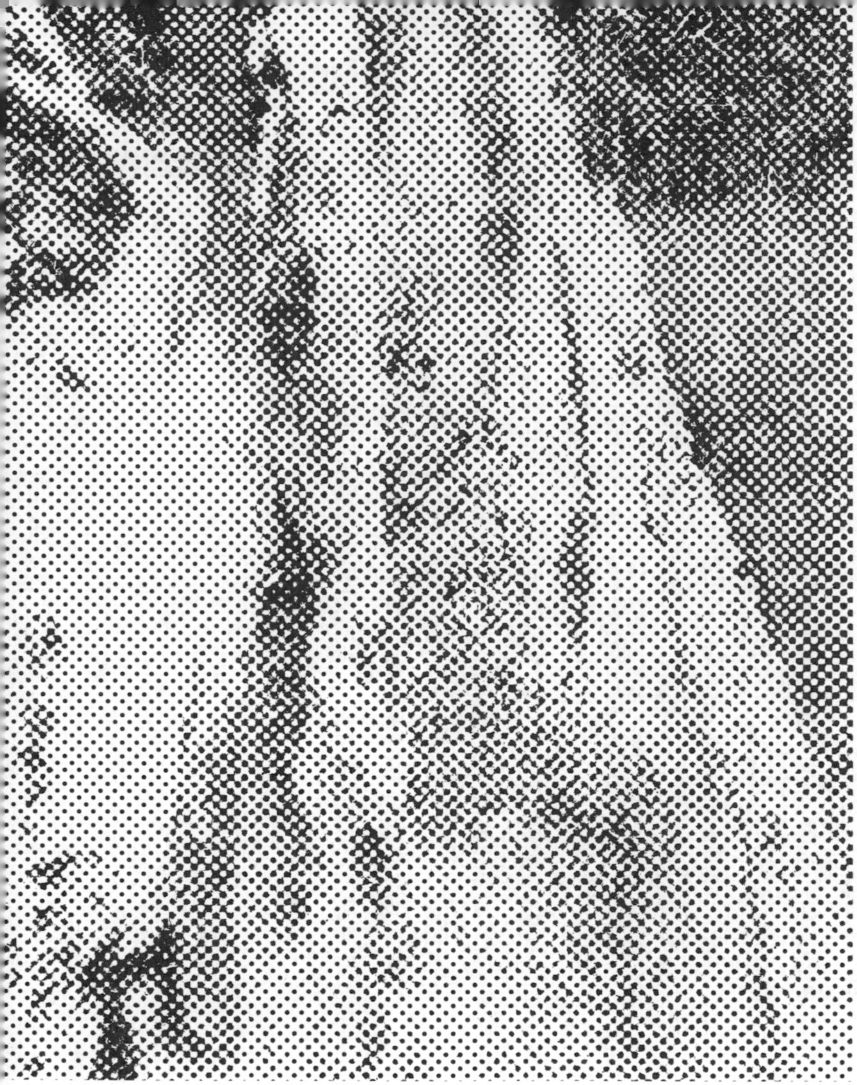

Chapter

10

亨利·德·奧內－博戴勒窩在大皮椅裡，吊兒郎當地把右腿蹺在扶手上，一條胳膊伸得老長，手上端著一只盛了陳年白蘭地的玻璃大酒杯，就著光慢慢轉著。他在聽大家說著話呢，左聽聽、右聽聽，刻意擺出一副漠不關心狀，以突顯他消息靈通，什麼事都逃不過他的手掌心。他很喜歡這種類型的表達方式，帶點通俗。如果他的言行舉止只關乎他一個人，他甚至會喜歡爆爆粗口，在一群人面前若無其事地口出穢言，這群人又只能忍受、只有聽的份兒，敢怒不敢言，這才更加令他樂不可支。

要達到這一點，他還差五百萬法郎。

五百萬，他就可以毫無忌憚，愛怎麼著就怎麼著。

每個禮拜博戴勒都會來賽馬總會三次。這並不代表他特別喜歡這個地方——他覺得這裡的水準，跟他預期中比起來，相當失望——但他正在打造金字塔頂端社會人士的形象，他樂此不疲。鏡子，窗簾，地毯，鍍金飾物，工作人員硬端出來的架子，高得驚人的年費，在在帶給他滿足感，賽馬總會這邊還提供數不清的豔遇機會，讓他的滿足感更加暴漲。他四個月前才進賽馬總會，四個月，不多不少，因爲會裡的決策者對他頗有微詞。然而，之前許多新起的暴發戶都被賞了閉門羹，但囿於近年來征戰連連，死了不少男人，使得賽馬總會俱樂部不得不變成阿貓阿狗都能進來的接待大廳了。何況博戴勒背後有幾個很硬的靠山，不得不買帳，首當其衝就是他的岳父，哪有可能拒他於千里之外？再加上博戴勒跟莫瑞厄將軍的孫子，退伍軍人費爾迪南，相當頹廢的年輕人，又過從甚密，使得整串關係更形密切。退回一個鏈環就等於放棄整條關係鏈，不可能，基於缺乏年輕男子的緣故，有時候就是會逼著你接受這些不得不的事……好歹德．奧內–博戴勒，他啊，他多少有個貴族的姓氏。雖然是海盜的心態，畢竟出身於貴族階級。所以，他終究被接受入會。再說，馬會執行總裁德．拉羅什富科先生也認爲，這名高大的年輕人邁著行軍式的步伐，在廳裡走來走去，掀起一陣旋風，對整體景觀來說也沒那麼不堪。這個年輕人的傲慢正好證實了格言所說的：勝利者總有不堪入目的醜陋面[20]。他的確俗不可耐，但他是個英雄。英雄就像美女，稱頭的社交界總會需要幾個來撐場面。當前這個時代，很難找到與他年齡相仿的年輕男子，要不就是缺胳膊斷腿，當兩者都不利的時候，眼前這一個當作擺設，算是上得了檯面。

到目前爲止，德．奧內–博戴勒對這場世界大戰，唯有讚嘆的份兒。一恢復平民的自由之身，他便投入收購和轉售軍用品存貨的買賣。數百輛法國和美國的汽車、發動機、拖車、好幾千噸的木材、帆布、篷布、工具、廢鐵、拆下來的配件，國家不再需要、反而需要清掉的東西。博戴勒整批整批大量收購，再轉售給鐵路公司、運輸公司、農產公司。利潤之高，甚至比在儲存區當差的賺起來還更容易，這些守衛到處都有油水可撈、小費可領，要不就是紅包滿滿，你一旦打好通關，之後，隨隨便便就可以當場開走三輛卡車，守衛就只算你一輛，搬走五噸貨，就只算你兩噸。

有莫瑞厄將軍撐腰，外加他本身民族大英雄的地位，幫德．奧內–博戴勒大開方便之門，至於國家

20 作者註：un vainqueur, c'est toujours quelque chose de laid，作者借用自帕特里克．朗博（Patrick Rambaud, 1946-）的《戰役》（*La Bataille*）第一章。

戰士聯盟——經由幫政府擺平了最近幾次罷工的工人，顯示出其價值——他在該聯盟舉足輕重，更提供了他許多額外的支持。多虧這些，德．奧內－博戴勒已經順利拿下收購政府出清庫存的重大合約，他整批買進，只待一轉手售出，借來的十幾萬法郎貨款就會變成數十萬法郎的利潤。

「嗨，老兄！」

萊昂．亞丹－波利厄。大好人一個，但天生是個矮冬瓜，比所有人都矮十公分，十公分雖然少卻很多，對他而言實在太可怕了，他四處急著找人認同，就怕別人小看他。

「你好，亨利。」他回道，邊稍微搖晃肩膀，他以為這樣看起來會比較高。

對亞丹－波利厄來說，有權直呼德．奧內－博戴勒的名字亨利，就算要他把親生父母給賣了，他都會樂於這麼做，而且他還眞的這麼做了。他模仿別人的語氣，就自以為會跟別人一樣，亨利邊這麼想著邊有氣無力地，幾乎稱得上漫不經心，對他伸出了手，隨後便緊張地低聲問道：

「怎麼樣？」

「還是什麼都沒有，」亞丹－波利厄說，「一點風聲都沒放出來。」博戴勒火了，挑起眉毛，他最擅長在小人物面前搞這套無聲勝有聲的把戲。

「我知道，」亞丹－波利厄道歉，「我知道……」

博戴勒不耐煩得要命。

幾個月前，國家就決定把開挖埋葬在前線士兵遺體的任務，委託給私人公司負責。這個計劃在於把士兵遺骸統一遷葬於幾處大規模的軍人公墓，部裡下達命令，提倡「公墓規模儘量大，但力求精簡公墓總數」。問題是陣亡士兵的遺體隨處可見，四散在長達好幾公里、隨地掩埋的墓地上，有的甚至就離前線才幾百米遠。農民要收回這些地來從事耕作。好幾年來，幾乎從戰爭一開始，家屬就一直希望能前往子弟靈前哀悼一番。雖說合葬，但政府並不排除未來將子弟遺骸歸還希望領回的家屬，只不過政府希望這些大規模墓園一旦組成，這些英雄可與「爲國捐軀的軍中袍澤一同長眠於此」，就此平息家屬激動難安的情緒。也可以避免再次耗費國家財政來爲私人搬運，這還未考量到衛生問題，眞的十分令人頭疼，何況所費不貲，只要德國不清償債務，國庫就持續空虛。

這個規模宏大的工程，負責屍體合葬的道德與愛國業務，帶動一整條利潤豐厚的產業鏈，得生產好幾十萬口棺材，因爲大多數士兵都是直接埋入土中，有時身上僅僅裹著軍服上裝。好幾十萬具屍體得一鏟一鏟地挖出來（明文規定必須小心從事，不得讓遺骸有所毀損），更需要許多卡車來搬運裝在棺材裡的遺骸直到出發車站，一旦到了目的地的大型公墓，還得重新再將他們入土安葬……

如果博戴勒能從這個市場分到一杯羹，每具屍體只要付個幾生丁，他手下的中國人就會去把數以千計的遺骸給挖出來，他的車隊會運載成千上萬具腐屍，他的塞內加爾工人會把他們全部埋進排得整整齊齊的墳墓裡面，擱上一個賣得奇貴無比的漂亮十字架，不到三年，他就可以將家族留下來的薩勒維爾產業，上上下下全都整修一遍，雖然這份祖產是個無底洞。

一具屍體他報八十法郎，實際成本只要二十五，博戴勒預估光這筆生意就會有兩百五十萬淨利入袋。

此外，如果部長私底下再賞他幾筆訂單，除去上下打點的回扣，淨利將近五百萬。

好一筆千載難逢的世紀大生意。戰爭讓他大發國難財，就連戰後也一樣。

亞丹－波利厄的父親是國民議會議員，可以提供博戴勒不少內幕消息，這早在他意料之中。一復員，他就創立了博戴勒公司。亞丹－波利厄和莫瑞厄的孫子每人出資五萬法郎，外帶他們價値連城的種種關係，博戴勒一個人就出了四十萬，爲了當老闆掌權，也爲了取得百分之八十的好處。

公共事務合約招標裁決委員會今天要開會，從下午兩點起便展開密室會議。多虧他套了不少交情，外加十五萬法郎打通關，博戴勒勝券在握：三個委員（其中有兩個是他的人）必須從各個投標案中做出決定，最終公正無私地裁決博戴勒公司的報價最優惠，存放於殯葬服務處的棺材樣本最符合標準，同時既能彰顯爲國捐軀的法國好兒郎的尊嚴，又顧及捉襟見肘的國家財政。平均來說，博戴勒可以分到好幾批，如果一切順利的話連十幾批都有可能。搞不好還會更多。

「部裡那邊怎麼樣？」

亞丹－波利厄那張瘦削的臉上露出燦爛的笑容，部裡早就答應他了：

「有如囊中取物，萬無一失！」

「這個，我知道，」博戴勒厭煩地吐出這句，「問題是什麼時候？」

他擔心的不僅只有裁決委員會的審議，戶政單位、繼承撫恤和軍人公墓都得仰仗退休金部授權，如遇緊急情況，或者該部認爲有必要，就會私相授受，而不公開招標。如假包換的壟斷，幫博戴勒公司大開方便之門，在這種情況下，博戴勒公司就可漫天喊價，一具屍體要收一百三十法郎都不成問題。

在最緊繃的情況下，博戴勒故作淡定，以顯示自己聰明才智高於常人，實際上他緊張得都快瘋了。偏偏亞丹－波利厄還不知道答案。他的笑容驟然不見。

「還不知道。」

博戴勒臉色鐵青，眼睛轉往別處，攆他走的意思。亞丹－波利厄打起退堂鼓，假裝看到賽馬總會會員舊識，連忙夾著尾巴往偌大廳堂另一頭走去。博戴勒看著他走遠，這傢伙鞋後跟還塞著增高墊片。若非因爲個子矮而自覺矮人一等，害得他無法冷靜，其實他很聰明，太遺憾了。博戴勒可不是因爲他沉不住氣的這個「優點」才在自己的計劃中算他一份兒。亞丹-波利厄有兩大極其珍貴的資產：國民議會議員的父親和蓬門碧玉的未婚妻（若不是身無分文，誰會看上這個矮冬瓜！），這個小妞出身貧寒，卻是個風情萬種、百媚千嬌的褐髮女郎，有一張漂亮的小嘴兒，再幾個月，亞丹-波利厄就要娶她進門。亞丹-波利厄第一次把她介紹給博戴勒的時候，他就有預感這個女孩默默忍受著這場出於利益的聯姻，鬱鬱寡歡，從而減損了她的美。她是那種不甘寂寞的女人，一看到她在亞丹-波利厄家的沙龍晃過來晃過去——這種事，博戴勒眼光準得很，就跟看馬似的，他說——他就打賭自己絕對能跟她勾搭上，她甚至等不及結婚典禮就會對他投懷送抱。

博戴勒又恢復端詳手中的白蘭地玻璃杯，第無數次思索著戰略。

爲了製作這麼多口棺材，必須轉包給不少專門做棺材的下游廠商，但政府合約又嚴格明令禁止轉包。不過，只要一切順利，沒人會多事跑去就近檢查。因爲視而不見，對每個人都有好處。最要緊的是——這點大家都有共識——近期內政府在全國各地布置了好幾座漂亮的墓園，不多，但規模非常大，好讓舉國上下每個人終於能把這場戰爭深深埋進不堪回首的記憶中。

除此之外就是讓博戴勒得到揮舞他白蘭地玻璃杯的權利，包括在賽馬總會大廳正中央大打飽嗝，卻沒人膽敢指手畫腳。

他想得正出神，沒注意到岳父已經走了進來。是那份靜，讓他感知到自己犯了大錯，突如其來就靜了下來，宛如棉絮，微微發著抖，好似主教蒞臨，來至教堂門口。當他意識到這點，爲時已晚。這種吊兒郎當的姿勢展現在老頭面前就代表缺乏尊重，不可原諒。突然改變坐姿，等於在所有人面前承認他低他一等。得在這兩個差勁的解決方法之間做出選擇。挑釁還是懊惱？博戴勒寧願選擇懊惱，在他看來比較划算。他向後挪了挪，假裝用肩膀掃了掃一粒莫須有的灰塵，得看起來越不經意越好，順勢將原先架在扶手上的右腳滑落在地，從扶手椅上坐直，一本正經，暗自把這筆帳記在報復清單上。

話說此時佩瑞庫爾先生已經邁著穩健的步子，徐徐走進賽馬總會大廳。他假裝沒注意到女婿玩的小把戲，僅僅將剛剛這個場面列入有待女婿清償的債務中。他在各桌之間繞了一圈，宛若備受愛戴的君王降臨，伸出有氣無力的手到處握了握，邊以總督般的高貴腔調隨口叫出在場人士的姓氏，您好啊，親愛的朋友，巴朗傑，啊，弗拉皮耶您也來了，晚上好戈達爾，開著專屬於他的幽默的玩笑：喲！我說這不是帕拉邁德·德·查維涅嗎？如果我沒記錯的話！他走到亨利身邊時，岳父和女婿兩人彼此心照不宣，他僅僅垂下眼皮，好一座獅身人面像，隨後又繼續在廳裡穿梭，刻意誇張地張開雙臂以示他有多麼意氣風發。

他一轉過身，便可看到女婿的背面。他刻意採取這種戰略位置。被別人像這樣從背後打量，八成會感到相當不舒服。看到這對翁婿彼此爾虞我詐，我們會覺得這是一盤棋局，這兩個男人才剛開始對弈，想必會高潮迭起。

他們之間的厭惡是自發且平靜的，幾乎都稱得上安詳了。長期彼此憎恨所致。佩瑞庫爾在博戴勒身上立即就嗅出登徒子的氣味，但他禁不起瑪德蓮對亨利一頭熱，只能睜一隻眼閉一隻眼。他從沒說過半句話，但看看他們兩個人在一起的樣子，只消一秒鐘便可明瞭亨利讓她神魂顛倒，她絕不會按兵不動，這個男人，她要他，要他要得都快瘋了。

佩瑞庫爾先生愛他的女兒，以他自己的方式去愛，當然，他向來沒有表現得很明顯，要是她沒有笨到會去迷戀這個亨利・德・奧內－博戴勒的話，知道女兒快樂，他還眞的就會快樂。出生豪門的嬌嬌女瑪德蓮・佩瑞庫爾，曾經是許多青年垂涎的獵物，雖然她不討人喜歡，但一堆男士忙著向她大獻殷勤。她不傻，生性易怒，跟她死去的母親一個樣，很有個性，不是那種面對誘惑就昏了頭、任憑對方擺布的女人。戰前，那些當面見過她的小小野心家都覺得她不怎麼樣，但一想到她那豐厚的妝奩，就又覺得她很美，不過她把他們全都給揭穿了。她採取一種既有效又低調的方式來打發他們。數度有人上門求親，讓她有恃無恐，追求者有如過江之鯽，因爲宣告開戰時她二十五歲，當她走出弟弟過世的傷痛時，她，三十歲了，値此期間，年華逐漸老去。這點足以解釋爲什麼她三月遇到亨利・德・奧內－博戴勒，七月便應允下嫁。

男士們看不出來這個亨利究竟是何方神聖？竟然可以激得佩瑞庫爾大小姐如此心急難熬，他是不差，這點大家承認，不過還是……這是男士們的看法。因爲女士們，她們就非常理解瑪德蓮的心態。亨利他那翩翩的風度，呈波浪狀的頭髮，藍色的眼睛，寬闊的肩膀，黝黑的皮膚，天哪，她們明白瑪德蓮・佩瑞庫爾想一嘗究竟的慾望，而她的確也因達成了目的而欣喜若狂。

佩瑞庫爾先生沒有堅持，這場翁婿大戰還沒開戰，他就已經輸了。他只是小心謹愼地施以重重關卡，資產階級家庭稱之爲婚前契約。瑪德蓮找不出反駁的理由。倒是這位帥氣的女婿，當他發現女方家族公證人草擬該項計劃，臉色可難看著呢。兩個男人對看一眼，一言不發，暗自較勁。瑪德蓮仍是她資產的唯一持有人，至於婚後所獲得的一切財產，她也是共同所有人。她理解父親因爲對亨利懷抱疑慮而有所保留，這紙婚前契約就是明確證據。萬貫家財在身，謹愼就成爲第二天性。她面帶微笑向夫婿解釋，婚前契約改變不了什麼。然而，博戴勒，他，他知道，一切都改變了。

首先，他覺得受騙上當，報酬跟他的付出相比虧大了。他許多朋友的生活，全是靠婚姻供養。即便有時候很難到手，必須細膩運作，可是一旦成功達陣，便有如探囊取物，之後，便可爲所欲爲。對他來說，婚姻卻什麼都沒改變。就奢華的生活而言，這一點，沒什麼可說的，榮華富貴，享用不盡；亨利是個生活豪奢無度的窮小子（他很快就從他個人的零用金裡挪用了將近十萬法郎，立即投入家族產業翻修，但有這麼多工程要做，傾頹一片，簡直就是個無底洞）。

亨利還沒有大富大貴。即便如此，攀上這門親事並不算賠本。首先，透過這樁婚事，將害他有點心驚膽跳的么么三高地這本舊帳做一了結。這件事不時會浮上心頭（有點像我們自以爲忘了卻始終存在的陳年往事），它不再對他造成威脅，因爲他現在有的是錢，即使得透過他妻子，但跟像佩瑞庫爾這麼一個有力又有名望的家族結上姻親，娶瑪德蓮·佩瑞庫爾爲妻，讓他的地位幾乎不動如山。

接下來，他還得到莫大好處：佩瑞庫爾家族一大長串的關係鏈。（他可是馬塞爾·佩瑞庫爾的女婿，而他岳父則是德沙內爾先生的至交，並與龐加萊先生、都德先生和其他許多大人物爲友。）投資初期，他對收益感到十分滿意。再過幾個月，他就可以雙眼正視他未來的岳父：他操了他女兒，吸乾抹盡他的關係，三年內，如果一切如他所想像那般順利的話，他在賽馬總會就可以呼風喚雨，他就更可以懶洋洋地躺在吸菸室的扶手椅裡了。

佩瑞庫爾先生瞭解女婿是如何致富的。毫無疑問，這個年輕人證明了他累積財富的速度快、效率高；身爲三家公司的負責人，短短幾個月，純利潤就已經高達將近百萬。在這方面，他是一個跟他那個時代十分相稱的男人，但佩瑞庫爾先生本能地就對這種過於快速的成功不信任。從天而降，實屬可疑。

話說此時好幾個人，他的客戶，已經聚在這位顯要身邊：天下沒有白吃的晚餐，當然得適時巴結。

亨利看著岳父有如被眾星拱月，他謹記在心，豔羨不已。毫無疑問，這隻老狐狸深諳此道。他可眞沉穩哪。他會選擇對象，才大方地發表評論、授權、推薦。

佩瑞庫爾先生身邊的人早已學會將他的建議當作命令，將他的審愼視爲禁令。他就是那種男人，就算他拒絕了你某件事，你也不能不爽，因爲你碩果僅存的東西，他隨時可以把它從你身邊拿走。

此時，拉布爾丁終於進了吸菸室，渾身是汗，手上拎著一條大手帕。亨利兀自克制，別發出鬆了一口氣的聲音，他將白蘭地一飲而盡，起身，抓住拉布爾丁的肩膀，領著他到隔壁沙龍。拉布爾丁小跑步跟在博戴勒身邊，兩條短短的小胖腿亂擺亂晃，讓他更是汗如雨下。

拉布爾丁，這個從小蠢事不斷的傻蛋。蠢事以一種無與倫比的韌性形式表現出來，不可否認，這在政治上是一種美德，雖然他的美德只因爲他沒有能力改變意見，而且完全缺乏想像力。這種愚蠢以方便著稱。什麼都很平庸，平庸到荒謬，拉布爾丁就是這種男人，你把他放在任何地方，他都會全力以赴，你都可以對他爲所欲爲的絕對的笨蛋。然而對一個聰明人來說，這種人可是好處多多。一個人的性情，看臉就知道：他的好脾氣、他熱愛美食、他的懦弱、他的渺小，尤其是，尤其是他性喜漁色。無法抗拒說黃色笑話的衝動，色瞇瞇盯著所有女人，連小女佣也不放過，只要一轉身，他就會亂摸她們的屁股，從前他還經常逛窯子，次數多到一個禮拜三回。我說「從前」，因爲他尋芳臭名遠播，已經逐漸傳遍他身爲大家長的這一區，每逢他值班，有事相求的女郎便蜂擁而至，就爲了換張許可證、通行證、一個簽名、一個橡皮圖章，乃至於他倍增值班天數以做好區民服務，老是會有一兩名女子隨侍在側，他則因此避免了還得移駕妓院辦事的麻煩。他很開心，拉布爾丁，一眼就看得出來。肚肚吃得飽飽的，蛋蛋也吃得飽飽的，隨時準備轉檯到下一張餐桌跟下一堆屁股大戰幾回合。多虧一小撮有影響力的人士幫他抬轎，拉布爾丁才選得上區長，佩瑞庫爾先生正是那群人的頭兒。

「你會被任命爲裁決委員會委員。」某天博戴勒向他宣布這個消息。

拉布爾丁愛死了當委員會、審議會、代表團的一員，他把這些頭銜當成自己是號要角的證明。他毫不懷疑任命來自於佩瑞庫爾先生的欽點，只不過被他女婿博戴勒搶了功勞。他一絲不苟地用大大的字把他該遵循的具體指示都記在紙上。博戴勒發號施令完，指著這張紙。

「現在，你他媽的把這玩意兒給我扔了。」他說。「你總不希望我們把這張破紙頭貼在勒蓬馬歇大百貨公司的櫥窗吧！」對於拉布爾丁而言，這不啻爲噩夢初始。一想到使命未達他就害怕，這幾天夜裡，他死命要自己一個一個把指示給記牢，可是他背越多次，就越混淆，這個任命成了他的折磨，這個委員會，就是他的剋星。

這天，他爲了開這場會，耗盡了超出自己能力範圍外的所有精力，他著實想了好久，說出了幾句像樣的話，他出了會場，筋疲力盡。筋疲力盡，但很高興，因爲他帶著完成使命的成就感打道回府。在計程車上，反覆咀嚼他自以爲「很有感覺」的這幾句話，其中就包括他最喜歡的這句：「我親愛的朋友，我這可不是在說大話，但我相信我可以這麼說……」

「貢比涅，多少？」博戴勒當場打斷他。

沙龍的門半開半掩，這名高大的年輕男子死盯著他的目光刺穿了他，沒讓他有說話的份兒。拉布爾丁一切都想到了，除了根本輪不到他說話這點以外，也就是說，他什麼都沒想到，一如往常。

「嗯，這個嘛……」

「多少?!」博戴勒大發雷霆。

拉布爾丁再也不知道東南西北。「貢比涅……」他放下手帕，急忙翻遍所有口袋，找出他折了兩折的紙張，那上面有他記下的審議結果。

「貢比涅……」他結結巴巴地說。「貢比涅，這個嘛，我看看……」向來都沒有任何東西能比博戴勒更快，他從拉布爾丁手裡搶過那張紙，走了幾步，目光定在數字那欄。貢比涅一萬八千口棺材，拉昂工兵管轄區五千，加上科爾馬的六千，南錫工兵管轄區八千，還有呂納維爾……剩下還要看看凡爾登、亞眠、埃皮納勒、蘭斯……等等。結果超出他預期。博戴勒抑制不住，露出滿意的微笑，拉布爾丁都看在眼裡。

「我們明天早上接著開會，」區長加上這句，「禮拜六也要開！」

他琢磨著是時候可以把他的那句話派上用場了：

「我親愛的朋友，我這……」

但是，門突然被打開，有人叫著「亨利！」亂哄哄的聲音從隔壁大廳傳來。

博戴勒搶先衝進去。

大廳另一端的壁爐腳底，一群人急得團團轉，還有人陸續從四面八方跑來，從撞球間，從吸菸室……

博戴勒聽到驚呼聲，他又走了幾步，眉頭皺了起來，與其說他擔心不如說他好奇。

只見他岳父正癱坐在地板上，背靠著壁爐，雙腳伸在前面，兩眼緊閉，面色蠟黃，右手在背心上蜷縮成一團，置於胸口附近，彷彿他想把某個器官掏出來或鎮壓住似的。「鹽！」有聲音叫道，「讓他透透氣！」另一個人說，馬會這邊的總管匆匆趕到，要求大家讓開。

布朗樹醫生從圖書室出來，邁著大步趕到，「出了什麼事？」沉穩得頓時鎮住了場子，大家騰出位子，伸直脖子，才能看得更清楚些；醫生邊量脈搏，邊說：

「我說佩瑞庫爾，你是怎麼回事？」

同時悄悄轉向博戴勒：

「立刻叫車，老弟，非常嚴重。」

博戴勒很快就出了賽馬總會。

天哪，何其美好的一天啊！

他變身成爲百萬富翁的這天，他岳父即將一命嗚呼。

運氣好到令人難以置信。

Chapter 11

阿爾伯特的大腦空空如也，沒辦法把兩件事連在一起，無法想像事情會怎麼發生；他試圖釐清自己的印象，但完全不聽使喚。他大步大步走著，唯一辦得到的，就是機械式地摸著陷入口袋深處的菜刀刀身。時間可能就這麼過去了，地鐵站羅列而過，隨後就是街道，還是沒想到半個有建設性的辦法。他不相信自己眞的做得出來，但無論如何，他還是得做。他什麼都做得出來。

嗎啡這個東西……從一開始，就是一道無解的難題。愛德華缺了不行。阿爾伯特迄今都設法滿足他的需要。這一次，他連壓箱底的積蓄都派上用場，錢，還是不夠。還有就是，當他的戰友忍受無數天的痛苦到了極限，還懇求他乾脆把他了斷，實在痛得受不了，阿爾伯特，也累了，他不再東想西想；抓起一把菜刀，落到他手中的第一把，下了樓，跟機器人似的，搭了地鐵到巴士底獄站，走入希臘區，靠賽丹街這邊。他非幫愛德華把嗎啡弄到手不可，必要的話，不惜殺人。

當他發現這個希臘人的時候，終於決定就找他下手，這個男人三十多歲，皮肥肉厚，走路時兩腳外八，每走一步都氣喘吁吁，儘管是十一月，還是大汗淋漓。阿爾伯特望了望他，頓時洩了氣，手腳發軟，他的大肚子，他沉重的大胸部在羊毛衫底下晃蕩，他粗短的牛脖子，鬆弛下垂的臉頰，阿爾伯特覺得他這把刀根本就不管用，最起碼也需要十五公分長的刀身才夠。或者二十公分。原本他的情況就已經不怎麼意氣風發，現在，裝備不良更害他整個意志消沉。「每次都這樣，」他母親，梅亞爾太太說，「你就是沒辦法好好安排事情！缺乏遠見嚴重到這種程度，我可憐的孩子！」她抬起雙眼望著天花板，爲的就是請上帝當她的見證。在她的新丈夫面前（說是這麼說，其實他們並沒有結婚，可是梅亞爾太太希望將「關係正常化」），她對兒子更是多所抱怨。繼父他——在薩瑪莉丹百貨公司當助理，負責排面管理——光顧著解開鞋帶，梅亞爾太太則還在生悶氣。即使阿爾伯特已經找到捍衛自己的力量，可是面對他們，他很難捍衛自己，因爲他每天都讓他們覺得他們更有道理。

所有人事物似乎都聯合起來反對他，眞是段難熬的非常時期。

阿爾伯特決定在聖薩賓街轉角處的公共小便池那邊動手。他根本不知道究竟是怎麼發生的。他先從咖啡廳打電話聯繫了那個希臘人，自稱是某個認識某某的某某某打來的；希臘人一個問題都沒問，因爲他會講的法文不超過一籮筐。安東納普勒斯。大家都叫他普勒斯。連他自己都是。

「普勒斯。」他說，而且他快到了。

對於這麼一個身材特別肥胖的男子而言，他移動起來倒是出奇的快，小碎步，卻比什麼都快。刀子太短，這傢伙反應又如此敏捷……阿爾伯特打的如意算盤眞的爛透了。希臘人四下張望一圈，之後便拉著阿爾伯特的胳膊，領他進了小便池。停水已經停了好久，空氣騷臭到令人無法呼吸，但這世界上似乎沒有任何東西會妨礙普勒斯。這個惡臭的地方，有點像普勒斯的候診室。對阿爾伯特來說，對他這個任何密閉空間都怕的人來說，更是折磨中的折磨。

「錢呢？」希臘人問。

他想先看到鈔票，指著阿爾伯特的口袋，卻不知道裡面藏著一把刀，現在這兩個男人擠在小便池裡，更加證明了這把刀的尺寸微不足道到有多可笑。阿爾伯特稍微轉向一側，好展示另外一個口袋，好幾張二十法郎的鈔票就這麼露了出來。普勒斯打了個手勢表示同意。

「五個。」他說。

電話裡面就事先談好數量。希臘人轉身準備離開。

「等等！」阿爾伯特叫道，邊拉住普勒斯的袖子，普勒斯停下腳步，看到他一臉擔心。

「我想再多買一點。」阿爾伯特低聲說。

他誇張把每個音節都說得很清楚，邊說話還邊搭配手勢（他一跟陌生人說話，就會經常把對方當聾子，改用「手語」）。普勒斯皺起兩道大粗眉。

「十二個。」阿爾伯特說。

他掏出一疊鈔票炫耀，一疊他不能花的鈔票，因為他只剩下這些，還得靠它們撐上將近三個禮拜。

普勒斯的眼睛亮了起來。他指著阿爾伯特，點頭表示同意。

「十二個。你留在這邊！」他走了出去。

「不！」阿爾伯特叫住他。

時間一分鐘一分鐘過去，他益發焦躁，小便池的惡臭和急於離開這個狹小又噁爛的地方，有助於讓他採取一種令人信服的語氣。他唯一的盤算就是想辦法陪希臘人回去。

普勒斯搖了搖頭。

「好嗎？」阿爾伯特說，堅決地擋在他面前。

希臘人抓住他的袖子，遲疑了一秒鐘。

阿爾伯特一副可憐像。有時候這成了他的武器。他不需要刻意誇大他一臉寒酸。過了八個月的平民生活，他還一直穿著復員時的衣服，當時，可以在衣服和五十二法郎之間做選擇。他選了衣服，因爲他好冷。殊不知，國家把又舊又差勁的軍裝匆匆再染了一下色，就低價轉售給這些士兵。當天晚上，在雨中，染料就開始滴落。一個可憐人拖著好幾長條的褪色痕跡！阿爾伯特復員歸來，心想，搞了半天，他寧願選那五十二法郎，但爲時已晚，他早該想到的。

他也留下了半統靴，不過它們只剩下半條命，以及兩條軍毯。所有這些都在他身上留下印記，而不光是染料的痕跡而已；他有著一張氣餒、疲累的臉，許多復員軍人都帶著這種影子，一種毀了、罷了之類的印記。

希臘人仔細端詳這張歷盡滄桑的衰臉，下了決定。

「走吧，快！」他低聲說。

從這一刻起，阿爾伯特要回這個陌生人家，他根本不知道自己該怎麼做。

兩名男子走上賽丹街，一路走到薩拉尼耶過道。到了這邊以後，普勒斯走上人行道，再次說：

「十二個。你留在這邊！」

阿爾伯特環顧四周，空無一人。晚上七點一過，就只剩下那間一百多米外的咖啡廳還亮著燈。

「留這兒！」

鐵律不容反駁。

何況，希臘人沒等他回答，就走遠了。他轉身好幾次回頭查看顧客有沒有乖乖地待在原地。阿爾伯特眼巴巴地看他溜走，但是當希臘人突然右轉時，阿爾伯特拔腿就跑，他也跑上通道，盡可能快，眼睛一直死盯著普勒斯消失的地方，一棟破舊的建築物，從廚房裡飄散出強烈氣味。阿爾伯特推開門，走進走廊。走廊裡有幾級樓梯通往下面的夾層，他走了下去。街燈的光線從有著髒兮兮窗櫺的窗戶稍微透了點進來。他看到那個希臘人蹲在那邊，正在翻找藏在牆壁裡面的某個隱祕位置，用來遮住入口的小木門則放在他身邊。阿爾伯特還是在跑，一秒也沒停，穿過地窖，抓住那扇小木門，比他想像的重得多，兩隻手把木門往希臘人的腦袋重重一砸，聽起來好像鑼聲，普勒斯應聲倒地。直到這一刻，阿爾伯特都還不明白他剛剛幹了什麼事，他嚇壞了，想溜之大吉……

他回過神來。希臘人死了嗎？

阿爾伯特俯身傾聽。普勒斯喘著粗氣。很難知道他傷得重不重，不過有一點血從他腦袋流了下來。阿爾伯特還處於驚愕、近乎昏厥的狀態，他握緊拳頭，不停說道「拜託，你千萬別……」。他彎下腰，把胳膊伸進那狹小的地方，拉出一個鞋盒。如假包換的奇蹟：滿滿一盒都是二十和三十毫克安瓿的嗎啡。這麼久以來，阿爾伯特對於劑量已經培養出眼力。看得很準了。

他蓋上盒子，站起身來，突然看見普勒斯的手臂在空中畫出一大個弧形……好歹他裝備齊全，手上拿著一把貨眞價實的彈簧刀，上面裝著貨眞價實的刀片，毫無缺口。彈簧刀劃過阿爾伯特的左手，快到他只感覺到一股強烈熱流。他轉了一圈，使出一記迴旋踢，腳跟踢到希臘人的太陽穴。普勒斯的腦袋撞到牆上又彈了開來，聲音大到跟敲鑼似的。阿爾伯特，還是拚命抱著鞋盒，用軍靴使勁踩了好幾下普勒斯的手，普勒斯手裡還握著彈簧刀，然後他放下鞋盒，雙手拿起小木門，連續猛砸他的腦袋。他停了下來。他因爲用力、因爲恐懼而喘得上氣不接下氣。他流了好多血，手上的傷口很深，短上裝到處都是血漬。見血總是讓他害怕。這時候他感覺到痛了，提醒他該採取緊急措施。他翻遍地窖，找到一小塊滿是灰塵的布，他用它緊緊裹住左手。誠惶誠恐，彷彿他正在接近一頭睡著了的野獸，他俯身探視希臘人肥胖的身軀，聽到他呼吸沉重，很規律，毫無疑問，這傢伙的腦門可眞硬。隨後，阿爾伯特邊打著哆嗦，離開了那棟建築物，腋下夾著鞋盒。

帶著這樣的傷口，他只好放棄搭地鐵或電車。他想辦法遮住臨時繃帶、上裝的血漬，攔了一輛計程車去巴士底站。

司機的年齡跟他差不多。他邊開，邊眼帶懷疑偷偷觀察他，觀察了好久，這個臉白得跟紙似的乘客，坐在最靠裡面的座位，手臂緊緊抱著肚子。密閉空間使得阿爾伯特的焦慮油然而起，於是他毅然決然打開窗戶，司機就更擔心了，甚至覺得他的乘客會吐，當場，就吐在他車上。

「你好歹沒生病吧？」

「沒，沒。」阿爾伯特回答說，使盡全身僅剩的一絲氣力。

「要是你有病，我就把你放在這兒！」

「不，不，」阿爾伯特抗議，「我只是累了。」儘管聽到他這麼說，計程車司機心裡不免還是覺得不對勁。

「你確定你有錢？」

阿爾伯特從口袋掏出一張二十法郎的鈔票，拿給司機看。司機放了心，但只放心很短的時間。他習慣了，經驗豐富，這是他的計程車。不過他畢竟天生就是個生意人，巴結起乘客頗有一套：

「抱歉，呵呵！我會這麼說，是因爲像你種人，經常都……」

「像我這種人？哪種人？」阿爾伯特問。

「嗯，我的意思是說，復員的阿兵哥之類的，這你是知道的。」

「難道你就不是復員的嗎？」

「啊，這個嘛，不是，我在後方『打仗』，我有氣喘，而且還長短腳。」

「長短腳？還是有不少人照樣上戰場。有的人甚至帶著比另一條腿短了非常多的腿返鄉。」

司機聽到這句話老大不高興，每次都這樣，復員者總是戰爭長戰爭短的，老是在教訓所有人，大家已經開始覺得這些「英雄」還眞惹人厭！眞正的英雄早就戰死沙場了！那些人，對，很抱歉，他們才是如假包換的英雄！何況，再說，當某個傢伙跟你說了太多他在戰壕裡的英勇事跡，最好聽聽就算了，大部分的人哪，整個作戰期間都是在辦公室裡度過的。

「難道說我們就沒有盡到國民的義務？是不是這樣？」他問。

這些退伍軍人，他們知道些什麼，他們知道後方過著物資有多缺乏的苦日子嗎？這些老掉牙的話阿爾伯特聽多了，他都會背了，煤炭的價格啦、麵包的價格啦，這類的訊息最容易記得。他從復員後就發現了：想活得清靜點，最好把軍裝上表示等級的槓槓放到抽屜裡面[21]，好漢不提當年勇哪。

計程車終於在斯馬特街把他放了下來，收了十二法郎，還等著阿爾伯特給小費，才肯開走。

這一帶住了一大群俄羅斯人，不過醫生本身倒是法國人，馬蒂諾醫生。

阿爾伯特是在六月認識他的，也就是愛德華第一次犯癮的時候。沒人知道愛德華待在醫療機構時是

21 作者註：mieux valait remiser dans le tiroir ses galons de vainqueur，作者借用自喬治．貝納諾斯（Georges Bernanos, 1888-1948）的小說《月光下的公墓》（*Les grands cimetières sous la lune*, 1938）第一章。

怎麼搞到嗎啡的？總之他的癮頭已經非常大了。阿爾伯特試著想讓他理性一點：這位兄弟，你這是在玩火自焚，我們沒辦法繼續這樣下去，得想辦法幫你戒毒。可愛德華就是不聽，拗得就跟拒絕移植那件事一樣。阿爾伯特不明白。「我認識一個兩條腿都被截肢的傢伙，」他說，「就是在聖馬丁法布街賣樂透彩票的那個，他在沙隆的二月軍營住院，他跟我提過現在他們做的移植很不錯，好，就算接受移植的人不會變成帥哥，好歹你也會有張人臉。」可是愛德華甚至連聽都不聽，反正就是不，不，還是不，他繼續自顧自地玩著接龍，把牌排在廚房餐桌上，繼續用一個鼻孔吸著他的菸。他呼出的氣味永遠那麼臭，這是必然的，整個喉嚨朝天開著……他都用漏斗喝水。阿爾伯特幫他找了個二手的食物研磨器（那個接受移植的傢伙因爲排斥所以已經死了，運氣可眞好！），讓愛德華的日子可以過得輕鬆些，儘管如此，一切還是那麼複雜。

愛德華六月初離開了侯蘭醫院，幾天後，就開始顯出焦慮、從頭到腳打哆嗦等令人擔憂的徵象，他出了好多好多汗，把吃的那麼一丁點東西全給吐了出來……阿爾伯特覺得自己好無能。最初幾次，由於缺乏嗎啡造成的效應是如此猛烈，他只好把愛德華綁在床上——跟去年十一月在醫院那樣，戰爭結束了眞令人難過——他還把門封住，以免房東跑來把愛德華給宰了，以減輕他（和別人）的痛苦。

愛德華看起來好嚇人，一副骷髏架子，裡頭住著個魔鬼。

於是住在附近的馬蒂諾醫生，才答應來幫愛德華打上一針，這個人冷冰冰的，不好親近，他說一九一六年，自己曾在戰壕裡幫一百一十三個阿兵哥截過肢。正是透過他，阿爾伯特才搭上巴茲勒，後來他成了阿爾伯特的「藥頭」。話說巴茲勒這傢伙八成是跑去藥店、醫院、診所行竊，所以才有求必應，他對藥物很在行，你要什麼藥，他都找得到。不久之後，阿爾伯特很幸運，剛好巴茲勒想清掉一批安瓿，某種促銷、清庫存之類的，問他要不要。

阿爾伯特將注射次數都一絲不苟地記在紙上，上面寫著日期、時辰、劑量，爲的就是幫愛德華好好控制消耗量，而且他也以自己的方式向他說教，不過沒多大效果就是了。但是，好歹，那個時候，愛德華比較好了。他雖然比較少哭，但即使阿爾伯特幫他帶來素描小冊子和鉛筆，他還是就此封筆，再也不畫了。他所有時間都躺在長沙發上張口獃望。之後，九月底，存貨快用完了，愛德華偏偏又一點都斷不了。六月的時候，每天得打六十毫克，三個月後就變成九十毫克。阿爾伯特看不到盡頭。愛德華一直過著隱士生活，很少說話。阿爾伯特則馬不停蹄地四下追著錢跑，就爲了買嗎啡，殊不知租金、餐費、煤炭也在追著他跑；衣服，就甭提了，太貴。燒錢的速度驚人。阿爾伯特已經把所有能當的都送進了當鋪，他甚至還上了孟奈斯特太太、賣機械鐘的女老闆，他幫這個胖女人做信封，以換取她把他的工資湊個整數（阿爾伯特是這麼說的；在這樁上床事件中，他自願扮演烈士獻身。事實上，三不五時來上一回，他也沒有多麼不高興，畢竟快六個月沒碰過女人……孟奈斯特太太有對豪乳，他向來都不知道該拿它們怎麼辦。可是她人很好，從不吝於給她丈夫戴綠帽，她丈夫是個沒上過戰場、專門躲在後方的孬渣，在他口中，凡是沒領到戰爭十字勳章的人都是臥底的）。

占預算最多的，很顯然，還是嗎啡。市價暴漲，因爲一切都在漲。這種藥物跟其他東西一樣，價格依照生活費指數計算。阿爾伯特感到遺憾的是政府，爲了遏止通貨膨脹，政府已經實施了定價一百一十法郎的「國服」政策[22]，卻沒在同時也建立一套五法郎的「國安瓿」嗎啡。其實也該創建「國麵包」或「國煤炭」、「國鞋」、「國租金」，甚至是「國工作」，阿爾伯特自忖，莫非就是因爲這種想法，所以才有人成了布爾什維克黨徒？

銀行沒接受他回去復職。國民議會議員一手捧心宣誓，國家「深感虧欠親愛的戰士們一份榮譽與感恩的債」，這個年代已經很遙遠囉。阿爾伯特收到一封信，信中解釋國家經濟不容許重新僱用，因而，銀行不得不凍結人事，「在這場爲期四年又四個月的慘烈戰事中，曾對本行有卓越貢獻的人士，恕無法……」云云。

於是，籌錢就成了阿爾伯特的全職工作。

當巴茲勒因爲好幾袋子滿滿的都是毒品，還有多到淹腳目的藥房血漿，涉及走私而遭逮捕的時候，情況就變得尤其複雜。

一夜之間供應商就沒了下落，阿爾伯特去過怪怪的酒吧，到處問地址。結果證明，其實要找嗎啡並沒那麼困難；眼見生活費用不停上漲，巴黎成爲走私樞紐，要什麼有什麼；於是阿爾伯特就找到了那個希臘人。

馬蒂諾醫生消毒傷口，縫合。

阿爾伯特感到一陣劇痛，咬緊牙關。

「砍你的是把好刀。」醫生就迸出這麼一句，沒再說別的。

他幫阿爾伯特開了門，沒跟他聊聊，也沒多問。他住三樓，一間幾乎空空如也的公寓，窗簾永遠都沒拉開，到處都是被開膛剖腹、塞了好多書的箱子，幾幅畫則被反過來靠著牆放，只有在角落有一張扶手椅，迴廊通道玄關則充當候診室，裡頭面對面擺著兩把破椅子。要是這間公寓最裡面沒有這間小房間的話，這位醫生有可能被當成是公證人，小房間裡擺了一張醫院的病床和手術器材。他跟阿爾伯特收取了比計程車資還便宜的診療費。

阿爾伯特走出診間，想到賽西兒，他不知道爲什麼。

他決定剩下的路程用走的。他需要多走走。賽西兒、之前的生活、之前的希望……他覺得自己眞蠢，竟然想起當年來了，有點傻，可是，這麼走在路上，胳膊夾著鞋盒，左手包著頭巾，反覆咀嚼這麼快就變成回憶的這些東西，他頗有天下之大竟無他容身之處的感觸。而且就從這天晚上起，他還成了個搶劫流氓，甚至是個殺人犯。他根本不知道這個一直轉啊轉啊的螺旋怎麼樣才會停止。除非奇蹟。奇蹟？這就甭提了。因爲奇蹟，自從他復員以來，奇蹟還眞的出現過一兩回，最後全都變了調，成了噩夢。等等，賽西兒，既然阿爾伯特都想到她了……賽西兒這方面，最令他難堪的，就是曾經出現過一個奇蹟，而且信使還是他的新繼父。他本來就該對奇蹟有所警惕的。話說銀行拒絕他回去復職以後，他找啊找的，試過各種工作，甚至還加入滅鼠大隊。每隻死老鼠可領二十五分錢，他母親告訴他，他離發財不遠了。話是沒錯，不過他唯一成功的地方，就是害自己被老鼠咬到，這沒啥好驚訝的，他一直都這麼笨手笨腳。所有這一切就是爲了告訴你，返鄉三個月後，阿爾伯特還是跟約伯一樣窮[23]，送禮物給賽西兒？就甭提了！梅亞爾太太很能理解她的想法。這是眞的，對她這麼一個如此漂

22 作者註：戰後百廢待興，經濟陷入大危機，政府推出多項政策，以緩解戰後法國家庭的固定支出：除了在「維爾格蘭木棚」（baraques Vilgrain，參見30譯註）銷售十分便宜的食物外，還推出價格低廉的「國服」（costume national），讓出門工作者穿上後，看起來不至於過分邋遢。

23 此典出於《聖經．約伯記》。富人約伯有錢卻不驕奢，並且敬畏耶和華。撒旦為了讓約伯不再信耶和華，於是害他散盡家產、身染重病。故有「跟約伯一樣窮」的說法，指窮困潦倒到了極點。

亮、如此標緻的姑娘來說，未來會怎麼樣呢？要是梅亞爾太太處於賽西兒的位子，很明顯的也會這麼做。所以，他歷經三個月到處幫人修修弄弄、打打零工，等著大家老掛在嘴邊的復員金發送下來，實則政府卻無力支付的時候，奇蹟出現了：他的繼父幫他在薩瑪莉丹百貨公司找著一份電梯員的差事。管理階層希望是個得過許多勳章的榮民好對外炫耀，「建立企業面對客戶群的形象」，結果呢？並沒有，不過沒魚，蝦也好，他們用了阿爾伯特。

他負責控制漂亮的透空電梯上下，還要邊報出樓層。他永遠也不會告訴別人（只有寫信給他的戰友愛德華），他並不怎麼喜歡這份工作，只不過他也不知道自己爲什麼不喜歡。六月的某個下午，他瞭了，電梯門一打開，正對著賽西兒，她身邊有個虎背熊腰的青年相伴。自從她寫給他那封信後，那封他只有回答「好」的信，他們就沒再見過面。第一秒鐘他就犯下第一個錯誤，阿爾伯特裝作不認識她，專注於操作電梯。賽西兒和她的朋友要上頂樓，永無止境的漫長旅程，外加每個樓層還都得停。阿爾伯特用嘶啞的聲音幫每個排面打廣告，好一份苦差事啊；他情不自禁，呼吸起賽西兒的新香水味兒，高貴、雅致，聞起來像錢。那名年輕男子也聞起來像錢。他很年輕，比她年輕，阿爾伯特很難接受這點。對他而言，眞正羞辱他的倒不是遇見她，而是被她逮到自己穿著這身花不溜啷的制服，簡直就是嬉笑怒罵輕歌劇裡的大傻二傻。肩章上面還有毛茸茸的球球。

賽西兒垂下雙眼。看得出來，她眞的以他爲恥，一雙手揉來絞去，盯著自己的腳。那個虎背熊腰的年輕人，他啊，一臉讚嘆地上下打量著電梯，顯然被這個現代科技的神奇產物搞得眼花撩亂。

阿爾伯特從來沒覺得幾分鐘的時間竟然如此漫長，除了他被活埋在炮彈坑裡的那幾分鐘例外，不過他還眞的覺得這兩樁事件的晦暗之處頗爲雷同。

賽西兒與男友在內衣部門出了電梯，跟阿爾伯特甚至連眼神都沒對到。阿爾伯特當下就把電梯撂在一樓，脫了制服，連工資都沒結就走人。做了一禮拜的白工。

幾天後，賽西兒看到他降格以求，連這種僕役的職位都接受，可能讓她覺得十分值得憐憫吧，她把訂婚戒指退還給他。郵寄。他想再把戒指寄還給她，他不需要施捨，難道說他看起來眞那麼窮酸？就連穿著奴才穿的大號制服也照窮不誤？但是，時下眞的非常艱難，一包菸絲就得一塊五法郎，煤炭的價格貴得不像樣，他得省著點用。他把戒指送進當鋪。打從停戰以來，大家都說「巴黎公營當鋪」，聽起來比以往又更有公民聯營事業的感覺。

他有好多東西可以贖回來，但他都跟它們道了永別。

經過這個插曲，從此阿爾伯特就找不到比三明治人更好的工作了，前面一個招牌，後面一個招牌，掛著廣告牌在大街上壓馬路，這些玩意兒重得像頭死驢。海報上面幫薩瑪莉丹做促銷，要不就是吹噓德．德翁－布頓自行車的品質有多優良。他最怕的是又跟賽西兒不期而遇。穿著狂歡節的電梯制服，已經夠令他難堪的了，這會兒還全身裹著金巴利酒的海報，他覺得不可能有比這更難受的了。

這個勞什子根本就該扔進塞納河。

Chapter

12

佩瑞庫爾先生確信只有他一個人時才睜開眼睛。所有這一切騷動……賽馬總會所有這些興奮莫名的人，彷彿嫌當眾暈倒還不夠羞辱……

接著還有瑪德蓮、女婿，賽馬總會總管在床腳處扭著雙手，擔心不已，大廳的電話響個不停，布朗榭醫生和他的滴劑、他的藥丸、他那教士般的聲音、他那沒完沒了的嘮叨叮嚀。尤其是因爲他什麼病因都找不到，他說是心臟、疲勞、憂慮、巴黎的空氣，胡說八道，虧這傢伙在醫學院還很有地位。

佩瑞庫爾家族擁有一整棟大型豪宅，窗戶面對蒙索公園。佩瑞庫爾先生把絕大部分都讓給女兒使用，女兒於婚後，依照她的品味將二樓重新裝修過，與夫婿同住。佩瑞庫爾先生則住在共有六間廳室的頂樓，實際上他只占用其中一個大房間——也作爲他的書房兼辦公室之用——以及一間浴室，小歸小，一個人用綽綽有餘。對他來說，這棟豪宅可以簡化成他這層公寓。自從妻子去世後，除了去底樓的宏偉大餐廳用餐外，他幾乎沒有踏入其他廳室一步。至於接待賓客，只剩下他一個人，一切都上瓦贊[24]解決，省得囉唆。他的床置於壁龕處，外面用深綠色天鵝絨製的帷幔遮住，他從未帶任何一名女子回來過，要找女人，他會到外面去找，這裡是專屬於他自己的天地。

他被送回家中，瑪德蓮在他身邊坐了好久，耐心十足。最後實在忍不住，她終於拉起他的手……佩瑞庫爾先生受不了她這樣。

「好像在守靈。」他說。

換作是別的場合，瑪德蓮準會抗議，但這回她只笑了笑。他們鮮少有機會單獨相處這麼久。她眞的不漂亮，佩瑞庫爾先生暗忖。他眞的老了，他女兒心想。

「我讓你一個人休息吧。」她邊說邊站起。

她指了指帷幔的繩子，他以目光示意表示贊同，好，沒關係，別擔心，她檢查了玻璃杯、水瓶、手帕、藥丸。

「請把燈關上。」他說道。

但他立即就後悔放女兒離開。

雖然他已經好多了——在賽馬總會的不適已成過去——他承認，這一波驚濤駭浪毫無預警地就把他給擊垮了。先攻下他的腹部，隨後入侵他的胸膛，直到肩部，直到頭部。他的心臟怦怦直跳，他覺得地方不夠大，喘不過氣，佩瑞庫爾找著繩子，想把帷幔拉開，旋即放棄，某樣東西告訴他，他不會死，他的大限之日尚未來臨。

房裡浸淫於黑暗之中，他看著一排排的書架、畫、地毯的圖案，彷彿他第一次看到它們。他覺得自己比什麼都老，周遭的一切、每一個細節，在他眼裡突然都變得很新鮮。他被壓得透不過氣來，老虎鉗倏地以猛烈無比的力道，粗暴地收緊了他的喉嚨，淚水湧入雙眼。他哭了起來。單純的淚水，源源不絕，

24 作者註：Voisin，為當時巴黎的一家餐廳。

他不記得自己曾經如此悲痛過，有，孩提時代或許有過，痛哭一場，讓他得到怪異慰藉。他放任自己，放肆地任憑淚水流淌，這感覺甜蜜得宛如安慰。他以被單一角擦了擦臉，吸了口氣，沒多大幫助，淚水還是不斷地流，悲慟之情席捲而來。都是因為衰老，他這麼想，其實自己並不相信。他靠著枕頭坐了起來，拿過放在床頭櫃上的手帕，把頭藏到被單下面，擤著鼻涕，他不希望別人聽到，不希望別人擔心，不希望別人過來。怕被別人看到他在哭？不，不是的。他當然也不會喜歡被看到，他這把年紀的人哭得像個孩子似的，會失去尊嚴，而是，更重要的是，他想一個人獨處。

揪心的鉗子鬆了點，呼吸仍然不得勁兒。一點一滴，淚水平息，偌大虛空取而代之；他很疲憊，但就是睡不著。他這輩子一直都睡得很好，就連最難熬的情況下也不例外，好比說妻子去世，他食不下嚥，但睡得很熟，他就是這樣。然而，他愛他的妻子，一個令人欽佩的女人，全部優點她都有。紅顏薄命，太不公平了！不，真的，睡不著極不尋常，對像他這樣的一個男人而言，甚至會造成不安。才不是心臟的問題，佩瑞庫爾先生心想，布朗榭這個蒙古大夫。是焦慮。有什麼東西縈繞糾纏著他，沉重，來勢洶洶。他又想到工作，想到下午有約，他想著還有什麼事。一整天，已經完蛋了，才早上而已，就已經泡湯了。不過畢竟不是因為與股票經紀人的這番討論，沒什麼好火氣大的，沒什麼好大不了的，這個行業、還有這些股票經紀人就是這樣，三十年來，他已經吃下了十幾家公司。每個月的最後一個禮拜五，都會召開資產負債會議，銀行家、經紀人，所有人都會必恭必敬地站在佩瑞庫爾先生面前。

必恭必敬。

這種說法讓他徹底崩潰。

他意識到他為什麼會痛苦至此，眼淚驀地又飆了出來。他使勁咬著被單，發出一長聲悶悶的吼叫，激憤、絕望，他正經歷著錐心苦痛，痛得無法丈量，他不知道自己竟然能夠痛苦至此。這比……比他……更猛烈……他詞窮了，他的思緒似乎已經融化，被這個難以計量的大不幸給毀了。

他因喪子之痛而哭泣。

愛德華死了。愛德華就是在這一刻死的。他的小男娃兒，他兒子。他……死了。

就在他逝世一週年的這天，他連想都沒想到，影像跟一陣風似的就這麼飛過，一切的一切累積到了這一天，一併爆發。

他的死可以回溯到整整一年前。

其實，這是第一次，他感受到愛德華的存在，這個事實更加劇了他那浩瀚無垠的慟。隱隱約約，他豁然瞭解，即便他不願意承認，他愛過這個兒子；他意識到這個無法忍受的慘痛事實，他以後再也看不到兒子，直到這一天他才理解這點。

不，還不只是這個，他的眼淚還有箝在他胸口的虎頭鉗、還有卡在他喉頭的利刃，這麼對他說。

更糟的是，聽到兒子過世的消息，他竟然有解脫了的感覺，所以他覺得有罪惡感。

不眠的一夜，再一次看到了孩提時代的愛德華，面帶微笑，微笑裡暗藏如此深刻的回憶，他到了現在才發現了它們，彷彿它們是熱騰騰、剛出爐的。這一切都毫無來由，他說不上來，愛德華打扮成小天使（卻加上惡魔路西法的耳朵，他玩世不恭，天不怕地不怕，那時候應該才八歲吧），比校長叫他到中學去面談那次更早還是更晚？都是因爲他的畫，天哪，他的畫，家門不幸，天大的恥辱。他，可眞有天分。

佩瑞庫爾先生什麼都沒留下，沒半個愛德華兒時的玩具，沒半張素描，沒半幅油畫，沒水彩，什麼都沒。瑪德蓮搞不好有保留？不，他才拉不下臉開口問她。

這一夜就這麼過去了，回憶、遺憾，愛德華無處不在，小毛頭，青少年，長大成人，還有他的笑，怎麼樣的一種笑容啊，生命的喜悅，要是他專用這種方式來表現他的爲人——性喜挑釁，永無寧日……佩瑞庫爾先生向來都最厭惡放蕩不羈的行爲，愛德華卻從來不讓他有清閒的日子好過。愛德華會這麼玩世不恭，都來自於佩瑞庫爾先生的妻子。他娶了這個富家女（她娘家姓德．馬爾吉，有好幾家棉紡廠），愛德華卻從他母親那邊遺傳到了她的性情，某些地方被視爲是大不幸的人才會有的性情。比方說，藝術家。但是，就算當時兒子某些地方像藝術家，佩瑞庫爾先生總會習慣的，畢竟有很多人，在他們這一輩子中，幫地方或中央政府畫上幾幅油畫，還能混出點名堂。

不，佩瑞庫爾先生從來都沒原諒他兒子，不是因爲他「做」了什麼，而是因爲他「是」什麼：愛德華的嗓音過於高亢，愛德華過於纖細，太注重自己的穿戴，舉止太過於……不難看出，他眞的很娘娘腔。即使在內心深處，佩瑞庫爾先生也向來都不敢說出這些字眼。在朋友面前，兒子讓他抬不起頭來，就因爲這些卑鄙下流的字眼，他從朋友們的嘴唇上就讀出來了，他們用不著說，他就看出來了。他不是個惡毒的男人，而是個深深受到傷害與屈辱的男人。這個兒子，傷風敗俗、離經叛道，遊走於法律邊緣。他從來沒向任何人坦白過這點：女兒的出生已經夠讓他大失所望。男人會想要兒子，他覺得這很正常。他認爲，父子之間存有一種既密切又祕密的同盟關係，因爲兒子是老子的延續，父親奠定基礎加以傳遞，兒子接收從而發揚光大，這就是生命，打從洪荒初始便是如此。

瑪德蓮是個十分可人的孩子，他很快就喜歡她了，但他依然急著想抱兒子。

兒子就是不來。流產了好幾次，令人難以忍受的事，時間流逝，佩瑞庫爾先生甚至變得暴躁易怒。然後愛德華出現。終於。他看著他誕生，把他當成純粹是他意志的產物。何況，他妻子也在愛德華很小的時候便香消玉殞，他將妻子的紅顏薄命視為是一種新的徵兆。早年，為了教育這個兒子，他不知付出了多少心力！他投注在他身上多少希望，兒子的存在又帶給了他多少希望！隨後失望來了。當時愛德華已經八歲還是十歲了，他不得不面對現實。徹底失敗。佩瑞庫爾先生可以重新展開新生活，他並不算太老，但他由於自尊而拒絕了。他拒絕屈就於失敗。他把自己深鎖於悲苦、深鎖於怨恨之中。

這下可好，現在這個兒子死了（他根本就不知道他是怎麼死的，他從來都沒過問），他不禁自怨自艾，他對他說了那麼多難聽的話，斬釘截鐵認定他沒救了，無數次對他關上了門，板著一張臉，雙拳緊握，佩瑞庫爾先生衝著這個兒子關上了一切，唯一對他開放的，就是眼睜睜地看著他去沙場送死。

就連他的死訊到來時，他都未置一詞。然而當時情景歷歷在目。瑪德蓮為之崩潰。他扶住她的肩膀，做出榜樣：尊嚴，瑪德蓮，要有尊嚴，他沒辦法告訴她，因為他自己也不知道，他不斷自問的這個問題：像我這樣一條鐵錚錚的漢子，怎麼能忍受有這樣的兒子？兒子的死是否給了他回答。如今，一切都結束了，愛德華的是是非非也從而了結，很公平。世界的平衡重拾重心。他經歷過妻子的死，他覺得不公平，她太年輕就撒手人寰了，輪到兒子的死，他卻沒這麼想，然而兒子可是還更年輕就消逝了啊。

淚，又來了。

我的眼淚是冰冷無情的，他心想，我就是一個冰冷無情的人。他也想消失。生平頭一遭，他寧願自己是別人，而非他自己。

早上，一夜沒闔眼，累極。他的憔悴面容出賣了他，悲痛之情溢於言表，由於父親從未顯露過如此的神情，瑪德蓮不明白，她很害怕。她俯身歪在父親身上。他吻了吻她的額頭。他的感受是無法言傳的。

「我要起來。」他說。

瑪德蓮正準備提出異議表示反對，但面對這張消沉卻堅定的臉，她沒開口，把話吞了回去。一個鐘頭後，佩瑞庫爾先生離開自己的公寓，刮了鬍子，著裝完畢，滴水未進，瑪德蓮看到他連藥都沒吃，他很虛弱，雙肩下垂，臉色慘白。他穿著大衣。家僕驚訝得張大了嘴，他坐在前廳的椅子上，通常來客不會久待，有時他們就會把來客的衣物放在前廳，他朝瑪德蓮舉起了手。

「叫車過來，我們出門。」

短短數字便道出千言萬語……瑪德蓮吩咐下去，飛奔到臥房，再回到前廳時已經穿戴整齊。灰大衣裡面是件阿斯塔蒂石黑色短衫，腰部有皺摺，鐘形女帽，也是黑的。看到她的女兒，佩瑞庫爾先生心想，她愛我，他的意思是，她懂我。

「走吧。」他說。

來到人行道上，他叫司機下去，他現在不需要司機了。他很少自己開車，除非他比較想獨處，否則他不太喜歡開車。

他只去過墓園一次。妻子過世那次。

就連瑪德蓮去把她弟弟的遺骸帶回來安葬到家族陵墓那次，佩瑞庫爾先生都沒過去。堅持「帶回」弟弟的是她。他也就隨她去。兒子為國捐軀，跟一群愛國人士合葬，這合乎規矩。但瑪德蓮希望這麼做。他義正辭嚴地解釋「就他的身分地位」，放任女兒做出這麼一件完全被禁止的事是絕對無法想像的，然而，即便每當他派上一堆副詞，就不是個好兆頭，這一回瑪德蓮卻沒被他給震懾住。她僅僅表示那就算了，她自己來，而且她說到做到，一切都自己來。兩天後，她發現，在一只信封裡面有她需要的錢，還有張便條，低調地囑咐莫瑞厄將軍幫個忙。

是夜，他們拿鈔票打點了所有人，墓園守衛、殯葬業者、司機、一個打開家族陵墓大門的工人，兩個負責抬棺下車並把大門關上的工人。瑪德蓮哀悼了一會兒，隨後就有人緊拉著她的手肘不放，因爲大半夜的，不是該哀悼的時候，如今她弟已長眠於此，她隨時想來就可以來，但是，當下最好別引起別人注意。

這一切佩瑞庫爾先生全都一無所知，他也從來都沒問過任何問題。在載他們去墓園的車上，坐在沉默不語的女兒旁邊，他想著他在前一天夜裡反覆咀嚼的一切。他，從來什麼都不想知道，今天，卻顯得如此貪婪，他什麼都想知道，就連最小小不言的細節也想……他一想到他兒子，就有想哭的欲望。幸虧，尊嚴很快就又凌駕於衝動之上。

爲了將愛德華遷葬於家族陵墓，不得不先把他挖出來，佩瑞庫爾先生心想。一想到這兒，胸口就不禁揪了起來，心如刀割。他試圖想像愛德華躺著，死了，但他想像中的愛德華，畢竟是公民過世時的樣子，穿西裝打領帶，鞋子上了蠟，身邊擺滿了白森森的大蠟燭。他可眞傻啊。他搖著頭，生起自己的氣。他回歸現實。過了這麼多個月，一個人的身體會變成什麼樣子？怎麼會這樣呢？影像浮現，同樣的地方，從中卻湧現出了一個問題，單是昨夜不夠他想到那麼多，他很驚訝自己竟然從來都沒自問過：兒子比他早死，他爲什麼從來都不覺驚訝？白髮人送黑髮人，這可是出乎常理之外的事啊。佩瑞庫爾先生現年五十七歲，極其富有，受人敬重，從來都沒打過仗。他一切都很成功，無往不利，就連婚姻也十分幸福美滿。何況他還活著。他爲自己感到慚愧。

在車上，瑪德蓮原本透過車窗望著飛馳而過的街道，怪的是，她正是選擇了這個精確的時刻，把她的手放在他的上面，彷彿她能理解他的心思。她瞭解我，佩瑞庫爾心想。這點讓他覺得很安心。

何況還有這個女婿。瑪德蓮到她弟過世的鄉下去找他（他到底是怎麼死的？他連兒子的死因也一無所知……），回來卻帶著這個博戴勒，夏天一到，兩人就結婚了。如今，這個既成事實絲毫不會令佩瑞庫爾先生感到震驚，女婿與兒子之間，冥冥中起著某種對等作用。他兒子走了，跟這個男人的到來發生聯結，這個他不得不接受的女婿，這是頗令人費解的，似乎女婿得爲他兒子的死負責，這眞的太傻了，但他就是禁不住會這麼想：一個人出現的時候另一個剛好不見，因果關係以一種機械式的方式發揮效用，也就是說，對他而言，他自然而然就往這方面想了。

瑪德蓮試圖向她父親解釋，她怎麼會跟德．奧內－博戴勒上尉相遇，他有多麼親切殷勤、無微不至，佩瑞庫爾先生根本就沒聽進去，他對一切都充耳不聞、視而不見。他女兒爲什麼嫁給這個人，而不是別人呢？這個祕密，對他來說，始終無解。兒子的生活他完全都不瞭解，他的死也是，而且基本上，他也完全不瞭解女兒的生活，她的婚姻也是。就人的角度來看，他什麼都不瞭解。墓園警衛失去了右臂。佩瑞庫爾先生經過他身邊，心想：我，我是個心臟有缺憾的廢人。

墓園已經開始出現窸窸窣窣的人聲。身爲精明生意人的佩瑞庫爾先生觀察到，在戶外叫賣的小販們歡天喜地，成百成千地賣出菊花、花圈與花束，好一筆賺錢的季節性買賣。尤其是今年，政府希望所有紀念活動都在清明節當天，十一月二日，一起舉行，全國上下，統一時間。屆時全國會統一舉辦追思活動。佩瑞庫爾先生從他的豪華轎車裡，看到前置的準備工作，有人綁上彩帶，有人放上路障，幾個民間銅管樂隊，穿著一般老百姓的服裝，正在排練，不過沒有發出聲音，人行道也被清洗過，出租馬車和汽車也被趕走，路上淨空。佩瑞庫爾先生看著這些，無動於衷，他的悲傷純屬他一人所有。

他把車停在入口處。父女倆挽著胳膊，緩緩往家族陵墓拱頂那邊走去。天氣好好，有出太陽，卻很冷冽，在金黃明淨陽光照耀下的花兒益顯嬌豔，位於小道兩側的一座座墳塋早已被鮮花淹沒。佩瑞庫爾先生和瑪德蓮兩手空空而來。兩個人誰也沒想到買花，殊不知在墓園入口，品項眾多，可不缺選擇啊。

家族陵墓是一棟石造小房子，三角楣上有一個十字架，鐵門上方釘著一塊牌子：「佩瑞庫爾家族」。每邊都分別刻有長眠於此的先人名諱，但只有從佩瑞庫爾先生的父母開始，他們家族是新貴，不到一世紀前才開始發跡。

佩瑞庫爾先生雙手還是插在長大衣口袋裡面，也沒摘下帽子。他沒想到這些。他所有心思都擺在兒子身上，萬千思緒糾纏著他。淚水又來了，他不知道兒子留給了他些什麼，愛德華還是個小男孩的影像，隨後又成了青年，所有他曾經憎惡的一切，他的笑聲，他的叫聲，如今他都好想……好想……前一天夜裡，早已遺忘的場景再度浮現，都是一些可茲追溯愛德華童年的往事，當時他對兒子真正的性向還僅止於懷疑的年代，面對兒子的畫，他還會暗自感到滿意、竊喜與驕傲的年代，有一點是真的，愛德華畫風成熟，相當難得。他看過好幾幅。愛德華在他那個年代是個出色的孩子，想像力豐富，充滿異國情調的畫面，火車，飛機。某天，佩瑞庫爾先生還因為他的一張草圖而為之驚豔，他抓住賽車全速飛馳的那一瞬間，愛德華從沒看過風馳電掣狀態下的車子，卻畫得如此寫實，逼真得令人難以置信。草圖本身是凝結不動的，是什麼東西讓人有這輛跑車快得好像在飛的感覺呢？這是個謎。當時愛德華九歲。他的畫總是十分動態。甚至就連花朵也在召喚微風。佩瑞庫爾先生想起一幅水彩畫，又是花，什麼花？他一朵也認不出來，他唯一說得出來的就是花瓣極其細膩，愛德華以一種獨特無比的角度來展現這些花。佩瑞庫爾先生，雖然不屑這種藝術，但也明白這些畫的原創性極強。說得也是，這些畫呢？瑪德蓮有沒有把它們保留下來？可是他不想再看到它們，他寧願把它們留在心中，他再也不想讓這些影像走出他心中。從他已然埋葬了的回憶中，有一張臉再度浮現，尤其是這張臉。愛德華畫了許許多多各式各樣的畫，顯而易見地，他特別偏愛某些臉部輪廓，佩瑞庫爾先生心想，所謂的「風格」是不是就是這個意思？那是一張極其純潔的年輕男子的臉，肉肉的嘴唇，鼻子略長卻很有個性，深深的酒窩將下巴一分爲二，但尤其是那怪異的眼神，稍微有點斜視，而且沒有笑容。所有這些他能說的，現在他已經想到該怎麼說了……

但他跟誰說去？

瑪德蓮假裝被稍遠處的某座墳墓吸引，走遠了幾步，讓他獨處。他掏出手帕擦了擦眼睛。他讀著妻子的名字，娘家本姓德．馬爾吉的雷奧波婷．佩瑞庫爾。

愛德華的名字卻不在上面。這個發現令他大爲震驚。

當然，因爲他兒子不該在這兒，更別提刻上他的名字了，好，這是顯而易見的事，可是對佩瑞庫爾先生來說，不啻爲命運之神終極拒絕向他正式宣布兒子的死訊。曾經有過一份文件，一份通知他愛德華已爲法蘭西捐軀的文書。可是愛德華的名字甚至連出現在陵墓上都沒這個權利，那麼，這座陵墓還有什麼意義呢？佩瑞庫爾先生爲了這件事左思右想，試圖說服自己，最重要的不在於愛德華有無列名，而是他已經回來了，但他的感受卻難以平復。

能夠在家族陵墓上看到他死去兒子的名字，看到「愛德華．佩瑞庫爾」的字樣，搞清楚兒子的死因，在他眼裡，突然成了最舉足輕重的大事。

他的頭從左搖到右。

瑪德蓮走回他身邊，緊緊挽著他的胳膊，父女倆一道回家。

他整個禮拜六都花在打無數通電話上，這些人的命運都取決於他的健康。「所以說，先生，您好些了？」大家問道，要不就是：「老兄，你差點把我們給嚇死！」他都冷漠以對。人人皆以爲，這就是表明一切都回歸正軌的跡象。

佩瑞庫爾先生禮拜天在家休息，喝喝花茶，吞下幾顆布朗榭醫生開的藥丸。他也整理了幾份文件，還在銀質托盤中，就在一封信旁邊，發現了一包東西，以女性化的紙張包著，瑪德蓮留給他的，包裏裡有一本素描小冊子和一封已經開緘了的手寫信函，信已經有相當時日了。

他立即認出了是哪封信，喝了口茶，拿起信，又看了一遍，目光停在愛德華戰友提及他的死訊那段，停了良久：

（略）不幸發生時，部隊正在攻占德軍陣地，對大戰取得勝利有莫大貢獻。總是身先士卒的貴子弟，慘遭子彈擊中心臟，當場壯烈犧牲。我可以向各位保證，他並沒受苦。貴子弟，他總是將保國衛民視為至高無上的義務，英勇為國捐軀，死而無憾。

佩瑞庫爾先生是商界巨賈，身爲好幾家銀行、殖民地代理銀行、工商企業的總裁，猜疑心極重。他一個字也不信，這個揑造出來的說辭就跟專門設計出來安慰家屬的蹩腳彩色畫片一個樣。不過愛德華這個戰友倒是寫得一手好字，但他是用鉛筆寫的，信件年久褪色，字跡不甚清晰，彷彿拙劣的謊言，沒人會對它有信心。他把信折好，放回信封，收在自己書桌的抽屜裡。

之後，他打開素描小冊子，破損不堪，綁住厚紙板封面的橡皮筋已經彈性疲乏，簡直就像探險家日誌，環遊世界過三大圈。佩瑞庫爾先生立刻明白了，這是他兒子的畫。畫的是前線士兵。他知道他沒辦法一下子全部都翻看一遍，他無比內疚，無法面對這個事實，他還需要時間。他的目光停在一個全副武裝的士兵圖像上，士兵頭戴鋼盔，坐著，兩腿劈拉著伸在前面，雙肩下垂，頭微微歪著，一副筋疲力盡的姿勢。「沒有鬍子的話，搞不好就是愛德華。」他心想。打仗這幾年他沒看到愛德華，他有沒有變滄桑了很多呢？愛德華可曾跟這麼多士兵一樣也留過鬍子？我寫過幾封信給他？他自己問自己。所有這些圖都是用藍鉛筆畫的，所以說他只有藍鉛筆可以畫嗎？瑪德蓮應該寄過包裹給他吧？他邊回憶這些，邊極其厭惡自己，他記得自己曾經跟一個祕書說過：「別忘了寄個包裹給我兒子，」她有個兒子在前線，一九一四年夏天失蹤了，佩瑞庫爾先生再度看到這個女人回到他辦公室時，她整個人都變了。整個戰爭期間，她寄過好多次包裹給愛德華，就跟對待她自己兒子一樣，但她僅僅說道，我準備了一個包裹，佩瑞庫爾先生謝謝她，他取過一張紙，寫道：「祝你一切都好，親愛的愛德華」，他遲疑著，不知道該怎麼署名？「爸爸」？未免太不得體；署名「佩瑞庫爾先生」？又太荒謬了。最後他只簽上他名字的縮寫。

他又看了一下這個疲憊的士兵……他崩潰了。他永遠不會知道，兒子眞正過的是什麼生活，他只能看著別人的故事來滿足自己，他女婿的，比方說，全是些英雄事跡，跟愛德華戰友的信一樣謊話連篇，他再也不要這些，這些謊言，有關愛德華的謊言，他再也什麼都不會知道。一切都死了。他闔上素描小冊子，放進外套暗袋。

原來瑪德蓮根本就不打算拿這些給父親看，可是她對他的反應感到十分訝異，突如其來跑去墓園，這些眼淚，太出乎她意料之外。將愛德華跟她父親分開的那道隘谷溝壑打從宇宙洪荒便已存在，一直都以地質構造的姿態出現，彷彿這兩個男人是被放置在不同板塊上的兩個大陸，不引發海嘯絕不善罷干休。她全都經歷過，目睹一切。隨著愛德華個頭竄高和逐漸長大，父親原本僅止於懷疑的某件事後來成了猜忌，她看到他變得排斥、敵視、拒絕、憤怒、否認。愛德華則離經叛道，反其道而行，起初只是出於情感要求、保護需要，一點一滴轉化成挑釁、全面爆發。

正式宣戰。

因爲，畢竟，這場害愛德華送命的戰爭，很早就宣戰了，甚至就在家庭內部，就在這對父子之間，這個跟德國人一般嚴峻刻板的父親和這個玩世不恭、膚淺、毛躁又迷人的兒子。這場父子大戰，首先在愛德華八、九歲的時候，透過一些低調的部隊行動發難，雙方陣營的不安隨之洩露。父親最初曾表示關注，隨後變得憂慮。兩年後，兒子長大了，疑問的陰影完全消散，眞相大白。於是父親變得冷漠，遙不可及，嗤之以鼻；愛德華則成了煽動者、暴動者。

隨後裂痕持續變深，終至沉默，瑪德蓮沒有特別去記何時開始如此沉默的，兩個人終於不說話了，拒絕交戰、起衝突，寧願無聲地彼此憎恨，冷戰相向。這得回溯到很久以前，才能勉強回憶起那個引爆點，那次衝突發生在非典型內戰狀態期間，當時小衝突層出不窮，但究竟是哪個確切的時間點呢？她沒找著。毫無疑問，絕對有某件事觸發，但她沒找出來是什麼。某天，愛德華應該有十二、三歲了吧，她發現父親和兒子只有透過他們的中間人才會彼此溝通。

她度過了擔任外交官角色的青春期，夾在兩大死敵之間，得隨時準備好進行仲裁協議，收集雙方怨氣，消弭敵意，化解雙方層出不窮的較勁意圖。忙於照顧這兩個男人，使得她沒意識到自己都變得其貌不揚了。不是眞的難看，而是平庸，不過在她這個年齡，平庸就代表比許多女孩不漂亮。她太常被漂亮的女孩包圍——有錢男人都娶會生出漂亮下一代的美女——某天，瑪德蓮因爲自己貌不驚人而被徹底打敗了。當時她十六、七歲，父親吻她的額頭，看見她，卻沒在看她。這個家裡沒有女人會告訴她、會教導她，她該做些什麼、如何打扮自己，她得用猜的、觀察別人、偷學別人，但總是比別人差了點兒。何況她對這些東西原本就欠缺品味。青春原本應該是她美麗的本錢，最起碼青春原本應如此，她眼看著自己的青春因爲乏人照料而消散、鬆弛。她有的是錢，這點，佩瑞庫爾家可不缺，有錢可請鬼推磨，於是她付錢給化妝師、美甲師、美容師、裁縫師，付得比該付的還多。瑪德蓮並不是個醜八怪，她只是個缺乏愛的少女。她滿心期待著這個男人可以看她一眼，唯有這個男人才能提供她一絲成爲幸福女孩的必要安心，這個男人是個大忙人，忙著攻城掠地，誠如占據領地那般，打敗敵人，他有許多需要對付的敵手、股票行情、政治影響力，附帶這個有待忽略的兒子（花了她很多時間的苦差事），所有這一切讓他說出「啊！瑪德蓮，妳在這兒，我沒看到妳，快去客廳吧，乖女兒，我有事要忙！」可是她改變了髮型，穿上了一件新衣裳，他根本就視而不見。

除了這個慈愛、但沒有表現出來的父親外，還有愛德華，如流水般難以捉摸的愛德華，十年、十二年、十五年來，終於溢了出來，末日啟示錄的愛德華，僞裝者、演員、瘋子，離經叛道，錢多得花不完的富家子，創意十足，就是這些圖，張貼在牆上高約一米處，引得男僕驚呼連連，女佣臉紅心跳，爆發陣陣大笑，咬著拳頭，悶著竊笑，經過走廊，只見畫中的佩瑞庫爾先生，臉紅脖子粗，雙手緊揪著自己的「老二」不放，惟妙惟肖，極其逼眞。瑪德蓮擦擦眼睛，不敢置信，立即召來油漆工人。

佩瑞庫爾先生回來了，看到工人在場很驚訝，瑪德蓮解釋說，家裡出了點小狀況，沒什麼大礙，爸爸，她十六歲，他說，謝謝妳，我親愛的，如此欣慰，有人打理家務，照料日常生活，一個人總不能無處不在啊。因爲他全都試過，可是失敗了，保母、總管、管家，在家裡幫忙僅供膳宿的年輕女孩，每個人都走了，這種生活不是人過的！這孩子，愛德華，天生邪靈附身，他不正常，我跟你打包票。「正常」與否，這頂大帽子，佩瑞庫爾先生迷上了它，因爲它尤其足以指出愛德華的不正常絕非來自於親子遺傳。

佩瑞庫爾先生對於愛德華的敵意變得如此深惡痛絕——爲了某個瑪德蓮掩飾得非常好的原因：愛德華看起來畢竟像個女子，她教過他無數次要笑得「正常點」，教學課程最終都以眼淚告終——從佩瑞庫爾先生那邊來的敵意如此之深，最後終於連瑪德蓮也不禁慶幸這兩塊大陸最好永遠也別相會，這樣比較好。

軍方通知家屬愛德華的死訊，她接受了佩瑞庫爾先生的無聲解脫，首先是因爲她現在只剩下她父親（誠如我們看到的，她某方面有點像瑪麗公主[25]），隨後還因爲戰爭已經結束；即使戰爭結束得很糟糕，最起碼，它結束了。她反覆思量，還是打算把愛德華的屍首運回來。她好想他，知道親弟弟在那麼遙遠的地方，簡直就像在國外，她整顆心都揪了起來。然而這是不可能的，政府反對。於是，她深思熟慮（她

25 作者註：La princesse Marie，此指《戰爭與和平》（*La Guerre et la Paix*, 1869）中的瑪麗．保爾康斯基（Marie Bolkonsky），本書作者借此向《戰爭與和平》作者托爾斯泰（Léon Tolstoï, 1828-1910）致敬。

這一次的表現又跟她父親很像），一旦她下了決定，就會義無反顧，絕不動搖。她打聽消息，暗地裡進行了必要的步驟，找到人、安排了旅程，於是她去了，違反父親的意思，而且未經父親同意，到她弟送命的地方找著他的屍首，帶回來，把他埋在有一天她自己也會埋身之處。後來她嫁給了英俊的德．奧內－博戴勒上尉，她就是在那種場合之下邂逅了他。兩人各取所需。

但是，當她面對父親在賽馬總會不適，整個人頹唐不振，如此不符合他的一貫作風，何況他還去了他從沒去過的墓園，這個突然而且令人驚訝的決定，還有父親的眼淚，瑪德蓮很爲他感到尷尬，她覺得很不好受。戰爭結束了，敵人可能和好，但兩個人中的其中一個卻已撒手人寰。即便和平也枉然。這個家，在一九一九年十一月的這個月，傷心欲絕。

接近中午時分，瑪德蓮上樓，敲了敲父親書房的門，發現他呆立窗前，若有所思。今天天空的雲層好低，一律都是乳白色的。路上的行人帶著菊花，他並曾多次聽到軍樂隊的回音。瑪德蓮看到父親陷入沉思，爲了分散父親的注意力，便建議與他共進午餐，他接受了，即便他看似毫無胃口，何況他還眞的什麼都沒碰，整盤原封不動，他喝光半杯水，愁容滿面。

「我說……」

瑪德蓮擦了擦嘴，目帶詢問。

「妳弟的這位戰友，就是那個……」

「阿爾伯特．梅亞爾。」

「對，或許吧。」佩瑞庫爾說，裝作毫不在意。

「妳有沒有……？」

瑪德蓮微笑表示確認，邊點著頭彷彿在鼓勵父親繼續說下去。

「謝謝他？當然有。」

於是佩瑞庫爾先生就沉默不語了。他還沒想到，她就知道他會怎麼想，他還沒說出口，她就知道他想說什麼，讓他有點懊惱，讓他會想乾脆輪到自己變成尼古拉．保爾康斯基王子[26]算了。

「不，」他又開口，「我的意思是說，我們也許可以……」

「邀請他？」瑪德蓮說，「對，當然，這個主意好極了。」

父女倆沉默良久。

「妳當然就不用……」

瑪德蓮揚起一邊眉毛，幾乎都被父親給逗樂了，故意等著父親說出口，但一直沒等到。佩瑞庫爾先生在董事會前面，只要動一動眉毛，就可以當場叫任何人閉嘴。在他女兒面前，他連幾句話都沒辦法說完。

「當然囉，爸爸，」她笑著說道，「沒必要到屋頂上大聲宣揚。」

「這跟別人都無關。」佩瑞庫爾先生確認她說得對。

當他說到「別人」，他想說的是「妳先生」。瑪德蓮懂他的意思，但沒拆穿，以免他會尷尬。

---

26 作者註：Le prince Nicolas Bolkonsky，《戰爭與和平》中的人物，作者藉此表現佩瑞庫爾先生與尼古拉．保爾康斯基王子的相似之處。

他站起來，放下餐巾，依稀對女兒笑了笑，正準備離開餐桌。

「噢，還有就是……」他說，停了一會兒，彷彿他突然想起某個細節，「妳可以幫我叫拉布爾丁過來見我嗎？」

每當他這麼說話，就是有急事。有急事他才會用這種方式說話。

兩個鐘頭後，佩瑞庫爾先生就在大客廳接見拉布爾丁，大客廳宏偉威嚴，令來人手足無措。區長進來的時候，他沒上前迎接，也沒和他握手。他們就一直站著。拉布爾丁容光煥發，跟往常一樣匆匆趕到，隨時準備提供服務，以證明他還有點用處，提供服務、接受服務，啊，這傢伙八成會喜歡當個經常需要提供服務與讓他人接受服務的青樓女子。

「親愛的朋友……」

佩瑞庫爾先生每回的開場白都是這樣。拉布爾丁已經開始興奮得坐不住了。有人需要他，他就會幫忙。佩瑞庫爾先生知道他女婿利用他某些關係，最近拉布爾丁又被推舉當上了裁決委員，負責管理國軍公墓業務，他並沒有很密切注意這些，他只管存入訊息以備不時之需，可是該知道的部分他全知道。無論如何，他需要知道一切的那一天，拉布爾丁就會全盤托出。話說區長也準備好了，他心裡有數，佩瑞庫爾叫他過來就是爲了這件事。

「你的紀念碑計劃，」佩瑞庫爾問道，「進行得怎麼樣了？」

拉布爾丁一驚，嘴唇嘖地一聲，邊開了一瓶「鵪鴣眼」甜酒。

「報告總裁大人。」

他稱所有人「總裁」，因爲當今人人都是某個玩意兒的總裁，「總裁」就跟在義大利人人都是dottore[27]一般氾濫，拉布爾丁喜歡簡單方便的解決方法。

「我親愛的總裁，不瞞您說。」他很尷尬。

「你就說吧，」佩瑞庫爾說，「最好實話實說。」

「這個嘛……」

拉布爾丁沒有足夠的想像力可以撒謊，就連最瘸腳的謊都扯不出來。於是，他脫口而出：

「我們目前還……一事無成！」

這還眞是椿令他大傷腦筋的事。

將近一年來，他都一直捧著這個燙手山芋。就因爲明年要在凱旋門邊上豎立一座無名英雄紀念碑，大家都覺得這樣很好，可是不夠；各區居民和退伍軍人協會都希望有他們自己的紀念碑。大家都非要不可，委員會也投票通過。

「甚至還任命了負責人！」

也就是說拉布爾丁有多麼把它當一回事看。

「可是窒礙難行，我親愛的總裁，有障礙啊！您無法想像！」

他喘不過氣來，因爲他碰上太多困難了。首先就是技術問題。得組織募捐，公開招標，因此需要召集陪審團，得找到適合豎立紀念碑的地方，但到處都沒地方，何況還得幫這個計劃做評估。

---

27 dottore 在義大利文中為「博士」、「學者」之意。

「問題是搞這些錦上添花的玩意兒，得花大錢哪！」

整天討論個沒完，總有什麼事造成延宕，有的人想要比鄰區更宏偉的紀念碑，有的人提到紀念牌匾、壁畫，每個人都有意見，都稱說自己經驗豐富……拉布爾丁被吵吵鬧鬧和無休止的爭論給搞得不知如何是好，一拳拍向桌子，隨後便戴上帽子，到溫柔鄉尋求安慰去也。

「還不都因爲錢，您知道的，國庫空虛，這筆花費非同小可。所以說一切都取決於民間募款。但是民間能募到多少金額呢？假設募集到的金額只夠支付半座紀念碑，剩下的金額怎麼辦？到時候委員會就得自己想辦法！」

他停了沉重的一秒鐘，刻意讓佩瑞庫爾先生衡量這悲慘的後果有多嚴重。

「委員會不能跟他們說：『把錢拿回去，案子已經結了』，您明白嗎？另一方面，如果募到的錢不夠，豎起了一座三腳貓的玩意兒，面對選民，這，比什麼都更糟，您明白嗎？」

佩瑞庫爾先生明白得不得了。

「我發誓，」拉布爾丁做出總結，「任務艱鉅不堪重負，看似簡單，其實，簡直就——不——是——人——幹——的！」他全解釋了。他拉拉褲頭，狀似在說：「我現在總可以喝點東西了。」佩瑞庫爾衡量自己有多麼鄙視這個人，然而他——有時候會——卻有驚人的反應能力。好比說，這個問題：

「可是您，總裁大人，您爲什麼要問我這些？」

傻瓜有時也會出人意表。他問的問題並不笨，因爲佩瑞庫爾先生並不住在他的選區。那麼，他爲什麼會攪進這樁紀念碑的事呢？來自拉布爾丁處的這個直覺十分正確，神智清明，而且證明他是不經意想到的。跟聰明人在一起，尤其是跟聰明人在一起，佩瑞庫爾先生從不會眞誠以待，不過，他恐怕也做不到，更何況在這麼一個白痴面前……而且，即使他想，這個故事說起來也未免太長了。

「我想表示一下心意，」他冷冷地說，「你的紀念碑，我會付錢。全部。」

拉布爾丁張開大嘴，眼睛眨巴了兩下，好，好，好……

「找個地方，」佩瑞庫爾繼續說道，「有必要的話，夷為平地。總得稱頭一點，不是嗎？該花多少就花多少。公開競圖，組個陪審團做做樣子，但由我決定，因為付所有費用的是我。至於這個案子的宣傳廣告……」

佩瑞庫爾先生有金融背景，他的一半財富都來自股市，另一半則來自經營各行各業。投身政治，對他而言輕而易舉；政治吸引他許多同儕，他們卻沒因此撈到半點油水。佩瑞庫爾先生的成功歸功於他的專業知識，他厭惡那些必須受制於人，取決於諸如選舉如此不確定、有時也很愚蠢的狀況。再說，他也沒有政治細胞。要搞政治，首先得要很自大；不，政治不是他的菜，他在行的是錢。而錢……則喜歡暗著來。佩瑞庫爾先生擁有謹慎的美德。

「至於宣傳廣告，很明顯，我不要。成立一家慈善公司，一個協會，隨你，它需要什麼我一概都捐。我給你一年的時間。明年十一月十一日，我就要舉行落成大典。紀念碑上面要刻著所有出生於你那區的陣亡士兵姓名。你懂了嗎？全部。」

一次來了這麼多訊息：拉布爾丁需要時間消化。當他終於把這些都從頭想過一遍後，他意識到自己該做些什麼，以及總裁有多麼急著想看到他服從命令，佩瑞庫爾先生卻已經對著他伸出手來。拉布爾丁搞不太清楚狀況，誤解了他的意思，也伸出了手，手卻懸在半空中，因為佩瑞庫爾先生已經心滿意足地拍了拍他的肩膀，回他自己公寓去了。

佩瑞庫爾先生站在窗前，陷入沉思，望著街上，實則根本就沒看進眼裡。不論怎麼樣，家族陵墓都沒法刻上愛德華的名字。

所以他要蓋一座紀念碑。量身打造。

上面會有愛德華的名字，他所有戰友都會在他身邊。他彷彿已經看到這座紀念碑豎立在美麗的廣場上。

而廣場就位於愛德華出生的這一區的心臟地帶。

Chapter

13

傾盆大雨中，鞋盒夾在腋下，左手纏著繃帶，阿爾伯特推開小院子的柵門，院子裡堆得滿滿的都是門窗邊框、輪胎、馬車的破車頂篷、壞掉的椅子、沒用的東西，真不知道這些玩意兒是怎麼到這邊的，它們又有什麼用。爛泥巴一片，阿爾伯特甚至沒試著求助於砌成棋盤狀的石板塊，因爲最近一場水災，把這些「棋盤」彼此推得差了十萬八千里，否則他就得像馬戲班特技表演那樣跳來蹦去，以免弄濕腳丫。他沒雨鞋了，他的雨鞋已經蒙主寵召，反正，帶著這一大盒安瓿玻璃瓶，他的舞步也輕盈不到哪兒去。於是，他踮著腳尖穿過院子，來到一棟小小的樓房前面，樓上被整理成以兩百法郎出租的小套間，跟一般巴黎的租金相比，這種租金少得可憐。

隨著愛德華於六月回歸平民生活，不久之後，他們就在這邊落腳。

那一天，阿爾伯特去醫院接他。儘管資源有限，他還是花錢租了輛計程車。打從戰爭終了，市面上可不缺殘廢，甚至非常之多，各式各樣，應有盡有——在這方面也一樣，戰爭有著令人意想不到的想像力——這個臉部中間有個洞的戈倫[28]，拐著僵硬的腿一出現，嚇壞了司機，一個俄國佬。就連阿爾伯特

28 Golem，或譯為魔像，源起於猶太教，是用巫術灌注黏土而產生自由行動的人偶。

他自己，即便他每個禮拜都會到醫院來探視戰友，也受到不少驚嚇。院外，跟在院內所產生的效果全然不同，好比帶著動物園的猛獸逛大街的那種感覺。一路上，他們沒說半個字。

愛德華無處可去。阿爾伯特租了個小房間，位於六樓的閣樓，還會有過道風，房間裡有櫥櫃，走廊上有一個冷水水龍頭，通常他都就著臉盆洗澡，有點錢的時候才會去公共澡堂。愛德華走進房間，彷彿視而不見，他在靠窗的椅子上坐了下來，看著街上、望著天空；他用右邊的鼻孔點了根菸。阿爾伯特立馬瞭解愛德華打算在他這兒長治久安，這個負擔很快就會成為日常生活的眞正來源[29]。

兩個人住在一起，一上來就很困難。愛德華的個子又高又大，皮包骨——唯一比他瘦的，只有那隻從屋頂跑過的灰貓——他一個人就占了整個空間。房裡一個人住已經夠小了；兩個人，簡直就跟在戰壕裡一般擁擠。心情絕對好不了。地板鋪了毯子，愛德華就打地鋪睡在地上，整天菸不離手，僵硬的腿伸得直直的，望著窗外。阿爾伯特出門前會先準備好東西給他吃，藥引子、吸管、橡膠、漏斗，隨他愛吃不吃。一整天，他都待在同一個地方，一尊鹽做的雕像。看起來他似乎放任生命流逝，就跟血從傷口不停流出來那樣。身邊環境如此令人難以忍受，乃至於阿爾伯特很快就想出各種藉口出門。事實上，他只不過是獨自一個人去杜瓦爾湯品吃頓晚餐，至於聊天，跟一個這麼陰死陽活的人聊，會害他的心情跌到谷底。

他不禁害怕起來。

他問愛德華未來打算怎麼辦，打算上哪兒安身？但討論開始過好多次，最後都因阿爾伯特看到戰友雙眼濕濡，心一軟，無疾而終。愛德華的眼睛，是在這幅絕望的畫作中唯一有生命的東西，發狂的眼神，道出全然無能為力的無奈。

阿爾伯特一肩挑起愛德華這副重擔，至今已經相當長一段時間了，直到他變得好一點，直到他恢復對生活的熱愛，直到他再度有新計劃。阿爾伯特估計這段復甦期間會持續一個月，自己騙自己，拒絕想像一個月是不正確的時間單位。

他帶來紙和顏料給他，愛德華表示感謝，但從沒打開包裝。他絕非那種白吃白喝的人，也不是只想占別人便宜，他只是一具空殼，萬念俱灰，沒有慾望，沒有渴望，甚至連想法都沒有；如果阿爾伯特把他綁在橋下，跟家裡沒人要的寵物一樣，然後拔腿就跑，愛德華甚至也不會怪他。

阿爾伯特聽過「神經衰弱」這個詞，他請教過別人，東問問西問問，除此之外，還聽到了「抑鬱」、「憂鬱」、「躁鬱」，這些對他都沒多大用處，關鍵是他眼前看到的：愛德華在等死，不管死神得花多久時間才會到來，這是唯一可能的結局。死，只不過是一種變化，單純地從一種狀態過渡到另一種狀態，懦弱地等著慢慢受死，宛如那些沉默無助的老人家，最後大家會對他們視而不見，他們死的那天，大家也會無動於衷。

阿爾伯特不斷跟他說話，也就是說，自言自語，就跟在破房子裡面窮嘮叨的老頭一個樣。

「不過，算我運氣好，」他邊幫愛德華準備加了蛋的肉湯，邊這麼對他說著，「說到聊天，你雖然悶不吭聲，可是搞不好我會撞上一個難相處的人，專門跟我唱反調，那還更煩呢。」

他試過各種花招來讓戰友快活些，他希望改善他的病情，也爲了打破這個謎，因爲打從第一天起他

29 作者註：une vraie source de vie quotidienne，作者借用自埃密爾．艾加（Emile Ajar）的小說《雨傘默默》（*La vie devant soi*）中的開場白。艾加為羅曼．加里（Romain Gary, 1914-1980）的筆名。艾加以《雨傘默默》榮獲一九七五年的法國龔古爾文學獎。

就覺得很神祕：萬一哪天他想笑，他會怎麼樣？在最好的情況下，他的喉嚨會發出相當刺耳的隆隆聲，類似鴿子在咕咕叫，讓你很不舒服，眞想幫他說算了，就好像有口吃的人，想說個字，卻被卡在某個音節，聽了就難受。幸運的是，愛德華很少發出這種聲音，這似乎會讓他覺得比任何事都還更累。可是笑這個問題，阿爾伯特實在想像不出答案。此外，自從他被活埋後，愛德華笑不笑並不是纏繞他心中的唯一積念。除了壓力，他總是擔心和恐懼有可能發生的一切，他有些揮之不去的煩憂，縈繞又縈繞，直至氣力耗盡，因爲沒有任何想法可以彌補那顆在他腦海中根深柢固的死馬頭。儘管要花錢，他還是把愛德華畫給他的這幅畫裝裱起來，成了房裡唯一的裝飾。爲了鼓勵戰友再度拾起畫筆，或者只是爲了讓他白天有事幹，阿爾伯特有時會站在這幅畫前，毫不遮掩地表示欽佩，邊讚嘆道「眞的、眞的，這個愛德華啊，他眞的很有天賦，如果他願意就……」可是沒用，愛德華又用右鼻孔或左鼻孔點了一根菸，沉浸於絕大部分皆由鋅皮屋頂和煙囪所組成的景致之中。他對任何事都興趣索然，住院的那幾個月，他沒做任何計劃，要不就是把大部分的精力都花在跟醫護人員、外科醫生吵鬧，賴著不要打針上面，不僅因爲他拒絕自己的新狀態，也因爲他無法想像未來的日子該怎麼過下去。時間停止在火炮爆炸的那一刹那。愛德華比一口壞了的鐘還糟糕，鐘壞了至少每天還會報時兩次。他才二十四歲，他受傷後一年了，他還沒能好歹回復一點受傷前的狀態，還沒能好歹修復一點該修復的。

好長一段時間內，他都遭到精神病患般的待遇，他堅守陣地，盲目抵抗，有人說他跟其他阿兵哥一樣，他們會保持被找到時的姿勢不變：彎曲、蜷曲、扭曲，徹底瘋了；這一切，還不都是這場戰爭發明出來的產物？他明確拒絕莫德瑞教授，愛德華覺得他是個混蛋加三級，因爲他感興趣的不是病人，而是醫療和外科手術上的進步；毫無疑問，這同時既是眞的又是假的，但愛德華不管細微差別，他的腦袋中間有個洞，沒了權衡對錯的心情。他死巴著嗎啡不放，全副精力都花在想辦法讓醫生開嗎啡處方給他，不惜降格以求，採取不正當戰略，懇求、耍賴、抗議、裝病、偷竊，招招都派上用場；他覺得搞不好自己會被嗎啡害死？害死個頭，他總是要得更多，由於他死命拒絕聽到移植、義肢、輔具的一切，莫德瑞教授忍無可忍，終於把他趕出院去；大家爲了殘疾病人費了好大的心思，向他們建議最新的手術，結果他們卻寧願保持現狀，自暴自棄，醫護人員在他們眼裡，好似成了發火炮的仇人。精神科醫生同儕（拉里維耶爾二等兵曾經看過幾個，但他封閉又固執，從來都不回答他們），所以說，關於此類傷患的頑固拒絕，精神科醫生有些相關理論；莫德瑞教授對這些解釋不太在意，聳了聳肩膀，他希望把自己的時間和知識花在値得他花那麼大功夫的病人身上。他不假思索，立刻就幫愛德華開了出院證明。

愛德華帶著處方箋出了院，無窮小劑量的嗎啡，外加一堆都是尤金·拉里維耶爾這個名字的文件。幾個鐘頭後，愛德華就坐在窗前一張椅子上，在他戰友小到不行的房間裡面，全世界的重擔都落在戰友肩頭，彷彿他在被判了終身監禁的苦刑後，才剛剛進到牢房準備服刑。

即使他思緒混亂，愛德華聽到阿爾伯特提到日常生活，還是會試著集中注意力，對，當然，不得不想到錢，這是個大問題，他現在會變成什麼樣？他這麼大一個人又該怎麼辦？對這個簡單的事實束手無策，他神志不清，意識彷彿從漏勺孔洞瀝下，全都漏光了；向晚時分，阿爾伯特幹完活回到家，或是在一天之中，生理上需要打嗎啡的時候，他才會恢復知覺。他畢竟還是做了點努力，的確有試圖想像之後會怎麼樣，他握緊雙拳，完全沒用，他的思緒，捉摸不定，稍有一絲縫隙就飛了，溜得那般快速，只留下可茲胡思亂想的自由陣地。他的過去宛若一條流淌著的河川，既無順序，也沒有先來後到。經常飄回他腦海的，是他的母親。他對母親記憶甚少，但這麼少的記憶偏偏就浮現出來，他執拗地緊抓不放；一波波以感官為主的模糊回憶浪潮，他試圖找出麝香的氣味、找出母親那粉紅色的梳妝臺和粉撲，還有她的面霜、她的梳子，有天晚上，她俯在他身上，他揪著不放母親那件絲絨花緞，要不就是那個圓形的金墜子，母親幫他打開，好似揭發祕密。然而，他卻想不起來她的聲音、她說的任何一句話，或是她的眼睛。母親在他記憶中已然融化，就跟所有他認識的人一樣，遭受同樣命運。這個發現擊垮了他。自從他沒了臉之後，所有其他的臉均遭刪除。他母親的、他父親的、他戰友的、他愛人的、他老師的、瑪德蓮的……他也經常想到她。沒有臉，唯一不變的是她的微笑。他沒看過比它更燦爛的微笑了，愛德華為了聽到這個笑聲，做出許多瘋狂的事，其實並不難，畫張畫、做兩個鬼臉、把某個僕人畫得很誇張——就連他們自己也在笑，看得出來，愛德華並沒惡意——但尤其是喬裝，愛德華在這方面的胃口奇大，毫無節制，天賦無與倫比，喬裝打扮很快就成了男扮女裝。他粉墨登場，瑪德蓮的笑聲變質了，不是因為她，不是的，而是「因為爸爸，」她說，「萬一被他看到」。她總是鉅細靡遺，連最小的細節也會留心在意。

有時情況逃離她掌握，終於失控，那是當他們在享用冷冰冰、沉甸甸晚餐的時候，因為愛德華下樓時，假裝忘了擦掉睫毛膏。佩瑞庫爾先生一發現，立即起身，放下餐巾，命令兒子離席。「喲，怎麼啦？」愛德華大聲嚷道，裝出一副很惹人厭的德性，「我又怎麼啦？」可是這一次，沒人笑得出來。

所有這些臉，乃至於他自己的，都已經消失了，一張也沒留下。在一個沒有臉的世界，該抓住什麼？該與誰對抗？對他來說，這只不過是個身首異處的世界，由於補償作用，這個世界裡身體占的比例增加了十倍，如此之大，就跟他父親占的比例一樣大。他幼年時期的感覺宛如泡泡般浮現，跟父親接觸，有時是混合了敬畏與仰慕的甜美顫抖，有時又是父親的這種表達方式，父親邊笑著說：「可不是嗎，兒子？」邊把他抱去旁聽一群大人在討論一些他聽不懂的東西。似乎他的想像力愈漸貧乏，慘遭既定影像淹沒。因而，有時候，他覺得父親簡直就是一團濃得化不開的碩大陰影，諸如畫冊裡的食人魔。還有就是他父親的背！好一個既龐大又可怕的背，讓他覺得大到跟他的人一樣，父親的背最後會壓過他，這個背專屬他一個人，深諳表現出冷漠、不屑、厭惡之情的背。

愛德華一度恨過他父親，但怨恨之情已經結束了：兩個男人儼然已經演變成彼此鄙視。愛德華這輩子全毀了，甚至沒有仇恨予以支撐。這場父子大戰也是，他輸了。

日子就這麼隨著反覆出現的影像、苦痛飛馳而過，阿爾伯特出門又回來。一旦到了非談談不可時（阿爾伯特一直都很想談談），愛德華才從夢中醒來，都晚上八點了，他甚至連燈都沒開。阿爾伯特則忙得跟螞蟻似的，中氣十足地說著話，從他嘴裡吐出來的，尤其是生活費方面的苦水。政府幫最走投無路的窮人蓋了「維爾格蘭[30]木棚」，阿爾伯特每天都往那兒衝，還說這年頭不論什麼都蓋得飛快。他向來不提嗎啡有多貴，他都表達得很含蓄。他只會提到錢，不會特別指明哪種用途，並會以一種半開玩笑的口吻說，一副臨時出糗、往後會被拿來作爲笑柄似的；因爲在前線，爲了自我安慰，大家有時會故意把戰爭看成是一種單純變種軍事服務，這份苦差事最後反而會讓大家留下美好回憶。

阿爾伯特認爲經濟問題會圓滿解決，這是遲早的事，就這樣，愛德華的殘疾補助金一申請下來，便足以應付戰友所需，減輕他們的生活負擔。爲國家賠上一輩子的士兵，永遠也無法恢復正常生活，這可是幫國家打贏這場仗的阿兵哥，讓德國跪地求饒的阿兵哥啊！這個主題阿爾伯特說了幾百遍也不會累，

30 Ernest Vilgrain（1880-1942），法國政治人物。一九一九年，幫窮人搭了一些木棚子，故而以其姓氏命名。棚內商家設備簡陋，銷售商品的品質與市面上並無二致，價格卻低了兩到三成，從而成為窮人的購物天堂。

除此之外，還得加上復員津貼、復員費、殘疾保險理賠、殘障年金……

愛德華搖頭表示「沒有」。

「怎麼會這樣？沒有？」阿爾伯特問。

對了，他想到了，愛德華沒有申請，既沒填表格，也沒寄文件。

「大個兒，沒關係，我來填，」阿爾伯特說，「你甭擔心。」愛德華又搖了搖頭。由於阿爾伯特仍然不明白，他走到會話用的黑板那兒，拿起粉筆寫著：「尤金．拉里維耶爾」。

阿爾伯特皺起眉頭。於是，愛德華起身，從他的軍用背包裡找出了一張皺巴巴的紙頭，上面印著「申請傷殘理賠或終身俸須知」的標題，還有一張需要準備哪些文件以供委員會審核的清單。阿爾伯特目光停在愛德華以紅色劃線的那幾份文件上：受傷或患病原因證明、醫療單位及護理站的原始醫療紀錄、出院證明、住院收據正本……

晴天霹靂！一語驚醒夢中人。

殊不知這卻是顯而易見的。根本就沒有一個叫尤金．拉里維耶爾的阿兵哥被列爲在么么三高地受傷而住院治療。軍方在戰場上找到的是一個叫愛德華．佩瑞庫爾的阿兵哥，而且隨後他便因傷殉職，至於那個叫尤金．拉里維耶爾的，則被轉院到巴黎，行政部門只要稍事調查，便會發現這件事完全站不住腳，那個受傷住院的愛德華．佩瑞庫爾，根本就不是這個於兩天後出院，隨後被轉到巴黎特魯德恩大道的侯蘭醫院的尤金．拉里維耶爾。所以說，愛德華怎麼可能提得出委員會需要的文件呢？

愛德華改變了身分，他再也無法證明任何東西。他一毛也拿不到。

要是調查一路往上順藤摸瓜，一路摸到人事處的登記簿，摸到造假詭計，摸到僞造文書，到時候等著他們的就不是終身俸，而是吃牢飯！

這場戰爭早已成爲阿爾伯特大不幸的靈魂起源，但這一次，全軍覆沒，徹底沒指望了，他覺得這種情形實在太不公平了。更糟的是，不啻爲對他的所作所爲的一大否定。我到底幹了什麼好事？他自己問自己，惶惶不知所措。自從終戰以來就在他身上醞釀的怒火倏地爆發，他的頭死命往隔板撞過去，裱著馬的那幅畫摔落在地，玻璃從中間碎裂，阿爾伯特發現自己坐在地上，呆若木雞，之後兩個禮拜，額頭上都腫著個大包包。

愛德華眼眶又濕了。但他不該在阿爾伯特面前太常哭咧咧的，因爲此刻，阿爾伯特的個人境遇，已經夠讓他難過流淚的了。這一切，愛德華懂，所以他僅僅只有把手放在阿爾伯特的肩上。愛德華感到非常抱歉。

於是接下來，就得儘快找到一個可以容納他們兩個人的地方：一個偏執狂和一名殘障人士。阿爾伯特經費有限。報上繼續到處宣稱德國會償還所有它在戰爭期間所造成的損害，大約全國一半均遭戰火蹂躪。值此同時，生活費不斷攀升，終身俸尚未發放，津貼無影無蹤，交通亂七八糟，生活所需毫無著落，於是大家紛紛開始走私，許多人都靠「賺外快」過活，互通有無，每個人都認識誰誰誰，誰誰誰又認識誰誰誰，彼此交換管道、門路和地址，阿爾伯特就是這樣才來到佩爾斯胡同九號，到了這棟已擠了三名承租戶的樓房前面。院子裡面另有一小棟建築物，原本作爲倉庫使用，如今則堆放雜物，所以說樓層並無人居住。雖然不甚堅固，但是很寬敞，還有個煤爐，煤爐跟低矮的天花板一樣，盡得水澤灌溉，因爲天花板正下方會漏水，兩扇大窗戶，還有一個屏風，屏風上面有牧羊女、綿羊、紡錘的圖案，只不過中間破損，僅以粗線馬馬虎虎地縫補過。

卡車太貴，阿爾伯特和愛德華只好靠手推車搬家，裝了滿滿一車。那是在九月初的時候。

貝爾蒙特太太，他們的新房東，一九一六年就失去了丈夫，一年後，又失去了哥哥。她還很年輕，還算漂亮，可是歷盡滄桑，乃至於現在大家也不確定她究竟美不美了。她跟女兒路易絲同住，「看到兩名年輕男子」搬進來，宣稱自己鬆了一口氣，因爲獨自一人住在這棟大房子，住在這個死胡同，萬一有什麼事，她不確定現在那三名房客派不派得上用場，因爲他們全都上了年紀。她靠收租金過著清苦的生活，同時還到處幫傭。其餘時間，她都一動不動地站在窗戶前面，望著那堆亂七八糟的雜物，那些是她先生從前搜集來的舊貨，現在已經沒用了，擱在院子裡還生鏽了。每次阿爾伯特俯身往窗外張望的時候都會看到她。

貝爾蒙特太太的女兒路易絲，相當有辦法，甚是機靈。十一歲，有對貓眼睛，還有一臉不知道該拿它們如何是好的雀斑。這個小女生令人捉摸不透，有時活動得像從岩石縫裡竄出來的水流，沉澱片刻後，又靜得宛若一幅版畫。她話很少，阿爾伯特總共聽到她發出聲音不到三次，她也從來都不笑。儘管如此，她眞的很漂亮，如果繼續以這種方式長下去，準會引起一堆男子爭風吃醋、大打出手。阿爾伯特永遠也無法理解她是怎麼成功收服愛德華的。一般來說，他誰都不見，可是這個小姑娘，沒有什麼能阻止她。打從他們剛搬進來，她就一直待在樓梯腳下，偷看。小孩子都是好奇的，尤其是小女生，這點誰都知道，何況，她母親八成跟她提過那個新房客。

「他好像看起來有點嚇人，難看到從不出門，照顧他的戰友跟我說的。」

所以囉，很明顯嘛，還有什麼說法更能把一個十一歲的女孩子搔得心癢好奇呢？好奇也好奇不了多久，她總會累的……阿爾伯特是這麼想的。結果，並沒有。此外，老是看到她坐在樓梯最上方，就在門旁邊的臺階上，伺機而動，等著機會，好往房裡瞄上一眼，終於，有人把那扇門開得好大。小女生待在門檻處，嘴巴張成一個漂亮的、圓圓的「O」，雙眼圓睜，沒發出任何聲音。說眞的，愛德華那張帶著大洞的臉還眞是非同小可，上排牙齒似乎比在現實生活中大兩倍，前所未見，何況阿爾伯特還直截了當、一點都沒拐彎抹角地告訴過他：「老兄，你眞的會嚇到人，從來沒有人看過這樣一張臉，你好歹也爲別人著想一下。」他這麼說是爲了逼他下定決心接受移植整容，誰管你想不想。爲了證明這一點，阿爾伯特指著大門，小女孩一看到他，嚇壞了，跑了。愛德華天不怕地不怕，僅僅把一個鼻孔塞住，用另一個鼻孔吸了一口菸，再把煙從同一管道噴出，因爲他眞的沒辦法從喉嚨噴出來。阿爾伯特說：「愛德華，我眞的受不了，我怕對你實話實說，你會像火山爆發，我發誓，你自己照照鏡子，你就會知道。」阿爾伯特只不過從六月中旬才開始收容他的戰友，現在這兩個難兄難弟就已經表現得像一對老夫老妻。日子很難過，老是缺錢，可是這兩個男人的日子還比一般人更難過，所謂的融合效應。阿爾伯特對戰友的悲劇十分自責，他一直無法擺脫要是愛德華沒來救他就不會落到這個下場的想法……何況還在大戰結束前幾天。愛德華呢？他因爲阿爾伯特一肩挑起他們兩人的生活重擔，深感虧欠，他想減輕阿爾伯特的負擔，自動整理家務。如假包換的一對，我跟你說。

第一次被嚇跑後，過沒幾天，小路易絲又出現了。阿爾伯特覺得愛德華這副嘴臉在她身上起了某種神祕作用。她杵在大房間門檻好一會兒。沒預先說一聲，就走向愛德華，食指伸向他的臉。愛德華跪著——阿爾伯特當然看過他一堆古怪的舉動——任由小女生的指頭在這個巨大深淵邊緣遊走。她若有所思，全神貫注，彷彿在畫一種責任，就好像她拿著鉛筆，仔細沿著法國地圖週邊描上一圈，好把法蘭西長什麼樣子牢牢記在心中。

他們兩個的關係正是從這個時刻開始展開。她放學一回到家，就上樓找愛德華。她幫他到處收集訊息，前一天或上個禮拜的舊報紙。讀報、剪報成了愛德華唯一的已知職志。阿爾伯特往檔案夾上瞄了一眼，愛德華都把剪下來的報紙放在裡面，戰死沙場方面的東西啦、紀念活動啦、失蹤名單啦，都是些令人看了就難過的玩意兒。愛德華不看巴黎的報紙，只看外省的。路易絲還是有辦法幫他搞到，沒人知道她是怎麼辦到的。幾乎每一天，愛德華都會有一疊《西部閃電報》、《盧昂日報》或《東部共和報》。路易絲趴在廚房餐桌上寫功課，他則抽他的「卡波爾菸」，剪他的文章。路易絲的母親也就隨她去，並未加以阻攔。

九月中旬某晚，阿爾伯特當了一天三明治人，回到住處，累得骨頭都快散了；一下午，他披掛著兩塊廣告牌（一邊是專治貧血的「粉紅」藥丸：「短期便可見效」；另一邊則是「青春」馬甲：「光法國就有兩百家分店！」），走遍介於巴士底和共和廣場之間的林蔭大道。一到家，就發現愛德華躺在歷史悠久的土耳其式長沙發上，這是他幾個禮拜前回收來的，他拜託一個從前在索姆河認識的朋友用三輪車幫他載回來，那傢伙使盡最後氣力，用僅剩的那條胳膊拉三輪車，這是他討生活的唯一法寶。

愛德華用一個鼻孔吸著菸，戴著面具，深藍色，從鼻子下方起就遮住下半張臉，一直遮到脖子，好像一把大鬍子，一張希臘悲劇演員的臉。那種藍色，深沉卻明亮，點綴著金色的小圓點點，應該是趁藍色顏料變乾前就撒了小金片上去。

阿爾伯特一臉驚喜。愛德華比出戲劇化的手勢，似乎在問：「怎麼樣？你覺得我怎麼樣啊？」這種感覺眞的非常怪。阿爾伯特自從認識愛德華以來，這還是首度看到愛德華眞正有點「人味兒」。事實上，這張面具，我們只能說，眞的非常漂亮。

然後他聽到左邊有人悶著輕輕地笑了一聲，他轉過頭，只來得及看到路易絲竄進樓梯間，一溜煙不見了。阿爾伯特還從來都沒聽過路易絲的笑聲呢。

面具留了下來，路易絲也是。

幾天後，愛德華戴著一張全白的面具，面具上畫著一張咧開著的大嘴。嘴巴上方，是他那一雙笑瞇瞇、閃閃發亮的眼睛，看起來就像個義大利劇場演員，諸如莫里哀名劇中的斯迦納萊爾或詠嘆調裡的小丑帕利亞奇奧。從此以後，愛德華看完報，就會搗紙漿來製作面具，白得像粉筆的面具，然後路易絲和他再一起塗上顏色或者裝飾。原本只是個遊戲，迅速成爲兩人傾注全副心力的職志。路易絲是女祭司，看她能找到什麼就帶給愛德華什麼：水鑽、珠珠、布、色筆、鴕鳥毛、假蛇皮。除了報紙外，她八成得到處跑來跑去才能找到這些亂七八糟的東西，實在不容易，阿爾伯特，他啊，他就根本都不知道上哪兒去找。

愛德華和路易絲把時間都花在做面具上。愛德華從來沒有戴過兩次重複的，新的淘汰舊的，他把舊的跟同類面具一道掛在公寓牆面，彷彿狩獵戰利品，或者人妖店在做變裝展示。

這天晚上九點多的時候，阿爾伯特來到樓梯口，腋下夾著鞋盒。

他的左手被希臘人割到，儘管馬蒂諾醫生幫他綁了繃帶，他還是覺得心情五味雜陳。這些得來不易的存貨，可以讓他稍微喘口氣；對像他這樣的一個人來說，找嗎啡害他無比擔驚受怕，光心情上就高低起伏、千瘡百孔的各式感覺都有，眞夠他受的……而且，他就是會禁不住，他不停地想，自己帶回來的這些嗎啡，可以害他戰友被毒死二十次、一百次都綽綽有餘。

他走了三步，拉起滿是灰塵的篷布，篷布原來蓋著一臺爛三輪送貨車的殘骸，他把從三輪車載物槽裡冒出來的垃圾推到一邊，將無比珍貴的鞋盒放了進去。他在路上很快地算了一下。如果愛德華能維持目前的劑量（已經相當高了），他們就可以過上差不多六個月的清靜日子。

Chapter

14

亨利・德・奧內－博戴勒不由自主就將兩者加以對照，就在那兒，遠遠在他前面，有一隻鸛，高棲於散熱器蓋子上，還有就是這個，坐在他身邊，胖嘟嘟、沉甸甸的杜普雷。這並不是說他們之間有任何相似之處，正相反，兩者南轅北轍，甚至就是因爲兩者大大不同，亨利才拿他們相提並論，爲的就是形成對比。若不是巨大的翅膀，散成絲縷般的翅膀尖端碰到地面，若非那無比優雅的細長頸子，頸子延伸出去的最頂端，便是那果決的鳥喙，全速飛行中的鸛看起來可能會像野鴨，只是牠體型更大……更……（亨利找著字眼）更「終極」，只有老天爺才懂他什麼意思。至於翅膀上這些條紋，他心想，令人激賞……好像褶襇……還有那對延伸到身後的腳爪，微微彎曲……他保證鸛甚至毋須掠過，就絕對能把車前的空氣撕開，宛如偵察兵，就這麼開了路。博戴勒向來都對他車頭上的「鸛」讚嘆不已。

相較於鸛，杜普雷眞的是個胖墩兒，大塊頭。不是偵察兵，而是步兵。帶有步兵特徵，自詡忠心耿耿、光明磊落、有責任感，所有這些有的沒的。

亨利認爲世界分成兩類：笨到不行的牲畜，注定得拚死拚活，埋頭苦幹，過一天算一天，直到生命終了；另一種就是什麼都行的精英生物，一切憑藉「個人特質」。亨利喜愛這種說法，某天他在一份軍事報告裡面看到，於是就學著這麼用了。

杜普雷，上士杜普雷，完美地說明了第一類型：工作勤快、毫無可取之處、死腦筋，只會聽命行事。

「西班牙-瑞士」頂級超跑幫H-6-B車款（六缸發動機，一百三十五馬力，時速一百三十七公里！）選中的鸛[31]，代表那赫赫有名的空軍中隊，中隊指揮官就是喬治．居內梅[32]，一號非比尋常的人物，跟亨利隸屬於同一類型，不過居內梅已經死了，亨利還活著，這點讓他安心，因爲空軍英雄與陸軍英雄相較之下，具備壓倒性的優勢。

一邊坐著杜普雷，他的長褲太短，檔案放在大腿上，自從駛離巴黎，就默默欣賞著「鸛」的拋光胡桃木儀表板。亨利決定把大部分收益都花在修復薩勒維爾老家上；他這輛「鸛」，是唯一的例外。另一邊則是亨利．德．奧內-博戴勒本人，馬塞爾．佩瑞庫爾的女婿，大戰英雄，三十歲就成了百萬富翁，成功頂峰的模範，以時速一百一十公里的速度行駛在奧爾良市的路上，並且已經壓扁了一條狗和兩隻母雞。這些也是笨到不行的牲畜，每次都會轉回這一點：不聽使喚、到處亂跑亂飛，就會死得很難看。

杜普雷服從博戴勒上尉的所有命令，自從復員起，上尉便以微薄的薪資僱用了他，原本說好是臨時工資，到了第二天就成了固定工資。農民出身的杜普雷，致力於服從自然現象，欣然接受這種民間從屬關係，視其爲萬物狀態的邏輯延續。

未及中午，他們就到了。

在三十名工人讚嘆的目光下，亨利把他造成騷動的豪華跑車停好。就停在院子正中央。爲了顯示誰才是老大。老大，就是那個發號施令的人，也被稱爲客戶，或國王，兩者是一樣的。

拉瓦雷鋸木廠兼細木工廠已經三代業績不振，直到戰爭到來，這份天上掉下來的禮物，讓該廠得以供應法國軍方長達數百公里的枕木，以及支撐建物、鞏固及修復戰壕和小道用的支架和樑柱。從過去全廠僅有十三名工人，到現在已經超過四十名員工。加斯頓．拉瓦雷，他也有一輛非常漂亮的車，但唯有大場面才會開出來亮相，畢竟，這邊又不是巴黎。

亨利和拉瓦雷在院子裡打招呼；亨利沒介紹杜普雷。稍後，他唯有簡單地說：「你再跟杜普雷聯絡，看怎麼處理」，這就代表介紹過了，拉瓦雷轉過頭去，稍微朝走在他們背後、亨利手下的這位幹事點點頭。

參觀工廠之前，拉瓦雷想請他們先用點心，他指著屋子門廊，屋子就位於好幾個大車間的右邊，亨利用手比劃了一下表示不用了，隨後他就發現一名年輕女子，就在門廊那兒，穿著圍裙，邊順著頭髮邊等待訪客大駕光臨。拉瓦雷補充說他女兒海蒂準備了點心。亨利這才終於同意了：

「那就快一點。」

正是這些車間會爲殯葬服務處生產出了不得的棺材標本，品質一流的超優質橡木棺材，值六十法郎。亨利已經發揮魅力，擺平了裁決委員會，現在可以轉而討論更正經的大事：實際交付的棺材。

博戴勒和拉瓦雷在主車間，後面跟著杜普雷，還有一個工頭，工頭爲了迎接貴賓，專程套上最稱頭的藍色粗布工作服，也是碰到大場面才會穿到。他們走過一系列一字排開的棺材，棺材跟死去的阿兵哥一般僵硬，這批品質明顯較差。

31 「西班牙–瑞士」（Hispano-Suiza）頂級超跑的 H-6-B 車款，車頭裝有鸛形標識，所以博戴勒才以「鸛」相稱。

32 Georges Guynemer（1894-1917），第一次世界大戰，法國王牌飛行員，曾在空中擊落敵機五十三架，被擊落八次，一九一七年在戰鬥中失蹤。居內梅曾飛過紐堡十七型和斯帕德七型戰鬥機，機身側面繪有鸛的標誌。

「我們爲國捐軀的英雄。」拉瓦雷開始掉起書袋，邊把手放在一口品質中等的板栗棺材樣品上。

「少他媽的說這些屁話，」博戴勒打斷他，「你有什麼三十法郎以下的貨色？」

搞了半天，近看老闆的女兒，稱得上其貌不揚（她順頭髮的時候還挺美，只不過土裡土氣），白葡萄酒太甜、太溫，配白酒的菜餚難以下嚥，拉瓦雷爲了博戴勒來訪，把他當成非洲國王般伺候，工人們爭先恐後，推來搶去，就是爲了要瞄他一眼，這一切，在在都讓他感覺飄飄然。亨利，他希望大家動作快一點，何況他想趕回巴黎跟朋友共進晚餐，這個朋友答應要介紹萊奧妮·弗朗榭給他，萊奧妮是知名滑稽歌舞劇女伶，亨利一個禮拜前與她巧遇，好一個令人天雷勾動地火的女孩兒，大家都這麼說，亨利急於想親自確認。

「可是，呃，三十法郎，我們說好的不是這樣。」

「我們說好的和我們眞正要做的，」博戴勒說，「是兩碼子事。所以，我們回到原點討論，不過要快，因爲我他媽的可不是只有這點事要忙！」

「可是，博戴勒先生……」

「德·奧內─博戴勒。」

「沒錯，你想做生意的話，就……」亨利盯著他。

「好吧，德·奧內─博戴勒先生，」拉瓦雷重新開口說道，打著圓場，幾近老夫子教學，「我們當然有這種價格的棺材。」

「所以囉，我要的就是這種。」

「但這是不可能的。」

博戴勒裝出一副嘖嘖稱奇狀。

「因爲運輸的緣故，親愛的先生。」拉瓦雷以專家般的博學口吻如此宣告。「如果只送到附近的墓園，一切都沒問題，可是您要的棺材得翻山越嶺。它們得從這邊送到貢比涅、送到拉昂。然後，還得棧藏、裝上卡車，再運到埋屍現場，然後又再運到軍人公墓，問題就是得長途跋涉，這一切……」

「我不覺得會有什麼困難。」

「我們賣這個價格，三十法郎，棺材是楊木做的。很不耐用！會扭曲、斷裂，甚至會整個垮掉，因爲它們不是做來搬運用的。至少也得櫸木才禁得起這麼折騰。四十法郎。而且還有條件！我開價四十，還得看量夠不夠，如果不夠的話，就得四十五。」

亨利把頭扭向左側。

「那，這是什麼？」

他們往前走。拉瓦雷敞開嗓門大笑，聲音過於響亮的假笑。

「這是樺木做的！」

「多少？」

「三十六。」

「這個呢？」

亨利指著這一系列中的最後一口棺材，就是擺在廢材前面的那口。

「這是松木的！」

「怎麼賣？」

「呃……三十三。」

「太好了。」亨利把手放在棺材上，拍了拍，跟拍一匹賽馬似的，看似讚嘆，但沒人知道他在讚嘆些什麼。細木工的品質？低廉的價格？還是他自己天資聰穎呢？

拉瓦雷覺得有義務展示他的專業：

「請容我說一句，這種材料不太符合需求。您知道這……」

「需求？」亨利打斷他。「什麼需求？」

「運輸啊，親愛的先生！我再強調一次，還是運輸，問題全出在這兒！」

「你出板材。這樣送出來就會沒問題！」

「對，送出去的時候是沒問題……」

「送達目的地後，你們再把棺材裝好，這樣不就結了！」

「當然不行。您知道，這很難做，請恕我強調這點，我們開始搬運它們的時候：從卡車上搬下來，放好，接著又搬動，然後還得繼續把棺材……」

「這些我都知道，你們負責把棺材裝好，接下來就不是你的問題。你只管出貨，就這樣。難道不是這樣嗎？杜普雷？」

亨利轉身，面對他的幹事，因為這會變成他的問題。而且他根本就不容杜普雷回答。拉瓦雷還想繼續爭辯下去，提出這攸關他們工廠的聲譽，強調……他還沒開口發難就被亨利硬生生打斷：

「你剛剛說三十三法郎？」

拉瓦雷這個老木匠匆匆打開筆記本。

「我訂單的量這麼大，我看就三十法郎吧？」

拉瓦雷找著鉛筆，他才剛找到，每口棺材就已經少了三法郎。

「不，不，不行！」他叫了出來。「你訂的量只能三十三法郎！」

這次，針對價格這一點，感覺得出來拉瓦雷是吃了秤砣鐵了心，瞧他一副氣急敗壞的模樣。

「三十法郎？不行，絕對不行！」

看起來他突然長高了十公分，臉色漲紅，鉛筆顫抖著，硬不讓步，一副當場就會被三法郎給逼死的德性。

亨利慢慢地點了點頭，「我明白，我明白，我明白……」

「好，」他終於說道，語帶妥協，「那就三十三法郎。」這突如其來的投降，拉瓦雷簡直不敢相信。

他把這個數字記在筆記本上，意外的勝利讓他發著抖，疲憊不堪，戒慎恐懼。

「我說杜普雷……」亨利一臉擔憂狀。

拉瓦雷、杜普雷、工頭，所有人再次全員戒備。

「貢比涅和拉昂的棺材，是一米七，對不對？」

招標裁定委員會訂的棺材尺寸大小不一，從一口一米九（極少數）到其他的一口一米八（幾百個），然後就往下降，市場上最常見的尺寸是一米七的。其他最後還有幾批更小一點的，一米六，甚至一米五都有。

杜普雷證明無誤。一米七，是這樣沒錯。

「你不是說一米七的要三十三法郎嗎？」博戴勒順著拉瓦雷的話說道。「那麼一米五呢？」

在場所有人都因爲這個新說法而大驚失色，沒有人想到棺材比預期中來的短，具體意味著什麼？木匠從沒考慮過這個假設，他得再算算，他打開筆記本，專心致志，依照比例原則，著實合計合計，花了好長的時間。大夥兒等著。亨利還站在松木棺材前，現在他已經不摸棺材的圓屁股，只是貪婪地盯著棺材看，彷彿面對一位新來的姑娘，表現出莫大興趣。

拉瓦雷終於抬起眼睛，心裡已經有了個底。

「三十法郎。」聲音聽不出一絲高興。

「哼哼。」博戴勒若有所思，嘴巴微張。

每個人都開始想像實際該如何操作？怎麼樣才能把一個身高一米六的死阿兵哥塞進一米五的棺木裡？工頭心想，他不得不讓死者彎著頭，下巴緊貼胸部。杜普雷想的則是，可以讓屍體側臥，雙腿微彎。加斯頓．拉瓦雷，他什麼都沒想，他於同一天在索姆河失去兩個侄子，他們家族已經向政府要求歸還遺體，他自己親自做的棺材，實心橡木，外加一個大大的十字架，鍍金把手，他不忍心想像，得用哪種方式才能把太大的屍體塞進過小的棺木裡面。

此時博戴勒擺出一副明知故問的樣子，不帶任何目的，僅僅爲了想探聽一下行情：

「我說，拉瓦雷，一米三的棺材，會落在什麼價錢？」

一個鐘頭以後，兩造就簽署了買賣原則同意書。每天從奧爾良運出兩百口棺材，價格下降到二十八法郎。博戴勒對討價還價結果十分滿意，這筆好生意剛剛幫他繳清了「西班牙–瑞士」。

Chapter 15

司機剛剛再度告知夫人說車已備好，在等夫人了，請夫人移駕，於是瑪德蓮略微做了個謝謝的手勢，這代表：謝謝，歐內斯特，我馬上就過去。並且，同時還用不無遺憾的聲音說道：

「我得先回去了，伊馮娜，可眞對不起呢。」

伊馮娜．德．亞丹－波利厄揮了揮手，妳走就走啊，走啊，走啊，卻沒做出任何站起來送客的動作，是啊，太好了，害瑪德蓮根本就沒法告辭離去。

「親愛的，妳老公怎麼這麼黏妳？」她語帶羨慕，「眞好命！」

瑪德蓮．佩瑞庫爾淺淺一笑，幽幽地看了看指甲，邊想「賤貨」，邊僅僅回道：

「少來，妳自己還不是有一大堆追求者跟著妳打轉。」

「哦，我啊。」那名年輕女子說，裝出一副認輸了的樣子。

她哥，萊昂，就一個男人來說個兒太矮，可是伊馮娜卻相當漂亮。是啊，如果你喜歡鱈魚那股騷味兒的話，當然漂亮，瑪德蓮在心中默默補上這句。一張大嘴，庸脂俗粉，心猿意馬，立刻會讓人聯想到見不得人的事兒，男人眼睛利得很，絕不會看錯，才二十五歲，伊馮娜就已經吸乾抹盡了扶輪社[33]

33　法國第一個扶輪社「巴黎扶輪社俱樂部」於一九二一年在巴黎成立，但從一九一八年八月起，非正式的「巴黎－同盟」就已經存在了。此處作者應指後者。

半數會員。瑪德蓮未免太誇大：半數扶輪社都宣告淪陷，這話稍嫌過分了點。爲了對付到處亂放電的伊馮娜，我們可以明白瑪德蓮爲何會如此嚴陣以待：兩個禮拜前，伊馮娜剛跟亨利上過床，這種急於向正宮耀武揚威的方式，極其下流，比對她丈夫投懷送抱還更不堪，因爲她丈夫搞上女人這件事本身，根本就輕而易舉。只不過亨利其他的情婦表現得較有耐心。爲了能夠細細品味她們的勝利，她們至少會等待機會，刻意製造一次偶遇，才伺機向瑪德蓮炫耀。一旦跟亨利上過床，全部都一樣，這些賤人無不到處宣傳，面露微笑，語帶狐媚，「喲，親愛的，妳丈夫棒得咧，我可眞羨慕妳呢！」上個月，其中一個，竟敢脫口說出：「我親愛的，把妳丈夫看好，省得被別人搶走！」

好幾個禮拜以來，瑪德蓮幾乎都沒看到亨利，旅行、開會不斷，幾乎連跟他妻子的朋友幽會的時間都沒有，政府下的訂單讓他忙得不可開交。

他回到家都已經很晚了，她自己會跑去找他求歡。

第二天早上，他起了個大早。就在他起床前，她又跟他歡好了一回。

其他時間，他就去上別人，出差的時候，他會打電話給瑪德蓮，留言，謊話連篇。他風流成性，眾所皆知（他從五月底就開始到處留情，當時大家發現他跟露西．歐瑞古過從甚密，那時就開始謠言滿天飛了）。

佩瑞庫爾先生看在眼裡，相當難過。「妳會不幸福。」女兒跟他提到要跟博戴勒成婚時，他就警告過她，可是沒用，她只有把手放在父親手上，就這樣。於是他只能答應她的婚事，不然還能怎麼樣呢？

「算了，妳就回去吧，」伊馮娜格格地笑了，「這次，我就放妳走吧。」

她已經完成任務，只要看到瑪德蓮臉上笑容都僵掉了，便不言而喻，伊馮娜興高采烈，得意的咧。

「到妳這兒來可眞開心。」瑪德蓮邊起身邊說。

伊馮娜揮了揮手，「這沒什麼，沒什麼。」她們互吻了一下，臉頰對臉頰，嘴唇停在半空中，「我走了，希望很快能再見面。」沒話說，眼前這一個，是賤人中的賤人。

這次意外出訪害她的行程大受耽擱。瑪德蓮看了看大鐘。殊不知，搞不好這樣更好，晚上七點半，她更有可能會在家裡看到他。

在佩瑞庫爾一家的豪宅前面，平日都停著派克特十二缸的雙六車款和裝有八氣缸V型引擎的凱迪拉克五一型兩輛豪華轎車。瑪德蓮搭了其中一輛，車子停在佩爾斯胡同入口處，把她放下，此時已是晚上八點多了。從蒙索公園到馬爾卡代街，雖然隸屬同一行政區，卻是截然不同的兩個世界，行政區上並未將二者予以劃分，現實世界卻有天壤之別，從漂亮的富豪區到平庸的庶民區，從精緻奢華到臨時急就章。話說此時瑪德蓮正穿過被蟲蛀得百孔千瘡的木柵欄支架，看到一臺手拉車，把手壞了，輪胎說有多舊就有多舊。她並不害怕。她從母親那邊繼承了豪華房車，父親那邊繼承了手拉車，因爲父系祖先出身低微。回溯到雙方的第一個王朝，瑪德蓮的家族史中曾經出現匱乏不足、捉襟見肘，就連貧困潦倒的境遇都有，這些跟清教主義或封建制度一樣，永遠不可能完全消失無蹤，即便到了幾代人後，舊時痕跡依然留存。司機——在佩瑞庫爾家，打從第一個歐內斯特起，所有司機都叫歐內斯特——所以說，歐內斯特，看到小姐走遠了，面帶嫌惡地看了看院子，他們家啊，可是從兩個世代前才開始當司機的。

瑪德蓮沿著柵欄往前走，按了這戶人家的門鈴，耐心等了很久，終於看到了一個看不出年紀的女人出現，於是她便告知來意，說她有事想找阿爾伯特．梅亞爾先生。那個女人等了一會兒，才瞭解她的需求，至於這名在她面前年輕女子的整體裝扮，奢華、安逸、妝容，撲鼻而來的粉香味，對她而言，不啻爲極其古老的記憶。瑪德蓮不得不重複一遍：梅亞爾先生。女人不發一語，指著院子，那邊，在她左邊。瑪德蓮點了點頭，在女房東和歐內斯特的雙重注視下，堅定地推開了被蟲蛀得面目全非的柵欄；她毫不猶豫，大步踏進爛泥巴裡，一直走到小庫房入口處，隨後便消失了，可是她走到一半就停了下來，因爲在她上方，樓梯被某個正在下樓的人的腳底震得直打顫，瑪德蓮抬起頭來，看見梅亞爾二等兵，手上提著空煤球爐，他則硬生生地停在兩個臺階之間，說道：「嗯？什麼？」他一臉茫然，跟在墓園那天一樣，就是他們挖出可憐的愛德華的遺骸那天。

阿爾伯特當場僵住，嘴巴半開。

「你好，梅亞爾先生。」瑪德蓮說。

她留心端詳了一會兒這張愛做白日夢的臉，這個焦躁不安的身體。她某個朋友曾經有過一隻小狗，小狗不停發抖，這不是一種病，而是天生如此，從頭到腳，一天二十四小時都抖個不停，某天，狗狗心臟病發作，死了。阿爾伯特立刻就讓她聯想到那隻狗。

看到他如此詫異，她用非常輕柔的聲音跟他說話，彷彿她擔心他會融化成淚水，要不就是躲進地窖避難。他沉默不語，兩隻腳交互站立，一下這隻，一下那隻，一邊還吞著口水。他轉身對著樓梯上方，一臉擔心，甚至可說是害怕……

瑪德蓮曾經在這個男人身上注意到這個特點，無時無刻不在擔心有事情會落在他身上，永遠都在擔驚害怕；去年在墓園，他看起來就已經一臉迷失、驚慌失措。面露溫柔、天真，帶著那種活在自己世界裡的男人的表情。

阿爾伯特，他寧願折壽十年，也不要在這種狀況下碰到瑪德蓮，當場被瑪德蓮．佩瑞庫爾挾持住，卡在樓梯下面和她理應死去、卻在樓上的弟弟之間，弟弟還用鼻孔抽菸，戴著飾有藍色羽毛的綠色面具，跟隻鸚鵡似的。他還眞的天生就是個三明治人，這點絕對無誤。當他意識到他沒跟那位年輕女子打招呼時，他揮著煤球爐，好像在揮廚房的抹布；他伸出一隻烏漆麻黑的手，旋即立刻道歉，又把手藏在背後，從最後幾個臺階走下來。

「您在信上有留地址，」瑪德蓮輕聲說，「我去過那邊。令慈給了我這裡的地址。」

她面帶微笑，四下打量了一番，庫房，院子，樓梯，讓她聯想起粗俗平庸的廉價公寓。阿爾伯特點頭表示瞭解，一個音節也發不出來。萬一她到的時候，愛德華剛好打開鞋盒，當場被她逮到他在打嗎啡。更糟的是，他想像會發生什麼事，萬一愛德華自己跑下來拿煤炭的話……就是諸如此類的細節，才會讓我們覺得命運何其荒謬。

「是啊。」阿爾伯特斗膽稱是，自己也不知道在回答些什麼。

他想說：「不，不，我不能邀請您上樓，喝點東西，這是不可能的。」瑪德蓮．佩瑞庫爾並不覺得他沒禮貌，她認爲他會有這種態度都是因爲驚訝、尷尬的緣故。

「事情是這樣的，」她開始說了，「家父想見您。」

「爲什麼想見我？」

這是一聲發自內心的吶喊，聲音緊繃。

瑪德蓮聳了聳肩，表示這是明擺著的。

「因爲您參與了我弟生命中最後的時光。」

她邊說，邊溫柔地微微一笑，因爲她聯想到自己必須滿足一個上了年紀的老人的任性。

「是啊，話是沒錯。」

阿爾伯特現在恢復了神智，他只有一個願望，她在愛德華擔心是怎麼回事而且下樓前就離開。或者，愛德華在上面聽到她的聲音，知道是誰在離他幾米遠的樓下，就不會貿然下樓。

「那好吧。」他補充說。

「明天，您說好嗎？」

「哦，不，明天不可能！」

瑪德蓮・佩瑞庫爾對他如此迅速地斷然拒絕感到驚訝。

「我的意思是說，」阿爾伯特開口道歉，「改天，如果您想的話，因爲明天……」

他本來就無法解釋爲什麼明天不方便受邀，是因爲他需要恢復鎮定所以不能。有一瞬間，他覺得剛剛這段對話更像是他母親在和瑪德蓮・佩瑞庫爾說話，因爲想到這一點而臉色發白，他覺得很慚愧。

「那麼您哪天才有空呢？」年輕女子問。

阿爾伯特再次轉向樓梯頂端。瑪德蓮心想八成有個女人在上面，她在場令他很困擾，而她不想讓他難做人。

「那禮拜六有空嗎？」她建議。「共進晚餐。」

她語帶俏皮，幾乎都算故意逗他了，彷彿她只是一時興起，想到這個共進晚餐的主意，而且他們一定會度過大好時光。

「那好吧。」

「好極了。」她作了結論。「晚上七點，您方便嗎？」

「那好。」她朝他笑了笑。

「家父會很開心的。」

兩人客套一番，如同當初在墓前哀悼一般，等到世俗儀式一結束，兩人想起初次見面的時候，不覺陷入片刻遲疑；猶記當時，他們兩個互不相識，共同擁有某個可怕的東西、某個禁忌的東西：這個祕密，就是他們將士兵遺骸挖出來，非法運走……說得也是，這具屍體後來被安葬在何處呢？阿爾伯特咬著嘴唇，自己問著自己。

「我們住庫爾塞勒大道，」瑪德蓮說，邊把手套戴上，「就在普若尼街轉角的地方，很容易找。」

阿爾伯特點點頭，晚上七點，好的，普若尼街，很容易找。星期六。沉默。

「好吧，我就先告辭了，梅亞爾先生。非常感謝。」

她轉過身去，隨後又轉回來朝著他，盯著他的眼睛。他很適合一臉嚴肅像，不過這害他看起來比實際年齡老。

「家父從來不知道細節……您懂我意思……我寧願……」

「當然。」阿爾伯特連忙回答。她笑了，感激不盡。

他擔心她又把鈔票塞進他的手裡面，作爲封口費。他因爲想到這點而感到羞辱，於是便轉身上樓。等到爬到他住的那一層樓，他才想起自己忘了拿煤球，也忘了拿嗎啡安瓿。

他又下樓，覺得身心俱疲。他六神無主，無法衡量受邀到愛德華家是什麼意思。

胸口因爲憂鬱而覺得悶悶的，他拿長鏟把煤炭剷進煤球爐，聽到街上豪華轎車開走的低沉聲響。

Chapter 16

愛德華閉上眼睛，如釋重負，長嘆一聲，肌肉慢慢放鬆。針筒差點就掉了，還好他及時抓住，放在身邊，他的手還在發抖，但他原本悶得要命的胸膛已經放鬆。注射後，整個人放空，會直挺挺地躺著很長一段時間，但很少會眞的想睡覺。這是一種浮動狀態，興奮感好似船隻遠颺那般緩慢消退。他對有關大海的事向來不抱好奇，輪船並不令他神往，但令人快樂的安瓿八成就帶有這種成分，安瓿讓他產生的影像，經常都帶有他無法解釋的海洋色調。它們或許像阿拉丁神燈或仙丹妙藥，將你吸入它們的世界。無論是針筒或是針頭，他都認爲只是外科工具、必要的邪惡，然而安瓿，卻是活生生、有生命的。他拿著安瓿瓶對著光，看著透明的小瓶子，實在太瘋狂了，竟然可以看到裡面，水晶球並沒有比安瓿具備更出眾的美德，也沒有更豐富的想像力。他打了好多瓶，得到休息、鎮靜、慰藉。他白天大部分的時間都處於這種不確定狀態，輕飄飄的，時間在此不再有厚度。獨自一人，他不得不一劑接著一劑打，才能維持這種狀態，飄飄欲仙，彷彿他漂浮在平靜無波的海上（總是大海的影像，這種對大海的記憶八成來自遠方，肯定來自於羊水），但阿爾伯特是個考慮十分周密的人，每天只留給愛德華絕對必要的劑量，而且全都記錄下來，然後到了晚上，他回來了，他會檢查日曆、數量，以小學老師的方式一頁翻過一頁，愛德華隨阿爾伯特怎麼做。就跟路易絲之於面具一樣。畢竟他們是在照顧他。

愛德華很少想到家人，最常想到的人是瑪德蓮。他留有許多對她的回憶，悶著爆笑出聲、在門口微微淺笑、用彎曲的指關節搓他的腦袋，姐弟倆的絕佳默契。他可以感覺到她很難過。聽聞他的死訊，她必定哀痛逾恆，任何女人失去某人後均會如此。此後，時間，這個偉大的醫生……哀悼，時間會治癒一切。

鏡子裡愛德華的這張臉，任何東西都無法比擬。

對他來說，死亡就在那兒，一直都在，這些瘡疤重新勾起傷心往事。

除了瑪德蓮，他還剩下誰呢？幾個戰友，他們裡面有幾個還活著呢？即便是他，幸運兒愛德華，都死於這場戰爭，更遑論其他人？其他人？算了吧……還有他父親，但這個人沒什麼好說的，他忙著做生意，專斷又陰沉，兒子的死訊不會讓他停下腳步太久，他只會坐上車，對歐內斯特說：「去交易所！」因爲他還有許多決策得做，要不就是「去賽馬總會！」因爲他們正在準備選舉。

愛德華從不出門，所有時間都待在公寓，待在這個悲慘世界。不對，其實不見得，每下愈況才叫悲慘；不是，令人沮喪的正是這種平庸、這種匱乏，苟延殘喘，好死不如賴活。大家都說人會習慣一切，結果剛好並沒有，愛德華就習慣不了。他有足夠精力的時候，他就會站在鏡子前，看著他的頭，沒有，完全沒變好，他從來沒看過任何人像他這樣，喉嚨對著天空大敞二開，下巴沒了，舌頭沒了，牙齒出奇的大。這些肉變得結實了，傷疤結痂了，但這個大開口的粗暴依然完好如初，原來移植的用途便在於此，移植並非用於降低你的醜陋，而是用來讓你變得軟弱，從而放棄。貧窮也是。他出生豪門，沒人會把錢看在眼裡，錢根本就不重要。他向來都不是個敗家子，可是在學校，在同學裡面，他看過太多一擲千金的青少年，大批炫富的紈褲子弟。即使他不會亂花錢，他周遭的世界一直都很寬敞，便利，充裕，偌大的臥房，深深陷下去的舒適座椅，豐盛的菜餚，昂貴的衣裝，然而現在這間有著歪七扭八的鑲木地板，這些灰色的窗戶，少得可憐的煤炭，淡而無味的酒……在這種生活中，一切都很醜陋。他們兩人的整副經濟重擔都壓在阿爾伯特肩上，愛德華對阿爾伯特無話可說，他爲了嗎啡已經一個人切成四半，疲於奔命，不知道他是怎麼辦到的？他絕對花了很多錢在嗎啡上，他眞是個好戰友。有時會好到讓人心碎，犧牲奉獻，而且無怨無悔，沒半句批評，總是假裝很快樂，但內心深處，當然是憂慮不堪。無法想像他們兩個會變得怎麼樣。但是，如果再繼續這樣下去，未來一片黯淡，毫無光明可言。

愛德華槁木死灰，是個活死人，但他不怕未來。只不過擲了一把骰子，一生突然就這麼垮了，墜落帶走了一切，就連恐懼也在內。唯一眞正令他難以承受的，是哀傷。

不過，這段時間以來，他比較好了。

小路易絲要他做面具的這些事逗樂了他。路易絲也是，她也跟阿爾伯特一樣勤快，就是閒不下來，她是一隻會帶外省報紙給他的小螞蟻。他的生活改善了，因爲他過於脆弱，深怕好日子僅是曇花一現，所以他很小心翼翼別表現出來，唯有在拿著報紙的時候，他才有了小路易絲改善了他的生活這種想法。隨著日子一天天過去，他已經感受到了，興奮之情從瘋狂深處往上升起，他越想，就越發現自己處於年少輕狂時的亢奮狀態，就是他準備好要惡作劇、畫誇張的諷刺漫畫、變裝、挑釁的那個年代。如今，不再有任何東西帶著他青少年時期所爆發出來的歡慶特色，但他重新感受到「某樣東西」從他腹部深處又回來了。他幾乎不敢在自己心中說出這個詞：喜悅。稍縱即逝、謹愼、不連續的喜悅。當他果眞釐清了自己的想法，大致恢復秩序，他瞭解到這件事眞的發生了，令人難以置信，讓他忘了當下這個愛德華，回到戰前的那個自己……

他終於站了起來，呼吸再度順暢，身心恢復平衡。他把大針消毒後，仔細地把針筒收進小錫盒裡，緊緊蓋好，放回架上。他抓起一把椅子，拖了過來，眼睛四下找著地方，因爲他僵硬的腿，稍嫌吃力地爬了上去，然後伸展雙臂，輕輕推開裝在天花板上的活板門，這樣才能去到屋頂下方，因爲他是不可能站在那個空間裡面，何況那邊積了八百年的蜘蛛網和煤灰。愛德華小心翼翼拉出一個袋子，袋子裡面藏著他的寶貝，一大本素描簿，路易絲說那是她拿東西換來的。不過她拿什麼東西去換的呢？祕密。

他回到長沙發上，削鉛筆，邊注意讓鉛筆屑剛好掉在那張也是他從包包裡面拿出來的紙上，祕密就是祕密。一如既往，他從第一幅圖開始翻閱，邊打量著他完成的作品，自己覺得很滿意、深受鼓勵。已經完成了十二幅畫，一些士兵，幾個女人，一個小孩，尤其是士兵，受傷的，得意洋洋的，奄奄一息的，跪著或躺著，這邊有一條伸得直直的胳膊，他很自豪這條伸得直直的胳膊，很成功，他想笑，要是他能笑的話……

他開始畫。

這次他畫的是一個女人，站著，露著一邊的乳房。他該不該讓她露奶呢？不。他重新畫過。把乳房遮住。他又削了鉛筆，他要細一點的，另外一張紙的顆粒比較少、比較光滑，他不得不放在大腿上畫，因爲桌子的高度不對，他需要的是一個斜面，所有這些他覺得不便之處都不啻爲好消息，因爲它們代表著：他想畫。他抬起頭，把紙張拿遠點看。好的開始，女人站著，衣褶畫得還不賴，最難畫的就是衣褶，所有含義都集中於此，衣褶和眼神，祕密就在這兒。現在這個時刻，昔日的愛德華幾乎回來了。

如果他沒搞錯的話，他會發大財。今年年底前完成。阿爾伯特會大吃一驚。

而且大吃一驚的不只是他。

Chapter 17

「榮軍院的典禮眞糟糕，甭提了！」

「福煦元帥在場，反正……這一次啊。」亨利轉身，憤怒，不快。

「福煦？那又怎麼樣？」

亨利穿著內褲，正在打領帶。瑪德蓮笑了起來。就算一個穿著內褲的人，他還是會憤慨……雖然他有一雙漂亮又有肌肉的腿。他回到了鏡子前面來打完領帶，內褲裡面清晰顯出兩坨圓滾滾又緊實的臀部。瑪德蓮想知道他是不是遲到了。但立刻又決定，這一點都不重要，反正她有的是時間，她甚至擁有兩個人的時間，她耐心十足，又固執得可以，她在這兩點上絕對是天賦異稟。還有就是，他花在情婦上的時間已經夠多了。她走到他身後，他沒感覺到她來了，只感覺到她的手，已經摸了進來，而且還很冰冷，在他的內褲裡面，完美地突出重點，討好，柔弱無力，卻很堅持，她的頭緊貼在他背上，瑪德蓮說著話，熱戀的語氣，又甜又膩，極其淫蕩：

「親愛的，你太誇張了！畢竟是福煦元帥呢！」

亨利打好領帶，以便有時間思考。事實上，他已經相當周到了，只不過運氣不好，昨晚已經……現在，今天早上她又……眞是的……他底子厚得很，這不是問題，但在某些時候，比如現在，她簡直都稱得上飢渴，非要他每秒鐘都跳到她身上不可。他滿足她，好圖個清靜。他去別的地方找樂子，作爲他善盡職責的交換。這算盤打得不壞，只不過，很討厭而已。他向來都沒法喜歡她私密的氣味，這些事是說不得的，不過她應該能理解才對，可是她有時表現出一副皇后高高在上的樣子，把他當成佣人使喚，而他又爲了保住他在這屋裡的位置，不得不虛與委蛇。好，確切地說，這並不會不愉快，但要他花這麼多時間在她身上，甭想，還有就是……他喜歡凡事操之在己，問題是，跟瑪德蓮在一起則剛好相反，永遠都是她採取主動。瑪德蓮重複「福煦元帥……」，她知道亨利並不會很想要，但她還是繼續，她的手變得暖和，她覺得自己像條大蛇般展開纏功，懶洋洋，卻力大無窮，他從沒拒絕過；他沒拒絕，像道閃電，他轉過身，抬起她，讓她躺在床角，既沒摘領帶，也沒脫鞋。她抓住他，逼他再多留幾秒。他多留了幾秒，隨後就站起來，就這樣。

「哦，不過嘛，七月十四日，那天，會有盛會！」他回到鏡子前面，好了，這下又得重新打領帶。他繼續說道：

「七月十四日大革命慶祝大戰勝利！就不會那樣，當天我們什麼都會看到。至於停戰紀念，在榮軍院爲逝去的將士守靈！簡直就是『密室』作業！」

他對這個說法相當得意。他找著確切的表達方式，跟我們在試酒時，會先抿一口在嘴巴裡轉一轉，也讓這些字轉了轉。紀念活動密室作業！好極了。他想試試看效果如何，轉過身，語帶憤怒：

「紀念這場偉大的戰爭，結果卻大搞密室作業！」

不賴。瑪德蓮終於站起來，套上便服。等他出門後，她再梳洗，沒什麼好急的。等他出門前，她順便整理一下衣服好了。

她穿上拖鞋。亨利說：

「現在，慶祝活動都落在布爾什維克黨徒手中，妳不得不承認這點！」

「亨利，你省省吧，」瑪德蓮漫不經心地說，邊打開衣櫃，「你說這些我聽得無聊死了。」

「因戰致殘的軍人準備好要出擊了！我說啊，要是眞得選個日期來向英雄致敬，那就是十一月十一日！我甚至還打算辦得更轟轟烈烈……」

瑪德蓮火了，打斷他：

「亨利，你說夠了沒！管它是七月十四日，還是十一月一日、聖誕節，還是太陽打從西邊出來那天，你壓根兒就不在乎！」

他轉身對著她，輕蔑地打量著她。仍然穿著內褲。不過這次她不覺得好笑了。她盯著他。

「我明白，」她又說了，「你必須在你的觀眾面前重複演出這些戲碼，在你的退伍軍人協會，你的賽馬總會，還有其他我不知道哪裡！但我可不是幫你彩排的人！所以說，你的怒氣和你的訓斥，留給那些有興趣的人吧。至於我嘛，少拿這些煩我！」

她又回去整理衣服，雙手沒有顫抖，聲音也沒有。她說話時經常都是這種態度，冷冷地，說完就不再想起。跟她父親一樣，這兩個眞是一對好父女。亨利沒有見怪，他穿上了長褲，歸根究柢起來，她說得並沒有錯，管他十一月一日還是十一月十一日，又有什麼差別？可是七月十四日就不一樣。他公開表示尤其嫌惡國慶日，什麼啟蒙運動啦、法國大革命啦，諸如此類的東西，並不是說他對這方面的問題有什麼深奧過人的想法，而是因爲，他自認這是身爲貴族者發自內心的高尚行爲。

因爲他住在佩瑞庫爾的屋簷下，暴發戶。老頭娶了一個姓德．馬爾吉的女人，她也只不過是個線球大批發商的後人罷了，她的貴族姓氏還是透過拍賣方式買來的，幸虧只能透過男人來傳遞，所以佩瑞庫爾永遠都只會是「平民」佩瑞庫爾。佩瑞庫爾家族還需要五百年才配得上一個姓德．奧內-博戴勒的，如果他們眞辦得到的話！五百年內，不可能天天是好天，他們的財富有可能全都敗光，可是德．奧內-博戴勒，亨利早就重新建立起家族王朝，德．奧內-博戴勒家族會在薩勒維爾祖產上的大廳裡接見絡繹不絕的訪客。而恰恰正是爲了復興家業，他得抓緊時間，都已經九點了。等他趕到當地都快晚上了，第二天，整個上午都得花在對工頭發號施令，檢查施工，總是跟在這些承包的工人後面，討價還價，逼他們降價，薩勒維爾那邊才剛修好屋頂，七百平方米的石板，一大筆花費，西側也開始動工了，滿目瘡痍，全部都得重建，跑到一個十萬八千里外的國家去找石頭，那邊既沒有火車、也沒有駁船，他得把爲國犧牲的英雄遺骸給挖出來，才足以支付這一切啊！

他準備出門，擁吻瑪德蓮的那一刻（他堅持在她額頭上親一下，他不太喜歡跟她嘴對嘴接吻），她又幫他整理了一下領帶，純粹形式化，裝裝樣子而已。她倒退幾步，發出讚嘆。她們是對的，所有這些賤人，她先生可眞漂亮，包管會生出漂亮的孩子。

Chapter 18

受邀到佩瑞庫爾家這件事一直困擾著阿爾伯特。光變換身分這件事，就從來沒讓他有過太平的日子，他經常夢到警察找上門，逮捕他，將他繩之以法，鋃鐺入獄。要是他真的被關，最讓他傷心的就是沒人照顧愛德華。同時，他又會覺得鬆了口氣。某些時刻，就跟愛德華之於他一樣，面對愛德華，他也感到有苦說不出，他怪愛德華毀了他一輩子。自從他戰友要求出院，自從度過了不可能領到任何形式的終身俸這個壞消息的階段，阿爾伯特總算有凡事回歸正常、持續穩定進行的感覺，可是，佩瑞庫爾小姐突然現身，驀地打斷了他的這種想法，受邀造訪這件事，日以繼夜糾纏他。畢竟，他要去跟愛德華的父親面對面用餐，在他姐姐目光的支持下，演一場白髮人送黑髮人的鬧劇。其實，要是瑪德蓮不把你當成送貨員，塞鈔票到你手裡的話，她看起來人還不錯。

阿爾伯特沒辦法不考慮受邀的後果。如果他供認愛德華．佩瑞庫爾還活著（然後該怎麼辦呢？），那就得強把他帶回那個他再也不願意踏進一步的家中？等於出賣朋友。話說回來，愛德華爲什麼不想回去呢？眞他媽的煩！一個像這樣的家庭，換做是阿爾伯特，他絕對會樂意回家。他沒有姐姐，他非常樂見瑪德蓮當他姐姐。他現在承認自己錯了，去年在醫院裡，就不該聽愛德華的話；當時愛德華正處於絕望深淵，阿爾伯特不該讓步……可是他已經這麼做了。

另一方面，如果他說出眞相，那個原本不知埋葬於何處的無名阿兵哥，現在早該長眠於佩瑞庫爾家族陵墓，就會成了佩瑞庫爾家族再也容不下的僭越者，阿爾伯特對他又該如何交代？

如果訴諸法律，這一切又會落到阿爾伯特頭上！甚至會被迫再度挖出那個可憐的無名士兵，才能擺平佩瑞庫爾家族，到時候，阿爾伯特要拿這名阿兵哥的遺骸怎麼辦？而且準會有人一路追查下去，發現他僞造文書，篡改軍事登記簿紀錄！

還有，瞞著愛德華去佩瑞庫爾家，跟他父親和姐姐見面，搞不好還會見到家中其他成員，這對愛德華來說不公平。萬一被他發現，他會做何反應？

可是告訴他，不也等於出賣他嗎？如果愛德華知道了，明知他戰友正在跟那些他六親不認的人共度夜晚，他一個人待在家裡，想必會悶悶不樂！畢竟，正是因爲他六親不認，他才再也不想見到他們，他根本就背棄了自己的家人，對不對？

他打算寫封信，托辭臨時不方便；但是，他們會建議改天。他可以瞎掰去不了；可是他們會派人來接他，搞不好還會因此而發現愛德華……

他走不出來。所有東西都混在一起，阿爾伯特噩夢連連。三更半夜，幾乎從不睡覺的愛德華，撐著雙肘，坐了起來，擔心不已，整隻手搭著戰友的肩膀，喚醒他，不解地把對話小冊子遞給阿爾伯特，後者做了個沒什麼的手勢，可是噩夢又來了，一而再再而三，沒完沒了，阿爾伯特不像愛德華，他需要大量睡眠。

經過無數左思右想、正反交鋒，他終於決定了。他會去佩瑞庫爾家（以免他們跑到這邊再邀他去），而且他也會隱瞞眞相，這是個風險較低的解決方案。他們要什麼，他就給他們什麼，他會告訴他們，他們的愛德華是怎麼死的，他就打算這麼做。然後再也不會再見到他們，一了百了。

問題是，他記不太清楚自己究竟在信中是怎麼寫的?!他死命回想。他能捏造出什麼來呢？壯烈犧牲，子彈正中心臟，跟小說寫的那樣，在什麼情況下呢？更別提佩瑞庫爾小姐是被那個混蛋博戴勒給帶來的。是誰跟他說的？這個博戴勒？他會幫阿爾伯特圓謊，絕對是出於自己的利益。萬一阿爾伯特的版本跟博戴勒的版本互相矛盾，又該相信誰呢？佩瑞庫爾一家難道不會把他當成騙子？

他問越多問題，腦袋和記憶就越模糊，噩夢又來了，像疊在櫥櫃裡的盤子一樣，一個一個越堆越高，他的夜慘遭魑魅魍魎搖晃，害他心緒不寧。

另外還有一個敏感的服裝問題。他沒辦法人模人樣地造訪佩瑞庫爾家，他最稱頭的衣服，即使在三十步外也立馬嗅得出一股窮酸味兒。

在他終於決定去庫爾塞勒大道的情況下，他開始打聽哪裡可以弄到一套體面的西裝。他唯一找到的一套來自於一個同事，香榭麗舍大道南邊的一個三明治人，比他稍微矮一點，所以他必須把長褲儘量穿低一點，否則看起來就會像小丑。他差點就想跟愛德華借襯衫，他有兩件，可是他打消了這個念頭。萬一他家人認出他的襯衫怎麼辦？他跟同一個三明治同事借了一件襯衫，當然也太小，扣眼稍微有點蹦開。剩下還有鞋子這個難對付的問題。他沒找著他的尺寸。他得湊和著穿他自己的破軍鞋，他想上點蠟，哪怕把鞋都擦破了，它還是永遠不會恢復昔日榮光或變得體面。他翻來覆去，左思右想鞋子這個難題，終於決定買雙新鞋，因爲買嗎啡的預算降低，使得他能夠稍微喘口氣，才允許他這麼做。一雙漂亮的鞋。在「巴塔」鞋店買的，三十二法郎。走出「巴塔」時，緊緊抱著鞋盒，他坦承其實自從復員以來，就一直想幫自己買雙新鞋，他始終認爲男人穿雙漂亮的鞋才算高雅。舊套裝或外套，勉強可以接受，可是一個男人就是得靠鞋子來幫襯，別人會看你穿什麼鞋來評斷你，就這方面來說，沒有中間地帶。這雙淺棕色眞皮皮鞋，是這件事裡唯一値得開心的地方。

阿爾伯特從屛風後面走了出來，愛德華和路易絲抬起頭。他們剛剛完成一張新面具，象牙色的，上面有粉紅色、緊閉著的嘴巴，嘴巴噘著，狀似不屑；兩片褪了色的蒼白秋葉，平貼在臉頰上方，成了眼淚。然而，整張面具看起來卻不悲傷，只像某個明哲保身、不問俗務的出世者。

當然，眞正的好戲不在這張面具，而是阿爾伯特從屛風後面走出來的那一幕。阿爾伯特穿得人模人樣，好像準備去參加婚禮。

愛德華知道戰友有約，他好感動。

他們兩個常常拿「愛」這個話題來大開玩笑，兩個血氣方剛的大男人，這點當然無可厚非。但，「愛」卻是個痛苦的問題，因爲他們兩個都是沒有女人的成年男子。三不五時偷偷摸摸跟孟奈斯特太太上床的日子已經結束了，阿爾伯特覺得弊大於利，因爲這會讓他顯得自己多麼缺乏愛，自己會更需要愛。他不跟她上床，她堅持了一陣子，然後就死心了。他常常會看到漂亮的女孩子，到處都有，商店裡、公車上，大多數都沒有男朋友，因爲很多男人都死了，她們等待著，窺伺著，盼望著，不過像阿爾伯特如此衣衫襤褸，哪有可能贏得芳心呢？算了吧。阿爾伯特老是轉來轉去，坐立不安，跟隻貓似的，幾百年前的破皮鞋，皮襖的染劑往下流淌，並不是個極具吸引力的好對象。

就算某個年輕的姑娘，不會對他的窮困潦倒過於反感，他又能有什麼未來可以承諾對方呢？難道跟人家說：「過來跟我住，我室友是一個沒有下巴的殘疾阿兵哥，大門不出二門不邁，只顧著打嗎啡和戴狂歡節面具取樂，但沒啥好擔心的，我們一天有三法郎可以過活，還有一個破屛風可以保護妳的隱私？」

更何況阿爾伯特還算是個害羞的人，別人不來找他，他是不會採取主動的。

於是，他又吃起回頭草，又回去找孟奈斯特太太，可是人家也有自尊，這個女人，並不是因爲讓丈夫戴綠帽，就必須拋下所有驕傲。不過她的驕傲是一種多邊幾何形，事實上，她之所以不再需要阿爾伯特，那是因爲她搭上了新來的伙計，這傢伙可怪了，貌似某個年輕人，像到阿爾伯特居然會記得他，就是在薩瑪莉丹百貨公司陪賽西兒一起搭電梯的那個年輕人，就是害阿爾伯特放棄好幾天工資沒領的那天，要是可以重來一遍的話……

有一天晚上，他把這些都跟愛德華說了。他也同時對愛德華說，你何嘗不是呢？你也被迫放棄跟女性交往的正常關係，他以爲這麼說愛德華會高興，結果萬萬不是如此：阿爾伯特還可以展開新生活，愛德華，他不行。阿爾伯特還可以找到一個年輕的女人，噫，好比說一個小寡婦，隨便找也有一堆，只要女方別過於挑剔，他只需要睜大眼睛，好好找找就行，可是就算愛德華愛上某個女人，又有哪個女人會看上像他這樣的人呢？那次談話讓他們兩個都很難過。

結果，現在突然看到阿爾伯特盛裝現身！

路易絲吹了聲口哨，讚嘆不已，還往前走了一步，等著阿爾伯特低頭把領帶結打好。他們開他玩笑，愛德華輕輕拍著大腿，在空中誇張地豎起大拇指，還從喉嚨深處發出刺耳的隆隆聲。路易絲也不遑多讓，邊遮住小嘴邊偷笑，一邊說：「阿爾伯特，你這樣眞的好帥！」人小鬼大，這話說得都有點像出自於一個大女孩之口了，可是，她才多大年紀啊？這個小丫頭。不絕於耳的讚美聲害他有點受傷，玩笑話就算不帶惡意也會刺傷人，尤其是在這種情況下。

他還是趕緊出門吧，畢竟跟他們爭執這些沒有任何意義。再說，他還得好好想想，他得在幾秒鐘內做出究竟要不要去佩瑞庫爾家的決定。

他先搭地鐵，接著就用走的。他越往前，就越覺得肚子一陣糾結，渾身不對勁。他住的那區滿是俄國人和波蘭人，離開該區後，就是一棟棟宏偉壯觀的建築物，大道有三條街那般寬闊。面對蒙索公園，他剛好看到，其實不可能錯過沒看到，佩瑞庫爾先生的私人大豪宅，屋前停著一輛漂亮的房車；一個戴著大盤帽、穿著無可挑剔制服的司機，正在把車子給擦得啵兒亮，像匹賽馬似的。阿爾伯特的心揪了一下，他被這氣勢給震懾住。他假裝很急的樣子，匆匆走過豪宅，從周圍街道繞了豪宅一大圈，又從花園這邊折返，沿途找著一條長凳，可以看到這棟物業的正面，於是就坐了下來。他整個人被打敗了。他甚至很難想像愛德華是在這裡出生，在這棟豪宅裡面長大的。完全是另外一個世界。而他，阿爾伯特，今天卻要去那裡，背負著他所能想像得到的最大謊言。他眞是個十惡不赦的壞蛋。

林蔭大道上有婦女正矯揉做作地從四輪馬車下來，僕人連忙進到車裡，負責提著大包小包。送貨的車輛停在供送貨與下人專用的小門前，司機和卑躬屈膝的奴才聊著天，後者誇大自己的重要性，讓別人以為他們代表主人，監視送水果、蔬菜、家禽的木條箱，正經八百地檢查麵包籃，然而稍遠的人行道上，沿著公園欄杆，有兩位優雅少婦，身材如火柴棒般纖細修長，手挽著手，笑盈盈地打街上經過。林蔭大道拐角處，兩名男士相互打招呼，報紙夾在腋下，大禮帽在手，「親愛的朋友，但願很快就會再看到你，」看似庭上的法官。其中一人往旁邊退了一步，讓路給一個穿著水手服的小男孩，男孩邊滾著鐵環玩，邊跑了過去，保母連忙趕到，低聲喊著，邊迭聲向兩位先生道歉；載著花的貨車開到，把足夠一場婚禮用的一束束鮮花卸了下來，殊不知根本就沒有婚禮，這只是每個禮拜例行的送花到府，豪宅裡有那麼多廳室，以備萬一有訪客到來的不時之需，我向你保證，這些花貴到爆，然而這些人卻笑著這麼說：

「買這麼多花可眞開心，我們就是喜歡收到花。」阿爾伯特看著這個世界，他曾經看過這種世界一次，他透過水族箱的玻璃看到過這種世界，水族箱裡面的熱帶魚看起來都不像魚了。

而他還得再耗上兩個鐘頭。

他猶豫了一下，不知道該繼續坐在長凳上，或是去搭地鐵？搭去哪兒呢？他從前非常喜歡林蔭大道。自從他前後夾著兩塊招牌走遍大道兩側後，就不一樣了。他在公園信步走著。既然早到這麼久，他就隨便殺殺時間吧。

晚上七點一刻，當他意識到這一點，焦慮開始攀升，他渾身是汗，大步走遠，隨後又掉頭往回走，轉來轉去，兩眼朝地，七點二十分，他還是扭扭捏捏，下不了決心。七點半左右，他又經過豪宅前面，站在對面的人行道上，他決定回家，可是就算他回家，還是會有人去接他，他們會派沒大小姐那麼友善的司機來接他，百轉千回，一千零一個理由再度在他腦中連續碰撞，他不知道怎麼會搞成這樣。他走到門廊那邊，上了六個臺階，按了門鈴，用另一隻腳的小腿肚偷偷擦了擦兩隻鞋，門開了。心臟在胸口狂跳，他這會兒已經置身於高得宛如教堂的大廳裡，到處都是鏡子，一切都好美，就連女傭也是，她短短的褐髮，容光煥發，天哪，這兩片嘴唇，一雙媚眼，有錢人家什麼都美，就連有錢人家的窮人都美，阿爾伯特心想。

偌大的玄關兩邊鋪有大型黑白格子方磚，通往壯麗的聖雷米石梯通道兩側，各有一根裝有五盞燈球的燈柱，白色大理石扶手呈幾何螺旋狀向上盤旋直至樓梯平臺。裝飾藝術風格的豪華懸掛式分枝吊燈，散發出宛若來自天際的黃色光芒。漂亮的女佣斜眼打量阿爾伯特，問他叫什麼名字。阿爾伯特．梅亞爾。他向四周張望了一下，眞不是蓋的。就算他盡一切努力，不計任何代價，買一雙價值不菲的皮鞋，一頂名牌高禮帽，一件無尾長禮服或燕尾服，不論怎麼看都還是一副鄉巴佬的傻相。這種天淵之別，這幾天來的煎熬，這漫長的等待令他緊張難耐……阿爾伯特唯有笑了笑。看得出來他是對他自己笑，笑他自己，以手遮口，如此自然，如此眞切，乃至於逗得那個小女佣也笑了，齒如編貝，天哪，她的笑聲，甚至她尖尖的粉紅色舌頭都是一大奇觀。他進屋的時候，可曾注意到這一對明眸？還是唯有到了這會兒他才發現到呢？目如點漆，熠熠動人。這兩個人都不知道自己在笑什麼。她紅著臉轉身走了，依然巧笑倩兮，但她還有事得忙，她打開左邊大門，大等候室裡有一架三角鋼琴，中國大花瓶，擺滿了古書的櫻桃木書架，眞皮扶手椅，她指了指等候室，隨他想坐哪兒就坐哪兒，她笑得無法自抑，只說了句「不好意思」，他舉起雙手，不，不，沒關係，妳儘管笑吧。

現在阿爾伯特獨自一人待在這間等候室中，門關上了，有人會去通報說梅亞爾先生已經到了，他一發不可收拾的狂笑也從而平息，這種寂靜，這種威儀，這種奢華，畢竟還是會讓人感到非常壓迫。他摸了摸綠色植物的葉子，想到那個小女佣，要是他敢……他試著讀出一本本書的書名，隨意任食指在細木鑲嵌工藝品上滑過，他遲疑了一下，按下那架大鋼琴的琴鍵。他可以等她當完差，誰知道呢？搞不好她已經有心上人了？他試著坐坐看扶手椅，整個人陷了進去，他爬起來，又試坐一下長沙發，漂亮的皮革十分柔滑，他看了看，隨意翻了翻放在茶几上的英文報紙，要怎麼樣才能把到那個標緻的小女佣呢？出門的時候湊到她耳邊留個信兒？或者乾脆假裝忘記東西，再按一次門鈴，塞張鈔票到她手裡，外加……外加什麼？外加他的地址嗎？最重要的是，他能假裝忘了什麼呢？他連把傘都沒有。他一直站著，隨便翻了幾頁《哈潑時尚》、《美術報》、《官方流行》等雜誌。他在長沙發上坐下。乾脆在豪宅出口等她，等她當完差走出來，這麼做最好，準會像剛剛那樣逗得她笑出聲來。矮桌一角，有一大本相簿，淺色皮製的相簿封面，柔軟光滑得跟什麼似的。要是他請她共進晚餐，得花上多少錢？首要問題就是去哪兒吃？又陷入兩難。他拿起相簿，打開，不如去「杜瓦爾湯品」吧，他覺得這地方還可以，但是請一位年輕的姑娘上那兒去，不可能，尤其像她這樣一個在豪宅、甚至在廚房裡當差的姑娘，得請她去一個有銀質餐具的地方才成啊！他的肚子突然陷了下去，雙手立刻冒汗，濕滑，他嚥下口水，免得吐出來，滿口都是膽汁的味道。在他眼皮底下是一張婚禮的照片，瑪德蓮．佩瑞庫爾和德．奧內－博戴勒上尉，肩並著肩。

是他，絕對是他，阿爾伯特不可能看錯。不過，還是檢查一下比較好。他貪婪地翻著相簿。

幾乎每張照片都有博戴勒，好像雜誌內頁般的精彩畫面，有好多好多人，鮮花又是鮮花，博戴勒笑得極其謙遜，似乎不想讓別人認為自己中了樂透而大做文章，不過他卻任由他人對他欣羨不已，佩瑞庫爾小姐在他懷中，幸福洋溢，穿著一件我們在現實生活中永遠也不會穿、純粹為了某個日子而買的禮服，男士們一件又一件的小禮服，一件又一件的燕尾服，淑女們更是精心打扮，前所未見，大露背，胸針，項鍊，新鮮奶油黃手套，新婚伉儷跟來賓握手，是他，博戴勒，自助餐式流水席，就在這兒，就在新娘身邊，無疑是她父親佩瑞庫爾先生，同樣面帶微笑，這個男人，看起來可不隨和，他站在最後面，衣帽間那邊，到處都是漆皮皮鞋，隨處可見戴著胸飾的高級襯衫，整排牡蠣擺放在黃銅三角盤上，新人面前則有香檳杯堆起來的一座金字塔，身著制服、戴著白手套的服務員，華爾滋舞，管弦樂隊，眼見這對新婚夫婦，通過花環拱門……阿爾伯特焦慮不安地翻著相簿。

一篇《高盧人報》的報導：

盛大豪華的世紀婚禮

巴黎人對這場盛大婚宴盼望已久，事實證明，等待絕對值得，因為這是優雅與勇氣結合的一天。姑且為少數還不知道詳情的讀者說明清楚，這場婚禮，無疑是工業鉅子馬塞爾·佩瑞庫爾的千金瑪德蓮·佩瑞庫爾小姐，與英勇愛國的大戰英雄亨利·德·奧內—博戴勒共效鳳凰于飛的美事一樁。

婚禮儀式在奧特伊教堂舉行，由於雙方想以簡單私密的形式進行，故而僅有十幾名賓客、家人與親朋好友參加，有幸得以聆聽關德大主教之於兩位新人的絕妙福證。然而婚禮慶祝會卻是在布洛涅森林邊上的阿梅諾維爾狩獵別莊一帶隆重舉行，這棟十八世紀的建築物經過重新整修，如今成為「美好年代」優雅的建築風格與現代化設備的完美結合。一整天，社會賢達熙來攘往，絡繹不絕，來到最美麗的露天座、花園與沙龍。六百多位賓客，有幸一窺年輕貌美的新嫁娘，至於由珠羅紗和高支高密緞手工製成的新娘禮服，則由家族好友、知名設計師珍·浪凡親自操刀設計並免費提供。讀者諸君，切莫忘了這位雀屏中選的乘龍快婿，風度翩翩的亨利·德·奧內—博戴勒，其姓氏為來自於最古老的貴族，殊不知他就是鼎鼎大名的「博戴勒上尉」，在他無數令人欽佩的英勇壯舉中，其中一項就是停戰前夕，從德軍手中英勇奪回么么三高地的勝利大英雄，戰功彪炳，曾因無數英勇行為四度獲頒榮譽勳章。

佩瑞庫爾先生的知心好友共和國總統雷蒙·龐加萊先生，也親自低調出席盛會，其他知名嘉賓計有：政府高官米勒蘭先生、作家都德先生，好幾位藝術家，茲舉幾例：大畫家尚·達尼安—布維赫及喬治·羅什格羅斯，均出席此一盛會，共襄盛舉。毋庸置疑，長此以往，這場世紀婚禮絕對會為世人所津津樂道。

阿爾伯特闔上相簿。

他對博戴勒所抱有的仇恨已經轉向，變成衝著他自己，他恨自己到現在還在害怕。單憑這個姓氏博戴勒，就害他膽戰心驚。到底要恐慌到什麼時候？近一年以來，他一直沒提到他，但他一直都想到他。不可能忘記。只需環顧四周，阿爾伯特整個生活都充滿這個人的印記。不僅在他的生活裡，愛德華的臉，他所有手勢，從早到晚，全部都是，絕對全部都是，苦痛都是從這裡開始的：一名男子在世界末日的背景中跑著，陰鷙的雙眼直視前方，別人的死對他來說不算什麼，他就是這樣一個男人，此外，別人的命也不算什麼，直到某個人卯足全力，使勁往驚慌失措的阿爾伯特那麼一撞，隨後就是他奇蹟般獲救，我們已經知道結果了，乃至於今日才會出現這張正中間有個大洞的臉。猶如雪上加霜，彷彿嫌戰爭還不夠悲慘似的。

阿爾伯特直勾勾地盯著前方，但什麼都沒看在眼裡。這就是故事的結局——這場豪門婚禮。雖然他的哲學細胞並不發達，但他還是想到自己的一生。也想到愛德華，他姐，在毫不知情的情況下嫁給企圖殺害他們兩人的凶手。

他又看到那天夜裡在墓園的景象。要不就是前一天，那名年輕女子戴著白鼬毛袖籠出現時的景象，一表人才的博戴勒上尉以救命恩人的姿態伴隨左右。還有在那條通往墓地的路上，阿爾伯特坐在聞起來滿身汗臭味的司機旁邊，司機還用舌頭把菸屁股推到嘴角邊上，同時，佩瑞庫爾小姐則正和博戴勒中尉同處於豪華轎車中；他早該有所懷疑。「可是阿爾伯特什麼都視而不見，每次都後知後覺，大驚失色。這孩子，不知道得等到哪天才會長大，就算是打過仗，也沒多大長進，他眞的沒救了！」

剛剛發現這門婚事，他的心臟以令人暈眩的速度怦怦亂跳，可是現在他只感到胸膛裡的心臟逐漸融化，正準備停止跳動。

喉嚨裡這股膽汁的味道……他站起來，又是一陣噁心想吐的感覺，他倏地想衝出等候室。

他剛剛才意識到，博戴勒上尉就在這邊，就跟佩瑞庫爾小姐在一起。

好一個等著他往下跳的陷阱。這頓家族晚餐。

阿爾伯特得跟他面對面用餐，忍受他銳利的目光，就跟在莫瑞厄將軍那邊一模一樣，就是他慘遭拷問，等著被送到執行槍決行刑隊的那次，如此恐懼難以逾越，令他永生難忘。莫非這場戰爭從來都沒結束過？

他得離開這邊，立馬棄械投降，否則，他必死無疑，再次慘遭殺害。快逃。

阿爾伯特跳起來，跑著穿過等候室，來到門口，他打開門。

瑪德蓮．佩瑞庫爾在他面前，面帶微笑。

「您已經到了！」她說。

她好像很欽佩他找到路似的，或者找到勇氣，沒人知道她究竟欽佩他什麼。她忍不住還是從頭到腳端詳了他一番，這下輪到阿爾伯特垂下雙眼。他現在看得很清楚，這雙新鞋，亮晶晶的，這件太短的套裝，破破爛爛，比什麼都糟。他原本還甚爲自豪，他曾經如此渴望擁有這樣一雙鞋……然而，現在，這雙新鞋叫著嚷著說他有多窮他就有多窮。

他所有荒謬可笑的行徑都集中在這雙鞋上，他恨這雙鞋，他恨他自己。

「來，這邊請。」瑪德蓮說。

她把他當成戰友那般，挽著他的手臂。

「家父馬上下來，他迫不及待想見您，您知道……」

Chapter

19

「先生，您好。」

佩瑞庫爾先生比阿爾伯特想像中來得矮。我們常常以為強者都很高，看到他們如此正常總會很驚訝。何況，「正常」？其實，他們並不正常，阿爾伯特看得一清二楚，佩瑞庫爾先生的注視，他的手在你手中額外停留的那幾分之一秒，甚至他的微笑，都帶著一種可以穿透你的方式……這一切毫不稀鬆平常，他八成是鐵打的，不同於常人的堅定，世界領導人都是從這些人裡面遴選出來的，戰爭，就是他們發起的。阿爾伯特很害怕，他實在想像不出自己哪有可能騙得過這麼一位男士。他一直看著客廳的門，每秒鐘都覺得博戴勒上尉會突然蹦出來……

佩瑞庫爾先生禮貌周到，指著一把扶手椅，於是他們便坐了下來。彷彿他只需要眨眨眼，下人立刻就到了，有人推了小吧臺過來，上面有好多吃的東西。那個很漂亮的小女傭，也在這些僕人裡面，阿爾伯特硬逼自己別偷瞄她，佩瑞庫爾先生則好奇地盯著他看。

阿爾伯特還是不知道為什麼愛德華不想回家，他八成有不得已的苦衷；他邊看著佩瑞庫爾先生，邊隱約意識到，或許我們會有想擺脫這樣一個人在身邊的需要。他是個頑強的人，沒什麼好說的，他是以極其特殊的合金所製成，好比手榴彈、炮彈和炸彈，你甚至還沒注意，轟地一聲，他就把你炸得體無完膚。阿爾伯特的雙腿說出了他的心聲，它們老哆嗦著想站起來。

「梅亞爾先生，您想喝點什麼？」瑪德蓮笑咪咪地問他。

他還是被釘得死死的。喝什麼？他不知道。每逢重大場合或他有辦法喝兩杯的時候，他都喝蘋果燒酒，一種低級的酒，在有錢人家裡不能說要喝這種酒。那麼，要喝哪種酒來取代蘋果燒酒呢？他毫無頭緒。

「喝杯香檳怎麼樣？」瑪德蓮幫他一把。

「說實在的，我……」最討厭泡泡的阿爾伯特斗膽說道。

一個手勢，靜了好一陣子，隨後管家帶著冰桶走過來，大家觀看拔開軟木塞的開瓶儀式，熟練地大功告成。佩瑞庫爾先生不耐煩地揮揮手，「快，快，快點倒，總不至於要我們在這邊待上一整晚吧。」

「您跟小犬很熟？」他終於問了，側身向著阿爾伯特。

就在這一刻，阿爾伯特意識到今晚這場邀約的原因，就是因爲這個，沒有別的。當著女兒的面，佩瑞庫爾先生訊問有關他兒子過世的事。博戴勒不會出場表演。這是一樁佩瑞庫爾家的家務事。他這才鬆了口氣。他看了看桌子，香檳杯閃閃發光。從何說起呢？我又能說些什麼呢？即便他事先沙盤推演過，卻不知該如何開場。

佩瑞庫爾先生心想是不是剛剛說得不夠清楚？他認爲有必要補充說明：

「小犬，愛德華……」

他懷疑眼前這名男子是不是眞的認識愛德華？信到底是不是他寫的？沒人知道這些事在軍中是怎麼進行的，或許隨便指定某某人寫信給某某戰友的家屬，一樁每天都得幹的苦差事，每次都重複同樣的東西，反正就算不是這樣，也八九不離十。不過答案來了，極其眞誠：

「哦，是的，先生，我可以說我跟令郎交情很好！」

佩瑞庫爾先生原本想弄清楚有關他兒子過世時的一切，但是，很快地，就不再那麼重要了。這位被徵召入伍的前阿兵哥說的話，比兒子的死因還更重要，因爲他談到的是活生生的愛德華。愛德華在爛泥巴裡，愛德華在喝湯，愛德華在香菸攤，晚上愛德華在玩牌，愛德華坐著，坐在稍遠處，俯身在素描小冊子上，在黑暗中畫畫……阿爾伯特描述他想像中的愛德華，遠比他在戰壕裡擦肩而過、實則並不熟的愛德華還來得多。

佩瑞庫爾先生卻認爲這一切沒有他想像中來得痛苦，這些影像都幾乎讓他覺得很安慰了。他訕訕地笑了笑，瑪德蓮已經好久都沒見過這種微笑，發自內心。

「恕我冒犯，」阿爾伯特說，「愛德華他啊，他眞的很喜歡打打鬧鬧。」

他受到鼓舞，放心大膽，滔滔不絕。「某一天，還有某一天，我還記得……」其實要說這些並不難，他一個個都想了起來，同袍戰友們的一切，只要是好話，他就全都歸到愛德華身上。

至於佩瑞庫爾先生，他則又找回了自己的兒子，他聽到非常令他驚奇的事情（「他眞的這麼說？」「就跟我對您說的一樣，先生！」），每句話都令他大爲吃驚，因爲他骨子裡就認定自己從沒瞭解過自己的兒子，任何人隨便說什麼，他都會照單全收。蠢事，食堂，刮鬍子的香皂，幼稚的笑話，大兵瞎胡鬧，可是阿爾伯特，他終於找著竅門，決定豁出去了，東扯西拉，甚至還掰得樂在其中。他說到愛德華的小八卦時，在場三人還笑出聲來，佩瑞庫爾先生擦了擦眼睛。香檳催動下，阿爾伯特說啊說的，沒意識到一打開話匣子，便一發不可收拾，他說了好多糗事，從守衛到腳都結冰了，從打紙牌到大得跟兔子似的老鼠，還有臭得要命的屍體，大夥兒還打趣說，官兵遺骸臭到連救護人員都不敢去抬。這是第一次，阿爾伯特描述著他參與的這場戰爭。

「噢，對了，您的愛德華，有一天，」他就像這樣說個不停……阿爾伯特有可能話太多、太熱情、太坦誠，比該說的還多說出許多不該說的話，會害自己露餡，他稱之爲愛德華的這幅組合式戰友圖像會破綻百出，還好他很幸運，在他面前的正是佩瑞庫爾先生，這個男人，就算他在笑，他還是帶有野獸般的警醒姿態，更甭提他那雙灰色的眼睛，不自由主就會降低你的熱情，讓你不至於得意忘形。

「他是怎麼死的？」

這個問題聽起來不啻爲斷頭臺鍘刀掉下去的聲音。阿爾伯特的嘴唇還噘著，嘴巴還張著，瑪德蓮轉向他，姿色平庸卻儀態萬千。

「一顆子彈，先生，突襲么么三高地的時候。」

他倏地停了下來，覺得光「么么三高地」一詞，對於在場的三個人就各具意義。瑪德蓮又想起他們在復員中心初見面時，博戴勒中尉是怎麼向她解釋的，當時她手上拿著那封宣布愛德華死訊的通知書。佩瑞庫爾先生不禁想到，再次想到，就是這個么么三高地害他兒子送命，讓他未來的女婿得到十字勳章。阿爾伯特想到的么么三高地是一長列影像，炮彈炸出來的大洞，以及朝他全速衝過來的中尉……

「一顆子彈，先生。」他說道，盡可能嚴肅。「我們小隊突擊么么三高地，令郎是最英勇的，您知道嗎？而且……」

佩瑞庫爾先生緩緩俯身向他。阿爾伯特住口不說。瑪德蓮也好奇地湊了過來，想幫他忙，好像想幫他找出某個艱澀的字。到目前爲止阿爾伯特還沒有眞正看過，突然，他看到了，帶著令人難以置信的精確度，他發現，完好無損，在他父親的眼中有著愛德華的眼神。

他頂住了，就一會兒的功夫，旋即淚如雨下。

他雙手捂著臉，放聲痛哭，一邊還結結巴巴地道歉，痛心疾首，即使賽西兒離開他，他都沒感受到如此悲痛。戰爭終了時，卻遇上這種傷心事，還有他隻身挑起這副重擔的孤獨無助。

瑪德蓮遞上自己的手帕，阿爾伯特連聲道歉，泣不成聲，一片死寂，三個人各自沉浸於自己的傷痛。

終於，阿爾伯特大聲擤著鼻涕。

「眞抱歉……」

這一晚才剛開始，就隨著阿爾伯特公布眞相的這一刻而結束了。就見一次面、吃頓晚餐，還能多期待些什麼呢？不論現在做什麼，阿爾伯特已經幫所有在場的人，把重要的部分全都說了。這段插曲讓佩瑞庫爾先生有點爲難，因爲他還有個問題已經到了嘴邊，還沒來得及問，但他知道他不會問了：愛德華有沒有提到他的家人？這並不重要，因爲他知道答案。

心力交瘁，但是値得，他站起來：

「來吧，我的孩子，」他說，伸出手，幫他從沙發上起來，「好好多吃點，您會舒服一些。」

佩瑞庫爾先生看著阿爾伯特狼吞虎嚥。這張做著白日夢的臉，天眞無邪的眼神……法蘭西是怎麼靠這種人打勝仗的？這個人剛剛說的，所有這些關於愛德華的事，都是眞的嗎？他自有定奪。最重要的是，梅亞爾先生的敘述比較沒有反映出愛德華個人的生活，而主要在於整場戰爭期間他所經歷的生活氛圍：小夥子們每天都冒著生命危險，晚上大開玩笑，雙腳結冰。

阿爾伯特慢慢地吃，貪婪地吃。他爲自己賺了一頓大餐。他們端上來的東西，他根本就形容不出來，但願菜單就在眼前，這樣他就可以跟得上這首菜餚芭蕾舞曲了；這道應該就是傳說中的泡沫甲殼類動物，這道是肉凍，野味肉凍，這道嘛，應該是舒芙蕾，他很小心，別當場獻醜，別一臉沒吃過的饞相，一看就知道他窮得夠嗆。換作他是愛德華，即使臉中央有個大洞，他也會一秒鐘毫不遲疑地就回到這裡，因爲這些奶油、裝潢、奢華而感到心滿意足。更何況還有那個有著一雙點漆妙目的小女佣。然而，眞正讓他覺得不舒服，害他沒法盡情享用美食的是他背後的那扇門，服務人員進進出出，每次門一打開，阿爾伯特就坐立不安，轉過頭去，這些動作讓他看起來更像是個餓死鬼投胎，老是貪婪地盯著接下來要上哪道菜。

佩瑞庫爾先生永遠也不知道他聽到的哪部分才是眞的，其中就只有那麼一丁點涉及他兒子死亡的訊息。現在，這些都不重要。他心想：正是透過這般的放下，方能讓死者安息，令生者釋然。席間，他試圖記住妻子是如何主持一頓晚餐的，不過已經好遙遠了。

阿爾伯特說夠吃飽後，突然一陣沉默，清楚聽到大廳杯觥交錯的聲音，像鈴鐺般叮噹響。這一刻很難熬，每個人都怪自己沒能好好把握這頓用餐時光。佩瑞庫爾先生陷入沉思。瑪德蓮首先打破沉默：

「梅亞爾先生，恕我冒昧，您任職於哪個行業？」

阿爾伯特呑下嘴巴裡那口肥美的小母雞肉，一把抓起他的波爾多酒，刻意發出小小讚嘆聲，爲的就是賺取一點思考的時間。

「廣告業，」他終於答道，「我在廣告界上班。」

「非常有意思。」瑪德蓮說。「那麼，您到底從事哪方面的工作呢？」

阿爾伯特放下杯子，清了清嗓子：

「我不是在廣告界本身。」

「我是在一家廣告公司上班。不瞞您說，我是會計，您知道的。」這比較沒意思，阿爾伯特從他們臉上就看得出來，會計，比較不時髦，比較不刺激，使得三人閒聊頓時沒了好話題。

「但是我跟業務關係十分密切，」阿爾伯特補充道，他感覺得出自己令觀眾大失所望。「這個領域……很……非常有趣。」

他只能找到這些好說。他謹慎地謝絕甜點、咖啡、餐後酒。佩瑞庫爾先生盯著他，微微歪著頭，瑪德蓮則保持淡定，證明她在面對這種對話乏善可陳、冷場彼彼皆是的情形駕輕就熟。

阿爾伯特回到大廳，要取回大衣的時候，小女佣就會來了。

「梅亞爾先生，」瑪德蓮說，「萬分感謝您賞光到寒舍。」

可惜那個漂亮的小女佣卻沒出現，取而代之的是一個醜的，年輕可是其貌不揚，帶著一股土氣。另外那個，討喜可愛的，八成已經收工了。

佩瑞庫爾先生就是這個時候才突然想起阿爾伯特的鞋，他剛剛就注意到了。阿爾伯特低頭看著地上，主人幫他披上重新染過的短制服上裝。瑪德蓮沒看他的鞋子，她早就看到了，新的，閃閃發亮，便宜貨。佩瑞庫爾先生若有所思。

「我說，梅亞爾先生，您剛剛說您是會計……」

「對。」

他應該早就在這孩子身上看出這點：他說眞話的時候，一看就看得出來……太晚了，也太糟了。

「嗯，」他說，「其實我們剛好需要一名會計。貸款業務正在蓬勃發展，這您也知道，國家必須擴大投資。目前有很多好機會。」

這番話不是出自於幾個月前把他踢出大門的巴黎聯合銀行總裁口中，阿爾伯特認爲這實在是太可惜了。

「我不知道您目前的薪資如何，」佩瑞庫爾先生繼續說道，「這並不重要。您要是接受到我們這兒上班，我們會提供您更好的條件，我會親自交辦。」

阿爾伯特咬緊嘴唇。他飽受這麼多資訊轟炸，這個提議害他窒息。佩瑞庫爾先生和藹地盯著他。在他旁邊，瑪德蓮輕輕微笑著，彷彿慈母看著小貝比在玩沙。

「問題是……」阿爾伯特結結巴巴。

「我們需要有活力、有能力的年輕人。」

這些條件論嚇壞了阿爾伯特。佩瑞庫爾先生的這番話，簡直把他當成擁有巴黎高等商業研究學校文憑的高材生，要不就是他明顯看錯人了。阿爾伯特覺得自己能活著走出這棟豪宅已經算一大奇蹟，要他再次接近佩瑞庫爾家族，就算是因爲工作也很難，因爲走廊上有博戴勒上尉在晃蕩的陰影……

「非常感謝您，先生，」阿爾伯特說，「可是我目前的工作很好。」

佩瑞庫爾先生舉起雙手，我瞭解，沒問題。門又關上時，他站著，一動不動，好一會兒，若有所思。

「晚安，乖女兒。」他終於說。

「晚安，爸爸。」

他在他女兒額頭輕輕一吻。所有男人都這麼親她。

Chapter 20

愛德華一看就知道阿爾伯特鎩羽而歸。他回來時因爲約會而鬱鬱寡歡；跟女朋友的事進行得不如預期順利，儘管他穿了漂亮的新鞋。要不就是因爲這雙鞋害的，愛德華想，誰懂得眞正的優雅呢？阿爾伯特穿在腳上的東西並沒讓他得到一親芳澤的好機會。

阿爾伯特到家時，眼光迴避他，像個大閨女，這很不尋常。通常情況都是相反，他會目不轉睛盯著他看，問他「好嗎？」幾乎可以說刻意盯著他看，因爲他要證明自己說過的話，他才不怕面對面看他不戴面具的戰友，今天晚上愛德華就沒戴。可是阿爾伯特沒看他，自顧自把鞋子收進鞋盒，跟藏寶貝似的，但不帶一絲喜悅，他的寶貝讓他失望，他不計代價，不顧家裡還有那麼多帳單沒付，幫自己買了雙好鞋，這一切就爲了滿足自己的想望，期盼能夠在佩瑞庫爾家稱頭點。然而，就連那個小女佣都捧腹大笑。他沒有動，愛德華只看到他的背，一動也不動，垂頭喪氣。

就是因爲看到阿爾伯特這樣，愛德華才決定全盤托出。然而他曾經答應過自己，計劃還沒完全成熟前，他絕對不說出去，而他現在離完成還遠得很。此外，他也還不怎麼滿意自己做出來的東西，但阿爾伯特的心情也一直都沒好到可以跟他說一些正經事……這麼多理由，讓愛德華得以堅持住最初的決定，越晚說出來越好。

他之所以決定還是說出來，是因爲看到戰友很難過——這只是種矯情的說法罷了——其實他根本就急於展示。因爲他一個下午就畫完了小孩的側面，迫不及待想拿給阿爾伯特看。

完美的解決方案就省省吧。

「好歹我吃了一頓好料的。」阿爾伯特說，沒站起來。

他擤著鼻涕，他不想轉過身去，以免當場出醜。

愛德華覺得這一刻很緊繃，勝利的一刻。不是戰勝阿爾伯特，不是，而是因爲打從他生命崩盤那天起，他首度有了如此強烈的得勝感，想像著未來操之於他。

阿爾伯特好不容易才站起來，雙眼低垂，「我去找煤球。」要是愛德華有嘴唇的話，他就會緊貼著他，緊緊擁抱他、親親他。

阿爾伯特下樓時總是會穿上他那雙大格子拖鞋，「我馬上回來。」他補了一句，彷彿他覺得交代清楚很重要；老夫老妻都會這樣，會因爲習慣而說出一整串東西，卻沒意識到對方有沒有在聽。

阿爾伯特一下樓，愛德華就跳上椅子，拉開天花板上的活板門，拉出袋子，放好椅子，迅速拍了拍，坐回長沙發，彎著腰，從沙發下面把他的面具拿出來，戴上，素描簿放在大腿上，等著。

他太早準備好，害他覺得等了好久好久，才終於偷聽到阿爾伯特上樓的腳步聲，因爲桶裡滿滿都是煤球，所以腳步聲很沉重，那個桶很大，重得要命，這種玩意兒都這樣。阿爾伯特終於推開門。他一抬頭，立刻就被吸引，連聲讚歎，他扔下桶子，桶子掉到地上，發出「哐噹」巨響。他使勁忍住，伸出手，什麼都沒摸到，嘴巴張得好大，以免昏倒，腿已經撐不住了，終於跪倒在鑲木地板上，不知所措。

愛德華戴的面具，幾乎和眞的一樣大，就是他那匹馬的頭！

他用硬紙漿做出的紙雕。面具上什麼都有，深色大理石花紋的褐色，摸起來觸感十分柔軟的棕色長毛絨做出來的漆黑獸毛紋理，瘦削和下垂的臉頰，沿著瘦骨嶙峋的馬側臉，就來到開得大大的、像礦坑一般的鼻孔……兩大片毛絨絨、半張著的嘴唇，像到令人以爲是幻覺。

愛德華閉上雙眼，就等於那匹馬自己閉上了雙眼，就是牠！阿爾伯特從未將愛德華和那匹馬之間做過連結。

他感動得熱淚盈眶，彷彿找到了兒時友伴，一個兄弟。

「你這小子！」

他又哭又笑，「你這小子，」他又說了一遍，他沒站起來，還是跪著，看著他的馬，天哪！眞的太傻了，他覺得自己竟然想親親這匹馬那張毛茸茸的大嘴。不過他只有靠過去，伸出食指，撫摸牠的嘴唇。愛德華認出這跟路易絲第一次摸他時的手勢一樣。阿爾伯特被激動之情沖昏了頭，此情此景，我們只能這麼說。

兩個男人就這麼一言不發，沉默以對，個人沉浸於個人的世界，阿爾伯特撫摸著馬的頭部，愛德華接受他的撫摸。

「我永遠不會知道牠叫什麼名字……」阿爾伯特說。

人生在世總有遺憾。

接著，好像那一大本素描簿才剛剛出現在愛德華大腿上似的，阿爾伯特終於發現了。

「哦，你又開始畫了嗎？」

發自內心的歡呼。

「你不知道我有多高興！」

他自顧自地笑了，看到自己的努力終於有了回報，甚感欣慰。他盯著面具。

「這個也是，嗯？你能想像嗎！今天晚上發生的事可眞多啊！」阿爾伯特狀似心癢難搔，指了指素描簿。

「這個……我可以看嗎？」

他坐在愛德華旁邊，後者緩緩打開素描簿，鄭重其事，好個如假包換的儀式。

打從最前面幾幅畫開始，阿爾伯特就很失望，完全掩飾不住。他結結巴巴地說：「是啊……嗯，很好……很好……」以免冷場，因爲，事實上，他不知道該說什麼才不會聽起來很假。畢竟，這算什麼東西嘛？偌大一張紙上，只有一個醜八怪阿兵哥。阿爾伯特闔上素描簿，指著封面。

「告訴我，」他裝出一副很驚奇的樣子，「你在哪兒找到這本素描簿的？」

分散注意力是有好處的。是路易絲。除了她還會有誰？對路易絲來說找到一本素描簿是輕而易舉的事。

隨後，他得繼續再看這些圖畫，他該說些什麼才好呢？這次阿爾伯特，點了點頭。

他的目光停在第二幅畫上，非常細的鉛筆畫出一尊置於石柱上的雕像。素描簿左頁可以看到石像正面，右頁則可以看到側面。石像是一個阿兵哥，全身裝配齊全，戴著頭盔，斜背著步槍，狀似往前，正準備離去，抬頭挺胸，直視遠方，一隻手稍微拖在後面，指尖很細，好像女人的手。有個女人在他身後，圍著圍裙或是穿著罩衫，孩子抱在懷裡，她在哭泣，他們都很年輕，圖上方有標題：「上戰場！」

「畫得眞好！」阿爾伯特只找出這句話說。

愛德華並沒見怪，他往後退了幾步，摘下面具，把面具放在他們前面的地上。看起來，那匹馬好像把頭伸出地面，牠那張毛絨絨的大嘴正對著阿爾伯特。

愛德華輕輕翻到下一頁，好重新引起阿爾伯特注意：「進攻！」是這幅畫的標題。這次有三名士兵，完全符合標題指令，三人集體往前，一人高舉頂端裝有刺刀的槍支，第二個人，在他旁邊，伸出手臂，準備投擲手榴彈，第三個，稍微後面一點，剛剛中彈或被炮彈炸到，身體彎成拱形，膝蓋屈曲，就快向後摔倒……

阿爾伯特翻著素描簿：「亡靈不死！」隨後就是「捍衛國旗壯烈成仁的阿兵哥和戰友們」……

「這些是雕像嗎？」

這是一個問題，但語帶保留。阿爾伯特什麼都想到了，就是沒想到愛德華會畫這些。

愛德華表示贊同，目光落在畫上，對，雕像。面露欣喜。好極了，好極了，好極了，阿爾伯特似乎在說，就這樣而已，剩下的都卡在他胸口。

他記得很清楚，在愛德華包包裡面找到的那本素描小冊子，裡面滿滿都是他以藍鉛筆急促捕捉到的場景，他寄給他家人，還附上那封宣布他死訊的信。雖然跟現在這些圖描繪的情況相同，都是阿兵哥在打仗，可是愛德華過去畫的那些，那般眞實，宛如身歷其境。

阿爾伯特對藝術一竅不通，他只知道什麼感動到他，什麼沒有。他現在看到的這些東西，畫得很好，十分認眞，小心翼翼，可是……他找著該怎麼形容……很死板。他終於想到該怎麼形容了：一點都不像眞的！就是這樣。就一個經歷過這一切的人，曾經是那些戰士之一的人而言，他知道這些影像是那些不曾去過前線打仗的人所捏造出來的。慷慨崇高，穩當不出錯，爲了感動人心而畫，卻流於刻意、爲感動而感動。阿爾伯特是老派的人，不太欣賞矯揉造作。然而愛德華畫的這些，不斷強調線條，簡直就像帶著一堆累贅形容詞的圖畫。他繼續往下翻，翻過一頁又一頁，現在這幅是「法蘭西爲英雄一掬傷心淚」，少女正在爲死在她懷中的士兵哀悼，接下來就是「孤兒悼念犧牲亡靈」，小男孩坐著，掌心貼著臉頰，在他旁邊，應該是他做的夢，或是他的思緒，有一個瀕死的士兵，直挺挺地躺著，朝那孩子伸出一條胳膊。很簡單，即便對那些一無所知的人來說，這些戰爭場景都醜陋得無以復加，但殊不知百聞還不如一見。現在這幅是「法蘭西雄雞踐踏德國佬頭盔」，天哪，公雞用後腿站著，喙部朝天，一片片的羽毛……還是羽毛……

阿爾伯特一點都不喜歡。不喜歡到他都閉嘴了。他大著膽子朝愛德華瞄了一眼，後者以一種保護者的眼神凝視著自己的傑作，就跟「癩痢頭的兒子是自己的好」是一樣的道理。阿爾伯特覺得好難過，即使在這個當下他並不明白愛德華的用意，可是很顯然的，可憐的愛德華因爲這場戰爭失去了一切，連他的才華也一去不回。

「這……」他開始說道。

他畢竟還是得說些什麼。

「爲什麼畫這些雕像呢？」

愛德華翻到素描簿最後面，找出剪報，展示其中一張給阿爾伯特看，他用粗鉛筆描出來一小段文字：「……本鄉跟任何地方都一樣，城鎮、村莊、學校，就連車站也不例外，大家都希望擁有自己的紀念碑……」。

他是從《東部共和報》上剪下來的。除此之外，還有其他剪報，雖然阿爾伯特打開檔案夾，但還是沒抓到脈絡。只見好幾張清單上的死者全都來自於同一個村莊，同一個團體，一會兒是紀念會，一會兒又是閱兵，此外還有募捐，全部都是有關建造紀念碑一事的報導。

「好吧！」他如此答道，雖然他並沒有眞正理解這到底是什麼東西。

此時，他看到愛德華指著他在畫頁一角上面做的計算：

「三萬座紀念碑×一萬法郎＝三億法郎。」

這一次，阿爾伯特比較懂了，因爲這涉及非常多的錢。甚至是一大筆錢。

他無法想像一個人可以用這麼多錢買到多少東西。他的想像力撞到數字，就好比蜜蜂撞上玻璃。

愛德華拿起阿爾伯特手中的素描簿，指最後一頁給他看。

> **愛國追憶**
>
> 專門承製紀念碑、紀念塔和紀念雕像
>
> 向法蘭西的英雄與勝利致敬
>
> **型錄**

「你想賣這些陣亡士兵紀念碑？」

「對。就是這樣。」愛德華很高興阿爾伯特終於懂了，他拍著大腿，喉嚨發出咕咕聲，沒人知道這個聲音是打哪兒冒出來的，也不知道是怎麼弄出來的，這種聲音跟什麼都不像，只不過很難聽而已。

阿爾伯特不太懂怎麼會有人想做紀念碑，不過，三億法郎這個數字倒是開始在他的想像中發酵：這代表著「房子」，比方說像佩瑞庫爾先生家那樣，「豪華轎車」，甚至「宮殿」……他的臉紅了，因為他剛剛想到「妞兒」，那個在他眼前驚鴻一瞥、帶著致命微笑、迷死人不償命的小女佣，這是本能，一個人有錢了，總會希望有女人伴隨著錢而來。

他繼續讀著接下來的幾行字，以黑體書寫的廣告詞，字寫得十分工整，簡直就跟印刷沒兩樣：「您無比哀痛，深感有讓您城裡、村上子弟的記憶延續下去的必要，他們拿自己的血肉胸膛作為抵禦侵略者的城牆。」

「這一切都好美，」阿爾伯特說，「我甚至覺得這簡直就是個他媽的好主意。」

他現在比較懂為什麼這些圖畫讓他那麼失望了，因為它們並不是為了表現獨到感受而畫的，而是為了表達集體情感，為了討好那些有情感需求、崇拜英雄的廣大民眾。

進一步寫著：「為長留您我心中的英雄豎立一座紀念碑，以期為子子孫孫建立典範。型錄中的模型可以以您所擁有的質材製造交付：大理石、花崗岩、青銅、石材和矽酸鹽花崗岩或電鍍青銅。」

「你這個生意還挺複雜的。」阿爾伯特說道。「首先，不是光畫畫紀念碑的圖就代表可以開賣。還有就是，一旦賣掉了，就得製造！製造就得要有本錢、有人、有工廠、有原料……」

創建一個鑄造廠，阿爾伯特開始意識到這代表著什麼，頓時目瞪口呆。

「紀念碑做好以後，還得運送，到現場安裝……需要很多很多錢！」

三句不離本行：錢。再勤勞的人也不能單靠自己的毅力便能成事，最後總是得回到「錢」上。阿爾伯特輕輕一笑，拍拍戰友的膝蓋。

「好吧，聽著，我們再考慮看看。我啊，我覺得你願意重新畫畫，這是非常棒的主意。搞不好你該多往這方面動動腦筋；紀念碑，太複雜了！沒關係，最要緊的是，你又重新對畫畫感興趣，重新嚐到滋味兒了，對不對？」

不對。愛德華握緊拳頭，在空中揮舞，彷彿他在擦鞋似的。訊息極其明確：不對，快點做！

「嗯，快點做，快點做……」阿爾伯特說，「你這傢伙還眞好笑啊，你！」

在大素描簿的另一頁上，愛德華匆匆寫下一個數字：「三百座」紀念碑！把三百劃掉，改成「四百」！他還眞一頭熱！他加上：「四百座×七千法郎＝三百萬！」

他眞的瘋了，毫無疑問。對他來說，光制定一個不可能實現的計劃還不夠，他還需要立即執行，緊急執行。好，三百萬，原則上，阿爾伯特當然一點都不反對，他甚至還非常贊成。不過，顯然愛德華已經忘了自己是老幾。他畫了三張畫，腦袋瓜裡就覺得他們已經通過了生產階段，可以等著數鈔票了！阿爾伯特吸了口氣，差點脫口而出，他按捺住，隨後儘量心平氣和地說：

「聽著，我的大個兒，我認爲這並不合理。我們得製造四百座紀念碑，我不知道你有沒有想像過這究竟意味著什麼？」

「啥！啥！啥！」每當愛德華發出這個聲音，就代表很重要，自從他們認識以來，愛德華曾經發出過這種聲音一兩次，他一定要讓阿爾伯特搞清楚，他沒生氣，但他希望自己的聲音被聽到。他抓起鉛筆：

「我們不生產！」他寫著。「我們只有賣而已！」

「是啊！」阿爾伯特終於火了，「你這不是屁話嗎?!賣了以後，就得生產啊！」

愛德華把他的臉貼上阿爾伯特的臉，貼得非常近；他雙手扶著阿爾伯特的頭，彷彿要親他的嘴。愛德華表示「才不是這樣」，他的眼睛在笑，又拿起鉛筆。

「我們只賣！」

最期待的事情往往在最令人措手不及的狀況下發生。這就是即將要發生在阿爾伯特身上的事。愛德華，樂不可支，突然回答了從第一天起就開始讓阿爾伯特揮之不去的這個問題。他笑了！沒錯，笑，破天荒第一遭。

並且幾乎是個正常的笑，嘶啞的笑，相當女性化，音調偏高，帶著震音、顫音，如假包換的笑。

阿爾伯特一口氣喘不上來，嘴巴微張。

他低下眼睛看到愛德華寫在紙上的最後幾個字：

「我們只賣不做！我們會發大財，就這樣。」

「可是……」阿爾伯特問。

愛德華不回答他的問題，阿爾伯特氣到不行。

「然後呢？」他非問出答案不可。「賣了以後，我們該怎麼辦？」

「然後？」

愛德華再度爆笑出聲。比第一次大聲得多。

「拿了現金就跑！」

Chapter 21

還不到早上七點，奇寒無比。從一月底開始，已經不再結冰——還好，否則就得拿出十字鍬，但這是嚴令禁止的——不過不斷吹著一股潮濕的寒風，這一年的冬天竟然料峭至此，幸虧仗已經打完了。

亨利不想站著等，他寧願留在車上。不過待在車裡其實也沒好到哪兒去，要嘛就是上身暖和，要嘛就是下身，從來都不可能兼顧。還有，此刻的亨利，看什麼都不順眼，因爲什麼都不順利。他付出那麼多心力在生意上，現在好歹可以享享清福吧？對不對？他媽的並沒有，就是會有點障礙，出點差錯，他就是得無所不在才行。乾脆凡事親力親爲算了。一旦沒跟在杜普雷後頭盯著，眞不知他會捅出什麼漏子。

當然，這麼說杜普雷並不公平，亨利同意，杜普雷並非無可救藥，他是個勤奮的人，工作極有熱誠。應該計算一下他帶來的好處，這樣想就會心平氣和些，亨利自忖，可是這會兒，他看全世界都不對盤。

這也是疲勞的結果，他不得不在夜裡啟程，那個小猶太女郎又耗盡了他的精氣神……但是，老天爺才知道他有多不喜歡猶太人——德．奧內–博戴勒家族可是自中世紀起就反德雷福斯[34]了呢——不過猶太女郎嘛，說眞的，這些娘兒們一施展媚功，還眞是騷到骨子裡去！

34 anti-dreyfusard，德雷福斯（Alfred Dreyfus），十九世紀末發生在法國一起政治事件的主人翁。這名猶太裔軍官被誤判為叛國，引起國內軒然大波，與歧視猶太人的爭議。此處，作者以「反德雷福斯」代表「反猶太」之意。

他煩躁地抓著外套，看到杜普雷正在敲省政府的門。

門房穿好衣服。杜普雷向他解釋來意，指了指車子，門房彎下腰，手放在帽舌上，彷彿怕陽光刺眼。他知道他們爲何而來。從國軍公墓到省政府，消息傳得可快著呢，用不著一個鐘頭。辦公室的燈依次點亮，門又開了，博戴勒這才終於從「西班牙-瑞士」下來，迅速通過門廊，走在爲他帶路的門房前面，斷然揮舞著手臂示意毋須他多事，「我認得，我認得，這邊就跟我家一樣」。

省長加斯頓．普雷札克，他對亨利的說法大大不以爲然。四十多年來，不管是誰，他對上門關說者一律說不，他可不是什麼都好講話的布列塔尼人。省長徹夜未眠，胡思亂想了好幾個鐘頭，在他思緒中棺材自己會往前移動，兵士遺骸跟中國人混成一堆，有的甚至還帶著一抹嘲諷挖苦的笑容……他選擇了一個有利的姿勢，他認爲這樣才能反映出他官大權重：站在壁爐前面，一隻胳膊撐在壁爐框上，另外一隻手則插在便服口袋，下巴抬得高高的，身爲省長，下巴，非常重要。

省長，下巴，壁爐，博戴勒壓根兒就沒把這些放在眼裡，他走了進去，完全沒注意到省長的姿勢，甚至沒問候一聲，就一屁股坐在專供接待訪客用的扶手椅上，開門見山，說道：

「好，這到底是什麼狗屁？」普雷札克當場被這句評注給說得招架不住。

兩人見過兩次面，政府將士兵移靈至公墓計劃之初的技術會議上，隨後又在工地開工大典上見過一次，典禮上有鎮長發表談話，集體哀思悼念……等等。亨利登門踏戶，親自上門來興師問罪，難道他沒別的事好做了嗎?!省長知道——誰不知道呢？——德．奧內-博戴勒先生是馬塞爾．佩瑞庫爾的女婿，後者則是跟內政部部長同梯的同學，更是至交。總統本人都親自蒞臨他女兒的大婚。普雷札克不敢想像這件事牽扯到多少私交和關係。所以他才夜不成眠，這些麻煩事背後會有多少要角撐腰，以及他們所代表的壓力，他的官場生涯看似慘遭火花威脅的一根稻草。幾個禮拜前，來自於整個地區的棺材才剛開始集中到丹皮耶鎮未來規劃的墓園用地，可是一看到現場進行的埋葬方式，省長普雷札克立感憂心忡忡。一出現問題，他就想明哲保身，本能反應；然而，現在卻有些東西在對他竊竊私語，大勢不妙，他恐怕得開始擔心了。

車子靜悄悄地開著。

至於博戴勒，他想知道自己是不是太貪心了。眞他媽的。

省長咳嗽一聲，車子經過雞窩，他撞到頭，沒人說半句同情他的話。坐在後座的杜普雷，早就撞到無數次，現在知道該怎麼坐最安全，只見他雙膝分開，一隻手擱在這邊，另一隻手擺在那邊，坐得四平八穩。老大他車開得快得要命。

省政府門房預先打過電話通知鎮長，這會兒鎮長腋下夾著登記簿，早就站在未來的丹皮耶軍人公墓柵欄前，等候他們大駕光臨。丹皮耶這邊的公墓規模並不大，只會有九百座墳墓，沒人搞得懂部長當初是怎麼做出安置決策的。

博戴勒遠遠看著鎮長，有點像退休公證人之類的，或者教師，這種人最難應付，因爲他們會極其看重自己的職責，拿著雞毛當令箭，吹毛求疵，不知變通。不，博戴勒覺得鎮長還是比較像公證人才對，教師生活清苦，會比公證人瘦削。

他停好車，下了車，省長在他身邊，大家握了握手，一言不發，氣氛很僵。

他們推開臨時柵門。一大片被夷爲平地的廣袤土地躍入眼簾，滿是石塊，寸草不生，地上畫有筆直、呈直角的墨線。軍人就是這麼一板一眼的。只有最外面的過道已經完成，墳墓和十字架正緩慢覆蓋著墓園，好似有人拉起一條大被單。入口附近有好幾個作爲辦公用的臨時哨所，幾十個白色十字架堆放在運貨用的木托盤上。稍遠處有個棚子，棚子覆蓋著油布，棺材就堆放在裡面，少說也有上百口。通常棺材是隨著下葬的節奏才會送到墓園，現在之所以有這麼多棺材「提前」抵達，這代表其實是屍體運送遲了。博戴勒瞥了一眼他身後的杜普雷，確認他們的確沒有過早運送棺材過來，又多了一個可以趕緊擺平這些事的額外理由，亨利心想，他加大步子，走了過去。

太陽很快就會升起。方圓數公里內，不見一棵樹木。墓園好似戰場。一行人在鎮長帶領下往前走著，鎮長邊走邊嘟囔著「E13，E13呢？」。他明明很熟這座E13墓的位置啊，前一天他還在那邊待了一個鐘頭，可是現在要他不找就直接過去，似乎有損他那一絲不苟的頭腦。

一行人終於在剛開挖的墓前停下。一口棺材出現了，棺材上覆蓋著一層薄土，棺材下方已經清理乾淨，而且略微抬高，看得到上面刻有「歐內斯特．布拉榭，么三三步兵團旅長，一九一七年九月四日爲國捐軀」的字樣。

「所以呢？」博戴勒問。

省長指了指鎮長拿著的那本登記簿，鎮長當著省長的面把簿子打開，好像打開魔法書或《聖經》那般，鄭重其事地讀著：

「位置E13：第六部隊二等兵西蒙．佩爾拉特，一九一七年六月十六日爲國捐軀。」

讀畢，「啪」地一聲，又迅速把登記簿闔上。博戴勒皺起眉頭。他想再問一遍他的問題：「所以呢？」但他還是按捺住不耐煩，該知道的時候他自然就會知道。於是省長又開口了，這件事牽扯到鎮級和省級單位之間的權力劃分，他突然變得小心謹慎：

「您的團隊搞混了棺材與安葬墓穴。」

博戴勒轉向他，一臉質疑。

「安葬工作是由您手下的中國人負責，」省長說，「他們沒找到正確的地方，而是一看到墓穴，就把棺材給埋了下去。」

這一回，亨利變成轉向杜普雷。

「他們在搞什麼？那些白痴的中國人？」

回答他的卻是省長：

「他們不識字，德．奧內－博戴勒先生。您僱用不識字的人來承接這份工作。」

亨利有片刻動搖。旋即恢復鎮定，答案亦隨之而來：

「你他媽的，這到底有什麼屁關係！死者親屬來這邊哀悼，難道會把墳墓刨開？檢查看看是不是他們家的死人骨頭嗎？」

每個人都嚇得瞠目結舌，除了杜普雷外，他瞭解亨利的爲人：從四個月前開工以來，他就見識過亨利如何搪塞、堵住缺口，比這次大的缺口多得是！這是一份吃力不討好的活兒，會碰到一大堆特殊情況；爲了要將所有狀況都納入眼中，就得多僱點人看著，可是老闆卻拒絕招聘人員；「這樣就夠了，」他說，「工人已經多得數不清，何況還有你在，杜普雷，不是嗎？我可以靠你，難道不行嗎？」所以，現在某具屍體出現在它不該出現的地方，也就不足爲奇了。

不過，鎮長和省長當然是氣得七竅冒煙。

「等等，等等，等等！」這是鎮長的反應。

「先生，這是我們職責所在。重新安葬陣亡士兵，這是個十分神聖的任務！」

立刻就是一頂大帽子。很明顯，對方也不是省油的燈。

「沒錯，當然是。」博戴勒以退爲進，語氣較爲和緩。

「神聖的任務，顯而易見。可是，你們應當知道這是怎麼一回事……」

「是的，先生！沒錯，我正是知道這是怎麼一回事，否則您還以爲怎麼樣?!侮辱亡靈，就是這麼一回事！所以，我要求你們立即停工。」

省長十分慶幸，還好自己已經打電報通知過部長。有人會罩他。呼，他鬆了一口氣。

博戴勒想了很久。

「好。」他終於說。

鎮長嘆了口氣，沒料到竟然輕而易舉地就打贏了這場仗。

「我要打開所有墳墓，」鎮長大聲說道，語氣果決，不容爭辯，「我要檢查。」

「好吧。」博戴勒說。

省長普雷札克留下鎮長處理後續，因爲德．奧內－博戴勒是個相當有辦法的人，沒想到這麼容易就搞定，反而害他不知所措。前兩次見面，他覺得他辦事效率奇高、高不可攀，完全不像今天這麼好說話。

「好吧。」博戴勒邊拉緊大衣邊又重複了一遍。

這份差事顯然除了不利於心臟外，也對鎮長頭上這頂烏紗帽沒好處。雙方同意掘開墳墓。

博戴勒退後幾步，準備離去，隨後又出現，似乎想釐清最後細節：

「鎮長，你當然會通知我們何時可以開工，是吧？而你，杜普雷，你幫我把中國人調到夏茲爾─瑪勒蒙那邊去，我們在那邊的工程已經遲了。搞了半天，今天這些狀況反而是件好事。」

「喂，等等！」鎮長喊道。「您的人得負責開挖啊！」

「哦，不，」博戴勒說，「我的中國人，他們只負責埋。我只付錢讓他們埋屍體。我啊，我是很希望他們幫忙開挖啦，不過，話說在前頭：我會依照開挖墳墓的數目開立發票向政府請款。可是這麼一來，我就得開三次發票。一次埋葬，第二次是挖出來，等到你們重新把棺材排對位置後，第三次再把遺骸埋回去。」

「不可能！」省長叫了出來。

會議紀錄是他簽的字，所以他知道開銷得依照國家分配的預算，如果超支的話，上頭就會請這個壞學生去喝咖啡。他才剛因爲行政疏失被調到這邊──跟某個瞧不起他的部長情婦有染，緋聞事件已經鬧得沸沸揚揚，他因爲道德瑕疵，一個禮拜以後就被調到丹皮耶──所以這回，謝謝，不必了，他可不想被調到瘴癘潮濕的殖民地，過完他的公職生涯，何況他還有氣喘。

「不可能開三次發票，想都別想！」

「你們兩個自己去想辦法，」博戴勒說，「我啊，我得知道該怎麼調動我的中國人！到底要他們留下來幹活呢？還是調到別的地方？」

鎮長臉色大變。

「拜託你們，兩位先生！」

他用手臂對著廣袤的墓園，做了個誇張的大動作，太陽正從墓園升起。慘哪！這一大片土地，寸草不生、一棵樹也不長，無邊無際，籠罩在乳白色的天空下，加上天寒地凍，舉目望去，盡皆是因爲雨水而堆攏起來的土墩，鏟子、手推車到處可見……好一幕哀傷逾恆的景象。

鎭長已經重新打開他的登記簿。

「拜託你們，兩位先生，」他又說了一遍，「我們已經埋葬一百一十五名士兵……」

他抬起頭，自己都被這個發現給嚇到。

「而在這些士兵裡面，我們根本不知道誰是誰！」

省長眞懷疑鎭長會哭出來，他們還眞的欲哭無淚。

「這些年輕人爲了保家衛民壯烈成仁，」鎭長說，「我們虧欠他們一個尊重！」

「是嗎？」亨利問。「你們欠他們一個尊重？」

「絕對是的，還有……」

「那你倒是跟我解釋解釋，爲什麼快兩個月了，你放任大字不識一籮筐的工人在你們鎭上的墓園裡胡亂埋葬呢？」

「又不是我把他們埋葬得一塌糊塗！是您的中……您手下的人！」

「可是軍事單位委任全權由你看管，負責盯著登記簿上的資料確實執行，對不對？」

「鎭公所的僱員一天過來墓園兩次！他不可能整天都待在這兒！」

鎭長轉過身，萬念俱灰地看了省長一眼。

現場鴉雀無聲。

每個人都放任每一個人隨意妄爲。鎭長、省長、軍方、戶政人員、退休金部，這件事牽涉到的每個環節的中間人都包含在內……

「你知我知，眞要追究起責任，每個人都有份兒——除了中國人外，因爲他們不識字。」

「聽著，」博戴勒建議，「從現在起，我們會注意，是不是，杜普雷？」

杜普雷點了點頭。鎭長被徹底打敗。只得閉上眼睛，視而不見，放任入土安葬的士兵跟墓碑上的名字根本就對不起來，一個人保守這個祕密。這座公墓成了他的噩夢。博戴勒看看鎭長，又看看省長。

「我建議，」他說，口氣信心滿滿，「咱們就甭把這些枝微末節的事給傳出去吧。」

省長吞了口口水。他的電報八成才剛送到部長手裡，簡直就成了自願請調殖民地建議書。

博戴勒伸出手臂，圈住惶惶不知所措的鎭長肩膀。

「對家屬來說最重要的，」他說，「是有個讓他們憑弔的地方，不是嗎？總之，他們的子弟在這裡，對不對？這才是最要緊的，相信我！」

這個案子就這麼塵埃落定。博戴勒又上了車，車門猛地一甩，他難得像這次這樣眞的動怒。不過，汽車發動時，他就已經相當平靜了。

杜普雷和他欣賞風景好一會兒，兩個人都沒說話。

再次安全脫身，但是他們開始有點不放心，各人有各人的考量層面，麻煩事畢竟層出不窮，一會兒這，一會兒那。

博戴勒終於開口。

「我們會拴緊螺絲的，嗯，杜普雷？我都指望你了，對不對？」

Chapter

22

「不」。食指從左到右那麼一比劃，像汽車擋風玻璃雨刷一樣，只不過速度更快。非常堅定明確的「不」。愛德華閉上眼睛，阿爾伯特的反應早在他預料之內。他是一個膽小怕事的人。即使在沒有任何風險的狀況下，要他做個小小的決定都可以耗上好幾天，更遑論大做沒本錢的生意，賣紀念碑和拿了現金就跑！

愛德華認爲整個問題的重點在於：阿爾伯特最後會不會及時接受，因爲好點子是容易腐爛的東西，禁不起耽擱。他如飢似渴，不停看報，就越有預感自己是對的：一旦提供紀念碑的市場已經飽和——很快就會——一旦所有藝術家、所有鑄造廠蜂擁搶奪這塊大餅，就爲時晚矣。

現在不做就永遠沒機會。

即便阿爾伯特這方面從未改變心意，他還是用食指比了個「不」。愛德華依然故我，繼續進行。一幅接著一幅，紀念作品型錄逐漸成形。他才剛設計出一尊非常成功的「勝利女神」，靈感來自希臘薩莫色雷斯島的勝利女神，不過戴了一頂軍人頭盔；這模型一定會轟動，所向披靡。由於在路易絲下午到這邊以前，他都是一個人，所以他有時間可以思考，沙盤推演，如何回答所有可能出現的問題，精心雕琢他的計劃，他不得不承認，這個計劃並不容易。遠比他原先以爲的困難許多，他試圖逐一解決問題，但新的問題層出不窮。儘管有這些障礙，他吃了秤砣鐵了心，堅信眼前是不容錯過的大好機會。

眞正最大的新聞是：他工作起來的這份激情，令人跌破眼鏡，亢奮到接近狂暴。

他津津有味地往這個方向去擘劃願景，全心投入、盡心盡力，整個生活重心都放在這上面。將煽動者的樂趣與他挑釁的天性重新結合，他，又成了他自己。

阿爾伯特樂見他的轉變。眼前這個愛德華，他從來都沒看過，除了遠遠地，在戰壕裡面；看到他又有了生命力，對他來說就是眞正的獎賞。至於愛德華的生意，阿爾伯特判斷完全不可能實現，他壓根兒就不擔心。在他眼裡，完全是在癡人說夢。

兩人展開對決大考驗，一方推進，一方抵制。

由於勝利不見得屬於力氣大的一方，而是慣性強的一方，所以只要阿爾伯特堅持說不的時間夠長，便可心想事成。對他來說，最殘忍的不是拒絕隨這個瘋狂的點子起舞，而是害愛德華失望，害他美麗的能量還沒開始萌發就遭到扼殺，害他回到他們空空如也的生活，回到一個毫無計劃的未來。

他得拿點別的東西來轉移愛德華的注意力……什麼東西呢？

除此之外，每天晚上，愛德華拿新畫的石碑、雕塑草圖給他看的時候，他還是必須出自好意、而非眞情流露地盛讚愛德華的大作。

「你先搞清楚我是怎麼想的，」愛德華在對話本上寫下：「紀念碑可以彼此搭配，客人愛什麼紀念碑就有什麼紀念碑！一幅旗幟和一個大兵，就是一座紀念碑。去掉旗幟，換上『勝利女神』，就成了另一座，一座又一座！不費吹灰之力，不需要任何天賦，創意源源不絕，包管會大受歡迎，一定會！」

啊，針對這一點，阿爾伯特心想：愛德華有很多欠罵的地方，但他古靈精怪，點子之多，就這點來說，他還眞是天賦異稟。尤其是在釀災闖禍方面：變更身分，不可能拿到政府津貼，拒絕回到應有盡有的家，死也不移植，注射嗎啡成癮，現在歪腦筋又動到陣亡士兵紀念碑……愛德華的好點子就是一堆大麻煩，如假包換。

他直挺挺站在戰友面前。

「你確定你眞的知道你在跟我建議什麼嗎？」阿爾伯特問。

「犯了……褻瀆的大罪！從陣亡士兵紀念碑這邊撈錢，就跟褻瀆墓園一樣，這是在……發國難財！就算政府撥了點預算，但是，大部分蓋紀念碑的錢從哪兒來？都是從受害者家屬的口袋裡掏出來的啊！寡婦、長輩、孤兒、戰場上的同志們！跟你比起來，藍鬍子[35]都成了個初領聖體的大好人了。全國都會跟在你屁股後面找你算帳，全世界都會找你拚命！萬一被逮，你有權提出訴訟，他們會做做樣子，因爲從你被逮的第一天起，斷頭臺早就爲你準備好了！雖然我知道你看自己的腦袋不順眼，只不過我啊，我的腦袋還挺適合我的！」

他回去做自己的事，嘴裡嘟囔著，什麼狗屁計劃。但他又走回來，手上拿著抹布。自從他去過佩瑞庫爾先生家，博戴勒上尉的影像就陰魂不散，後者的影像剛剛又出現了。阿爾伯特突然意識到，自己的腦袋裡面長久以來一直都懷有強烈的復仇計劃。

而且時機已經到來。

如此明確，躍入他眼裡。

「我來告訴你，什麼才叫做道德，道德就是把這個混帳王八蛋博戴勒上尉的皮給剝了！這就是我們該做的！因爲這輩子，我們今天會落到這步田地，這一切，都是拜他所賜！」

愛德華看似對這種新說法不以爲然，手懸在畫紙上方，表示疑惑。

「是啊！」阿爾伯特補充說，「你好像已經忘了博戴勒！人家跟我們不一樣，他以英雄姿態榮歸故里，掛著他的獎章、勳章，還領到了終身俸！我確定戰爭給他帶來的好處可多著呢！」

難道博戴勒可以心安理得地過一輩子？阿爾伯特自問。問問題，就是最好的答案。要博戴勒好看，如今看來再明確不過。

他又說道：

「他的獎章和功績，我啊，我可以想見他會有場美麗的婚禮。拜託噢，一個像他這樣的大英雄，千金小姐搶破頭呢！咱們在這兒受苦受難，他啊，他倒忙著創業，你認爲這樣道德嗎？」出乎他意料之外，阿爾伯特預期愛德華會附和自己，豈料，戰友只挑了挑眉毛，俯身在會話本上。

「所有這一切，」他寫道，「主要是戰爭的錯。沒有戰爭，就沒有博戴勒。」

阿爾伯特差點窒息。他當然非常失望，但尤其感到悲哀得可怕。他不得不承認，可憐的愛德華再也沒法腳踏實地……

這兩個男人在好幾個場合又數度談到這個話題，但總是導向一樣的結論。阿爾伯特，奉道德之名，一心想報仇，找博戴勒算帳。

「你把這件事當成私人恩怨。」愛德華寫著。

35 Henri Désiré Landru（1869-1922），法國連續殺人魔，自一九一四到一九二〇年代，殺了無數名無辜女性，造成轟動，喧騰一時。現實生活中的「藍鬍子」，剛好與阿爾伯特和愛德華差不多同一年代。

「沒錯，對，發生在我身上的事，本來就是私人恩怨。你難道不認為嗎？」

不，他不認為。復仇並不能滿足他對正義的理想。抓住一個人要他負全責，對愛德華而言，這是不夠的。雖然現在天下太平，愛德華還是宣告且讓戰爭的歸戰爭，他想用自己的方式來伸張正義，也就是說：以他的風格。道德不關他的事。

我們看得出來，他們兩人都想繼續寫自己的故事，或許已經不再是同一個故事。他倆不禁自問，他們是不是得各人寫各人的，各人以各人的方式寫。分別寫。

阿爾伯特發現這點後，他寧願想別的事情。對了，想想那個在佩瑞庫爾家的小女佣吧，她還在他的腦海中徘徊，老天爺啊，她的小舌頭多可愛啊，要不想想他再也不敢穿的新鞋也行。每天晚上，他準備好愛德華的蔬菜和肉汁，愛德華就回去繼續進行自己的計劃，眞是個死腦筋的傢伙。阿爾伯特絲毫不讓步。既然道德勸說不成，他只好回歸理性：

「你想推動你的業務，就得瞭解一點，必須先開公司、提供必要的證件，你想過這些嗎？蒙著頭推出型錄，是走不了多遠的，我可以告訴你，我們馬上就會被逮個正著。介於被逮捕和死刑之間，你幾乎連呼吸的時間都沒有！」

愛德華不受任何論據動搖。

「還得要有地方，」阿爾伯特怒喝，「辦公室！難道說你打算戴著黑人面具接待客戶嗎？」

愛德華，躺在長沙發上，繼續翻閱他那一幅幅的紀念碑、雕塑草圖。這些只是風格習作。醜媳婦還不能見公婆。

「還要有電話！接電話、回信的員工，銀行還得有帳戶，要是你想拿到錢的話！」

愛德華忍俊不住，靜靜微笑不語。戰友說話的聲音帶著驚恐，簡直就像他要拆艾菲爾鐵塔、在百米之遙外予以重建似的。阿爾伯特整個人嚇得語無倫次。

「對你來說，」阿爾伯特加上這句，「一切都很簡單。一個人大門不出二門不邁，光顧著當大少爺，當然覺得什麼都很簡單！」

他咬著嘴唇，但話已出口，想收回也來不及了。

他說的當然都是眞的，可是愛德華受傷了。梅亞爾太太經常說：「我的阿爾伯特心不壞，甚至沒人比他更好了。但他不是外交官，不善辭令。所以這輩子才一事無成。」

唯一可以稍微動搖阿爾伯特，讓他不再一味排斥的，就是錢。愛德華許諾他會有一大筆錢——是啊，他會花上一大筆錢還差不多。紀念亡靈的熱潮席捲全國，跟國家對待大戰倖存者的待遇完全不成比例。錢是一大理由，阿爾伯特掌管財政大權，他知道錢有多難賺，花得又有多快；什麼都要錢：菸、地鐵票、吃的。愛德華卻大言不慚許下承諾，好幾百萬，汽車，大酒店……

還有女人……

阿爾伯特開始對女人這一點感到煩躁，一個人可以自己想辦法一陣子，但這不是愛情，沒遇到對的人，最後會變得鬱鬱寡歡。

他害怕一頭栽進愛德華的瘋狂生意，然而，他對女人的慾望又比這種恐懼還更爲強烈、更爲猛烈。戰爭時大難不死，結果卻在牢裡了此殘生，哪個女人值得我們去冒這麼大的險呢？就算他覺得不值得，但是看到雜誌上的美嬌娘，其中許多女人，其實，似乎又値得他冒這個險。

「你自己想想看，」有一天晚上他對愛德華說，「我啊，我這個人，連門砰地一聲都會被嚇得跳起來，你能想像我去幹這種事嗎？」

起初，愛德華閉嘴不說話，繼續畫著圖，他打算讓計劃自己慢慢成形，屆時自然就順理成章地繼續幹下去，但他發現時間流逝無助於他的紀念碑大業。相反的，他們談得越多，阿爾伯特就找出越多反對這個計劃的理由。

「就算我們賣掉你想像的紀念碑，各地政府也支付了訂金，我們又有什麼賺頭呢？今天兩百法郎，明天又兩百法郎，說什麼財源滾滾，少來了！冒這麼大的風險，就爲了撈個百兒八千的，謝了！想撈一大筆跑路，得一切都水到渠成，這是不可能的，這是行不通的，你的生意根本就行不通！」

阿爾伯特說得沒錯。各機關單位負責採購的人員，遲早都會知道在這一切噱頭後面，其實是個空殼公司，他們倆得拿到什麼就帶上什麼亡命天涯，也就是說，沒啥搞頭。

然而愛德華，他使勁用力地想，結果終於找到了解決辦法。在他看來天衣無縫。

今年十一月十一日，法國巴黎……

這天晚上，阿爾伯特從林蔭大道回家途中，發現人行道上有一箱水果；他把爛掉的部分挑掉，打算拿果肉打果汁；每天都喝肉湯，喝到最後愛德華也會煩的，偏偏他又缺乏變換菜色的想像力。至於愛德華，阿爾伯特幫他準備什麼他都照單全收，在吃這方面，他倒不難伺候。

阿爾伯特用圍裙擦了擦手，彎下身子看著其中一頁——從戰場回來後，他的視力不斷惡化，要是有錢的話，他該買副眼鏡——他只得靠得更近些：

今年十一月十一日，法國巴黎將設置一座「無名戰士墓」。您也一起共襄盛舉，透過豎立紀念碑，將此一崇高的舉動化為全國大團結，同一天，也在您自己的城市裡豎起一座紀念碑！

「所有訂單可於今年年底前陸續交貨。」愛德華是這麼總結的。

阿爾伯特不快地搖了搖頭。「你眞病得無可救藥。」他又回去準備果汁。

他們爲了這個問題爭論不休，愛德華認爲銷售這些產品得到的款項，可以讓他們倆遠走高飛到殖民地去，投資有前途的生意，永遠免於貧困，高枕無憂。他把從報上剪下來的圖片給他看，或者拿路易絲帶來的明信片給他看，交趾支那的風景、森林開發的明信片、土著高高抬著木材段、戴著頭盔的僑民，征服者則跟禿鷲似的饜足地笑著。還有那喀麥隆的河流，東京花園裡的肥美植物，枝繁葉密得冒出陶製花器外，西貢的水上運輸業，法國僑民的招牌在河兩岸閃閃發光，還有殖民官富麗堂皇的宮殿，夕陽西下，鏡頭下身著燕尾服的男士、長晚禮服的女士，他們的菸嘴，冰涼的雞尾酒，耳邊傳來仙樂飄飄，殖民地的生活無憂無慮，閉著眼睛做生意也能大發利市，財富飛快累積，熱帶氣候下每個人都懶洋洋的。阿爾伯特假裝只把這些當成旅遊景點來欣賞，但目光停留在那張幾內亞科納克里市場的照片，比看到單純觀光景點要稍微久一點，照片裡面有大批黑人少女，乳房裸露在外，體態有如雕塑般優美，滿不在乎地信步走著，帶著一股狂野的性感，他再次用圍裙擦了擦手，又回到了廚房。

他突然停下手邊的工作。

「然後還得印製你的型錄，把型錄寄到幾百個村鎮，哪來的錢，你倒是說啊！」

許多問題，愛德華已經找到了招架之道，但這個問題，依然無解。

阿爾伯特爲了讓愛德華徹底死心，乾脆一不做二不休，跑去拿來他的錢包，把錢包裡的零錢全都倒在帆布上，數著。

「我啊，我可以借你十一塊法郎七毛三分。你呢？你有多少？」

這太惡劣，殘酷，毫無必要，太太傷人了。愛德華身無分文。阿爾伯特沒有乘勝追擊，收好零錢，回去準備晚餐。一整晚，他們都沒說半句話。

愛德華說破嘴也說服不了他戰友的這天到了。

不就是不。阿爾伯特不想再提起這碼事。

日子一天天過去，型錄也幾乎告一段落，只需要稍微修改一下就可以送去印刷，然後就可以到處寄送。可是所有剩下要做的部分、如何組織，都是重頭戲，他卻身無分文……

愛德華只剩下：一系列沒用的畫。他崩潰了。這一次，沒有眼淚、心情不好或耍性子，他只感受到屈辱。一個小會計奉神聖不可侵犯的現實主義之名，害他考試不及格。藝術家與資產階級之間的永恆鬥爭再度發生；他輸了與父親開打的那場戰爭，這次開戰的標準幾乎跟那次別無二致。藝術家只會做白日夢，光說不練，也就是說沒出息。從阿爾伯特對他說的話中，愛德華聽到這些弦外之音。不論在他父親或在阿爾伯特面前，他都覺得自己被貶低到最不堪的級別，仰人鼻息，微不足道的廢人，專門做些吃力不討好的事。他力圖表現得耐心十足，學問淵博，循循善誘，但他失敗了；分開他和阿爾伯特的那道鴻溝，不是意見分歧，而是一種文化；他覺得阿爾伯特小鼻子小眼，小家子氣，成不了大事，既無雄心壯志，更毫不瘋狂。

阿爾伯特．梅亞爾是馬塞爾．佩瑞庫爾的變種。他們是一樣的人，只不過他的錢比較少。這兩個堅信自己沒錯的男人，將愛德華的活力席捲而去，他們害死了他。

愛德華大聲嘶吼，阿爾伯特堅持不從。他們吵得很凶。

愛德華一拳重重打在桌上，死瞪著阿爾伯特，發出嘶啞、充滿威脅的咆哮聲。

阿爾伯特拉直嗓門嚷道，說他已經打過仗，他不想再去坐牢。

愛德華推倒長沙發，長沙發不堪一擊。阿爾伯特急衝過去，他十分愛惜這件傢俱，那是在他們公寓中整個場景設置裡面唯一稍微有點格調的東西！愛德華發出怒吼，力大無窮，從他開著的喉嚨噴出一大坨口水，從腹部直衝上來，像火山般噴發迸射。

阿爾伯特邊撿著長沙發碎片，邊說就算愛德華把全家都給拆了，也不會造成任何改變，他們兩個都不是做這種生意的料。

愛德華還在狂吼亂叫，跛著腳在房間裡大踏步，手肘撞破一片玻璃，威脅著要把他們僅有的那幾個碗盤砸到地上，阿爾伯特跳到他身上，抓住他的腰際，兩人滾倒在地。

他們已經開始彼此憎恨。

阿爾伯特喪心病狂，使勁猛搥愛德華的太陽穴，出其不意地往他胸前一踢，害愛德華彈到牆上，差點撞死。他們四目相對，愛德華賞了阿爾伯特一巴掌，阿爾伯特衝著他的臉回了一拳。

可是愛德華剛好面對著他。

阿爾伯特握緊拳頭探入他臉上的大洞。

幾乎連手腕都伸得進去。隨後便僵在那兒。

阿爾伯特嚇壞了，眼睜睜看著自己的拳頭陷入戰友的臉裡面，彷彿他穿透了愛德華的腦袋，從一邊到了另一邊。至於在手腕上方，則是愛德華驚嚇到呆掉的注視。

兩個人就這麼僵在那兒好幾秒鐘，動彈不得。

隨後聽到一聲尖叫，兩人轉身往門口望去。路易絲一手遮著嘴巴，流著淚，看著他們，衝了出去。

此時他們已經沒扭成一團，不知道該說些什麼。兩人笨拙地哼了一聲，因爲罪惡感而陷入尷尬很長一段時間。

他們明白，一切都結束了。

他們共同經歷的一切，永遠也比不上這記打在愛德華臉上的拳頭，這一拳彷彿才剛把愛德華給打死了。這個動作，這種感覺，這種可怕的近距離接觸，一切都太過分了，令人天旋地轉。

他們兩人的憤怒並不相同。或者，並沒有以同樣的方式表達出自己的憤怒。

愛德華第二天早上打包好行李，他的背包。他只拿了幾件衣服，其餘什麼都沒拿。阿爾伯特去當三明治人，出門前找不出什麼話可說。愛德華留給他的最後身影，就是他的背影，當時他在打包，非常非常慢，似乎下不定決心就此離去。

一整天，阿爾伯特都腰酸背痛，滿腹愁緒走遍了整條大道。

晚上，只看到愛德華留下的隻字片語：「謝謝你爲我做的一切。」

公寓顯得空空蕩蕩，如同賽西兒從他生命中離去時那般。阿爾伯特知道一切終將回復平靜，但是，自從他打贏這場仗以來，他卻有自己每天又都吃上一點敗仗的感覺。

Chapter 23

拉布爾丁雙手平放在辦公桌上，志得意滿，跟在餐桌上看到「焗火焰雪山」端上來時同樣的神情。雷蒙小姐一點都不像「雪山」上的蛋白霜，然而，她與焗烤過後的金黃外皮卻頗有幾分相似，因爲她是個染成金髮的紅髮女郎，膚色十分白皙，頭有點尖。雷蒙小姐進到辦公室，看見老闆擺出這種姿勢，撇了撇嘴，表示噁心卻不得不認命。只要她站在他面前，他就會把右手滑進她的裙底，就他這麼一個腦滿腸肥的男人而言，動作迅速到令人難以置信，而且這種嫻熟度，是他在任何其他領域都不曾表現出來的才能。於是她擺出閃躲架勢，快速扭腰擺臀，然而拉布爾丁在這方面，異於常人，直覺奇準無比。任憑對方再怎麼躲閃，他依然有辦法達到目的。雷蒙小姐先發制人，放下信件簽名夾立即閃人，出門時，厭倦地嘆了口氣。她一度試圖反制，派出可笑復可悲的自我保護機制，連身裙或裙子越穿越緊，結果反而增強拉布爾丁十倍快感。若說身爲祕書的她，在速記及拼寫方面相當平庸，她的忍氣吞聲卻大大彌補了這些缺點。

拉布爾丁打開文件夾，舌頭啪嗒啪嗒作響，佩瑞庫爾先生準會很高興。

「茲因爲一九一四到一九一八年在大戰中犧牲的士兵，豎立陣亡士兵紀念碑之故，特此舉行法國籍藝術家公開競賽」，好一條冠冕堂皇的法規。

這份冗長的文件中，唯有一條出自拉布爾丁之手。條款一的第二部分。他在不受任何人幫助之下，獨立完成。出自他手的每一句均字字斟酌，每個強調用的粗體字均經細細揣度。其中他最自豪的是他強制要求下面這個句子以粗體標明：「**『紀念碑』必須要能表達出國人對『為國捐軀的勝利之師』的無邊哀思，並茲國人共同『懷念』其榮光。**」鏗鏘有力，擲地有聲。舌頭又再度啪嗒作響。他又好生欽佩了自己一番，隨後便將全文其他部分迅速瀏覽一遍。

本區覓得一處好地方，原為區公所修車廠所占用：臨街有四十米長，腹地深三十米，周遭地帶可以開發成花園綠地。依照法規，紀念碑的尺寸應「符合選定位置」。總得有個夠大的地方，才足以列出所有陣亡士兵的名字。前置作業幾近完成：由包括民選官員、本地藝術家、軍人、退伍戰士代表、家屬等十四人組成評審團，拉布爾丁身為委員會主席，握有決定評委的生殺大權，上述人士都經過精心挑選，不是欠拉布爾丁人情，就是有求於他。這種結合了發揚藝術與愛國情操的崇高自發性行為，將成為他任內所完成的頭號政績。幾乎已經領了再度當選的入門票。投件日期已經截止，即將展開競圖，邁入令人頭疼的遴選階段。巴黎和外省各大報上均會刊登公告，這件事辦得眞漂亮，眞的是領導有方啊！鉅細靡遺，設想萬分周全。

只不過條款四還有一處空白：「製作紀念碑的金額為……」

這個金額令佩瑞庫爾先生陷入深深沉思。他要一座美而不奢的紀念碑，而且根據他所得知的訊息，製作這種紀念碑，價格從六到十二萬法郎不等，某些知名藝術家，甚至會開價十五、十八萬法郎，價格範圍如此之廣，要如何定出金額上限呢？這不是錢的問題，只不過他希望心裡有個底。他得再好好想想。他的目光落在兒子身上。一個月前，瑪德蓮為了他，在壁爐上放了一個相框，裡面有張愛德華的照片。她還有其他的，但她選了這張，她覺得「恰到好處」，既不會太正經，也不至於太囂張。可以接受。

日來她父親的生活驟變令她心煩意亂，由於她擔心一下子比例太重，父親會承受不住，於是她委婉行事，點點滴滴，某天拿出素描小冊子，某天又擺上照片。

佩瑞庫爾先生先等了兩天，才敢靠近那張放在他辦公桌一角的照片。他不想問瑪德蓮照片是哪時候拍的，也不想問她是在哪兒拍的，身為人父，這些事本來就該知道。他覺得那是在愛德華十四歲，早在一九〇九年的時候。照片上的愛德華在一排木欄杆前擺著姿勢。背景看不出來，這張照片好像是在山中小屋的露臺上拍的，因為每年冬季都會送他去滑雪。

佩瑞庫爾先生也記不太清楚確切地點，不過每次都是一樣的滑雪場，在北阿爾卑斯山，或許吧，還是南阿爾卑斯山？反正是在阿爾卑斯山就對了。照片上他的兒子穿著套頭毛衣，因為陽光的關係，瞇著眼睛，笑得好燦爛，彷彿有人在照相機後面對他做鬼臉。這又逗得佩瑞庫爾很開心，真是個漂亮的孩子，小淘氣。那一天兒子的這種笑容提醒了他，這麼多年過去了，他和兒子從來沒有一起笑過。他的心碎了。於是他就把相框反過去。

瑪德蓮在下面寫著：「一九〇六年，巴黎肖蒙山公園。」

佩瑞庫爾先生擰開鋼筆，大筆一揮，寫下：二十萬法郎。

Chapter 24

沒人知道約瑟夫．梅林長什麼樣子，四名負責接待他的男子打算等火車一到站，就請站長廣播，然後再拿著寫著他名字的牌子……但是這些方法，都讓他們覺得接待一位部裡來的特派員顯得不夠尊重與正式。

因此，他們選擇一起待在出口附近的月臺上，好生戒備著，因爲會在夏茲爾—瑪勒蒙下車的人並不多，通常大約三十人左右，如果有來自巴黎的官員，一眼就看得出來。

結果卻沒看到。

首先，並沒有三十多個人下車，而是少於十人，其中沒有任何部級特派員。當最後一名旅客通過出口大門，車站變得空蕩蕩一片，他們四人面面相覷；圖爾尼軍士把腳後跟弄得啪嗒作響，夏茲爾—瑪勒蒙鎮公所戶政官員保羅．夏波爾大聲擤著鼻涕，羅蘭．施耐德，全國戰士聯盟派來的失蹤家屬代表，則大大吸了一口氣，應該是在表示他有多想爆發，卻又不得不按捺住怒火。大夥兒就這麼出了車站。

杜普雷，他只管接收部級特派員要來的訊息；然而，爲了這次上級來訪，他浪費了太多時間，比他花在他們公司其他六個工地的時間還多，害他疲於奔命，結果卻被放鴿子，眞夠令人喪氣的了。一行四人一到了車站外，不約而同，都往座車那邊走去。

他們內心的想法一致。部級特派員竟然沒來的這個事實，讓他們全都很失望……但也鬆了一口氣。

當然沒什麼好擔心的，他們爲了這次來訪做了萬全準備，但視察畢竟是視察，這些事就跟風似的，沒個準頭，前車之鑑，例子多到不勝枚舉。

自從中國人在丹皮耶墓園出了事，亨利．德．奧內－博戴勒就綳緊神經，千萬別掉以輕心。他緊盯著杜普雷不放，頻頻發出一些自相矛盾的指示。僱用員工越少越好，活兒卻得幹得越快越好，只要沒人發現，就規避規定，便宜行事。從他僱用杜普雷那天起，他就答應要幫他加薪，但從來沒加過。不過，他倒是經常把「我都指望你了，杜普雷，是嗎？」這句話掛在嘴邊。

「好歹，」保羅．夏波爾抱怨著，「部裡也拍封電報來啊！」

他搖搖頭，心想：他們以爲自己是誰啊？這些致力效忠共和國的人士，好歹也通知我們一聲。他們出了車站。正準備上車，突然聽到一個空洞嘶啞的聲音，四人回頭一看：

「各位是從墓園那邊來的？」

一個相當年邁的男人，頭奇小無比，身體龐大，看起來空蕩蕩的，好比被吃乾抹盡的雞骨頭。四肢太長，面色紅潤，窄額頭，短頭髮，髮線長得非常低，幾乎跟眉毛連成一氣。眼神悲苦。再加上他穿得跟黑桃A似的，走戰前流行風的開襟長外衣皺七皺八，儘管很冷，還是敞開著，裡面是一件棕色天鵝絨短外套，外套上墨水斑漬點點，兩顆鈕扣就少了一顆。沒型沒款的灰長褲，尤其是，尤其是那一雙大鞋，超乎尋常的大，大到都幾乎像《聖經》裡的鞋了[36]。

36 作者註：des grolles « bibliques »，這個畫面讓所有（或幾乎所有）讀者都哈哈大笑，首先就是作者本人！根本就**沒人**知道「《聖經》裡的鞋」是什麼意思，可是每個人都覺得好好玩，反正就是一種其來有自、有什麼典故的鞋子就對了！

四個人還是沒發出半點聲音。

呂西安·杜普雷是第一個有反應的人。他走上前去，伸出手，問道：

「梅林先生？」

部級特派員舌頭頂著牙齦，發出了一小個聲音，就跟我們想去掉塞在牙縫裡面的東西一樣，齜齜的聲音。他們花了不少時間才搞清楚這是什麼聲音，原來是在弄假牙，這是一種相當令人不快的壞習慣；一路上他都發出這種怪聲，弄得大家都想找牙籤。他的舊衣服、他碩大無朋的髒鞋、他整張臉，在在讓人留下不好的第一印象，這點從一開始還在車站的時候就確定無誤，何況，這傢伙還很難聞。路上，羅蘭·施耐德適時找了個機會，針對他們沿途經過地區的軍事地理戰略大肆評論了一番。約瑟夫·梅林，好像根本就沒在聽，施耐德一句話說到一半，梅林就打斷他，問道：

「中午……有雞肉可以吃嗎？」

好一副令人聽了就難受的嗓音，鼻音好重。

一九一六年，從凡爾登戰役一開打——打了十個月的仗，造成三十萬人死亡——夏茲爾-瑪勒蒙這塊地，離前線不遠，戰時還有路可以通，離醫院又夠近，就成了埋葬士兵相當方便的地方。軍事地位更迭和戰略意外事件一再在這塊廣袤四邊形土地上的某些地方造成混亂，目前這裡埋葬了兩千多具屍首，沒人知道真正數目，有人甚至說高達五千具之多，這並不是不可能的，這場戰爭造成的死傷人數前所未見，打破所有紀錄。這些臨時墓園已將登記資料、計劃提綱、記錄清單都準備妥當，但是當十個月內就有一千五百萬或兩千萬顆炮彈落在這邊的時候——有些日子，甚至每三秒鐘就有一顆炮彈落地——而且必須在地獄般的惡劣條件之下，埋葬比預期中多兩百倍以上的陣亡士兵，這些登記資料、計劃提綱和檔案文獻的參考價值就變得極其有限了。

國家決定在當維爾鎮蓋巨型墓園，以便將臨近地帶的墓園全數納入，其中包括夏茲爾—瑪勒蒙。因爲大家都不知道究竟有多少具屍體需要挖掘、運輸和安葬於新墓園，所以確切的承包合約很難制定。於是政府便採取按件計酬方式。

這是一紙私相授受的合約，未經公開競標，便由博戴勒拿下。他計算過，如果找到兩千具屍體，他就可以把老家薩勒維爾半個馬廄的結構好好重整一番。

三千五百具就夠整好全部。

超過四千具的話，就連鴿舍修復也包了。

杜普雷派了二十來個塞內加爾人到夏茲爾—瑪勒蒙，博戴勒上尉（杜普雷習慣繼續這麼稱呼他）同意在當地聘請幾個工人做做樣子，以討好當地政府。

工地實際操作方面，則從有近親提出要求，而且確定找得到屍體的墓開始挖起。

好多家庭已經攜老扶幼來到夏茲爾—瑪勒蒙，絡繹不絕的縱隊魚貫前進，淚水和嗚咽，驚惶不安的孩子們，彎腰駝背的年邁親屬，依次走在擱在爛泥巴裡的木板上，力圖保持平衡，以免摔得一身爛泥；每年這個時候，大雨總是下個不停，彷彿老天爺也忍不住一掬同情淚。滂沱大雨中開挖，沒人能撐多久，不過，好處是土質較爲鬆軟，遺骸挖掘起來速度很快。爲求慎重起見，原本議定將這份工作託付給法國工人，因爲若是由塞內加爾人負責的話，某些家庭會相當震驚：難道說挖出他們子弟遺骸被視爲是無關緊要的小事，所以才交給黑人來做嗎？豈料，家屬一到墓園，就遠遠看到雨中，全身都被淋濕了的大塊頭黑人，正在一鏟子一鏟子地挖掘，要不就是在搬運棺材，小孩子都看得目不轉睛。

光應付這一列列的家屬長隊就花了他們大把時間。

博戴勒上尉每天都打電話來問：

「我說杜普雷，這些狗屁倒灶的事到底完了沒？什麼時候才開始幹活？」

隨後便展開了這份工作最吃重的部分，把挖掘出來的士兵遺骸運到當維爾鎮國軍墓園。

這個任務不容易。有的屍體合乎規定地予以編目，不會造成問題，因爲刻有亡者姓名的十字架還在原地，但其他也有很多屍首有待確認身分。

許多士兵跟他們的半張身分識別牌一起葬入土中，但不是所有士兵都這樣，還差得遠呢；有時候得從他們身上或口袋裡面找到的物品，來進行名副其實的身分調查；大家得先將遺骸放在一邊，將他們列冊靜待調查結果，找到任何東西都有可能，有時候因爲泥土被翻過太多次，使得找到的線索非常之少，這時候就會將屍體登記成「無名戰士」。

工地工作進展順利。已經挖了將近四百具屍體。一卡車一卡車的棺材運到，四人一組負責組裝，釘上釘子，另一組人馬負責把棺材搬運到墓園附近，隨後再往貨車派送，貨車再將裝有遺骸的棺材載到當維爾鎮公墓，博戴勒公司的人再次負責將這些棺材入土安葬。其中派有兩人負責彙編、登記、製作統計清冊。

部級特派員約瑟夫．梅林，有如聖人在隊伍前面領頭那般，浩浩蕩蕩進入墓園。經過水坑時，他那雙大鞋還濺起不少水花。一直到此時此刻，大家才注意到他背著一個舊兮兮的皮公事包，裡面八成裝得滿滿的都是文件，皮公事包好似一張紙那般沿著他的長手臂末端晃呀晃的。

他倏地停了下來，身後那一行人也立馬僵住，擔心不已。他環顧四周，看了好久。

墓園總有一股刺鼻的腐爛氣味，有時會像被風推動的雲朵一般朝你迎面撲來。按照規定，出土的棺木如有損壞或不堪使用，必須強制就地焚燒，焚燒出來的臭煙和腐爛氣味混雜在一起，實在不怎麼好聞。天空的雲層壓得好低，汙穢的灰色，到處都可以看到有人在搬運棺材，要不就在俯身檢查坑洞；兩輛卡車沒有熄火，引擎持續發動，有人用胳膊把棺材頂上卡車。梅林推了推假牙，齜齜作響，皺起厚厚的嘴唇。

他意識到這就是他的工作。

在公家機關服務了將近四十年，退休前夕，被派到各座墓園逛上一圈。

梅林曾經陸續在殖民地部、軍需部、工商、郵政和電報副祕書處、農業和糧食部任職，三十七年的公職生涯，三十七年都隨時有被掃地出門的危險，他在自己所有任職過的職位上，全都一敗塗地，大受排擠。梅林不是個討人喜歡的人。沉默寡言不苟言笑，略帶迂腐的老學究，吹毛求疵，一整年，從頭到尾都板著張臉，想跟他開個玩笑都會……這個既醜陋又惹人厭的男人，由於他態度倨傲又偏執，故而持續鼓勵著同事們看他不順眼，上司老想要他好看。難得有人交代他工作，但很快就受不了他，因為發現他很荒謬、討厭、不合時宜，大家開始在背後嘲笑他，幫他亂取綽號，亂開他玩笑，這一切都是他自找的。然而，他從來都沒犯過錯。他甚至可以一一舉出他的「豐功偉業」，好一張最新出爐的漂亮成績單，他一直都在反覆思索，如何掩飾他那慘淡的公職生涯，正直卻沒得到報酬，唯有全然招致他人鄙視。有時他臨時在某些單位服務，簡直就跟幼齒的新生沒兩樣，老是慘遭戲弄；好幾次，他都得高高舉起手杖，邊發出雷鳴般的聲音，邊把手杖掄得團團轉，準備向全世界宣戰，聲勢浩大到眞的十分驚人，尤其是女性，你懂嗎？乃至於現在婦女都再也不敢靠近他，需要有人作伴才不害怕，任何單位都容不下像他這樣的傢伙。尤其是，這該如何啟齒呢？說眞的，這個男人又很難聞，令人相當不舒服。沒有任何地方要他。他這一生中，也曾有過短暫的輝煌時期，從他於某年七月十四日邂逅法蘭欣的那日起，到當年十一月一日的萬聖節，法蘭欣跟一個炮兵隊長跑了的那天爲止。這一整個時期都遠在三十四年前。他會以視察墓園來結束自己的公職生涯，也就絲毫不令人感到意外了。

梅林於一年前空降到退休金、補助與津貼部。他在該部，已經從一個部門調到另一個部門好幾回，然後有一天，部裡收到來自國軍公墓令人不安的訊息，指稱現場一切業務都進行得極不尋常。省長通報過丹皮耶鎭的異常現象，雖然隔天他自己就撤回通報，但已引起行政部門注意。退休金、補助與津貼部必須確保國家將納稅人的錢花在刀口上，體面地將兄弟們好好下葬，還得符合法律規定的種種條件，因爲他們是祖國的好兒郎云云。

「眞他媽的！」梅林說，看著這荒涼的一幕。

於是就選上了他。大家覺得他的條件完美契合這份沒人要幹的工作所需。於是他就向公墓前進。

圖爾尼軍士聽到了。

「什麼？」

梅林轉過身，看著他，齜齜兩聲。打從法蘭欣和她的隊長跑了，他就對軍人深惡痛絕。他回過頭去看著墓園景觀，一副突然意識到自己身在何處，應該在此地做些什麼的樣子。負責接待他的四人代表團的其他成員卻依然不解。杜普雷終於斗膽說道：

「我建議我們先從……」

但梅林還是杵在那兒，宛如栽種在這令人痛心背景裡的一棵樹，跟他一貫受到迫害的傾向相互怪異地唱和。

於是他決定加快速度，好早點擺脫這件苦差事。

「眞他媽的煩。」

這一次每個人都聽得清清楚楚，沒人知道該怎麼接話。

「公民身分登記須符合一九一五年十二月二十九日之法令規定，一九一六年二月十六日通函所提及相關檔案之建立，一九二〇年七月三十一日法令第一〇六號條款中所規定之必須尊重權利所有人，沒錯。」梅林說，這裡勾一下，那邊簽一下，氣氛並不輕鬆，不過一切都依正常程序進行；除了這個像臭鼬般臭氣熏天的老頭外。跟他面對面待在專供公民身分確認用的木棚子裡時，實在令人無法忍受。儘管陣陣寒風毫不留情地狠狠刮進棚裡，大家還是決定開著窗戶。

梅林從墓穴那邊開始視察，他先轉了一圈。保羅．夏波爾連忙把手伸得長長的，幫他撐傘，然而，這位部級特派員顯示出其行動不可預知，突然改變方向，辜負了這位員工的一番好意，只好將傘轉過來幫自己遮雨。梅林根本沒注意到；雨水從他腦袋瓜往下流淌，他看著一個個墓穴，一副不明白這有什麼好視察的神情。齜齜。

隨後一行人又來到棺材這邊，眾人跟他詳細說明程序，梅林戴上眼鏡，灰色鏡片上有好幾道刮痕，好似香腸的腸衣；他比較了單據、報表、棺木表面貼皮，隨後，「好，這樣就行了，」他低聲抱怨，「我們總不至於要在這邊待上一整天吧。」他從懷裡掏出一只大錶，沒跟任何人打聲招呼，就大步邁著果斷的步伐朝辦公小屋走去。

中午時分，他剛塡好檢查報告。看到他工作，就更明白爲什麼他的上裝會布滿墨漬。而現在，每個人都得簽名。

「我們這裡人人盡忠職守！」圖爾尼軍士雄赳赳氣昂昂，滿意地宣布。

「是這樣沒錯。」梅林回道。

形式化的手續。大家都站在小屋裡，筆管傳過來傳過去，好比下葬那天的聖水刷。梅林將他大大的食指往登記簿上那麼一按。

「家屬代表簽這邊。」

全國戰士聯盟幫政府的忙幫得夠多了，所以他們才幾乎什麼場合都可以參一腳。梅林陰沉地看著羅蘭·施耐德在登記簿上畫押。

「施耐『大』，」梅林終於開口了（他刻意把「施耐德」念成「施耐大」以強調他想說的話），「聽起來有點像德國的姓，對不對？」

此話一出，施耐德立刻垮下臉來。

「這不重要。」梅林打斷他，一邊又指著登記簿，「戶政人員簽這邊。」

他剛剛說的那句話使得現場頓時僵住。簽名就這麼默默結束。

「先生，」施耐德才剛剛回過神來，「您會這麼說……」

可是梅林已經站起來了，高過他兩個頭，俯身向他，用他那雙灰色的大眼睛瞅著他，問道：

「餐廳有雞可以吃嗎？」

雞是他這輩子唯一的樂趣。他吃得髒兮兮的，原本墨漬沒沾到的地方，現在也被雞油給補足了，他向來都不脫外套。

席間，除了施耐德一直在跟他唱反調外，每個人都試著聊上兩句。梅林則一心都放在盤子上，僅僅發出幾個呼嚕聲，還有把假牙弄得齜齜響，很快就讓大家想炒熱氣氛的一番好意洩了氣。不過，好歹視察結束了，雖然部級特派員相當令人討厭，但現場很快就陷入一種放鬆而近乎興高采烈的氣氛。工地剛開工的時候相當困難，遇到好多小問題。在這種操作下，沒有一件事進行起來跟預期的完全一樣，即便計劃很精確，但從未將現實列入考量，因爲一旦實際投入工作，現實就是會立刻跳到眼前，麻煩也接踵而至。每個人都恪遵職守，不可預期的事件卻總是突如其來，必須加以解決，做出決定，何況，由於已經開始採行某種方式，就不可能再走回頭路……

現在大家都等不及看到這個墓園淨空，這邊的工作好告一段落。視察結束，結果正面，令人安心。現在回想起來，每個人都還是有點膽戰心驚。他們喝了不少酒，公家買單。就連施耐德最後也忘了剛剛受的屈辱，姑且把這個公務員當成說話口沒遮攔的大老粗，還是再來一杯隆河丘紅酒吧。梅林幫自己夾了三次雞肉，狼吞虎嚥，簡直就是餓死鬼投胎。他那粗大手指上滿滿的都是雞油。一旦他吃飽喝足，就完全無視在座其他人，把他根本沒用到的餐巾往桌上一扔，站起來走人，離開了餐廳。大夥兒吃了一驚，好一陣匆忙，如假包換的慌亂，飛快把嘴裡最後一口菜嚥下去，清空酒杯，要店家買單，檢查帳單，付錢，還掀倒了一張椅子，衝到門口。他們趕到餐廳外面的時候，梅林正往車子輪胎撒尿。

送梅林去車站之前，不得不又經過墓園，去拿他放在那邊的公事包和登記簿。他的火車四十分鐘後開，不可能再在這邊待更久的時間，尤其又在下雨，就連用餐期間雨也沒停過，現在更是大雨滂沱。在車上，梅林沒跟任何人說半個字，連一句謝謝大家的招待也沒說，眞是個貨眞價實的無賴。

一到墓園，梅林走得好快。大鞋把擱在爛泥巴上的木板高高掀起，翹在水坑上方，好危險。一隻瘦巴巴的小紅狗小跑步超過他。梅林，毫無預警，甚至沒放慢腳步，靠著左腿支撐，巨大的右腳就往狗身側那麼一踹；小狗哀哀叫，在空中飛了一米遠，翻倒在地。小狗還沒來得及站起來，梅林已經跳進坑裡，水深及腳踝，然後，為了讓狗徹底動彈不得，他把大鞋子踩住小狗胸口。那條狗，害怕被淹死，叫得更淒慘，邊在水中扭著身子，邊想張口咬他；在場每個人都嚇呆了。

梅林俯身，右手抓住狗下頷，左手抓住狗鼻子，狗哀哀叫，更加死命掙扎。梅林已經緊緊抓住了牠，又往狗肚子狠踹一腳，小狗應聲倒地，他把牠當成鱷魚，使勁扳開狗嘴，又倏地鬆開，小狗滾進水中，站起來，連忙夾著尾巴飛奔而去。

池水很深，梅林的鞋子淹沒在水中，但他無動於衷。他轉向那一串目瞪口呆的接待人員，他們正列隊站在木棧橋上，搖搖欲墜，一副快摔下來的樣子。然後，他揮了揮，手上拿著一塊二十多公分的骨頭。

「這個，我看得出來，這不是雞骨頭！」

若說約瑟夫．梅林是一個髒不啦嘰、討人厭的公務員，在職場上一事無成，那麼他也是一位用心、一絲不苟的男士，總之，他眞的很誠實。

墓園沒什麼好看的，卻讓他很心痛。自從他被任命這個沒人要的職位後，這是他視察的第三座墓園。對他這個沒親身經歷過戰爭、只有從限制食物和殖民地部服務處的備忘錄見識過戰爭的人來說，第一次到前線參訪，令他深受震撼。即便長久以來，自己陰鬱孤僻的個性，是他賴以躲過子彈、不受外界波及的避風港，如今受到動搖。並非是因為戰爭造成大批死亡這件事本身，自古以來，大批死亡一直都存在，大地慘遭災害蹂躪和流行病肆虐，戰爭只是這兩者的組合罷了。不，令他錐心刺痛的是死者的年齡。

災難會害所有人喪命，流行病造成兒童和老人大量死亡，唯有戰爭才會如此大批大批地害年輕人送命。梅林沒想到自己會因爲這個發現而動了惻隱之心。事實上，他自己的某些部分還停留在法蘭欣的年代，這副鬆垮垮的骨架子、不成比例的大個頭，依然庇護著某個小小的靈魂，跟這些陣亡士兵一般年輕的靈魂。

他比大多數的同事機靈許多，從他首度參訪軍人公墓時，身爲謹愼仔細的公務員，他就偵查到異常現象。他看到登記簿上許多可疑之處，越是笨拙地想遮掩錯誤，反而欲蓋彌彰，可是他又能怎麼樣呢？當你看到視察任務範圍之廣，看到這些全身濕透了的可憐塞內加爾人，想到這令人難以置信的殺戮，估計現在不得不挖掘、搬運的亡靈數目……你還能雞蛋裡挑骨頭？堅不讓步嗎？閉上眼睛，就這樣。在悲慘的情況下不需要實事求是，於是梅林對各種違規行爲悶不吭聲，他認爲，讓我們就此結束吧，天哪，讓我們結束這場戰爭吧。

但在夏茲爾－瑪勒蒙則不然，這裡的狀況讓你擔心得喘不過氣。當你將兩三個指標相互對照，這些扔進坑裡的舊棺木板材，隨後便會被埋葬與燒燬，發送的棺材數量與挖掘的墓穴數量相比之下，需要好幾天才能大概算清楚這筆帳……這一切都會害你搞不清狀況，乃至於你對正確與否的想法爲之動搖。然而，當你走過宛若女舞者般蹦蹦跳跳的狗狗旁邊，看到狗嘴裡含著一根大兵的尺骨，你整個人爲之震驚——你會想弄明白。

約瑟夫．梅林放棄自己那班火車，一整天都花在檢查核對，要現場人員解釋清楚。施耐德開始冒汗，好像在夏天似的，保羅．夏波爾老是擤鼻涕，唯有圖爾尼軍士，只要部級特派員一跟他講話，他還是繼續把腳後跟弄得喀喀響，這個動作已經深入他的基因，不再具有任何意義。

所有人頻頻往呂西安・杜普雷那邊看去，杜普雷看到自己前途一片黯淡、加薪的指望微乎其微。有關統計表、報表、庫存方面，梅林不要任何人幫忙。他還多次親自跑到棺材棧存處、跑到倉庫，甚至跑到墓坑去檢查。

然後，他又轉回庫存上面。

大家看到他從遠處逐步逼近，他走了，又回來，搔著頭，眼觀四方，轉來轉去，似乎想找出四則運算難題的關鍵；這個來勢洶洶的態勢、這個一言不發的傢伙，害每個人都神經緊張。

好不容易，他終於迸出來這幾個字：

「杜普雷！」

大家都感覺到揭發眞相的時刻很快便會到來。杜普雷閉上眼睛。博戴勒上尉曾對他三令五申：「他來看大家怎麼幹活、視察，他會指出注意事項，我們都一概不鳥，懂嗎？相反的，庫存，你給我好生看著。我都指望你了，嗯，杜普雷？」

杜普雷就是這麼照章辦事的：庫存已經遷到鎭上的倉庫，就算部級特派員知道怎麼算了又算、整合資訊，也得花上兩天的功夫才算得清這筆帳。

「棺材不夠，」梅林說，「甚至還短少了非常多，我想知道你們把棺材搞到哪兒去了。」

這一切都是因爲那個小畜生，三不五時都會跑到墓園來找東西吃，哪天不來，偏偏今天跑來。原本大家都只有扔石頭嚇嚇牠，眞該把牠給活活打死；這就是有人性的後果。

接近傍晚的時候，此時工地已經相當安靜、緊繃，工作人員淨空，梅林從鎭上的倉庫回到墓園，僅僅解釋說他還有很多事要做，就算他睡在用來作爲確認戶籍辦公用的那間破木棚子，也沒關係。話說完，他又邁著老人家堅決的大步子穿梭於墓間各條小徑。

杜普雷連忙奔去打電話給博戴勒上尉之前，最後一次轉過頭，往回望了一眼。在那裡，在遠處，梅林手上拿著登記簿，才剛剛停在墓園北邊的某個墓穴處。他終於脫下了外衣，闔上登記簿，把登記簿擱在地上，緊靠著他放在地上的外衣，抓起一把鏟子，用他滿是爛泥的大鞋使勁一踩，鏟子陷入土裡，只露出鏟柄。

Chapter 25

他到哪兒去了？難道他還有從來都沒提過的關係？他跑去那邊避難了嗎？沒了嗎啡，他會怎麼樣？他找得到嗎啡嗎？搞不好，他終於決定回家，畢竟這才是最合理的解決辦法……可是愛德華正是不合理的人。此外，戰前的他究竟是什麼樣子呢？阿爾伯特不免質疑。愛德華是個什麼樣的男人呢？在那場至今令人難忘的鴻門宴中，阿爾伯特他為什麼沒有多問佩瑞庫爾先生一點問題呢？他也有權發問，他大可詢問佩瑞庫爾先生，他在部隊裡認識的這個夥伴愛德華，當兵前是個什麼樣的人呢？

最重要的是，他上哪兒去了？

自從愛德華四天前離去，從早到晚，「他上哪兒去了？」這問題始終縈繞在阿爾伯特心頭。他們過去共處的時光在眼前翻來覆去，他像個老頭子似地前思後想，揮之不去。

說起來，其實他並不想愛德華。他失蹤甚至讓他倏忽間鬆了一大口氣，因為戰友在身邊，逼著他非盡不可的一堆義務，霎時化解，他可以呼吸，覺得自己重獲自由。問題是，他的內心並不平靜。

他又不是我的小孩！他想。然而，只要一想到他依賴性這麼強、他這麼不成熟、這麼拗，完全可以跟小孩子相比。陣亡士兵紀念碑這件事虧他想得出來，蠢到家了！阿爾伯特覺得愛德華有病。他有這種想法勉強可以理解，愛德華跟所有人一樣都會有自己想做的事，可是他對阿爾伯特所持的論據置之不理，阿爾伯特說得明明就很有道理，這點就怪了。愛德華搞不清楚計劃和做夢的區別！這傢伙骨子裡根本不腳踏實地，完全不食人間煙火，有錢人往往如此。

刺骨嚴寒籠罩著巴黎。阿爾伯特要求更換一下廣告牌，因爲一天過完，它們會膨脹，變得奇重無比；卻無法如願以償。

一大早，三明治人在地鐵附近領了木廣告牌，等到點心時間才能再換上別的。大部分的員工都是還沒找到正常工作的復員阿兵哥，同一區有十幾個，配上一個督導，一個變態，總是東躲西藏，只要你一拿下廣告看板，按摩一下肩膀，他就會跳出來，威脅你，要是你膽敢不馬上站起來，在街上走來走去，就要叫你捲鋪蓋滾蛋。

某個禮拜二，在奧斯曼大道的一天，阿爾伯特（一邊是「染襪新」——幫妳的長筒襪染色，其襪如新；另一邊則是「利普，利普，利普，噢耶！」——勝利之錶）走在拉法葉百貨公司和聖奧古斯汀路中間地帶。雨原本在夜裡已經停了，早上十點左右又開始下起來，阿爾伯特才剛走到帕斯基耶街角，甚至連停下來，拿出口袋裡的帽子戴上遮雨，督導都不准，他只好繼續走。

「走路，這就是工作。」督導說。「你不是步兵嗎？那不就結了，還不都一樣！」

可是大雨傾盆，又冷，不管了，阿爾伯特朝左右各瞄了一眼，隨後就往後退，靠在一棟樓房的牆上，膝蓋彎曲，蹲下，廣告牌放在地上；他彎下腰，正準備從皮肩帶下穿出來，建築物塌了。樓房正面那堵牆整個倒在他頭上。

被砸到的頭整個往後倒，連帶著身體其餘部分也往後仰。他的後腦勺撞向石牆，廣告牌整個爛掉，肩帶纏成一團，阿爾伯特快被勒死。他像是溺水的人那般死命掙扎，就快喘不過氣來，廣告牌，原本就夠重的了，現在更是像手風琴般層層壓在他身上，壓得他完全動彈不得；他想站起來，纏在脖子上的皮肩帶卻被拉得更緊。

於是他突然想到，令人咋舌的想法：這一幕跟他在炮坑裡是同樣的場景。手腳被纏住，呼吸困難，動彈不得，窒息，早就注定了他就是會這麼一命嗚呼。

他驚惶失措，雙手亂揮亂抓，他想大叫，叫不出聲，一切都發生得那麼快，非常快，太快了；他覺得有人抓住他的腳踝，把他從廢墟中拖出來，皮帶還緊緊繞在他脖子上；他試著把手指插進皮帶下面，好吸到一點空氣，無比猛烈的一擊打在他的木板上，聲音令他的頭嗡嗡作響，眼前突然出現了亮光，皮帶鬆了，阿爾伯特貪婪地大吸了一口氣，吸了太多空氣，他開始咳嗽，差點吐出來。他試圖保護自己，但拿什麼保護呢？掙扎，他看起來就像一隻瞎了眼、受到威脅的貓；他睜開眼睛，終於意識到：剛剛坍塌的建築物變成人形，那張壓在他身上的憤怒臉孔，眼睛暴凸。

安東納普勒斯叫道：

「王八蛋！」

他胖乎乎的臉，下垂著的臉頰因爲憤怒而漲紅冒火，目光簡直就想射穿阿爾伯特的頭。希臘人，剛剛痛毆了阿爾伯特一頓，在他身邊繞來繞去，突然一躍而上撲向他，整個人坐在摔爛了的廣告牌上，大屁股壓壞了木板，木板下面正是阿爾伯特的胸部，他抓住阿爾伯特的頭髮，獵物動彈不得，隨後老拳便如雨點般狠狠打在阿爾伯特的腦門。

首先爆開的是眉弓，其次就是嘴唇裂了，阿爾伯特的嘴裡很快就有了血的味道，不能動彈，被希臘人壓得就快斷氣，希臘人還在吡哇鬼吼，每吼一聲就朝他的臉揮上一拳以加強節奏。一，二，三，四，阿爾伯特，暫時停止呼吸，他聽到吼叫聲，他想轉過頭去，結果太陽穴又中了一記，頭被打爆，他昏了過去。

嘈雜聲，人聲沸騰，四周到處都是……

路人看不下去，大聲喝斥，把希臘人推開，他側著滾到一邊——總共有三個人——終於把阿爾伯特扯了出來，讓他平躺在人行道上。立刻就有人提起要打電話報警，希臘人被激怒，他不希望叫警察，毫無疑問，他只想要這個躺在血泊中、陷入昏迷的男子的狗命，他邊揮著拳頭，邊大聲咒罵。

「王八蛋！」大家都要他冷靜一點，婦女倒退幾步，邊盯著躺在地上、不省人事、血流如注的男人看。兩名男子，人行道上的兩個英雄，拎著希臘人的背，像防止烏龜轉動似的，逼他冷靜下來。有人高喊著要他們把誤會解釋清楚，沒人知道誰做了些什麼，眾人就開始議論紛紛。有人說：「還不是爲了女人爭風吃醋才大打出手，你們覺得呢？」「抓好他！你眞厲害，就是你，抓牢啊，你還是過來幫我一下算了！」這個希臘老粗力大如牛，他硬想轉過去，好一條抹香鯨，又高又壯，眞的太危險。此時，又有人說了一句：「警察好歹也該到了吧！」

「警察，不要警察！」希臘人邊比劃著邊吼道。

「警察」這個詞讓他的憤怒與怨恨更暴增十倍。他用一隻胳膊，往其中一個自告奮勇拉住他的男人背上打去；所有女人齊聲驚叫，雖然很高興又有好戲可看，不過還是往後退了一步。也有人寧願隔岸觀虎鬥，僅止於從稍遠處傳來質疑聲：「他是土耳其人吧？」「不對，羅馬尼亞人才對！」「才不是！」一個腦筋動得快的人反駁說道，「羅馬尼亞人跟法國人長得一樣，不對，看他的長相，應該是土耳其人才對。」「啊！」第一個人因爲自己的論據占了上風，興高采烈地說道：「土耳其人，我就說吧！」

就在這個時候，警察終於來了，兩名警員，「這裡發生了什麼事？」好蠢的問題，明明看得清清楚楚，大家硬是不讓一個男人殺死另一個昏倒在四米外的男人。「好，好，好，」警察說，「我們來瞧瞧。」

事實上，他們啥都沒瞧，因爲接下來發生的事快如閃電。話說到目前爲止還緊抓著希臘人不放的好幾位路人，看到穿制服的來了，就鬆開他了。只見他趴在地上，就地一滾，跪好，站了起來，這下，再也沒人抓得住他，這列全速行進的火車，準會壓扁人，沒人敢冒這個險，尤其是警察。希臘人一站穩，立刻往阿爾伯特身上猛撲，眼看就快撲到他了，失去意識的阿爾伯特八成感應到危險再度降臨——事實上，只有他的身體而已，因爲他還是閉著眼睛，跟夢遊似地在點著頭——這回輪到阿爾伯特，他也趴在地上滾了一圈，隨後也站了起來，拔腿就跑，左閃右躲，遠遠消失在人行道上，希臘人緊跟在後。

在場每個人都若有所失。

明明又開始幹架，好戲再度登場，兩個主角卻跑了。大家期待會有逮捕、審訊的希望落空，畢竟在場的人都參與了，有權知道這件事的後續發展，最後這件事是怎麼結束的，難道不是嗎？只有警察沒失望，他們伸出手臂，表示大勢已去，他們也莫可奈何，但願那兩個男人繼續一個跑一個追，跑越久越好，一路跑到帕斯基耶街那邊再繼續跑，直到跑出他們管區爲止。

話說回來，「你追我跑」這場戲很快就演完了。阿爾伯特用袖子擦了擦臉，好看得更清楚點，他跑得好像死神在後面追他似的，他絕對跑得比那個腦滿腸肥的希臘佬快得多，很快兩人之間就相距兩條街、三條街，隨後就是四條街，阿爾伯特先右轉，再左轉，除非他在原地轉來轉去，才會又剛好撞上安東納普勒斯，他終於擺脫了恐懼，如果不算他斷了兩顆大牙，眉弓爆開，鼻青臉腫，驚駭無比，也不算肋骨痛到不行……等等的話。

這個血淋淋的男人跌跌撞撞，很快就會再度吸引警察注意。路人看到他無不退避三舍，一臉擔心害怕。阿爾伯特知道自己已經成功地拉開他和攻擊他的希臘佬之間的距離，到了此時此刻，他才體會到希臘佬造成的傷害有多可怕，他在錄事街噴泉那邊停下腳步，把水潑在臉上。這個時候，才開始覺得痛。尤其是爆開的眉弓，血一直流出來，他沒辦法止血，即使用袖子緊緊按著額頭也不行，血流得到處都是。

一名年輕女子，頭戴小帽、穿著整齊，獨自一個人坐著，錢包緊緊按在身邊。阿爾伯特一走進候診室，她就目不轉睛地盯著他，其實她不想被來人看到並不容易，因爲候診室裡面只有他們兩個人，兩張椅子還面對面擺著。她蠕動身軀，向外望去，但窗外什麼都看不到，她咳嗽了一聲，伸出一隻手遮著臉，她害怕自己引起這個男人注意，比看到這個血流不止的男人更加擔心——從頭到腳都是血——從他的腦袋就可以看出，他才剛經歷過很難熬的一刻鐘。才一秒鐘的時間，就聽到公寓另一頭傳來腳步聲，伴隨著有人說話的聲音，馬蒂諾醫生終於出現了。

這名年輕女子站起來，立刻就站定不動。醫生看到阿爾伯特的狀況，向他揮了揮手。阿爾伯特往前，女人退回椅子處，沒說話，又坐了下來，好像被誰罰坐似的。

醫生什麼也沒問，左摸摸右摸摸，東按按西按按，簡單地診斷了一下：「你被打得頭破血流，」擦了擦牙齦間的斷牙窟窿，建議他去看牙醫，縫合了眉弓。

「十法郎。」

阿爾伯特把口袋翻出來，趴到地上撿回滾到座位下面的幾個零鴿子，醫生一把抓過去，不到十法郎，還差得遠，他聳聳肩，表示算了，一言不發地領著阿爾伯特到了出口。

一出門，阿爾伯特便感到一陣恐慌。他抓著門的把手，身邊的世界開始旋轉，心臟怦怦直跳，噁心想吐，彷彿自己會就地融化，或者像在流沙裡那樣，深陷其中，不可自拔。可怕的眩暈。他的眼睛睜得好大，摀著胸口，看似一個心臟病爆發的男人。門房立刻走了過來。

「你該不會吐在我的人行道吧？」

他沒辦法回話。門房看了看他縫合的眉弓，搖搖頭，抬頭望天，天空也不見得比這名男子好看到哪兒去。

這場危機沒有持續太久。猛烈但短暫。阿爾伯特分別在一九一八年十一月和十二月經歷過相同的感覺，就是在他慘遭活埋後的那幾個禮拜。就連夜裡，他也會從地底醒來，死了，窒息而亡。

他走了幾步，整條街都在他身邊跳舞，這似乎是個新世界，比眞正的現實世界模糊，朦朧不清，跳著舞、閃爍著。他搖搖晃晃地走向地鐵，一有任何動靜，一有格格聲，他都會被嚇到驚跳，他回頭二十次，每一刻都想像會看到大個子普勒斯突然竄出來。眞他媽的倒了八輩子的楣！在這麼一座偌大的城市裡，二十年都碰不到某個老朋友，偏偏就會撞上那個希臘煞星。

阿爾伯特的牙齒發痛，痛徹心腑。

他停在咖啡廳前，想喝杯蘋果燒酒，但他在叫酒喝的時候，才想到自己把錢全給了馬蒂諾醫生。他又走了出去，想搭地鐵，他快被密閉的氣氛給勒得喘不過氣，突如其來的焦慮壓抑著他，他走上地面，最後一段路用走的，走回家，筋疲力竭，當天剩下的時間都花在發抖打顫上，反覆咀嚼發生在他身上事情的所有細節。

有時候他會被黑暗的無名火所占據。他們第一次見面時，他就該宰了他，那個希臘王八羔子！但更多時候，他都在想，自己這輩子多災多難，妄自菲薄的想法油然爬上心頭，他覺得自己萬劫不復，無路可逃，他想拚搏的意志，有某部分已然毀了。

他看著鏡子裡的自己，臉扭曲變形，走樣得可怕，血腫成了烏青，一臉苦役犯的德性。不久以前，他的戰友也是，看著鏡子裡的自己，才發現自己根本就是個廢物。阿爾伯特把鏡子摔到地上，隨後又心平氣和地拾起碎片，丟掉。

第二天，他沒吃東西。整個下午，他都像旋轉木馬，在客廳轉來轉去。每次想到普勒斯痛毆他的片段，就會一再地心生恐懼，無法自拔。甚至有愚蠢的想法：其實希臘佬已經找到他了，他調查過，他可以去找他的僱主，然後按圖索驥找上門，討回公道，把他給宰了。阿爾伯特跑到窗口，從窗邊看不到普勒斯可能從哪條街竄出來，只看得到女房東的屋子，一如既往，貝爾蒙特太太站在窗後，眼神空洞，臉龐迷失於悠悠回憶。

未來一片黯淡。沒工作，希臘人窮追不捨，他不得不搬家，另謀高就。說的比唱的好聽。

隨後他就安心了。希臘人找上門來，這種想法根本荒誕不經，純粹是他在胡思亂想。首先就是，他幹嘛找我呢？難道他會動員全家老小，整個班底勞師動眾，就爲了找回裝了嗎啡安瓿的鞋盒，而且裡面的東西絕對已經一點不剩了？實在荒謬至極！

阿爾伯特腦袋這麼想，身體卻不同意。他還是抖個不停，恐懼毫不理性，滿不講理。好幾個鐘頭過去了，暮色降臨，夜裡，鬼影幢幢，他更加害怕。黑暗造成的放大效果，摧毀了他所能擁有的一絲絲神智，恐慌又再度征服了他。

阿爾伯特，一個人，哭了。他眞該寫一本阿爾伯特畢生眼淚史。絕望的淚水，從哀傷流向恐懼，端看他想到的是自己目前的生活，或是想到自己的未來而定。不時夾雜冷汗直流，不時沮喪憂鬱，心悸幾下，黑暗的想法，窒息與眩暈的感覺，他心想，自己再也無法走出這個公寓，偏偏他也無法繼續待在這邊。淚水撲簌簌地落下。逃。這個字突然打醒了他。逃。因爲在夜裡，這個想法逐漸成了無法度量的重，其他觀點因而粉碎。他想像不到自己在這邊有何未來可言，不僅僅是在這個房間，包括這座城市，這個國家。

他跑到抽屜那邊，翻出來殖民地的照片、明信片。一切歸零。隨後便閃出愛德華的影像。阿爾伯特衝向櫃子，拿出馬頭面具。他小心翼翼地戴上，宛若正在處理一件珍稀古董。一戴上，他立刻就有了安全感，覺得自己受到保護。他想看看自己的樣子，想從垃圾桶裡找出夠大的破鏡碎片，但那是不可能的。他望著自己映在玻璃窗上的影子，他在那裡也看到了馬的映像，恐懼變得無聲無息，取而代之的是仁慈溫暖，肌肉逐漸放鬆。他一邊感到鬆弛舒坦，目光邊落在院子另一頭，落在貝爾蒙特太太的窗戶上，那邊已不見她的人影，唯有從她屋裡某個遙遠房間的窗櫺上透出了些許微光。

霎時，一切都變得清晰、明顯。

阿爾伯特取下面具前先深深吸了一口氣。他感覺到一股令人不快的冰冷感覺。煤球爐的火其實早就熄滅了，阿爾伯特藉著爐子的餘熱來保持溫暖，靠著這種方式恢復了些許體力，足以把門打開，他把面具夾在腋下，慢吞吞下了樓，掀開帆布，發現放了嗎啡安瓿的鞋盒已經不翼而飛。

他穿過院子，在走道上走了幾米路，現在夜色已黑，他把馬臉面具緊緊用胳膊夾著，按了門鈴。貝爾蒙特太太過了好久才來到門邊。她看到阿爾伯特，一個字都沒說，開了門。阿爾伯特跟著她進到屋內，穿過走廊，來到一間百葉窗都拉下了的房間。

在一張兒童床上，路易絲睡得正熟，床對她來說太小了，她不得不蹺起雙腿。阿爾伯特俯身看她，熟睡中的這個孩子，出奇的美。地上，覆蓋著一張被陰影染成象牙色的白被單，愛德華躺著，眼睛睜得好大好大，盯著阿爾伯特。嗎啡安瓿鞋盒就在他身旁。專家如阿爾伯特，很快就發現嗎啡的量並沒有減少太多。

他笑了，先空出手來，戴上馬面具後，向愛德華伸出了手。

午夜前後，愛德華坐在窗前，阿爾伯特在他身邊，煞有介事地把他那些紀念碑的圖放在大腿上。愛德華看到他戰友的臉……可眞慘哪。

阿爾伯特說：

「好吧，幫我解釋清楚一點。紀念碑的事……你是怎麼樣想的？」

愛德華在新的會話板上寫字的時候，阿爾伯特一張張翻著那些圖。他們倆一起研究可能會碰到的問題。這筆生意一切好解決，不用成立人頭公司，只需要一個銀行帳戶。不用辦公室，只要郵政信箱就可以。他們的想法是在相當有限的時間內提供一個非常吸引人的促銷方案，要求客戶預付訂單全額。錢一到手，拿了現金就跑。

只剩下一個問題，相當大的問題：畢竟還是得有點資金才能開始做生意。

愛德華沒有完全明白爲什麼資金這個問題這麼重要，之前，就是這點讓阿爾伯特打了退堂鼓，害他氣瘋了，如今似乎只是個小障礙。顯然跟阿爾伯特的現狀有關，他臉上的血塊，他那還沒癒合的眉弓，他被打腫了的雙眼……

愛德華想到幾天前阿爾伯特出去約會，回來後十分失望；他心想他會改變主意肯定跟女人有關，八成是失戀之類的。至於阿爾伯特，他比較想知道自己是不是一時氣憤才做出這個決定？他會不會明天或者後天就放棄不幹了呢？但愛德華別無選擇，如果他想投入這次冒險（天知道他有多重視這件事！），就得當作他戰友是把一切都想清楚了後才做出決定的。願上帝保佑。

在這段對話中，阿爾伯特似乎正常、理性，說起話來頭頭是道，除了一個句子講到一半就會突然打起哆嗦外，他從頭到腳都在發抖，雖然根本不熱，他還是渾身大汗淋漓，尤其手汗更是嚴重。在這一刻，兩個男人同時現身，一個像兔子般發著抖，那個曾慘遭活埋的阿兵哥，另外一個，前銀行會計，則在大動腦筋，用心計算。

所以，做生意的本錢打哪來呢？阿爾伯特盯著馬頭看了好久，馬頭也靜靜地盯著他看，馬頭投向他的注視，既淡定又親切，不啻爲一大鼓勵。

他站起來。

「我應該有辦法……」他說。

他走到桌子那邊，慢慢把桌子收拾乾淨。

他坐下，面前有一張紙、墨水、筆管，想了好久，然後，先在紙的左上方，寫下他的名字和地址，隨後寫道：

先生：

上回敝人受邀至府上作客，您曾經十分好意地向敝人提及一份工作，到您其中一家企業擔任會計一職。

倘若您的建議依然有效，敝人特此……

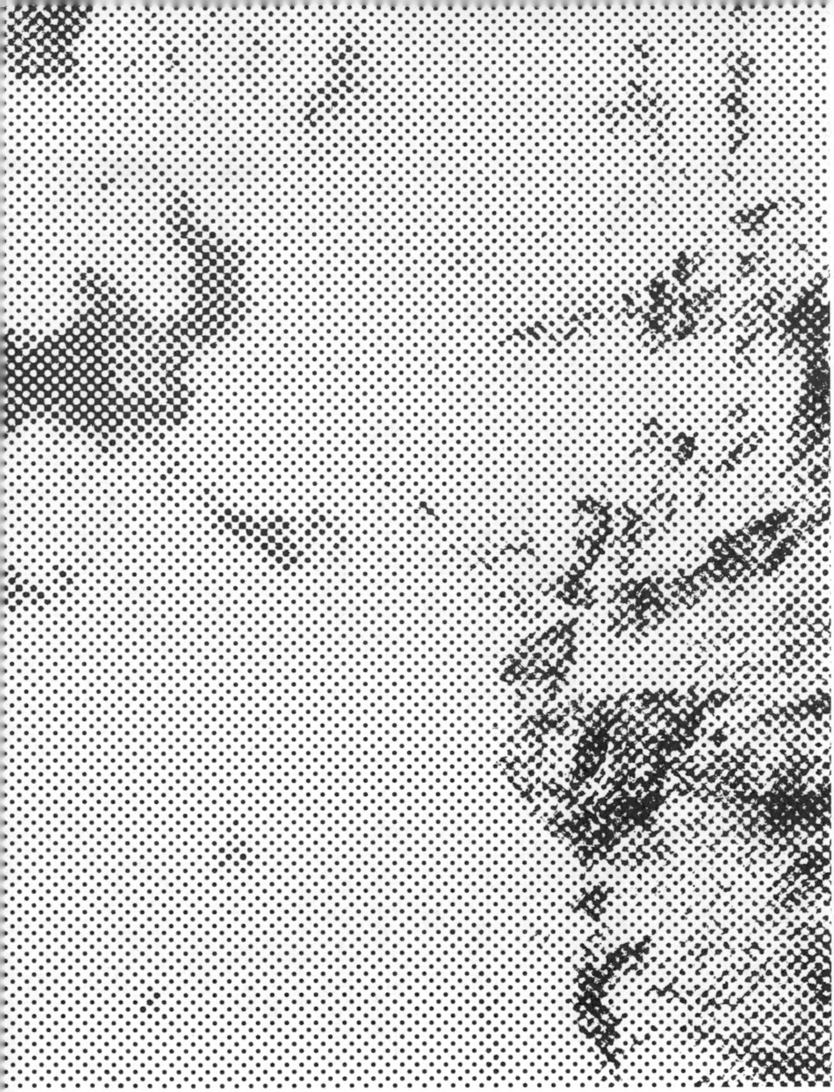

一九二〇年 —— 三月

Chapter

26

亨利．德．奧內－博戴勒，頭腦簡單，毫不細膩，自以爲是，經常會讓談話的對象有秀才遇到兵的突兀感。比方說，他認定因爲萊昂．亞丹－波利厄比他矮，想當然耳地比他笨。這種想法當然大錯特錯，眞相是萊昂因爲個子矮而深感自卑，從而覺得自己天生矮人一截，所以博戴勒才能一再得逞，對他予取予求。在這個至高無上的霸權中，除了身高問題外，還有兩個原因，名爲尤蘭達和丹妮絲，分別是萊昂的妹子和妻子，兩人都是亨利的情婦。第一個從一年多前開始，第二個則從她婚禮前兩天。如果是婚禮前一天，亨利會覺得更刺激，或者，更棒的是，婚禮當天早上。婚禮前兩天，諸事如麻，萬事待備，已經是非常傲人的成就。打從那一天起，亨利便樂於對他的朋友說道：「在亞丹－波利厄家，只剩他媽還沒搞上。」這個玩笑很成功，因爲亞丹－波利厄夫人，這位不怎麼能勾起慾望的母親，是個非常賢慧的女人。視粗魯爲家常便飯的亨利，還不忘補上一句：「這就是原因。」

總之，費爾迪南．莫瑞厄和萊昂．亞丹－波利厄這兩個人，一個是百分之百的傻蛋，一個是受到自己生理抑制而癱瘓了的廢人，亨利選擇了兩個他瞧不起的人來當合作夥伴。到目前爲止，他都爲所欲爲，快狠準如眾所周知，他的「合夥人」則滿足於坐收分紅。亨利什麼都不讓他們知情，這是「他的」公司，於是私下繞過了許多障礙，並沒告知他們，就算現在也不打算讓他們知道。

「只不過，」萊昂．亞丹－波利厄說，「這一次比較爲難。」

亨利仗著自己個子高，輕蔑地睥睨他。每次跟他講話，他都會想辦法站著，這樣才能壓制萊昂，逼他抬頭，彷彿在看天花板。

萊昂很快眨了眨眼睛。他有重要的事情要說，但他很怕這個男人，而且很討厭他。得知自己的妹妹跟他上床，他很不好受，可是他卻笑了，因爲他是幫凶，甚至是他牽的線；可是一旦扯到丹妮絲，就不免想起最初聽到謠傳，說亨利跟他妻子有染的時候，情況可就大不相同。妻子紅杏出牆的屈辱讓他想一死了之。他娶了一個美嬌娘，因爲他家財萬貫，他從來都沒抱著她會安分守己的幻想，不論現在或是未來，但德．奧內－博戴勒正是捎來壞消息的人，這比什麼都痛苦。丹妮絲，她一直都瞧不起萊昂。她怨他，因爲有錢才能把她弄到手。從他們結婚開始，她就表現出對他的鄙視，他找不出反對她要求分房睡的理由，每天晚上，還自己把門關上。他沒有娶我，她想，他買了我。她並非天性殘忍，但我們得明白，那是個婦女極其受到輕視的年代。

至於萊昂，因爲生意的關係，被迫與亨利密切往來，嚴重影響了他的自尊，彷彿他的婚姻關係還不夠羞辱似的！他對博戴勒懷有怨恨，怨恨之深，深到就算他們跟政府簽的暴利合約變得像陽痿那般倒了、垮了，他也不會抬起小手指稍微出一點力——他的損失不會毀了他——看到他的合夥人慘遭波及，他甚至會幸災樂禍。但如今，這已不只是錢的問題，還牽涉到他的名譽。他聽到的謠言令人不安。奧德．奧內－博戴勒於不顧，搞不好會被他一起拖下水，這點，門兒都沒有！萊昂有個同屆的同學在省政府當差，受萊昂之託居間探聽。老同學並沒有把話說清楚，沒人知道究竟在搞什麼名堂，既然他提到法律層面，就代表這些事牽扯到不法行爲……不法行爲啊！

「我說老同學，」那人憂心忡忡地說道，「感覺起來大勢不妙，不過……」

究竟有多不妙？萊昂不可能知道；就連這個在省政府工作的同學都不知道。更糟糕的是：或許他知道，但是不想說。萊昂想像自己遭到法院傳喚。一個姓亞丹-波利厄的，竟然落到站在法官面前！想到這點他就心神不寧。何況他啊，他根本什麼都沒做！可是他得拿出證明哪！

「爲難，」亨利鎮靜地重複，「有什麼好爲難的？」

「這個嘛，我哪知道。我等你告訴我啊！」

亨利雙唇緊閉，「我不知道你指的是什麼。」

「有人提到一份報告。」萊昂說。

「啊！」亨利驚呼一聲，「原來你指的是這個？不，這根本沒什麼，已經擺平了！誤會一場。」

萊昂不打算到此爲止。他窮追猛打：

「據我所知……」

「知什麼知？」博戴勒吼了出來。「你知道些什麼？」

毫無預警，博戴勒就從一臉和善變成滿臉凶相。萊昂最近幾個禮拜觀察過他，他自己幻想出一個小說情節，由於他感覺博戴勒極其疲累，他忍不住想，丹妮絲在這方面八成起了某些作用。不過亨利的確有煩惱，因爲疲憊的情人仍然是個快樂的情人，殊不知必須善盡夫妻義務這件事害他很緊繃，比之前更暴躁易怒、尖刻嚴厲。所以才會突然暴跳如雷。

「要是問題已經擺平了，」萊昂斗膽問道，「你幹嘛發這麼大火？」

「因爲我受夠了，我親愛的小萊昂，我受夠了凡事都得親力親爲，什麼事都得我自己來！因爲費爾迪南和你，你們只管分紅，是誰花了一堆時間來組織安排，發號施令，監督計算？難道是你嗎？哈，哈，這種笑令人不寒而慄。萊昂，邊想到後果，邊裝出一副沒注意到的樣子，繼續說道：
「我巴不得想幫你，是你自己不要的！你總說你誰都不需要！」
亨利深深吸了一口氣。該怎麼回答呢？費爾迪南．莫瑞厄是個傻子，而萊昂，則是個窩囊廢，任何事都不能指望他。說穿了，如果沒了他的姓氏、他的關係、他的錢，所有這些與他無關的東西，萊昂本身是個什麼貨色？戴綠帽的王八，僅此而已。亨利不到兩個鐘頭前才離開他老婆……實際上是相當討厭的，每次要走的時候，還得用兩隻手扯開她的胳膊，裝腔作勢，有完沒完。他開始受不了他們家了，眞的。
「這一切對你來說都太複雜了，我的小萊昂。複雜歸複雜，不過沒什麼大不了的，你不用擔心。」
他想讓自己看起來能給人安全感，但是如此作爲反而啟人疑竇。
「可是，」萊昂堅持，「省政府裡面有人告訴我……」
「又怎麼了？省政府裡面有人說什麼？」
「有些令人擔心的事！」
萊昂決定打破砂鍋問到底，搞清楚弄明白，因爲這次，不是牽涉到他那風騷輕佻的老婆，或者他在博戴勒公司的股份有可能泡湯而已。他自我防衛，怕會被捲入更危急的漩渦裡而無法自拔，因爲這次出的事牽扯到政治層面。
他補充說：
「墓園是非常敏感的領域。」

「哦，是嗎？喲，還『非常敏感』咧！」

「正是如此。」萊昂說，甚至有些動怒。「如今，稍有差池就會引起公憤！議會它……」啊，新的議會啊！去年十一月舉行停戰後第一次大選，全國共和派陣營取得壓倒性多數，議會幾乎過半都是由退伍軍人組成。這麼愛國、這麼國家至上，還被大家取了個「藍色地平線議會」的外號，因爲法國軍服的顏色就是藍色的。

跟亨利說的一樣，萊昂就是那種不識相的人，「哪壺不開提哪壺」，只不過這回，他眞的說到重點了。

這個大多數都是軍人的議會已經讓亨利瓜分了大部分的官方市場，他累積財富的速度以光速進行，四個月內，薩勒維爾已經有超過三分之一的墓園都整修重建過，其中有幾天甚至有多達四十多個工人同時在現場趕工。但這些國民議會議員也是最糟糕的威脅。這種英雄聚會，只要觸碰到他們「親愛的陣亡士兵」的問題，就會變得非常難搞。他們會說出一些冠冕堂皇的重話！啊，他們自己沒能力合理支付復員軍人退職金，幫他們找到工作，這會兒竟然還膽敢奢言倫理道德！

這就是亨利去退休金部門時所聽到的消息。部裡不是召他前去商量，而是「要」他非去不可。

「親愛的，一切都如你所願地順利進行嗎？」

他是馬塞爾·佩瑞庫爾的女婿，對他說話自然會客氣一點。他跟將軍的兒子和參議員的兒子合夥，大家當然會好生伺候著。

「我說，省長的這份報告……」

亨利假裝搜索記憶，隨後，突然爆笑出聲：

「是啊，普雷札克省長寫的！沒什麼，小事一樁罷了！您想怎麼樣呢，地方政府總是會有點雞蛋裡挑骨頭，這種麻煩是避免不了的。沒事，其實那份報告已經歸檔了！您能想像嗎？省長幾乎都抱歉連連了呢。對，對，親愛的。那是個老掉牙的事，眞的。」

他用一種把對方當成自己人的腔調，甚至比這更好，一種共同享有祕密的同路人腔調，說道：

「不過還是得稍微小心一點，因爲有個小公務員，部裡派來的督察，吹毛求疵，一個怪人。」

至於何謂「稍微小心一點」，那就不得而知了。

杜普雷向他描述，這個梅林「專門愛找碴」。一個老派的傢伙。髒不啦嘰，疑神疑鬼。博戴勒想像不出來他到底有什麼三頭六臂，反正，梅林跟他認識的人都不一樣。九品芝麻官，沒前途，沒未來，最糟糕的是，見不得人家好，老想伺機報復，因爲這些人通常沒有發言權，沒有人會聽他們的，大家都鄙視他們，就連他們自己服務的單位也不例外。

「話是沒錯，」部裡的人接口說道，「不過，這畢竟不妨礙……這些人有時候擁有足以壞事的能力。」

隨後便陷入長時間沉默，緊繃得好似快被拉斷的橡皮筋。

「現在，我親愛的，最好是快點採取行動，把事情辦得又快又好。」

「快」，因爲國家還有別的事要幹，「好」，因爲當前這個議會只要跟我們的「英雄」有關，都會額外挑剔，這點大家都懂。

象徵性地警告。

亨利只是笑了笑，一副瞭然於心狀，但隨即把所有工頭都召回巴黎，身爲頭頭的杜普雷首當其衝，亨利威脅每個手下，發出極其明確的指示，要他們皮繃緊一點，必要時也許諾會發獎金。可是得去檢查啊。鄉下有超過十五座墓園，他的公司介入了全部的上游操作！至於下游部分，則有七座大型公墓，而且很快就會有八座！

博戴勒注視著萊昂。從上往下看，睥睨，他突然想到梅亞爾士兵，他在炮坑的時候，他就是這麼看他的，還有他在幾個月後，再度看到梅亞爾時，他們把一個無名二等兵挖出來就爲了取悅瑪德蓮，當時在那個阿兵哥的墓穴中，梅亞爾就是這個姿勢。

那些老是有恩典從天而降到他頭上的時光，如今已經相當遙遠了。莫瑞厄將軍把瑪德蓮．佩瑞庫爾送來給他！眞正的奇蹟。千載難逢的大好機會，跟瑪德蓮邂逅，他成功的入門磚；知道抓住機會，一切就是你的。

亨利的目光壓得萊昂透不過氣來。他看起來就像正在陷下去的梅亞爾士兵；就是那種還沒來得及喘一口氣便慘遭活埋的可憐蟲。

目前，他還有點用。亨利把手放在他肩上。

「萊昂，一點問題都沒有。萬一有的話，那麼，只要你父親跟部長打聲招呼……」

「可是，」萊昂聲嘶力竭，「這是不可能的！你明知道我父親是自由派議員，但部長是共和聯盟的人！」

這個蠢蛋除了把老婆借我之外，對我毫無用處，這一點再清楚不過了，亨利這麼想。

Chapter 27

整整四天，他在焦慮和急躁之中等了四天，終於等到他的客戶德．胡瑟瑞先生！

當你原本只有小偷小摸，從到處偷幾塊法郎，最多一百來塊，變成兩個禮拜偷走一千，很快地就會暈頭轉向。這是一個月內的第三次，阿爾伯特詐取雇主和客戶的錢財，一整個月他都無法入睡，瘦了五公斤。

他兩天前在銀行大堂與佩瑞庫爾先生不期而遇，他問他是不是病了，建議他請假，可是他才剛剛進入情況，哪能說請就請。面對長官和同事，想遭到同事排擠，沒有比初來乍到就請假更招人嫉妒了。光衝著他是因爲佩瑞庫爾先生推薦而破格聘用這點，就已經引人眼紅。反正，不可能請假，阿爾伯特到這邊是爲了工作，也就是說爲了從收銀機裡面「借」錢，他沒時間好浪費。

在貼現及工業信貸銀行裡，爲了搞清楚他能騙誰的錢，阿爾伯特有很多選擇。他選了銀行業最古老卻最保險的方法：從客戶端下手。

德．胡瑟瑞先生就是超完美的客戶。高禮帽、浮雕名片、金頭手杖，你可以聞出他散發著一股大發國難財的甜美香氣。可想而知阿爾伯特有多擔憂，他天眞地以爲選一個他憎惡的人，事情進行起來就會比較順利。殊不知業餘玩家正是因爲這種思維才會露出馬腳。這方面，他有充分的理由擔心。他騙取銀行的錢來進行預定的騙局；說白一點，他因爲要騙更多的錢所以騙了錢，任憑哪個剛入門的，碰到這種事都會昏頭。

受僱第五天後，阿爾伯特首度盜用公款，七千法郎。

以多報少的文字伎倆。

銀行收進客戶四萬法郎，登記在客戶帳上。在銀行收入那欄，他只寫了三萬三，當天晚上就帶著他那只塞滿鈔票的皮公事包去搭電車。在一家大銀行工作的好處是，到下禮拜對帳之前，沒人會知道在股票市値結算、利息計算、清算、貸款、還款、票據交換、活期存款等等之間，究竟發生了什麼事，因爲這些需要將近三天才算得清楚。一切都取決於這段時間。只要等到第一天查帳結束的時候，將某條帳記入才剛檢查過的借方，如此一來，第二天才會被檢查的貸方的帳就會跟借方收支平衡。在查帳的人眼裡，這兩個帳戶毫無瑕疵，隨後下個禮拜，就可以如法炮製，再重新操作一遍，寫上新的條目，時而利用業務需要，時而貸款，時而投資，時而貼現，時而股份等等，來予以遮掩。這是一種所謂的「嘆息橋」經典騙術，非常耗費精神，但操作簡便，需要專業知識，卻又無須十分狡詐，非常適合阿爾伯特這種人。然而，這種騙局有個最大的缺點，那就是：你會無止境地逐步擴大，逼著你一週又一週，跟查帳的稽核人員展開你追我跑的地獄遊戲。還沒看過可以撐過好幾個月期限的例子，盜用公款的始作俑者被迫潛逃國外，遠走高飛，要不就是鋃鐺入獄，其中後者又是最常見的情形。

就跟許多業餘盜賊一樣，阿爾伯特認定自己只是借用：只待陣亡士兵紀念碑的第一筆錢入帳，在跑路之前，他就會把虧空銀行的錢全數還清。這份天眞讓他化盜用公款爲實際行動，但天眞很快就會消失無蹤，被別的突發事件所取代。

打從第一次盜用公款，他的罪惡感就已墜入深淵，深深落入早已經被他的焦慮和長時間過度敏感而打開的缺口裡。他的偏執狂儼然已轉變成泛恐懼症，無所不怕。這段期間阿爾伯特過著宛如驚弓之鳥的日子，稍有問題就嚇得發抖，低調再低調，雙手冒汗，乃至於他得不停擦手，使得他這份坐辦公桌的工作變得十分痛苦難耐；他不斷眼觀四方，在門前來來回回，就連他那雙置於辦公桌下的腿，都背叛了這個男人，一副隨時準備腳底抹油的樣子。

同事們都覺得他很怪；他並不會妨礙別人，看起來比較像是生病了，不像是個危險人物。何況，銀行再回僱的阿兵哥，全都有不同的病理跡象，大家都習慣了。還有就是，阿爾伯特的後臺很硬，最好對他客氣一點。

從一開始，阿爾伯特就跟愛德華說他們預先估計的七千法郎遠遠不夠。得印型錄，得買信封、買郵票，得支付寫地址的工作人員，還得搞到一臺打字機才能回覆提出要求額外資訊的信函，而且還得開一個信箱；七千法郎，太可笑了，阿爾伯特斬釘截鐵地說：「這可是一個會計在跟你說內行話。」愛德華支支吾吾搪塞過去，沒錯，他也只能如此。阿爾伯特重新計算。少說也得兩萬法郎，他很確定。豁達宛如哲學家的愛德華回他，那就兩萬法郎啊。阿爾伯特心想：反正要乾坤大挪移的人又不是你。

他從來都沒對愛德華老實交代，某天他去過他父親家晚餐，面對他姐，也沒對他提起可憐的瑪德蓮嫁給了那個王八羔子博戴勒，那個害慘了他們兩人的罪魁禍首；他不可能告訴愛德華，他已經接受了佩瑞庫爾先生的建議，在那家他是創始人和大股東的銀行裡擔任會計。雖然他不再是三明治人，阿爾伯特覺得自己還是夾在老佩瑞庫爾、這個他即將騙他錢的父親，以及小佩瑞庫爾、這個會跟他分享不法行為所得的兒子之間。在愛德華這方面，阿爾伯特只要稱說他走狗屎運，在路上偶然巧遇某個以前的同事，某家銀行裡面剛好有個空缺，面試又很順利……就這方面，愛德華沒有多問，就接受了這個巧到不行的奇蹟。他出生富貴，不食人間煙火。

事實上，阿爾伯特很樂意保住銀行的這份工作。他一到差，就被安置到他的辦公桌，墨水瓶裝滿，鉛筆削尖，潔白無瑕的帳本頁面，他將大衣和帽子掛在淺色衣帽架上，全新眞絲光亮塔夫綢袖套，他現在可以確認這些都是他的，在在給了他想圖個清靜、平安過日子的願望。其實，在銀行上班可以過著相當不錯的生活，完全是他以往會想要過的那種生活。要是他保住這份工作，薪水這麼好，就連佩瑞庫爾家的那個漂亮小女佣，他都很有機會……對，好個可愛的小尤物。然而，事實情況正相反，這天晚上，阿爾伯特，激動到想要嘔吐，包裡兜著五千法郎大鈔。在當時還算相當涼爽的溫度下，只有他一個旅客汗流浹背。

阿爾伯特還有另外一個他等不及要趕回去的理由：那個獨臂推大車的戰友，應該去過印刷廠，運走了那些型錄。

他到了院子裡，看到好幾包用繩子綁著的包裹……已經送到了！還眞像那麼一回事呢。所以說，我們一切準備妥當。在此之前，都在準備階段；現在該放手一搏了。

阿爾伯特閉上眼睛，頭暈，又張開眼睛，把自己的包包放在地上，一隻手放在其中一個包裹上面，解開繩子。

「愛國追憶」的型錄。跟眞的似的。

而且，還眞的是眞的，由阿貝斯街宏督兄弟印刷廠印製，所有你能想像出來最嚴謹的印刷品，該有的它全有。送來一萬份。印刷費八千兩百法郎。他抽出擱在上面的一份產品型錄翻閱，當他聽到一聲馬叫，他翻型錄的手勢停了。就連樓梯最底下都聽得到愛德華的笑聲。尖銳、突如其來爆發、一連串顫音，就是那種笑完還會留在空中迴盪的笑聲。可以感覺得出來他笑得不尋常，像個瘋女人。阿爾伯特拎起大包包，上了樓。打開門，迎接他的是一聲響亮的感嘆聲，類似一種「赫啊赫啊」（相當難轉譯成文字）的聲音，表示欣慰與迫不及待看到他回來。

這聲感嘆還比不上整個場面本身更令人驚愕。話說愛德華戴了一張鳥頭形狀的面具，長長的鳥喙往下彎曲，可是，怪的是，鳥喙卻稍微有點張開，他讓自己那兩排極其潔白的牙齒露在外面，給人感覺起來，像是一種以食肉為樂的猛禽，甚至以深淺不同的各式紅色畫成，益發突顯出野性和侵略性的一面。愛德華的整張臉，直到額頭，都被面具遮住，除了留有兩個洞，露出眼睛之外。他那一雙笑盈盈又靈動的眼睛。

阿爾伯特喜滋滋地展示他從銀行拿來的新鈔，心情還是五味雜陳，卻被愛德華和路易絲搶了風頭。房間地板鋪滿了一頁頁的型錄。愛德華躺在上面，姿態猥褻撩人。他光著的大腳丫子擱在一包綁著繩子的包裹上，路易絲則跪在另外那頭，小心翼翼地把鮮豔的胭脂紅蔻丹往他的腳趾頭上塗抹。瞧她專心的咧，勉強抬起眼睛，算是跟阿爾伯特打了招呼。愛德華則又開始「赫啊赫啊」開懷大笑，就像魔術師演出特別成功後那樣，志得意滿地指著地板。

阿爾伯特忍不住笑了；他放下包包，脫下大衣、帽子。只有在他們的公寓，他才感到安全，找到一絲平和寧靜……雖然夜裡他依然輾轉反側，他的長夜依然漫長；一恐慌起來，非得把馬頭放在旁邊才睡得著。

愛德華看著他，一隻手平撐在他身邊的一小包型錄上，另外一隻手則緊握拳頭以示勝利。路易絲，依舊沉默，現在正在用一小塊麂皮把他大腳趾上的指甲磨平，她專心的樣子，彷彿這是件攸關生命的大事。

阿爾伯特走過去，坐在愛德華身邊，拿起一份型錄。

型錄很薄，十六頁，以漂亮的象牙白紙張印刷，長度幾乎有寬度的兩倍，上面有不同尺寸的「迪多」[37]字體，字型十分優雅。

> 型錄
> 冶金公司
>
> **愛國追憶**
>
> 專門承製紀念碑、紀念塔和紀念雕像
> 向法蘭西的英雄與勝利致敬

封面僅低調顯示印刷：

他打開型錄，翻到有著精美藝術字的一頁，左上角印著：

儒勒·德·埃普瑞蒙

雕塑家

學會會員

郵政信箱五十二號

塞納省巴黎市羅浮宮路五十二號

這個儒勒·德·埃普瑞蒙是何方神聖？設計型錄的時候，阿爾伯特就問過。愛德華抬頭望天，我哪知啊。反正，軍功十字獎章，學院棕櫚榮譽加持，又住在羅浮宮路，這樣看起來才夠專業。

「畢竟……」阿爾伯特辯稱這號人物過於招搖，「大家很快就會發現根本沒有這個人。『學會會員』，隨便查就查出來了！」

「所以才更沒人會去查！」愛德華寫著。「學會會員，不是鬧著玩的！」

阿爾伯特，半信半疑，不得不承認，是的，看到這個印出來的名字，沒人會想到要懷疑。這頁最後有簡短注釋，扼要地提及他的職業經歷，身爲學會雕塑家一員，他的作品等於某種保證。

37 Didone：為國際字體協會字體分類的一種，主要特徵為：沒有過度圓角的襯線，強烈的筆劃粗細對比。

羅浮宮路五十二號，這個地址只是開郵政信箱的郵局辦公室地址而已；因緣巧合，偶然給了他們五十二號，反而整體予人一種深思熟慮、嚴謹自持，絕非臨時急就章的感覺。

型錄封面下方有一小行簡單說明：

報價包括運送至法國本土境內任一火車站

除本型錄所示之圖樣外，一律不接受訂購

翻開型錄，從第一頁起便大行欺騙之實：

地方長官大人鈞鑒：

自從大戰結束後，迄今一年有餘，如今法國許多市鎮及殖民地思及彰顯頌揚其在戰場上英勇捐軀之子弟，殊不知紀念亡靈實乃人情之常。

即便大多數市鎮尚未效尤，並非是欠缺愛國心，而是缺乏資金。這也是為什麼敝人身為藝術家和退伍軍人，自認責無旁貸，願意肩負此一重責大任的原因。從而決定將一己經驗與專業知識奉獻予希望豎立紀念碑的市鎮，並以此為宗旨成立了「愛國追憶」。

敝人茲在此提出型錄如附，各個主題及意涵旨在於讓各位最珍貴的親人記憶得以永遠留存。巴黎將於十一月十一日設置一座「無名戰士碑」代表為國捐軀的戰士。值此絕無僅有的紀念活動之際，本公司推出特殊優惠：為了讓您也能主動參與此一全國盛會，特此向您呈現敝人專門為此精心設計的全部作品，凡是訂購均可享有百分之三十二的優惠，以及免費運輸到離貴市鎮最近的火車站。

為了如期完成生產及運輸事宜，並確保品質無懈可擊，凡在七月十四日前接到的訂單，最遲可於一九二〇年十月二十七日前出貨，為的就是讓您有時間可將所訂製的作品豎立在預先建造好的基座上。萬一，不幸這很可能會發生，萬一七月十四日時，訂單超過敝公司生產能力範圍之外，越早確認訂單者將優先處理，敝公司會按照接到訂單先後順序出貨。

敝人肯定本公司推出的優惠方案，必可讓您好好發揮愛國情操，此一優惠絕無僅有，此乃千載難逢的大好機會，可以向親愛的亡靈展現出您的敬意，他們的英勇行為將永為後世子弟所注視，從而予以發揚光大，以茲作為所有壯烈犧牲者的表率。

此致　地方長官大人

順頌，祈安

儒勒・德・埃普瑞蒙

雕塑家

學會會員

國立高等美術學校校友

「可是，這個折扣……爲什麼是三十二趴？」阿爾伯特問。

這是一個會計問題。

「爲了讓別人覺得我們定出的價錢是經過精打細算的！」愛德華寫著。「這才具有參考價值！靠這種方式，我們會在七月十四日前收到所有的錢。隔天，我們就溜之大吉！」

下一頁，是一則簡短說明，外有效果奇佳的框框作爲裝飾：

> 敝公司可提供青銅藝術雕刻並覆以古銅塗料，亦可提供鍍青銅塗料之鑄鐵製品。
>
> 上述材料，高貴典雅，賦予紀念碑特殊印記，品味高尚，實爲法蘭西戰士無與倫比的象徵，不啻爲彰顯摯愛亡靈英勇行爲之最佳標識。
>
> 每五或六年定期維修一次，終身保固，本公司出產製品之品質無懈可擊。唯有基座部分，蓋因好的泥水匠便可輕易完成，故由買家負責。

型錄上的產品每面均附有正面、側面以及特寫，此外還附有詳細尺寸、高度、寬度，以及所有可能的組合方式：「共赴沙場、進攻！」、「亡靈不死！」、「捍衛國旗壯烈成仁」、「袍澤戰友」、「法蘭西為英雄一掬傷心淚」、「法蘭西雄雞踐踏德國佬頭盔」、「勝利！」……等等。

除了三個因應小預算的簡易模型外（軍事十字勳章：九百三十法郎、幽冥火炬：八百四十法郎、大兵半身像：一千五百法郎），其他所有產品的價格範圍都在六千至三萬三千法郎不等。

型錄最後，還有一則小小的說明：

「**愛國追憶**」無法透過電話回應需求，您所提出的所有問題，敝公司都將在最短的時間內以郵件回覆。有鑑於折扣之高，所有訂單均需預付「**愛國追憶**」訂單總金額的百分之五十。

每張訂單，理論上應該會收到三千到一萬一千法郎——理論上。阿爾伯特憂心忡忡，愛德華完全不以為意，他拍著大腿，信心滿滿。一個人有多高興，另外一個人就有多苦惱，兩者成等比上升。

愛德華因為一條腿廢了，沒辦法把型錄搬到架子上——如果他眞這麼想過的話——這是個教養問題，從小到大，他總是有人隨侍左右；就當大少爺這方面而言，戰爭對他來說，只是個小插曲罷了，不曾改變什麼。他擺出稍帶遺憾的手勢，眼帶戲謔，彷彿他因為指甲所以才幫不上忙。他揮了揮手，似乎在說：指甲油……還沒乾呢……

「好吧，」阿爾伯特說，「我會弄。」

他對做這些事不再介意，用手幹活或做家事讓他可以思考。於是，他開始了一連串漫長的來回動作，克盡職守地把放在房間最裡面一包又一包的型錄堆好。

兩個禮拜前，他刊登過一則廣告，找人來幫忙。有一萬個地址要寫，千篇一律，都採用同一個模式：

某某市政廳□□

部門名稱

他們從《市鎮詞典》裡找到一大堆地址，不包括巴黎和郊區，因為太靠近所謂的公司總部。最好能寄到遙遠的外省，中型城市。寫一個地址付十五分。有這麼多失業的人，招攬五個字跡漂亮的人並不難。阿爾伯特比較希望是五個女人。女人比較不會問東問西，他是這麼想的。或許也僅僅是因為他想藉機接觸女人……她們還以為自己是在幫印刷廠寫地址。這一切必須在十來天內完成。開始寫地址的前一個禮拜，阿爾伯特就將空白信封、墨水、鵝毛筆送去給她們。第二天，走出銀行，他就開始回收；他剛好有機會又把他打仗時用的軍用背包拿出來，這種包包他可看多了。

於是他們晚上都忙於把型錄塞進信封，路易絲幫他們。這個小女孩當然不明白發生了什麼事，但她表現得極其熱衷。她非常喜歡做這件事，因為她的朋友愛德華因此變得非常開心，從面具上就可以看得出來，面具越來越豐富多彩，越來越瘋狂，再過一兩個月，他們兩個就會完全浸淫於譫妄狀態中，路易絲好喜歡這樣。

阿爾伯特注意到她越來越不像她母親，不是指外表，阿爾伯特不太會看人，他向來都看不出人與人之間的相似處，不是外表，而是在窗子後面的貝爾蒙特太太臉上一直都存在著的那份哀傷，在路易絲的臉上，再也找不著了。她看起來像破蛹而出的小昆蟲，出落得益發可人。阿爾伯特有時會偷看她，覺得她秀氣得令人感動，害他都想哭了。梅亞爾太太說：「如果我們放任他不管，阿爾伯特就會把時間耗在哭哭啼啼上面；我乾脆生個女兒算了，反正還不是一樣。」

所有信件，阿爾伯特都帶到羅浮宮那邊的郵局去寄，這樣郵戳才會符合地址。他得花上好幾天的時間，來回好幾趟。

接下來就是開始等待。

阿爾伯特急於收到前幾筆客戶支付的款項。照他的意思，他只要騙到前面的幾百法郎，拿了現金就跑。這種話，愛德華才聽不進去。對他來說，沒撈到一百萬，甭想要他打包走人。

「一百萬？」阿爾伯特喊道。「你眞的瘋了！」他們開始爲了到底多少數目才能接受而爭論不休，彷彿他們對自己這門生意一定會成功毫不懷疑，殊不知，還差得遠呢。愛德華認爲一定會成功。「穩成功的啦，」他甚至還特地把字寫得大大的來表示多麼有信心。至於阿爾伯特，自從他接待一個沒法領津貼的殘疾人士後，自從他從僱主那邊虧空公款一萬兩千法郎後，外加自從他設下可以讓他換來死刑或終身監禁的騙局後，他無路可退，只許成功不許失敗。他爲遠走高飛做準備，整晚整晚都花在查看開往勒哈佛、波爾多、南特和馬賽等港口的火車時刻，他計劃搭船到突尼斯、阿爾及爾、西貢或者卡薩布蘭加。

愛德華則還在動歪腦筋。

「愛國追憶」型錄印製完成，他自問倘若眞有儒勒·德·埃普瑞蒙其人，被迫等待業務發展結果的時候，他會怎麼做。

突然靈光一閃，有答案了：他可以去競標。

一些大城市為了避免買到千篇一律的工業化製品，採取了一些措施，開始舉辦藝術家原創紀念碑大賽。報上刊登出好幾則消息，都是些價值八萬、十萬，甚至十五萬法郎獎金的作品；愛德華認為最有賺頭的獎項，也是最吸引他的，就是他出生那區所舉辦的公開競圖，該區會撥給中選藝術家一筆約二十萬法郎的預算。於是他決定準備提出計劃來打發這段等訂單的時間，並用儒勒·德·埃普瑞蒙的名義向評審團提出一件名為「感恩」的大型三聯式設計，包括：一邊是「法蘭西帶領軍隊前赴戰場」，另一邊是「驍勇國軍痛宰敵軍」，這兩個場景向中央匯合，中間則有一尊「勝利女神加冕為國捐軀的子弟」，寓意深遠，只見一名披著黑紗的女子，右手正在為一名勝利士兵加冕，同時以「聖母瑪利亞痛失愛子耶穌」般的哀慟眼神望著一名身亡的法蘭西二等兵。

他將整體精心修飾一番，尤其強調角度，愛德華打開投標人檔案，咯咯笑了。

「火雞！」阿爾伯特看到愛德華的大作後開著玩笑，「我發誓，你咯咯笑得好像火雞。」

愛德華笑得更加開心，貪婪地俯在他的畫上。

Chapter 28

莫瑞厄將軍看上去比實際年齡至少老兩百歲。戰爭是讓軍人活下去的原因，也是讓年輕男子得以保留活力的原因，如今你讓他退出疆場，眼前就會看到一個超乎常齡的老頑固。生理上，他只剩下酒神巴庫斯的大肚腩，整個人都鬆垮垮，三分之二的時間都昏昏沉沉地呈現睡眠狀態。令人困窘的是，他會打鼾。他一看到扶手椅便會癱倒下去，嘆口氣，數分鐘後，便已稀哩呼嚕，齊柏林飛船般的大肚子就開始往上升起，興致一來，兩撇鬍鬚還會顫抖個兩下，呼氣時鬆弛的雙頰還會隨之晃蕩，可以一連持續好幾個鐘頭。這團不可思議的惰性大雜燴宛若舊石器時代的岩漿一般，聲勢驚人，何況沒人敢叫醒他，連靠近他都得小心注意。

自從復員後，他被無數委員會、小組委員會等任命。他永遠都是第一個到，滿身大汗，會議在樓上舉行時，他還會氣喘吁吁，一屁股坐在椅子上，別人跟他打招呼，他只嘟囔一句或粗魯地點點頭，隨後再度陷入夢鄉，呼聲又開始震天響地。投票時，大家會悄悄搖醒他，您意下如何？將軍大人，好，好，當然，理當如此，我同意，目光淹沒在泛黃酸臭的眼油之下，當然，當然，面色猩紅，嘴巴抖動，雙眼圓睜，目露凶光，就連簽個名都得費好大的勁兒。有人試圖擺脫他，可是部長挺他，挺他的莫瑞厄將軍。然而，某些時候，這個煩人、肥胖又不事生產的糟老頭，很意外的，竟然成了高瞻遠矚的假象。以下的情況就是一個例子，當他聽到——現在是四月初，將軍成了花粉受害者，讓他噴嚏連連，甚至連睡著都還能阿噓阿噓，宛若一座休火山——話說，在打兩個盹兒之間，他聽到了他的孫子費爾迪南．莫瑞厄有麻煩纏身。莫瑞厄將軍對任何在他之下的人都不尊重。在他眼中，這個孫子沒選擇光榮的軍旅生涯，自甘墮落，便已隸屬於次等公民，但他好歹是個姓莫瑞厄的，而這正是將軍極其重視的大事，因為他對家族後人相當照顧。將軍的終極夢想為何？照片出現在《小拉如思》百科全書裡名垂青史，焉能容忍他的家族姓氏有半點玷汙。

「什麼，什麼，什麼？」他問，驀然驚醒，跳了起來。

跟他講話，得大聲重複好幾遍，他才聽得到。博戴勒公司出事了，費爾迪南是股東。來人試圖向他解釋，「您還記得嗎？就是政府委任負責把陣亡士兵遺骸收集起來送到國軍公墓的那家公司。」

「陣亡士兵遺骸？什麼意思？」

因為費爾迪南才引起他的注意力；他的大腦勉為其難地針對這個問題，建立起一套心理地圖，圖上寫著「費爾迪南」、「陣亡士兵」、「遺骸」、「墳墓」、「異常」、「案件」；對他來說，這一切都太複雜了。承平時期，他已經得花好大的力氣才能搞懂。他的副官，一個好比純種牡馬般矯捷的少尉，看了他一眼，嘆了口氣，身兼看護的他，就算怒了火了，還是能忍住，向將軍詳細解說。您的孫子費爾迪南是博戴勒公司的股東。沒錯，他只有坐收分紅而已，但是，萬一爆發醜聞，這家公司又被牽扯進去，您的姓名會遭到波及，您的孫子會有麻煩，而您的聲譽會受損哪。他詫異地睜開圓鼓鼓的眼睛，我呸，可惡，登上《小拉如思》的希望有落空的危險，這一點，門兒都沒有！將軍的血液頓時直沖腦門，甚至還想站起身來。

他果然緊抓著椅子的扶手站了起來，氣急敗壞。他打贏了這場大戰，真他奶奶的，現在連讓他清靜清靜都不行嗎？

佩瑞庫爾先生起床也累，睡著也累，我在拖日子，他想。然而，他並沒有停止工作，出席邀約，發號施令，但一切機械化行事。去找他女兒之前，他從口袋裡掏出愛德華的素描小冊子，把它在抽屜裡放好。即使他在別人面前從來不打開，他也經常帶在身邊。素描小冊子的內容他都背得滾瓜爛熟。他不斷更換地方，彷彿這本素描小冊子遲早會損壞，他得保護它，也許該把它裝裱起來；他從來都沒管過這些實務方面的事，現在覺得自己手忙腳亂得可怕。當然有瑪德蓮可以幫忙，但她有別的心事。

佩瑞庫爾先生感到十分孤單。他關上抽屜，離開房間，去找他女兒。他怎麼會把自己的生活搞到這個地步？成了一個只會讓別人感到恐懼的男人呢？以至於他根本沒有朋友，只有一堆關係。還有瑪德蓮。但，這是不一樣的，一個大男人跟女孩子家講的東西不一樣。何況現在她還……處於這種狀況。他好幾次試著回想自己快當爸爸的時候，卻辦不到。他甚至很驚訝竟然只剩下這麼一點回憶。在工作方面，眾人無不讚佩他記憶超群，他可以把十五年前某家公司董事會所有董事的姓名完整地說出來，但在家庭方面，很少或幾乎沒有任何記憶。然而，天知道家人對他來說有多麼重要。不是因爲兒子已經過世了才這樣。甚至就是因爲這樣，他才那麼辛苦工作，絲毫不敢懈怠：就是爲了他自己的家人。讓他們能過好日子。讓他們……嗯，能享有這一切。奇怪的是，家庭場景，就跟所有場景一樣，很難能夠鏤刻在他心中。聖誕節全家聚餐、復活節假期、生日，看似是唯一而且是同樣場景的多次重複，期間僅僅夾雜了幾個頓挫，他與妻子共度聖誕，以及妻子過世後的聖誕，要不就是戰前的週日還有如今的週日。不同之處畢竟十分細微。因此，他一點都不記得他的妻子懷孕。四次，他好歹還記得幾次，即便是次數，也融化成一次，他不知道哪次是成功的那次？哪次又是失敗的那次？他說不上來。偶爾會有幾個影像浮現出來，都是拜類似狀況所賜。這正是坐著的瑪德蓮令他感到驚訝的原因，她雙手緊抱著已經顯得隆起的肚子。佩瑞庫爾先生還能記得另一半擺出這種姿勢的時刻。

他很高興，幾乎都驕傲了，不過他沒想到其實所有孕婦都有點像，他決定把這種相似性視爲勝利，是他對家人還有心、還有感覺的證明。因爲他有心，他不願額外造成目前身懷六甲的女兒擔憂。他寧願像往常一樣，全都一個人擔下，但是已經不可能了，或許他內心早就期待有人能跟他一起分擔一切。

「我打擾妳了？」他問。

他們對望一眼。這種情況不論對他或對她都不舒服，尤其是對她。自從佩瑞庫爾先生因爲愛德華之死而悲痛不已，他一下子就老了好多。對他而言，女兒懷孕，更證明了她眞的缺乏魅力：佩瑞庫爾先生在某些女人身上看到瓜熟蒂落的豐盈，那種綻放，瑪德蓮並沒有，她有的僅僅是恬靜滿足與自信，某些地方跟母雞有點像。瑪德蓮只有變得碩大無朋，一切都腫脹得非常快，整個身體直到臉部，佩瑞庫爾先生看到瑪德蓮愈發像她母親，她也從來都沒美過，就連懷孕時也不例外，這一點讓他很不好受。他懷疑女兒幸不幸福，他只感受到女兒很滿足。

不會（瑪德蓮對他一笑），他沒有打擾到她，我正在發呆，她說，但這一切都不是眞的，他打擾了她，而且她並沒在發呆。他之所以如此小心翼翼，因爲他有話要對她說，但由於她知道他要說什麼，她猜到了，她強顏歡笑，攤開手比了比，要父親坐到她身邊。她父親坐了下來，這次也一樣，兩人間的互動再度重演，他們的父女關係有可能僅止於此。每次都循同一模式，閒話幾句家常，講一些無關緊要的瑣事，但兩人心知肚明，這些瑣事背後所代表的意義，隨後佩瑞庫爾先生就會站起來，親一下女兒的額頭，其實胸有成竹，他知道自己想說的，女兒都聽見了而且也聽懂了。但這一天則不然，因爲這天說的話不只牽扯到他們父女倆，他們彼此之間的關係被打亂，因爲原本專屬於他們父女互動的私密時光，已經不只屬於他們兩人。

瑪德蓮有時會把手放在父親的手上面，但這次她沒這麼做，她只是悄悄嘆了口氣；他們不得不面對，搞不好會吵開來，她一點都不想。

「莫瑞厄將軍打過電話給我。」佩瑞庫爾開口說道。

「那敢情好。」瑪德蓮笑道。

佩瑞庫爾先生猶豫自己該擺出什麼態度，於是就選擇了他認爲是最適合自己的：父親的威嚴與權威。

「妳的丈夫……」

「你是說你的女婿。」

「妳要這麼說也行。」

「我的確比較喜歡這樣。」

佩瑞庫爾先生想要個兒子的時候，曾經夢想過一個長得像他的男孩；但生出一個長得像他的女兒卻傷害了他，因爲女人表現得總是跟男人不一樣，女人總是會拐彎抹角。例如，瑪德蓮這種設圈套的說話方式，暗示他，他正在批評的不是「她的丈夫」，而是「他的女婿」。他抿緊嘴唇。他也得考慮到「她的情況」，他得注意一點。

「無論如何，這樣是不行的。」他又說。

「什麼東西不行？」

「他拓展業務的方式。」

佩瑞庫爾先生一說出這句話，就不再是個父親了，而是個商業鉅子。他認爲這個問題可以解決，他在商場上什麼大風大浪沒見過，很少會遇到麻煩，因爲他最後都能解決。他一直視一家之主爲企業家的一種變異。在這個女人面前，她這麼不像他女兒，如此老成，他不禁懷疑她幾乎都像個外人了。

他搖搖頭，感到不快，在這把無名火作祟之下，他從前想跟她說、但她又不願意他說出來的話，又來到嘴邊，那就是他對她婚姻的看法，對這個男人的看法。

瑪德蓮，感覺到父親會口出惡言，雙手合十，置於腹部。

佩瑞庫爾看到了，於是就把話給咽了下去。

「我跟亨利談過，爸爸，」她終於開口說道，「他零零星星地遇到一點麻煩。這可是他自己說的話，『零星』，沒什麼大礙。他向我保證過。」

「瑪德蓮，他的這些保證根本就沒意義，一毛不值。他報喜不報憂，專挑一些好聽的說，他想保護妳。」

「這很正常，他是我丈夫。」

「正是因爲如此！他是妳丈夫，非但沒保障妳安全，反而害妳處於危險！」

「危險！」瑪德蓮叫了出來，邊放聲大笑，「天哪，我目前就身陷危險，現在！」

她笑得很放肆。身爲父親的他惱羞成怒。

「我不會挺他的，瑪德蓮。」他脫口而出。

「但是，爸爸，有誰要你挺他嗎？還有就是爲什麼需要挺他呢？何況，挺他去對付誰呢？」他們的強詞奪理很相像。

儘管瑪德蓮裝作若無其事，她心中清楚得很。國軍公墓的這些麻煩沒表面那麼簡單，亨利越來越顯出一副氣急敗壞，心不在焉，氣憤難平，神經緊張；剛好，因爲她已經不再需要他提供身爲人夫的服務；尤其是，這下可好了，目前這個時候，就連他的情婦們似乎也對他抱怨連連。可不是嗎？伊馮娜，前幾天還說呢：「我遇到妳丈夫，親愛的，他現在可眞是拒人於千里之外呢！搞不好，說穿了，他根本就不是塊當有錢人的料。」

亨利跟政府做生意，遇到些困難，出了些意外事故，這些都還模糊不清，不過她從四面八方聽到閒言閒語，部裡還打來電話，都令她十分驚訝。亨利擺出一副威嚴的腔調，對著電話那頭說：「沒事，親愛的，哈！哈！很久以前就搞定了，你甭擔心。」掛下電話，深深的抬頭紋卻爬上額頭。一場風暴，如此而已，瑪德蓮已經習慣了，她這一輩子，目睹她父親通過各種風浪，外加一場世界大戰；不是省政府或者部裡打來兩通電話就會把她嚇得花容失色。父親不喜歡亨利，就這樣。亨利不論做什麼事，在他眼裡都不討好。兩隻公雞在較勁。她握緊放在肚子上面的雙手。佩瑞庫爾先生收到訊息了。

他無可奈何地站起來，走遠了，隨後又轉身回去，他忍不住。

「我不喜歡妳丈夫。」

終於說出來了。搞了半天，其實並沒有那麼難。

「我知道，爸爸，」她笑著回答，「你喜不喜歡一點都沒關係。他是我丈夫。」她輕輕地拍了拍自己的肚子。

「而這裡，是你的外孫。這點我很確定。」

佩瑞庫爾先生張開嘴，欲言又止，還是走出了房間。

外孫……

他打從一開始就逃避這種想法，因為當時他沒辦法這麼想：他無法將兒子的死與外孫的生加以連結。他幾乎都希望會是個女娃兒，這樣外孫就不會讓他聯想到兒子，問題就不會存在了。從現在到外孫眞的出生，又會過去了一段時間，到時候紀念碑已經蓋好。他抱定主意，深信豎立紀念碑會讓他的憂悶、他的悔恨終結。隨著時光流逝，離開人世的愛德華越來越占據非同小可的重要性，甚至囓食起他的專業活動。喏，比方說，最近他其中一家法國殖民地公司開董事會的時候，一縷陽光斜斜穿過會議室，照亮桌面，就虜獲了他的目光。那只不過是一縷陽光，沒什麼大不了的，陽光卻以一種近乎催眠的方式抓住了他的心思。每個人都曾經一時恍神，脫離現實過，但出現在佩瑞庫爾先生臉上的，不是心不在焉的神情，而是迷戀。與會的每個人都看到了。大家繼續開會，但沒了總裁強而有力的注視，沒了他尖銳、令人無所遁形的專心致志，討論好像突然沒了汽油的車子，速度逐漸減慢，顚簸，搖晃，隨後緩緩邁入垂危，最後終於以空白告結。

事實上，佩瑞庫爾先生的眼神並非釘在那一縷陽光上，而是看著懸在空中的塵埃，這片懸浮微粒的星雲，帶著他回到過去，回到多少年前？十年？還是十五年前？啊，不復記憶可眞令人氣惱！愛德華畫了一幅畫，他應該十六？還是十五歲吧。畫上只有一堆小小的彩色點點，一條線都沒，只有點點，這種畫法有個名稱，幾乎就在舌尖，但是這種技法，佩瑞庫爾先生就是說不上來。那幅圖上畫著好幾個女孩在田裡，他相信自己記的沒錯。當時他覺得這種畫法很可笑，甚至連那幅畫的圖案在畫些什麼都沒看上一眼。那時的他可有多蠢哪。他的小愛德華站在那兒，不知所措，而他，小愛德華的父親，雙手拿著那幅畫，他剛剛才被嚇到的那幅畫，簡直就是一個稀奇古怪、失敗透頂的東西。

他在那個當下是怎麼說來著？佩瑞庫爾先生搖搖頭，厭惡自己，在董事會的會議室裡，大家都閉上了嘴。他站起身，不發一語，走了，沒看半個人一眼，就回家了。

他離開瑪德蓮時也搖著頭。用意卻不相同，甚至幾乎相反，他覺得很生氣：幫女兒就等於幫她丈夫。這就是最後會害你病倒的事。即使莫瑞厄變成了昏庸的糟老頭（如果他不是一直都這麼昏庸的話），他傳出來這些有關他女婿麻煩的消息還是令人不安。

佩瑞庫爾的姓氏會遭到波及。大家提到有一份報告。事情鬧大了，令人不安，好多人都在竊竊議論。話說回來，那份文件在哪兒？有誰看過嗎？那份文件又是出自何人之手呢？

我太把這些放在心上了，他心想。畢竟，這又不是我的事，這個女婿又不姓我的姓。至於我女兒，值得慶幸的是，還好有婚前契約保護。不管怎麼樣，隨便他發生任何事，這個姓德・奥內－博戴勒的（就連他在心中念到他的姓氏，他都把這幾個字念得特別重，以示刻意貶低），在他和我們之間，天差地遠，有一整個世界隔著。萬一瑪德蓮有小孩（這次或別次，我們永遠也搞不清楚女人生孩子這檔子事會怎麼樣），他，佩瑞庫爾，覺得自己畢竟還是有分量足以確保女兒和外孫子女的未來，不是嗎？

最後這個客觀又理性的想法，讓他做出決定。他的女婿可以落水，他，馬塞爾・佩瑞庫爾，留在岸上，雙眼警醒，緊緊盯著，為了救女兒和外孫，救生圈，要多少他就有多少。

可是他，他只會眼睜睜地看著女婿掙扎，連伸根小指頭救他都不會。

至於要不要把女婿的頭按下水去？沒有什麼是不可能的。

在他漫長的職業生涯中，佩瑞庫爾先生坑殺了許多人，但從來沒像現在想到這點，讓他感到如此欣慰過。

他笑了，每當他在幾個解決方案中，選了最有效率的那個，他承認自己會特別激動。

Chapter

29

約瑟夫．梅林一向睡不好。不像有些失眠的人，一輩子搞不清楚自己不幸的原因，他非常知道自己該怪罪什麼：他的存在就是下個不停的沮喪雨陣，他從來沒習慣過。每天晚上，他重新組合自己沒占到上風的談話，他重溫當時狀況，改編成對他有利的結局，職場上的衝突，他是受害者，再三咀嚼失望與挫折，夠讓他長時間維持清醒了。他打心裡以自我爲中心：約瑟夫．梅林的生活震央就是約瑟夫．梅林。除了自己以外，什麼也沒有，沒有半個人，甚至連隻貓都沒有，一切都歸結到他，有如空果核外包著一片乾樹葉，他的存在纏繞著他的存在本身。比方說，在無盡的不眠長夜中，他從來沒有想過戰爭。在打仗的四年之內，他以自己的方式把戰爭當成一個可恨的意外狀況，更因限制食物而額外加劇了他的不快，使得他原本就很古怪的脾氣變得愈發嚴重。部裡的同事，尤其是那些有近親在前線的人，看到這個乖戾尖刻的男人，不擔心前線戰士的安危，竟然只擔心交通運輸價格飆漲和雞肉匱乏，都甚爲反感。

「可是，我說老兄，」大家悲憤塡膺地對他說，「再怎麼樣，這畢竟是一場戰爭！」

「一場戰爭？什麼戰爭？」梅林回道，語帶厭煩。「一直都會有戰爭又戰爭，你們幹嘛對這場戰爭比對前一場或下一場更在意呢？」

大家覺得他是一個失敗主義者，離叛國變節的地步不遠。要是他在軍中，不用拖太久，就會被送去行刑大隊；在後方，比較不會造成危害。但是他對重大事件的冷漠，爲他招來額外的當眾羞辱，大家叫他德國佬，這個稱呼如影隨形，一路跟著他。

不見容於部裡的同事，鬧到最後，當他被分配到墓園視察時，德國佬的外號又成了「禿鷹」[38]、「兀鷲」或「猛禽」，視情況而定。他常常因此而徹夜難眠。

夏茲爾-瑪勒蒙軍人公墓是他前來視察委託給博戴勒公司承包的第一座墓園。

政府當局看到他的報告，認爲情況非常令人擔憂。沒人願意承擔責任，文件迅速攀升至高峰，直到中央政府辦公桌上才降落著陸，而中央政府則是讓檔案變得無聲無息的吃案專家，跟所有其他部會同儕一樣。

梅林被派到墓園視察的這段期間，每晚都在床上絞盡腦汁，精心修飾詞藻，以防萬一哪天被召去上級面前該如何應對，所有這些句子都回到一個簡單、粗暴、沉重的結論：成千上萬的法國士兵入殮的棺材過小。不管身高多少，從一米六到超過一米八（還好有現成的軍人證，梅林編了一本有憑有據的士兵身材參考大全），全都被殮入一米三的棺木。爲了把屍體塞進去，不得不扭斷脖子、鋸掉雙腳、折斷腳踝；總之，博戴勒公司處理士兵遺骸的方式就跟可任意裁切截斷的商品那般。報告尤其提到病態的技術層面，說明如下：「既無解剖學知識，亦無合適設備，工作人員便宜行事，單靠鏟子就將骨頭弄碎，或在平坦的石頭上，用腳踩碎，有時候還用十字鎬；即便如此，有些被塞在這些過小棺材裡面的過高男子，現場儘量把他們的遺骸硬塞進棺木，再把塞不下的部分扔進一具權充裝塡垃圾用的棺材裡面，一旦某口棺材裝滿了碎骨，就把它釘上，在上面註記『無名戰士』，這種情況在現場並不少見；因此，我們無法確保前來哀悼致意的家屬，他們領回的遺骸得以保留全屍；此外，得標公司強制工人要儘速完成命令，迫使工人只能將最方便取得的部分殮入棺中，於是他們放棄去開挖墳墓，尋找遺骨、證件或遺物，不去找這些明文規定、可以確認死者身分的東西，現場經常會發現人骨四散各處，卻沒人知道究竟是屬於誰的；除了嚴重違規，未能按部就班遵守政府對入殮埋葬所作出的指示外，該公司交付的棺材也完全不符其所簽訂的合約規範……等等。」正如我們所看到的，短短三百餘字便組成了梅林的這份報告；在用詞遣字方面，部裡都公認他是言簡意賅的藝術家。

這份視察報告投下了一顆震撼彈。

這對博戴勒公司不啻爲一大警訊，對佩瑞庫爾家族亦如是，對專門以檢驗爲優先考量的公共服務體系來說，更是備受矚目，換句話說，如今木已成舟，無法挽回。今後，有關這件事的訊息得上呈到中央政府行政辦事處，中間階層不得有任何耽擱延遲。爲了安撫公務員梅林，有人透過他的上級要他放心，他的報告上面已經很仔細地看了，讚賞有加，並表示會在最短期限內採取適當措施。擁有近四十年在公家機關服務經驗的梅林，立刻就明白他的報告已被束之高閣，這一點，他絲毫不感意外。這紙政府合約無疑藏有許多黑暗地帶，這件事非常敏感；所有會造成行政部門困擾的因素都會遭到排除。梅林知道變成礙事的絆腳石，對自己沒有好處，要是他執意孤行，他就會像個大花瓶，再度被搬來搬去，謝了吧。身爲一個有責任感的男人，他做好了他分內的工作，他覺得自己無可挑剔。

值此職業生涯即將終了之際，不管怎麼樣，他一心等著過自己期待已久的退休生活。上級派他去視察，根本就是形式化，在登記簿上簽簽名，蓋蓋章，他簽了、蓋了，耐心等待糧食不再短缺，大家終於

---

38 Vautour，相對於法國的象徵是公雞，德國則是禿鷹。文學作品中經常以禿鷹來代稱德國。而禿鷹、兀鷲等猛禽又為肉食性動物，故而作者意指被派到墓園視察的梅林為嗜食腐屍的禿鷹。

可以在市場、在餐廳的菜單上，看到有賣雞肉了。

於是他打道回府，睡大頭覺，這輩子第一次著實好好地睡了一整宿，彷彿他需要一段額外多出來的時間才能讓頭腦清醒清醒。

他做了好幾個椎心蝕骨的夢，支離破碎的二等兵坐在墓裡哭泣；他們大聲呼救，喉嚨卻發不出聲音；阿兵哥們唯一的安慰來自於高大壯碩的塞內加爾人，他們光著身子，蠕蟲一般，寒氣刺骨，把一鏟一鏟的土揮到阿兵哥身上，好似在幫剛被救上來的溺水者披上一件大衣。

梅林醒了，這件不是唯獨跟他自己有關的事令他深陷其中，不可自拔，對他而言是非常新鮮的感受。戰爭，早就結束了，然而戰爭終於還是闖入了他的生活。

後續便是這種怪異鍊金術的結果，鍊金術把梅林帶回這些墓園的陰沉氛圍，把他送回他自己存在的災難，上級管理階層對他設下三卡四堵令他氣憤難平，外加他一貫的死心眼，難道說一個廉潔誠實的公務員，就只能睜一隻眼閉一隻眼嗎?!他跟這些年紀輕輕就送了命的小夥子非親非故，但他們是不公不義的犧牲者，除了他，再無旁人能夠挽救，幫他們出頭。幾天之內，他就打定主意。這些被殺害的年輕士兵陰魂不散，糾纏著他，好像是戀愛、嫉妒或得了癌症的那種感覺。他從悲傷難過到義憤塡膺。他生氣了。

既然他沒從上級那邊收到任何暫停任務的命令，他就告知當局他要去達爾戈尼－勒－格杭那邊視察，其實卻搭了反方向的火車，前往彭塔維爾－默茲河畔。

他出了火車站，在滂沱大雨中徒步走了六公里，才抵達軍人公墓所在地。他走在馬路中間，怒氣沖天的大膠鞋踩爆水坑，車子經過他身邊猛按喇叭，他也充耳不聞，絲毫沒有要讓路的意思，使得駕駛不得不把兩個車輪開上路肩，從他身旁呼嘯而去。

杵在公墓柵欄大門前的是一名怪客，一臉凶相，骨瘦嶙峋，身材高大，雙手握拳，插在大衣口袋，雖然雨在他從火車站走到這邊的途中就已經停了，但他還是渾身濕透。梅林來到墓園外，卻沒人看到他，因爲中午休息鈴聲才剛響起，工地關閉。圍欄上掛著一塊板子，板子上面張貼著殯葬服務處通知：失物招領，致各位家屬與親人，身分不明遺體上找到許多東西，各位可以前往市政廳認領：一張少婦照片、一個菸斗、一張匯票存根聯、一件上有姓名縮寫的內衣、一只皮質菸絲袋、一個打火機、一副圓眼鏡、一封以「我的小寶貝」起首但未署名的信函……等等，好一張可憐復可悲的清單哪。這些遺物如此寒酸，深深打動了梅林。全是些可憐的阿兵哥哪！令人不忍卒睹。

他垂下雙眼，看著拴在圍欄上的鐵鏈，抬起腿，朝著小鎖猛地一踹，足以解決一頭公牛的腳跟狠踢，直搗工地，又一腳，辦公專用的木棚大門應聲而開。被風吹得鼓鼓的篷布下方，只有十來個阿拉伯人在吃東西。他們遠遠看到梅林踢破入園的柵門，隨後輪到辦公室大門遭殃，但是他們按兵不動，不會隨便站起來干預，看到這個男人的體格，他們還是置身事外比較安全；阿拉伯工人繼續嚼著麵包。

大家口中「彭塔維爾方場」的這個地方，是一塊毫不方正的土地，位處樹林邊緣，估計約有六百名士兵埋骨於此。

梅林翻箱倒櫃，找登記簿，每筆交易都應該會記錄在裡面。他邊參閱工作日誌，邊快速地朝窗外瞄上幾眼。從兩個月前開始挖掘屍體；放眼望去，這裡到處都是墓坑和土堆、防水油布、木板、手推車，還有爲了儲存設備而臨時搭建的小棚子。就行政上，一切似乎都符合規定。他在這邊沒有發現跟夏茲爾—

瑪勒蒙那邊一樣，令人不齒的馬虎隨便，至於那些裝著遺骸殘屑的棺材，跟屠夫裝牲畜殘肢的垃圾箱沒兩樣，混在一堆準備斂入屍首的新棺材中間，也花了他好一番功夫才終於找到。

通常，檢查完登記簿後，梅林會開始四處巡查；他靠著自己的直覺，一下拉開這邊的篷布，一下檢查那邊的身分名牌。這些都做完了之後，他才會眞的全力投入。他的任務就迫使他在登記簿到墓園小徑之間來回穿梭，幸虧他在這件工作上投注的心力，第六感很快便發揮作用，任何欺瞞狡詐、違法情事，造成不法行爲的蛛絲馬跡，最細微的線索都被他挖了出來。

這絕對是唯一一個部級任務，逼著公務員把棺材挖出來，甚至連屍體也照開挖不誤，但，爲了檢查，別無他法。何況梅林高大的身軀非常適合幹這種事；他大大的膠底鞋可以讓鏟子一下子就深入土裡三十公分，他那雙大爪子揮動起十字鎬就跟拿叉子般輕鬆自如。

跟工地第一次接觸過後，梅林開始詳細檢查。現在是中午十二點半。

下午兩點，他在墓園北端，站在一堆闔上了的棺材前面，棺材棧疊成堆，此時工地主任，一個叫索維爾·貝尼屈的人，五十歲上下，一張臉因爲酒精而呈淡紫色，瘦乾巴地活似葡萄藤蔓，在兩個大概是工頭的工人陪同下往他這邊走來。這一小群人怒氣沖沖，下巴頻頻上揚，做出挑釁動作，嗓門又高又大，語氣不容分說：工地不對外開放，不能隨便跑進來，立刻離開現場。由於梅林連瞧都不瞧他們一眼，他們的音調更加拉高八度：你再死賴著不走，我們就要報警，你知不知道?!這個工地可是受到政府保護的！

「我就是政府。」梅林打斷他們，轉身對著那三個男人。

一陣沉默過後，他補充道：

「這裡代表政府的，就是我。」

他把手伸進褲子口袋，掏出一張爛爛的破紙頭，看起來不像委任狀，可是由於他本人看起來也沒有部級特派員的樣子，害大家也不知道該如何是好。他高大的身軀，皺巴巴的舊衣服，髒兮兮的汙斑，他那雙大鞋，在在令人不敢恭維；在場眾人都覺得情況可疑，但又不敢提出反對意見。

梅林只管上下端詳這三個男人，那個「救世主」[39]和他的兩個助手，散發出一股難聞的李子燒酒味兒。第一個，臉部瘦削、面色蠟黃的那個，留著兩撇對他而言過於濃密的鬍鬚，拍著胸前的口袋，故作輕鬆；第二個，一個阿拉伯人，他還穿戴著他當步兵下士時的鞋子、褲子和船型帽，像閱兵似的直挺挺地站著，擺出一副就是想說服周遭的人他這個職位有多重要的姿態。

齜齜，梅林邊把那張紙塞回口袋，邊把假牙弄得齜齜作響。

然後，他指著那些堆在一起的棺材。

「你們知不知道？」他又開口說道，「政府已經開始起疑心了。」

阿拉伯工頭又更僵硬了幾分，他的同伴鬍鬚男拿出一根菸（他沒掏出整包，只抽出一根，似乎是受夠了老是被揩油，而不想分給別人）。他所表現出來的一切，無不顯示出他心眼狹小與吝嗇小氣。

「比方說，」梅林說，突然展示起三張身分證明，「政府想知道這幾個傢伙配了什麼樣的棺材。」

梅林那雙大手上拿著的幾張紙，沒比郵票大多少。但這個問題卻讓整個團隊頓時陷入極度的不安。

他們先把一整條過道的士兵都挖出來，一邊擺著一排棺材，另一邊則有一長條身分證明。

39 Sauveur，法文中，與工地負責人索維爾．貝尼屈的名字 Sauveur 是同一個字。

從理論上來說，兩者順序應該相同。

但這些文件只要有任何一張排錯或落掉，整排就會亂了套，每口棺材就會跟著分到一張跟棺材內容無關的身分證明。

既然梅林手上有三份與棺材不符的身分證明……這就代表全部都亂了。

梅林搖搖頭，看了看墓園已經被翻過的部分。兩百三十七名士兵被挖了出來，而且已經被送到八十公里外。

保羅在儒勒的棺材裡面，菲利西安在伊西多爾的棺材裡面，依此類推。

直到第兩百三十七具。

問題是：現在不可能知道誰是誰。

「這些身分證明是配哪幾具棺材的？」索維爾．貝尼屈環顧四周，結結巴巴地說，彷彿他突然搞不清東南西北。「我們來瞧瞧。」

一個念頭在他腦中一閃而過。

「這個嘛，」他掛保證，「我們正打算處理！」

他轉過身來，對著他那突然矮了半截的團隊。

「對不對啊？兄弟們？」

沒人明白他的意思，不過也沒人有閒功夫去弄明白。

「哈，哈！」梅林喊道。「你把他當成笨蛋？」

「把誰？」貝尼屈問。

「政府！」

這個人看起來好像神經有毛病，貝尼屈猶豫著要不要再跟他要委任狀來看一下。

「所以說，他們在哪兒啊，我們的這三個小夥子，嗯？而且這三個傢伙會一直黏著你不放，直到你把活兒幹好，你們打算怎麼稱呼他們來著？」

於是貝尼屈開始了賣力解釋這是個技術問題：因爲大家覺得先把棺材整排排好，再把證明文件都放在一起，依次編好，這樣才方便把它們登記在本子上，才「更安全」，因爲如果我們光寫在身分證明上的話……

「屁話連篇！」梅林打斷他。

貝尼屈，他自己也不相信自己的這番說辭，只能低下頭去。他的助手拍了拍上衣口袋。

在隨後的沉默中，梅林看著這片一望無際的軍人墳墓，產生了怪異的幻覺：到處都是聚在一起追思哀悼的家庭，雙臂下垂，雙手交叉，而梅林彷彿是隱形人，他是唯一看到遺骸在地底悸動的那個人，聽到士兵以一聽就心碎的聲音哭喊著他們自己的名字……

傷害已經造成，無法挽回，這些士兵肯定找不回來了：在已經辨別身分的十字架下長眠著無名氏。

現在唯一要做的就是：腳踏實地，好好重新開始。

梅林重新安排工作，用大大的字寫出指示，一切都以一種專斷命令的腔調語氣：你給我過來，你給我聽好，他威脅大家，要是工作沒有做好，就要追究他們的責任、違約罰款、撤職解僱；他一走開，大家都清清楚楚地聽到他說「一群笨蛋」。

但是只要他一轉過身去，一切又故態復萌，錯誤層出不窮，永遠沒完沒了。這種狀況，非但沒讓他氣餒，反而激起他十倍鬥志。

「你給我過來！快點！」

他這是在對那名蠟黃鬍鬚男說話，一個五十來歲的男人，臉窄到連眼睛都好像是貼在臉頰上，每邊一個，跟魚一樣。他僵在離梅林一米處，硬是克制住自己拍口袋的動作，而是又掏出了一根菸。

梅林，正準備說話，停頓了好一會兒。他看起來好像在找該怎麼說，明明話就在舌尖上，就是想不起來，這是樁很令人懊惱的事兒。

鬍鬚男工頭張了張嘴，還沒來得及吭聲，梅林就已經賞了他一個響亮的大耳刮子。一巴掌打在這個扁平的臉頰上，聽起來好似敲了下響鐘。那名男子倒退一步。所有人的目光都落在他們身上。貝尼屈走出棚子，他把他的興奮劑，一瓶勃艮第葡萄榨渣酒，藏在棚內，聲嘶力竭地叫著，此時工地所有工人都已經開始蠢蠢欲動。鬍鬚男，嚇呆了，扶著臉頰。梅林迅速被一群貨眞價實的獵犬給包圍住，要不是因爲他的年齡、他驚人的體力、他那雙巨大的巴掌、他那雙大得離奇的鞋子，打從一開始視察就占了上風，他就得爲自己的命運擔心；豈料他非但不擔心，反而篤定地推開大家，走近他的被害者，搜查他胸前的口袋，邊大喊「哈，哈！」，隨後那隻手緊緊握拳，伸出口袋。另一隻手則一把抓住那人的脖子，他想掐死他，一看就知道。

「哦，天哪！」貝尼屈大叫，他才剛搖搖晃晃地到了這邊。梅林沒鬆開臉色開始大變的那名男子的脖子，朝工地主任伸出拳頭，打開它。

一條上面帶著小金牌的手鏈出現了，小牌子翻成反面。梅林放了他的獵物，後者肺部一陣噁心，開始咳嗽，然後梅林轉向貝尼屈。

「他叫什麼名字？你的手下？」梅林問道。「他的名字?!」

「這……」

索維爾・貝尼屈，徹底被梅林打敗，棄械投降，朝他的工頭投以抱歉的一眼。

「阿爾西德。」他語帶懊悔地喃喃說出。

幾乎聽不見，但這一點都不重要。

梅林把金鏈子翻過來，好像我們拿硬幣玩正面或反面的遊戲那樣。

小金牌上刻著一個名字：羅傑。

Chapter

30

天哪，多美好的早晨哪！但願每天都這樣！彷彿一切都宣告著萬事大吉！

首先就是作品方面。委員會選中五件。一件比一件美。太出色了。愛國主義精粹。賺人熱淚。於是拉布爾丁準備好喜迎勝利：展示給總裁佩瑞庫爾看。爲了展示，他還專門向區政府技術部門訂了一個有他大辦公室這麼大的鍛鐵大吊門，好把這些圖掛上去，突顯它們的價值，他在「大皇宮」看過一個展覽就是這麼展示的，不過，他就去過那麼一百零一次。佩瑞庫爾先生可以在大幅草圖間自由穿梭，信步行走，雙手負在身後，在這幅前讚嘆一番（「旗開得勝的法蘭西哀痛逾恆」）——拉布爾丁的最愛；又可以在那幅前細細品味（「勝利的亡靈」），駐足停留，躑躅猶豫。拉布爾丁彷彿已經看到總裁轉向他，一臉佩服，卻又因不知該選哪幅才好而爲難……於是乎，這就是輪到他開口的大好時機，說出他那仔細揣度、悉心度量、再三權衡過的句子，那個抑揚頓挫的句子，純粹在於同時突顯他的美學品味以及無與倫比的責任感：

「總裁，容我說句話……」

就是這時候，他走近「旗開得勝的法蘭西哀痛逾恆」，一副想搭上總裁肩膀、稱兄道弟的樣子。

「依在下之見，這件『卓絕的作品』完美體現了『同胞們』所想表達的『苦痛』與『驕傲』。」

引號是這個句子密不可分的一部分。無可挑剔。首先，「卓絕的作品」一詞就是他的新發明，再加上「同胞們」更是遠比「選民」中聽多多，「苦痛」也一樣。面對自己才高八斗的天分，實令拉布爾丁驚豔不已。

十點鐘左右，吊門展開，已經架好在他的辦公室裡，現在得開始把畫掛上去，而且不得不爬上去才能把畫作固定在橫梁，這樣才能平衡。於是他喚來雷蒙小姐。

她一進到辦公室，就知道他安著什麼心。她本能地夾緊膝蓋。拉布爾丁在梯子腳下，唇邊帶著微笑，宛如奸商那般搓著雙手。

雷蒙小姐嘆著氣，爬了四級階梯，婀娜多姿，搖來擺去。是的，多美麗的一個早晨啊！畫一掛好，祕書小姐邊壓著裙子，邊忙不迭地爬下梯子。拉布爾丁退後幾步，欣賞成果，右上角跟左邊比起來，好像低了稍微那麼一丁點，您不覺得嗎？雷蒙小姐閉上眼睛，又爬上去，拉布爾丁衝到踏步梯下；他從來未曾有過這麼多時間得以飽覽裙底風光。待一切都到位後，區長已呈現與馬上風相距不遠的春心蕩漾狀態。

無奈事與願違，晴天霹靂，一切準備就緒，佩瑞庫爾總裁卻取消不來，派了個跑腿的來把作品帶回他家。白忙了一陣！拉布爾丁心想。他搭了輛四輪馬車跟在後頭，豈料，與他所期望的正相反，決議根本就沒他的份兒。馬塞爾．佩瑞庫爾想一個人決定。已經快中午了。

「幫區長先生準備點心。」佩瑞庫爾先生下令。

拉布爾丁黏在小女佣後面，可愛的小棕髮美女，動不動就手足無措，雙瞳翦水，漂亮堅挺的胸脯，他問她，他可不可以喝點波爾圖甜葡萄酒，他邊撫摸她的左乳邊如此問道。小女佣只能臉紅不語，因為這個地方工資很好，而且她是新來的。她端來葡萄酒時，拉布爾丁又襲擊了她的右乳。

天哪，多美好的早晨哪！

瑪德蓮發現區長打鼾好比鍛鐵爐般呼嚕震天響。肥大的身軀癱在一旁，在他身邊的矮几上，有他把整隻雞嗑光的雞凍殘羹，還有瑪歌酒莊的空瓶子，使得這整幅場景帶著猥褻、令人作嘔的輕浮隨便。

她低調地敲了敲父親書房的門。

「進來。」他不假思索地就答應了，因爲他總是聽得出她敲門的方式。

佩瑞庫爾先生把草圖都豎起來靠著書架擺放，空出書房，這樣才能坐在扶手椅上把整體看個清楚。他從一個多鐘頭前就保持這個動作，目光來回遊走，從一幅到另一幅，沉浸於自己的思緒。期間不時會站起來，靠過去，觀察細節，然後又回到原來的位置。

首先就是，他很失望。就這樣而已嗎？這些跟他看過的那些好像，只是尺寸比較大而已。他忍不住看看價格，大腦計算機比較著材積與價錢。好吧，集中注意力。選吧。但是，對，的確很令人失望。他對這個公開競圖計劃寄望甚高。現在，他看到的提案卻……他究竟在期待些什麼呢？最終，這座紀念碑畢竟會和別座一樣，沒有任何一件作品足以平息他不斷油然升起的情感新波動。

瑪德蓮，毫不驚訝，她也有同樣的感覺。所有戰爭都很像，所有紀念碑也是。

「妳覺得怎麼樣？」他問。

「有點……過於浮誇，對不對？」

「感情太外放了。」

然後，他們都沉默了。

佩瑞庫爾先生坐在椅上，宛若端坐寶座的國王在逝去朝臣面前的姿態。瑪德蓮細細檢視作品。他們倆一致認爲最優的是阿德里安·瑪朗德瑞的「烈士的勝利」，其特點在於將寡婦（戴著黑紗）和孤兒（一個男孩望著戰士，雙手合十在祈禱）與士兵自己同化，將他們全部都視爲受害者。在藝術家的刀刻斧鑿之下，舉國上下都成了慷慨就義的殉難國度。

「十三萬法郎。」佩瑞庫爾說。他忍不住。

但他女兒沒在聽他說，這會兒她正對另一幅畫的細部產生了興趣。她把那幅畫拿在手上，對著光欣賞；她父親靠了過去，他不喜歡「感恩」這個提案；她也不喜歡，她覺得太誇張；不對，其實問題是在於……眞的很蠢，可是有一個無關緊要的小地方，但……是什麼呢？就在那邊，在這件三聯畫裡題爲「驍勇國軍痛宰敵軍」的那幅裡，中景的部分，有個瀕死的年輕阿兵哥，他的臉龐那般純淨，肉肉的嘴唇，鼻子有點隆起……

「等等，」佩瑞庫爾說，「我瞧瞧。（這會兒輪到他彎著身子，近距離觀察。）還眞的是，妳說得對。」

這個二等兵有點像他們有時候會在愛德華的畫作裡面看到的某個年輕人。並沒有一模一樣，愛德華畫裡的人物都擺出一副有點斜眼瞄人的樣子，不像這個眼神如此正直坦誠。可是下巴上面那個凹下去的酒窩，卻帶著三分相似。

佩瑞庫爾先生站起來，收好眼鏡。

「在藝術上，經常都會看到同樣的主題。」

他說話的口氣好像他很懂似的。瑪德蓮，文化素養較高，並不想反駁他。總而言之，這只是一個細節，沒什麼大不了的。他父親需要的是豎立紀念碑，是終於對某樣東西感興趣。誠如她女兒之於懷孕，比方說。

「你的傻瓜拉布爾丁睡在候見室。」她笑著說。

他壓根兒就忘了這傢伙。

「睡就讓他睡吧，」他回道，「他也只會睡而已。」

他親親她的額頭。她朝門外走去。遠遠看去，這個提案令人震撼，可以想像得出來實際做出來會有多壯觀，她剛剛看到尺寸標示：十二米，十六米，高度則是……！

「這張臉，畢竟還是……」

一旦獨自一人，佩瑞庫爾又回到那幅畫前。他還在愛德華的素描小冊子裡面找了找，可是他兒子素描的那些男人都不是這個人，而是他在戰壕裡面眞正遇到過的軍中袍澤，然而這名有個肉肉嘴唇的年輕士兵卻是個理想化的主題。佩瑞庫爾先生一直不容許自己有關於他所謂的兒子「情感癖好」的精確念頭。即使在內心深處，他也從來都沒有想到兒子的「性取向」或諸如此類的東西，對他而言，這些過於精確，令他反感。但是，由於這些想法似乎讓你驚訝不已，然而你明白，在它們浮現出來之前，其實早就暗中運作了很長一段時間，佩瑞庫爾先生自問，這個斜視和有酒窩的年輕人是不是愛德華的「朋友」。他分得很清楚：「朋友」指的是愛德華精神層面上的愛人。這件事不再像從前那樣令他覺得可恥，現在只會讓他不安；他不願意想像……這件事不能過於具體……他兒子「跟別人不一樣」，就這樣。在他周遭，跟大家一樣的男人，他看多了，員工、合夥人、客戶、某某人的兒子或兄弟，他不再像從前那樣羨慕他們。他甚至不記得當年他覺得他們有什麼好，當時在他眼中，他覺得他們有什麼地方高愛德華一等的呢？回顧既往，他恨自己可有多麼愚蠢。

佩瑞庫爾先生又在擺了一排的草圖前面坐了下來。他心目中的觀察角度逐漸改變。這並不是說他發現這些草圖的新美德，他還是覺得它們過度感情外露。只不過他的眼光變了，我們在觀察一張臉時，隨著我們的感知，這張臉也會跟著進化，這個我們剛剛還判定甚爲漂亮的美女，會變得平庸俗不可耐，這名相當醜陋的男子，我們卻發現他有某種剛剛我們沒注意到的魅力。現在他已經習慣了，這些紀念碑讓他心靈平靜。都是因爲質材的關係：有些是石材，有些是青銅，沉重的材料，堅不可摧。然而家族陵墓缺乏的正是不能出現愛德華的名字：永遠都只是個夢。佩瑞庫爾先生，他必須透過訂購這座紀念碑來超越這點，超過它的存在，長此以往，有重量，有質量，有體量，紀念碑必須比他還強，必須將他的悲傷帶往自然境界。

這些提案伴隨著招標卷宗，其中包括藝術家簡歷、價格、施作日程。佩瑞庫爾先生看了儒勒．德．埃普瑞蒙提案的介紹信，什麼資料也沒看到，但他翻了在作品集裡面所有其他的圖，有背面的、有遠眺的、有在都市環境中的……中景裡那位年輕士兵的臉一直都在，跟那些嚴肅的面孔一起……這就夠了。

他打開門，叫了一聲，沒用。

「拉布爾丁，天哪！」他喊道，火大，搖著區長的肩膀。

「嗯，怎麼啦？誰啊？」

睡眼惺忪，一副已經忘記自己身在何處、正在做什麼的模樣。

「過來！」佩瑞庫爾說。

「我？去哪兒？」

拉布爾丁搖著晃著進了書房，邊搓著臉，讓自己清醒點，他結結巴巴地道歉，佩瑞庫爾根本就沒在聽。

「這個。」

拉布爾丁開始恢復神智。他瞭解到他想推薦的那件作品沒被選上，不過他心想，其實他準備的那個句子放諸四海皆準，完全可以套用在任何一座紀念碑上。他清了清嗓子：

「總裁，」他宣稱，「容我說句話……」

「說什麼？」佩瑞庫爾問，沒看他一眼。

他又戴上了眼鏡，他正在寫東西，站著寫，站在書房角落，對自己的決定很滿意，感覺自己完成了某樣他會引以爲傲的大事，某樣對他而言是樁好事的東西。

拉布爾丁大大吸了一口氣，胸口鼓起。

「這件作品，總裁，在我看來，這件『卓絕的』作品……」

「拿去，」佩瑞庫爾打斷他，「這裡有張支票可以支付草圖和前期工作。好好調查一下這位藝術家，當然還有承製的公司！還要把案子提交給省長。有任何問題，都打電話給我，我會介入。還有別的事嗎？」

拉布爾丁抓住支票。「沒，沒別的了。」

「啊，」佩瑞庫爾先生於是說道，「我想見見藝術家，這位……（他找著名字）儒勒・德・埃普瑞蒙。請他過來。」

Chapter

31

家裡的氣氛並不愜意，除了愛德華之外，不過他一向都表現得與眾不同；好幾個月來，他一直開玩笑開個不停，無法要求他理性一點。好像他不明白事情的嚴重性。阿爾伯特不太願意去想愛德華消耗嗎啡的量已經大到前所未有，一個人沒辦法面面俱到，他已經有一堆解決不了的問題。他一到上班的銀行就以「愛國追憶」的名義開了帳戶，以方便將到手的資金存入。

六萬八千兩百二十法郎。就是這樣。成果豐碩。

每人分三萬四千。

阿爾伯特從沒擁有過這麼多錢，不過我們不得不將利益與風險做一比較：他冒著被判三十年徒刑的險，挪用了還不到五年的工資。太不划算，荒謬至極。今天是六月十五日。陣亡將士紀念碑的跳樓大拍賣還有一個月就要結束了，還是什麼都沒。或者幾乎什麼都沒。

「什麼都沒？你什麼意思？」愛德華寫著。

這天，儘管天氣悶熱，他還是戴著黑人面具，面具非常高，遮住了他整個頭。頭顱上方，還端坐著兩隻公羊捲角，兩條泛著磷光藍的虛線從淚點往下滴落，好似快樂的淚水，一路落到扇子般恣意綻放的大鬍子那邊。整張臉皆塗以赭色、黃色、大紅色；額頭和頭飾的邊角部位，甚至還盤著一條彎彎曲曲的小蛇，圓潤光滑，色呈深綠，跟真的一模一樣，看似牠正在緩緩爬行，持續不休，繞著愛德華的頭，自己追著自己的尾巴咬。繽紛亮麗的面具，鮮豔，愉悅，跟阿爾伯特的心情形成強烈對比，他啊，他黯淡無光，衰退成了黑與白，更常是黑色。

「哦，沒，什麼都沒有！」他大叫，拿著帳本給戰友看。

「你耐心等就是了！」愛德華這麼回他，一如既往。

路易絲只是微微低著頭。雙手在紙漿裡輕輕攪拌，爲接下來要做的面具準備材料。她若有所思地看著搪瓷盆，對響亮的聲音充耳不聞；他們兩個人大小聲她聽多了。

阿爾伯特的帳記得很詳盡：十七個十字架，二十四把火炬，十四尊半身像，都是些賺不了大錢的小東西；至於紀念碑，只有九座而已！就這樣！下了訂單的市鎮機關只付了四分之一的訂金，而不是一半，並且還定下交貨期限，才願意支付餘款。他們印了三千張收據來應付訂單，結果才用不到六十張。沒撈到一百萬，愛德華拒絕出境，他們連十分之一都還沒進帳。

然而，每一天都更接近騙局被識破的時刻。搞不好警方早就展開調查。每次到羅浮宮郵局去取郵件，都會讓阿爾伯特順著脊椎骨一陣冷顫；少說也有二十次，他在開著的信箱前，看到有人往他的方向走來，他當場就想尿褲子。

「反正，」他衝著愛德華說道，「只要不是你想聽的話，你就什麼都聽不進去！」

他把帳本扔在地上，穿上外套。路易絲繼續揉捏紙漿團，愛德華的頭歪了一下。阿爾伯特沒辦法表達出這種令他窒息的感覺，所以經常都會暴怒，他一出公寓，到深夜才會回來。

最近幾個月眞夠他受的。銀行同事都認爲他病了。其實大家並沒有非常驚訝，每個退伍軍人都有自己的傷疤，這個阿爾伯特好像比其他人更如同驚弓之鳥：永遠都緊張兮兮，標準的偏執狂反應。由於他畢竟是個好同事，大家紛紛向他提出建議：腳底按摩啦，吃點紅肉啦，有沒有熬椴樹苞葉來喝喝看呢？唯有早上刮鬍子的時候，他看著鏡裡的自己，發現自己面如土色，簡直就跟慘遭活埋沒兩樣。

同一時刻，愛德華卻已經邊開心得咯咯亂笑，邊把打字機打得劈哩啪啦響。

同樣一件事，兩種不同反應。令人瞠目結舌的騙錢大計讓他們期待了那麼久，按理說應該會讓他們團結一致，陶醉共享，應該算一種勝利才對，然而，卻分開了他們。

愛德華，還是那麼虛無縹緲，不在意後果，從不懷疑一定會成功，興高采烈地回覆收到的信件。他想像儒勒・德・埃普瑞蒙會採用哪種藝術行政風格，戲謔模仿，樂在其中；阿爾伯特則慘遭焦慮、後悔和怨恨囓食，明顯看出他形銷骨立，成了行尸走肉。

他行跡鬼祟更甚以往，夜不成眠，一隻手放在他的馬頭上，在屋裡走到哪兒就帶到哪兒；如果可以的話，他就會帶它去上班，一想到早上要去銀行，光是如此就會讓他的胃部翻騰不已，他的馬頭則代表著他唯一而且終極的保護，他的守護天使。他盜用了兩萬五千左右的法郎，還好有各市鎮的第一筆付款，儘管愛德華堅決反對，誠如他所許下的承諾，阿爾伯特還是硬將這筆錢全數歸還雇主。他依然得不斷跑在稽核員和審計員之前，因爲可以證明他盜用公款的僞造文書字跡依舊存在。他老是被迫用新的去掩飾舊的。萬一有人一對照，一調查，就會東窗事發……他非走不可。一旦償還銀行的款項後，他們每個人還剩下兩萬法郎！就用這筆錢！阿爾伯特，惶惶不可終日，如今才意識到，自從與希臘人狹路相逢，他有多麼容易受到恐慌影響。「阿爾伯特就是這樣！」要是梅亞爾太太知道了，她準會這麼說。「他天生就是個膽小鬼，總是選擇最沒出息的解決方法。你可能會對我說，就是因爲孬，所以他才能從戰爭全身而退，但在承平時期，膽小眞的很討厭。要是哪一天他找到一個女人，那個可憐兒的神經必須很強韌才行。」

阿爾伯特揮去他母親的影像，揮去那個八字根本連半撇都沒有的可憐兒影像。「要是哪一天他找到一個女人……」他邊想著寶琳，突然很想一個人逃離此地，再也不要看到任何人，直到永遠。每次他想到自己的未來，想到萬一他們被抓（相當不正面的想法），他就會出奇懷舊。如今已是承平時期，他卻成串憂慮纏身，某些在前線的時刻，如今看來，他反而覺得那段時期都稱得上快樂、單純了，只要看著他的馬頭，炮坑就幾乎成了他求之不得的避難所。

這件事眞是一團亂。

沒想到一切卻開始好轉。型錄一送到市鎭公所，探詢訊息如雪片般飛來。有幾天甚至還收到十二、二十、二十五封信。愛德華把所有時間都花在回信上，絲毫不顯疲態。

只要收到郵件，他就會歡呼，塞進一張上頭有「愛國追憶」字樣作爲信銜的信紙到打字機裡面，把《阿依達小號》放在留聲機唱盤上，開大聲音，一隻手指高舉空中，好像試圖想找出風從哪裡來，隨後便宛若鋼琴家那般，滿心歡喜地一頭栽進鍵盤。他不光是爲了錢才想到幹這一票，而是爲了體驗這份滿足，前所未有的挑釁快感。這個無臉男把手放在鼻子上，衝著全世界搖啊搖的做了個大鬼臉；一股狂喜自他身上生成，幫助他與他一直都是卻差點就失去的那個自己，重新取得連結。

幾乎所有客戶的詢問都跟實作方面有關：固定的方法、保固期、包裝方式、基座必須符合什麼技術標準……等等。愛德華，儒勒．德．埃普瑞蒙的生花妙筆提供了所有答案。他在信中所展現的知識如此淵博，令人百分百安心，而且全部都客製化，按客戶要求量身打造。這些回函讓客戶深信不疑。地方父母官或鄉鎭市長祕書頻頻解釋他們的計劃，無意間益發突顯出這個騙局不道德到何種程度，因爲國家只會對承購紀念碑一案提供象徵性補助，而且還得「依照各個城市針對彰顯戰士亡靈所付出的努力及子弟犧牲比例而定云云」。鄉鎮市政府動員其所能派上用場的所有資源，通常都無濟於事，所以大多都得仰仗……民間捐款。個人、學校、教區、家家戶戶都捐出杯水車薪，爲的就是讓他們的兄弟、兒子、父親、堂兄表弟的名字能夠永遠銘刻在這座豎立於村鎮中心或教堂旁的紀念碑上，子子孫孫永誌不忘，他們是這麼以爲的。鑑於募集資金的速度不夠快，深恐無法趕上「愛國追憶」千載難逢的低價促銷，關於付款規定，許多來函都提出別的安排方式，希望付款寬限期較有彈性。「青銅模型可以先預付六百六十法郎就好嗎？」雖然不如規定預付百分之五十的訂金，畢竟也是百分之四十四啊，他們如此辯護。

「可是，您知道的，資金募集回籠得有點慢。毫無疑問，我們絕對可以趕上最後期限，我們向貴公司保證。」「連小學生都被動員起來進行全面調查。」他們還如此解釋道。甚至還有：「德．馬爾桑德特夫人希望百年之後將她的部分財富遺贈給本市，願上帝保佑她長命百歲，但對失去了將近五十個年輕人，而需接濟八十名孤兒生活的沙維爾－索恩河畔市在承購美麗紀念碑上來說，德．馬爾桑德特夫人的遺贈，不啻爲一種可以接受的抵押品？」

七月十四日這個期限，如此接近，各鄉各鎮不禁擔心起來，來不及向鄉鎮理事會諮詢，可是「愛國追憶」的建議又是如此吸引人哪！

愛德華——儒勒．德．埃普瑞蒙，這位大老爺，有求必應，獨家優惠，交期好談，來者不拒，一律打包票沒問題。

他通常的開場都是熱烈讚揚來信者眼光獨到、選了他的作品。不論對方是要買「進攻！」這把簡單的葬禮火炬，或是「法蘭西雄雞踐踏德國佬頭盔」，他都偷偷承認其實他本身正是對這個模型額外付諸心力，尤其偏好。這些矯揉做作的交心時刻，令愛德華分外樂在其中，他把他在美術學校教師身上所見識到一本正經、自以爲懂的荒謬全都一股腦兒地派上用場。

至於那些複合項目（例如每當有人想以「勝利女神」搭配「捍衛國旗壯烈成仁」的時候），儒勒．德．埃普瑞蒙總是熱情洋溢且毫不猶豫地祝賀跟他聯絡的對方，大讚對方藝術鑑賞角度細膩無比，甚至還承認對方這種組合創意與絕佳品味令他大爲驚豔。不論任何方面的任何問題，他都有因應之道：價格方面表現出他很同情，理解方面表現出他很慷慨大方，至於作品方面，則一副老神在在、百分百掌控品質，表現出他優秀出色的技術層面。沒問題，他要對方放一百二十個心，水泥塗料當然沒問題，對，石碑可以設計成法國式的，絕對沒問題，也可以用花崗岩，完全沒問題，所有「愛國追憶」的模型都經過認證，交貨之際，會一併附上加蓋了內政部戳印的保證書，那有什麼問題？在他的鵝毛筆下，不會有任何困難，全都是些簡單、實用、平和的解決方法。他還好心提醒對方，想得到政府的微薄補貼，所需要準備的文件列表（議會決議書、紀念碑草圖、負責藝術角度的委員會意見、預估開支、可行方式與方法指示），並不時針對材質提出三兩建議，還擬好了一份極其正式的訂單收據，以茲與訂金付款搭配，相得益彰。

光最後這招，便足以名留詐術青史，在完美騙局大全中記上一筆而當之無愧。章節結尾處，他寫道：「敝人甚爲佩服您所做出的組合選擇，品味出色、匠心別具」，愛德華採取迂迴戰術，故意反映出他的猶豫與顧忌，不論哪種組合，千篇一律，經常都會奉送這段：「您的計劃實爲最具藝術品味與愛國情操的完美結合，茲同意貴方所請，除卻本公司今年已經提供的折扣，再額外減去百分之十五。有鑑於本公司此一超乎尋常的優惠（特此懇求您千萬別對外宣揚！），敝人要求您必須預先支付訂金全額。」

愛德華有時會讚嘆他那文情並茂的信函，邊發出志得意滿的咯咯聲。這份吃重的回信工作，讓他忙得不可開交，他認爲從這麼多來信便可預測，此番操作必會勝利成功。他們繼續收到信函，郵箱總是爆滿。

阿爾伯特呢？他則哼了一聲。

「你會不會太過分了點？」他問。

他不用想就知道，一旦他們被抓，這些悲天憫人的回信對加重他們的刑責會有多大貢獻。

愛德華，他，氣派非凡，雙手那麼一比劃，表明他是大老爺。

「我親愛的，有點同情心吧！」三言兩語打發阿爾伯特。「我們這麼做又不花分文，而且這些人需要鼓舞。他們參與了一件傑出作品的製作！事實上，他們都是英雄，對不對？」

阿爾伯特有點愣住：他對英雄大開空頭支票，這些人卻以付出紀念碑作爲代價。

於是愛德華硬生生地扯下面具，露出他那張臉，一個大敞二開、怪獸般的大洞，大洞上方的眼睛是唯一還活著、還帶有人性的痕跡，目不轉睛地盯著你。臉的其他部分，恐怖莫名，阿爾伯特已經不常看到他的整張臉了，因爲愛德華總是不停更換面具。有時甚至戴著面具就睡著了，在印第安戰士、神話鳥、殘暴卻歡樂的野獸面容下，沉沉睡去。阿爾伯特則每個鐘頭都會醒來，像個小爸爸那般，走近他，小心翼翼地取下他的面具。在烏漆麻黑的房中，他看著自己睡著了的戰友，深受震撼，要不是這無所不在的紅，這張臉的殘餘部分簡直就跟某些軟體頭足動物沒兩樣。

在等待的同時，儘管愛德華卯足了勁兒，向許多要求作出回應，還是沒收到確定的訂單。

「爲什麼呢？」阿爾伯特以不冷不熱的聲音問道。「這是怎麼回事？你的回信好像沒有說服他們。」

愛德華學紅番跳起割頭皮舞，逗得路易絲噗嗤笑出聲來。阿爾伯特，厭惡至極，回過頭來繼續算帳。

他記不得自己當時的精神狀態，因爲隨後有那麼多煩心的事讓他疲於奔命，但五月底收到最初的幾筆付款，他總算稍微欣慰了點。阿爾伯特要求將這些資金優先償還銀行，愛德華當然吵著不願意。

「還給銀行有個屁用？」他用力把字寫得好大。「反正我們還不是要帶著騙來的資金逃跑！盜用銀行的錢，這已經算最道德的了！」

阿爾伯特並沒就此鬆口。他再度打斷愛德華，跟他提到貼現和產業信貸銀行，但愛德華顯然對他父親的生意一無所知，連這家銀行的名稱都沒聽過。阿爾伯特爲了向他戰友輸誠，於情於理，都不可能補上佩瑞庫爾先生很好心，賞了他份工作，所以他才會對他們招搖撞騙更爲反感。他這種道德觀是非常彈性的，當然是，因爲他試圖騙生活條件相當微薄的陌生人的錢，這些可憐人分攤費用來豎立紀念碑以紀念死去的親人，可是佩瑞庫爾先生，因爲他認識他本人，所以他不想騙他，這兩者是不一樣的，而且還因爲寶琳，何況……總之，他不由得有點把佩瑞庫爾先生當成自己的恩人看待。

愛德華對阿爾伯特提出的怪理由感到不服氣，不過還是讓了步，讓他把前幾筆付款先用來償還銀行。

之後，他們各人以各人的方式，象徵性地花費了一些，幫自己找了點樂子，美好的未來或許在等著他們。

愛德華只買了品質絕佳的留聲機和不少唱片，一些軍隊進行曲之類的。儘管他的腿仍然僵硬，他還是甚爲喜愛在路易絲的伴隨下，在公寓裡面大踢正步，臉上戴著荒謬至極的滑稽士兵面具。還有一些阿爾伯特一竅不通的歌劇，至於莫扎特單簧管協奏曲，好幾天，他都聽了又聽，好像唱片被刮壞了似的反覆重播個沒完。不過，愛德華沒買新衣服，他始終穿著同樣那幾件，兩條長褲、兩件羊毛衫和兩件粗毛線衫輪流更換，阿爾伯特每兩個禮拜都會帶出去洗一回。

至於阿爾伯特呢？他則買了新鞋。還有套裝和兩件襯衫。就光說品質好了，這次可是玩真的。新衣新鞋買的正是時候，因爲他正是在這個時刻與寶琳陷入愛河。從那時起，事情進展就永無休止地越來越複雜。跟這個女人在一起，就跟銀行一樣，他也因爲自己一開始就撒了謊而受苦受罪，乃至於發現自己被判了始終會被追著跑的酷刑。紀念碑也是。他到底造了什麼孽？老天爺要他不斷地被一個威脅著要將他生吞活剝的怪獸追著跑呢？所以他才告訴愛德華，獅子面具（其實只是某個神話動物罷了，但是愛德華才不理會這些細節）是很美，的確很美，甚至美到不行，卻讓他噩夢連連，他希望愛德華能把獅子面具束之高閣，再也不拿出來，他將不勝感激。愛德華照他說的辦了。

再說還有寶琳。

他會跟寶琳走到一塊兒，都是因爲銀行董事會決議。

佩瑞庫爾先生不太把心思放在生意上，已經好一段時間了。他比較少露面，與他擦身而過的人則發現他老了好多。或許是因爲他女兒婚姻的緣故？要不就是有什麼煩惱？重責大任不堪負荷？沒有人想到是因爲他兒子的死，因爲當初他聽到兒子過世的消息，隔天還參加了一場重要的股東大會，與會期間，堅決果斷，一如既往，人人都覺得他非常勇敢，儘管家裡出了事，依然堅守職責。殊不知時不我予。佩瑞庫爾先生已經不再是以前的那個他。事實上，前一個禮拜，開會開到一半，他還突然藉口離去，要大家繼續開會；再也沒有重大決策要做，由於總裁畢竟從來都沒有放手不管的習慣，反而有事必躬親的傾向，唯有一些次要主題才會開放辯論，即便是這些，他也早有定見，所以大家才甚爲驚訝。話說三點左右，他就提早離席。稍晚大家才知道他並沒有回家，有的人猜他上醫生那兒去了，有的人覺得這件事跟女人有關。唯有墓園的守衛，只有他才說得出總裁眞正去了哪兒，可惜沒人請他發言。

四點左右，因爲佩瑞庫爾先生一定得簽署會議摘要，經他批准命令後才能儘快付諸實施（他不喜歡拖拖拉拉），董事會決定派人把文件送到他家。大家想到阿爾伯特．梅亞爾。這名在他銀行上班的男子，不知道老闆和這個員工之間有什麼關係，大家唯一確定的是阿爾伯特是因爲老闆才拿到銀行裡面的這個位子。關於這一點，最荒誕不羈的傳言也鬧得滿天飛，可是阿爾伯特，毫無大將之風，動不動就臉紅，任何事都會害怕，他的神經緊張、他那一聽到聲音就會驚跳起來的方式，使得所有假設都不攻自破。總經理原本自願跑一趟佩瑞庫爾總裁家，可是，他發現把跑腿幹的下屬差事攬到自己身上，跟他的身分地位不配，於是便指派阿爾伯特前往。

阿爾伯特一接到命令就開始發抖。這名男子眞令人不解。銀行同事不得不催促他，把大衣遞給他，推他出去；他神色如此倉皇，大家不知道他會不會把文件給掉在路上的某個地方。他們幫他叫了輛計程車，付了來回車資，還偷偷要司機多幫忙看著他一點。

「放我下車！」才剛開到蒙索公園，阿爾伯特就喊道。

「可是，還沒到呢。」司機斗膽提出異議。

有人委託他一項艱鉅任務，這下可好，麻煩來了，司機心想。

「沒到就沒到，」阿爾伯特叫道，「停車！」

遇到客戶火冒三丈，最好的辦法就是放他下車，阿爾伯特下了車；等著他走遠幾步；司機看到阿爾伯特往送件地址的反方向走去，邁著漫不經心的步子，他八成就打算去那邊；但是反正已經有人先付了車資，還是儘快發動引擎，先離開是非地再說，此乃合法自衛。

阿爾伯特並沒意識到司機已經把車開走，自從他出了銀行大門，整副心思都放在可能會撞見博戴勒這件事情上。他已經想像到那個場景，上尉死抓著他的肩膀，斜倚到他身上，問他：

「喲，這下可好了，梅亞爾二等兵，你親自到你的好上尉德．奧內—博戴勒家登門拜訪來著？你可眞周到啊……過來這邊一點。」

邊說著這話，邊把他拖進走廊，走廊變成地窖，只有他才知道爲什麼：博戴勒賞他巴掌，將他捆綁，凌辱折磨，於是阿爾伯特不得不供出他跟愛德華．佩瑞庫爾住在一起，他還盜用銀行公款，他倆雙雙投入了一樁瞞天騙局，博戴勒離去的時候笑了個開懷，抬頭望天，呼喚神祇大發怒火，眾神立馬就將一大堆土揮到阿爾伯特身上，土的分量就跟九五炮彈能彈起的泥土一樣多，而阿爾伯特已經在洞底，已經緊貼著馬頭面具，已經準備好要帶著馬頭，在窩囊廢的孬種天堂中自我介紹一番。

阿爾伯特，跟第一次一樣，轉過身來，猶豫了一下，重拾腳步，遇到博戴勒上尉的風險令他全身無力，博戴勒上尉是可以跟佩瑞庫爾先生說到話的那個人，而佩瑞庫爾先生又是他偷了錢的那個人，博戴勒上尉則又是會跟愛德華姐姐面對面的那個人，還是可以向她揭發她弟還活著的那個人。他思索著，該如何把他死勁兒攥在身邊的這份文件既送到佩瑞庫爾先生手中，又不用進屋。

找人來代替他送，就是該這麼辦。很遺憾的是，司機走了，不過司機應該就停在兩條街外，等著執行來回載客任務，阿爾伯特眞該叫計程車就停在這邊的。

正是在這個節骨眼兒上，寶琳出現了。

阿爾伯特站在對面人行道，鬼鬼祟祟；看到她，他這才意識到，這名年輕女子就是他解決難題的救星，她成了他另一種關注對象的化身。他常常想到她，看到他穿著傻不啦嘰鞋子時，那個那麼愛笑的漂亮小女佣。

他當機立斷，立刻決定躍入虎口。

她很急，或許是上班遲到了。邊走，已經邊把大衣解開了一半，露出長到小腿中間的淺藍連衣裙，低腰處繫有一條寬皮帶。她還搭配了一條圍巾。她很快地爬了幾級臺階，隨後便消失了。

幾分鐘後，阿爾伯特按了門鈴，她打開門，認出他，他胸口撲通撲通跳，因爲自從他倆初相逢那次後，他又買了雙新鞋，身爲精明的年輕女子，她也注意到他穿了新大衣，漂亮的襯衫，好品質的領帶，還有這張始終這麼好笑的臉，一副老實巴交的樣子。

誰知道他腦袋瓜裡裝了什麼？她笑了出來。同樣的場景再現，幾乎完全相同，其間相距六個月。可是事情不可能一模一樣，他們就這麼面對面地站著，彷彿他是來看她似的，針對這點，就某方面來說，確實如此。

一陣沉默。上帝要這個小寶琳出落得這般標緻，看似愛神[40]本尊降臨。二十二、三歲，嫣然一笑，讓你全身汗毛豎立，絲緞般光亮的雙唇間露出漂亮的牙齒，齒如編貝，還有那對妙目，現在正流行的超短髮型，更襯托出她那細緻的頸項、喉嚨，噫，說到她的喉嚨，她圍著圍裙和白襯衫，不難想像她長得一對什麼樣的乳房[41]。褐髮可人兒。自從賽西兒之後，他從未想過褐髮女人，他甚至從來什麼都沒想過。寶琳看著他手上捏揉著的那份文件。阿爾伯特想起他到這兒來的原因，但也想到會遇到不該遇到的人的恐懼。他進了屋，現在最緊急的事是得趕快出去，要快。「我從銀行來的。」他傻傻地說。

她張開小嘴，呈現圓形。不知不覺中，他就造成了小小的效果：銀行耶，你想想看哪。

「這是要給佩瑞庫爾總裁的。」他補了一句。

他知道這份文件事關重大，他忍不住，還是說明得更清楚些：

「我得親手交給他。」

佩瑞庫爾總裁不在家；小女佣請他稍候，她打開沙龍的門，阿爾伯特回到現實：留在這邊實在太不智了，光進屋就已經夠……

「不，不了，謝謝。」

他遞出文件。兩個人都發現文件被汗給浸濕了，阿爾伯特想用袖子把文件擦乾，文件掉到地上，所有的頁面都亂了，兩人立刻趴在地上，此情此景，你可以想像得出……

他就是這麼進入了寶琳的生命。二十五歲？應該是吧。不是處女，卻很貞潔。她十七歲時失去了未婚夫，從此以後，就沒跟任何人有過任何關係，她保證。寶琳撒謊撒得很漂亮。她跟阿爾伯特在一起，小倆口很快就手來腳來，可是她不願意更進一步，因爲對她來說，那件事是件大事。阿爾伯特那張天眞無邪的臉龐很討她歡心，激起了她那偉大的母愛，何況他還有銀行會計這個光鮮亮麗的職位做後盾。因爲他認識好多大老闆，前途無量實乃早晚的事。

她不知道他賺多少錢，但是應該相當舒適，因爲他立刻就請她上不錯的館子，不奢華，但食材品質

---

40 作者註：作者借用自法國作家普雷沃斯特修士（l'abbé Prévost, 1697-1763）的小説《瑪儂．萊斯科》（*Manon Lescaut*）第一章。原文完整摘錄如下：「如此清新，如此溫柔，如此誘人，她就是愛神。渾身散發著魅力。」

41 法文中喉嚨為 gorge，胸罩為 soutien-gorge，所以阿爾伯特才會從喉嚨聯想到乳房。

優良，上門的都是資產階級客戶群。他都搭計程車，最起碼送她回家的時候。他還帶她去看戲，第一次沒告訴她他們要去哪兒，阿爾伯特問過愛德華，他建議去歌劇院，可是寶琳比較喜歡專門演奏流行音樂的音樂廳。

於是阿爾伯特開始花錢如流水，薪水遠遠不夠，他已經把自己那份微薄的贓款掏出了不少。所以我們現在才會看到資金一毛都沒進帳，他自問：沒有別人幫他，這回怎麼樣才能爬出這個他自己一頭栽進去的陷阱？

爲了繼續討好寶琳，他心想，或許他該再跟佩瑞庫爾先生的銀行「借」一點錢。

Chapter

32

亨利出生在一個家道中落的家庭，他小時候，唯一看到的就是家境每下愈況，他只參與到家族的崩盤瓦解。如今，眼看他即將戰勝命運，取得最後勝利，絕不能讓一個一敗塗地的小公務員壞了他的好事。因爲現在正是面臨這種情形。他會讓他滾回巢穴，小稽查員！拜託，他以爲他是誰啊？

顯然是自我催眠。亨利需要相信自己會成功，他一秒鐘都無法想像，值此危機時期，顧名思義發國難財的大好時機，他會無法安全脫身。畢竟整場戰爭已經向他證明：他所向無敵。

雖然這次氣氛有點不同。

令他擔心的並不是這些障礙，而是它們接二連三的出現。

看在佩瑞庫爾和德．奧內－博戴勒家族聲譽的份兒上，政府當局迄今沒有對這些事過分計較。偏偏這個部派的小王八蛋，到彭塔維爾－默茲河畔突擊檢查過後，竟然又蹦出一份新報告，指稱那邊涉及竊取死者遺物、販賣走私……等罪名。

話說回來，他有權利不通知一聲就跑去突擊檢查嗎？總之，這次行政當局不再那麼好說話，亨利立即提出求見。但並不容易。

「所有這些事情，我們不可能按得下來，你明白嗎？」他安插在部裡的暗樁在電話裡向他解釋。「雖然到目前爲止，都只是些小小的技術問題。不過，畢竟還是……」

在電話的另一端，聲音變得更加尷尬爲難，音量更爲壓低，彷彿兩造正在商量一件見不得人的祕密，深怕被人聽到。

「這些棺材，不符合合約上規定的標準。」

「可是我已經跟你解釋過了！」亨利怒喝。

「對，我知道！生產錯誤，當然。不過這一次，彭塔維爾－默茲河畔，可就不一樣了，這點你應該懂。十幾個士兵都用同一個不是他們自己姓名的名字被埋葬入土，這已經夠讓我們爲難的了，可是値錢的私人物品不翼而飛……」

「哦，天哪！」亨利放聲大笑，如雷貫耳。「你現在是在指責我剝死人的皮嗎？」

隨之而來的沉默令他心驚。

這件事越來越嚴重，因爲不是單一的問題，甚至也不是兩個……

「大家都說這是整體管理出了問題，以每座墓園爲規模的組織結構出了問題。這份報告非常嚴重。一切都會算到你頭上，當然，你不會以個人身分被牽連進去！」

「哈，哈，哈！我可眞幸運啊！」

但他心裡可不這麼想。不論個不個人，批評都很沉重。他會逮住杜普雷，給他顏色瞧瞧，好好修理一番；其他部分，以不變應萬變，總歸沒錯，不會有任何損失。

亨利突然想起拿破崙正是因爲改變戰略才攻無不克。

「你眞的認爲，」他問，「政府撥下來的這些分配款夠選出一些能力絕佳、做事面面俱到的人嗎？用這種價錢僱用工人，我們會有辦法嚴格招聘、精挑細選嗎？」

亨利心知肚明，表現出招聘時有點倉促，不免疏忽，代價總是會輕一點，不過，杜普雷畢竟向他保證過工頭都很靠得住，媽的！還誇口說他們會把工人管理得規規矩矩！

部裡那個傢伙一下子突然變得很匆忙，於是談話便在烏雲密布般陰沉的壞消息中草草結束：

「中央辦公室再也不能獨自處理這個問題，德．奧內－博戴勒先生。現在必須把案子轉到部長辦公室。」

在法律上跟他劃清界線！

亨利猛地掛了電話，勃然大怒。他抓起一個中國瓷器，在馬賽克鑲嵌的小桌子上砸得粉碎。什麼玩意兒？難道他給這些傢伙好處給得還不夠他們幫他撐起保護傘嗎？反手那麼一揮，一只水晶花瓶摔到牆上，破了。要是他向部長解釋，他手下的高官是用哪種嘴臉來大撈他慷慨贈與的好處呢？

亨利屏住呼吸。他的憤怒跟局勢的嚴重性成正比，因爲上述這些論點，連他自己都不相信。他的確送過一些禮物，是的，豪華大飯店的房間，他還提供過幾名煙花女子、豪奢大餐、一盒盒的雪茄、支付了幾張發票，可是指控他們瀆職，等於承認自己行賄，簡直就是搬石頭砸自己的腳。

瑪德蓮被嘈雜聲驚動，沒敲門就走了進來。

「噫，你怎麼啦？」

亨利轉身，發現她在門口。笨重臃腫。懷孕六個月，看起來卻像快生了。他覺得她好難看；他不是今天才這麼覺得，她已經好久都引不起他一絲慾望。殊不知，反之亦然，瑪德蓮對他的激情也得上溯到一個已遭遺忘的時代，那時她表現得像個情婦而不是老婆，老是欲求不滿，老是如此飢渴！這一切都已經很遙遠了，可是亨利對她的依賴更勝昨日，不是她本身，而是他正在期待他未來兒子的母親。一個小德．奧內－博戴勒，會以他的姓氏、他的財富、他的家族產業爲榮，兒子不會跟他一樣，得死命奮鬥才得以生存，而是會繼承父業，發揚光大，如同他父親一直以來夢想的那樣。

瑪德蓮歪了歪頭，皺起眉毛。

這是亨利的優點之一，在困難的情況下，一秒鐘就可以做出決定。一瞬間，他就有了替代方案，理解到老婆是他唯一的保命丹。他做出一副她最痛恨的表情，最不適合他，就是一個男人因不堪重擔而被打倒的那種表情，他沮喪地長嘆一聲，倒在扶手椅上，兩條手臂無力地晃來晃去。

一上來，瑪德蓮就感覺自己會遭到牽連。她比任何人都更瞭解她丈夫，因爲內心不安而裝模作樣地在做戲，對她幾乎起不了任何作用。但他畢竟是她腹中胎兒的父親，他們被綁在一起。還差幾個月就要生了，她不想去面對新的挑戰，她想安安靜靜的。她並不需要亨利，可是當下，一個丈夫還是有點用處。

她問發生了什麼事。

「生意。」他支吾搪塞。

佩瑞庫爾先生也會這麼說。當他不想解釋的時候，他就會說：「生意」，這意味著一言以蔽之，這是一句男人說的話。再沒有什麼比這更好用的了。

亨利抬起頭，抿著嘴唇，瑪德蓮還是覺得他很帥。正如他所預期的那樣，她追根究柢。

「嗯？」她邊說，邊靠了過來。「怎麼說呢？」

他決定下猛藥，畢竟，爲達目的不擇手段，自古皆然。

「我需要妳父親。」

「爲什麼？」她問。

亨利憑空揮了揮手，「這太複雜了。」

「我明白了，」她微笑著說，「跟我解釋太複雜，要我插手就很簡單。」

亨利，經過大風大浪，用一種他知道很動人的眼神回望她，就是他放電時經常會派上用場的那種眼神。這種眼神、這個微笑，讓他無往不利，帶回無數戰利品。

如果瑪德蓮堅持，亨利就會再瞎掰一陣，因爲他不斷說謊，就算沒用，他還是照說謊不誤，他天生如此。她把一隻手放在他的臉頰上。就算他偷雞摸狗，他還是很帥，裝模作樣讓他變得更年輕，突顯出他益發細緻的臉部輪廓。

瑪德蓮沉吟片刻。她向來不怎麼注意聽她丈夫說話，甚至連兩人剛交往的時候也沒有，她又不是因爲他的談吐才選上他的。自從她懷孕以來，他說的話就更像飄在空中的蒸汽那般無足輕重。因此，當他裝出一副惶惶不知所措的樣子——她想，但願他在眾情婦面前會比較直接一點——她隱隱約約帶著一份溫柔在觀察他，就是那種我們在看別人孩子時的溫柔。他很帥。她希望有個跟他一樣的兒子；沒他那麼謊話連篇，但跟他一樣帥。

然後她沒說一句話就離開了房間，輕輕微笑著，好像每次寶寶用腳踢她那樣。她立刻上樓，來到父親的房間。

現在是早上十點。

他聽出是女兒敲門的方式，佩瑞庫爾先生站起來迎接她，吻了吻她的額頭，笑著指著她的腹部，一直都很好吧？瑪德蓮做了個小鬼臉，馬馬虎虎囉。

「我希望你能接見亨利，爸爸，」她說，「他有麻煩。」

佩瑞庫爾先生一聽到他女婿的名字，就緩慢地坐直了身子。

「他就沒辦法一個人解決問題嗎？究竟是什麼麻煩？」

瑪德蓮知道得比亨利所以爲的多，但不足以跟她父親交代清楚。

「跟政府簽的合約。」

「又有問題？」

佩瑞庫爾先生用他冷冰冰的聲音回答，就是那種他坐上總裁寶座時會採用的聲音；在這種狀況下，他都會變得很難伺候。鐵石心腸。

「我知道你不喜歡他，爸爸，你跟我說過。」

她不帶怒氣地說出這話，甚至還抿嘴淺淺一笑，因爲她從來都沒向父親要求過什麼，所以現在她大可好整以暇地打出王牌：

「我要你接見他，爸爸。」

她還沒像在其他場合那樣，雙手交叉放在肚子上，她父親便已做出手勢，好吧，叫他上來。

女婿敲門時，佩瑞庫爾先生甚至連裝一下自己正在忙都懶得裝。亨利看到書房另一頭，他的岳父坐在書桌後面，宛若天父，端坐扶手椅上的岳父與訪客之間相隔的距離有無限長。亨利勉爲其難，鼓起勇氣，衝鋒陷陣。障礙越嚴峻，他的野性就越顯著，管他天王老子，他都六親不認，照殺不誤。但是這一天，他想解決的這個人是他需要的人，他討厭自己處於這種聽命於人的位子。

這兩個男人彼此較量，從他們認識的那天起，一場相互鄙視的戰爭便已開打。佩瑞庫爾先生只有朝他女婿點頭示意，亨利報以同樣動作。從他們第一次見面的第一分鐘起，雙方都在等待展開報復的這一天，子彈從一個陣營飛到另一個，這回合是亨利釣上了他的女兒，下回合又是佩瑞庫爾先生祭上婚前協議書。瑪德蓮告知父親她懷孕了，那是在只有父女兩人在場的私下場合，亨利無緣得見這場好戲，但讓瑪德蓮懷上他的骨肉，他擊中決定性的一分，致使戰況大逆轉：只要瑪德蓮保得住孩子，亨利便可安然度過難關。孫子出生迫使佩瑞庫爾先生得義務效勞。

佩瑞庫爾先生微微笑著，女婿的想法他心中有數。

「什麼事？」他語帶保留審慎地問道。

「您可以跟退休金部長打聲招呼嗎？」亨利問，聲音清亮。

「當然可以，他與我私交甚篤。」

佩瑞庫爾先生沉思了一會兒。

「他虧欠我甚多。就某方面來說算是人情債。好久以前的事，不過，足以彰顯或破壞一個人的名聲。總歸一句，這個部長，如果我可以這麼說的話，有點算是我的人。」

亨利沒想到這麼容易就打了勝仗。診斷結果超出他預期之外。佩瑞庫爾先生答應他，邊不經意地低頭看著他那張帶有吸墨紙的墊板。

「關於什麼？」

「小事一樁。有關……」

「既然是小事，」佩瑞庫爾先生抬起頭，硬生生打斷他，「為什麼打擾部長？打擾我？」

亨利太愛這一刻了。對手頑強抵抗，試圖讓他進退兩難，但最後還是會被迫屈服的。如果他有時間，他會讓這段饒有興味的談話持續久一點，可惜當下情況緊急。

「有一份報告得壓下去。涉及我的生意，報告誤導而且……」

「既然是誤導，你怕個什麼勁兒？」

亨利就是忍不住，他屈服於想笑的誘惑，終於還是笑了笑。老頭他還會抵抗很久嗎？莫非需要他當頭一棒才會閉嘴？才願意採取行動？

「這件事很棘手。」他說。

「所以呢？」

「所以，我想請您介入，請部長把這個案子壓下去。就我這方面，我保證報告上面提到的事情絕對不會再發生。一時疏忽的結果，如此而已。」

佩瑞庫爾先生盯著女婿的眼睛瞧，等了好一會兒，似乎在說，就這樣嗎？

「沒別的了，」亨利要他放心，「我向您保證，我說話算話。」

「你的保證……」

亨利感覺自己的笑容消失，他開始被他的這些評語給惹毛了，這個糟老頭！說穿了，他有選擇嗎？他女兒身懷六甲，肚子大到不行。他會冒險毀掉自己的外孫？眞是笑話！博戴勒同意最終讓步：

「請您看在我和您女兒的份兒上。」

「麻煩你別把我女兒扯進來！」

這一次，亨利眞的受夠了。

「但這明明就跟您女兒有關！我的名譽、我的事業，所以說請您看在您女兒還有您未來的外……」

佩瑞庫爾先生大可也拉高嗓門，但他只有用食指指甲輕輕拍著墊板，好像心不在焉的小學生被老師點到名，發出小小的枯燥聲響。佩瑞庫爾先生顯得十分平靜，從他的聲音就聽得出來他很淡定，但他沒有笑。

「這件事只跟你有關，先生，沒有別的。」他說。

亨利感到自己越來越沉不住氣，但他仔細想過，他看不出來他岳父怎麼可能不介入。難道他會對女兒見死不救？

「我早就知道你有麻煩。搞不好還在你之前。」

這個開始，亨利覺得是個好兆頭。就算佩瑞庫爾想羞辱他，他也認了。

「我毫不驚訝，我一直都知道你是荒淫無恥之徒。帶著個貴族的姓氏，但這什麼都沒改變。你這人肆無忌憚，貪得無厭，我可以預見你的未來一片黑暗。」

亨利作勢起身離開。

「不，不，先生，聽我說。我早就在等著你來找我，我著實想過，我現在就要告訴你，我對這些事的看法。再過幾天，部長就會處理你的案子，他就會看到全部有關你那些見不得人事情的報告，隨後就會取消政府跟你簽訂的所有合約。」

亨利，不像剛開始談話時那般勝券在握，面露驚愕，直視前方，好像看到眼前有房子遭洪水破壞而傾倒。只不過，那棟房子，是他的，是他的命根子。

「你在涉及集體利益的合約上搞鬼，國家會很快展開積極調查，提出造成國家資產損害的金額數目，而你則必須以你個人的財產賠償。如果你的資金不足，因為我算過，你就得求助於你的配偶，但是我反對，因爲我擁有合法權利。那麼你就得出讓你的家族產業。其實你並不需要這麼做，因爲政府會向你提出司法訴訟，而且爲了彌補財務上的損失，還會連帶提出民事訴訟，退伍軍人協會等組織和家屬也不會放過你，也會告你。你最後會鋃鐺入獄。」

亨利之所以決定走上向老頭求助的這一步路，那是因爲他知道自己已經走投無路，但他剛剛聽到的這番話，卻證明了比什麼都糟糕。一波未平一波又起，他還沒來得及反應。突然心生疑問：

「莫非是您……？」

要是他手裡有武器的話，他不會等到老頭說出答案。

「不是，爲什麼你會以爲是我在暗中搞鬼呢？你不需要任何人推你陷入這樣的境地。瑪德蓮求我接見你，我見了你，就是爲了告訴你：無論是她還是我，都永遠跟你的事無關。她想嫁給你，那就罷了，但她不會被你拖累，我會繼續確保這點。至於我，就算你的事業和資產都泡了湯，我也連小指頭都不會抬一下。」

「您眞的想跟我開戰？」亨利吼著。

「永遠別在我面前大呼小叫，先生。」

亨利沒等他說完，就衝出房間，把身後的門狠狠關上，聲音響到足以讓房子從上到下都爲之震動。可惜啊可惜，預期的效果落空。因爲這扇門配備了氣動機制，門只有緩緩關上，稍微斷斷續續發出噗……噗……噗……的聲音。

當那扇門終於以沉悶的聲音關上的時候，亨利已經到了底樓。

佩瑞庫爾先生端坐書桌之後，連姿勢都沒變。

Chapter

33

「這邊很不錯。」寶琳邊環顧四周邊說。

阿爾伯特想回答，但話還是卡在喉嚨。他只有張開雙臂，手足無措。

他們開始交往以來，總是約在外面。她住在雇主佩瑞庫爾豪宅頂樓屋頂下的佣人房，最初職業介紹所幫她找到這份差事時就說得很明白：「這位小姐，嚴禁外人進入！」這句話對家僕來說，特指要是他們想找樂子，就得到外面去，這邊不准有這種事，咱們這可是一戶正正當當的人家……諸如此類的。

就阿爾伯特這方面而言，他也不可能帶寶琳回他家，愛德華向來都大門不出二門不邁，話說回來，他又能去哪兒呢？而且，嚴格來說，即使愛德華同意把公寓留給他一晚上，阿爾伯特從一開始就對寶琳說謊，現在又該如何自圓其說？「我在一戶人家那邊寄宿」，當初他是這麼回她的，「就跟妳那邊一樣，不准任何人過去，可是我會搬家，我正在找房子」。

寶琳既不震驚也不急躁，甚至可說放心。她說，反正，她又不是一個「這樣的女孩」，這指的就是：我才不會跟你上床。她要的是一種「正經的關係」，這指的就是「婚姻」。阿爾伯特沒辦法從這些話裡分辨出孰眞孰假。所以，她不要，好，只不過現在，每當他送她回去，在分離的那一刻，兩人都是緊緊擁抱、熱烈激吻；緊貼著豪宅大門黏成一團，像兩個瘋子般磨來蹭去，站著，四腿交纏，寶琳攔住阿爾伯特的手，不讓他過於造次，乃至於越磨蹭越晚，有天晚上，她用力靠著阿爾伯特，發出嘶啞的長嘯，還咬了他的肩膀。他像渾身綁了炸藥似的上了計程車。

他們就進行到這兒，快到六月二十二日的時候，「愛國追憶」大業終於起飛。忽然，大把鈔票如潮水般湧來。一波接一波。

財源滾滾，光一個禮拜就多了四倍。超過三十萬法郎。五天後，手頭上就有五十七萬法郎；六月三十日，六十二萬七千法郎。源源不絕。他們已經收到的訂單，超過一百個十字架、一百二十把火炬、一百八十二尊大兵半身像、一百一十一座組合式紀念碑；儒勒．德．埃普瑞蒙甚至還在他出生的那一區公開甄選中奪下桂冠，區長已經預付了十一萬法郎的訂金。

每天都有新的訂單不停來報到，伴隨著新要求。愛德華整個早上都花在寫收據。

這份天上掉下來的禮物，對他們產生了奇異的效果，彷彿唯有到了現在，他們才意識到自己所作所為影響的範圍有多大。他們已經非常有錢了，當初愛德華設定的一百萬法郎已經一點都無法滿足他們的發財夢，因為現在離七月十四日還久得很，「愛國追憶」的銀行帳戶金額卻在不停地增加……每天都有一萬、五萬、八萬法郎進帳，真令人無法相信。甚至有天早上，光一筆訂單就進帳十一萬七千。愛德華首先就開心得高聲尖叫。第一天晚上，阿爾伯特帶著塞滿鈔票的公事包一進家門，就把兩手滿滿的鈔票拋在空中，彷彿大旱過後及時下了一場甘霖。愛德華立即就問他可不可以從自己那份裡面拿一點出來，現在，立刻就要；阿爾伯特開心地笑著對他說，當然可以，這哪有問題。第二天，愛德華幫自己做了一張好漂亮的面具，整張都是由兩百法郎鈔票黏成螺旋狀所做成的。效果驚人，好似鈔票漩渦，宛如紙幣在燃燒，他的臉則為煙霧瀰漫的光暈所籠罩。阿爾伯特感到既魅惑又震驚，一個人是不可以這麼對待錢的。他坑拐騙了好幾百人，但最基本的道德底線是不容逾越的。

愛德華則樂得直跺腳。他從來都不把錢當一回事，卻把訂單當成戰利品，悉心珍藏，晚上邊用他的橡膠吸管啜著白蘭地，邊拿出來一看再看；這個訂單檔案夾就成了他的手抄本時禱書。

阿爾伯特，過了快速累積財富的興頭，開始意識到風險範圍有多大。越多資金流入，他越覺得自己的脖子被繩子勒得越緊。一旦聚集了三十萬法郎現金，他滿腦袋就只有一件事：逃。愛德華反對，他訂下一百萬的規定不容討價還價。

此外，還有寶琳。該拿她怎麼辦呢？

面對守身如玉的年輕女子，熱戀中的阿爾伯特，想要她的強烈慾望愈發暴增十倍。他不打算放棄。只不過他和這個女孩子有壞的開始：一個謊言接著一個。他能在不失去她的風險下，現在告訴她：「寶琳，我在一家銀行當會計，唯一的目的就是盜用公款，我和一個戰友（他有張破碎的臉，見不了人，說他瘋了倒絕對當之無愧），我們正以一種大逆不道的方式詐騙半個法國，如果一切順利的話，兩個禮拜後，七月十四日，我們就腳底抹油，跑到地球另一邊，妳要不要跟我一起去？」

他愛她嗎？他瘋狂地愛著她。但是我們不可能知道他對她所抱有的慾望到底有多強烈，我們也不可能知道他對萬一自己被抓、審判、定罪的恐慌，究竟有多恐懼。從一九一八年在博戴勒上尉執拗的眼神逼視下，他跟莫瑞厄將軍會面過後的那幾天起，他就沒再夢到執行槍決的行刑大隊。如今這些夢又回來了，幾乎夜夜造訪。夢裡的他，只要沒有正在跟寶琳共享雲雨之歡，就是被由十二個跟博戴勒上尉一模一樣的劊子手所組成的一列人馬槍殺。不論他高潮或死亡，效果是一樣的：突然驚醒，滿頭大汗，疲憊不堪，尖叫連連。他摸索著、找著他的馬頭，唯一可以安撫他焦慮的東西。

生意大獲成功，一度帶給他們無比喜悅，基於不同原因，在怪異的平靜氛圍中，很快地在兩個男人身上就轉變成了不同變化，就是那種當你完成了一件大事後會有的感受，你花了很多時間，事後回想起來，其實這件事似乎並不如你所期望的那般重要。

不管有沒有寶琳，阿爾伯特開口閉口都是遠走高飛。現在鈔票如潮水般湧來，愛德華沒有任何反對的理由。他心不甘情不願，只好讓步。

他們商妥「愛國追憶」的優惠促銷於七月十四日結束。他們十五日啟程。

「幹嘛要等到隔一天呢？」阿爾伯特問道，恐慌不已。

「好，」愛德華寫著，「那就七月十四日。」

阿爾伯特忙不迭衝去查看船運公司時刻表，循著手指頭，找著從巴黎出發的火車路線，有一班夜車隔天一早就會抵達馬賽，然後再接開往的黎波里的第一班遊輪。他慶幸自己還留著這個可憐的路易·埃弗拉爾的軍人證，這是停戰前幾天他從行政部門偷來的，現在可以派上用場了。隔天，他立刻買了票。三張。

第一張是尤金·拉里維耶爾先生，剩下兩張則是路易·埃弗拉爾伉儷。

他根本不知道該如何向寶琳啟齒。我們可以在兩個禮拜以內，就讓一個女孩子下定決心、拋下一切，跟你私奔到三千公里以外嗎？他越來越懷疑。

今年六月眞是個完全爲戀人所打造的月分，柔情蜜意的天堂，寶琳沒當差的時候，無窮無盡的漫漫夜晚，整整幾個鐘頭的彼此愛撫，坐在公園長板凳上互訴衷腸。寶琳陷溺於年輕女孩的白日夢中，描述她所欲想的公寓，她所欲想的好幾個孩子，她所欲想的丈夫，這位仁兄的相貌越來越神似阿爾伯特，然而她所知道的阿爾伯特卻離眞正的阿爾伯特越來越遙遠，其實他只是個正打算潛逃出境，落跑到國外的下三濫。

等待期間，還有好多錢可花。阿爾伯特開始找一間他可以跟寶琳約會的包膳宿公寓，如果她願意來的話，小倆口就有地方可以待著。他排除旅館，他覺得爲了那檔子事上旅館品味不高。

兩天後，他找著一間乾乾淨淨的膳宿公寓，就在聖拉札爾火車站一帶，兩姐妹開的，這兩個寡婦很有辦法，她們把兩間公寓租給嚴謹的公務員，卻一直保留著一樓的小房間，專門租給偷情的非法伴侶，接待這些人的時候，還會帶著你知我知的共犯微笑，日以繼夜，因爲她們在齊床高度的牆上鑽了兩個小洞，一人一個。

寶琳猶豫了一陣子，老調重彈「我不是這樣的女孩」，之後就說好吧。於是他們就上了計程車。阿爾伯特打開帶傢俱住處的門，完全就是寶琳所夢想的那樣，一看就很有錢的厚重窗簾，牆上貼著壁紙。一張小圓桌和一張低矮的扶手椅，使得整個房間看起來甚至不太像是一間臥室。

「這裡很不錯。」她說。

「對，是還不賴。」阿爾伯特大著膽子說道。

莫非他還眞是個白痴？反正，他完全沒看到是怎麼發生的。他花了三分鐘才進了門，目光掃射一番，脫下大衣，因爲鞋帶的關係，又花了一分鐘才把鞋給脫了，隨後，眼前就出現了一個全身赤裸的寶琳，站在房間正中央，面帶微笑，展現自我，信心滿滿，乳房白皙到會讓你哭出來，臀部曲線高低起伏得那般動人，三角洲服服帖帖得那般完美……所有這一切，都是爲了告訴你，這個小東西絕不是初試雲雨，經過這麼多個禮拜，解釋她不是這不是那，從來沒有實戰經驗，這會兒她還眞迫不及待，急於想近距離搞清楚某些東西哪。阿爾伯特整個人都不知所措。再加上四分鐘，你就看到一個爽到哇哇大叫的阿爾伯特。寶琳抬頭，眼中帶著疑問與關切，但旋即又閉上雙眸，放心了，因為阿爾伯特儲備的子彈存量甚多。從他參軍前夕跟賽西兒在一起後，他就不曾經歷過這一幕，那都是好幾百年前的事囉，他是如此地想趕上進度，乃至於寶琳終於說，都凌晨一點了，我的小心肝，我們總該睡一下吧，不是嗎？小倆口捲成一團，呈小調羹狀。寶琳已經進入夢鄉，阿爾伯特則開始啜泣，哭得很小聲，以免吵醒她。

跟他的寶琳道別，等他回到家時已經很晚了。從那天起，她就在這一小間帶傢俱的出租公寓裡躺在他身上，愛德華就更少看到阿爾伯特了。她不當差的夜晚，阿爾伯特去找她前，會先拎著他的鈔票公事包回公寓一趟。一兩萬、十幾萬法郎疊起來，裝進手提箱，塞到他不需要再占著的床底。臨到再出門前，他會先檢查一下愛德華有沒有吃的東西，親親路易絲，她老是掛念著隔一天的面具，漫不經心地回他，眼中帶有些許記恨，好像在責備他拋棄了他們。

這天晚上，我們這是在七月二日禮拜五，阿爾伯特拎著他裝有七萬五千法郎的公事包，回到公寓，卻發現空無一人。

掛在牆上各式各樣、五花八門的面具以倍數成長，沒人住的大房間宛如博物館的儲藏室。一頭馴鹿，一小片一小片木材黏貼出來的，還配備了超大鹿角，盯著他。無論阿爾伯特轉到哪兒，一下轉到有珍珠和水鑽裝飾的印度人，他的嘴唇往下耷拉著；一下又轉到那個慘遭羞愧折磨的怪人，鼻子奇大無比，好像撒謊被逮了個正著的小木偶，讓你不禁想寬恕他所有罪惡，這些人物全都慈愛地看著他，跟他的帆布包一起掛在門檻上方。

可想而知他有多恐慌；從他們搬到這邊起，愛德華從沒出過門。路易絲也不在。桌上沒留下隻字片語，也沒有任何會讓愛德華匆忙離開的跡象。阿爾伯特潛入床底，袋子還在，就算錢少了，也看不出來，鈔票多到不行，就算拿走五萬法郎，根本也看不出來。現在是晚上七點。阿爾伯特把手提箱放好，衝到貝爾蒙特太太家。

「他說要帶妹妹去度週末。我就答應了。」

她說出這句話如此雲淡風輕，音調毫無高低起伏，跟報上的新聞摘要一樣不帶感情，純告知罷了。這個女人完全脫離現實。

阿爾伯特很擔心，因為愛德華什麼事都做得出來。只要一想到他自由自在地在城裡逛大街，就忍不住慌張。阿爾伯特跟他解釋過幾百次他們的情況有多危險，他們必須盡快離開！好，眞的非等不可的話（愛德華非要一百萬不可，否則休想請他走！），也得凡事小心，尤其是，千萬別引人注意。

「一旦他們搞清楚我們的勾當，」他解釋說，「很快就會展開調查，這你是知道的！我在銀行留下犯罪跡證，羅浮宮郵局那邊的人每天都看到我去，郵差送來一卡車一卡車的郵件，我們透過印刷廠印製型錄，萬一印刷廠發現他們無緣無故就被我們牽扯進來，就會告發我們。警察只要幾天的時間就會找到我們；甚至，幾個鐘頭。」

愛德華滿口答應。就答應了幾天，他會小心。現在好了，還剩兩個禮拜就可以遠走高飛，他卻離家出走，就為了跟一個小鬼在巴黎閒晃，何況，他以為他那張破碎的臉，跟所有我們在四處所看到的臉相較之下，不會比較嚇人，不會比較引人矚目嗎？

他能上哪兒去呢？

Chapter 34

「有人寫信告訴我，藝術家目前人在美洲各地。」

拉布爾丁每次提到美洲，都故意說「美洲各地」，他自以爲這是一種涵括整個大陸的說法，讓他覺得自己是號見多識廣的人物。佩瑞庫爾先生聽了就刺耳。

「七月中就會回來！」這位區長請佩瑞庫爾先生放心。

「那還要很久。」

拉布爾丁料到他會有這種反應，微微一笑。

「這個嘛，一點都不久，親愛的總裁大人！您想想看，他接到這個訂單欣喜若狂，立刻就著手創作！而且會以巨人的步伐進行，飛快完工！請您想想看吧！我們的紀念碑會在扭捏（拉布爾丁都把『紐約』念成『扭捏』）設計，巴黎完工，多麼了不起的象徵啊！」

一臉貪婪，通常他只會對燉肉大餐和他祕書的屁股才會展現出來的嘴臉，他從內袋掏出一只大信封。

「我這裡有藝術家爲了我們額外畫的幾張草圖。」

佩瑞庫爾先生伸出手，拉布爾丁忍不住，好一會兒抓著信封不放。

「美已不足以形容，總裁大人，簡直就是模範樣本哪！」

如此標榜哄抬有什麼意義？不得而知。拉布爾丁對精心炮製句子的抑揚頓挫很有一套，要他出個主意卻又總是一籌莫展。不過，佩瑞庫爾先生並未因此而停滯不前，拉布爾丁是頭大笨牛：牛牽到北京還是牛，他永遠都這麼笨，沒什麼好瞭解，沒什麼好指望。

佩瑞庫爾先生打開信封前，先把他給打發走，他想獨處。

儒勒・德・埃普瑞蒙畫了八幅圖。兩幅一套的圖，不尋常的構圖角度，彷彿你走到離紀念碑很近，從下往上看，非常出人意外。第一個景是三聯畫中右邊那幅題爲「法蘭西帶領軍隊前赴戰場」，第二個景，則是左邊那幅「驍勇國軍痛宰敵軍」。

佩瑞庫爾先生成了這幾幅圖的俘虜。至今還是靜止不動的紀念碑，漸漸變成別的東西。究竟是因爲這些不尋常的透視觀點？還是因爲他被紀念碑主導、被紀念碑駕馭的這個事實，擊垮了他呢？

他試圖形容他的印象。他想到一個詞，很簡單，可以說很傻氣，卻足以表達一切：「活生生的」。沒錯，這個修飾詞語眞的太荒謬了，拉布爾丁才會說出這種話，但兩個場景表現出了百分百的眞實感，比報上所刊登的、好多阿兵哥在戰場的照片都更爲眞實。

其他六幅圖是一些細部特寫，披著黑紗的女人臉部；其中某個士兵的側面；然而讓佩瑞庫爾先生決定選擇這個提案的那張臉卻不在上面……令他扼腕。

他翻著圖紙，把它們拿到他身邊已經擁有的那幾幅畫前面，花了很長時間來想像紀念碑眞正做出來會怎麼樣，甚至一頭陷了進去。我們也可以這麼說：佩瑞庫爾先生開始活在他的紀念碑裡，好似他把情婦安置好，躲過所有人，過著雙重生活，在情婦那邊一待就好幾個鐘頭。幾天之後，他就對自己這個計劃無比熟稔，連紀念碑沒有畫出來的角度，他都想像得出來。

不過他卻沒有瞞著瑪德蓮，想瞞也瞞不住，要是他生命中眞的出現了一個女人，她第一眼就猜得到。

只要她一進到父親書房，就看到父親站在書房中間，周圍擺了一圈草圖，就攤在地上，要不就是看到父親坐在扶手椅上，手持放大鏡，仔細端詳著某幅草圖。何況，他挪動它們時還如此小心翼翼，深怕它們有絲毫損傷。有個裱褙師傅來量尺寸（佩瑞庫爾先生不想跟這些圖分開），隔兩天就帶來玻璃、畫框；傍晚時分，就全部搞定了。與此同時，兩名工人拆掉了好幾層書架，好騰出地方來掛畫。於是佩瑞庫爾先生的書房就從裱畫作坊，又成了展示廳，專門展示唯一一件作品——他的紀念碑。

佩瑞庫爾先生繼續工作，參加會議，主持董事會，在城裡的各個辦公室接見股票經紀人、子公司負責人，可是他比以前更愛回家，一個人鎖在房裡。他通常都一個人用餐，有人會送上去。

一種感覺在他身上緩緩發酵熟成。他終於明白了某些東西，重拾昔日的情緒波動，類似妻子過世時，他所經歷過的那種憂傷，那種空虛與認命的感覺。他也比較少談到有關愛德華的不是。跟兒子言歸於好，跟自己言歸於好，跟從前的自己言歸於好。

這份綏靖隨著一個發現而加倍平靜。介於愛德華在前線畫的這本素描小冊子，還有他紀念碑的這些草圖之間，佩瑞庫爾先生竟然可以感受到他從未親身體驗過的這種感覺：戰爭。他向來是個沒有想像力的人，竟然會有這種感動，原因是一件生動宏偉畫幅中的某個士兵的臉……於是他的感情好像有了某種轉移。現在，他不再自責是個如此視而不見、毫無感情的父親，因為他接受了自己的兒子，接受了兒子的生活，使得他更因兒子的死而痛苦自責。就在停戰前幾天！其他人就可以活生生歸來，愛德華卻一去不回，難道這還不夠不公平嗎?!他是當場就死了的嗎？像梅亞爾先生所保證的那樣？有時候，佩瑞庫爾先生不得不克制自己，才能忍住別再度召喚這個在他銀行某部門上班的前阿兵哥過來，逼他吐露實情。但是，說到底，這小子他自己，他就真的知道嗎？知道愛德華在死亡那一刻的感受嗎？

由於不斷詳細觀察將至的作品、他的紀念碑，佩瑞庫爾先生越來越依戀起某個二等兵，不是瑪德蓮跟他指出的熟悉得很奇怪的那張臉，那張臉他記得非常清楚，而是這件巨幅畫作上，在勝利女神哀慟欲絕的眼神下，躺在右邊、那名死去的士兵。藝術家抓住了某樣簡單卻深刻的東西。佩瑞庫爾先生意識到他的感動來自於角色互換：如今死了的，是他；勝利女神，則是他的兒子。兒子朝父親投以苦痛、遺憾、撕裂心扉的一眼，他感覺到自己的淚水蒙上眼簾。

已經過了晚上七點半，午後高溫卻未因夜晚來臨而稍事下降。這輛租來的車裡好熱，即使打開靠街那邊的車窗，也沒帶進絲毫涼意，唯有這股溫熱、厭煩的微風。亨利緊張地拍著膝蓋。滿腦子都被佩瑞庫爾先生要他賣掉薩勒維爾的含沙射影所占據。萬一眞的發生，他會親手勒死他，這個老王八蛋！他會落到今天這個地步，老佩瑞庫爾到底扮演著什麼角色？他自問。莫非是他暗中鼓勵部裡辦他？否則爲什麼會突然冒出來這個公務員，這麼死腦筋、如此不知變通的公僕？他的岳父眞的跟這些都毫無干係？亨利陷入臆測，找不出答案。

他黑暗卑劣的想法、他強壓下來的怒火，並不妨礙他監視杜普雷，這傢伙，他在那邊，靜靜地在人行道上走來走去，一看就是個刻意掩飾自己優柔寡斷的男人。

亨利搖上車窗，以免被別人瞧見，就是因爲怕被別人認出來，才這麼麻煩地租了車，以免才一轉過街就被熟人逮個正著，屆時，他就會啞巴吃黃蓮，有苦說不出了。打仗的時候，好歹還知道是誰在後面扯後腿，是誰幹的好事！即使他試圖把心思放在即將面臨的這場硬仗上，他還是不禁不斷被他自己的思緒帶回薩勒維爾。放棄老家，除非太陽打西邊出來。上個禮拜，他還又去了一趟；修復得非常完美，整片建物的修復速度奇快無比。站在壯觀的正面立牆前，他立刻就會想到圍獵隊伍浩浩蕩蕩出發，或是他兒子的迎親行列把美嬌娘娶回老家。拋棄這些希望，這是不可能的，沒有任何人，永遠都不可能，可以把薩勒維爾從他身邊奪走。

跟佩瑞庫爾會晤後，他只剩下一顆子彈，唯一的一顆。

我是個神射手，他再三重複，幫自己打氣。

他只有三個鐘頭來組織反制，軍隊兵微將寡，僅有杜普雷一名麾下。也罷，他會奮戰到底。如果他這次贏了——這場仗會很難打，但他行的——他唯一的目標就是佩瑞庫爾這隻老狐狸。這需要時間，他對自己說，但老子肯定會剝他的皮——這正是會振奮他精神的誓言。

杜普雷驀地抬起頭，連忙穿過街，很快往反方向走去，走過退休金部門廊，抓住來人的手臂，那名男子轉過身來，滿臉驚訝。亨利遠遠地將這一切都看在眼裡，估量著這人。如果這是個特別注重打點自己的人，那就好辦，可惜這傢伙完全就是個流浪漢。這就棘手了。

那人杵在人行道中間，面呈愚魯，亨利以頭和肩膀示意，向杜普雷發號施令。那人邊遲疑，邊把目光轉向杜普雷偷偷指給他看的那輛車子，亨利在車裡等著。亨利注意到他齷齪破爛的大鞋；那是他第一次看到鞋主人跟自己的鞋長得如此相像的傢伙。那兩個男人終於折回，慢慢走著。對亨利來說，第一回合已經贏了，但離將勝利納入袋中還差得遠。

梅林一上車，亨利就確認這點無誤：他非常難聞，一看就是個老頑固。他得把腰彎得很嚴重才上得了車，隨後便一直低著頭，頭低垂於雙肩之間，好似他隨時怕有槍林彈雨落在頭頂。他把一個歷盡滄桑的皮製大提包放在下面，兩腳之間。他年紀大了，接近退休。這個男人又老又醜，目露陰鷙，性好爭辯，不修邊幅，部裡幹嘛還留著他？實令人不解。

亨利伸出手去，但是梅林沒理會他，只顧盯著他。看來最好單刀直入。

亨利以一種裝熟的方式跟他打招呼，好像他們已經認識了很久，準備天南地北閒聊：

「您寫了兩份有關夏茲爾－瑪勒蒙和彭塔維爾墓園的報告，對不對？」

梅林只有隨便應了一聲。他不喜歡這個聞起來渾身銅臭味的男人，故弄玄虛之輩該有的他一應俱全。此外，以這種方式到這邊來找到他，在車上跟他見面，匆匆忙忙……

「三。」他說。

「什麼？」

「不是兩份報告。而是三份。我很快就又要交上一份新的。達爾戈尼－勒－格杭墓園的報告。」

從他說出這件事的方式，博戴勒意識到，他的生意剛剛又多了一個嚴厲考驗。「這……您終於還是去了？」

「上禮拜。那邊可不好看。」

「什麼意思？」

博戴勒，原本準備要來幫兩件案子辯護，現在又冒出來第三件。

「是不好看哪。」梅林說。

跟豺狼一般臭的氣息與鼻音，令人聽了渾身難受。通常情況下亨利都會繼續面帶微笑，親切可人，就是會讓別人對他有信心的那種男人，可是達爾戈尼這件事，已經超出他的忍耐範圍。達爾戈尼這座墓園規模並不大，只需要將不超過兩三百座墓裡的骨骸遷到臨近的凡爾登。那邊又搞出了什麼名堂，他什麼都沒聽說！他機械式地朝車窗外望去：杜普雷已經回到先前在對面人行道的位置，一手插在口袋，邊抽菸邊望著玻璃窗，他也很緊張。只有梅林老神在在。

「您應該要看好您的人。」他迸出了這句。

「當然！親愛的先生，這正是問題所在！工地這麼多，我又能怎麼樣呢？」

梅林一點都沒有同情他的意思。他閉上嘴。亨利覺得讓他開口說話非常重要，面對一個悶葫蘆，是沒辦法從他那邊套到任何情報的。於是亨利採用一種與他個人案子無關的姿態，裝出一副若無其事、只不過極感興趣的樣子：

「話說回來，達爾戈尼那邊到底出了什麼事啊？」

梅林沉默良久，都沒回答，亨利不知他到底聽到問題了沒。此時梅林終於張開嘴，面無表情，連根皺紋都沒動，只有嘴唇在動；很難猜測他有何意圖：

「您都是按件計酬，對吧？」

亨利雙手一攤，手心向上。

「當然。這很正常，幹多少活兒就付多少！」

「您手下也是按件計酬。」

亨利撇了撇嘴，是的，當然，那又怎麼樣？他問這話是什麼意思？

「所以工人才會把土埋到棺材裡面。」梅林說。

亨利瞪大眼睛，這他媽的到底是怎麼回事？

「棺材裡根本就沒人。」梅林再度說道。「為了賺更多錢，您手下運送的棺材裡面根本就沒屍體，只有土，這樣才夠重。」

博戴勒大吃一驚。他想：眞是一幫白痴，老子眞的受夠了！杜普雷辦事稀里糊塗，現場所有這些狗屁倒灶的事，這些傢伙永遠希望多撈一點就隨便亂來。前幾秒鐘，這件事還與他無關，他們正在搞的勾當害他當場被打了一個大巴掌！

梅林的聲音將他拉回現實，身爲一家企業的老闆，事態的確相當嚴重，宛如水都淹到脖子了；至於下面的人，則留待日後再追究。

「而且還有德國佬。」梅林說出。還是只有嘴唇在動而已。

「德國佬？」

亨利在車後座軟墊上坐直了身子。第一絲希望的微光。因爲如果梅林眞的在問這個，這方面是他的專才。德國佬的問題，無人能與他抗衡。梅林的頭在動嗎？沒，他只是稍微動了一下，難以察覺，乃至於一上來就連亨利也沒發現。疑問隨之而來，德國佬，是沒錯，問題是：是哪種德國佬？墓園又干德國佬什麼屁事？他臉上的表情反映出他心中的疑問，因爲梅林好像瞭解他搞不清狀況，便回答他說：

「如果您去達爾戈尼的話……」他開始說。

然後他就停了下來。亨利下巴那麼一比劃，繼續，你給我說出來，這件事究竟怎麼樣？

「有些法國墳墓，」梅林說，「裡面埋的是德國大兵。」

亨利像魚一樣嘴巴大張，被這個消息驚呆了。天大的災難。屍體就是屍體，管他是誰的屍體。博戴勒覺得人一旦死了，管他是法國人、德國人或塞內加爾人，他完全不當一回事。在這些墓園裡，發現外國士兵屍體的情形並不少見，或許他迷路了，有時候甚至會看到一整個進攻小隊的阿兵哥、偵察兵，作戰雙方調兵遣將，士兵來來回回。達爾戈尼當地對處理外國士兵遺體的指示如下：絕對必須將德國士兵與打勝仗的本國大英雄的遺骸分開，在國家規劃的公墓裡面會劃出方形特區作爲掩埋德國士兵專用。德國政府以及德意志戰爭公墓委員會正在與法國當局交涉，討論成千上萬「外國屍首」的最終命運，結果尚未出來之前，將法德兩方士兵混淆，是爲嚴重褻瀆亡靈。

把德國佬埋進法國墓，想像一下全體家屬的感受，他們聚集在這個埋葬了敵方士兵的地方哀思，在這些殘殺了他們子弟的屍體之前悼念，眞是情何以堪，令人無法接受，這可是對墓園大不敬哪。絕對會引起公憤。

「我會負責。」博戴勒喃喃說道，他一點概念都沒，既不知這場災難有多嚴重，也毫無彌補之道。這種情形到底有多少呢？他手下的人從什麼時候開始把德國佬放進法國棺材？怎麼樣才能找出這些德國佬呢？

跟之前的兩份報告相較之下，這份報告更是必須消失。勢在必行。

亨利看梅林看得更清楚了些，意識到他比一上來所顯示的年齡更老邁得多，臉上阡陌縱橫，眼球玻璃體長了白內障，還有奇小無比的腦袋瓜，跟某些昆蟲似的。

「您當公務員已經很久了嗎？」

提出這個問題的聲音乾脆俐落，不容分說、權威，軍人的語氣。梅林覺得似乎帶有指責他的味道。他不喜歡這個德．奧內－博戴勒，跟他所想像的一模一樣，頤指氣使，詭計多端，滿身銅臭，厚顏無恥，「奸商」，當前這個正流行的詞兒浮現腦海。

同一時刻，博戴勒卻在想：梅林同意上這輛車，就是因爲他覺得有油水可撈，可是他好難聞，弄得車裡泛著一股棺材味兒。

「公務員？」他回答說。「我幹了一輩子。」

他不驕矜自持、不帶酸味地說出這句話，純粹只是在回話，回答一個肯定萬萬沒想到會碰上這種狀況的男人。

「梅林先生，您現在是幾職等哪？」看似關心，實則傷人，而且不費吹灰氣力，對於離退休僅僅幾個月的梅林來說，位於行政金字塔最底層，停滯不動，依然是一道傷口，奇恥大辱。他的職等純粹只因爲年資才磨磨蹭蹭地往上爬了幾級，他跟軍隊裡士兵的狀況如出一轍，阿兵哥到了退伍的時候，還是穿著二等兵制服。

「您做的事實在太了不起了，」博戴勒說，「這些稽查！」

亨利欣賞他。如果梅林是女人，他就會把她搞上手。

「多虧您努力不懈、您的警覺性，我們才能把這些恢復秩序。手腳不乾淨的員工，我們就他媽的叫他們滾蛋。您的幾份報告，對我們非常有用，讓我們能以堅定有力的手重新整頓這一切。」

梅林心想博戴勒口中的「我們」是誰。他馬上就想到答案，「我們」指的是博戴勒的權勢，是他，他的朋友，他的家人，他的關係。

「部長本人也很關心，」亨利繼續說著，「我甚至可以說，感激！是的，感謝您的辦事能力和審慎仔細！因爲，當然，我們覺得您的報告至關重要，不過事情傳出去對誰都沒好處，不是嗎？」

這個「我們」彙集出一整個世界，權勢、影響力、最高階層間的友誼、決策者、這一掛的菁英階級，幾乎全是些梅林最深惡痛絕的。

「我會親自跟部長先生說明，梅林先生。」

可是啊可是，這當然是這一切最悲哀的部分：梅林感覺有什麼東西油然而起，違背他身體的防衛機制，就跟勃起一般無法控制。經過這麼多年的卑躬屈膝，終於逮著一個晉升的大好機會，讓那些所有等著看他好戲的人都閉嘴，甚至可以對那些曾經羞辱他的人發號施令……他有好幾秒鐘都感受到憤慨難平。

博戴勒在這個碌碌無爲者的臉上，清楚看到隨便賞他兩樣東西就綽綽有餘，隨便什麼彩色玻璃小珠珠，就跟我們在殖民地應付黑人那樣，便足以打發他上路。

「而且我會特別注意，」他說，「不會忘了您的功勞和效率，而且，正相反，值得大大獎勵一番！」

梅林點點頭表示贊同。

「噫，趁您剛好在這兒……」他用低沉的聲音說。

他靠在他的皮製大公文包上，摸索了很長時間。亨利鬆了一口氣，他找到關鍵了。現在非叫他撤回報告不可，全都取消，甚至改寫一份歌功頌德的新報告，來換取表揚、升等、獎金：跟這些窮酸打交道，什麼都行得通。

梅林又翻了好久，然後才坐直身子，手上拿著一張揉得皺巴巴的紙。

「趁您剛好在這兒，」他又說了一遍，「把這些事也順道擺平一下。」

亨利接過那張紙，看著，是一份宣傳單。他臉色蒼白。弗瑞帕茲公司擬收購「價格低廉，任何用過的假牙，就連破損或壞掉的都可以」。

這份稽查檢查報告簡直就是顆未爆彈。

「這種伎倆還挺管用的。」梅林又說了。「對當地管理人員來說，這種好處微乎其微，每副假牙才幾毛錢，不過，積少成多，小溪也能匯集成大河。」

他指著博戴勒拿著的那張紙。

「您可以留著，我把另一份副本附在報告裡。」

他拿了包包，用一種某人萬念俱灰時，才會有的語氣對博戴勒說道。還眞的是呢，因爲他剛剛才發現已經遲了。這個稍縱即逝的慾望，升等、新職位、前景，已然告吹。他很快就會離開公職，放棄所有功成名就的希望。沒有任何東西可以抹去他所經歷過的這四十個年頭。話說回來，即便坐在主管位子，指揮那些他向來都瞧不起的人，又如何呢？他拍拍包包，也罷，不是只有我才這麼不得志。

博戴勒突然抓住他的前臂。

隔著大衣，他感覺到梅林有多瘦乾巴，一摸就摸到骨頭，令人相當不悅的感覺，這個人根本就是一副穿得破破爛爛的骷髏架子。

「你房租多少？你賺多少？」

這些問題聽起來好似威脅，從遠處逼近，現在就需要澄清爭論。不太容易受到驚嚇的梅林，還是往後退了一步。博戴勒整個人都散發出暴力，使勁抓著他的前臂，力大無窮。

「你賺多少？」他重複道。

梅林試圖想恢復理智。這個數字，他當然心知肚明，一個月一千零四十四法郎，一年一萬二，這輩子他就是靠這點薪水來養活自己。他一無所有，他會死得既默默無名又身無分文，不會留下任何東西給任何人，反正他原本就孑然一身。待遇方面的問題甚至比職等更羞辱人，因爲後者僅限於退休金部高牆之內，但是待遇卻影響到每天的柴米油鹽。讓梅林感到難受的另有他物，你永遠都會帶著它，它編織你的生命，讓你這一輩子都受它制約，每分鐘，它都會對著你的耳根子叮嚀，你做的一切都有它的影子。剝奪比貧窮更糟糕，因爲即便在廢墟中還是有辦法可以保持偉大，匱乏卻會導致你心眼狹小，低人一等，視錢如命；你會墮落，因爲，面對它，你不能明哲保身，無法保住你的驕傲、你的尊嚴。

梅林在那裡，胡思亂想；當他恢復知覺，感到一陣頭暈目眩。

博戴勒拿著一個大信封，塞得滿滿的都是大鈔，好像梧桐葉。不用再細膩行事。前上尉沒必要讀過康德，才會相信「人人皆有出賣自己的價錢」之說。

「拐彎抹角，咱們就省省吧。」他堅定地對梅林說道。「信封裡有五萬法郎。」這一次，梅林準會暈船。五年薪水，奉送給以最後一名之姿跑到終點站的失敗者。面對這麼一大筆錢，沒人能無動於衷，你就是會禁不住想像，一旦你有了畫面，你的大腦就會開始計算，找著等值物，一間公寓多少錢？一輛車呢？

「而在這裡面（博戴勒從他的內袋裡掏出了第二個信封），有同樣的金額。」

十萬法郎！十年薪水！這個建議起了立竿見影的效果，梅林彷彿回春二十年。

他一秒鐘也沒猶豫，毫不誇張，從博戴勒雙手中搶走這兩個信封，迅如閃電。

他俯身朝下，好像哭了出來，吸了吸鼻子，又俯在塞了信封的包包上，好像擔心包包有洞，他得縫補底部以免把信封給漏了。

博戴勒的速度也非常快，十萬法郎，這可是一筆巨額，他想讓他的錢付得有價值。他再次抓住梅林的前臂，折斷了他的骨頭。

「你把這些報告全都給我扔到茅坑裡去。」他說，咬牙切齒。「你寫給你的上司，說你搞錯了，隨你怎麼寫，我他媽的不管，可是你把一切都攬在你自己身上，懂了沒？」

很清楚，他懂。梅林結結巴巴連連稱是，是，是，擤了擤鼻涕，含著眼淚；於是他便被推下了車。杜普雷的肥大身軀跟香檳酒瓶塞似地，突然從人行道邊蹦了出來。

博戴勒滿意地笑了。

他立刻又想起他的岳父。現在，放眼望去，障礙物已遭弭平，當下他最需要研究，最重要的問題就是：怎樣才能剝了這個老賊的皮？

杜普雷，彎著身子，一臉疑問，透過車窗找著他老闆的眼睛。

至於杜普雷嘛，博戴勒心想，老子會再找他算帳。

Chapter

35

女服務生覺得自己活像在馬戲班學藝的雜耍學徒，心中老大不高興。碩大的黃檸檬，在銀托盤裡滾來滾去，威脅著要摔到地上、滾下樓梯；每次檸檬都像這樣一路邊轉邊滾，一路滾到領班辦公室。沒有比這更容易挨罵的了，她心想。反正沒人看到她，乾脆把檸檬放進口袋，銀托盤夾在腋下，繼續爬樓梯（路德希亞大酒店的工作人員不能搭電梯，規矩一大堆！）。

通常，爬到六樓就爲了幫客人送檸檬，她的臉都會很臭。可是，面對尤金先生則不然，她當然不會板著一張臉啦。尤金先生，跟別的客人可不一樣。這位先生向來都不說話。他需要東西，就會在紙上寫著大大的字，放在套房門墊上給六樓的服務生。就這樣，總是很有禮貌，對待下人十分客氣。

如假包換的怪人。

話說尤金先生才進屋（也就是說路德希亞）不過兩三天的時間，他便已赫赫有名。他提前好幾天，便以現金付清了房費，還沒給他帳單，他就先付了帳。一個怪人，從來都沒人看過他的臉；至於他的聲音，也只聽到類似咕嚕咕嚕的聲音，他的笑聲刺耳，讓你聽了要不就會爆笑如雷，要不就會害你毛骨悚然。沒有人知道他究竟是做什麼的，他戴著光怪離奇的面具，每次都不一樣，沉迷於五花八門的噱頭幻想：在走廊大跳頭皮舞，害女服務生噗哧笑出聲來，他差人送來大把大把的花，數量大到荒誕不經。他還叫跑腿的去坐落於路德希亞對面的勒蓬馬歇百貨公司買來各種稀奇古怪的物事，隨後大家就會在他的面具上看到這些劣質品，羽毛、金箔、簽字筆、顏料……等等。不僅如此！上個禮拜，他還請來八人室內樂團。樂團一到就通知他，他下樓，站在第一級臺階上，面對接待中心，這樣才方便跟著樂團打拍子，樂團演奏起十七世紀法國作曲家盧利譜的《土耳其儀典進行曲》，他卻又走了。尤金先生還發給全體員工每人五十法郎的鈔票，爲了自己帶給他們不便致歉。經理親自拜訪過他，向他說明，他的慷慨令人讚賞，可是他的怪異行徑過於招搖。尤金先生，我們這是一間豪華大酒店，也得考慮到別的客人的感受和酒店的聲譽。尤金先生表示同意，他絕對不是惹人厭那型的人物。至於面具這件事，尤其啟人疑竇。他初到路德希亞時，戴著一個還算正常的面具，上面有一張製作得十分精緻的人臉，看起來就像是一個痲痺的人。臉部輪廓雖然一動也不動，卻如此活靈活現，甚至比格雷萬蠟像館凝住了的面具還更像眞的。這張面具是他出門時戴的，殊不知他很少出門。幾乎只看他去過外面兩三次，而且總是在深夜；顯然他不想跟任何人不期而遇。有人說，三更半夜出去，八成是光顧一些不正經的地方，不然你以爲怎麼樣？難不成是去望彌撒嗎！

傳言四起。只要有服務生從他套房回來，大家就會拚命問東問西，這次又看到什麼啦？噢，原來他要檸檬，叫服務生送上去。她一回到樓下，這位客房服務員便慘遭一堆問題轟炸，因爲其他人都曾置身於令人驚異的場景，有時是面對著一張發出淒厲慘叫聲的非洲鳥面具，邊在打開的窗前跳舞，有時又身處一齣悲劇之中，二十來把椅子裝扮成觀眾，可是只有一名演員，看似踩著高蹺，正在大放厥詞，沒半個人聽得懂。這就是問題所在：尤金先生是個異乎尋常的怪人，這點沒人懷疑，可是他到底是誰呢？

有的人聲稱他是啞巴，因爲他只會發出隆隆聲和把要求寫在活頁紙上；有的人則很肯定，說他有一張破碎的臉，可是爲什麼呢？他們認識臉部有殘缺的都是些窮光蛋，沒半個闊佬會這樣，沒錯，的確很怪，有人如此說道，你說得沒錯，我從來都沒注意過這點。才不是這樣呢，樓上負責清洗衣物的領班反唇相譏，根據她在豪華大酒店工作三十年的豐富經驗，尤金先生一聞就是滿鼻子的詐騙味，她認爲他是正在跑路的江洋大盜，一個發了財的逃犯。

客房服務員暗自偷笑，她們相信尤金先生應該是個偉大的演員才對，美國大明星，隱姓埋名旅居巴黎。

他在接待中心顯示過他的軍人證，即使警察鮮少會來檢查這種等級的大酒店，表明身分畢竟是強制規定。尤金．拉里維耶爾，這個名字聽都沒聽過。一聽就像捏造的，大家都這麼認爲。沒人相信。軍人證，洗衣部門領班加上這句，這年頭沒什麼比這更容易僞造的了。

除了少數幾次半夜出去，引起大家好奇外，尤金先生一整天都在六樓的大套房中度過，他的全部訪客就只有那個怪裡怪氣、沉默寡言，一臉嚴肅，狀似女家教、跟他一起來到此地的小女孩。他原本可以靠她發言，結果並沒有，她也悶不吭聲。十二歲吧。她傍晚才會出現，總是迅速經過接待中心，沒跟任何人打招呼，可是大家還是有時間注意到她有多漂亮：三角臉，高高的腮幫子，極其明亮的黑眼睛。穿著樸實，但非常乾淨，可以感覺得出來她受過一點教育。他女兒，有人這麼說。應該是收養的才對，其他人這麼猜測，就連這方面，大家也莫衷一是。到了晚上，他會訂一盆一盆、各式各樣的異國菜餚，不過每次都會有肉湯和果汁、果泥、冰淇淋，湯湯水水。隨後，大約晚上十點的時候，大家會看到她下樓，既安靜又嚴肅；她在哈斯拜耶大道拐彎處搭計程車，每次上車前都會先問好價錢。她要是覺得車資過高，還會討價還價，可是，一旦抵達目的地，司機就會發現，即便車資再高個三十倍，她口袋裡面的錢也足夠支付。

在尤金先生所占用的那間套房門前，服務生把檸檬從圍裙裡面拿出來，穩穩地放在銀托盤上，按了門鈴，拍拍制服，確定自己會給對方留下好印象，等著。沒有動靜。她又敲了一遍門，比剛剛更輕，她想好好服務客人，但不想打擾客人。還是毫無回應。不，有回應了。一張紙從門下方塞出來：

「請把檸檬放在這邊就好，謝謝！」她很失望，不過沒失望多久，因爲這會兒，正當她彎身放下上有檸檬的托盤時，看到一張五十法郎的鈔票朝她滑了過來。她塞進口袋，立馬開溜，彷彿怕被搶走魚骨頭的貓兒。

愛德華稍微打開一點門，手伸出去，拉著托盤，又關上門，走到桌前，把檸檬放好，抓起一把刀，把這顆水果一切兩半。

這間套房是全酒店最豪華的一間；大大的窗戶，面對勒蓬馬歇，俯瞰全巴黎，得有非常多錢才有權入住於此。一束束的光線落在檸檬汁上，這是愛德華一湯匙一湯匙輕輕擠壓出來的，果汁底部，他放了數量充足的海洛因，顏色很漂亮，彩虹黃，幾乎微微泛藍。他出去了兩晚上才找到的。價格……眞的要非常非常貴，愛德華才會想到價格問題。不過，這並不重要。在他床下，復員軍用背包裡面有大把大把的鈔票，是他從阿爾伯特的行李箱裡面扯出來的，這隻勤奮的小螞蟻，爲了他們的遠行，未雨綢繆，一點一滴累積出來了一大堆。就算清潔人員趁著打掃機會摸走幾張，愛德華都不會發現，畢竟，每個人都得生活嘛。

離出發還有四天。

愛德華悉心搖了搖棕色粉末和檸檬汁，檢查一下，看看有沒有還沒融解的結晶顆粒。

四天。

基本上，他承認他自己壓根兒就不相信他們眞的會走，向來都沒把這眞的當一回事看。有關紀念碑的這些美好故事，耍噱頭的傑作，故弄玄虛，一個人再也夢想不到會有比這些更令人振奮、更愉悅的事，讓他可以打發時間，好好準備赴死，就這樣。他甚至責怪自己不該把阿爾伯特牽扯到這件瘋狂的事情裡面，因爲阿爾伯特堅信，他們兩個遲早都會從中得利。

仔細攪拌粉末，儘管雙手顫抖，他還是試著把小湯匙穩穩地放在桌上，裡面的東西沒灑出來。他拿著打火機，取出塡料，開始用拇指滾著帶柄的滾輪，引著火花，點燃火絨。必須耐心等候塡料燒起來，不能中斷，他邊滾著滾輪，邊看了看碩大的套房，眞的有在自己家裡的感覺。他一直都住在很大的廳室裡；這邊，這才是屬於他的世界。眞可惜，他父親沒辦法看到他住在這麼豪華的環境裡，因爲，畢竟，愛德華發大財比他快得多，而且手段還比他更齷齪。他不知道他父親到底是用什麼方法才變得這麼有錢，但他確信在這一大筆財富背後隱藏著犯罪事實，這是必然的。他，至少，他沒殺任何人，他只是幫助一些人，讓他們的白日夢提早幻滅，將時間的必然結果予以加速罷了，如此而已。

塡料終於開始燃燒，散發出熱度，愛德華放下小湯匙，匙中混合物開始微微顫抖、輕輕劈啪作響；他得全神貫注，成不成功就在於此。混合物準備好後，愛德華得等它冷卻。他站起身，走到窗邊。美麗的光芒籠罩著巴黎。他獨自一人時就不戴面具，他被他自己映射在玻璃上的倒影嚇到，跟他在一九一八年發現時一樣，那時候他在住院，阿爾伯特以爲他只是想開窗戶透透氣而已。晴天霹靂。

愛德華仔細端詳自己。他並沒因此而感到震驚，習慣成自然，但他的悲傷一直都完整如初，在他身上開的那道傷口，隨著時光流逝，只有越來越大，越來越大，而且一直不停地越來越大。他太熱愛生命了，這就是問題所在。對於那些沒這麼熱愛生命的人來說，這些事應該會比較容易過去，他卻……

混合物已經到達合適的溫度。爲什麼他父親的影像不斷糾纏著他呢?因爲他們的故事還沒有結束。

這個想法讓愛德華止住手勢,宛如得到天啟。

每個故事都得找到結局,這是生命秩序。就算悲慘,就算難以忍受,就算荒謬可笑,一切都會有個結束,他跟他父親,卻不曾有過,兩個已經宣告分道揚鑣的敵人,從來沒有再見過面,一個已經死了,另一個還沒有,可是父子倆,任何一方都從未說過他們之間的一切已經結束了。

愛德華把止血帶緊緊綁在手臂上。他把液體注入靜脈,忍不住欣賞起這座城市,欣賞起這座城市裡的光。照在他臉上的閃光切斷了他的呼吸,光線在視網膜上爆炸,他從來都沒想過這種感覺竟會如此壯麗。

Chapter

36

呂西安·杜普雷到的時候剛好趕上晚餐，此時瑪德蓮已經下樓，才剛坐定。亨利不在，她一個人吃，父親則差人把餐點送到房裡。

「杜普雷先生。」

瑪德蓮客氣得可怕，看到她的人會高興才怪。他們在偌大的接待室面對面，杜普雷全身僵硬，大衣搭在肩上，帽子拿在手上，因爲地板是黑白色棋盤圖案，使他看上去像極棋局上的一顆棋子，他還眞的就是。

除了她讓他感到害怕外，他也向來都摸不清這個安靜卻果決的女人的心思。

「對不起，打擾您了，」他說，「我找先生。」瑪德蓮微微一笑，不是因爲她想，而是基於禮貌。眼前這個男人是她丈夫的主要合夥人，卻表現得像個下人。她只是虛弱的淡淡一笑，試著回覆，但寶寶在這個時候出其不意地踹了她一腳，嚇了她一跳，膝蓋一軟。杜普雷衝上前來，抱住她，覺得很尷尬，不知道手該往哪裡放。在這個男人的臂彎裡，他的腿雖短卻十分有力，讓她很有安全感。

「要不要我叫人過來？」他邊說邊指著接待室邊上兩張椅子的其中一張。

這次她是眞笑。

「我可憐的杜普雷先生，總是呼救個沒完！這個寶寶是個眞正的小惡魔，熱愛體操，尤其是夜間。」

她坐了下來，呼吸恢復順暢，雙手緊握，置於腹部。杜普雷還是傾身向著她。

「謝謝，杜普雷先生。」

她跟他很不熟，早上好，晚上好，您好嗎？可是她從來不聽他回些什麼。但她突然意識到：他，雖然他很謹慎，因爲他很順從，可是他絕對知道許多亨利私底下的事，所以也知道有關她的事。這個想法引她不快。覺得自己遭到羞辱，不是因爲這個人，而是因爲這種情況，她緊緊抿著嘴。

「您要找我丈夫？」她開口說道。

杜普雷全身警醒，直覺告訴他切勿久留，盡快離開，但爲時已晚，他已經點燃了導火線，卻發現逃生出口上了雙重鎖。

「其實，」瑪德蓮繼續說道，「我也不知道他在哪兒。您上他情婦那邊都轉過一回了嗎？」

她以一種眞心希望能幫助對方的感同身受腔調說出這話。杜普雷扣上大衣最後一顆扣子。

「您要的話，我可以列張單子給您，不過需要一點時間。如果您在他情婦那兒全都找不著，我勸您還是上他經常流連忘返的青樓去轉一圈吧。從羅赫特聖母街上的那家開始找起，亨利最喜歡那家。如果不在那兒的話，還有聖普拉西德街，還有于爾舒尼區，街名我向來都記不得。」

她停頓片刻，旋即繼續說道：

「我不知道爲什麼窯子經常都開在街名這麼具有宗教意涵的街上？毫無疑問是因爲邪惡在向良善致敬。」

「窯子」這個詞出自於這麼一個女人口中——好家世，身懷六甲，在這棟豪宅獨守空閨——並不會令人震驚，而是悲哀得可怕。可見她有多痛苦。杜普雷錯了。瑪德蓮一點都不痛苦，她受到傷害的並不是愛（她對亨利的愛早就死了），而是她的自尊。

杜普雷，雖然從未實際參戰，卻擁有軍人的靈魂，依然不動如山。瑪德蓮則很不高興自己選了這個尷尬的角色，太荒謬了，做出打斷他的手勢，拜託，請您不要道歉。道歉比什麼都還更糟糕。她喃喃說了句再見，幾乎聽不見，就離開了接待室。

亨利翻開牌，四張五，似乎在說，你想怎麼樣，本來就是會這樣，就是會有手氣好到不行，賭啥贏啥的一天。大家圍著桌子，都笑了，尤其是亞丹-波利厄，他輸得最慘，他笑是為了表達願賭服輸之意，表現出他有多豁達。什麼？一晚上五萬法郎，眞好賺。此外，這還是眞的。輸錢他比較不痛，亨利贏了人，這種傲慢的勝利，才讓他更痛。眼前這個男人奪走了他的一切。他們兩個彼此想著同樣的事情。五萬法郎，亨利算了算，邊收好牌，這種贏法，再一個鐘頭，就可以把我給那個部派窮酸的錢統統撈回來；那個穿了雙大破鞋的糟老頭，現在總可以買雙新的了吧？

「亨利！」

他抬起頭。有人對著他比了一下，該他叫牌了。「派司。」這件事他有點怪自己，幹嘛給他十萬法郎?!就算給一半也會有同樣效果，搞不好更少就行。可是當時他很緊張，很急，眞是太沉不住氣了！要是他只給三萬法郎的話……幸虧，這個烏龜萊昂來了。亨利從牌上方，朝他笑了笑。萊昂來幫他償還這筆錢，沒還全部，至少還了大部分，不過要是加上他老婆和他品質絕佳的古巴雪茄，這可就綽綽有餘了。選他當合夥人眞是個天大的好主意，他不是隻羽翼豐美的肥禽，不過在他身上卻可著實享有難得的樂趣。

幾手牌後，剩下四萬法郎，他贏來的錢稍微倒出去了一點。直覺低聲說，見好就收，他大咧咧地伸了個懶腰，要了大衣穿上，大家都瞭解，有人假藉疲勞之名，打算贏了錢就走。現在是凌晨兩點，亨利和萊昂走了出去，各自走向自己的車子。

「說眞的，」亨利說，「我累斃了！」

「現在已經很晚了。」

「其實，我親愛的，應該說目前我有一個可愛的情婦（一個有夫之婦，咱們還是低調點唄），年輕又風騷到了極點，你無法想像！她一點都不知道累啊！」

萊昂放慢腳步，激動得說不出話來。

「要是我有這個膽子，」亨利又說道，「眞該建議幫所有戴綠帽的王八都發個獎章，這是他們該得的，你不覺得嗎？」

「可是，你妻子。」他結結巴巴地說，硬憋出來的聲音。

「哦，瑪德蓮啊，這又另當別論，她已經是個母親了。輪到你的時候，你自然就會知道，當了母親的女人就跟女人沒多大關係了。」

亨利點燃了最後一根菸。

「我說你呀，我親愛的，婚姻幸福嗎？」

這時，亨利想到，爲了讓自己今晚快活到底，他現在該做的是叫丹妮絲藉口拜訪手帕交，其實是到旅館等他，他再去跟她會合，現在，立刻就要。再不然還是乾脆兜個圈子，到羅赫特聖母街那兒轉一下，省得花這麼多時間。

他畢竟還是花了一個半鐘頭。每次都這樣，原本只打算過去風流快活一下就走，結果有兩個姑娘任君挑選，他兩個都選了，一個接一個……

他來到庫爾塞勒大道的時候，嘴邊依然掛著微笑，一看到杜普雷，笑容頓時凝結。三更半夜的，他會出現，不是個好兆頭；他等他等了多久了？

「達爾戈尼被關了。」杜普雷說，甚至沒跟他打招呼，彷彿這幾個字就足以解釋整個情況。

「什麼？被關了？」

「丹皮耶也是。還有彭塔維爾—默茲河畔。我到處打電話，沒聯絡上所有現場的人，依我看我們的工地都被關了。」

「但是……是誰？」

「省政府，可是他們說是上面的意思。每座墓園前面都有警察看著。」

亨利整個人都呆了。

「警察？什麼他媽的狗屁！」

「沒錯，他們好像要等稽查人員。在此之前，一律停工。」

怎麼回事？那個部裡派來的廢物沒撤回報告？

「你說我們所有的工地？」

其實，杜普雷根本就沒必要重複，他老闆已經完全明白。可是老闆不懂的是這個問題有多嚴重。於是杜普雷清了清嗓子：

「我還想告訴你，我的上尉，我得離開幾天。」

「在這個當下，當然不行，老兄。我需要你。」

亨利給的答覆符合正常情況，但杜普雷的沉默並不像他一貫的默不作聲那般聽話。他以一種十分堅定的聲音，就是他指揮工頭的那種聲音，比那種聲音還更清晰，也不像平日那般恭敬，他說：

「我得跟家人好好相處相處。我不知道我還有多久就會被抓，您應該懂我的意思。」

亨利以他最在行的嚴厲上尉目光逼視著他：杜普雷的反應讓他害怕。他瞭解到這次情況比他想像的還要嚴重，因為杜普雷，沒等他回答，只是點點頭，便轉身離去。他捎來消息，使命已經完成。絕對完成了。換作別人，早就罵死他了，博戴勒咬緊牙根。他重複著從前自己就跟自己說過無數次的話：他付給杜普雷的工資太少了，他犯了這個錯誤。他的忠誠應該受到鼓勵。但為時已晚。

亨利看了看錶，兩點半。

爬階梯時，他注意到一樓還有一盞燈亮著。他正要推開大門，門倒自己開了，他看到那個褐髮小女佣，她叫什麼來著？寶琳，就是寶琳沒錯，相當標緻，他怎麼還沒上她呢？這個小妞。可是他沒時間思考這個問題。

「亞丹－波利厄先生打過好幾通電話。」她先開口。

亨利嚇到她了，她的胸口急劇起伏。

「但電話鈴聲驚醒了夫人，她要我們拔掉電話，叫我在這邊等您，提醒您：一到家立刻回電亞丹－波利厄先生。」

杜普雷之後，現在又是不到兩個鐘頭前他才離開的萊昂急著找他？亨利機械式地盯著小女佣的胸部，但他開始手足無措。萊昂打電話來跟宣布墓園被關閉之間有關係嗎？

「好，」他說，「好。」

他自己的聲音讓他安心。他整個人都被嚇到驚慌失色。此外，他得確認一下，搞不好只是暫時關閉一兩座墓園，全部都勒令關閉？不太可能，這可是會眞正引起集體公憤，讓事情雪上加霜，搞到更不可收拾的啊。

寶琳應該是在接待室椅子上打過盹，一臉睡眼惺忪。亨利繼續盯著她看，想著別的事情，他看著她的眼光，就跟他看著其他女孩一樣，讓人覺得渾身發毛。她向後退了一步。

「先生，您還需要我嗎？」他搖搖頭，她連忙告退。

他脫下外套。回萊昂電話！在這個時候湊熱鬧！嫌我事情還不夠多？這個侏儒還要湊熱鬧！

他走進書房，重新接上電話，請接線生幫他接萊昂家的號碼，幾乎還沒開始交談，他就大聲咆哮：

「什麼事？又是報告的事？」

「不，」萊昂說，「是別的事……」

萊昂的聲音已經嗅不出有恐慌之意，反而很篤定，自己是自己的主人，在這種情況下相當令人驚愕。

「關於，呃……戈爾達尼。」

「狗屁！」亨利說，火大了。「哪兒來的戈爾達尼？達爾戈尼才對！何況……」

亨利，才剛聽懂，閉上了嘴，聽到這個消息而大感震驚。

「是一份厚達八公分的報告，有關你付了十萬法郎的事。」萊昂說道。

亨利皺起眉頭。他能寫些什麼？那個混帳公務員，自己帶著十萬法郎開溜，難道他告發自己好能讓報告更有看頭嗎？

「部裡，」萊昂繼續說著，「從來沒有見過這樣的事情：報告還附上十萬法郎，全是小鈔。每張鈔票都整整齊齊地貼在紙上。甚至還附上一張所有鈔票編號的匯總表格。」

這傢伙把錢交了出去！太令人目瞪口呆！

亨利因爲這個消息而啞口無言，一時還沒辦法把拼圖拼好：報告、退休金部、錢、工地被關……

萊昂則負責強調這些關係的連接：

「稽查員報告上所指稱的在達爾戈尼墓園那邊發生的事情極其嚴重，該名稽查員揭露了試圖行賄宣誓效忠國家公僕的案件，十萬法郎就是證據，就是呈堂證供。這意味著，稽查報告所指控的事實成立，因爲沒有人會無緣無故收買政府官員。尤其是這麼大一筆金額。」

毀了。

萊昂沉默片刻，只是爲了讓博戴勒能在心裡琢磨一下這些消息的影響有多大。他的聲音如此冷靜，有好一會兒，亨利還以爲自己是跟某個他不認識的人在說話。

「家父，」萊昂又說，「晚上已經有人告知家父。部長一秒都沒猶豫，你可以想像得到，他得想辦法自保，立即下令關閉工地。就邏輯上而言，他需要時間才能收集所有站得住腳的證據以茲提出訴訟，去某些墓園進行稽查，之後，這應該是十幾天後的事情，部長就會傳喚你的公司上法庭。」

「你是說『我們的』公司！」

萊昂沒有立即回答。果然，今晚，這通電話大部分的時間都在沉默中度過。繼杜普雷之後，輪到萊昂……萊昂又開口了，聲音極其柔和內斂，似乎在交代心事：

「不，亨利，我忘了告訴你，這是我的錯。我上個月就把我所有的股票都賣了。賣給那些十分仰仗你成功的小股東，但願你不會害他們失望。這個案件與我個人不再有任何關聯。我之所以打電話來通知你，純粹是基於朋友交情。」

再度沉默，此時無聲勝有聲。

亨利會宰了這個矮冬瓜，親手將他開膛剖肚。

「費爾迪南．莫瑞厄的股票也賣了。」萊昂補上這句。

亨利沒有反應，慢吞吞地放下電話，不誇張，他真的就是整個人都被這個消息給掏空了。他早該宰了亞丹－波利厄，那個儒弱的小矮子絕對抵擋不住他的刀。

部長，關閉工地，行賄投訴，同時爆發。

情況完全失控。

他來不及多想，來不及看時間，逕闖入瑪德蓮房間，幾乎都凌晨三點了。她坐在床上，她沒睡，這天晚上，家裡如此騷動，哪裡還閉得上眼睛！何況萊昂每五分鐘就打來一次，妳應該告訴他……她拔掉電話。「你打電話給萊昂了嗎？」瑪德蓮說完，頓了一下，看到亨利萬念俱灰，有點受到震撼。她看過他很不安，是的，憤怒，羞愧，擔心，甚至痛苦，例如上個月，他還是那個陷入絕境的男人，但第二天，他就不再這樣，問題已經解決了。可是今晚，他是如此蒼白，怒不可抑，聲音從來沒有這麼顫抖，而最令人不安的是：沒有謊言，要不就是很少，臉上不見一絲會洩露他一貫奸巧、詭計多端的蹤影；通常，在二十步外就感覺得出來他在裝，可是現在，他看上去如此真誠。

很簡單，瑪德蓮從來沒有見過他這個樣子。

她的丈夫並沒有為自己半夜衝進她房間而道歉，他坐在床邊，說起話來。

他暢所欲言，完全不擔心會毀了他的形象。但是，即使他堅持非說不可，他說的話還是令他自己十分生氣。棺材太小了，不稱職又貪婪的員工，那些連法語都不會說的外國人……還有這份工作有多困難！無法想像！但他不得不承認：德國佬出現在法國士兵的墓裡，棺材裝滿了土，現場偷雞摸狗的走私行當，有好幾份報告，他以爲塞錢給公務員幹得很漂亮，太笨了，當然，但這畢竟……

瑪德蓮搖著頭，非常專心。在她看來，一切都不可能是他的錯。

「可是，亨利，這種情況爲什麼要你一個人全權負責呢？未免也太便宜行事了。」

亨利很驚訝，首先就是驚訝自己竟然能夠說出所有這些事情，竟然能夠認知到自己麻煩可大了；然後就是驚訝瑪德蓮的反應，她竟然會這麼用心聽他講，她並沒有捍衛他，而是理解他；最後感到驚訝的是他們夫妻本身，因爲這是第一次，從他們相識以來，他們首度一起表現得像兩個成年人。雙方說話不慍不火，毫不意氣用事，好像他們在溝通有哪些該做的家務事，談談去哪兒旅行，還是家裡有什麼問題，他們第一次眞的彼此瞭解。

亨利看她的眼光不一樣了。最令他吃驚的，當然是她那量體大到驚人的胸部。她穿著一件輕薄的長睡衣，看得出乳暈，暗沉，很大，綻放，她圓圓的肩膀……亨利停了一下沒說話，爲了好好看看她，她笑了，血脈賁張的一秒，心靈相通的一秒，他瘋狂地想要她，突然燃起一股慾望，令他產生無窮渴望。這股性需求也在於瑪德蓮所展現出的這種母性、這種保護者的姿態，給了亨利想投靠她、受她庇護、融合爲一體的慾望。亨利說話的主題是沉重的、嚴肅的，她聆聽的方式卻很輕鬆、簡單又令人心安。亨利不知不覺就放鬆了，他的聲音變得比較平和，說話的速度較爲不疾不徐。看著她，他想：這個女人是我的。他有一股新鮮而意想不到的驕傲感。他伸出手，把手放在她的乳房上，她柔順地微笑著，手沿著她的腹部往下滑，瑪德蓮的呼吸變得急促，幾乎近似痛苦。亨利的動作稍微有點算計的味道在裡面，因爲他總是知道如何搞定瑪德蓮，但不只是這樣；有點像跟某個我們不見得眞的遇見過的人重逢那樣的感覺。瑪德蓮張開腿，但抓住他的手腕，制止他。

「現在眞的不是時候。」她低聲說，聲音卻透露出她其實是在說反話。

亨利緩緩點點頭，他覺得自己很強，又重新有了自信。

瑪德蓮把枕頭墊在背後，呼吸又順暢了，她找著舒適的姿勢，一旦坐好位置，長嘆一聲，充滿遺憾，若有所思地邊聽他說話，邊撫摸著他的手，青筋突出，他有一雙這麼美的手。

亨利專心致志，他現在得言歸正傳：

「萊昂把我一腳踢開。我沒辦法期待從他父親那裡得到任何幫助。」

瑪德蓮聽到這個消息有點動怒，對於萊昂不幫他非常反感，公司他不是也有份嗎？

「就是因爲沒了，」亨利說，「他已經退出了。費爾迪南也退出了。」

瑪德蓮的嘴唇嘟成一個圓滾滾又無聲的「噢」。

「解釋起來要花太多時間。」他斷然說道。

她笑了，她的丈夫又回來了。完好無損，一點都沒變。她撫摸著他的臉頰。

「我可憐的小親親。」

她對他說話的聲音柔和而親密。

「所以說，這次很嚴重囉？」

他閉上眼睛，點頭表示沒錯，又睜開眼睛，隨後脫口而出：

「妳父親還是不肯幫我，可是……」

「是的，如果我再去求他，他還是會再度拒絕。」

亨利還是將瑪德蓮的手握在他手中，可是他們的胳膊又重新垂下，現在兩人的手又重新擱回膝蓋上了。他必須說服她。她絕對不可能拒絕他，那是想都想不到的事。老佩瑞庫爾想羞辱他，現在他已經如願以償，他有（亨利找著該怎麼說）義務，沒錯，就是這個！他有義務要面對現實！畢竟，萬一醜聞爆發，看到他自己的姓氏慘遭蹂躪，聲譽付諸流水，於他又有什麼好處？不，不完全是一個醜聞，裡面不帶醜聞的實質內容，姑且說，一個意外吧？他不想東奔西跑去幫他女婿一把，這可以理解，可是討自己女兒歡心，這又不會花他太多力氣？不是嗎？他總是到處打點、套交情，現在與自己如此切身相關的事，他倒碰也不碰！瑪德蓮也同意這點：

「這倒是眞的。」

但亨利感覺得出來，她還殘留一絲抗拒。

他靠過去。

「妳不想介入跟他說，因爲妳害怕他會拒絕，是不是這樣？」

「哦，不！」瑪德蓮急忙回答，「一點都不是因爲這樣，親愛的！」

她縮回手，把手放在肚子上，手指稍微分開。然後對他一笑。

「我不會介入，因爲我不想介入。事實上，亨利，我只是在聽你說而已，你說的這些我完全沒興趣。」

「我明白妳會沒興趣聽。」亨利同意。「此外，我並不要求妳有興趣，我只要妳……」

「不，亨利，你不明白。我不感興趣的不是你出了什麼狀況，而是你這個人。」

她說出這話，態度一點都沒變，還是那麼雲淡風輕，笑容可掬，親密、親近到可怕的程度。當頭潑了他一盆冷水，亨利整顆心都涼了，他懷疑自己是不是聽錯了。

「我不懂……」

「你當然懂，我親愛的，我確定你懂得很。我不在乎的不是你做什麼，而是你是什麼。」

他該當場起身走開，可是瑪德蓮的眼神震懾住他。他再也不想聽這些，他根本就不想聽，但迫於情勢，只得像被告在法庭聆聽判決一樣留在原地。

「我從來沒有對你是個什麼樣的人抱有太多幻想，」瑪德蓮解釋，「對我們也沒有。我有一陣子很愛你，我承認，可是我很快就瞭解這一切會怎麼結束。我只不過是刻意延緩結束的時間，因爲我還需要你。我嫁給你，因爲我年齡到了，而你剛好跟我求婚，再加上德．奧內－博戴勒這個貴族姓氏，聽起來很順耳。要不是當你妻子當得那麼不堪，必須不停因爲你在外頭捻花惹草而受到屈辱，我倒挺喜歡被別人這麼稱呼呢。太可惜了。」

亨利站了起來。這一次，無須裝出一副意氣風發的樣子，無須試圖爭辯，無須再說出更多謊言：瑪德蓮說話的語氣太清醒了，她心意已決。

「你到目前爲止一直都很安全，那是因爲你這張帥臉救了你，我的愛。」

坐在床最裡面，手放在肚子上，她欣羨地看著她那正準備走出房間的丈夫，她以一種兩人親密、溫柔交流的方式跟他說著話，彷彿他們在是夜就要各奔東西。

「我敢肯定，你會幫我生個漂亮的寶寶。我從沒想要從你那邊得到更多。現在寶寶在這邊（她拍拍肚子，肚子回了她個沉悶的聲響），隨你變得怎麼樣，甚至變成什麼都不是，我都無所謂。我的確很失望，但我因爲有慰藉，所以又站了起來。對你來說，經由我所瞭解你的那麼一點點來判斷，我覺得聽起來你眞的大難臨頭，再也無法東山再起。可是已經與我無關了。」

類似情況下，亨利曾經打破東西二十次，一只花瓶，一個櫃子，一塊玻璃，一件小擺飾。這天晚上，他不但沒這麼做，反而起身，走了出去，慢慢帶上他妻子房間的門。

沿著走廊，他看到幾天前他才看到的薩勒維爾景象出現，精心修復的宏偉門面，園藝專家開始重新設計大型法式園林，畫家正準備在各廳室和臥室的天花板大展身手，接下來就要修復小天使和木構件的部分……

這幾個鐘頭內，亨利遭逢一連串的拋棄，他被痛擊，他絕望地想讓這場大災難變得具體，但他辦不到，它們只是文字、是影像，全部都不是眞的。

就這樣失去了一切，這麼快，他贏來的一切全沒了，他無法想像。

他獨自一人在走廊，出於恩典，他終於辦到了，大聲說出：

「我死定了。」

Chapter

37

隨著最新幾筆匯款入帳，「愛國追憶」的銀行帳戶顯示共有餘額十七萬三千法郎。阿爾伯特很快地算了一下，現在得小心行事，出門時不要太大手大腳，以免引人注意，不過這家銀行的業務量這麼大，一天之內來回七八百萬是司空見慣的事，爲數驚人的公司行號及巴黎大百貨公司都是它的客戶，每天現金流量甚至可以高達四五十萬之多，有時候還更多，眞想引起注意，只怕也沒那麼容易。

自六月下旬起，阿爾伯特就沒住在自己那邊了。

早上，介於兩次噁心想吐之間，宛如遭到德軍攻掠陣地一般彈盡精竭之後，他在一種快要爆炸的狀態下去銀行上班；倘若在銀行大樓前廣場上，看到司法部門前架起了一座斷頭臺，他不會感到驚訝。斷頭臺的目的就是不經審判，當著以佩瑞庫爾先生爲首的銀行全體員工的面，讓他的人頭應聲落地。

他整天只有昏昏沉沉的感覺，無論發出任何聲響，他都要等到很久以後才能感知到；誰對他說話，也得先越過他那堵憂慮的牆。阿爾伯特看著你，好像你拿消防水柱噴得他一臉茫然。「嗯？什麼？」一開口老是這句話，一般人不會多注意些什麼，大家認爲他就是這種人。

每日晨間，他就會將前一晚收到的訂金支票存入「愛國追憶」帳戶，然後再從淹沒了他大腦的飄渺泡泡中，想辦法提取等額現金。等到午休時分，收銀臺員工開始輪班，他就趁機到每個櫃檯窗口去，以儒勒·德·埃普瑞蒙發抖的手，簽下取款單，一副客戶本人曾於午餐時分到過銀行的樣子。一筆接著一筆地領完錢後，他把鈔票塞進大帆布包裡，中午一過，包包已經比早上漲飽四倍。

曾經有兩次傍晚下班的時候，當他走向旋轉門，若非同事在後面叫他，或是他自以為從客人眼中察覺到懷疑的目光，竟讓他嚇得尿了褲子，當場叫了計程車便打道回府。

其他時候，每次出銀行，他都先探頭張望人行道，為的就是檢查看看早上還不在的斷頭臺，是不是趁著大白天，已經架好在地鐵站前？誰知道呢？

他的包包，大多數員工多半是將包包作為隨身攜帶午餐之用，今天晚上阿爾伯特的包包裡卻兜著九萬九千法郎的大鈔。為什麼不是十萬呢？你以為他有什麼迷信嗎？嗯，才不是。其實這是個攸關優雅的問題。這是一個美學問題，很顯然是會計美學——數字必須能跟會計本人相配——可是畢竟算美學，因為，加上九萬九這個數目，「愛國追憶」就可以因為騙到一百一十一萬法郎而洋洋自得了。阿爾伯特覺得這麼多「一」，一個接一個，看起來很漂亮。遠遠超過愛德華訂下的最少數目金額，基於較為私人的看法，阿爾伯特認為這是勝利的一天。今天是七月十日星期六，他向上司請了國慶日特休四天，如此一來，銀行七月十五日重新開門營業的時候，正常狀況下，他就應該在開往的黎波里航程的船上了，所以說今天是他最後一天在銀行上班。誠如一九一八年停戰那次，他竟然能從這麼大的風險中倖存，令他目瞪口呆。要是換了別人，八成會覺得自己是九命怪貓。但阿爾伯特無法想像自己竟然可以再度逃過一劫；眼見搭上前往殖民地客輪的時刻即將來臨，他實在不敢相信這是眞的。

「那就下禮拜見，梅亞爾先生！」

「嗯？什麼？呃……對，晚安。」

既然他還活著，而這象徵性的一百萬元已經達標，甚至還超過，阿爾伯特想更改火車票和船票的日期，越早出發越好，這樣豈不更明智？但是有個問題，卻比其他問題更令他揪心揪肺。走，是的，非常快，如果可能的話，立刻就走。可是……寶琳怎麼辦？

他試圖說服自己好幾百次，他也放棄了好幾百次。寶琳非常好，外表像緞子，內在像絲絨，善解人意到了極點！明明是出身普通老百姓人家的女兒，卻學了布爾喬亞的榜樣，滿心巴望著潔白的婚紗，公寓，孩子，三個或者四個，這就是她的全世界。如果這點只牽扯到他，跟寶琳還有孩子們過著平靜的生活，四個就四個吧，阿爾伯特會同意的，他甚至還想繼續留在銀行工作。不過，現在的他是一個擁有專利許可的行騙專家，若是上帝允許的話，他很快就會變成國際級的大騙子，原有的願望消失了，寶琳、婚姻、子女、公寓和銀行生涯，也一併消失了。爲今之計，只有一個解決辦法：向她老實交代，全盤托出，要她下定決心跟他一起遠走高飛，三天後就走，帶著一只裡面有一百萬法郎大鈔的手提箱，還有一個紅不隆咚跟西瓜似的、臉上裂成兩半的死黨，外加黏在他們屁股後面窮追不捨的全法國一半的警力。換句話說：不可能。乾脆還是一個人走吧。

他徵求愛德華的意見，不啻爲跟一堵牆說話。搞了半天，即使他對愛德華憐愛有加，基於各種矛盾的原因糾葛，他覺得愛德華相當自私。

每兩天，介於藏匿資金和與寶琳幽會之間，他都會去看他一次。他們位於佩爾斯胡同的公寓現在是空的，阿爾伯特判斷將大把鈔票留在那邊不安全，他們的下半輩子可是要靠這筆錢過活。他找著解決方法，他大可在某家銀行租個保險箱，可是他沒信心，他寧願把錢藏在聖拉札爾火車站的行李寄存處。

每天晚上他都領出行李箱，躲到車站食堂的廁所裡，把當日所得塞進去，再把行李箱還給管理員。他裝出是業務代表的樣子。箱子裡面放的是緊身衣和馬甲，他是這麼說的，他想不出別的東西。行李管理員紛紛對他報以你知我知的眼色，他正經地做了個手勢回應他們，當然，這讓他的名聲又更好聽了。萬一他得全速落跑，阿爾伯特也準備好了一個大帽盒，愛德華畫的馬頭裝裱過，就擱在裡面，玻璃還沒修好，馬頭畫上面，是被皺紋紙包得好好的那張馬頭面具。萬一被迫突然離開，他知道他會立刻拋下裝了鈔票的行李箱，絕非這個帽盒。

去過車站行李寄存處後，在去找寶琳之前，阿爾伯特來到路德希亞，莫名地陷入恐懼狀態。愛德華為了不要引起別人注意，所以住到這個巴黎宮殿來！

「安啦！」愛德華寫道。「越危險的地方就是越安全的地方。你看儒勒．德．埃普瑞蒙就知道！從來沒人見過他，可是每個人都信任他。」

他發出這種馬嘶般的如雷笑聲，令人毛骨悚然。

阿爾伯特原本是一個接一個禮拜的巴望著，後來就成了一天接一天的巴望著。自從愛德華以假名尤金．拉里維耶爾入住這間豪華大酒店，而且形跡乖張以來，阿爾伯特更是一個鐘頭接一個鐘頭的巴望著，甚至一分鐘接著一分鐘，計算還有多久才能出發，他們設定好七月十四日下午一點從巴黎搭火車前往馬賽，這樣才來得及趕上隔天達爾達尼央運輸公司開往的黎波里的船。

三張票。

這天晚上，他在銀行辦公室裡面窩的最後幾分鐘，跟難產一樣不好受，寸步難行，之後，終於，他出了銀行。這一切可以相信嗎？天氣好好，他的袋子好重。右邊，沒有斷頭臺；左邊，沒有警察的蹤影。

唯有路易絲在對面人行道上的纖細身影。

這個景象令他為之一震，有點像你平常看到的小販都在攤位後面，現在卻在街上跟他不期而遇的那種感覺，你認出他來，但你覺得不應該在這邊看到他。路易絲從來都沒到銀行來找過他。阿爾伯特邊過街邊想，她是怎麼找到銀行地址的？這個小丫頭把時間都花在偷聽上？搞不好她早就知道他們不可告人的勾當了。

「愛德華，」她說，「你得趕快過去。」

「什麼？愛德華怎麼了？」

但路易絲沒有回答，她舉起手，攔了輛計程車。

路德希亞大酒店。

在車上，阿爾伯特把包包放在雙腳之間。路易絲直視前方，彷彿是她在開計程車。如果阿爾伯特好運的話，寶琳今晚當差會到很晚才收工，由於她第二天一大早就得上工，所以她會「回她家睡」。對女佣而言，這就代表她會「回別人家睡」。

「妳倒是說啊！」過了片刻，阿爾伯特問道。

「愛德華到底怎……」

他從後視鏡裡瞄到司機正在看他，他大吃一驚，急急忙忙又說：

「尤金到底怎麼啦？」

路易絲面露愁容，宛若憂心的母親或妻子。

她轉向他，攤開雙手。濕了眼眶。

「他好像已經死了。」

阿爾伯特和路易絲刻意以一種希望看起來很正常（其實卻再引人注意不過）的步伐穿過路德希亞接

待大廳。負責按電梯的服務生假裝沒注意到他們很緊張，他很年輕，但已經相當專業。

他們發現愛德華倒在地上，背靠著床，兩腿平伸。慘到不行，可是沒死。路易絲的反應一貫冷靜。房裡瀰漫著嘔吐物的臭氣，她一一打開每扇窗戶，把所有她在浴室找著的毛巾都拿來拖地。

阿爾伯特跪下，俯身朝著他的戰友。

「怎麼了？老弟。哪裡不對嗎？」

愛德華點了點頭，雙眼痙攣，睜了又閉，閉了又睜，斷斷續續。他沒戴面具，臉上的大洞散發出腐爛的氣味，強烈到逼得阿爾伯特倒退了幾步。他深吸一口氣，一把抓住戰友腋下，終於讓他平躺在床上。一個沒有嘴巴的傢伙，沒有下巴，只有一個洞和上排牙齒，不知道該怎麼拍他的臉頰，要他醒醒。阿爾伯特只好硬撐開愛德華的眼皮。

「你聽得到我說話嗎？」他重複說了好幾遍。「你倒是說啊，你聽得到我說話嗎？」

毫無反應，只好直接來硬的。他站起身來，走到洗手間，裝滿一大杯水。

就在轉身回到房間之際，他嚇了一跳，杯子差點拿不穩，一陣不舒服，不得不坐下。有件東西像長袍似地吊在門後掛鉤上：一張面具。

一個人的臉。愛德華．佩瑞庫爾的臉。眞正的愛德華。以前的愛德華，完美重現！唯一只缺一雙眼睛。

阿爾伯特搞不清楚自己身在何處……他在戰壕裡，距離搭起來攻擊敵人的木造臺階僅有幾步之遙，其他人全都在那兒，在他前面和在他身後，緊繃得像張拉滿的弓，隨時準備撲向么么三高地。那邊，博戴勒中尉用雙筒望遠鏡監視著敵人防線。在他前面是貝瑞，貝瑞前面，是一個他向來都不熟的傢伙，他轉過身來，是佩瑞庫爾，他對他笑了笑，好燦爛的笑容。阿爾伯特覺得他像是個打算大鬧一場的小搗蛋，他甚至還沒時間對他報以一笑，佩瑞庫爾已經又轉過身去。

這完全就是那天晚上在他面前的那張臉，只不過缺了笑容。阿爾伯特依舊全身癱軟，他從來沒有再見過這張臉，當然沒見過，除非在夢中，如今那張臉就在眼前，從門裡浮現出來，彷彿好端端的愛德華現身，宛若幽靈。影像一個個被觸發，那兩個背後中彈而亡的二等兵，進攻么么三高地，博戴勒中尉突然推他的肩膀，炮彈坑，一大片土石鋪天蓋地而來，將他掩埋。

阿爾伯特大叫出聲。

路易絲出現在洗手間門口，嚇壞了。

他吼了一聲，把水倒在臉上，搓了搓自己的臉，又去倒滿杯子，不再看愛德華的面具，回到房間，一股腦兒把整杯水都倒進戰友的喉嚨裡面，後者立刻就撐著雙肘坐了起來，狂咳猛嗽，阿爾伯特心想，當初他撿回一條命時八成就咳成這副德性。

阿爾伯特讓他拱著上身，以防萬一又吐了，可是沒有，陣陣咳嗽，咳了好長一段時間，才終於平息。愛德華恢復神智，他很疲憊，從他凹陷的雙眼就可以看得出來，但他旋即又忘了自己是誰，重新陷入恍惚。阿爾伯特聽著他呼吸的聲音，覺得還算正常。不管路易絲的存在，他幫戰友脫下衣服，讓他躺在被窩裡。床好大，他可以靠著枕頭坐在他旁邊，路易絲則在另一邊。

他和路易絲兩個人就保持這個姿勢，好像書擋似的，一人握著愛德華的一隻手，愛德華的喉嚨發出令人不安的聲響，睡著了。

從他們坐著的地方，路易絲和阿爾伯特看到房間中央的大圓桌上，有一根細細長長的針筒，切成兩半的檸檬，其中一張紙上還有棕色粉末殘留，跟泥土很像，此外還有一只帶著火絨的打火機，以及捲成彎彎的、好似逗號一般的塡料。

桌腳則有橡膠止血帶。

他們保持沉默，各自沉溺於各自的思緒。阿爾伯特對這方面不是很懂，可是那個棕色粉末跟曾經有一次他在找嗎啡的時候，有人推薦他的那個東西好像。那是打嗎啡的下一步：海洛因。愛德華甚至不需要中間人幫忙，自己就把海洛因搞到手。

怪了，阿爾伯特自問：那我有什麼用處呢？彷彿他很後悔自己沒有管好幫愛德華找毒品這件事，在這種情況下更是。

愛德華什麼時候開始吸食海洛因的？阿爾伯特覺得自己好像是那些後知後覺的家長，突然發現時已經在面對一個既成事實，不堪重負，但爲時已晚。

距離出發，還剩四天……

早三天或晚三天出發？又能改變些什麼呢？

「你們要走了嗎？」

路易絲的小腦袋也遵循了相同的路徑，繞到這個問題上，她開口問道，經過深思熟慮的語氣，卻又那麼遙不可及。

阿爾伯特沉默以對。這就代表「對」。

「什麼時候？」她問，還是沒有看他。阿爾伯特沒有回答。這就代表「很快」。

路易絲轉過身去，伸出食指，跟她第一天做的一樣，跟夢遊似的，手指頭順著愛德華撕裂的傷口、腫塊芽和宛若大敞二開黏膜的血塊……然後她站起來，穿上外套，又回到床邊，這次是來到阿爾伯特這邊，俯身親了親他的臉頰，一個大大的吻。

「你會來跟我說再見吧？」

阿爾伯特點點頭，回她「當然會」。

這就代表「不會」。

路易絲做了個手勢，表示她懂。

她又親了親他，從房間走了出去。

路易絲一不在場，空氣中就形成一個巨洞，就像搭飛機時會遇到的那樣[42]，好像是。

42 飛機的兩翼，推進器以及螺旋槳會導致這些過冷液滴凝結。這是由於在飛機背後方向引發的空氣急速膨脹導致密度降低，從而使環境溫度達到迫使液滴凝結的溫度要求。而這種機制被認為正是導致這種神祕雲層空洞的原因。

竟然會有這種事，雷蒙小姐驚訝得說不出話。說實在的，自從她爲區長工作後，從未遇過這種情形。她經過辦公室三次，區長竟然都沒色瞇瞇地盯著她，好，這就算了，可是她在他辦公桌邊轉了三圈，他竟然沒伸出鹹豬手，沒把食指伸得直直地來探她的裙下風光……

連日來，拉布爾丁都不像他自己，目光呆滯，嘴角下垂，就算雷蒙小姐在他面前大跳七紗舞[43]，他都不會注意到。他臉色蒼白，走動起來甚爲沉重，彷彿隨時都會心臟病爆發。這樣最好，她是這麼認爲。死亡，腐屍。她上司暴斃就是她受僱以來的最大安慰。蒙主賜福。

拉布爾丁站起來，慢慢穿上外套，拿了帽子，一言不發，走出辦公室。一小片襯衫下襬還耷拉在褲子外，化身爲一個齷齪邋遢的男人。他那沉重的步履，宛如帶著公牛邁入屠宰場的感覺。

他抵達佩瑞庫爾豪宅，下人告訴他先生不在。

「我等。」他說。

隨後他推開沙龍的門，一看到沙發就癱倒下去，眼神空洞，三個鐘頭後，佩瑞庫爾先生看到他時，他還保持著這個姿勢。

43 la danse des sept voiles，七紗舞就是舞者穿著七層紗，邊跳邊脫，脫到最後脫光。

「你在這邊做什麼？」他問。佩瑞庫爾先生進來，令他一陣慌亂。

「啊！總裁大人，總裁……」拉布爾丁邊說邊想爬起來。

他唯一找到、相信這麼說不會出錯的用詞，就是「總裁」，這個詞便足以說明一切，全都解釋了。

佩瑞庫爾先生儘管不快，但現在跟他面對面的是有著農民善良天性的拉布爾丁。「解釋給我聽」，他有時會用這種我們只有對待母牛或傻瓜才會不吝於施捨的耐心對他說話。

不過今天的他，語氣依舊冰冷，迫使拉布爾丁使出雙倍力氣才終於從沙發上爬起來，您是知道的，總裁大人，沒有任何跡象表明，我敢肯定，您本身和每個人，哪會想到這種事……等等。

拉布爾丁說了一堆不必要的廢話。他根本沒在聽，這樣就夠了，沒必要更進一步。拉布爾丁則繼續哀嚎：

「報告總裁大人，這個儒勒·德·埃普瑞蒙，您想像得到嗎？他根本就不存在啊！」

他幾乎都語帶佩服了。

「什麼跟什麼嘛！在美洲工作過的學會成員，怎麼可能不存在呢！這些圖，這些令人讚嘆的草圖，這個宏偉的計劃怎麼可能不是他設計的，拜託噢！」

到了這個份兒上，拉布爾丁迫切需要新的刺激，否則他的腦袋就會開始打結，而且搞不好一打結就會持續好幾個鐘頭。

「所以說，根本沒有這個人。」佩瑞庫爾先生言簡意賅。

「就是這樣！」拉布爾丁大叫出聲，因爲自己如此爲人所瞭解而由衷感到歡喜。「可想而知，羅浮宮五十二號的地址也不存在！您知道那是什麼地方嗎？」

沉默。不管是什麼情況，拉布爾丁都愛搞猜謎這套，樂此不疲，低能兒都喜歡故弄玄虛。

「是郵局！」他大聲嚷道。「是郵局啊！根本沒有這個地址，只是一個郵政信箱而已！」

這個計劃之縝密把他搞得七葷八素。

「而你到現在才發現？」

拉布爾丁把責備當成鼓勵。

「就是這樣沒錯，總裁大人！說實在的（他舉起食指來強調他接下來要說的話有多精妙），我就稍微感應到事有蹊蹺。我們的確收到了收據，還有一封打字信件解釋說藝術家在美洲，以及所有這些您知道的圖紙，可是，我啊……」

然後，他撇了撇嘴表示可疑，同時藉由頭部動作以示言語力有未逮之處，他那深邃的洞察力非言語所能表達。

「而你卻付了錢？」佩瑞庫爾先生冷冷地打斷了他。

「可是，可是，可是……我們又能怎樣呢？當然，總裁大人，我們當然付了！」

但他理由充分。

「不付就沒訂單！沒訂單就沒紀念碑！我們不得不付啊！我們不得不先支付『愛國追憶』一筆訂金哪！」

連說帶比，拉布爾丁從口袋裡掏出一份好像報紙的東西。佩瑞庫爾先生奪了過去，煩躁地一張張翻著。拉布爾丁甚至沒等他問出就在嘴邊的那個問題，就搶先說出：

「這家公司不存在！」他喊道。「根本就是個空……」

他突然停了下來。可是這個詞，他明明已經翻來覆去演練了兩天，就是說不出口。

「根本就是個空……」他又說了一遍，他早就注意到自己的大腦運作起來有點像汽車引擎，有時非得要等曲軸來回個幾下，腦子才會重新啟動。「空殼子，沒錯，這家公司根本就是個空殼子！」

他笑得露出了大牙，克服了這種語言障礙，深感自豪。

佩瑞庫爾先生還在翻看那本薄薄的型錄。

「可是，」他說，「這本型錄上的內容，都是標準的工業設計製品。」

「呃……是的。」拉布爾丁不懂總裁說這話的意思，只能斗膽順著他的話回應。

「拉布爾丁，我們訂的是原創作品，不是嗎？」

「啊！」拉布爾丁大叫出聲，他忘了還有這個問題，不過他準備了答案。「沒錯，親愛的總裁大人，甚至非常原創！誠如您所看到的，儒勒．德．埃普瑞蒙先生，學會會員，既是工業製品也是原創作品作者，就像有的人說的『量身訂做』！這位男士，他什麼都做得出來！」

他突然想到自己剛剛才說他這號人物純屬虛構。

「他什麼都做得出來，話是這麼說。」他壓低聲量，補充說道，好像他提到的這位藝術家已經過世了，所以才無法履行訂單承諾。

佩瑞庫爾先生邊翻著型錄的頁面，邊看著型錄上秀出的模型，忖度著詐騙規模：殃及全國。

這會引起群情激憤。

拉布爾丁還在忙著用手拉高褲子，佩瑞庫爾先生無視他的存在，轉身，自顧自回到書房，發現自己所面對的是何等巨大的挫敗。

所有他周圍的一切，裝了裱的畫、素描、他的紀念碑計劃，在在都嚎叫著他所遭受的奇恥大辱。

並不是因爲花了這麼多錢，對一個像他這樣的男人，大家喜歡扒糞，挖他隱私，不，甚至不是因爲他怕大家會嘲笑他，幸災樂禍。他的錢、他的名聲，這些就算了，他家底豐厚，這個商業掛帥的世界教會了他積恨是最差勁的顧問，於事無補。但是害他的喪子之痛荒謬化，如同對他兒子的死嗤之以鼻。以往的他正是如此。這些陣亡士兵紀念碑，非但沒能修復他加諸兒子身上的傷害，反而加碼了雙倍賭注。贖罪的期待如今成了荒誕可笑的鬧劇。

「愛國追憶」型錄提出一系列工業產品，搭配強力促銷推廣。他們賣了多少這種虛擬紀念碑？有多少家庭爲這個幻想付出金錢？有多少市鎮像森林一般慘遭盜伐濫採，因自己的天眞而成了犧牲者？怎麼有人會如此膽大妄爲，面對這麼多不幸失去至親的家屬，竟然有人想到這種攔路搶劫大賺黑心錢的主意，簡直就是天道寧論。

佩瑞庫爾先生沒那麼仁慈大度，他從來不與其他人一般見識，他有預感受害者爲數眾多，他也不想幫他們的忙。他只想到他自己，想到他的不幸，想到他兒子帶給他的不幸，想到他自己被騙帶給他的不幸。他最難過的就是這點，首先是身爲人父的難過，他向來都不是個父親，他向來都做不到。但以一種更自私的方式來看，他惱羞成怒，彷彿這個大騙局是專門衝著他一個人來的似的：那些支付工業設計的訂戶都是些隨便兩三下就會上當受騙的傻瓜蛋，而他，他可是訂了一座量身打造的紀念碑啊，他覺得他個人成了慘遭敲詐的冤大頭。

這次挫敗嚴重刺傷了他的自尊。

氣力用盡，噁心反感，他坐在書桌後方，又打開型錄，想都沒想，雙手一揉。他仔細閱讀了這個騙子寫給鄉鎮市長的長信。冠冕堂皇，令人安心，還搞得這麼正式！佩瑞庫爾先生想到另一個論據，或許濫用信任就是此詐術得以成功的原因，罕見的折扣，對預算有限的客戶來說，絕對非常具有吸引力，達到意外效果……就連七月十四日這個日期，也這麼具有象徵性……

他抬起頭，伸長胳膊，指著日曆。

這幫騙徒留下的時間非常緊迫，這樣客戶才無法採取行動或查明銷售紀念碑的是何方神聖。他們只需稍微花點力氣，讓客戶收到正經八百的收據以騙取訂單，讓客戶覺得到七月十四日，促銷截止日期前，他們都沒理由擔心。今天是十二號。現在只剩下日期的問題。反正沒人提到他們，這些雞鳴狗盜之徒大可好整以暇地坐等最後幾筆訂金入帳，然後捲款潛逃。至於客戶端，最有警覺心或疑心病最重者，很快就會發現自己的信任所託非人。

所以說事情會如何進展呢？

一兩天，還是三天。搞不好幾個鐘頭就綽綽有餘，就夠醜聞爆發。

然後呢？

報紙會競相大肆報導，警方會火燒屁股疲於奔命；國民議會議員，又會打著愛國旗號，代表全體人民對此傷害全民感情之惡劣行徑大加撻伐。

「全是些廢話。」佩瑞庫爾先生喃喃說道。

就算找到這幫流氓，將他們繩之以法，又如何？預審就要拖個三、四年？等到正式起訴，屆時眾怒早已平息。

連我也一樣，他想。

但是這個想法並沒有平息：明天他管不了，害他痛苦的是今天。

他闔上型錄，用手掌把它撫平。

儒勒．德．埃普瑞蒙和他的同夥，他們被逮的那天（如果有那麼一天的話），就不再是個名不見經傳的普通人。他們會成爲最熱門的怪人、奇人，誠如拉烏爾．維蘭[44]那般，誠如藍鬍子那般。

一旦引起群情激憤，這些有罪的人就不再專屬於受害者。當這幫匪徒成了全民公敵，到時候，他，佩瑞庫爾，他又該找誰算帳呢？

更糟的是，他的姓名會成爲審判焦點！萬一，很不幸的，他是唯一一個訂了一件量身訂做作品的客戶，他會不會就此成爲大家口中唯一的笑柄：你看看這傢伙，在這筆交易裡面投下十幾萬法郎，這下可好了，賠了夫人又折兵！他想到這些就氣得說不出話來，眾目睽睽之下，被當成一隻傻鳥，被人玩弄於股掌之間的冤大頭。他，一名成功的實業家，令人敬畏的銀行鉅子，竟然跟社會底層的普羅大眾一樣，被這種低級的下三濫伎倆給騙得團團轉?!

他無言以對。

深受傷害的自尊心蒙蔽了他。

某樣神祕莫測卻斬釘截鐵的東西在他身上起了作用：他很少會瘋狂地想要一樣東西，可是犯下這樁罪行的騙徒，他要他們！他不知道他會對他們怎麼樣，但他就是要他們，就這樣。

---

44 Raoul Villain（1885-1936），極端民族主義者，一九一四年七月三十一日刺殺社會黨與和平主義領導人尚．饒勒斯（Jean Jaurès, 1859-1914），致其身亡，造成社會動盪。

無恥之徒。有組織的犯罪集團。他們已經潛逃出境了嗎？可能還沒有。

他有辦法先警方一步找到他們嗎？

現在是中午。

他拉了拉開門繩，差人去叫他女婿過來。

把一切做個了斷。

Chapter 39

亨利．德．奧內－博戴勒午後走進羅浮宮街郵局的大辦公室。通往樓上一座雄偉樓梯不遠處，整面牆上都是一排排的信箱，亨利選了個可將信箱一覽無遺的長椅坐下。

五十二號信箱距離他約十五米。他裝出一副看報紙看得正專心的樣子，不過很快就瞭解到他無法在此地久留，不夠隱密。打開信箱前，偷雞摸狗之徒應該會先觀察很長一段時間，看看有無異常之處，他們當然不會大白天來這邊，而應該會趁一大早。總之，他現在人就在現場，發現自己陷入令他最擔心的圈套裡：今天有幾個騙子，有可能冒著危險來拿最後幾筆款項，隨後就要搭火車到歐洲彼端，要不就是搭船去非洲。

萬一他們沒來……

他有的時間已經不多了。想到這點，就摧毀士氣。

員工離開他，合夥人辜負他，岳父不承認他，妻子拋棄他，前途無望，大難臨頭。他過了這輩子最糟糕的三天，直到最後一刻，突然被徵召上陣，跑腿的信差緊急送了份文件給他，馬塞爾．佩瑞庫爾的名片上僅有寥寥數字：

「馬上過來見我。」

他搭上計程車，來到庫爾塞勒大道，在二樓與瑪德蓮擦肩而過。這個女人，即將下蛋的母鵝，永遠都帶著天使般的微笑。甚至看上去不記得兩天前她曾冷冷地判了他死刑。

「啊，他們找到你了，我親愛的？」

看似鬆了一口氣。好個賤人。她派跑腿的一路找到瑪蒂爾德・德・波塞爾讓的床上，眞不知道她的消息怎麼會這麼靈通。

「但願沒打斷你性高潮呢！」瑪德蓮說道。

由於亨利沒回答就從她面前經過，她又加上這句：

「是啊，你上樓去看我爸。男人的事，你們這些男人可有多惹人厭啊！」

然後，她就雙手交叉置於腹部，又回到她最喜歡的活動上，包括猜測這邊隆起來的是不是小貝比的腳腳？還是腳後跟呢？要不就是手肘？這個小動物像條小魚兒似地翻來覆去；她最愛跟他說話。

時間一分一秒過去，櫃檯小窗口前面擠滿無數客戶，所有信箱都被打開過，除了他在監視的那個例外，亨利換了地方，從樓上長椅繼續眼觀四方，他來到可以吸菸的地方，邊盯著底樓。這種小火慢煨的等待把他給急死了，可是他又能怎樣呢？於是他開始詛咒起老佩瑞庫爾，都怪他，才害他在這邊傻等，毫無作爲。他發現他很驚慌。這個連死都會站得直挺挺的老頭，整個人看得出來疲累至極，雙肩下垂，連黑眼圈都冒了出來。其實他這副疲態已經持續好一段時間了，只不過現在的狀況似乎又進一步惡化。賽馬總會大家都在傳，從他去年十一月身體出狀況後，他就跟換了個人似的。布朗榭醫生，這尊如假包換的獅身人面像，對他的病情向來守口如瓶，如今大家提到馬塞爾・佩瑞庫爾，他卻垂下雙眼，這就說明了一切。股市指數是不會騙人的，佩瑞庫爾集團的某些股票甚至還跌停板。後來雖然漲了一點回來，畢竟還是……

等到這個老頑固兩腿一蹬，亨利早就破產了，也就是說為時已晚，眞令人無法忍受。要是老頭現在就一命嗚呼，而非一年半載之後，那……當然，遺囑會指定繼承人，就跟婚前協議書一樣，可是亨利抱著堅定的信心，應付女人，他向來都是予取予求、無往不利，這方面他天賦異稟，他從未懷疑過。萬一眞有必要的話，他就會使出渾身解數，而瑪德蓮，這個女人只需要他稍微安撫一下，便會乖乖就範；屆時老頭的萬貫家財，絕對會有他的份兒，軍人不打誑語。可惜啊可惜。他太貪心，太心急了……罷了，無須再糾纏於過去，過去就讓它過去，亨利是一個實事求是的人，完全不是傷春悲秋那型。

「你目前麻煩纏身。」佩瑞庫爾老頭如此說道，亨利坐在他面前，手上還拿著那張要他前來的名片密令。

亨利沒有回答，因為這是眞的。原本還能彌補的——墓園一些小問題——如今特派員指控他賄賂，成了一個幾乎不可能擺平的大難題。

幾乎。也就是說並非完全無法克服。

或者更確切地說，老佩瑞庫爾之所以會叫他來，之所以會彎下腰來求他，之所以會差人找他，乃至於都找到他某個情婦的床上去了，因為他迫切需要他。

究竟是什麼事？才會讓他紆尊降貴地打電話給他，打給他，亨利·德·奧內-博戴勒？這可是他連說都不屑說出口的姓名啊！亨利毫無頭緒，只知道他現在人就在這兒，在老頭的書房，坐著，不是站著，他可啥都沒要求呢。一線曙光漏篩而出，一絲希望。他什麼都沒問。

「沒有我，你的麻煩就沒辦法解決。」

亨利基於自尊犯了第一個錯誤，他竟然撇了撇嘴表示不置可否。女婿竟然不感激他，佩瑞庫爾先生反應很激烈。

「你死定了！」他喊道。「你聽見了嗎？死定了！纏在你身上的案子，國家會把你的家當全部沒收充公，你的家業，你的名聲，一切，你永遠不能翻身！最後還會被關進大牢。」

亨利是屬於這一種類型的男人：即便主要戰術錯誤，依然能夠發揮優異直覺。他起身就往外走。

「你給我站住！」佩瑞庫爾先生叫道。

沒有任何猶豫的跡象，亨利轉身往回走，步履堅定，穿過書房，走到岳父面前，雙手平放在他的書桌上，俯身說道：

「那就別得罪我。您需要我。我不知道爲什麼，但事情很明確，不管您要我做什麼，我的條件都一樣。部長那邊由您搞定？很好，那麼您就私人介入，向他關說，您想辦法把所有可以將我入罪的一切，都讓他扔進垃圾桶裡，我再也不要有任何人告我。」

說完，他又坐回之前扶手椅的位子，雙腳交叉，簡直跟在賽馬總會似的，等著管家給他端來一杯美酒。任何人在這種情況下都會打哆嗦，不知道眼前的對手會拿什麼來交換，可是亨利不會。三天以來，他已因自己勢必會走上破產一途而深受打擊，現在他什麼事都做得出來。就連要他殺人也在所不惜。

佩瑞庫爾先生只好一五一十，從頭說分明：他下的陣亡士兵紀念碑訂單，詐騙遍及全國各地，但他可能是損失最慘重的受害者，最引人矚目。亨利耐著性子忍住不笑出來。但他開始明白，他岳父要他做些什麼。

「眼看這個醜聞就快紙包不住火，」馬塞爾．佩瑞庫爾解釋道，「萬一他們在逃跑之前便遭警方逮捕，全世界都會找他們算帳，政府，司法部門，報紙，學會，受害者，退伍軍人……等等。我不希望這樣。我要你搶先一步找到他們。」

「您打算拿他們怎麼樣？」

「這不關你的事。」

亨利肯定佩瑞庫爾自己也不知道，不過這不關他的事。

「爲什麼找我？」他問。

此話一出，他立刻就後悔了，但爲時已晚。

「得要跟這些混蛋是一丘之貉的敗類，才找得到混蛋無恥的小人。」

亨利果然又被硬生生打了一巴掌。佩瑞庫爾先生後悔自己侮辱了亨利，不是因爲他罵得太過分，而是因爲搞不好會惹得亨利惱羞成怒，適得其反。

「還有就是，時間已經不多了，」他說道，語氣緩和了下來，「分秒必爭。我手邊只有你一個能辦事的人。」

快到晚上六點，亨利已經換了十來個位置，他才不得不面對現實：在羅浮宮郵局守株待兔這招是行不通的。至少，今天並未奏效。而且沒人敢說是否還有明天。

除了在羅浮宮郵局乾等，假設客戶會前來開五十二號信箱之外，亨利還有何對策呢？從印製型錄的印刷廠那邊下手？

「別去。」佩瑞庫爾說。「你要是去的話，就一定會問問題，萬一消息走漏，說有人去印刷廠問東問西，最後就會傳到印刷廠的客戶耳裡，這家公司，這個詐騙集團就會聽到風聲，醜聞就會爆發。」

不去印刷廠，就只剩下銀行。

「愛國追憶」收了客戶付的訂金，要弄清楚這些各地募集而來的集體資金是透過哪家銀行支付的，這點需要時間，需要許可，諸如此類的事情，亨利都無法掌控。

轉來轉去，還是回到這邊：郵局，要不就什麼都沒有。

他服膺於自己的性格，選擇抗命。儘管佩瑞庫爾先生下達禁令，他還是驅車前往阿貝斯街宏督印刷廠。

在計程車上，他再度翻了翻岳父給他的「愛國追憶」型錄。佩瑞庫爾先生的反應不尋常，一個身經百戰的商人，竟然會成爲這種三腳貓詐術的受害者，絕對有涉及個人因素。那麼究竟是什麼呢？

計程車被堵在克里尼昂古爾街好一會兒。亨利闔上型錄，稍微有點讚賞。他要去把這幫經驗老道的騙徒給找出來，結構縝密、經驗豐富的一夥人，雖然他沒多大機會，因爲他的線索太少了，時間甚至更少。他不禁對這個瞞天過海的大騙局感到相當程度的欽佩。這本近乎傑作的型錄。若不是他如此緊繃，因爲這件事的結果攸關他的生死，他搞不好會拍手道好。相反的，他發誓：非他死便是他們亡，如果有必要，他會搬出手榴彈、芥子毒氣、機關槍來伺候這一小幫匪徒。一旦把他逼上絕路，他就會大開殺戒。他覺得他的腹肌、胸肌都變硬了，他緊閉雙唇……

就是這樣，沒錯，他想。只要給我萬分之一的機會，你們就死定了。

Chapter

40

「他有點不舒服。」阿爾伯特回答路德希亞所有擔心尤金先生沒消沒息的人。兩天來，就沒看到他，他也不叫人服務；大家已經習慣了他出奇大方的小費，因爲突然一下子就沒小費進帳而大失所望。

阿爾伯特拒絕叫酒店醫生。可是他還是來了，阿爾伯特打開門，他好多了，謝謝，他正在休息，然後就關上了門。

愛德華並沒有好轉，也沒在休息，他把所有吞下肚的一切都吐了出來，他的喉嚨發出打鐵時拉風箱的聲音，他的高燒也沒退。他花了很多時間才能下床。他這種狀況能長途跋涉嗎？阿爾伯特不禁懷疑。魔鬼是怎麼讓他拿到海洛因的？阿爾伯特不知道這樣的數量算不算多？他完全沒概念。如果這還不夠，好幾天航程期間，萬一愛德華需要額外劑量，他們該怎麼辦？阿爾伯特從沒搭過船，很怕自己會暈船。萬一他沒辦法照顧戰友，誰來照顧他呢？

愛德華不睡覺，阿爾伯特設法讓他把吞下去的一點點東西，從敞開著的喉嚨嘔了出來，他一直盯著天花板，動也不動；只有上廁所才會起床，阿爾伯特在一旁盯著。「別鎖門，」他說，「萬一發生什麼事，我才可以去救你。」唉，救人都救到廁所來了……

阿爾伯特再也不知道該如何是好。

整個禮拜天都花在照料戰友上。愛德華多半時間都躺著，大汗淋漓，嘶啞的喘息聲伴隨著劇烈痙攣。

阿爾伯特拎著乾淨的毛巾在臥室和浴室之間來回穿梭，他幫愛德華點了蛋黃甜奶、肉湯、果汁。傍晚時分，愛德華跟他要了一劑海洛因。

「就當作是你幫我。」他焦躁地寫道。

阿爾伯特無力拒絕，因爲他戰友的狀況而慌了手腳，眼看最後期限就要到了而感到恐慌，阿爾伯特同意了，但馬上就後悔：他根本不知道該怎麼使用海洛因，他又再度讓自己重蹈覆轍。

愛德華的動作，因爲折騰了一夜加上疲憊不堪，而變得不太靈光，儘管如此，還是看得出來他是個中老手；阿爾伯特發現愛德華又辜負了他，癮頭越來越大，這點刺傷了他。然而他還是扮演助手的角色，幫他注射，對著火絨轉打火機的小滾輪。

雖然路德希亞的豪華套房跟軍醫院南轅北轍，但此情此景，很像他們剛在一起的時候，兩年前，等著被轉到巴黎醫院時，愛德華曾經險些因敗血症而喪命，但當時兩人十分親近，阿爾伯特對愛德華有如父執輩般悉心照料，愛德華對他的依賴、愛德華內心深處的苦痛、他的憂傷，阿爾伯特基於寬宏大量，加上良心不安，個性笨拙魯鈍，試圖拉他一把，再再提醒著他們，提醒著他和他，很難說這些回憶究竟是安慰或干擾。看來似乎像是封閉迴路，不停轉回原點。

一注射完，愛德華立刻震了一下，彷彿有人拉著他後腦勺的頭髮，狠狠踢他的背，但僅僅持續兩三下；他側躺著，從他的臉部線條可以看出他舒服了，心滿意足地沉沉睡去。阿爾伯特沒動，看著他睡。他感覺悲觀凌駕於勝利之上。何況，這種銀行和承銷兩頭騙的雙重詐術，他從來就不敢奢望他們會成功，就算成功，他也不相信他們眞能順利離開法國，他再也看不出來自己怎麼能夠帶著一個現在狀況這麼糟糕的旅伴同行，坐火車到馬賽，然後再搭好幾天的船，而不被發現。這一切還沒算上老是問他一些可怕問題的寶琳：老實交代？溜之大吉？失去她？戰爭是可怕的孤獨試煉，但是跟現在這個復員時期截然不同，目前它帶著墮入地獄的態勢；有時候，他覺得自己隨時有自首的準備，結束這一切，一了百了。

儘管如此，他還是得採取行動，趁著愛德華睡著，傍晚時分，阿爾伯特下樓來到接待中心，跟酒店確定拉里維耶爾先生十四日下午兩點會退房。

「『確定』？您是什麼意思？」禮賓專員問道。

這名男子，身材高大，一臉嚴肅，曾經參戰，碰上飛得非常近的炮彈碎片，乃至於害他失去了一隻耳朵。差幾公分，他就會把自己的頭搞成像愛德華那樣，可是他運氣比較好：他用鬆緊帶把眼鏡右腿綁在一邊，帶子的顏色跟肩章搭配得很漂亮，肩章又遮住炮彈碎片射到他腦袋時的傷口所留下來的疤痕。阿爾伯特想到，謠傳有的阿兵哥腦袋裡面有炮彈碎片照樣過日子，碎片沒辦法取出來，可是從來都沒人眞正看過這些傷員。搞不好這個禮賓專員就是其中一個活死人。倘若果眞如此，那他看人的能力還沒怎麼降低；他把自己辨別大人物與小人物的能力保持得十分完好。他幾乎不動聲色地撇了撇嘴。阿爾伯特，不管他說什麼，儘管他穿著得體的套裝，啵兒亮的新鞋，就是一臉窮酸相，別人應該是從他的動作看出來的，或許還因爲他某些口音，要不就是這種沒來由的敬重，他只要一碰到穿制服的，甚至連這個禮賓專員也一樣，就會不由自主地表現出自己卑微的出身。

「尤金先生要離開我們了？」

阿爾伯特證實無誤。所以說愛德華並沒有預先跟他們說他要走。莫非他壓根兒就不打算離開？

「當然想！」愛德華寫道，他一醒，阿爾伯特就質疑他。他寫出來的字歪歪扭扭，活像鬼畫符，不過看得懂。

「當然，我們十四號走啊！」

「可是你一點都沒準備，」阿爾伯特窮追不捨，「我的意思是說，沒有行李，沒有衣服。」

愛德華拍打著額頭，「我眞的太白痴了，沒想到這些。」

他跟阿爾伯特在一起時，幾乎從不戴面具，喉嚨、胃部發出的難聞氣味，有時眞的會令人作嘔。過了幾個鐘頭，愛德華狀況越來越好。他又來上一劑海洛因，雖然禮拜一的時候，他還不能站太久，可是實際情況已經大爲改善，整體來說令人欣慰。阿爾伯特，邊走出去邊猶豫不決，不知道要不要把愛德華與那些東西隔絕，海洛因、剩下的嗎啡安瓿，可是他估計執行上有困難；首先，愛德華不會讓他這樣做，再說他也沒勇氣，他身上的氣力所剩無幾，距離出發已到倒數計時的階段，値此等待期間，他把剩下的毒品一股腦的全用完了。

由於愛德華什麼都沒準備，他只好去勒蓬馬歇百貨公司幫他買點衣服。爲了確定自己不要犯了品味不佳的錯誤，他詢問銷售員，那是一名三十多歲的男士，從頭到腳瞄了阿爾伯特一回。阿爾伯特想買一些很「時髦」的東西。

「您要找什麼樣的『時髦』？」

銷售員顯然對答案很感興趣，俯身向著阿爾伯特，凝視著他的眼睛。

「這個嘛，」阿爾伯特結結巴巴地說，「時髦嘛，也就是說……」

「怎麼樣呢？」

阿爾伯特在想該怎麼解釋。他從來沒想過「時髦」還會被聽成「別的時髦」。他指著右手邊的模特兒，模特兒從頭到腳穿戴著鞋子、帽子、大衣也包括在內。

「這個，我覺得這個就很時髦。」

「現在我比較懂了。」銷售員說。

他悉心地把整套都脫下來，鋪在櫃檯上，倒退兩小步，盯著衣服瞧，好像在欣賞一幅大師畫作。

「先生的品味好極了。」

他又建議了別的領帶、襯衫，阿爾伯特沒有自己的意見，照單全收，隨後看到銷售員把整套行頭都包裝起來，他這才鬆了口氣。

「還需要……另外一套，」他接著說，「當地要穿的。」

「當地，很好。」銷售員重複說了一遍「當地」，邊幫那幾包綁好提繩。「當地？哪兒啊？」

阿爾伯特不想讓他知道目的地，正相反，千萬不能讓他知道，他得耍點心機。

「殖民地。」他說。

「很好。」

銷售員頓時顯得興致盎然。搞不好，他也曾經有過這些夢想、計劃。

「哪種類型的服裝呢？」

阿爾伯特對殖民地的想法是從明信片、道聽塗說、雜誌上的圖片，東拼西湊累積而成的。

「適合那邊穿的。」

銷售員噘起嘴，好像知道了的樣子，「我想我們應該有您需要的，不過這次沒有模特兒可以讓您鑑賞穿戴起來的樣子，這是外套，您摸摸看這料子，長褲，沒別的比這更高雅的了，也沒比這更實穿的了，當然還有帽子。」

「您確定？」阿爾伯特大著膽子問道。

銷售員態度堅決：男人就是需要帽子來襯托。阿爾伯特，他還以爲是鞋子呢，銷售員建議他買的，他全買了。銷售員笑得合不攏嘴，是因爲殖民地的關係？還是因爲賣出整整兩套的好生意？可是，很奇怪，他就是一副肉食動物的嘴臉——阿爾伯特在某些銀行主管身上看過，他一點都不喜歡，他差點說出口。千萬別在這邊鬧事，引人注意，這裡離路德希亞才幾步路，剩下不到兩天的時間，沒必要犯錯，害之前所有努力泡湯。

阿爾伯特還買了一只黃褐色的大皮箱，搭配兩個新的手提行李箱，其中一個要用來裝錢，還有一個新帽盒，用來裝他的馬頭，他請銷售員幫他全部送到路德希亞。

最後，他還選了一個精美的盒子，很有女人味，他在裡面放了四萬法郎。回去守護戰友之前，他先去了塞弗荷街郵局，連錢帶盒，整個一起寄給貝爾蒙特太太，附上一張紙條，說明這筆錢是給路易絲的，「她長大以後可以用」，他和愛德華指望她「能夠好好留著這筆錢，等到小ㄚ頭長到可以花用的年齡」。

勒蓬馬歇送來衣物，愛德華看了看，滿意地點點頭，甚至翹起大拇指，做得好，太棒了。是啊，阿爾伯特心想：因爲你根本就不在乎。然後他就去找寶琳。

他在計程車上反覆預習他的小小演說，只有一個解決辦法，實話實說方爲脫身上策，因爲今天已經是七月十二號，他們十四號就得走（如果他還活著的話），機不可失，要說就趁現在，否則就永遠沒機會了。他的決定成了糾纏他的咒語，因爲在他內心深處，他知道自己根本就沒能力坦白一切。

他想過迄今一直妨礙他解決這個問題的原因。一切都回到他所預見的一大問題：寶琳不可能跨越的道德問題。

寶琳出身貧寒，從小接受基督教義的薰陶，她有做苦工的父親、當工人的母親，這種階級的可憐人對德行與誠實最挑剔不過。

她看上去比任何時候都更美。阿爾伯特買過一頂帽子送她，將她那張小臉蛋襯托得分外雅緻，如此完美的三角臉，她那光彩奪目的微笑，令人招架不住。

寶琳感覺阿爾伯特扭扭捏捏的，今晚比平時又更安靜，隨時一副欲言又止的樣子，但終於還是忍住沒說，自從他倆在一起以來，今晚寶琳度過其中一段最甜美的時光。她毫不懷疑，他想向她求婚，卻不知該如何啟齒。阿爾伯特不僅害羞，她想，他還有點膽怯。眞可愛，他人眞的好好，可是如果她沒辦法讓他說出來，就不知道得等到何年何月。

當下，他的含糊其辭令她陶醉，她覺得他是眞的想要她，她不後悔自己對他的造次或她自己的慾望讓了步。她假裝漫不經心，但她相信他是認眞的。一連幾天，阿爾伯特都刻意討她開心，她都假裝沒注意。

今晚又是這樣（他們在商業街的一間小館子用餐），他就擺出這副欲言又止的樣子在說話：

「其實，寶琳，妳知道嗎？我在銀行上班不太開心，我不知道該不該嘗試別的東西。」

這倒是眞的，她這麼想，一個男人有了三、四個孩子後，再想到這些就嫌遲了，趁著還年輕就應該未雨綢繆。

「哦，是嗎？」她隨口答道，眼睛卻盯著端著前菜過來的服務生，前菜是什麼呢？

「這……我不知道，我……」

看起來這個問題他好像想過很多次，但苦無答案。

「我可能會做生意之類的，或許吧。」他大著膽子說出這句。

寶琳兩頰緋紅。做生意……成功的頂峰。想想看哪……「寶琳‧梅亞爾，專售巴黎小裝飾品和小玩意兒」。

「嗯。」她回道。首先就是做什麼生意呢？其實不用想那麼多，「梅亞爾之家。專賣雜貨、縫紉用品、葡萄酒和烈酒」就很不賴了呢。

「嗯，這個嘛……」

往往都是這樣，寶琳暗忖，阿爾伯特知道她在想什麼，可是她卻跟不上阿爾伯特的想法。

「也許不算眞正的做生意，應該算開公司吧。」

寶琳只懂她實際見識過的東西，開公司這種概念，她就比較不懂了。

「什麼公司呢？」

「我想到進口木材。」

寶琳拿著叉子的動作懸在半空中，叉子上的韭香酸醋沙拉在離她嘴唇邊上幾公分的地方晃蕩。

「進口木材有什麼用？」

阿爾伯特立即縮了回去：

「或者，也許是香草、咖啡、可可，諸如此類的東西。」

寶琳嚴肅地點點頭，她不懂的東西都會想試著瞭解看看，可是「寶琳‧梅亞爾，香草和可可」，不，說眞的，她還是不懂這些有什麼用，也不知道誰會對這些東西感興趣。

阿爾伯特意識到自己走偏了。

「我只是在這麼想而已。」

因此，逐漸，自己的說辭讓自己進退維谷，與他想跟寶琳全盤托出的初衷漸行漸遠，終至放棄；寶琳溜出他的手掌心，他十分自責，他想站起來，走遠，把自己埋起來。

天哪，活埋……

老是回到這上面。

Chapter 41

七月十三日發生的事，可以列入拆彈專家或掃雷生專校課程，因爲這是逐步引爆狀況的大好教材。早上六點半左右，《小新聞報》出刊，只是個謹慎的小新聞，不過已經登在頭版了。標題雖然是假設，但後續發展十分看好：

假陣亡士兵紀念碑……
莫非我們正邁向全國大醜聞？

區區三十行，可是介於「斯帕會議持續延宕毫無進展」，戰爭清算結果「全歐洲總共失去三千五百萬壯丁」，還有「七月十四日國慶佳節活動計劃列表」的貧瘠內容，所以大家睜大眼睛，等著看七月十四日前夕有沒有什麼不符合國慶佳節的好戲可瞧，於是，這則新聞不可避免地就引起了關注。

這篇報導宣告了些什麼？什麼都沒有。這就是文字的力量，集體想像力絕對會有這個閒功夫、樂於繼續追根究柢下去。大家什麼都不知道，卻大放厥詞，指稱好多鄉鎮市「可能」都「訂了」陣亡士兵紀念碑，所以「大家才會擔心」它們是跟一家「空頭公司」訂的。不可能比這些假設語氣更「審愼」的了。

亨利·德·奧內－博戴勒是最早看到這則新聞的幾個人之一。他下了計程車，等印刷廠開門（現在還不到早上七點），他買了《小新聞報》，剛好瞄到這一小則新聞，氣得把這份日報扔進水溝，但立刻又撿了回來。他看了一遍，又看了一遍，揣度每一個字。他還有一點點時間，稍稍放心了些，可是不多，一籌莫展，令他暴跳如雷。

穿著工作服的工人才剛打開印刷廠大門的鎖頭，亨利便已跟上前去，你好，他遞上「愛國追憶」型錄，這是你們印的，客戶是誰，可是那名男子不是老闆。

「等等，老闆馬上就到。他來了。」

一名三十多歲的男子，拎著餐盒，標準的靠裙帶關係才榮登老闆寶座那型，工頭娶了老闆的女兒，手上拿著捲成一卷的《小新聞報》，可是，還好，他還沒打開。這些人看到亨利都甚感詫異，因爲他渾身上下聞起來都像個「大爺」，就是那種不看價格、很難伺候卻又錢多多的客戶類型。還有就是，當亨利問他是否可以跟他談談的時候，怎麼談呢？原本是工人的那名男子問他，因爲現在正値排版、印刷、排字工人開始一天工作的時候，於是他指了指辦公室的玻璃門，他都在那裡接待客戶。

車間的工人斜眼偷瞄，亨利轉過身去以免被他們看見，隨後立即掏出兩百法郎，放在桌上。

工人只看到客戶背面，淡定地比著手勢，而且很快就走了，交談沒持續多久，壞預兆，他沒下訂單。然而老闆回到作坊時卻滿臉喜孜孜的，這種情形出現在最恨生意落空的老闆身上，格外令人驚訝。四百法郎入袋，就甭提有多好運了，光向那位先生解釋他不知道客戶姓啥叫誰，他只知道是一位中等身材的男士，很神經質，可以說他憂心忡忡，心神不寧，他用白花花的新鈔先預付一半貨款，發貨前一天再付剩下的一半，可是大家都不知道這些型錄要送去哪兒？因爲他委託某人來拿；那個人獨臂推著一輛手推車，很壯的一個小夥子。

「本地人。」

亨利所獲得的訊息就這些。沒人認識這個推手推車的中間人，可是有人看過他；今天這個世道，只剩下一條胳膊算不了什麼，可是獨臂卻以拉推車爲業，就比較少見了。

「不見得眞的就是本地人，」印刷廠老闆說，「我的意思是，他不是我們這一帶的人，但應該就在附近。」

現在是早上七點一刻。

拉布爾丁在前廳，氣喘如牛，面無血色，幾近中風，直挺挺地杵在佩瑞庫爾先生跟前。

「報告總裁，總裁大人（甚至連招呼都沒打），我眞的無能爲力！」

邊說邊把《小新聞報》這個燙手山芋遞給他，彷彿它著了火。

「眞的太讓人頭痛，總裁大人！但是我向您發誓……」

他以爲他發的誓會有用似的。

他的眼淚都快掉下來了。

佩瑞庫爾先生抓起報紙，把自己關在書房。拉布爾丁留在前廳，不確定自己該怎麼做才好，他是該離開呢？還是該做些什麼呢？可是他記得總裁經常告訴他：「一個人永遠不要失去主動性，拉布爾丁，你老是在等著別人告訴你怎麼做……」

他決定等候命令，於是就在沙龍坐了下來，小女傭出現了，就是那個不久以前他捏過她乳頭、褐髮的那個小妞，相當令人興奮的小妞。她遠遠地問他，要不要用點什麼。

「咖啡。」他說，疲於奔命害他提不起勁。拉布爾丁對任何東西都沒心思。

佩瑞庫爾先生又看了一遍那篇報導，醜聞即將爆發，今晚或明天。他把報紙放在書桌上，他並沒有生氣，一切都太遲了，大勢已去。簡直就像他每聽到一則壞消息就矮一公分，如今的他雙肩下垂，脊椎骨彎曲，變矮了。

他在書桌前坐下，看到那份報紙倒著放在桌上。這篇報導引起的火花就足以點燃導火線，他想。他會這麼想是很有道理的，因為《高盧人》、《不妥協派報》、《時報》、《巴黎回聲報》的記者，一旦得知同行《小新聞報》刊出這則新聞，立馬就會爭先恐後搶新聞，叫計程車的叫計程車，找關係的找關係。遭到質疑的管理階層沉默不語，就是這裡頭有鬼的跡象。全體總動員，摩拳擦掌，隨時準備好投入戰場，搶新聞的戰火一旦爆發，確定自己必將身先士卒，衝在最前面，才有獎金可領。

前一天，愛德華打開勒蓬馬歇的豪華包裝盒，取出皺紋紙，發現裡面那一整套令人眼花撩亂的東西，阿爾伯特幫他買的，他高興地大叫。他第一眼看到就很喜歡。卡其色及膝短褲，米色襯衫，腰帶，腰帶上面還綴有流蘇，就像我們在畫片上看到牛仔穿的外套那樣，大大的象牙色長筒襪，淺栗色外套，叢林用鞋，還有一頂闊邊帽，帽緣大得咧，應該是遮陽用的，因為那邊太陽很毒。整套服裝到處都有口袋，讓他愛不釋手。簡直就是化裝舞會穿的非洲狩獵服嘛！唯一缺少的就是彈匣和一把一米四步槍，他這個冒牌貨看起來就會比眞的還像囉。他立刻就把全套都披掛上身，邊照著鏡子邊大聲讚嘆。

路德希亞服務生送來他叫的東西：一顆檸檬、香檳和蔬菜湯，他身上正是穿著這套奇裝異服。就連他幫自己注射嗎啡時都還穿著。他不知道相繼使用嗎啡－海洛因－嗎啡會有什麼結果？搞不好會很嚴重，等著瞧唄，不過現在，他覺得自己健康得很，既放鬆又平靜。

他轉向旅行箱，周遊列國型的，然後把窗戶開得好大。他尤其鍾愛法蘭西島的天空，在他看來，應該沒有太多地方的天空可以媲美。他一直都很愛巴黎，除了去打仗，他從沒離開過巴黎，而且從沒想過要去別的地方生活。可是今天，很奇怪。八成是藥效使然：一切都不太眞實，也不太確定。你看到的不盡然是現實，你的想法是有揮發性的，你的計劃就像海市蜃樓，你住在一個不完全是你自己的夢中，活在一個不完全是你自己的故事裡。

而明天並不存在。

其實，這些日子以來，阿爾伯特不太有心思想這些，但他還是忙於讚嘆眼前美景。試想：寶琳坐在床上，順著她平坦的腹部，一路來到被細細皺摺團團包圍住的小肚臍，她渾圓的乳房，潔白如雪，玫瑰般的乳暈細嫩到令人想哭，還有那位居要塞的小小黃金交叉寶地，在在引人遐思……寶琳秀髮蓬鬆，因爲她才剛剛跳到躺在床上的阿爾伯特身上，她越不以爲意、漫不經心，這幅景致就越令人心旌神搖。「我們這是在打仗！」她笑著說，她正面迎敵，一女當關，一夫莫敵，兩三下便輕易凌駕於其上，阿爾伯特沒花太多時間便棄械投降，吃了敗仗，卻因自己潰不成軍而無比開心。

他們從未有過很多像現在這樣可以賴在床上的日子。只發生過兩三次。寶琳在佩瑞庫爾家的工作時間經常都令人無法想像，但這次沒有。至於阿爾伯特他呢？他則正式「放一天假」。「七月十四日，」

他是這麼解釋的，「銀行特別放一天假」。要不是寶琳這輩子都在當一人抵十人用的女傭，她就會因爲銀行竟然會如此體恤員工而大爲詫異，所以她只表示僱主的表現很有騎士風度。

阿爾伯特下樓去買牛奶麵包、報紙；房東准他用小爐子，「只能用來煮熱飲」，所以他才可以在小公寓煮咖啡。

寶琳，跟條蟲似的全身光溜溜，因爲她作戰竭盡心力而顯得光彩耀人，喝著咖啡，仔細看著隔天有什麼慶祝活動。她把報紙翻來覆去，找著節目表。

「『主要紀念碑和公共建物都會張燈結彩。』這樣會很漂亮喲！」阿爾伯特才剛刮好鬍子；寶琳喜歡男人留小鬍子——在那個年代，每個男人，人人一鬍——卻討厭臉頰上的鬍碴。她覺得好刺人。

「一大早就得出門，」她說，整個人趴在報紙上，「八點鐘就有雜耍表演，何況凡森納森林可不是就在隔壁而已。」

阿爾伯特看著鏡中的寶琳，美得像愛神，恣意放肆的青春。我們會去看遊行，他想，她會出門工作，接著就是我會離開，一去不回。

「炮兵部隊還會在榮軍院和瓦萊里安山頂萬炮齊發呢！」她補充說，邊吞了一口咖啡。

她會到處找阿爾伯特，她會來這邊，四下打聽，沒，沒人看到梅亞爾先生；她永遠都不會明白，她會痛苦得無以復加，編造出各種理由來彌平阿爾伯特不告而別對她造成的傷害，拒絕想像阿爾伯特竟然會騙她，不，不行，結果應該比較羅曼蒂克才對，他八成是被綁架了，要不就是在某個地方慘遭殺害，他的屍體，從來都沒被發現，肯定是被扔進塞納河；寶琳會傷心欲絕。

「哦，」她說，「我可眞倒楣。『下午一點在下列劇院免費演出：歌劇院、法蘭西劇院、喜劇院、歐德翁劇院、聖馬丁門劇院……』下午一點，剛好是我得回去當差的時候。」

阿爾伯特喜愛這個虛構的故事，他神祕地消失，這個故事分派給他一個沉默而浪漫的角色，而不是像在現實中這樣，如此喪盡天良。

「『而且民族廣場還有舞會！』我晚上十點半才下工，還舞會呢，甭提了，等我們趕到那邊，搞不好都快結束了。」

她只是說說而已，並不帶遺憾。看到她坐在床上，大口吞著小麵包，阿爾伯特不禁納悶：她眞的是個會傷心欲絕的女人嗎？不會，只要看到她這對美麗的乳房，這張貪婪的嘴，這個隨時準備好要大戰三百回合的胴體就夠了……這個讓他放心的想法卻害他傷心，可是沒傷心多久，因爲他馬上沉溺於另一個想法：他才是那個需要安慰、傷心欲絕的男人。

「天哪，」寶琳突然說道，「太可惡了！怎麼這麼壞心！」

「什麼？」他問。

阿爾伯特轉過頭，刮到下巴。

他說這話時，自己已經在找著毛巾，刮到下巴，竟然可以流這麼多血，眞可怕。好歹他總有可以止血的明礬吧？

「你想想看哪？」寶琳繼續說。「竟然有人在賣陣亡士兵紀念碑！（她抬起頭來，一臉不可置信），『假』的紀念碑！」

「什麼，什麼？」阿爾伯特問道，轉身朝床這邊走來。

「對，根本就沒有紀念碑！」寶琳趴在報紙上，邊說。「不是我愛說你，你也小心點，我的小天使，你在流血，血流得到處都是！」

「讓我看看，讓我看看！」阿爾伯特喊道。

「可是，我的小心肝兒……」

她把報紙讓給他，阿爾伯特的反應讓她感動到不行。她懂。他打過仗，他失去過好多戰友，所以說，發現有人設下這樣的騙局，讓他覺得憤恨難當，可是，也不至於激動到這種地步嘛！她擦了擦他血流不止的下巴，他則繼續看著那篇短文，一看再看。

「鎮定一點，小心肝兒，算了！也不至於要氣成這樣啊！」

亨利一整天都在這一區奔來跑去。有人跟他說有個中間人住在拉馬克街，不知道是十六還是十三號，結果並沒有，不管十三或是十六號都沒這個人。亨利搭上計程車走了。又有人想到，好像有個傢伙有輛小推車，專門幫人送東西，就住在科蘭古街上面，結果那邊只有一間舊工廠，而且現在已經歇業了。

亨利進去街角的咖啡廳。現在是早上十點。有沒有一個單手推推車的傢伙？您是說一個送貨的？沒，大家都沒印象。他繼續沿著雙號這頭往下走，如果有必要的話，他又會從單號往回走上去，走遍這一區的大街小巷，他非找到他不可。

「單靠一隻胳膊？這可不容易啊，您確定？」

十一點左右，亨利走進達赫蒙街，有人向他拍胸脯保證，奧德內街街角有個賣煤炭的，他就有一輛手推車。至於他是不是只有一條手臂，那就沒人可以確認。於是亨利又花了一個多鐘頭，大步走完一整條街，到了北邊墓園邊上，有個工人，非常確定，對他說：

「當然，我們當然認識他！他根本就是個怪人！他住在杜埃斯姆街四十四號。我知道，因爲他是我表親的鄰居。」

杜埃斯姆街四十四號並不存在，這邊是建築工地，沒人說得出來這傢伙現在到底住哪？何況他們說的那個人還有兩條胳膊。

阿爾伯特像陣過道風似地飆進愛德華的豪華套房。

「你看，你看！」他大叫，在愛德華眼睛底下，揮舞著皺巴巴的報紙，愛德華掙扎著醒來。都早上十一點了！他想。他了解到幾點跟嗜睡沒多大關係，同時也發現了床頭櫃上放著注射器和空的安瓿瓶。兩年多來的實證，愛德華讓他戰友阿爾伯特習慣成自然，養成阿爾伯特一眼就分辨出他施用的劑量輕重，是否會造成傷害。愛德華哼了一聲，阿爾伯特從他哼的方式就知道這劑注射很爽，有助於抵消因缺乏毒品所造成最具破壞性的影響。然而，誰知道經過上次把他和路易絲嚇個半死的大劑量之後，愛德華又使用過多少量？注射過多少次呢？

「你還好嗎？」他擔心地問。

他幹嘛把阿爾伯特幫他在勒蓬馬歇買的全套衣服都穿上了呢？在巴黎穿著一整套殖民地專用的服裝？一點都不配，甚至很荒謬。

阿爾伯特沒繼續追問。新聞，緊急，報紙在此。

「快看！」

愛德華坐起來，看了報，完全醒了，把報紙往空中一抛，邊「赫啊赫」亂叫，對他來說，這代表欣喜若狂的象徵。

「可是……」阿爾伯特結結巴巴地說，「你搞不清楚狀況！他們全都知道了，他們現在會找到我們！」

愛德華，跳下床，抓起大圓桌上冰桶裡的香檳，倒了驚人的量灌進喉嚨，發出的聲音就甭提有多可怕！他抱著肚子，猛烈咳嗽，咳得上氣不接下氣，可是依然繼續手舞足蹈和「赫啊赫啊」亂叫！就像某些夫妻有時會角色互換。愛德華，發現他的戰友愁眉苦臉，一把抓起大談話板，寫道：

「別擔心！**我們走！**」

他眞的毫無危機意識可言，阿爾伯特想，邊使勁揮著報紙。

「你倒是看清楚啊，天哪！」

聽到這句話，愛德華興奮地在胸口畫了好幾次十字，假裝好怕，祈求上帝保佑，他愛死這麼開玩笑。然後又拿起鉛筆：

「他們**知道個屁！**」

阿爾伯特猶豫了一下，但他不得不承認：這篇報導的確含糊不清。

「有可能，」他承認，「可是時間對我們不利！」

戰前，他在凡森納體育館跑道上面看過：自行車手競相追逐，沒人看得清楚到底誰在追誰，他們轉啊轉的，轉得觀眾頭都暈了。如今，愛德華和他必須跑得越快越好，以免脊椎落入狼口。

「我們得立刻就走，你還在等什麼？」

他都已經說了好幾個禮拜。我們還等個什麼勁兒？愛德華已經撈到他的一百萬了，還有什麼理由不走呢？

「等船。」後者寫。

如此顯而易見的道理，阿爾伯特卻沒想到：就算他們立刻出發去馬賽，船也不會提前兩天開。

「換船票，」阿爾伯特說，「改去別的地方！」

「好引人注意？」愛德華提醒他。

一言驚醒夢中人，他說得很對。警方要找他們，報紙拚命追這條新聞，阿爾伯特豈能不冒任何風險，告訴海運公司員工：「我本來打算去的黎波里，但是如果你有一班更早的船開往科納克里，我去那裡也行，喏，拿去，我用現金付差額？」

何況這還沒算寶琳……

他臉色唰地變得蒼白。

如果他向她坦白眞相，憤慨之下，她會去告發他嗎？「太可惡了！」她說過。「怎麼這麼壞心！」

路德希亞豪華套房霎時陷入沉默。阿爾伯特覺得自己根本走投無路。

愛德華親切地扶著他的肩膀，緊緊抱住他。

可憐的阿爾伯特，他好像在說。

阿貝斯街印刷廠老闆趁著午休時間，翻開報紙。他抽第一根菸，餐盒正在爐子上蒸著的時候，他看了第一則新聞，就嚇到驚慌失措。

一大早就到他們廠裡的那位先生，現在報紙上又登出這則新聞，老天爺啊，他公司的聲譽有可能因爲這件事毀於一旦，因爲型錄是他印的。大家會把他當成同夥，說他是從犯。他掐滅香菸，關了爐子，穿上外套，叫他最得力的辦事員過來，跟他說他得先離開，因爲隔天本來就放假，所以他禮拜四才會來工廠。

亨利，他一忽兒跳上這輛計程車，一忽兒又跳上那輛，不知疲累爲何物，整個人被惹毛了，一點小事就會大肆咆哮，問個問題，越來越粗魯，答案則越來越少。於是他只得使勁按捺住脾氣，才能讓自己溫和一點。約莫下午兩點，他在標竿街飛來奔去，隨後又回到拉馬克街，到了奧爾塞街、勒多爾街前面，分發賞錢，十法郎，二十法郎，塞尼山街，三十法郎，一個女人斬釘截鐵地告訴他，他一直在找的那個人叫帕約先生，就住在柯塞沃街。亨利當了冤大頭，這時已經下午三點半。

同一時間，《小新聞報》的文章已經開始緩慢發酵，暗中搞破壞。大家彼此打電話探聽消息，你看到報上那篇報導了沒？中午剛過不久，有些外省的讀者開始打電話到編輯部，稱說他們已經同意訂購紀念碑，不知道報上寫的是不是他們，他們懷疑自己就是受害者。

《小新聞報》刊出一張法國地圖，用彩色註腳點出已經訂貨的鄉鎮城市，計有：阿爾薩斯、勃良第、布列塔尼、弗朗什—孔泰、聖—維濟耶—德—皮耶爾拉、彭提耶—蘇—卡爾尼，就連新奧爾良的一所中學也榜上有名……等等。

下午五點，區長辦公室那邊終於有了回應（在此之前沒有任何官員願意出面，因爲一想到拉布爾丁的嘴臉，就嚇得牙齒打顫），公布這家公司叫「愛國追憶」，該公司和印刷廠地址也從而遭到揭露。

一堆人愣在羅浮宮路五十二號前，根本就沒有公司；於是一行人又跑到阿貝斯街。晚上六點半，第一個衝到印刷廠的記者吃了閉門羹。

白日將盡，晚報出刊時，雖然還沒有太多資訊，但記者諸公手頭上握有的線索便已足夠確認早上那則新聞並非空穴來風。

報上刊出確定無誤的內容：

兩個奸商出售假陣亡士兵紀念碑

目前詐騙規模尚不得而知

經過幾個鐘頭的探訪、打電話、回答、提問，晚報刊登出來的消息，白紙黑字，非常明確：

紀念碑：國人對英雄的追憶慘遭嘲弄！

成千上萬不知名訂戶都被大發國難財的奸商給騙了

天大的醜聞，銷售假陣亡士兵紀念碑

有多少人受害？

褻瀆集體記憶的可恥毛賊！

組織精良的招搖撞騙之徒已售出數百座子虛烏有的陣亡士兵紀念碑。

陣亡士兵紀念碑引起公憤：
全民要政府給個交代！

服務生將尤金先生訂的報紙送上樓，看到他穿著全套殖民地服裝。背上還插著羽毛。

「怎麼可能？插著羽毛？」他一走出電梯，就有人這麼問他。

「當然是眞的，」年輕人慢吞吞地解釋，故弄玄虛，「羽毛！」

他手裡拿著剛收到的五十法郎跑腿費，引得眾人覬覦不已，可是羽毛這件事，大家還是想知道啊。

「好像天使背上的那對翅膀。兩大根羽毛，綠色的。好大好大。」

大家想像了半天，很難想像得出來。

「我覺得，」男孩補了一句，「應該是從雞毛撣子拆下來的，然後再把羽毛一片一片黏在一起。」

大家之所以羨慕這個小夥子，不是因爲羽毛的關係，而是因爲他又有五十法郎入袋，至於尤金先生第二天中午就要退房的傳言，則像被點燃了的引信般迅速蔓延開來：大家一想到即將失去一個像他這樣一輩子只碰得到一回的好客人，就甭提有多揪心肝的了！男男女女，每個人都在心中盤算著，不知道某某或某某同事撈了多少小費，小費應該充公，大家一起分才對，他們紛紛發著牢騷，眼中流露出遺憾、怨懟……尤金先生退房，不知會飛往何處之前，他還會訂多少東西進房呢？還有就是誰有幸去服侍他呢？

愛德華貪婪地盯著報紙看。我們又成爲大英雄囉！他反覆對自己說。

阿爾伯特此時應該也正在貪婪地盯著報紙看，想的卻跟愛德華完全相反。報紙現在知道是「愛國追憶」幹的，這兩個騙徒眞是膽大包天，即使報社以一種被這個醜聞驚嚇不已的口吻來表達，他們還是向這種下三濫、瞞天過海的詐騙伎倆致敬（稱其爲「不尋常的騙徒」），表示欽佩之意。現在只剩下收拾詐騙殘局。要做到這一點，就得上溯到銀行，可是七月十四號，哪兒找得到銀行的行政人員來查閱紀錄呢？沒人。十五號一大早，警方就會準備好要進行反撲。屆時他和阿爾伯特早就遠走高飛囉。

遠走高飛，愛德華反覆說了好幾遍。等到報紙和警察找出尤金·拉里維耶爾和路易·埃弗拉爾，兩個於一九一八年就宣告失蹤的士兵，我們早就在整個中東地區逛過一圈啦。

晚報，跟之前「愛國追憶」型錄剛出爐時那樣，一頁一頁鋪在地板上。

愛德華，倏忽之間，覺得意興闌珊。他好燙。注射海洛因後，等他恢復意識，每每都會爆發陣陣灼熱。

他脫下殖民地外套。天使的兩隻翅膀折壞了，落在地面。

大家都叫那個「中間人」可可。他幫自己做了一副特殊的背帶裝置，來彌補他在凡爾登戰役中失去手臂的不便，背帶穿過前胸，繞肩膀一圈，再跟手推車上加裝的木棒綁在一起。很多肢體殘障的人，尤其是只靠國家提撥津貼維生的那些，已經成爲發明奇才；我們可以看到雙腿殘缺人士開著十分機巧的小車子，以木頭、鐵、自製皮革設備，取代手、腳、腿，舉國上下擁有許多創意十足的復員人士，大多數都沒有工作，好可惜。

話說這個「可可」，他的背帶裝置迫使他低著頭推車，身體略微歪斜，讓他看起來反而還更像犁田的牛馬，亨利是在卡坡和馬爾卡代兩條街的街角發現他的。大街小巷疲於奔命，跑了一天，在這一區東南西北，不知來來回回了多少趟，博戴勒累得要死。他花了大把鈔票才打通層層關卡，找到可可。他一看到可可，就知道中了大獎；他很少會覺得自己竟然如此不屈不撓。

獵犬群（亨利看過晚報）會圍繞著這件老佩瑞庫爾心心念念的紀念碑醜事打轉，不過他有足夠的時間在所有人之前，將上一軍，幫老頑固帶回足夠的訊息，讓他兌現買單的承諾，打通電話給部長，不消幾分鐘，部長就會把所有爛帳一筆勾銷。

屆時亨利又會變得跟雪一樣白，重新因純潔無瑕而從中得利，享受全新開始，更何況這還沒算上他已經賺到的，整個薩勒維爾就快修復完工，持續靠大玩把戲、榨取國家資金，累積自己銀行帳戶所得。他盡心盡力地辦妥了這件事；現在他握有一手好牌，就讓大家見識見識眞正的亨利·德·奧內–博戴勒是何方神聖吧！

亨利一手插在口袋，手上緊緊捏著幾張五十法郎的鈔票，可是，看到可可抬起頭，他就把手放進另一個口袋，裝著二十法郎和零錢，因爲，僅需幾個銅板便能得到相同結果，何必無端浪費。他把右手插進褲裡，把幾個銅板弄得叮噹響。他問了問題，是你從阿貝斯街領出那批印刷型錄的？啊，對，可可說，你把它送到哪兒去了？四法郎。亨利把四法郎扔到中間人手中，他連聲感謝。

不客氣，亨利想著，說時遲那時快，他人已經在計程車裡，往佩爾斯胡同的方向奔去。

可可描述的那棟旁邊有著木柵欄的大房子……出現了。亨利還得先走近一輛大車，才到得了階梯下方。您問我還記不記得？有一次，我送一條長板凳還是長沙發的東西過去，他們都怎麼稱呼它來著？反正，我送長板凳之類的玩意兒過去就對了，好久以前，好幾個月又好幾個月以前，可是有一天，有個人拉了我一把，要我幫他們送型錄過去。我不知道是什麼型錄。可可不識字，所以他才會去推推車。

亨利告訴計程車司機，在這邊等我，給了司機一張十法郎的鈔票，司機好開心，隨您要我等多久都行，大爺。

他推開大柵門，穿過庭院；這會兒他已經來到階梯下方，他往樓梯上瞧了瞧，四下無人；他斗膽上樓，小心警惕，全神戒備，啊！他真希望自己此刻手中握有一枚手榴彈，不過，不需要；他推開門，公寓沒人住。應該說，閒置。從灰塵、碗盤就看得出來，一點都不會亂七八糟，可是帶傢俱的出租房間一旦沒人住，就會顯得分外空蕩淒涼。

突然，身後傳來聲音，他轉過去，跑到門口。單調的爆音，啪嗒，啪嗒，啪嗒，一個小女孩奔下樓梯，溜了，他只看到她的背影。這個小女孩幾歲？小孩子的年紀，亨利看不出來。

他回到公寓，從上到下，把所有東西都掃在地上，什麼都沒，就連半張紙也沒，不過卻有一份拿來墊櫃子用的「愛國追憶」型錄！

亨利笑了。眼看著他的特赦即將到來。

他三步併作兩步地下了樓，在大柵門一帶轉了轉，然後又回到街上，按了門鈴，一次，兩次，手中的紙張都弄皺了，他神經緊張起來，非常神經質，不過，門終於開了，一個看不出年齡的女人，跟運河一般憂鬱，不發一語。亨利拿型錄給她看，指著院子最裡面的那棟破爛建築物，我要找住戶，他說。他掏出錢。現在他面對的不是可可，這次，他憑直覺，拿了張五十法郎的鈔票。那名女子盯著他看，手卻沒伸出來；亨利心想她到底聽懂了沒？不過他確定，她一定知道。他又說了一遍。

再次，低調的，很小的聲音，啪嗒啪嗒啪嗒，從亨利右邊傳來，那個小女孩跑到街底。

那名女子，看不出年齡，無聲無息，眼神空洞，三分不像人七分倒像鬼，亨利對著她微微一笑，謝謝，不用了，把鈔票塞回口袋，今天花的錢已經夠多了，他又上了計程車，我說大爺，咱們現在要上哪兒去啊？

一百米遠處，拉梅街上停著出租馬車、計程車。他看到那個小女孩熟門熟路，跟司機說了一句話，拿出錢，一個小孩就這樣叫了一輛車，你絕對會覺得事有蹊蹺，但是你不會懷疑很久，因爲她有錢，生意就是生意，上車吧，小妹妹，她上了車，計程車發動。

科蘭古街、克利希廣場、聖拉札爾，計程車繞過瑪德蓮大教堂。沿街都爲了七月十四日國慶盛會妝點妥當。身爲民族英雄，亨利對此讚賞不已。到了協和橋上，他想到離這邊很近的榮軍院，明天會在這邊發射加農大炮。大炮歸大炮，可別跟丟了小女孩搭的那輛計程車，只見它一路沿著聖日耳曼大道開著，隨後上了聖父街。那個黃毛丫頭一溜煙就消失不見，亨利在心中暗自叫好，要不要跟我對賭？我猜準是路德希亞。

「謝謝，我的大爺。」亨利給計程車司機的錢比他給可可的多一倍，開心嘛，這點小錢算什麼。那個小女孩對這一帶熟得很，毫不遲疑，才剛付了車資，就突然出現在人行道上，酒店負責開門的小弟[45]往她的方向點了點頭，亨利心中暗自竊喜，思索了一秒鐘。

45 作者註：原文為chasseur，此指大酒店前面都會有身著制服的小弟，站在門口負責迎賓、幫出酒店的客人叫計程車、幫要進酒店的客人開計程車門等等，跟獵兔或打老虎的獵人一點關係都沒有。

有兩種解決方案。

等那個小丫頭，在酒店出口處堵她，逮個正著，把她大卸八塊藏在口袋，一出大門，便將她開腸剖肚，得到他想知道的消息後，就把她扔進塞納河。魚兒最喜歡吃新鮮的嫩肉。

另一個選項：進去接待大廳一探究竟。他進了大廳。

「先生是……？」禮賓專員問道。

「德・奧內─博戴勒（遞上名片），我沒預訂。」

禮賓專員接過名片。亨利無奈地兩手一攤，既無奈又抱歉，但也帶有三分感激，就是那種你幫他解圍，他會很感激你、絕不會虧待你的那種男人，而且是事先就讓你知道。在禮賓專員眼中，只有一種客人才會有這種態度，如此細膩，唯有好客戶才可能……聽好了，唯有有錢的客戶才會如此。咱們這可是在路德希亞啊。

「我不認為有任何問題（他看了看名片）。德・奧內─博戴勒先生，讓我們來瞧瞧，單人房還是套房？」

貴族與奴才間，就是有天壤之別。

「套房。」亨利說。

想也知道。這名禮賓專員喁喁私語，不過沒發出聲音，他幹這行人見多了，五十法郎小費入袋。

Chapter 42

翌日清晨，才剛七點，一波波的人潮就瘋狂湧入開往凡森納這邊的地鐵、電車和公共汽車。整條多梅尼大道沿路都車水馬龍，計程車、四輪馬車、雙排坐馬車爭先恐後，騎自行車的在街上左閃右躲，行人也加快步伐。阿爾伯特和寶琳構成一幅奇怪的景象，但兩人並沒意識到這一點。只見他走在路上，雙眼朝地，看似患得患失，要不就是愁容滿面或心事重重，而她，兩眼望天，邊往前走邊左看右看，遙望在閱兵場上空飄來飄去的飛船。

「快點啊，我的乖乖！」她輕聲發著牢騷。「我們會趕不上開幕式！」

她只是說說罷了，並沒有很認眞。不過，看臺的確已經擠滿了人。

「這些早起的鳥兒，他們是什麼時候到的啊？」寶琳驚呼，欽佩不已。

特種部隊和學生隊伍均已列隊排好，殖民地部隊、炮兵和騎兵殿後，不過因爲眾人排得很不耐煩，所以隊伍打著哆嗦，歪歪扭扭。由於附近已經沒空位了，腦筋動得快的報童搬來木箱，讓晚到的人可以墊高看，價錢從一到兩法郎；寶琳討價還價，一塊五法郎成交。

太陽高掛凡森納上空。婦女花花綠綠的衣著打扮、五彩繽紛的各式制服，與政府官員黑禮服、高禮帽形成強烈對比。大家覺得這些社會精英憂心忡忡，不過應該是群眾自己想太多，集體想像效應發揮作用使然。或許他們還眞的有煩惱，總之某些領導階層果眞如此就對了，因爲一大早他們全看過《高盧人》

和《小新聞報》；陣亡士兵紀念碑這件事震撼了每個人。國慶日當天爆發出這個天大的醜聞似乎不是巧合，而是某種徵兆，是一種挑釁。「法蘭西受辱！」頭條新聞如此刊登。「爲國光榮捐軀的英雄慘遭羞辱！」有的報紙更以斗大的字刻意強調。因爲現在這個重大事件已經可以確定了：一家名爲「愛國追憶」恬不知恥的公司，從人間蒸發前已售出數百座紀念碑；沒人能評估損害有多大，謠傳高達一百萬法郎之多，甚至兩百萬。醜聞已經演變成謠傳，乃至於現在更是謠言滿天飛，大家互通有無，交換著不知打哪兒聽來的小道消息：毫無疑問，絕對「又是德國佬搞的鬼」！不，其他不見得比這些人知道多少的人卻言之鑿鑿，這幾個下三濫的騙子帶著至少一千萬腳底抹油溜了，這是千眞萬確的事。

「一千萬，你想想看哪？」寶琳問阿爾伯特。

「這未免也太言過其實了。」他回道，聲音低得她幾乎聽不到。

已經有人懷疑政府首腦人物也脫不了關係，此乃法國慣例，也因爲政府被拖下水，「公親變事主」，成了眾矢之的。《人道報》解釋得就極其中肯：「豎立紀念碑幾乎都會要求政府補助，話說補助金額還少到可恥，誰相信高層置身事外？」

「總歸一句，」站在寶琳身後有名男子斬釘截鐵地說道，「專業人士才可能做得這麼漂亮。」

所有人都認爲這種坑拐騙的行徑無恥之至，但就是不由自主地流露出欽佩之意，還眞是膽識過人哪！

「這倒是眞的，」寶琳說，「不得不承認，他們的確很厲害。」

阿爾伯特渾身不對勁。

「怎麼啦？小親親？」寶琳問，纖纖玉手放在他的臉頰上。「你覺得難受？看到特技表演和軍隊，勾起你回憶，對不對？」

「對，」阿爾伯特回答說，「就是這樣。」

他一邊說，由共和國衛隊所演出的《桑布爾和默茲》軍隊進行曲一邊在迴盪，一群高階官員簇擁著貝當元帥，遊行總指揮貝爾杜拉將軍揮舞著長劍向元帥致敬。撈了一千萬，拜託噢，只要十分之一的金額就夠讓我掉腦袋。

現在是早上八點，他跟愛德華約好十二點半在里昂火車站見（「不要約再晚一點」，他一直堅持，「否則，你知道我會窮緊張」），搭乘下午一點開往馬賽的火車。屆時寶琳就會變成孤零零的了，沒了寶琳的阿爾伯特也一樣。難道說這就是搞了這場世紀大騙局得到的好處嗎？

遊行在掌聲中持續進行，理工學院學生，軍帽上有藍白紅三色羽飾的聖西爾軍校生，共和國衛隊和消防隊員，隨後就是身著灰藍軍裝的阿兵哥，眾人起立鼓掌，齊聲高喊「法蘭西萬歲！」

榮軍院發射禮炮的聲音響起之時，愛德華正站在鏡子前面。有一陣子了，他都對自己喉嚨深處的胭脂色黏膜額外關注。他覺得心力交瘁。看到今早的報紙沒像之前那樣讓他樂不可支。他的情緒來得急也去得快，急速老化，就像他的喉嚨，老化得非常嚴重！

他老了以後，大家會怎麼看他呢？原本應該長滿皺紋的臉卻被這個大洞所占據，只剩下額頭。自己因爲沒臉頰、嘴唇周遭也不見蹤影，皺紋也就沒地方可長，愛德華被這個想法逗樂，一切都會以蜿蜒河水找尋出口的方式進行，看到第一條路便朝額頭而去。老了，胭脂紅大開口上方會有一個皺紋肆虐的額頭，跟一塊被翻過的田地那般阡陌縱橫。

他看了看時間。九點。好累啊。房務員已經把他的全套殖民地裝備都攤在床上。這一整套就攤平在那裡，好似一具肉身被掏空了的死屍。

「您就是要這樣嗎？」女房務員問，不太確定。

其實不論他做什麼，都沒什麼人會驚訝，不過，這件殖民地外套，背部縫了兩大根綠色羽毛，畢竟還是太……

「穿這樣……出去？」她很驚訝。

他邊應了一聲邊往她手裡塞了一張皺巴巴的鈔票。

她順勢接上話，「我請服務生過來提您的行李？」

他的行李會比他先離開酒店，因爲十一點左右要先送上火車。他只留著軍用背囊，隨身攜帶，他在這個老古董裡塞滿了屬於他的那麼一丁點東西。因爲每次重要的東西都交給阿爾伯特保管，我好怕你會搞丟，他說。

想到他的戰友讓他感到愉快，他甚至感受到一股難以理解的驕傲，彷彿打從他們認識，他，愛德華，他首度變成家長，阿爾伯特，則成了小孩。因爲，基本上，帶著恐懼、夢魘、恐慌的阿爾伯特，不過是個孩子，就跟路易絲一樣，少年老成的她昨天突然又變回小孩子了，看到她這樣可眞開心哪！

她喘得上氣不接下氣。

有個男人來過我們胡同。愛德華彎下身子，說吧。

他在找你們，他到處亂翻，問了好多問題，我們當然什麼都沒說。只有一個男的。對，坐計程車。

愛德華摸了摸路易絲的小臉蛋，還用食指順著她的唇邊畫著輪廓，好，妳眞乖，妳做得好棒，妳現在走吧，已經很晚了。他想吻她的額頭。她也是。她抬起肩膀，猶豫了一下，算了，還是走吧。

一個男人坐計程車去的，不是警察。莫非是比別人更消息靈通的記者？他找到胡同，那又怎麼樣？不知道名字，他又能怎麼樣？就算知道名字？他要怎麼樣才能找到阿爾伯特的家庭寄宿公寓？還有怎麼找得到他在路德希亞？何況，再幾個鐘頭，他就要搭火車走了。

一點點就好，他心想。今天上午不吸海洛因，只要一點點嗎啡就好。他不得不保持清醒，感謝服務人員，向禮賓專員致意，搭計程車去火車站，跟阿爾伯特會合。然後……就會出現出乎他意料之外的大驚喜，看到阿爾伯特的另一半。阿爾伯特只有把他的票給他看了一下，可是愛德華偷翻過，發現還有兩張票，票面是路易．埃弗拉爾先生及夫人的名字。

所以說，還有一位小姐囉。愛德華早就懷疑了，這個可惡的阿爾伯特，這種事有什麼好神祕兮兮的呢？根本就是個小孩子。

愛德華開始注射。立即覺得渾身舒坦，平靜，輕盈，他有特別注意劑量。他躺在床上，手指慢慢繞著自己臉上的大洞畫圈子。我和我的殖民地服裝，我們就像兩個死人，肩並肩，他心想，一個空心，一個空洞。

除了每天早晚，盯著股票價格和隨便看一些商業新聞外，佩瑞庫爾先生根本就不看報。自然有人會讀給他聽，有人會寫重點給他看，有人會爲他指出重要訊息。即使到了這個節骨眼，他也不打算破壞規矩。

他在前廳，剛好看到《高盧人報》的標題。廢話連篇。他早就知道醜聞逼近爆發，不需要每天巴著報紙才猜得出報上寫些什麼。
他的女婿去追查一無所獲，眼看即將大勢已去，結果……
並沒有，翁婿兩人現在正面對面。
佩瑞庫爾先生什麼也沒問，唯有將雙手交叉置於身前。他按兵不動，什麼都不問。不過，他倒提供了一則令人振奮的消息：
「關於你的事，退休金部長打過電話給我。」
亨利沒料到他會這麼開場，不過，有何不可呢？重點是把一切都搓得乾乾淨淨。
「他親口向我證實，」佩瑞庫爾先生繼續說道，「這件事很嚴重，他告訴我一些細節。不但嚴重，甚至非常嚴重。」
亨利心想不知道是什麼細節。老頭子想故意提高價碼，好跟他，亨利，討價還價？
「我找到你要找的人了。」他鬆口。
「誰？」
答案引起他好奇。好兆頭。
「我這件『嚴重』的事，您的部長朋友怎麼說？」
兩個男人兀自沉默了半晌。
「很難擺平。你想怎麼樣？報告已經傳得四處都是，再也不是祕密。」
就亨利這方面，甭想要他這樣就放棄，現在不行；他手上的籌碼待價而沽。
「『很難擺平』，並不代表不能擺平。」

「那個人在哪兒？」佩瑞庫爾先生問。
「在巴黎。目前還在。」
隨後他就閉上嘴，看了看指甲。
「你確定是他？」
「當然。」
亨利在「路德希亞」大酒店的酒吧度過一宿，遲疑著要不要跟瑪德蓮說一聲，不過沒用，她向來都不會要他交代行蹤。
最前面的幾條線索來自調酒師：「每個人都在談他，尤金先生是兩個禮拜前住進來的。他的出現立刻轉移了所有焦點，原本大家都在關注市面上正在流傳的消息，七月十四日的慶祝活動，這個男人卻吸引住所有人的注意力。」此外，尤金先生還引起酒保不滿：「您想想看，這個客人只給他看得到的服務人員小費，因此，每次他訂了香檳，就會賞給送香檳的人，爲什麼準備香檳的人就沒份？什麼都沒，要是您問我意見的話，我會說他是個不曉得面面俱到的粗人。好歹您不是他的朋友吧？啊！還有那個小女孩，全酒店都傳得天花亂墜，可是她不會經過我們這邊，酒吧不是小孩子該來的地方。」
一到早上，站了七個鐘頭，亨利問過服務人員、樓層送早餐的小弟、女房務員，他還訂了報紙，趁機看看還有沒有別的新消息，不過都是老調重彈。說眞的，這個客人可一點都不低調。他就那麼有把握自己不會被逮到？
小女孩前晚來過，特徵跟他跟蹤的那個丫頭完全符合，不過她每次都來這邊看一個客人，總是同一個。

「他快離開巴黎了。」亨利說。

「目的地？」佩瑞庫爾先生問。

「我認爲他要離開法國。中午出發。」

亨利故意賣個關子，隨後再開口說道：

「我是有感覺啦，一旦錯過這個期限，就會很難再找到他。」

「我是有感覺啦」。只有他這一路貨色才會派上這種說法。奇怪的是，雖然佩瑞庫爾先生在詞彙方面也不見得比亨利駕馭得好多少，但這種不入流的表達方式，從一個他把女兒終身託付給他的男人口中說出，卻令他震驚。

軍樂隊從窗下經過，兩人只得等他們先過。八成有一小群人跟著遊行隊伍，可以看到有孩子在嘰嘰喳喳，鞭炮聲四響。

又平靜了，佩瑞庫爾先生決定長話短說：

「我會親自出面去跟部長說。」

「什麼時候？」

「一旦你告訴我我想知道的。」

「他自稱尤金．拉里維耶爾，住在路德希亞大酒店。」

爲了把他的事擺平，他同意提供老頭具體訊息。亨利細說分明：這個很會享受的傢伙浪蕩胡鬧，室內樂團，陰陽怪氣的面具，好讓自己的臉永遠也不會被別人看到，大把小費，有人說他吸毒。前一天晚上，女房務員還看到殖民地服裝，尤其是那只大行李箱……

「怎麼會？」佩瑞庫爾先生說，「羽毛？」

「對。綠色的。跟翅膀一樣。」

佩瑞庫爾先生對這幫騙徒已經有根深柢固的想法，這幫人完全就是他所知道的那種雞鳴狗盜下三濫所組成的，跟他女婿所向他描繪的這型截然不同。亨利明白佩瑞庫爾先生不太相信。

「他揮金如土，花錢如流水，很少有人這麼慷慨大方。」

幹得好。提到錢，讓老頭回到他最在行的地方，先把室內樂團和天使翅膀擱在一邊，談談錢吧。一個騙錢又花錢的人，這才是他岳父這種人能夠理解的東西。

「你看到他了？」

啊，這就是遺憾的地方。他該怎麼回答呢？亨利已經到了酒店，連套房房號都查出來了，四十號，他原本想看看那傢伙長什麼德性，甚至，既然他只有一個人，乾脆抓住他，這是輕而易舉的事：他敲門，那人打開門，亨利把他撂倒在地，隨後用皮帶綁住他手腕……然後呢？

佩瑞庫爾先生到底想怎麼樣？把他交給警方？老頭子不曾透露任何意圖，亨利衡量之下，決定還是別自作主張，先回庫爾塞勒大道再說。

「他中午會離開路德希亞，」他說，「您還有時間逮人。」

佩瑞庫爾先生從來都沒想過自己打算如何處置騙徒。他想找到這個男人，純粹爲了他個人。他寧願掩護他，讓他逃跑，而非跟別人分享；被逮捕的壯觀畫面浮現在他眼前，預審、訴訟，永無休止……

「很好。」

在他眼中，談話結束了，可是亨利沒動，反而雙腿一下交叉、一下又打開，顯示出他打算賴在這兒，沒得到他應得的報酬前，他不會走。

佩瑞庫爾先生拿起電話，請接線員幫他接退休金部長家、部裡，隨便哪兒都好，急事。他想跟他談談，立刻。

不得不在沉重的沉默中等待。好不容易，電話響了。

「好吧，」佩瑞庫爾先生慢慢地說，「等他回來後立刻打給我。對。非常急。」

然後對亨利說：

「部長去參加凡森納遊行，一個鐘頭以內會到家。」

亨利無法忍受得待在這裡傻等一個鐘頭或更久。他站起來。從來不握手的這兩個男人，對望一眼，最後一次揣度對方，隨後就分道揚鑣。

佩瑞庫爾先生聽到他女婿的腳步聲走遠，然後又坐了下來，掉頭過去看著窗外：天空藍得如此完美。

至於亨利他，他心想是否該過去瑪德蓮那邊一下。去吧，就這麼一次，不是出於慣例，而是他自己想去。

騎兵在小號聲中經過時引起塵土飛揚，隨後便是重炮成縱隊行進通過，偌大炮彈由牽引機拉著往前走，隨後而來的便是小型移動堡壘加農大炮、裝甲車，最後才是坦克車，現在是早上十點，遊行已近尾聲，留下一種同時既祥和又虛空的怪異感覺，就是有時候我們在煙火秀結束時會有的那種感覺。人群開始慢慢散去，幾乎都靜悄悄的，除了小孩子外，他們很開心終於可以蹦蹦跳跳。

寶琳緊攬著阿爾伯特的胳膊走著。

「到哪邊才叫得到計程車？」他問，聲調平淡。

他們得先回住宿那邊，寶琳換了衣服才能去上工。

「好，」她說，「我們花的錢夠多了。那就坐地鐵好了，反正我們時間多的是，對不對？」

佩瑞庫爾先生等著部長回電。電話鈴聲響起，都快十一點了。

「啊，親愛的朋友，眞抱歉。」

然而部長的聲音，可不像是一個感到抱歉的男人。他擔心接到這通電話已經好多天了，正兀自驚訝竟然還沒發生：佩瑞庫爾先生遲早都會介入幫他女婿說情，這是一定的。

這害他傷透腦筋：部長虧欠佩瑞庫爾先生很多，但這次他眞的無能爲力，墓園事件不在他掌控之下，就連委員會會長本人都大爲震怒，現在他又能怎麼樣呢？

「關於我女婿。」佩瑞庫爾先生開口說道。

「啊，我的朋友，這可眞遺憾。」

「很嚴重？」

「非常非常嚴重。簡直就是……罪大惡極。」

「哦，是嗎？嚴重到這種程度？」

「嗯，是的。在政府合約上動手腳，包庇工程缺失，盜竊，走私，企圖賄賂，沒有比這些更嚴重的了！」

「好。」

「『好』？什麼意思？」

部長不明白。

「我想知道他搞出來的事有多嚴重。」

「嚴重到不可收拾，我親愛的佩瑞庫爾，絕對是天大的醜聞。更何況，現在還有陣亡士兵紀念碑這件事鬧得沸沸揚揚，您必須承認，我們正處於非常時期。所以，這您是懂的，我想過插手擺平您女婿的事，可是……」

「你千萬別插手！」

部長簡直不敢相信自己的耳朵……千萬別插手？

「我只想搞清楚狀況，就這樣而已，」佩瑞庫爾先生又說，「我得顧及後續小女該如何因應。至於德．奧內-博戴勒先生，就交給司法處置吧。這樣最好。」

然後他又加上這句意味深長的話：

「對大家都好。」

對部長來說，這麼容易就脫身簡直就是奇蹟。

佩瑞庫爾先生掛斷電話。女婿被定罪，他剛剛雖然毫不猶豫便說出口來，卻沒有抹去掛在他心中的念頭：我該不該現在就告知瑪德蓮？

他看了看錶。稍晚再跟她說吧。他叫車子過來。

「不要司機，我自己開。」

十一點半，寶琳還沉浸於閱兵、音樂、歡呼聲，所有這些發動機噪音的欣喜中。他們剛剛才回到寄宿公寓。

「不過，」她邊摘下帽子邊說，「一個爛木箱竟然就要收一塊五法郎！」

阿爾伯特杵在正中央，動也不動。

「噫？親愛的，你生病了，整張臉都發白？」

「那個人就是我。」他說。

隨後他就坐在床上，全身僵硬，盯著寶琳，他就這麼說了出來，突如其來的決定，他不知道該如何應對，也不知道該補充些什麼。不需要他介入，這句話自然而然就從他口中說了出來。彷彿這句話是別人說的。

寶琳看了他一眼，帽子還拎在手上。

「『那個人就是我』？什麼意思？」

阿爾伯特看起來不舒服到這種程度，她走過去把大衣掛好，又回到他身邊。跟雪一般慘白。從各方面來看，他都生病了。她用手探了探他的額頭，沒錯，他發燒了。

「你著涼了？」她問。

「我要走了，寶琳。」

他語帶驚惶。寶琳對他健康狀況的誤會連一秒鐘都沒持續。

「你要走了？」她重複了一遍，淚水已經掛在眼眶。「什麼意思？你要走了？你要拋下我嗎？」

阿爾伯特抓起床腳邊的報紙，報紙還翻在紀念碑醜聞的那一版，遞給寶琳。

「那個人就是我。」他又說了一遍。

她又花了幾秒鐘才弄懂。然後她就咬著拳頭。

「天哪！」

阿爾伯特站起來，拉開梳妝臺抽屜，拿著航運公司的船票，把她那張遞給她。

「妳要不要跟我一起走？」

寶琳眼睛直勾勾的，彷彿模特兒的玻璃眼珠，小嘴微張。她看著船票和報紙，還沒從驚恐狀態中恢復神智。

「天哪！」她又說了一遍。

於是阿爾伯特做了唯一一件他現在能做的事。他站起來，趴下去，從床底把行李箱拉出來，放在鴨絨被上，打開箱子，露出一綑一綑排得緊緊的大鈔，不知有多少。

寶琳尖叫出聲。

「開往馬賽的火車一個鐘頭後就要開了。」阿爾伯特說。

她有三秒鐘的時間選擇成爲有錢人還是繼續當個十項全能的女傭。

她只花了一秒。

因爲滿滿都是錢的行李箱，是沒錯，但奇怪的是，讓她眞正下定決心的其實是以藍色標示的「頭等艙」船票的字樣。這一切都代表……

她手一揮，砰一聲把行李箱蓋好，跑去穿上大衣。

佩瑞庫爾先生，他的紀念碑冒險已然結束。他不知道他來路德希亞做什麼，他既不打算進去，也不想去會會那個人，或者跟他說話。告發他，阻礙他逃跑，都沒好處。這是他這輩子第一次，接受了自己的失敗。

他被打敗了，毫無疑問。

奇怪的是，他反而有一種解脫的感覺。

失去，這正是人性。

而且這是一種結束，他正需要做一個了結。

他去路德希亞，如同他必須在借據下方畫押，簽上大名，因為這種勇氣是必須的，也因為除了認輸，他還能怎麼樣？

這不是儀隊排出的劍門——豪華大酒店裡沒人會這麼做——可是看起來非常像，所有曾經服侍過尤金先生的員工都列隊在底樓恭候。他從電梯出來，邊跟瘋子似地大吼大叫，穿著怪裡怪氣的殖民地外套，背後有兩個用雞毛撣子做的天使翅膀，現在大家看他看得很清楚。

他沒戴任何一張光怪陸離的面具，這些面具到目前為止都讓服務員津津樂道，他戴的是那張「正常人」的面具，雖然如此真實卻僵住不動。就是他來路德希亞時戴的那張。

當然，這些東西大家永遠都再也看不到了。真該跟他要張照片，禮賓服務員懊惱不已。尤金先生，氣派更甚往常，大肆散財，大家對他說：「謝謝您，尤金先生」，「希望很快能再看到您大駕光臨」，所有人都領到大鈔，尤金先生宛如聖徒降臨，絕對是因爲那對翅膀的緣故。可是爲什麼是綠色的呢？大家心中納悶。

就光說翅膀好了，什麼白痴的想法，佩瑞庫爾先生回想起跟他女婿的談話，心中暗忖。他順著不怎麼擁擠的聖日耳曼大道往前開，路上只有區區幾輛車、四輪馬車，天氣好好。他女婿提到「奇思異想」，提到翅膀，是沒錯，不過他也提到室內樂，不是嗎？佩瑞庫爾先生鬆了口氣，他終於明白，在他無法戰勝的戰場上吃了敗仗，因爲這個世界、這個對手，是他不在行的。一個人無法打敗自己不懂的東西。

不懂的東西，只管接受就好，達觀如哲學家的路德希亞員工邊把尤金先生的好意入袋，邊這麼想。尤金先生則一直都在尖叫，膝蓋高高抬起，背著軍用背囊，邊往林蔭大道敞開的那幾扇門大步走去。

就連到路德希亞這一趟，佩瑞庫爾先生都應該避免的。他何苦幫自己攬了這個荒謬的苦差事呢？沒錯，他決定了，還是掉頭回去吧。由於他已經開到哈斯拜耶大道，他經過路德希亞後立即右轉，打道回府。就此結束這一切吧。這個決定對他來說是一種解脫。

路德希亞禮賓專員也急著想趕緊結束這場鬧劇：其他客人覺得在大廳狂歡的這種形式十分「難登大雅之堂」。還有這陣金錢雨轉變成了員工乞討，有失體面，還好他終於走了！

尤金先生應該也感覺到了，因爲他突然就停了下來，好像小鹿知道前方有捕食者而突然駐足不動。

突然，他伸出手臂，直直伸在身前，他又做了一遍同樣的動作，邊搭配著大聲嚎叫，清清楚楚外加大咧咧地發出「赫啊赫！」的吼聲。然後指著大廳一隅，女服務生才剛撣去矮桌上的灰塵。他衝向她，她嚇個半死，看到這個有著一張大理石臉，身著殖民地套裝和一對綠色大翅膀的男人，對著她直衝

他脫序誇張的行爲與痲痹般面無表情的面具毫不相配。

而來。

「我的媽喂，把我嚇得咧，可是之後大家就笑到不行，然後，結果……原來他要的是我的掃把。」「掃把？」「我說掃把就掃把。」尤金先生抓住掃把，把掃把的柄貼在肩上，跟扛著長步槍那般，一邊還是在大聲嚎叫，然後就在所有人彷彿都聽到的無聲音樂節奏下，雄赳赳氣昂昂，一跛一跛地向前行進。

就這樣，愛德華邁著行軍的大步，背著巨大的翅膀，通過路德希亞酒店大門，出現在人行道上，沐浴在陽光下。

他的頭往左轉，看到一輛車從大道拐角處快速駛來。於是，他扔下掃把，衝了過去。

佩瑞庫爾先生注意到有一小群人在酒店前面，他才剛加速，開車駛經酒店大門，愛德華就是在這個時間點衝了過來。他唯一只看到，不像大家所想像的那樣，他看到的不是天使飛過面前，因爲，愛德華一隻腿拖在後面，並沒有辦法眞正離地飛奔。只見他站在馬路中間，車子一開到，他大張雙臂，兩眼望天，試圖飛到空中，僅此而已。

或幾乎這樣。

佩瑞庫爾先生停不下來，其實他原本可以剎車，但他被這個不知道從哪兒竄出來的怪異景象給嚇得動彈不得——不是因爲他的殖民地服裝，而是因爲愛德華的那張臉，他兒子的臉，完好無缺，一動不動，宛若木雕泥塑，彷彿一張死亡面具，至於那雙瞇著的眼睛則流露出無限詫異——他沒來得及反應。

車子把這個年輕人撞個正著。

發出的響聲，沉悶、悲涼。於是，天使眞的飛了起來。

愛德華被彈到空中。雖然飛的姿勢醜不堪言，彷彿沒張開的降落傘，就在短短的一秒鐘間，大家全都清清楚楚看到這個年輕人拱起身體，望著天空，雙臂大張，彷彿升天。隨後，他又掉了下來，重重摔在馬路上，頭部猛烈撞到人行道稜邊，就這樣。

阿爾伯特和寶琳剛好在中午前上了火車。他們是第一批就座的旅客，她問了他一大堆問題，他僅簡短回答。

寶琳聽了阿爾伯特說的一番話後，對事情的來龍去脈也就大致清楚了。

寶琳偶爾會往行李箱很快地瞄上幾眼，她把行李箱就擱在她面前的行李架上。

阿爾伯特則戒慎恐懼地緊緊抱著放在大腿上、裡面裝有他馬頭的大帽盒。

「可是，你的戰友到底是誰啊？」她焦急地低聲說。

「就是一個戰友。」他支吾回答。

他實在沒足夠的精力再來形容愛德華，等等她自己就會看到；他不希望她害怕，嚇得跑掉，到了現在這個份兒上棄他而去，他渾身氣力均已消耗殆盡，絕對無力挽回。他疲憊不堪。他坦承一切之後，計程車、火車、車票、搬行李的腳夫、查票員，寶琳負責一切。如果可能的話，阿爾伯特覺得自己當下就會睡著，立刻。

時間就這麼過去。

輪到其他旅客上車，火車全滿，從窗外硬塞進車廂的手提箱和行李箱在大跳華爾茲，小孩子雞貓子喊叫，出發時的亢奮，月臺上的朋友、配偶、父母，叮嚀再三，有的人在找位子，噫？在這邊，借過一下好嗎？

阿爾伯特已經就座，窗戶全部搖下，他從車門探頭歪向月臺，往火車尾猛瞧，宛如一條守候主人到來的忠犬。

走道上有人被擋住，爲了要通過而推來擠去；車廂滿滿的都是人，只有一個位子空著沒人坐，就是遲遲未到的他戰友的位子。

就在火車出發前一刻，阿爾伯特這才恍然明白，愛德華不會來的。痛徹心腑。

寶琳理解，緊緊依偎在他身邊，將他的手緊握在她手中。

查票員開始沿著月臺大喊列車即將發動，他不得不把頭縮回來，阿爾伯特，低下頭，哭了，一發不可收拾。

他的心碎了。

後來梅亞爾太太說道：「阿爾伯特想遠去殖民地，好，我不介意。可是如果他在原住民面前還跟在這邊一樣動不動就哭哭啼啼，他就成不了什麼大事，我說了就算！不過，阿爾伯特就是這樣。你想怎麼樣呢？他就是這副德性！」

尾聲

兩天後，一九二〇年七月十六日，早上八點，亨利・德・奧內-博戴勒才明白被岳父擺了最後一道：將軍！如果可能的話，他要把他給宰了。

亨利在家中遭到逮捕。對他的嚴重指控罪證確鑿，他被遞送司法機關，並遭裁定當庭羈押。得等到一九二三年三月開庭之際，他才首度重見天日。他被判處五年徒刑，三年不得假釋，隨後獲得釋放，重獲自由，但已破產，身敗名裂。

瑪德蓮已於同時透過她父親的關係加速離了婚。

薩勒維爾的財產遭到沒收，亨利所有私人產業均遭接管。判決下來之後，一旦去掉不當貸款、罰鍰、訴訟費，他已所剩無幾，不過還是剩一點。出獄後，亨利請求對剩餘財產行使復權，但政府對此請求充耳不聞。官司纏訟不休，亨利無力久戰，一九二六年，將其所剩無幾的家產投入賄賂，意欲早日擺平此案，卻始終未能如願以償。

他被迫過著清苦的生活，並於一九六一年過世，孤苦伶仃，身旁無一親人。

薩勒維爾產業遭社會救助機構託管，變身成爲孤兒院，直到一九七三年，因一件相當齷齪的醜聞而遭到變更，老實說，眞是不堪回首。孤兒院因而關閉。隨後，又因必須進行甚多維修工程方能繼續經營，於是該產業再度出售給一家專門從事大會與會議安排的公司。一九八七年十月，一場名爲「一九一四年到一九一八年——戰時貿易」的激動人心歷史研討會，便在該地舉行。

一九二〇年十月一日，瑪德蓮產下一子。不同於當時習慣，刻意以在戰爭中死去的親人名字來命名新生兒，她拒絕將兒子取名爲愛德華。「小犬的父親已經頗受爭議，毋須再多生事端。」她如此評述。

佩瑞庫爾先生未置一詞，如今他已經懂了許多東西。

瑪德蓮的兒子從未與他父親建立密切關係，也沒資助父親費用打官司，僅同意撥出極少金額讓父親養老，並一年去探望他一回。一九六一年，每年的例行會面時，他發現父親陳屍住處，已然過世兩個禮拜。

佩瑞庫爾先生撞死愛德華究責一案，很快便經判定無罪。蓋因在場所有人均證實是那個年輕人自己跳到車輪下，使得原本便令人驚愕的這樁巧合事件顯得益發晦暗，令人難以置信。

這種悲慘結局的情況在佩瑞庫爾先生心中翻攪，永無休止。這輩子他第一次想緊緊擁抱兒子的這幾個月間，以爲已經過世了的兒子其實卻活著，知道這點，讓佩瑞庫爾先生陷入徹底絕望。他一年開不到四次車，愛德華竟然慘死於他的車輪底下，這種種偶然也令他不堪忍受。但他不得不面對這個事實：雖然無解，卻絲毫不帶偶然成分，因爲這是一個悲劇。結局，不論是這種結局還是另一種結局，最後都會發生，因爲這個悲慘的結局，從很久以前便早已寫下。

佩瑞庫爾先生取回兒子遺體，安葬於家族陵墓。

石碑上刻著：「愛德華．佩瑞庫爾，生於一八九五年，卒於一九二〇年」。

他清償了所有被刮了一層皮的訂戶所損失的金額。奇怪的是，雖然詐騙總金額爲一百二十萬法郎，實際證明他卻付出了一百四十三萬法郎賠款，到處都有些混水摸魚的小偷小騙。

佩瑞庫爾閉上眼睛，二話不說，照付不誤。

他逐漸淡出職場，遠離企業經營，賣掉很多東西，轉而以女兒和外孫名義進行投資。

終其一生，他反覆看到車子送兒子上天堂的那一刻，愛德華跟他面對面時，看他的眼神。他花了很長時間來瞭解兒子眼神的含義。他在他眼中讀到了喜悅，是的，也讀到了解脫，但也讀出了別的東西。某天，他終於想到這個詞：感恩。

這當然純粹出於想像，可是一個人一旦心中抱有這種讓自己擺脫一切的想法時……

他於一九二七年二月某日用餐時分想到「感恩」一詞。他離開餐桌，一如既往，吻了瑪德蓮的額頭，回到房中，在床上躺好，溘然長逝。

阿爾伯特和寶琳抵達的黎波里，隨後在貝魯特、這個前途一片大好的大黎巴嫩心臟定居下來。法國警方針對阿爾伯特．梅亞爾，發出了一紙國際追緝令。

路易．埃弗拉爾，他只要花三萬法郎便可輕易搞到一張身分證，寶琳覺得簡直就在敲竹槓。經她討價還價後，以兩萬四千成交。

貝爾蒙特太太臨終之際，將位於佩爾斯胡同的祖厝遺贈給女兒路易絲，但由於年久失修，價值已大不如前。路易絲也從公證人處收到一大筆錢、一本帳冊，她母親在本子上詳細注明了每一筆以路易絲名義所做的投資，細到連幾分幾毫都如實記錄。於是路易絲發現這筆創業資金是阿爾伯特和愛德華各自留給他的（前者四萬法郎，後者六萬）。

路易絲並未就此飛黃騰達，至少直到我們於一九四〇年代初再看到她的時候。

現在剩下約瑟夫·梅林，沒人想到他，當然也包括你。

別擔心：約瑟夫·梅林的生活一成不變，大家還是一樣嫌惡他，而且只要他一不在場，大家就會忘了他；只要有人提到他的事，絕對都是些不好的回憶。

他花了一整夜的時間，用膠水把亨利·德·奧內－博戴勒給他的大鈔黏貼在大筆記本的頁面上。每張鈔票都是他的歷史，都是他至今仍然一窮二白的一個小片段，這些你都知道了。

這份爆炸性的報告在將亨利定罪上發揮了極大作用。梅林交出這份報告後，進入休眠狀態，公職生涯告終，他這一輩子也完蛋大吉，他是這麼以為。可是他錯了。

一九二一年一月二十九日，他退休了。在此之前，他到處更換部門，可是他這份報告還有他針對公墓所進行的稽查，的確給了政府猛地一擊，當頭棒喝，這是千眞萬確的，這種事的確不可原諒。太令人義憤塡膺！古代懲罰捎來壞消息的人士，就會扔石塊把他砸死。他非但沒被砸死，反而每天早上都會準時到部裡上班。所有同事均不解他爲什麼會交出這麼一大筆款項，相當於十年的薪水呢，換作他們早就納入囊中；此外大家還很氣梅林一點：連個二十法郎也沒暗槓，好擦亮他那雙大鞋，洗乾淨他沾滿墨漬的外套，好歹買副新假牙啊。

於是，一九二一年一月二十九日，他來到大街上，退休了。就他的等級，只領到一筆跟寶琳在佩瑞庫爾家當差的工資差不多的退休金。

那天夜裡的回憶縈繞在梅林腦海很長一段時間，儘管他不喜歡說些冠冕堂皇的話，但他就是在那夜因爲某樣價值不高的東西——所謂的道德層面——而放棄了大把鈔票。他退休後，挖掘士兵遺骸這件事，持續在他心中翻攪。但唯有等到退休後，他才開始眞正關注這個世界，才開始看報。而正是透過報紙，他才得以參與亨利．德．奧內-博戴勒遭到逮捕，和針對所謂的「發死人財的奸商」進行造成轟動的大審判等過程。他看了他出庭作證時的筆錄，眞是大快人心，不過，法庭並未向他致意，記者不喜歡這個陰死陽活的證人，一點都上不了檯面，就連他們想採訪他、問他幾個問題，他都還在司法宮的臺階上推了記者好幾把。

在此之後，時事的熱度一過，就沒人對這件事感興趣了。

唯有紀念、亡靈、榮光留存。祖國。不知是基於何種義務使然，梅林還是繼續閱讀日報。他沒辦法每天早上都買好幾份，所以就去好幾個地方看，圖書館、咖啡廳、市政廳，他可以看免費的。一九二五年九月，他就是在這種左看右看的情況下發現了一小則徵人啟事，而且他也回覆了。聖索沃爾軍人公墓在找守衛。他去面談，展示了他的服務證明，於是就被錄用了。

有好幾年，只要經過聖索沃爾公墓，不論好天壞天[46]，你都一定會看到他用大膠鞋把鏟子踩入因雨水而變得沉甸甸的土中，以便維護花圃和小徑。

二〇一二年十月書於巴黎近郊庫爾布瓦

46 作者註：qu'il fasse beau, qu'il fasse laid，作者借用自《拉摩的侄子》（*Le Neveu de Rameau*）開場白，以向該書作者狄德羅（Denis Diderot, 1713-1784）致敬。

劃下句點……

我背叛了虛構的小說，竟然寫起「眞實故事」來了。我在此感謝的每一位，都對我的變節不忠絕對沒有任何責任，我才是該全權負責的那個。

據我所知，陣亡士兵紀念碑騙局一事乃子虛烏有，純屬杜撰，這是當我讀到安端．普羅斯特[47]寫的一篇有關陣亡士兵紀念碑的紀念文章時所產生的靈感。不過，亨利．德．奧內—博戴勒做的那些傷天害理的事，相當程度上，靈感則來自於一九二二年爆發的「挖掘軍人遺骸醜聞」，貝婭特麗克絲．波—埃瑞耶斯的兩件傑出文獻中就曾針對此一事件提出過精闢分析[48][49]。也就是說，上述兩大事件，其中一個是眞實的，另一個則否，也可能倒過來。

我仔細拜讀過安妮特．貝克特、史蒂芬妮斯．歐杜安—胡佐、尙—雅克．貝克特和弗雷德里克．胡梭的相關作品，他們的見解與分析均對我彌足珍貴。

47 作者註：〈陣亡士兵紀念碑，共和異端？民間崇拜？愛國崇拜？〉，皮耶．諾拉，《記憶中的地方》，第一卷，巴黎伽利瑪出版，一九八四年。

48 作者註：一九二〇年代，埃爾韋庫多—貝加里在《媒體與戰爭》一書中披露了「挖掘軍人遺骸醜聞」事件，並予以譴責。《媒體與戰爭》，巴黎，經濟現狀出版，二〇〇五年。

49 作者註：〈棺材合約〉（1918-1924），文集，《軍史》雜誌，二〇〇一年。

當然，又尤以布魯諾．卡班尼與其令人著迷的大作《失去至親的勝利女神》[50]，是我仰仗最巨的參考文獻。

從亨利．巴爾布斯到莫里斯．傑內瓦，從儒勒．羅曼到加布里埃爾．舍瓦里耶各名家寫的戰後小說，均提供了《天上再見》甚多素材與想像。其中又以以下兩部小說對我助益尤大：羅蘭．多爾傑雷斯的《亡靈覺醒錄》[51]和J．瓦爾米–貝斯的《尤里西斯歸來記》[52]。

同時，若非下列機構極其寶貴的服務，我不知道《天上再見》是否能順利完成：法國國家圖書館數位圖書館計劃「嘎利卡」[53]、文化部的「拱廊」及「梅里美」資料庫[54]，最重要的是，我在此由衷感謝法國國家圖書館館員。

我也虧欠阿蘭．楚巴[55]甚多，他對陣亡士兵紀念碑的統計清查工作極其精彩，對我助益良多，在此，我再度深深感謝他的幫助與接待。

《天上再見》進行書寫期間，我當然也需要感謝下列人士，他們從旁協助我，玉成此書得以付梓發行：尚–克勞德．阿諾樂，謝謝他對本書提出的第一意見與鼓勵；薇若尼卡．吉哈德，她總極其好意地指出要點；傑哈．奧貝爾，他孜孜不倦閱讀本書，提出建議，友誼深厚，令我感懷在心；以及提艾里．畢亞爾細心無比與鉅細靡遺的審閱。以及吾友納塔莉和伯納德．強桑尼，這兩位不惜花費自己的時間來對本書進行分析與評論，總是如此成果斐然，價值崇高。此外，我當然還得特別提到一個人，那就是——巴絲卡琳娜[56]。

縱觀全文，我在書中多處借用了好幾位作者的名言或想法：埃密爾．艾加、路易．阿拉貢、傑哈．奧貝爾、米榭．歐迪亞、荷馬、巴爾扎克、英格瑪．柏格曼、喬治．貝納諾斯、喬治．布哈森斯、史蒂芬．

克韓、尙-路易．柯帝斯、丹尼．狄德羅、尙-路易．埃辛、蓋布里拉．加西亞．馬奎斯、維克多．雨果、石黑一雄、卡森．麥卡勒斯、儒勒．米榭萊、安東尼奧．穆尼奧斯．莫利納、安端-弗朗索瓦．普雷沃斯特、普魯斯特、派翠克．韓波、拉．羅什福科，以及其他好幾位先進前輩。

但願他們會視這些借用爲致敬。

約瑟夫．梅林這個角色，靈感來自於克瑞普圖爾[57]，至於安東納普勒斯[58]，則受同名人物啟發，這兩號人物是我分別對路易．紀佑和卡森．麥卡勒斯致上景仰之情的最高禮讚。

我還必須向阿爾伯特．米榭出版團隊致上十二萬分謝忱與感恩，首先就是吾友皮耶．西庇翁，我對他萬分感激；我本應將工作團隊一一列名於此，但囿於篇幅，只得作罷。

---

50 作者註：*La Victoire endeuillée*, Seuil, « L'Univers historique », 2004。

51 作者註：*Le Réveil des morts*, Albin Michel, Paris, 1923.

52 作者註：*Le Retour d'Ulysse*, Albin Michel, Paris, 1921.

53 作者註：http://www.gallica.bnf.fr/

54 作者註：http://www.culture.gouv.fr/culture/inventai/patrimoine/

55 作者註：http://www.monumentsauxmorts.fr

56 作者的第二任妻子。

57 Cripture，為路易．紀佑（Louis Guilloux, 1899-1980）在小說《黑血》（*Le Sang noir*, 1935）中的主人翁。Cripure 一詞為「純理性批判」（Critique de la raison pure）的縮寫。

58 Antonapoulos，是卡森．麥卡勒斯在小說《同是天涯淪落人》（*The Heart Is a Lonely Hunter*, 1940）中的一個人物。

最後還需一提，我對尙·布朗夏的不幸甚感痛心。他於無意間提供了我這部小說的書名。一九一四年十二月四日，尙·布朗夏因擅離職守遭到槍決，並於一九二一年一月二十九日得到平反。針對一九一四到一九一八年第一次世界大戰期間犧牲的亡靈，不論任何國籍，爲他們平反的想法必會更爲普遍。

藍小說236

天上再見

作　者—皮耶．勒梅特
譯　者—繆詠華
主　編—嘉世強
編　輯—邱淑鈴
美術設計—空白地區
責任企畫—張燕宜、石璦寧
校　對—繆詠華、邱淑鈴、蕭淑芳

董事長—趙政岷
出版者—時報文化出版企業股份有限公司
108019臺北市和平西路三段二四〇號四樓
發行專線—（〇二）二三〇六—六八四二
讀者服務專線—〇八〇〇—二三一—七〇五
（〇二）二三〇四—七一〇三
讀者服務傳真—（〇二）二三〇四—六八五八
郵撥—一九三四四七二四時報文化出版公司
信箱—10899臺北華江橋郵局第九九信箱
時報悅讀網—http://www.readingtimes.com.tw
電子郵件信箱—liter@readingtimes.com.tw
法律顧問—理律法律事務所　陳長文律師、李念祖律師
印　刷—勁達印刷有限公司
初版一刷—二〇一五年十二月十八日
初版三刷—二〇二二年六月十六日
定　價—新臺幣四五〇元

時報文化出版公司成立於一九七五年，
並於一九九九年股票上櫃公開發行，於二〇〇八年脫離中時集團非屬旺中，
以「尊重智慧與創意的文化事業」為信念。

天上再見 / 皮耶.勒梅特著 ; 繆詠華譯. -- 初版. -- 臺北市 : 時報文化,
2015.12
面；　公分. -- (藍小說 ; 236)

譯自 : Au revoir là-haut

ISBN 978-957-13-6494-0(平裝)

876.57　　104026079

ISBN 978-957-13-6494-0
Printed in Taiwan